Ernst Theodor Amadeus Hoffmann, geboren am 24. Januar 1776 in Königsberg, ist am 25. Juni 1822 in Berlin gestorben.

Bevor E. T. A. Hoffmann im April 1813 Bamberg verließ, wo er gut fünf Jahre als Musikdirektor gearbeitet hatte, schloß er dort mit dem Buch- und Weinhändler Carl Friedrich Kunz einen Vertrag über vier Werke, die in dessen Verlagshaus erscheinen sollten. Kunz war somit der erste Verleger von E. T. A. Hoffmann und die Sammlung »Fantasiestücke in Callots Manier« Hoffmanns erste Buchpublikation.

Ursprünglich sollte die Sammlung von Erzählungen, Märchen und Aufsätzen unter dem Titel »Bilder nach Hogarth« erscheinen. Bei einem Besuch in der Kupferstichsammlung des Freiherrn von Stengel in Bamberg beeindruckten ihn die Blätter des lothringischen Kupferstechers Jacques Callot (1592–1635) wegen der realistischen Phantastik so tief, daß Hoffmann seiner Sammlung den Titel »Fantasiestücke in Callots Manier« gab. Es war die »besondere subjektive Art, wie der Verfasser die Gestalten des gemeinen Lebens anschaut und auffaßt«, die ihn faszinierte. Ostern 1814 erschienen im »Neuen Leseinstitut von C. F. Kunz« in Bamberg die ersten beiden Bände der auf vier Bände konzipierten Sammlung. Zum Jahresende folgte der dritte, Ostern 1815 der vierte Band. Die Sammlung besteht aus 20 ganz unterschiedlichen Stücken und enthält musiktheoretische Aufsätze, Abhandlungen mit autobiographischem Bezug, märchenhafte und novellistische Texte.

insel taschenbuch 1283

E.T.A. Hoffmann

Fantasiestücke in Callots Manier

E.T.A. Hoffmann
Fantasiestücke in Callots Manier

Blätter aus dem Tagebuche
eines reisenden Enthusiasten
Mit einer Vorrede
von Jean Paul

Insel Verlag

insel taschenbuch 1283
Erste Auflage 1990
Insel Verlag Frankfurt am Main
Hinweise zu dieser Ausgabe am Schluß des Bandes
Vertrieb durch den Suhrkamp Taschenbuch Verlag
Umschlag nach den Entwürfen von Willy Fleckhaus
Satz: Fotosatz Otto Gutfreund, Darmstadt
Druck: Nomos Verlagsgesellschaft, Baden-Baden
Printed in Germany

1 2 3 4 5 6 – 95 94 93 92 91 90

Erster Teil

Vorrede

Diese Vorrede zu dem nachfolgenden Buche, um welche ich ersucht worden, kleid ich vielleicht mit Vorteil in eine Rezension ein, besonders da die eigenen Vorreden der Verfasser ordentlicherweise nichts sind als offene Selberrezensionen. Auch dem Herrn Verfasser dieses Werks wird es gefallen, daß auf diesem Wege die Rezension fast noch früher – vielleicht um neun und mehrere Blätter früher – erscheint als das Buch selber, während andere Autoren Gott und den Literaturzeitungen schon danken, wenn die Rezensionen endlich eintreffen, nachdem die Bücher längst abgegangen, entweder mit Tod oder durch Absatz. Hier ist nun die Rezension selber abzuschreiben.

Jenaische
Allgemeine Literaturzeitung
Dezember 1823
Schöne Wissenschaften
Fantasiestücke in Callots Manier. Mit einer Vorrede
von Jean Paul. 8°. Bamberg, bei C. F. Kunz. 2 Teile

Wir wollen die Verspätung unserer Anzeige nicht weitläufig entschuldigen, denn wer das Buch gelesen, dem hat sie nichts geschadet, und er bekommt jetzo nur zu seinem Urteile ein fremdes dazu; wer es aber nicht gelesen, kann nun froh sein, daß wir ihn zum Lesen bringen und zwingen. Deutsche Literaturzeitungen und Blätter dürften überhaupt etwas treuer das Gesetz im Auge haben – wie Autoren mit der Herausgabe ihrer Werke –, ebenso mit der Anzeige zurückzuhalten, wenn auch nicht immer Horazische neun Jahre. Was das deutsche Publikum dabei gewinnt, weiß es selber am besten und schlägt die Verzugszinsen an. Gute Schriftsteller, die längst vergessen, lernt es kennen bei solcher Gelegenheit auf der kritischen Poste restante und vergißt sie nicht mehr; denn wenn nach d'Alembert das leichte Behalten der Verse ein Zeichen von deren Güte, so noch mehr das Behalten eines ganzen Buches in dem weniger eisernen als quecksilbernen Gedächtnisse des Publikums. Dieses läßt fast, wie Cicero von Cäsar rühmt, daß er nichts vergesse, außer Beleidigungen, auf eine ähnlich schöne Weise nichts so leicht aus dem Gedächtnis fahren als Bücher; eben als die wahren Beleidigungen, welche so viele hundert Schreiber jährlich zweimal dem Publikum antun. Überhaupt werden wenige Menschen so oft beleidigt als recht viele auf einmal; und ein Volk häufiger und gröber als dessen Fürst.

Um aber das Verspäten der Rezension nicht durch die Rechtfertigung desselben noch länger fortzusetzen, machen wir sogleich über den Titel die Bemerkung, daß er richtiger sein könnte. Bestimmter würde er *Kunstnovellen** heißen; denn Callots Maler- oder vielmehr Dicht-Manier herrscht weder mit ihren Fehlern noch, einige Stellen ausgenommen, mit ihren Größen im Buche. Der Verfasser hat selber im ersten Aufsatz am schönsten über diesen malenden Gozzi und Farben-Leibgeber gesprochen; und Callot scheint – wie Humor über dem Scherze – so über dem prosaischen Hogarth als poetischer Zerrbildner und romantischer Anagrammatiker der Natur zu stehen.

Unserem Verfasser dürfen wir ein Lob anderer Gattung erteilen. In seiner dunkeln Kammer (camera obscura) bewegen sich an den Wänden heftig und farbenecht die koketten Kleister- und Essigaale der Kunst gegeneinander und beschreiben schnalzend ihre Kreise. In rein ironischer und lau-

* Doch spielt Numero VI, »Der Magnetiseur«, in einem andern Gebiete; eine mit kecker Romantik und Anordnung und mit Kraftgestalten fortreißende Erzählung.

niger Verkleinerung sind die ekeln Kunstliebeleien mit Künsten und Kunstliebhabern zugleich gemalt; der Umriß ist scharf, die Farben sind warm, und das Ganze voll Seele und Freiheit. Am dichtesten läßt der Verfasser seinen satirischen Feuerregen auf die musikalische Schöntuerei niederfallen, zumal in der trefflichen Numero III: »*Kreisleriana*«. Da die Musik eigentlich die allgemeinste Kunst und Volkskunst ist und jeder wenigstens singt, zum Beispiel in der Kirche und als Bettler, die einzige ins Tierreich hinübersteigende – und da man diese Kunst, wenn man seine Kehle oder seine Finger bei sich führt, in jedem Besuchzimmer in jeder Minute auspacken kann, um durch seine Kunstausstellung auf eigne Hand die Preise aller derer zu gewinnen, welche Tee mittrinken: so ist keine Narrheit natürlicher, verzeihlicher und häufiger als die, daß die Gefallsucht, besonders die weibliche, ihre musikalischen Pfauenräder in Modestädten vor jedem schlägt, der Augen hat zu sehen, wie Kunst und Künstlerin zu *einer* Schönheit verschmelzen. Was den wahren Virtuosen, wie hier den Kapellmeister Kreisler, dabei so ingrimmig auf dieses Stuben-Charivari macht, ist vielleicht weniger die Beleidigung der Kunst als die des Künstlers selber, welchen man in vornehmen Residenzhäusern als Musikdirektor zum Platzkommandanten musikalischer *Abc*-Schützen anstellt. »Könnte man nicht«, denkt der zum Freudenmeister heruntergesetzte Musikmeister laut genug und schreibt es vielleicht hin, »ohne Kosten meiner Ohren vielen Hohen und Schönen schmeicheln? Und soll«, fährt er noch hitziger fort, »von weiblichen Paradiesvögeln den Männern noch das Kunstparadies entführt oder verspottet werden, und sie stellen sich dann als Engel davor und bewachen es treu? O Teufel und deren Großmutter!« beschließt er dann wild genug. Ein Künstler kann leicht genug – beispielshalber sei es unser Verfasser – aus Kunstliebe in Menschenhaß geraten und die Rosenkränze der Kunst als Dornenkronen und Stachelgürtel zum Züchtigen verbrauchen. Inzwischen bedenk er doch sich und die Sache! Die durch Kunstliebe einbüßende Menschenliebe rächt sich stark durch Erkältung der Kunst selber; denn Liebe kann wohl der Meßkünstler, Denkkünstler, Wappenkünstler entbehren, aber nicht der Künstler selbst, er sei einer, in welchem Schönen er's wolle. Liebe und Kunst leben gegenseitig ineinander wie Gehirn und Herz, beide einander zur Wechselstärkung eingeimpft. Manches jetzige Kunstpantheon ist deshalb ein durchsichtiger, reiner, blinkender Eispalast – sogar mit einem Brautbett und Ofen, in welchem letzten gar ein Naphthaflämmchen ohne Schaden der Eiskacheln brennt.

Wir kehren zu unserem Verfasser, den wir mit dem Vorigen nun sattsam geärgert, und zu seinem Zorne über die schreienden Sünden an der Tonkunst zurück und gehen mit ihm zu den stummen der Leibkunst der neueren historischen und mythologischen Gliedermänninnen über, welche ihre Figur zu einem Wachsfigurenkabinett auseinanderzuprägen wissen, um ihre Leiber noch vor der Auferstehung zu verklären. Gegen solche, insofern sie den Zaubershawl nur zu Schminklappen verwenden und die Schöpferin mit dem Geschöpfe anputzen, ist der Herr Verfasser in Numero V gut genug auf- und losgefahren. Sein Feuereifer gegen gemißbrauchte Kunst ist recht; das Schöne und Ewige sei nie Schminke des Unschönen und Zeitlichen, und das Heiligenbild verziere keinen unheiligen Körper. Der Gefallsucht verzeiht man lieber eine schöne Flucherin als eine schöne Beterin, denn mit dem Teufel kann man spaßen, aber nicht mit Gott.

Nicht ohne Vergnügen haben wir auch in diesem Werke wieder wahrgenommen, daß seit einigen Jahrzehenden die deutsche Satire und Ironie und Laune, ja der Humor häufiger den britischen Weg einschlägt und daß Swifts und Sternes herübergetragne Loretto-Häuschen oder Studierzimmer zu Gradierhäusern unsers komischen Salzes geworden. Den jetzigen Salzgeist, auch in den Flug- und Tagblättern, in den Aufsätzen des »Morgenblattes«, der »Eleganten Zeitung«, der »Heidelberger Jahrbücher«, der Literaturzeitungen etc., würden wir schwerlich gegen die breiten dicken Salzpfannen der Bahrdte mit ihren Ketzeralmanachen, der Kriegsrat Cranze, der Vademekumer, der Wetzel, der allgemeinen deutschen Bibliothekare und so weiter vertauschen wollen. Aber natürlicherweise ist das Lichten des komischen Stils darum noch nicht zugleich Anwuchs des komischen Witzes.

Bei Numero V: »*Nachricht von den neuesten Schicksalen des Hundes Berganza*«, merkt der Herr Verfasser bloß an, daß er eine Fortsetzung der beiden Hunde Scipio und Berganza in Cervantes' Erzählungen gebe. Er gibt etwas Gutes, und seinen Hund benützt er zum Gespräche mit einem Menschen oft humoristischer als selber Cervantes. Sein Hund fällt, richtig geleitet und angehetzt, tief genug in die verschiedenen Waden der Schauspielherren (Regisseurs), welche den Dichter verstümmeln, um die Spieler (ja die Hörer) zu ergänzen, und die an ihren Gestalten, wie die Türken von den Bildsäulen, die Nasen abschlagen, damit sie nicht lebendig werden. Wer nicht verlängern könnte, sollte nicht zu verkürzen wagen; kaum ein Goethe würde Schillern durch Nehmen zu geben suchen; hingegen die Verschnittenen der Kunst verschneiden keck die Künstler und lassen unverschämt die Bühne zwischen Kanzel und Pranger des Genius wechseln. Wir gestehen, wären wir selber Trauer- oder Lustspielschreiber, ärger als jeden Nachdrucker würden wir theatralische Umdrucker und Sabbatschänder unserer heiligsten Sonntags- und Musenstunden verfolgen und beschimpfen, mit welchen letzten wir so schön und wohltuend auf die Nachwelt in Parterre und Paradies einzugreifen rechnen gedurft.

Höflich wär es vom Herrn Verfasser gewesen, wenn er die Anspielungen auf Cervantes' Erzählung, wenigstens nur mit *einer* Note, hätte erklären wollen. Aber Verfasser sind jetzo nicht höflich. Denn weil Goethe zuweilen seine Mitwelt für eine Nachwelt ansieht, um deren künftige Unwissenheit sich ein Unsterblicher nicht zu bekümmern braucht, so wie Horaz sich nicht ad usum Delphini mit notis variorum ans Licht stellte: so wollen ihn die übrigen Goethes (wir dürfen ihre Anzahl rühmen) darin nichts zuvorlassen, sondern tausend Dinge voraussetzen, wie zum Beispiel Tieck die nötigsten Erklärungen in seinem altdeutschen Roman *»Frauendienst«*. Überhaupt ist man jetzo grob gegen die halbe Welt, wenn anders die Lesewelt so groß ist; Verzeichnisse des Inhalts – (oft der Druckfehler) – Kapitel – erläuternde Noten – Anführungen nach Seitenzahlen – Registerfache ohnehin – auch Vorreden (zum Beispiel diesem Buche) und Absätze (wie hier) fehlen neuerer Zeiten gewöhnlich, und der Leser helfe sich selber, denn sein Autor ist grob.

Da die Grenzen des Instituts jedes ausführlichere Urteil uns verbieten, so tragen wir nur flüchtig das Nötigste nach. Nach dem gewöhnlichen kritischen Herkommen, welchem zufolge der namenlose Rezensent den Namen jedes Autors anzugeben hat, der seinen verschwiegen, berichten wir denn, daß der Herr Verfasser *Hoffmann* heißt und Musikdirektor in Dresden ist. Kenner und Freunde desselben und die musikalische Kenntnis und Begeisterung im Buche selber versprechen und versichern von ihm die Erscheinung eines hohen Tonkünstlers. Desto besser und desto seltener! denn bisher warf immer der Sonnengott die Dichtgabe mit der Rechten und die Tongabe mit der Linken zwei so weit auseinanderstehenden Menschen zu, daß wir noch bis diesen Augenblick auf den Mann harren, der eine echte Oper zugleich dichtet und setzt.

Weiter hinzuzutun haben wir schließlich nichts, als daß die Vorrede zum Buche von fremder, indes bekannter Hand gefertigt worden; doch wollen wir über sie aus Rücksichten, welche jeder Zarte von selber errät, nichts sagen als nur dies: Die Manier ihres Verfassers ist bekannt genug.

Frip

Auch ich weiß nichts weiter hinzuzutun als den Wunsch, daß ich möge eine solche Vorrede geliefert haben wie Frip eine Rezension; und dann kann die Welt zufrieden sein. Ihr und mir wünsch ich noch die versprochene baldige Fortsetzung in Callots kühnster Manier.

Bayreuth, den 24. November 1813

Jean Paul Fried. Richter

I Jacques Callot

Warum kann ich mich an deinen sonderbaren phantastischen Blättern nicht sattsehen, du kecker Meister! – Warum kommen mir deine Gestalten, oft nur durch ein paar kühne Striche angedeutet, nicht aus dem Sinn? – Schaue ich deine überreichen, aus den heterogensten Elementen geschaffenen Kompositionen lange an, so beleben sich die tausend und tausend Figuren, und jede schreitet, oft aus dem tiefsten Hintergrunde, wo es erst schwerhielt, sie nur zu entdecken, kräftig und in den natürlichsten Farben glänzend hervor.

Kein Meister hat so wie Callot gewußt, in einem kleinen Raum eine Fülle von Gegenständen zusammenzudrängen, die, ohne den Blick zu verwirren, nebeneinander, ja ineinander heraustreten, so daß das einzelne, als Einzelnes für sich bestehend, doch dem Ganzen sich anreiht. Mag es sein, daß schwierige Kunstrichter ihm seine Unwissenheit in der eigentlichen Gruppierung sowie in der Verteilung des Lichts vorgeworfen; indessen geht seine Kunst auch eigentlich über die Regeln der Malerei hinaus, oder vielmehr, seine Zeichnungen sind nur Reflexe aller der phantastischen wunderlichen Erscheinungen, die der Zauber seiner überregen Phantasie hervorrief. Denn selbst in seinen aus dem Leben genommenen Darstellungen, in seinen Aufzügen, seinen Bataillen und so weiter ist es eine lebensvolle Physiognomie ganz eigner Art, die seinen Figuren, seinen Gruppen – ich möchte sagen, etwas fremdartig Bekanntes gibt. – Selbst das Gemeinste aus dem Alltagsleben – sein Bauerntanz, zu dem Musikanten aufspielen, die wie Vögelein in den Bäumen sitzen – erscheint in dem Schimmer einer gewissen romantischen Originalität, so daß das dem Phantastischen hingegebene Gemüt auf eine wunderbare Weise davon angesprochen wird. – Die Ironie, welche, indem sie das Menschliche mit dem Tier in Konflikt setzt, den Menschen mit seinem ärmlichen Tun und Treiben verhöhnt, wohnt nur in einem tiefen Geiste, und so enthüllen Callots aus Tier und Mensch geschaffene groteske Gestalten dem ernsten, tiefer eindringenden Beschauer alle die geheimen Andeutungen, die unter dem Schleier der Skurrilität verborgen liegen. – Wie ist doch in dieser Hinsicht der Teufel, dem in der Versuchung des heiligen Antonius die Nase zur Flinte gewachsen, womit er unaufhörlich nach dem Mann Gottes zielt, so vortrefflich – der lustige Teufel Feuerwerker sowie der Klarinettist, der ein ganz besonderes Organ braucht, um seinem Instrumente den nötigen Atem zu geben, auf demselben Blatte sind ebenso ergötzlich.

Es ist schön, daß Callot ebenso kühn und keck wie in seinen festen, kräftigen Zeichnungen auch im Leben war. Man erzählt, daß, als Richelieu von ihm verlangte, er solle die Einnahme seiner Vaterstadt Nancy gravieren, er freimütig erklärte: eher haue er sich seinen Daumen ab, als daß er die Erniedrigung seines Fürsten und seines Vaterlands durch sein Talent verewige.

Könnte ein Dichter oder Schriftsteller, dem die Gestalten des gewöhnlichen Lebens in seinem innern romantischen Geisterreiche erscheinen und der sie nun in dem Schimmer, von dem sie dort umflossen, wie in einem fremden wunderlichen Putze darstellt, sich nicht wenigstens mit diesem Meister entschuldigen und sagen: er habe in Callots Manier arbeiten wollen?

II Ritter Gluck

Eine Erinnerung aus dem Jahre 1809

Der Spätherbst in Berlin hat gewöhnlich noch einige schöne Tage. Die Sonne tritt freundlich aus dem Gewölk hervor, und schnell verdampft die Nässe in der lauen Luft, welche durch die Straßen weht. Dann sieht man eine lange Reihe, bunt gemischt – Elegants, Bürger mit der Hausfrau und den lieben Kleinen in Sonntagskleidern, Geistliche, Jüdinnen, Referendare, Freudenmädchen, Professoren, Putzmacherinnen, Tänzer, Offiziere und so weiter durch die Linden nach dem Tiergarten ziehen. Bald sind alle Plätze bei Klaus und Weber besetzt; der Mohrrübenkaffee dampft, die Elegants zünden ihre Zigaros an, man spricht, man streitet über Krieg und Frieden, über die Schuhe der Madame Bethmann, ob sie neulich grau oder grün waren, über den Geschlossenen Handelsstaat und böse Groschen und so weiter, bis alles in eine Arie aus »Fanchon« zerfließt, womit eine verstimmte Harfe, ein paar nicht gestimmte Violinen, eine lungensüchtige Flöte und ein spasmatisches Fagott sich und die Zuhörer quälen. Dicht an dem Geländer, welches den Weberschen Bezirk von der Heerstraße trennt, stehen mehrere kleine runde Tische und Gartenstühle; hier atmet man freie Luft, beobachtet die Kommenden und Gehenden, ist entfernt von dem kakophonischen Getöse jenes vermaledeiten Orchesters: da setze ich mich hin, dem leichten Spiel meiner Phantasie mich überlassend, die mir befreundete Gestalten zuführt, mit denen ich über Wissenschaft, über Kunst, über alles, was dem Menschen am teuersten sein soll, spreche. Immer bunter und bunter wogt die Masse der Spaziergänger bei mir vorüber, aber nichts stört mich, nichts kann meine phantastische Gesellschaft verscheuchen. Nur das verwünschte Trio eines höchst niederträchtigen Walzers reißt mich aus der Traumwelt. Die kreischende Oberstimme der Violine und Flöte und des Fagotts schnarrenden Grundbaß allein höre ich; sie gehen auf und ab, fest aneinanderhaltend in Oktaven, die das Ohr zerschneiden, und unwillkürlich, wie jemand, den ein brennender Schmerz ergreift, ruf ich aus:

»Welche rasende Musik! die abscheulichen Oktaven!« – Neben mir murmelt es:

»Verwünschtes Schicksal! schon wieder ein Oktavenjäger!«

Ich sehe auf und werde nun erst gewahr, daß, von mir unbemerkt, an demselben Tische ein Mann Platz genommen hat, der seinen Blick starr auf mich richtet und von dem nun mein Auge nicht wieder loskommen kann.

Nie sah ich einen Kopf, nie eine Gestalt, die so schnell einen so tiefen Eindruck auf mich gemacht hätten. Eine sanft gebogene Nase schloß sich an eine breite, offene Stirn mit merklichen Erhöhungen über den buschigen, halbgrauen Augenbraunen, unter denen die Augen mit beinahe wildem, jugendlichem Feuer (der Mann mochte über funfzig sein) hervorblitzten. Das weich geformte Kinn stand in seltsamem Kontrast mit dem geschlossenen Munde, und ein skurriles Lächeln, hervorgebracht durch das sonderbare Muskelspiel in den eingefallenen Wangen, schien sich aufzulehnen gegen den tiefen, melancholischen Ernst, der auf der Stirn ruhte. Nur wenige graue Löckchen lagen hinter den großen, vom Kopfe abstehenden Ohren. Ein sehr weiter, moderner Überrock hüllte die große hagere Gestalt ein. Sowie mein Blick auf den Mann traf, schlug er die Augen nieder und setzte das Geschäft fort, worin ihn mein Ausruf wahrscheinlich unterbrochen hatte. Er schüttete nämlich aus verschiedenen kleinen Tüten mit sichtbarem Wohlgefallen Tabak in eine vor ihm stehende große Dose und feuchtete ihn mit rotem Wein aus einer Viertelsflasche an. Die

Musik hatte aufgehört; ich fühlte die Notwendigkeit, ihn anzureden.

»Es ist gut, daß die Musik schweigt«, sagte ich; »das war ja nicht auszuhalten.«

Der Alte warf mir einen flüchtigen Blick zu und schüttete die letzte Tüte aus.

»Es wäre besser, daß man gar nicht spielte«, nahm ich nochmals das Wort. »Sind Sie nicht meiner Meinung?«

»Ich bin gar keiner Meinung«, sagte er. »Sie sind Musiker und Kenner von Profession . . .«

»Sie irren; beides bin ich nicht. Ich lernte ehemals Klavierspielen und Generalbaß wie eine Sache, die zur guten Erziehung gehört, und da sagte man mir unter anderm, nichts mache einen widrigern Effekt, als wenn der Baß mit der Oberstimme in Oktaven fortschreite. Ich nahm das damals auf Autorität an und habe es nachher immer bewährt gefunden.«

»Wirklich?« fiel er mir ein, stand auf und schritt langsam und bedächtig nach den Musikanten hin, indem er öfters, den Blick in die Höhe gerichtet, mit flacher Hand an die Stirn klopfte wie jemand, der irgendeine Erinnerung wekken will. Ich sah ihn mit den Musikanten sprechen, die er mit gebietender Würde behandelte. Er kehrte zurück, und kaum hatte er sich gesetzt, als man die Ouvertüre der »Iphigenia in Aulis« zu spielen begann.

Mit halbgeschlossenen Augen, die verschränkten Arme auf den Tisch gestützt, hörte er das Andante; den linken Fuß leise bewegend, bezeichnete er das Eintreten der Stimmen; jetzt erhob er den Kopf – schnell warf er den Blick umher – die linke Hand, mit auseinandergespreizten Fingern, ruhte auf dem Tische, als greife er einen Akkord auf dem Flügel, die rechte Hand hob er in die Höhe: es war ein Kapellmeister, der dem Orchester das Eintreten des andern Tempos angibt – die rechte Hand fällt, und das Allegro beginnt! –

Eine brennende Röte fliegt über die blassen Wangen; die Augenbraunen fahren zusammen auf der gerunzelten Stirn, eine innere Wut entflammt den wilden Blick mit einem Feuer, das mehr und mehr das Lächeln wegzehrt, das noch um den halbgeöffneten Mund schwebte. Nun lehnt er sich zurück, hinauf ziehen sich die Augenbraunen, das Muskelspiel auf den Wangen kehrt wieder, die Augen erglänzen, ein tiefer innerer Schmerz löst sich auf in Wollust, die alle Fibern ergreift und krampfhaft erschüttert – tief aus der Brust zieht er den Atem, Tropfen stehen auf der Stirn; er deutet das Eintreten des Tutti und andere Hauptstellen an; seine rechte Hand verläßt den Takt nicht, mit der linken holt er sein Tuch hervor und fährt damit über das Gesicht. – So belebte er das Skelett, welches jene paar Violinen von der Ouvertüre gaben, mit Fleisch und Farben. Ich hörte die sanfte, schmelzende Klage, womit die Flöte emporsteigt, wenn der Sturm der Violinen und Bässe ausgetobt hat und der Donner der Pauken schweigt; ich hörte die leise anschlagenden Töne der Violoncelle, des Fagotts, die das Herz mit unnennbarer Wehmut erfüllen: das Tutti kehrt wieder, wie ein Riese hehr und groß schreitet das Unisono fort, die dumpfe Klage erstirbt unter seinen zermalmenden Tritten.

Die Ouvertüre war geendigt; der Mann ließ beide Arme herabsinken und saß mit geschlossenen Augen da wie jemand, den eine übergroße Anstrengung entkräftet hat. Seine Flasche war leer; ich füllte sein Glas mit Burgunder, den ich unterdessen hatte geben lassen. Er seufzte tief auf, er schien aus einem Traume zu erwachen. Ich nötigte ihn zum Trinken; er tat es ohne Umstände, und indem er das volle Glas mit einem Zuge hinunterstürzte, rief er aus: »Ich bin mit der Aufführung zufrieden! das Orchester hielt sich brav!«

»Und doch«, nahm ich das Wort – »doch wurden nur

schwache Umrisse eines mit lebendigen Farben ausgeführten Meisterwerks gegeben.«

»Urteile ich richtig? – Sie sind kein Berliner!«

»Ganz richtig; nur abwechselnd halte ich mich hier auf.«

»Der Burgunder ist gut; aber es wird kalt.«

»So lassen Sie uns ins Zimmer gehen und dort die Flasche leeren.«

»Ein guter Vorschlag. – Ich kenne Sie nicht; dafür kennen Sie mich aber auch nicht. Wir wollen uns unsere Namen nicht abfragen; Namen sind zuweilen lästig. Ich trinke Burgunder, er kostet mich nichts, wir befinden uns wohl beieinander, und damit gut.«

Er sagte dies alles mit gutmütiger Herzlichkeit. Wir waren ins Zimmer getreten; als er sich setzte, schlug er den Überrock auseinander, und ich bemerkte mit Verwunderung, daß er unter demselben eine gestickte Weste mit langen Schößen, schwarzsamtne Beinkleider und einen ganz kleinen, silbernen Degen trug. Er knöpfte den Rock sorgfältig wieder zu.

»Warum fragten Sie mich, ob ich ein Berliner sei?« begann ich.

»Weil ich in diesem Falle genötigt gewesen wäre, Sie zu verlassen.«

»Das klingt rätselhaft.«

»Nicht im mindesten, sobald ich Ihnen sage, daß ich – nun, daß ich ein Komponist bin.«

»Noch immer errate ich Sie nicht.«

»So verzeihen Sie meinen Ausruf vorhin: denn ich sehe, Sie verstehen sich ganz und gar nicht auf Berlin und auf Berliner.«

Er stand auf und ging einigemal heftig auf und ab; dann trat er ans Fenster und sang kaum vernehmlich den Chor der Priesterinnen aus der »Iphigenia in Tauris«, indem er dann und wann bei dem Eintreten der Tutti an die Fensterscheiben klopfte. Mit Verwundern bemerkte ich, daß er gewisse andere Wendungen der Melodien nahm, die durch Kraft und Neuheit frappierten. Ich ließ ihn gewähren. Er hatte geendigt und kehrte zurück zu seinem Sitz. Ganz ergriffen von des Mannes sonderbarem Benehmen und den phantastischen Äußerungen eines seltenen musikalischen Talents, schwieg ich. Nach einer Weile fing er an:

»Haben Sie nie komponiert?«

»Ja, ich habe mich in der Kunst versucht: nur fand ich alles, was ich, wie mich dünkte, in Augenblicken der Begeisterung geschrieben hatte, nachher matt und langweilig; da ließ ich's dann bleiben.«

»Sie haben unrecht getan; denn schon daß Sie eigne Versuche verwarfen, ist kein übles Zeichen Ihres Talents. Man lernt Musik als Knabe, weil's Papa und Mama so haben wollen; nun wird darauflos geklimpert und gegeigt: aber unvermerkt wird der Sinn empfänglicher für Melodie. Vielleicht war das halb vergessene Thema eines Liedchens, welches man nun anders sang, der erste eigne Gedanke, und dieser Embryo, mühsam genährt von fremden Kräften, genas zum Riesen, der alles um sich her aufzehrte und in sein Mark und Blut verwandelte! – Ha, wie ist es möglich, die tausenderlei Arten, wie man zum Komponieren kommt, auch nur anzudeuten! – Es ist eine breite Heerstraße, da tummeln sich alle herum und jauchzen und schreien: ›Wir sind Geweihte! wir sind am Ziel!‹ – Durchs elfenbeinerne Tor kommt man ins Reich der Träume? wenige sehen das Tor einmal, noch wenigere gehen durch! – Abenteuerlich sieht es hier aus. Tolle Gestalten schweben hin und her, aber sie haben Charakter – eine mehr wie die andere. Sie lassen sich auf der Heerstraße nicht sehen; nur hinter dem elfenbeinernen Tor sind sie zu finden. Es ist schwer, aus diesem Reiche zu kommen; wie vor Alzinens Burg versperren die Ungeheuer den Weg – es wirbelt – cs dreht sich – viele verträumen den Traum im Reiche der Träume – sie zerfließen im Traum – sie werfen keinen Schatten mehr, sonst würden sie am Schatten gewahr werden den Strahl, der durch dies Reich fährt; aber nur wenige, erweckt aus dem Traume, steigen empor und schreiten durch das Reich der Träume – sie kommen zur Wahrheit – der höchste Moment ist da: die Berührung mit dem Ewigen, Unaussprechlichen! – Schaut die Sonne an, sie ist der Dreiklang, aus dem die Akkorde, Sternen gleich, herabschießen und Euch mit Feuerfaden umspinnen. – Verpuppt im Feuer liegt Ihr da, bis sich Psyche emporschwingt in die Sonne.«

Bei den letzten Worten war er aufgesprungen, warf den Blick, warf die Hand in die Höhe. Dann setzte er sich wieder und leerte schnell das ihm eingeschenkte Glas. Es entstand eine Stille, die ich nicht unterbrechen mochte, um den außerordentlichen Mann nicht aus dem Geleise zu bringen. Endlich fuhr er beruhigter fort:

»Als ich im Reich der Träume war, folterten mich tausend Schmerzen und Ängste! Nacht war's, und mich schreckten die grinsenden Larven der Ungeheuer, welche auf mich einstürmten und mich bald in den Abgrund des Meeres versenkten, bald hoch in die Lüfte emporhoben. Da fuhren Lichtstrahlen durch die Nacht, und die Lichtstrahlen waren Töne, welche mich umfingen mit lieblicher Klarheit. – Ich erwachte von meinen Schmerzen und sah ein großes, helles Auge, das blickte in eine Orgel, und wie es blickte, gingen Töne hervor und schimmerten und umschlangen sich in herrlichen Akkorden, wie ich sie nie gedacht hatte. Melodien strömten auf und nieder, und ich schwamm in diesem Strom und wollte untergehen: da blickte das Auge mich an und hielt mich empor über den brausenden Wellen. – Nacht wurde es wieder, da traten zwei Kolosse in glänzenden Harnischen auf mich zu: Grundton und Quinte! Sie rissen mich empor, aber das Auge lächelte: ›Ich weiß, was deine Brust mit Sehnsucht erfüllt; der sanfte, weiche Jüngling, Terz, wird unter die Kolossen treten; du wirst seine süße Stimme hören, mich wieder sehen, und meine Melodien werden dein sein.‹«

Er hielt inne.

»Und Sie sahen das Auge wieder?«

»Ja, ich sah es wieder! – Jahrelang seufzt ich im Reich der Träume – da – ja da! – Ich saß in einem herrlichen Tal und hörte zu, wie die Blumen miteinander sangen. Nur eine Sonnenblume schwieg und neigte traurig den geschlossenen Kelch zur Erde. Unsichtbare Bande zogen mich hin zu ihr – sie hob ihr Haupt – der Kelch schloß sich auf, und aus ihm strahlte mir das Auge entgegen. Nun zogen die Töne wie Lichtstrahlen aus meinem Haupte zu den Blumen, die begierig sie einsogen. Größer und größer wurden der Sonnenblume Blätter – Gluten strömten aus ihnen hervor – sie umflossen mich – das Auge war verschwunden und ich im Kelche.«

Bei den letzten Worten sprang er auf und eilte mit raschen, jugendlichen Schritten zum Zimmer hinaus. Vergebens wartete ich auf seine Zurückkunft; ich beschloß daher, nach der Stadt zu gehen.

Schon war ich in der Nähe des Brandenburger Tores, als ich in der Dunkelheit eine lange Figur hinschreiten sah und alsbald meinen Sonderling wiedererkannte. Ich redete ihn an:

»Warum haben Sie mich so schnell verlassen?«

»Es wurde zu heiß, und der Euphon fing an zu klingen.«

»Ich verstehe Sie nicht!«

»Desto besser.«

»Desto schlimmer, denn ich möchte Sie gern ganz verstehen.«

»Hören Sie denn nichts?«

»Nein.«

»– Es ist vorüber! – Lassen Sie uns gehen. Ich liebe sonst nicht eben die Gesellschaft; aber – Sie komponieren nicht – Sie sind kein Berliner.«

»Ich kann nicht ergründen, was Sie so gegen die Berliner einnimmt. Hier, wo die Kunst geachtet und in hohem Maße ausgeübt wird, sollt ich meinen, müßte einem Manne von Ihrem künstlerischen Geiste wohl sein!«

»Sie irren! – Zu meiner Qual bin ich verdammt, hier, wie ein abgeschiedener Geist, im öden Raume umherzuirren.«

»Im öden Raume, hier, in Berlin?«

»Ja, öde ist's um mich her, denn kein verwandter Geist tritt auf mich zu. Ich stehe allein.«

»Aber die Künstler! die Komponisten!«

»Weg damit! Sie kritteln und kritteln – verfeinern alles bis zur feinsten Meßlichkeit, wühlen alles durch, um nur einen armseligen Gedanken zu finden; über dem Schwatzen von Kunst, von Kunstsinn und was weiß ich – können sie nicht zum Schaffen kommen, und wird ihnen einmal so zumute, als wenn sie ein paar Gedanken ans Tageslicht befördern müßten, so zeigt die furchtbare Kälte ihre weite Entfernung von der Sonne – es ist lappländische Arbeit.«

»Ihr Urteil scheint mir viel zu hart. Wenigstens müssen Sie die herrlichen Aufführungen im Theater befriedigen.«

»Ich hatte es über mich gewonnen, einmal wieder ins Theater zu gehen, um meines jungen Freundes Oper zu hören – wie heißt sie gleich? – Ha, die ganze Welt ist in dieser Oper! Durch das bunte Gewühl geputzter Menschen ziehen die Geister des Orkus – alles hat hier Stimme und allmächtigen Klang – Teufel, ich meine ja ›Don Juan‹! – Aber nicht die Ouvertüre, welche prestissimo, ohne Sinn und Verstand abgesprudelt wurde, konnt ich überstehen; und ich hatte mich bereitet dazu durch Fasten und Gebet, weil ich weiß, daß der Euphon von diesen Massen viel zu sehr bewegt wird und unrein anspricht!«

»Wenn ich auch eingestehen muß, daß Mozarts Meisterwerke größtenteils auf eine kaum erklärliche Weise hier vernachlässigt werden, so erfreuen sich doch Glucks Werke gewiß einer würdigen Darstellung.«

»Meinen Sie? – Ich wollte einmal ›Iphigenia in Tauris‹ hören. Als ich ins Theater trete, höre ich, daß man die Ouvertüre der ›Iphigenia in Aulis‹ spielt. Hm – denke ich, ein Irrtum; man gibt *diese* ›Iphigenia‹! Ich erstaune, als nun das Andante eintritt, womit die ›Iphigenia in Tauris‹ anfängt, und der Sturm folgt. Zwanzig Jahre liegen dazwischen! Die ganze Wirkung, die ganze wohlberechnete Exposition des Trauerspiels geht verloren. Ein stilles Meer – ein Sturm – die Griechen werden ans Land geworfen, die Oper ist da! – Wie? hat der Komponist die Ouvertüre ins Gelag hineingeschrieben, daß man sie wie ein Trompeterstückchen abblasen kann, wie und wo man will?«

»Ich gestehe den Mißgriff ein. Indessen, man tut doch alles, um Glucks Werke zu heben.«

»Ei ja!« sagte er kurz und lächelte dann bitter und immer bittrer. Plötzlich fuhr er auf, und nichts vermochte ihn aufzuhalten. Er war im Augenblicke wie verschwunden, und mehrere Tage hintereinander suchte ich ihn im Tiergarten vergebens.

Einige Monate waren vergangen, als ich an einem kalten regnichten Abende mich in einem entfernten Teile der Stadt verspätet hatte und nun nach meiner Wohnung in der Friedrichsstraße eilte. Ich mußte bei dem Theater vorbei; die rauschende Musik, Trompeten und Pauken, erinnerten mich, daß gerade Glucks »Armida« gegeben wurde, und ich war im Begriff hineinzugehen, als ein sonderbares Selbstgespräch, dicht an den Fenstern, wo man fast jeden Ton des Orchesters hörte, meine Aufmerksamkeit erregte.

»Jetzt kömmt der König – sie spielen den Marsch – o

paukt, paukt nur zu! – 's ist recht munter! ja, ja, sie müssen ihn heute eilfmal machen – der Zug hat sonst nicht Zug genug. – Ha, ha – maestoso – schleppt euch, Kinderchen. – Sieh, da bleibt ein Figurant mit der Schuhschleife hängen. – Richtig, zum zwölftenmal! und immer auf die Dominante hinausgeschlagen. – O ihr ewigen Mächte, das endet nimmer! Jetzt macht er sein Kompliment – Armida dankt ergebenst. – Noch einmal? – Richtig, es fehlen noch zwei Soldaten! Jetzt wird ins Rezitativ hineingepoltert. – Welcher böse Geist hat mich hier festgebannt?«

»Der Bann ist gelöst«, rief ich. »Kommen Sie!«

Ich faßte meinen Sonderling aus dem Tiergarten – denn niemand anders war der Selbstredner – rasch beim Arm und zog ihn mit mir fort. Er schien überrascht und folgte mir schweigend. Schon waren wir in der Friedrichsstraße, als er plötzlich stillstand.

»Ich kenne Sie«, sagte er. »Sie waren im Tiergarten – wir sprachen viel – ich habe Wein getrunken – habe mich erhitzt – nachher klang der Euphon zwei Tage hindurch – ich habe viel ausgestanden – es ist vorüber!«

»Ich freue mich, daß der Zufall Sie mir wieder zugeführt hat. Lassen Sie uns näher miteinander bekannt werden. Nicht weit von hier wohne ich; wie wär es . . .«

»Ich kann und darf zu niemand gehen.«

»Nein, Sie entkommen mir nicht; ich gehe mit Ihnen.«

»So werden Sie noch ein paar hundert Schritte mit mir laufen müssen. Aber Sie wollten ja ins Theater?«

»Ich wollte ›Armida‹ hören, aber nun –«

»Sie sollen *jetzt* ›Armida‹ hören! kommen Sie!«

Schweigend gingen wir die Friedrichsstraße hinauf; rasch bog er in eine Querstraße ein, und kaum vermochte ich ihm zu folgen, so schnell lief er die Straße hinab, bis er endlich vor einem unansehnlichen Hause stillstand. Ziemlich lange hatte er gepocht, als man endlich öffnete. Im Finstern tappend, erreichten wir die Treppe und ein Zimmer im obern Stock, dessen Türe mein Führer sorgfältig verschloß. Ich hörte noch eine Türe öffnen; bald darauf trat er mit einem angezündeten Lichte hinein, und der Anblick des sonderbar ausstaffierten Zimmers überraschte mich nicht wenig. Altmodisch reich verzierte Stühle, eine Wanduhr mit vergoldetem Gehäuse und ein breiter, schwerfälliger Spiegel gaben dem Ganzen das düstere Ansehn verjährter Pracht. In der Mitte stand ein kleines Klavier, auf demselben ein großes Tintenfaß von Porzellan, und daneben lagen einige Bogen rastriertes Papier. Ein schärferer Blick auf diese Vorrichtung zum Komponieren überzeugte mich jedoch, daß seit langer Zeit nichts geschrieben sein mußte; denn ganz vergelbt war das Papier, und dickes Spinnengewebe überzog das Tintenfaß. Der Mann trat vor einen Schrank in der Ecke des Zimmers, den ich noch nicht bemerkt hatte, und als er den Vorhang wegzog, wurde ich eine Reihe schön gebundener Bücher gewahr mit goldnen Aufschriften: »Orfeo«, »Armida«, »Alceste«, »Iphigenia« und so weiter, kurz, Glucks Meisterwerke sah ich beisammenstehen.

»Sie besitzen Glucks sämtliche Werke?« rief ich.

Er antwortete nicht, aber zum krampfhaften Lächeln verzog sich der Mund, und das Muskelspiel in den eingefallenen Backen verzerrte im Augenblick das Gesicht zur schauerlichen Maske. Starr den düstern Blick auf mich gerichtet, ergriff er eins der Bücher – es war »Armida« – und schritt feierlich zum Klavier hin. Ich öffnete es schnell und stellte den zusammengelegten Pult auf; er schien das gern zu sehen. Er schlug das Buch auf, und – wer schildert mein Erstaunen! ich erblickte rastrierte Blätter, aber mit keiner Note beschrieben.

Er begann: »Jetzt werde ich die Ouvertüre spielen! Wenden Sie die Blätter um, und zur rechten Zeit!« – Ich versprach das, und nun spielte er herrlich und meisterhaft, mit vollgriffigen Akkorden, das majestätische Tempo di Marcia, womit die Ouvertüre anhebt, fast ganz dem Original getreu: aber das Allegro war nur mit Glucks Hauptgedanken durchflochten. Er brachte so viele neue geniale Wendungen hinein, daß mein Erstaunen immer wuchs. Vorzüglich waren seine Modulationen frappant, ohne grell zu werden, und er wußte den einfachen Hauptgedanken so viele melodiöse Melismen anzureihen, daß jene immer in neuer, verjüngter Gestalt wiederzukehren schienen. Sein Gesicht glühte; bald zogen sich die Augenbrauen zusammen, und ein lang verhaltener Zorn wollte gewaltsam losbrechen, bald schwamm das Auge in Tränen tiefer Wehmut. Zuweilen sang er, wenn beide Hände in künstlichen Melismen arbeiteten, das Thema mit einer angenehmen Tenorstimme; dann wußte er, auf ganz besondere Weise, mit der Stimme den dumpfen Ton der anschlagenden Pauke nachzuahmen. Ich wandte die Blätter fleißig um, indem ich seine Blicke verfolgte. Die Ouvertüre war geendet, und er fiel erschöpft mit geschlossenen Augen in den Lehnstuhl zurück. Bald raffte er sich aber wieder auf, und indem er hastig mehrere leere Blätter des Buchs umschlug, sagte er mit dumpfer Stimme:

»Alles dieses, mein Herr, habe ich geschrieben, als ich aus dem Reich der Träume kam. Aber ich verriet Unheiligen das Heilige, und eine eiskalte Hand faßte in dies glühende Herz! Es brach nicht; da wurde ich verdammt, zu wandeln unter den Unheiligen wie ein abgeschiedener Geist – gestaltlos, damit mich niemand kenne, bis mich die Sonnenblume wieder emporhebt zu dem Ewigen. – Ha – jetzt lassen Sie uns Armidens Szene singen!«

Nun sang er die Schlußszene der Armida mit einem Ausdruck, der mein Innerstes durchdrang. Auch hier wich er merklich von dem eigentlichen Originale ab; aber seine veränderte Musik war die Glucksche Szene gleichsam in höherer Potenz. Alles, was Haß, Liebe, Verzweiflung, Raserei in den stärksten Zügen ausdrücken kann, faßte er gewaltig in Töne zusammen. Seine Stimme schien die eines Jünglings, denn von tiefer Dumpfheit schwoll sie empor zur durchdringenden Stärke. Alle meine Fibern zitterten – ich war außer mir. Als er geendet hatte, warf ich mich ihm in die Arme und rief mit gepreßter Stimme: »Was ist das? Wer sind Sie?«

Er stand auf und maß mich mit ernstem, durchdringendem Blick; doch als ich weiter fragen wollte, war er mit dem Lichte durch die Türe entwichen und hatte mich im Finstern gelassen. Es hatte beinahe eine Viertelstunde gedauert; ich verzweifelte, ihn wiederzusehen, und suchte, durch den Stand des Klaviers orientiert, die Türe zu öffnen, als er plötzlich in einem gestickten Galakleide, reicher Weste, den Degen an der Seite, mit dem Lichte in der Hand hereintrat.

Ich erstarrte; feierlich kam er auf mich zu, faßte mich sanft bei der Hand und sagte, sonderbar lächelnd: »*Ich bin der Ritter Gluck!*«

III Kreisleriana

Numero 1-6

Wo ist er her? – Niemand weiß es! – Wer waren seine Eltern? – Es ist unbekannt! – Wessen Schüler ist er? – Eines guten Meisters, denn er spielt vortrefflich, und da er Verstand und Bildung hat, kann man ihn wohl dulden, ja ihm sogar den Unterricht in der Musik verstatten. Und er ist wirklich und wahrhaftig Kapellmeister gewesen, setzen die diplomatischen Personen hinzu, denen er einmal in guter Laune eine von der Direktion des . . . r Hoftheaters ausgestellte Urkunde vorwies, in welcher er, der Kapellmeister Johannes Kreisler, bloß deshalb seines Amtes entlassen wurde, weil er standhaft verweigert hatte, eine Oper, die der Hofpoet gedichtet, in Musik zu setzen, auch mehrmals an der öffentlichen Wirtstafel von dem Primo Huomo verächtlich gesprochen und ein junges Mädchen, die er im Gesange unterrichtet, der Primadonna in ganz ausschweifenden, wiewohl unverständlichen Redensarten vorzuziehen getrachtet; jedoch solle er den Titel als Fürstlich . . . r Kapellmeister beibehalten, ja sogar zurückkehren dürfen, wenn er gewisse Eigenheiten und lächerliche Vorurteile, zum Beispiel daß die wahre italienische Musik verschwunden sei und so weiter, gänzlich abgelegt und an die Vortrefflichkeit des Hofpoeten, der allgemein für den zweiten Metastasio anerkannt, willig glaube. – Die Freunde behaupteten, die Natur habe bei seiner Organisation ein neues Rezept versucht und der Versuch sei mißlungen, indem seinem überreizbaren Gemüte, seiner bis zur zerstörenden Flamme aufglühenden Phantasie zuwenig Phlegma beigemischt und so das Gleichgewicht zerstört worden, das dem Künstler durchaus nötig sei, um mit der Welt zu leben und ihr Werke zu dichten, wie sie dieselben, selbst im höhern Sinn, eigentlich brauche. Dem sei, wie ihm wolle – genug, Johannes wurde von seinen innern Erscheinungen und Träumen wie auf einem ewig wogenden Meer dahin – dorthin getrieben, und er schien vergebens den Port zu suchen, der ihm endlich *die* Ruhe und Heiterkeit geben sollte, ohne welche der Künstler nichts zu schaffen vermag. So kam es denn auch, daß die Freunde es nicht dahin bringen konnten, daß er eine Komposition aufschrieb oder, wirklich aufgeschrieben, unvernichtet ließ. Zuweilen komponierte er zur Nachtzeit in der aufgeregtesten Stimmung – er weckte den Freund, der neben ihm wohnte, um ihm alles in der höchsten Begeisterung vorzuspielen, was er in unglaublicher Schnelle aufgeschrieben – er vergoß Tränen der Freude über das gelungene Werk – er pries sich selbst als den glücklichsten Menschen, aber den andern Tag – lag die herrliche Komposition im Feuer. – Der Gesang wirkte beinahe verderblich auf ihn, weil seine Phantasie dann überreizt wurde und sein Geist in ein Reich entwich, wohin ihm niemand ohne Gefahr folgen konnte; dagegen gefiel er sich oft darin, stundenlang auf dem Flügel die seltsamsten Themas in zierlichen kontrapunktischen Wendungen und Nachahmungen, in den kunstreichsten Passagen auszuarbeiten. War ihm das einmal recht gelungen, so befand er sich mehrere Tage hindurch in heiterer Stimmung, und eine gewisse schalkhafte Ironie würzte das Gespräch, womit er den kleinen gemütlichen Zirkel seiner Freunde erfreute.

Auf einmal war er, man wußte nicht wie und warum, verschwunden. Viele behaupteten, Spuren des Wahnsinns an ihm bemerkt zu haben, und wirklich hatte man ihn mit zwei übereinandergestülpten Hüten und zwei Rastralen, wie Dolche in den roten Leibgürtel gesteckt, lustig singend zum Tore hinaushüpfen gesehen, wiewohl seine näheren Freunde nichts Besonderes bemerkt, da ihm gewaltsame Ausbrüche, von irgendeinem innern Gram erzeugt, auch schon sonst eigen gewesen. Als nun alle Nachforschungen, wo er geblieben, vergebens und die Freunde sich über seinen kleinen Nachlaß an Musikalien und andern Schriften berieten, erschien das Fräulein von B. und erklärte, wie nur *ihr* allein es zukomme, diesen Nachlaß ihrem lieben Meister und Freunde, den sie keineswegs verloren glaube, zu bewahren. Ihr übergaben mit freudigem Willen die Freunde alles, was sie vorgefunden, und als sich auf den weißen Rückseiten mehrerer Notenblätter kleine, größtenteils humoristische Aufsätze, in günstigen Augenblicken mit Bleistift schnell hingeworfen, befanden, erlaubte die treue Schülerin des unglücklichen Johannes dem treuen Freunde, Abschrift davon zu nehmen und sie als anspruchslose Erzeugnisse einer augenblicklichen Anregung mitzuteilen.

1. Johannes Kreislers, des Kapellmeisters, musikalische Leiden

Sie sind alle fortgegangen. – Ich hätt es an dem Zischeln, Scharren, Räuspern, Brummen durch alle Tonarten bemerken können; es war ein wahres Bienennest, das vom Stocke abzieht, um zu schwärmen. Gottlieb hat mir neue Lichter aufgesteckt und eine Flasche Burgunder auf das Fortepiano hingestellt. Spielen kann ich nicht mehr, denn ich bin ganz ermattet; daran ist mein alter herrlicher Freund hier auf dem Notenpulte schuld, der mich schon wieder einmal, wie Mephistopheles den Faust auf seinem Mantel, durch die Lüfte getragen hat, und so hoch, daß ich die Menschlein unter mir nicht sah und merkte, unerachtet sie tollen Lärm genug gemacht haben mögen. – Ein hundsföttischer, nichtswürdig vergeudeter Abend! Aber jetzt ist mir wohl und leicht. – Hab ich doch gar während des Spielens meinen Bleistift hervorgezogen und Seite 63 unter dem letzten System ein paar gute Ausweichungen in Ziffern notiert mit der rechten Hand, während die Linke im Strome der Töne fortarbeitete! Hinten auf der leeren Seite fahr ich schreibend fort. Ich verlasse Ziffern und Töne, und mit wahrer Lust, wie der genesene Kranke, der nun nicht aufhören kann zu erzählen, was er gelitten, notiere ich hier umständlich die höllischen Qualen des heutigen Tees. Aber nicht für mich allein, sondern für alle, die sich hier zuweilen an meinem Exemplar der Johann Sebastian Bachschen Variationen für das Klavier, erschienen bei Nägeli in Zürich, ergötzen und erbauen, bei dem Schluß der dreißigsten Variation meine Ziffern finden und, geleitet von dem großen lateinischen Verte (ich schreib es gleich hin, wenn meine Klageschrift zu Ende ist), das Blatt umwenden und lesen. Diese erraten gleich den wahren Zusammenhang; sie wissen, daß der Geheime Rat Röderlein hier ein ganz charmantes Haus macht und zwei Töchter hat, von denen die ganze elegante Welt mit Enthusiasmus behauptet, sie tanzten wie die Göttinnen, sprächen französisch wie die Engel und spielten und sängen und zeichneten wie die Musen. Der Geheime Rat Röderlein ist ein reicher Mann; er führt bei seinen vierteljährigen Dînés die schönsten Weine, die feinsten Speisen, alles ist auf den elegantesten Fuß eingerichtet, und wer sich bei seinen Tees nicht himmlisch amüsiert, hat keinen Ton, keinen Geist und vornehmlich keinen Sinn für die Kunst. Auf diese ist es nämlich auch abgesehen; neben dem Tee, Punsch, Wein, Gefrornen etc. wird auch immer etwas Musik präsentiert, die von der schönen Welt ganz gemütlich, so wie jenes, eingenommen wird. Die Einrichtung ist so: Nachdem jeder Gast Zeit genug hat, eine beliebige Zahl Tassen Tee zu trinken, und nachdem zweimal Punsch und Gefrornes herumgegeben worden ist, rücken die Bedienten die Spieltische heran für den älteren, solideren Teil der Gesellschaft, der dem musikalischen das Spiel mit Karten vorzieht, welches auch in der Tat nicht solchen unnützen Lärm macht und wo nur einiges Geld erklingt. – Auf dies Zeichen schießt der jüngere Teil der Gesellschaft auf die Fräuleins Röderlein zu; es entsteht ein Tumult, in dem man die Worte unterscheidet: »Schönes Fräulein, versagen Sie uns nicht den Genuß Ihres himmlischen Talents« – »o singe etwas, meine Gute«. – »Nicht möglich« – »Katarrh« – »der letzte Ball« – »nichts eingeübt«. – »O bitte, bitte – wir flehen« etc. Gottlieb hat unterdessen den Flügel geöffnet und das Pult mit dem wohlbekannten Notenbuche beschwert. Vom Spieltisch herüber ruft die gnädige Mama: »Chantez donc, mes enfants!« Das ist das Stichwort *meiner* Rolle; ich stelle mich an den Flügel, und im Triumph werden die Röderleins an das Instrument geführt. Nun entsteht wieder eine Differenz: keine will zuerst singen. »Du weißt, liebe Nanette, wie entsetzlich heiser ich bin.« – »Bin ich es denn weniger, liebe Marie?« – »Ich singe so schlecht.« – »O Liebe, fange nur an« etc. Mein Einfall (ich habe ihn jedesmal!), beide möchten mit einem Duo anfangen, wird gewaltig beklatscht, das Buch durchblättert, das sorgfältig eingeschlagene Blatt endlich gefunden, und nun geht's los: »Dolce dell' anima« etc. – Das Talent der Fräulein Röderlein ist wirklich nicht das geringste. Ich bin nun fünf Jahre hier und viertehalb Jahre im Röderleinschen Hause Lehrer; für diese kurze Zeit hat es Fräulein Nanette dahin gebracht, daß sie eine Melodie, die sie nur zehnmal im Theater gehört und am Klavier dann höchstens noch zehnmal durchprobiert hat, so wegsingt, daß man gleich weiß, was es sein soll. Fräulein Marie faßt es schon beim achten Mal, und wenn sie öfters einen Viertelston tiefer steht als das Piano, so ist das bei solch niedlichem Gesichtlein und den ganz leidlichen Rosenlippen am Ende wohl zu ertragen. – Nach dem Duett allgemeiner Beifallschorus! Nun wechseln Arietten und Duettinos, und ich hämmere das tausendmal geleierte Akkompagnement frisch darauflos. Während des Gesanges hat die Finanzrätin Eberstein durch Räuspern und leises Mitsingen zu verstehen gegeben: Ich singe auch. Fräulein Nanette spricht: »Aber liebe Finanzrätin, nun mußt du uns auch deine göttliche Stimme hören lassen.« Es entsteht ein neuer Tumult. Sie hat den Katarrh – sie kann nichts auswendig! – Gottlieb bringt zwei Arme voll Musikalien herangeschleppt: da wird geblättert und geblättert. Erst will sie singen: »Der Hölle Rache« etc., dann: »Hebe, sieh« etc., dann: »Ach, ich liebte« etc. In der Angst schlage ich vor: »Ein Veilchen auf der Wiese« etc. Aber sie ist fürs große Genre, sie will sich zeigen, es bleibt bei der Konstanze. – O schreie du, quieke, miaue, gurgle, stöhne, ächze, tremuliere, quinkeliere nur recht munter: ich habe den Fortissimozug getreten und orgle mich taub. – O Satan, Satan! welcher deiner höllischen Geister ist in diese Kehle gefahren, der alle Töne zwickt und zwängt und zerrt. Vier Saiten sind schon gesprungen, ein Hammer ist invalid. Meine Ohren gellen, mein Kopf dröhnt, meine Nerven zittern. Sind denn alle unreine Töne kreischender Marktschreiertrompeten in diesen kleinen Hals gebannt? – Das hat mich angegriffen – ich trinke ein Glas Burgunder! – Man applaudierte unbändig, und jemand bemerkte, die Finanzrätin und Mozart hätten mich sehr ins Feuer gesetzt. Ich lächelte mit niedergeschlagenen Augen, recht dumm, wie ich wohl merkte. Nun erst regen sich alle Talente, bisher im verborgenen blühend, und fahren wild durcheinander. Es werden musikalische Exzesse beschlossen: Ensembles, Finalen, Chöre sollen aufgeführt werden. Der Kanonikus Kratzer singt bekanntlich einen himmlischen Baß, wie der Tituskopf dort bemerkt, der selbst bescheiden anführt, er sei eigentlich nur ein zweiter Tenor, aber freilich Mitglied mehrerer Singeakademien. Schnell wird alles zum ersten Chor aus dem »Titus« organisiert. Das ging ganz herrlich! Der Kanonikus, dicht hinter mir stehend, donnerte über meinem Haupte den Baß, als säng er mit obligaten Trompeten und Pauken in der Domkirche; er traf die Noten herrlich, nur das Tempo nahm er in der Eil fast noch einmal so langsam. Aber treu blieb er sich wenigstens insofern, daß er durchs ganze Stück immer einen halben Takt nachschleppte. Die übrigen äußerten einen entschiedenen Hang zur antiken griechischen Musik, die bekanntlich, die Harmonie nicht kennend, im Unisono ging: sie sangen alle die Oberstimme mit kleinen Varianten aus zufälligen Erhöhungen und Erniedrigungen, etwa um einen Viertelston. – Diese etwas geräuschvolle Produktion erregte eine allgemeine tragische Spannung, nämlich einiges Entsetzen, sogar an den Spieltischen, die für den Moment nicht so wie zuvor melodramatisch mitwirken konnten durch in die Musik eingeflochtene deklamatorische Sätze, zum Beispiel: »Ach ich liebte« – »achtundvierzig« – »war so glücklich« – »ich passe« – »kannte nicht« – »Whist« – »der Liebe Schmerz« – »in der Farbe« etc. – Es nahm sich recht artig aus. – (Ich schenke mir ein.) Das war die höchste Spitze der heutigen musikalischen Exposition: nun ist's aus! So dacht ich, schlug das Buch zu und stand auf. Da tritt der Baron, mein antiker Tenorist, auf mich zu und sagt: »O bester Herr Kapellmeister, Sie sollen ganz himmlisch phantasieren; o phantasieren Sie uns doch eins! nur ein wenig! ich bitte!« Ich versetzte ganz trocken, die Phantasie sei mir heute rein ausgegangen; und indem wir so darüber sprechen, hat ein Teufel in der Gestalt eines Elegants mit zwei Westen im Nebenzimmer unter meinem Hut die Bachschen Variationen ausgewittert; der denkt, es sind so Variatiönchen: »Nel cor mi non più sento« – »Ah, vous dirai-je, maman« etc., und will haben, ich soll darauflosspielen. Ich weigere mich: da fallen sie alle über mich her. Nun, so hört zu und berstet vor Langeweile, denk ich und arbeite drauflos. Bei Numero 3 entfernten sich mehrere Damen, verfolgt von Tistusköpfen.

Die Röderleins, weil der Lehrer spielte, hielten nicht ohne Qual aus bis Numero 12. Numero 15 schlug den Zweiwesten-Mann in die Flucht. Aus ganz übertriebener Höflichkeit blieb der Baron bis Numero 30 und trank bloß viel Punsch aus, den Gottlieb für mich auf den Flügel stellte. Ich hätte glücklich geendet, aber diese Numero 30, das Thema, riß mich unaufhaltsam fort. Die Quartblätter dehnten sich plötzlich aus zu einem Riesenfolio, wo tausend Imitationen und Ausführungen jenes Themas geschrieben standen, die ich abspielen mußte. Die Noten wurden lebendig und flimmerten und hüpften um mich her – elektrisches Feuer fuhr durch die Fingerspitzen in die Tasten – der Geist, von dem es ausströmte, überflügelte die Gedanken – der ganze Saal hing voll dichten Dufts, in dem die Kerzen düstrer und düstrer brannten – zuweilen sah eine Nase heraus, zuweilen ein paar Augen; aber sie verschwanden gleich wieder. So kam es, daß ich allein sitzen blieb mit meinem Sebastian Bach und von Gottlieb wie von einem spiritu familiari bedient wurde! – Ich trinke! – Soll man denn ehrliche Musiker so quälen mit Musik, wie ich heute gequält worden bin und so oft gequält werde? Wahrhaftig, mit keiner Kunst wird so viel verdammter Mißbrauch getrieben als mit der herrlichen, heiligen Musika, die in ihrem zarten Wesen so leicht entweiht wird! Habt ihr wahres Talent, wahren Kunstsinn: gut, so lernt Musik, leistet was der Kunst Würdiges und gebt dem Geweihten euer Talent hin im rechten Maß. Wollt ihr ohne das quinkelieren: nun, so tut's für euch und unter euch und quält nicht damit den Kapellmeister Kreisler und andere. – Nun könnte ich nach Hause gehen und meine neue Klaviersonate vollenden; aber es ist noch nicht eilf Uhr und eine schöne Sommernacht. Ich wette, neben mir beim Oberjägermeister sitzen die Mädchen am offnen Fenster und schreien mit kreischender, gellender, durchbohrender Stimme zwanzigmal »Wenn mir dein Auge strahlet« – aber immer nur die erste Strophe – in die Straße hinein. Schrägüber martert einer die Flöte und hat dabei Lungen wie Rameaus Neffe, und in langen, langen Tönen macht der Nachbar Hornist akustische Versuche. Die zahlreichen Hunde der Gegend werden unruhig, und meines Hauswirts Kater, aufgeregt durch jenes süße Duett, macht dicht neben meinem Fenster (es versteht sich, daß mein musikalisch-poetisches Laboratorium ein Dachstübchen ist) der Nachbarskatze, in die er seit dem März verliebt ist, die chromatische Skala hinaufjammernd, zärtliche Geständnisse. Nach eilf Uhr wird es ruhiger; so lange bleib ich sitzen, da ohnedies noch weißes Papier und Burgunder vorhanden, von dem ich gleich etwas genieße. – Es gibt, wie ich gehört habe, ein altes Gesetz, welches lärmenden Handwerkern verbietet, neben Gelehrten zu wohnen. Sollten denn arme, bedrängte Komponisten, die noch dazu aus ihrer Begeisterung Gold münzen müssen, um ihren Lebensfaden weiterzuspinnen, nicht jenes Gesetz auf sich anwenden und die Schreihälse und Dudler aus ihrer Nähe verbannen können? Was würde der Maler sagen, dem man, indem er ein Ideal malte, lauter heterogene Fratzengesichter vorhalten wollte! Schlösse er die Augen, so würde er wenigstens ungestört das Bild in der Phantasie fortsetzen. Baumwolle in den Ohren hilft nicht, man hört doch den Mordspektakel: und dann die Idee, schon die Idee: jetzt singen sie – jetzt kommt das Horn etc., der Teufel holt die sublimsten Gedanken! – Das Blatt ist richtig vollgeschrieben; auf dem vom Titel umgeschlagenen weißen Streifen will ich nur noch bemerken, warum ich hundertmal es mir vornahm, mich nicht mehr bei dem Geheimen Rat quälen zu lassen, und warum ich hundertmal meinen Vorsatz brach. – Freilich ist es Röderleins herrliche Nichte, die mich mit Banden an dies Haus fesselt, welche die Kunst geknüpft hat. Wer einmal so glücklich war, die Schlußszene der Gluckschen »Armida« oder die große Szene der Donna Anna im »Don Giovanni« von Fräulein Amalien zu hören, der wird begreifen, daß eine Stunde mit ihr am Piano Himmelsbalsam in die Wunden gießt, welche alle Mißtöne des ganzen Tages mir gequältem musikalischen Schulmeister schlugen. Röderlein, welcher weder an die Unsterblichkeit der Seele noch an den Takt glaubt, hält sie für gänzlich unbrauchbar für die höhere Existenz in der Teegesellschaft, da sie in dieser durchaus nicht singen will und denn doch wieder vor ganz gemeinen Leuten, zum Beispiel simplen Musikern, mit einer Anstrengung singt, die ihr gar nicht einmal taugt: denn ihre langen, gehaltenen, schwellenden Harmonikatöne, welche mich in den Himmel tragen, hat sie, wie Röderlein meint, offenbar der Nachtigall abgehorcht, die eine unvernünftige Kreatur ist, nur in Wäldern lebt und von dem Menschen, dem vernünftigen Herrn der Schöpfung, nicht nachgeahmt werden darf. Sie treibt ihre Rücksichtslosigkeit so weit, daß sie sich zuweilen sogar von Gottlieb auf der Violine akkompagnieren läßt, wenn sie Beethovensche oder Mozartsche Sonaten, aus denen kein Teeherr und Whistiker klug werden kann, auf dem Piano spielt. – Das war das letzte Glas Burgunder. – Gottlieb putzt mir die Lichter und scheint sich zu wundern über mein emsiges Schreiben. – Man hat ganz recht, wenn man diesen Gottlieb erst sechzehn Jahr alt schätzt. Das ist ein herrliches, tiefes Talent. Warum starb aber auch der Papa Torschreiber so früh; und mußte denn der Vormund den Jungen in die Liverei stecken? – Als Rode hier war, lauschte Gottlieb im Vorzimmer, das Ohr an die Saaltüre gedrückt, und spielte ganze Nächte; am Tage ging er singend träumend umher, und der rote Fleck am linken Backen ist ein treuer Abdruck des Solitärs am Finger der Röderleinschen Hand, die, wie man durch sanftes Streicheln den somnambülen Zustand hervorbringt, durch starkes Schlagen ganz richtig entgegengesetzt wirken wollte. Nebst andern

Sachen habe ich ihm die Sonaten von Corelli gegeben; da hat er unter den Mäusen in dem alten Oesterleinschen Flügel auf dem Boden gewütet, bis keine mehr lebte, und mit Röderleins Erlaubnis auch das Instrument auf sein kleines Stübchen transloziert. – »Wirf ihn ab, den verhaßten Bedientenrock, ehrlicher Gottlieb! und laß mich nach Jahren dich als den wackern Künstler an mein Herz drücken, der du werden kannst mit deinem herrlichen Talent, mit deinem tiefen Kunstsinn!« – Gottlieb stand hinter mir und wischte sich die Tränen aus den Augen, als ich diese Worte laut aussprach. – Ich drückte ihm schweigend die Hand, wir gingen hinauf und spielten die Sonaten von Corelli.

2. *Ombra adorata**

Wie ist doch die Musik so etwas höchst Wunderbares, wie wenig vermag doch der Mensch ihre tiefen Geheimnisse zu ergründen! – Aber wohnt sie nicht in der Brust des Menschen selbst und erfüllt sein Inneres so mit ihren holdseligen Erscheinungen, daß sein ganzer Sinn sich ihnen zuwendet und ein neues verklärtes Leben ihn schon hienieden dem Drange, der niederdrückenden Qual des Irdischen entreißt? – Ja, eine göttliche Kraft durchdringt ihn, und mit kindlichem frommen Gemüte sich *dem* hingebend, was der Geist in ihm erregt, vermag er die Sprache jenes unbekannten romantischen Geisterreichs zu reden, und er ruft, unbewußt, wie der Lehrling, der in des Meisters Zauberbuch mit lauter Stimme gelesen, alle die herrlichen Erscheinungen aus seinem Innern hervor, daß sie in strahlenden Reihentänzen das

* Wer kennt nicht Crescentinis herrliche Arie »Ombra adorata«, die er zu der Oper »Romeo e Giulietta« von Zingarelli komponierte und mit ganz eigenem Vortrage sang.

Leben durchfliegen und jeden, der sie zu schauen vermag, mit unendlicher, unnennbarer Sehnsucht erfüllen.

Wie war meine Brust so beengt, als ich in den Konzertsaal trat. Wie war ich so gebeugt von dem Drucke aller der nichtswürdigen Erbärmlichkeiten, die wie giftiges stechendes Ungeziefer den Menschen und wohl vorzüglich den Künstler in diesem armseligen Leben verfolgen und peinigen, daß er oft dieser ewig prickelnden Qual den gewaltsamen Stoß vorziehen würde, der ihn diesem und jedem andern irdischen Schmerze auf immer entzieht. – Du verstandest den wehmütigen Blick, den ich auf dich warf, mein treuer Freund! und hundertfältig sei es dir gedankt, daß du meinen Platz am Flügel einnahmst, indem ich mich in dem äußersten Winkel des Saals zu verbergen suchte. Welchen Vorwand hattest du denn gefunden, wie war es dir denn gelungen, daß nicht Beethovens große Sinfonie in c-Moll, sondern nur eine kurze unbedeutende Ouvertüre irgendeines noch nicht zur Meisterschaft gelangten Komponisten aufgeführt wurde? – Auch dafür sei dir Dank gesagt aus dem Innersten meines Herzens. – Was wäre aus mir geworden, wenn, beinahe erdrückt von all dem irdischen Elend, das rastlos auf mich einstürmte seit kurzer Zeit, nun Beethovens gewaltiger Geist auf mich zugeschritten wäre und mich wie mit metallnen, glühenden Armen umfaßt und fortgerissen hätte in das Reich des Ungeheuern, des Unermeßlichen, das sich seinen donnernden Tönen erschließt? – Als die Ouvertüre in allerlei kindischem Jubel mit Pauken und Trompeten geschlossen hatte, entstand eine stille Pause, als erwarte man etwas recht Wichtiges. Das tat mir wohl, ich schloß die Augen, und indem ich in meinem Innern angenehmere Erscheinungen suchte, als die waren, die mich eben umgaben, vergaß ich das Konzert und mit ihm natürlicherweise auch seine ganze Einrichtung, die mir bekannt gewesen, da ich an den Flügel sollte. – Ziemlich lange mochte die Pause gedauert haben, als endlich das Ritornell einer Arie anfing. Es war sehr zart gehalten und schien in einfachen, aber tief in das Innerste dringenden Tönen von der Sehnsucht zu reden, in der sich das fromme Gemüt zum Himmel aufschwingt und alles Geliebte wiederfindet, was ihm hienieden entrissen. – Nun strahlte wie ein himmlisches Licht die glockenhelle Stimme eines Frauenzimmers aus dem Orchester empor:

»Tranquillo io sono, fra poco teco sarò mia vità!«

Wer vermag die Empfindung zu beschreiben, die mich durchdrang! – Wie löste sich der Schmerz, der in meinem Innern nagte, auf in wehmütige Sehnsucht, die himmlischen Balsam in alle Wunden goß. – Alles war vergessen, und ich horchte nur entzückt auf die Töne, die, wie aus einer andern Welt niedersteigend, mich tröstend umfingen.

Ebenso einfach wie das Rezitativ ist das Thema der folgenden Arie: »Ombra adorata«, gehalten; aber ebenso seelenvoll, ebenso in das Innerste dringend, spricht es den Zustand des Gemüts aus, das von der seligen Hoffnung, in einer höheren besseren Welt bald alles ihm Verheißene erfüllt zu sehen, sich über den irdischen Schmerz hinwegschwingt. – Wie reiht sich in dieser einfachen Komposition alles so kunstlos, so natürlich aneinander; nur in der Tonika und in der Dominante bewegen sich die Sätze, keine grelle Ausweichung, keine gesuchte Figur, der Gesang fließt dahin wie ein silberheller Strom zwischen leuchtenden Blumen. Aber ist dies nicht eben der geheimnisvolle Zauber, der dem Meister zu Gebote stand, daß er der einfachsten Melodie, der kunstlosesten Struktur diese unbeschreibliche Macht der unwiderstehlichsten Wirkung auf jedes empfängliche Gemüt zu geben vermochte? In den wundervoll hell und klar tönenden Melismen fliegt die Seele mit raschem Fittich durch die glänzenden Wolken – es ist der jauchzende Jubel verklärter Geister. – Die Komposition verlangt wie jede, die so tief im Innern von dem Meister gefühlt wurde, auch tief aufgefaßt und mit dem Gemüt, ich möchte sagen, mit der rein ausgesprochenen Ahnung des Übersinnlichen, wie die Melodie es in sich trägt, vorgetragen zu werden. Auch wurde, wie der Genius des italienischen Gesanges es verlangt, sowohl in dem Rezitativ als in der Arie auf gewisse Verzierungen gerechnet; aber ist es nicht schön, daß wie durch eine Tradition die Art, wie der Komponist, der hohe Meister des Gesanges, Crescentini, die Arie vortrug und verzierte, fortgepflanzt wird, so daß es wohl niemand wagen dürfte, ungestraft wenigstens fremdartige Schnörkel hineinzubringen? – Wie verständig, wie das Ganze belebend hat Crescentini diese zufälligen Verzierungen angebracht – sie sind der glänzende Schmuck, welcher der Geliebten holdes Antlitz verschönert, daß die Augen heller strahlen und höherer Purpur Lippe und Wangen färbt.

Aber was soll ich von dir sagen, du herrliche Sängerin! – Mit dem glühenden Enthusiasmus der Italiener rufe ich dir zu: »Du von dem Himmel Gesegnete*!« Denn wohl ist es der Segen des Himmels, der deinem frommen, innigen Gemüte vergönnt, das im Innersten Empfundene hell und herrlich klingend ertönen zu lassen. – Wie holde Geister haben mich deine Töne umfangen, und jeder sprach: »Richte dein Haupt auf, du Gebeugter! Ziehe mit uns, ziehe mit uns in das ferne Land, wo der Schmerz keine blutende Wunde mehr schlägt, sondern die Brust, wie im höchsten Entzükken, mit unnennbarer Sehnsucht erfüllt!«

Ich werde dich nie mehr hören; aber wenn die Nichtswürdigkeit auf mich zutritt und, mich für ihresgleichen hal-

* Unserer deutschen Sängerin Häser, die sich nun leider der Kunst ganz entzogen, riefen die Italiener zu: »Che sei benedetta dal cielo!«

tend, den Kampf des Gemeinen mit mir bestehen, wenn die Albernheit mich betäuben, des Pöbels ekelhafter Hohn mich mit giftigem Stachel verletzen will, dann wird in *deinen* Tönen mir eine tröstende Geisterstimme zulispeln:

»Tranquillo io sono, fra poco teco sarò mia vità!«

In einer nie gefühlten Begeisterung erhebe ich mich dann mächtigen Fluges über die Schmach des Irdischen; alle Töne, die in der wunden Brust im Blute des Schmerzes erstarrt, leben auf und bewegen und regen sich und sprühen wie funkelnde Salamander blitzend empor; und ich vermag sie zu fassen, zu binden, daß sie, wie in einer Feuergarbe zusammenhaltend, zum flammenden Bilde werden, das deinen Gesang – dich – verklärt und verherrlicht.

3. *Gedanken über den hohen Wert der Musik*

Es ist nicht zu leugnen, daß in neuerer Zeit, dem Himmel sei's gedankt! der Geschmack an der Musik sich immer mehr verbreitet, so daß es jetzt gewissermaßen zur guten Erziehung gehört, die Kinder auch Musik lehren zu lassen, weshalb man denn in jedem Hause, das nur irgend etwas bedeuten will, ein Klavier, wenigstens eine Guitarre findet. Nur wenige Verächter der gewiß schönen Kunst gibt es noch hie und da, und diesen eine tüchtige Lektion zu geben, das ist jetzt mein Vorsatz und Beruf.

Der Zweck der Kunst überhaupt ist doch kein anderer, als dem Menschen eine angenehme Unterhaltung zu verschaffen und ihn so von den ernstern oder vielmehr den einzigen ihm anständigen Geschäften, nämlich solchen, die ihm Brot und Ehre im Staat erwerben, auf eine angenehme Art zu zerstreuen, so daß er nachher mit gedoppelter Aufmerksamkeit und Anstrengung zu dem eigentlichen Zweck seines Daseins zurückkehren, das heißt ein tüchtiges Kammrad in der Walkmühle des Staats sein und (ich bleibe in der Metapher) haspeln und sich trillen lassen kann. Nun ist aber keine Kunst zur Erreichung dieses Zwecks tauglicher als die Musik. Das Lesen eines Romans oder Gedichts, sollte auch die Wahl so glücklich ausfallen, daß es durchaus nichts phantastisch Abgeschmacktes, wie mehrere der allerneuesten, enthält und also die Phantasie, die eigentlich der schlimmste und mit aller Macht zu ertötende Teil unserer Erbsünde ist, nicht im mindesten anregt – dieses Lesen, meine ich, hat doch das Unangenehme, daß man gewissermaßen genötigt wird, an das zu denken, was man liest: dies ist aber offenbar dem Zweck der Zerstreuung entgegen. Dasselbe gilt von dem Vorlesen in *der* Art, daß, die Aufmerksamkeit ganz davon abwendend, man sehr leicht einschläft oder in ernste Gedanken sich vertieft, die, nach der von jedem ordentlichen Geschäftsmanne zu beobachtenden Geistesdiät, zyklisch eine Weile ruhen müssen. Das Beschauen eines Gemäldes kann nur sehr kurz dauern: denn das Interesse ist ja doch verloren, sobald man erraten hat, was es vorstellen soll. – Was nun aber die Musik betrifft, so können nur jene heillosen Verächter dieser edeln Kunst leugnen, daß eine gelungene Komposition, das heißt eine solche, die sich gehörig in Schranken hält und eine angenehme Melodie nach der andern folgen läßt, ohne zu toben oder sich in allerlei kontrapunktischen Gängen und Auflösungen närrisch zu gebärden, einen wunderbar bequemen Reiz verursacht, bei dem man des Denkens ganz überhoben ist oder der doch keinen ernsten Gedanken aufkommen, sondern mehrere ganz leichte, angenehme – von denen man nicht einmal sich bewußt wird, was sie eigentlich enthalten, gar lustig wechseln läßt. Man kann aber weitergehen und fragen: Wem ist es verwehrt, auch während der Musik mit dem Nachbar ein Gespräch über allerlei Gegenstände der politischen und moralischen Welt anzuknüpfen und so einen doppelten Zweck auf eine angenehme Weise zu erreichen? Im Gegenteil ist dies gar sehr anzuraten, da die Musik, wie man in allen Konzerten und musikalischen Zirkeln zu bemerken Gelegenheit haben wird, das Sprechen ungemein erleichtert. In den Pausen ist alles still, aber mit der Musik fängt der Strom der Rede an zu brausen und schwillt mit den Tönen, die hineinfallen, immer mehr und mehr an. Manches Frauenzimmer, deren Rede sonst nach jenem Ausspruch »Ja, ja! und Nein, nein!« ist, gerät während der Musik in das übrige, was nach demselben Ausspruch zwar vom Übel sein soll, hier aber offenbar vom Guten ist, da ihr deshalb manchmal ein Liebhaber oder gar ein Ehegemahl, von der Süßigkeit der ungewohnten Rede berauscht, ins Garn fällt. – Himmel, wie unabsehbar sind die Vorteile einer schönen Musik! – Euch, ihr heillosen Verächter der edlen Kunst, führe ich nun in den häuslichen Zirkel, wo der Vater, müde von den ernsten Geschäften des Tages, im Schlafrock und in Pantoffeln fröhlich und guten Muts zum Murki seines ältesten Sohnes seine Pfeife raucht. Hat das ehrliche Röschen nicht bloß seinetwegen den »Dessauer Marsch« und »Blühe, liebes Veilchen« einstudiert, und trägt sie es nicht so schön vor, daß der Mutter die hellen Freudentränen auf den Strumpf fallen, den sie eben stopft? Würde ihm nicht endlich das hoffnungsvolle, aber ängstliche Gequäke des jüngsten Sprößlings beschwerlich fallen, wenn nicht der Klang der lieben Kindermusik das Ganze im Ton und Takt hielte? – Ist dein Sinn aber ganz dieser häuslichen Idylle, dem Triumph der einfachen Natur, verschlossen, so folge mir in jenes Haus mit hellerleuchteten Spiegelfenstern. Du trittst in den Saal; die dampfende Teemaschine ist der Brennpunkt, um den sich die eleganten Herren und Damen bewegen. Spieltische werden gerückt, aber auch der Deckel des Fortepiano fliegt auf, und auch hier dient die Musik zur angenehmen Unterhaltung und Zerstreuung. Gut gewählt, hat sie durchaus nichts Störendes, denn selbst die Kartenspieler, obschon mit etwas Höherem, mit Gewinn und Verlust, beschäftigt, dulden sie willig. – Was soll ich endlich von den großen, öffentlichen Konzerten sagen, die die herrlichste Gelegenheit geben, musikalisch begleitet, diesen oder jenen Freund zu sprechen, oder, ist man noch in den Jahren des Übermuts, mit dieser oder jener Dame süße Worte zu wechseln – wozu ja sogar die Musik noch ein schickliches Thema geben kann. Diese Konzerte sind die wahren Zerstreuungsplätze für den Geschäftsmann und dem Theater sehr vorzuziehen, da dieses zuweilen Vorstellungen gibt, die den Geist unerlaubterweise auf etwas ganz Nichtiges und Unwahres fixieren, so daß man Gefahr läuft, in die Poesie hineinzugeraten, wovor sich denn doch jeder, dem seine bürgerliche Ehre am Herzen liegt, hüten muß! – Kurz, es ist, wie ich gleich anfangs erwähnte, ein entscheidendes Zeichen, wie sehr man jetzt die wahre Tendenz der Musik erkennt, daß sie so fleißig und mit so vielem Ernst getrieben und gelehrt wird. Wie zweckmäßig ist es nicht, daß die Kinder, sollten sie auch nicht das mindeste Talent zur Kunst haben, worauf es ja auch eigentlich gar nicht ankommt, doch zur Musik angehalten werden, um so, wenn sie sonst noch nicht obligat in der Gesellschaft wirken dürfen, doch wenigstens das Ihrige zur Unterhaltung und Zerstreuung beitragen zu können! – Wohl ein glänzender Vorzug der Musik vor jeder andern Kunst ist es auch, daß sie in ihrer Reinheit (ohne Beimischung der Poesie) durchaus moralisch und daher in keinem Fall von schädlichem Einfluß auf die zarte Jugend ist. Jener Polizeidirektor attestierte keck dem Erfinder eines neuen Instruments, daß darin nichts gegen den Staat, die Religion und die guten Sitten enthalten sei; mit derselben Keckheit kann jeder Musikmeister dem Papa und der Mama im voraus versichern, die neue Sonate enthalte nicht *einen* unmoralischen Gedanken. Werden die Kinder älter, so versteht es sich von selbst, daß sie von der Ausübung der Kunst abstrahieren müssen, da für ernste Männer so etwas sich nicht wohl schicken will und Damen darüber sehr leicht höhere Pflichten der Gesellschaft etc. versäumen können. Diese genießen dann das Vergnügen der Musik nur passiv, indem sie sich von Kindern oder Künstlern von Profession vorspielen lassen. – Aus der richtig angegebenen Tendenz der Kunst fließt auch von selbst, daß die Künstler, das heißt diejenigen Personen, welche (freilich töricht genug) ihr ganzes Leben einem nur zur Erholung und Zerstreuung dienenden Geschäfte widmen, als ganz untergeordnete Subjekte zu betrachten und nur darum zu dulden sind, weil sie das miscere utili dulce in Ausübung bringen. Kein Mensch von gesundem Verstande und gereiften Einsichten wird den besten Künstler so hoch schätzen als den wackern Kanzelisten, ja den Handwerksmann, der das Polster stopfte, worauf der Rat in der Schoßstube oder der Kaufmann im Comptoir sitzt, da hier das Notwendige, dort nur das Angenehme beabsichtigt wird. Wenn man daher mit dem Künstler höflich und freundlich umgeht, so ist das nur eine Folge unserer Kultur und unserer Bonhommie, die uns ja auch mit Kindern und andern Personen, die Spaß machen, schöntun und tändeln läßt. Manche von diesen unglücklichen Schwärmern sind zu spät aus ihrem Irrtum erwacht und darüber wirklich in einigen Wahnsinn verfallen, welches man aus ihren Äußerungen über die Kunst sehr leicht abnehmen kann. Sie meinen nämlich, die Kunst ließe dem Menschen sein höheres Prinzip ahnen und führe ihn aus dem törichten Tun und Treiben des gemeinen Lebens in den Isistempel, wo die Natur in heiligen, nie gehörten und doch verständlichen Lauten mit ihm spräche. Von der Musik hegen diese Wahnsinnigen nun vollends die wunderlichsten Meinungen; sie nennen sie die romantischste aller Künste, da ihr Vorwurf nur das Unendliche sei, die geheimnisvolle, in Tönen ausgesprochene Sanskrita der Natur, die die Brust des Menschen mit unendlicher Sehnsucht erfülle, und nur in ihr verstehe er das hohe Lied der – Bäume, der Blumen, der Tiere, der Steine, der Gewässer! – Die ganz unnützen Spielereien des Kontrapunkts, die den Zuhörer gar nicht aufheitern und so den eigentlichen Zweck der Musik ganz verfehlen, nennen sie schauerlich geheimnisvolle Kombinationen und sind imstande, sie mit wunderlich verschlungenen Moosen, Kräutern und Blumen zu vergleichen. Das Talent, oder in der Sprache dieser Toren, der Genius der Musik, glühe, sagen sie, in der Brust des die Kunst übenden und hegenden Menschen und verzehre ihn, wenn das gemeinere Prinzip den Funken künstlich überbauen oder ableiten wolle, mit unauslöschlichen Flammen. Diejenigen, welche denn doch, wie ich es erst ausgeführt habe, ganz richtig über die wahre Tendenz der Kunst, und der Musik insbesondere, urteilen, nennen sie unwissende Frevler, die ewig von dem Heiligtum des höhern Seins ausgeschlossen bleiben müßten, und beurkunden dadurch ihre Tollheit. Denn ich frage mit Recht: Wer ist besser daran, der Staatsbeamte, der Kaufmann, der von seinem Gelde Lebende, der gut ißt und trinkt, gehörig spazierenfährt und den alle Menschen mit Ehrfurcht grüßen, oder der Künstler, der sich ganz kümmerlich in seiner phantastischen Welt behelfen muß? Zwar behaupten jene Toren, daß es eine ganz besondere Sache um die poetische Erhebung über das Gemeine sei und manches Entbehren sich dann umwandle in Genuß: allein die Kaiser und Könige im Irrenhause mit der Strohkrone auf dem Haupt sind auch glücklich! Der beste Beweis, daß alle jene Floskeln nichts in sich tragen, sondern nur den innern Vorwurf, nicht nach dem Soliden gestrebt zu haben, beschwichtigen sollen, ist dieser, daß beinahe kein Künstler es aus reiner, freier Wahl wurde, sondern sie entstanden und entstehen noch immer aus der ärmern Klasse. Von unbegüterten, obskuren Eltern oder wieder von Künstlern geboren, machte sie die Not, die Gelegenheit, der Mangel an Aussicht auf ein Glück in den eigentlichen nützlichen Klassen zu dem, was sie wurden. Dies wird denn auch jenen Phantasten zum Trotz ewig so bleiben. Sollte nämlich eine begüterte Familie höheren Standes so unglücklich sein, ein Kind zu haben, das ganz besonders zur Kunst organisiert wäre oder das, nach dem lächerlichen Ausdruck jener Wahnwitzigen, den göttlichen Funken, der im Widerstande verzehrend um sich greift, in der Brust trüge; sollte es wirklich ins Phantasieren für Kunst und Künstlerleben geraten: so wird ein guter Erzieher durch eine kluge Geistesdiät, zum Beispiel durch das gänzliche Entziehen aller phantastischen, übertreibenden Kost (Poesien und sogenannter starker Kompositionen von Mozart, Beethoven und so weiter), sowie durch die fleißig wiederholte Vorstellung der ganz subordinierten Tendenz jeder Kunst und des ganz untergeordneten Standes der Künstler ohne allen Rang, Titel und Reichtum sehr leicht das verirrte junge Subjekt auf den rechten Weg bringen, so daß es am Ende eine rechte Verachtung gegen Kunst und Künstler spürt, die als wahres Remedium gegen jede Exzentrizität nie weit genug getrieben werden kann. – Den armen Künstlern, die noch nicht in den oben beschriebenen Wahnwitz verfallen sind, glaube ich wirklich nicht übel zu raten, wenn ich ihnen, um sich doch nur etwas aus ihrer zwecklosen Tendenz herauszureißen, vorschlage, noch nebenher irgendein leichtes Handwerk zu erlernen: sie werden gewiß dann schon als nützliche Mitglieder des Staates etwas gelten. Mir hat ein Kenner gesagt, ich hätte eine geschickte Hand zum Pantoffelmachen, und ich bin nicht abgeneigt, mich als Prototypus in die Lehre bei dem hiesigen Pantoffelmachermeister Schnabler, der noch dazu mein Herr Pate ist, zu begeben. – Das überlesend, was ich geschrieben, finde ich den Wahnwitz mancher Musiker sehr treffend geschildert, und mit einem heimlichen Grausen fühle ich mich mit ihnen verwandt. Der Satan raunt mir ins Ohr, daß ihnen manches so redlich Gemeinte wohl gar als heillose Ironie erscheinen könne; allein ich versichere nochmals: gegen euch, ihr Verächter der Musik, die ihr das erbauliche Singen und Spielen der Kinder unnützes Quinkelieren nennt und die Musik als eine geheimnisvolle, erhabene Kunst nur ihrer würdig hören wollt, gegen euch waren meine Worte gerichtet, und mit ernster Waffe in der Hand habe ich euch bewiesen, daß die Musik eine herrliche, nützliche Erfindung des aufgeweckten Tubalkain sei, welche die Menschen aufheitere, zerstreue, und daß sie so das häusliche Glück, die erhabenste Tendenz jedes kultivierten Menschen, auf eine angenehme, befriedigende Weise befördere.

4. *Beethovens Instrumentalmusik*

Sollte, wenn von der Musik als einer selbständigen Kunst die Rede ist, nicht immer nur die Instrumentalmusik gemeint sein, welche, jede Hülfe, jede Beimischung einer andern Kunst (der Poesie) verschmähend, das eigentümliche, nur in ihr zu erkennende Wesen dieser Kunst rein ausspricht? – Sie ist die romantischste aller Künste, beinahe möchte man sagen, allein echt romantisch, denn nur das Unendliche ist ihr Vorwurf. – Orpheus' Lyra öffnete die Tore des Orkus. Die Musik schließt dem Menschen ein unbekanntes Reich auf, eine Welt, die nichts gemein hat mit der äußern Sinnenwelt, die ihn umgibt und in der er alle *bestimmten* Gefühle zurückläßt, um sich einer unaussprechlichen Sehnsucht hinzugeben.

Habt ihr dies eigentümliche Wesen auch wohl nur geahnt,

ihr armen Instrumentalkomponisten, die ihr euch mühsam abquältet, bestimmte Empfindungen, ja sogar Begebenheiten darzustellen? – Wie konnte es euch denn nur einfallen, die der Plastik geradezu entgegengesetzte Kunst plastisch zu behandeln? Eure Sonnaufgänge, eure Gewitter, eure Batailles des trois Empereurs und so weiter waren wohl gewiß gar lächerliche Verirrungen und sind wohlverdienterweise mit gänzlichem Vergessen bestraft.

In dem Gesange, wo die Poesie bestimmte Affekte durch Worte andeutet, wirkt die magische Kraft der Musik wie das wunderbare Elixier der Weisen, von dem etliche Tropfen jeden Trank köstlicher und herrlicher machen. Jede Leidenschaft – Liebe – Haß – Zorn – Verzweiflung etc. –, wie die Oper sie uns gibt, kleidet die Musik in den Purpurschimmer der Romantik, und selbst das im Leben Empfundene führt uns hinaus aus dem Leben in das Reich des Unendlichen.

So stark ist der Zauber der Musik, und, immer mächtiger werdend, mußte er jede Fessel einer andern Kunst zerreißen.

Gewiß nicht allein in der Erleichterung der Ausdrucksmittel (Vervollkommnung der Instrumente, größere Virtuosität der Spieler), sondern in dem tieferen, innigeren Erkennen des eigentümlichen Wesens der Musik liegt es, daß geniale Komponisten die Instrumentalmusik zu der jetzigen Höhe erhoben.

Mozart und Haydn, die Schöpfer der jetzigen Instrumentalmusik, zeigten uns zuerst die Kunst in ihrer vollen Glorie; wer sie da mit voller Liebe anschaute und eindrang in ihr innigstes Wesen, ist – Beethoven! – Die Instrumentalkompositionen aller drei Meister atmen einen gleichen romantischen Geist, welches in dem gleichen innigen Ergreifen des eigentümlichen Wesens der Kunst liegt; der Charakter ihrer Kompositionen unterscheidet sich jedoch merklich. – Der Ausdruck eines kindlichen heitern Gemüts herrscht in

Haydns Kompositionen. Seine Sinfonien führen uns in unabsehbare grüne Haine, in ein lustiges buntes Gewühl glücklicher Menschen. Jünglinge und Mädchen schweben in Reihentänzen vorüber; lachende Kinder, hinter Bäumen, hinter Rosenbüschen lauschend, werfen sich neckend mit Blumen. Ein Leben voll Liebe, voll Seligkeit, wie vor der Sünde, in ewiger Jugend; kein Leiden, kein Schmerz, nur ein süßes wehmütiges Verlangen nach der geliebten Gestalt, die in der Ferne im Glanz des Abendrotes daherschwebt, nicht näher kommt, nicht verschwindet, und solange sie da ist, wird es nicht Nacht, denn sie selbst ist das Abendrot, von dem Berg und Hain erglühen. – In die Tiefen des Geisterreichs führt uns Mozart. Furcht umfängt uns, aber ohne Marter ist sie mehr Ahnung des Unendlichen.

Liebe und Wehmut tönen in holden Geisterstimmen; die Nacht geht auf in hellem Purpurschimmer, und in unaussprechlicher Sehnsucht ziehen wir nach den Gestalten, die, freundlich uns in ihre Reihen winkend, in ewigem Sphärentanze durch die Wolken fliegen. (Mozarts Sinfonie in Es-Dur, unter dem Namen des »Schwanengesanges« bekannt.)

So öffnet uns auch Beethovens Instrumentalmusik das Reich des Ungeheuern und Unermeßlichen. Glühende Strahlen schießen durch dieses Reiches tiefe Nacht, und wir werden Riesenschatten gewahr, die auf und ab wogen, enger und enger uns einschließen und *uns* vernichten, aber nicht den Schmerz der unendlichen Sehnsucht, in welcher jede Lust, die schnell in jauchzenden Tönen emporgestiegen, hinsinkt und untergeht, und nur in diesem Schmerz, der, Liebe, Hoffnung, Freude in sich verzehrend, aber nicht zerstörend, unsere Brust mit einem vollstimmigen Zusammenklange aller Leidenschaften zersprengen will, leben wir fort und sind entzückte Geisterseher!

Der romantische Geschmack ist selten, noch seltener das romantische Talent, daher gibt es wohl so wenige, die jene

Lyra, deren Ton das wundervolle Reich des Romantischen aufschließt, anzuschlagen vermögen.

Haydn faßt das Menschliche im menschlichen Leben romantisch auf; er ist kommensurabler, faßlicher für die Mehrzahl.

Mozart nimmt mehr das Übermenschliche, das Wunderbare, welches im innern Geiste wohnt, in Anspruch.

Beethovens Musik bewegt die Hebel der Furcht, des Schauers, des Entsetzens, des Schmerzes und erweckt ebenjene unendliche Sehnsucht, welche das Wesen der Romantik ist. Er ist daher ein rein romantischer Komponist, und mag es nicht daher kommen, daß ihm Vokalmusik, die den Charakter des unbestimmten Sehnens nicht zuläßt, sondern nur durch Worte bestimmte Affekte, als in dem Reiche des Unendlichen empfunden, darstellt, weniger gelingt?

Den musikalischen Pöbel drückt Beethovens mächtiger Genius; er will sich vergebens dagegen auflehnen. – Aber die weisen Richter, mit vornehmer Miene um sich schauend, versichern: man könne es ihnen als Männer von großem Verstande und tiefer Einsicht aufs Wort glauben, es fehle dem guten B. nicht im mindesten an einer sehr reichen, lebendigen Phantasie, aber er verstehe sie nicht zu zügeln! Da wäre denn nun von Auswahl und Formung der Gedanken gar nicht die Rede, sondern er werfe nach der sogenannten genialen Methode alles so hin, wie es ihm augenblicklich die im Feuer arbeitende Phantasie eingebe. Wie ist es aber, wenn nur *eurem* schwachen Blick der innere tiefe Zusammenhang jeder Beethovenschen Komposition entgeht? Wenn es nur an *euch* liegt, daß ihr des Meisters dem Geweihten verständliche Sprache nicht versteht, wenn euch die Pforte des innersten Heiligtums verschlossen blieb? – In Wahrheit, der Meister, an Besonnenheit Haydn und Mozart ganz an die Seite zu stellen, trennt sein Ich von dem innern Reich der Töne und gebietet darüber als unumschränkter

Herr. Ästhetische Meßkünstler haben oft im Shakespeare über gänzlichen Mangel innerer Einheit und inneren Zusammenhanges geklagt, indem dem tieferen Blick ein schöner Baum, Blätter, Blüten und Früchte, aus einem Keim treibend, erwächst; so entfaltet sich auch nur durch ein sehr tiefes Eingehen in Beethovens Instrumentalmusik die hohe Besonnenheit, welche vom wahren Genie unzertrennlich ist und von dem Studium der Kunst genährt wird. Welches Instrumentalwerk Beethovens bestätigt dies alles wohl in höherm Grade als die über alle Maßen herrliche tiefsinnige Sinfonie in c-Moll. Wie führt diese wundervolle Komposition in einem fort und fort steigenden Klimax den Zuhörer unwiderstehlich fort in das Geisterreich des Unendlichen. Nichts kann einfacher sein als der nur aus zwei Takten bestehende Hauptgedanke des ersten Allegros, der, anfangs im Unisono, dem Zuhörer nicht einmal die Tonart bestimmt. Den Charakter der ängstlichen, unruhvollen Sehnsucht, den dieser Satz in sich trägt, setzt das melodiöse Nebenthema nur noch mehr ins klare! – Die Brust, von der Ahnung des Ungeheuern, Vernichtung Drohenden gepreßt und beängstet, scheint sich in schneidenden Lauten gewaltsam Luft machen zu wollen, aber bald zieht eine freundliche Gestalt glänzend daher und erleuchtet die tiefe grauenvolle Nacht. (Das liebliche Thema in G-Dur, das erst von dem Horn in Es-Dur berührt wurde.) – Wie einfach – noch einmal sei es gesagt – ist das Thema, das der Meister dem Ganzen zum Grunde legte, aber wie wundervoll reihen sich ihm alle Neben- und Zwischensätze durch ihr rhythmisches Verhältnis so an, daß sie nur dazu dienen, den Charakter des Allegros, den jenes Hauptthema nur andeutete, immer mehr und mehr zu entfalten. Alle Sätze sind kurz, beinahe alle nur aus zwei, drei Takten bestehend, und noch dazu verteilt in beständigem Wechsel der Blas- und der Saiteninstrumente; man sollte glauben, daß aus solchen Elementen nur etwas Zerstückeltes, Unfaßbares entstehen könne, aber statt dessen ist es ebenjene Einrichtung des Ganzen sowie die beständige aufeinanderfolgende Wiederholung der Sätze und einzelner Akkorde, die das Gefühl einer unnennbaren Sehnsucht bis zum höchsten Grade steigert. Ganz davon abgesehen, daß die kontrapunktische Behandlung von dem tiefen Studium der Kunst zeugt, so sind es auch die Zwischensätze, die beständigen Anspielungen auf das Hauptthema, welche dartun, wie der hohe Meister das Ganze mit allen den leidenschaftlichen Zügen im Geist auffaßte und durchdachte. – Tönt nicht wie eine holde Geisterstimme, die unsre Brust mit Hoffnung und Trost erfüllt, das liebliche Thema des Andante con moto in As-Dur? – Aber auch hier tritt der furchtbare Geist, der im Allegro das Gemüt ergriff und ängstete, jeden Augenblick drohend aus der Wetterwolke hervor, in die er verschwand, und vor seinen Blitzen entfliehen schnell die freundlichen Gestalten, die uns umgaben. – Was soll ich von der Menuett sagen? – Hört die eignen Modulationen, die Schlüsse in dem dominanten Akkorde Dur, den der Baß als Tonika des folgenden Themas in Moll aufgreift – das immer sich um einige Takte erweiternde Thema selbst! Ergreift euch nicht wieder jene unruhvolle, unnennbare Sehnsucht, jene Ahnung des wunderbaren Geisterreichs, in welchem der Meister herrscht? Aber wie blendendes Sonnenlicht strahlt das prächtige Thema des Schlußsatzes in dem jauchzenden Jubel des ganzen Orchesters. – Welche wunderbare kontrapunktische Verschlingungen verknüpfen sich hier wieder zum Ganzen. Wohl mag manchem alles vorüberrauschen wie eine geniale Rhapsodie, aber das Gemüt jedes sinnigen Zuhörers wird gewiß von einem Gefühl, das ebenjene unnennbare ahnungsvolle Sehnsucht ist, tief und innig ergriffen, und bis zum Schlußakkord, ja noch in den Momenten nach demselben, wird er nicht heraustreten können aus dem wunderbaren Geisterreiche, wo Schmerz und Lust, in Tönen gestaltet, ihn umfingen. – Die Sätze ihrer innern Einrichtung nach, ihre Ausführung, Instrumentierung, die Art, wie sie aneinandergereiht sind, alles arbeitet auf einen Punkt hinaus; aber vorzüglich die innige Verwandtschaft der Themas untereinander ist es, welche jene Einheit erzeugt, die nur allein vermag, den Zuhörer in *einer* Stimmung festzuhalten. Oft wird diese Verwandtschaft dem Zuhörer klar, wenn er sie aus der Verbindung zweier Sätze heraushört oder in den zwei verschiedenen Sätzen gemeinen Grundbaß entdeckt, aber eine tiefere Verwandtschaft, die sich auf jene Art nicht dartut, spricht oft nur aus dem Geiste zum Geiste, und ebendiese ist es, welche unter den Sätzen der beiden Allegros und der Menuett herrscht und die besonnene Genialität des Meisters herrlich verkündet.

Wie tief haben sich doch deine herrlichen Flügelkompositionen, du hoher Meister! meinem Gemüte eingeprägt; wie schal und nichtsbedeutend erscheint mir doch nun alles, was nicht dir, dem sinnigen Mozart und dem gewaltigen Genius Sebastian Bach angehört. – Mit welcher Lust empfing ich dein siebzigstes Werk, die beiden herrlichen Trios, denn ich wußte ja wohl, daß ich sie nach weniger Übung bald gar herrlich hören würde. Und so gut ist es mir ja denn heute abend geworden, so daß ich noch jetzt, wie einer, der in den mit allerlei seltenen Bäumen, Gewächsen und wunderbaren Blumen umflochtenen Irrgängen eines phantastischen Parks wandelt und immer tiefer und tiefer hineingerät, nicht aus den wundervollen Wendungen und Verschlingungen deiner Trios herauszukommen vermag. Die holden Sirenenstimmen deiner in bunter Mannigfaltigkeit prangenden Sätze locken mich immer tiefer und tiefer hinein. – Die geistreiche Dame, die heute *mir*, dem Kapellmeister Kreisler, recht eigentlich zu Ehren das Trio Numero 1 gar herrlich spielte und vor deren Flügel ich noch sitze und schreibe, hat es mich recht deutlich einsehen lassen, wie nur das, was der *Geist* gibt, zu achten, alles übrige aber vom Übel ist.

Eben jetzt habe ich auswendig einige frappante Ausweichungen der beiden Trios auf dem Flügel wiederholt. – Es ist doch wahr, der Flügel (Flügel-Pianoforte) bleibt ein mehr für die Harmonie als für die Melodie brauchbares Instrument. Der feinste Ausdruck, dessen das Instrument fähig ist, gibt der Melodie nicht das regsame Leben in tausend und tausend Nuancierungen, das der Bogen des Geigers, der Hauch des Bläsers hervorzubringen imstande ist. Der Spieler ringt vergebens mit der unüberwindlichen Schwierigkeit, die der Mechanism, der die Saiten durch einen Schlag vibrieren und ertönen läßt, ihm entgegensetzt. Dagegen gibt es (die noch immer weit beschränktere Harfe abgerechnet) wohl kein Instrument, das so wie der Flügel in vollgriffigen Akkorden das Reich der Harmonie umfaßt und seine Schätze in den wunderbarsten Formen und Gestalten dem Kenner entfaltet. Hat die Phantasie des Meisters ein ganzes Tongemälde mit reichen Gruppen, hellen Lichtern und tiefen Schattierungen ergriffen, so kann er es am Flügel ins Leben rufen, daß es aus der innern Welt farbicht und glänzend hervortritt. Die vollstimmige Partitur, dieses wahre musikalische Zauberbuch, das in seinen Zeichen alle Wunder der Tonkunst, den geheimnisvollen Chor der mannigfaltigsten Instrumente bewahrt, wird unter den Händen des Meisters am Flügel belebt, und ein in dieser Art gut und vollstimmig vorgetragenes Stück aus der Partitur möchte dem wohlgeratnen Kupferstich, der einem großen Gemälde entnommen, zu vergleichen sein. Zum Phantasieren, zum Vortragen aus der Partitur, zu einzelnen Sonaten, Akkorden und so weiter ist daher der Flügel vorzüglich geeignet, so wie nächst dem Trios, Quartetten, Quintetten etc., wo die gewöhnlichen Saiteninstrumente hinzutreten, schon deshalb ganz in das Reich der Flügelkomposition gehören, weil, sind sie in der wahren Art, das heißt wirklich vierstimmig, fünfstimmig und so weiter komponiert, hier es ganz auf die harmonische Ausarbeitung ankommt, die das Hervortreten einzelner Instrumente in glänzenden Passagen von selbst ausschließt.

Einen wahren Widerwillen hege ich gegen all die eigentlichen Flügelkonzerte. (Mozartsche und Beethovensche sind nicht sowohl Konzerte als Sinfonien mit obligatem Flügel.) Hier soll die Virtuosität des einzelnen Spielers in Passagen und im Ausdruck der Melodie geltend gemacht werden; der beste Spieler auf dem schönsten Instrumente strebt aber vergebens nach *dem*, was zum Beispiel der Violinist mit leichter Mühe erringt.

Jedes Solo klingt nach dem vollen Tutti der Geiger und Bläser steif und matt, und man bewundert die Fertigkeit der Finger und dergleichen, ohne daß das Gemüt recht angesprochen wird.

Wie hat doch der Meister den eigentümlichsten Geist des Instruments aufgefaßt und in der dafür geeignetsten Art gesorgt!

Ein einfaches, aber fruchtbares, zu den verschiedensten kontrapunktischen Wendungen, Abkürzungen und so weiter taugliches, singbares Thema liegt jedem Satze zum Grunde, alle übrigen Nebenthemata und Figuren sind dem Hauptgedanken innig verwandt, so daß sich alles zur höchsten Einheit durch alle Instrumente verschlingt und ordnet. So ist die Struktur des Ganzen; aber in diesem künstlichen Bau wechseln in rastlosem Fluge die wunderbarsten Bilder, in denen Freude und Schmerz, Wehmut und Wonne neben- und ineinander hervortreten. Seltsame Gestalten beginnen einen luftigen Tanz, indem sie bald zu einem Lichtpunkt verschweben, bald funkelnd und blitzend auseinanderfahren und sich in mannigfachen Gruppen jagen und verfolgen; und mitten in diesem aufgeschlossenen Geisterreiche horcht die entzückte Seele der unbekannten Sprache zu und versteht alle die geheimsten Ahnungen, von denen sie ergriffen.

Nur *der* Komponist drang wahrhaft in die Geheimnisse der Harmonie ein, der durch sie auf das Gemüt des Menschen zu wirken vermag; ihm sind die Zahlenproportionen, welche dem Grammatiker ohne Genius nur tote starre Rechenexempel bleiben, magische Präparate, denen er eine Zauberwelt entsteigen läßt.

Unerachtet der Gemütlichkeit, die vorzüglich in dem ersten Trio, selbst das wehmutsvolle Largo nicht ausgenommen, herrscht, bleibt doch der Beethovensche Genius ernst und feierlich. Es ist, als meinte der Meister, man könne von tiefen, geheimnisvollen Dingen, selbst wenn der Geist, mit ihnen innig vertraut, sich freudig und fröhlich erhoben fühlt, nie in gemeinen, sondern nur in erhabenen herrlichen Worten reden; das Tanzstück der Isispriester kann nur ein hochjauchzender Hymnus sein.

Die Instrumentalmusik muß da, wo sie nur durch sich als Musik wirken und nicht vielleicht einem bestimmten dramatischen Zweck dienen soll, alles unbedeutend Spaßhafte, alle tändelnden Lazzi vermeiden. Es sucht das tiefe Gemüt für die Ahnungen der Freudigkeit, die, herrlicher und schöner als hier in der beengten Welt, aus einem unbekannten Lande herübergekommen, ein inneres, wonnevolles Leben in der Brust entzündet, einen höheren Ausdruck, als ihn geringe Worte, die nur der befangenen irdischen Lust eigen, gewähren können. Schon dieser Ernst aller Beethovenschen Instrumental- und Flügelmusik verbannt alle die halsbrechenden Passagen auf und ab mit beiden Händen, alle die seltsamen Sprünge, die possierlichen Capriccios, die hoch in die Luft gebauten Noten mit fünf- und sechsstrichigem Fundament, von denen die Flügelkompositionen neuester Art erfüllt sind. – Wenn von bloßer Fingerfertigkeit die

Rede ist, haben die Flügelkompositionen des Meisters gar keine besondere Schwierigkeit, da die wenigen Läufe, Triolenfiguren und dergleichen mehr wohl jeder geübte Spieler in der Hand haben muß; und doch ist ihr Vortrag bedingt recht schwer. Mancher sogenannte Virtuose verwirft des Meisters Flügelkomposition, indem er dem Vorwurfe: sehr schwer! noch hinzufügt: und sehr undankbar! – Was nun die Schwierigkeit betrifft, so gehört zum richtigen, bequemen Vortrag Beethovenscher Komposition nichts Geringeres, als daß man ihn begreife, daß man tief in sein Wesen eindringe, daß man im Bewußtsein eigner Weihe es kühn wage, in den Kreis der magischen Erscheinungen zu treten, die sein mächtiger Zauber hervorruft. Wer diese Weihe nicht in sich fühlt, wer die heilige Musik nur als Spielerei, nur zum Zeitvertreib in leeren Stunden, zum augenblicklichen Reiz stumpfer Ohren oder zur eignen Ostentation tauglich betrachtet, der bleibe ja davon. Nur einem solchen steht auch der Vorwurf: und höchst undankbar! zu. Der echte Künstler lebt nur in dem Werke, das er in dem Sinne des Meisters aufgefaßt hat und nun vorträgt. Er verschmäht es, auf irgendeine Weise seine Persönlichkeit geltend zu machen, und all sein Dichten und Trachten geht nur dahin, alle die herrlichen, holdseligen Bilder und Erscheinungen, die der Meister mit magischer Gewalt in sein Werk verschloß, tausendfarbig glänzend ins rege Leben zu rufen, daß sie den Menschen in lichten funkelnden Kreisen umfangen und, seine Phantasie, sein innerstes Gemüt entzündend, ihn raschen Fluges in das ferne Geisterreich der Töne tragen.

5. *Höchst zerstreute Gedanken*

Schon als ich noch auf der Schule war, hatte ich die Gewohnheit, manches, was mir bei dem Lesen eines Buchs, bei dem Anhören einer Musik, bei dem Betrachten eines Gemäldes oder sonst gerade einfiel oder auch was mir selbst Merkwürdiges begegnet, aufzuschreiben. Ich hatte mir dazu ein kleines Buch binden lassen und den Titel vorgesetzt: »Zerstreute Gedanken«. – Mein Vetter, der mit mir auf einer Stube wohnte und mit wahrhaft boshafter Ironie meine ästhetischen Bemühungen verfolgte, fand das Büchelchen und setzte auf dem Titel dem Worte »Zerstreute« das Wörtlein »Höchst!« vor. Zu meinem nicht geringen Verdrusse fand ich, als ich mich über meinen Vetter im stillen satt geärgert hatte und das, was ich geschrieben, noch einmal überlas, manchen zerstreuten Gedanken wirklich und in der Tat *höchst* zerstreut, warf das ganze Buch ins Feuer und gelobte, nichts mehr aufzuschreiben, sondern alles im Innern digerieren und wirken zu lassen, wie es sollte. – Aber ich sehe meine Musikalien durch und finde zu meinem nicht geringen Schreck, daß ich die üble Gewohnheit nun in viel späteren und, wie man denken möchte, weiseren Jahren stärker als je treibe. Denn sind nicht beinahe alle leere Blätter, alle Umschläge mit *höchst* zerstreuten Gedanken bekritzelt? – Sollte nun einmal, bin ich auf diese oder jene Art dahingeschieden, ein treuer Freund diesen meinen Nachlaß ordentlich für was halten oder gar (wie es denn wohl manchmal zu geschehen pflegt) manches davon abschreiben und drucken lassen, so bitte ich ihn um die Barmherzigkeit, ohne Barmherzigkeit die *höchst höchst* zerstreuten Gedanken dem Feuer zu übergeben und rücksichts der übrigen es gewissermaßen als captatio benevolentiae bei der schülerhaften Aufschrift, nebst dem boshaften Zusatze des Vetters, bewenden zu lassen.

Man stritt heute viel über unsern Sebastian Bach und über die alten Italiener, man konnte sich durchaus nicht vereinigen, *wem* der Vorzug gebühre. Da sagte mein geistreicher Freund: »Sebastian Bachs Musik verhält sich zu der Musik der alten Italiener ebenso wie der Münster in Straßburg zu der Peterskirche in Rom.«

Wie tief hat mich das wahre, lebendige Bild ergriffen! – Ich sehe in Bachs achtstimmigen Motetten den kühnen, wundervollen romantischen Bau des Münsters mit all den phantastischen Verzierungen, die, künstlich zum Ganzen verschlungen, stolz und prächtig in die Lüfte emporsteigen, so wie in Benevolis, in Pertis frommen Gesängen die reinen grandiosen Verhältnisse der Peterskirche, die selbst den größten Massen die Kommensurabilität geben und das Gemüt erheben, indem sie es mit heiligem Schauer erfüllen.

Nicht sowohl im Traume als im Zustande des Delirierens, der dem Einschlafen vorhergeht, vorzüglich wenn ich viel Musik gehört habe, finde ich eine Übereinkunft der Farben, Töne und Düfte. Es kömmt mir vor, als wenn alle auf die gleiche geheimnisvolle Weise durch den Lichtstrahl erzeugt würden und dann sich zu einem wundervollen Konzerte vereinigen müßten. – Der Duft der dunkelroten Nelken wirkt mit sonderbarer magischer Gewalt auf mich; unwillkürlich versinke ich in einen träumerischen Zustand und höre dann, wie aus weiter Ferne, die anschwellenden und wieder verfließenden tiefen Töne des Bassetthorns.

Es gibt Augenblicke – vorzüglich wenn ich viel in des großen Sebastian Bachs Werken gelesen –, in denen mir die musikalischen Zahlenverhältnisse, ja die mystischen Regeln des Kontrapunkts ein inneres Grauen erwecken. – Musik! – mit geheimnisvollem Schauer, ja mit Grausen nenne ich dich! – Dich! in Tönen ausgesprochene Sanskrita der Natur! – Der Ungeweihte lallt sie nach in kindischen Lauten – der nachäffende Frevler geht unter im eignen Hohn!

Von großen Meistern werden häufig Anekdötchen aufgetischt, die so kindisch erfunden oder mit so alberner Unwissenheit nacherzählt sind, daß sie mich immer, wenn ich sie anhören muß, kränken und ärgern. So ist zum Beispiel das Geschichtchen von Mozarts Ouvertüre zum »Don Juan« so prosaisch toll, daß ich mich wundern muß, wie sie selbst Musiker, denen man einiges Einsehen nicht absprechen mag, in den Mund nehmen können, wie es noch heute geschah. – Mozart soll die Komposition der Ouvertüre, als die Oper längst fertig war, von Tage zu Tage verschoben haben und noch den Tag vor der Aufführung, als die besorgten Freunde glaubten, nun säße er am Schreibtische, ganz lustig spazierengefahren sein. Endlich am Tage der Aufführung, am frühen Morgen, habe er in wenigen Stunden die Ouvertüre *komponiert*, so daß die Partien noch naß in das Theater getragen wären. Nun gerät alles in Erstaunen und Bewunderung, wie Mozart so schnell komponiert hat, und doch kann man jedem rüstigen schnellen Notenschreiber ebendieselbe Bewunderung zollen. – Glaubt ihr denn nicht, daß der Meister den »Don Juan«, sein tiefstes Werk, das er für *seine Freunde*, das heißt für solche, die ihn in seinem Innersten verstanden, komponierte, längst im Gemüte trug, daß er im Geist das Ganze mit allen seinen herrlichen charaktervollen Zügen ordnete und ründete, so daß es wie in einem fehlerfreien Gusse dastand? – Glaubt ihr denn nicht, daß die Ouvertüre aller Ouvertüren, in der alle Motive der Oper schon so herrlich und lebendig angedeutet sind, nicht ebensogut fertig war als das ganze Werk, ehe der große Meister die Feder zum Aufschreiben ansetzte? – Ist jene Anekdote wahr, so hat Mozart wahrscheinlich seine Freunde, die immer von der *Komposition* der Ouvertüre gesprochen hatten, mit dem Verschieben des Aufschreibens geneckt, da ihre Besorgnis, er möchte die günstige Stunde zu dem nunmehr mechanisch gewordenen Geschäft, nämlich das in dem Augenblick der Weihe empfangene und im Innern aufgefaßte Werk aufzuschreiben, nicht mehr finden, ihm lächerlich erscheinen mußte. – Manche haben in dem Allegro des überwachten Mozarts Auffahren aus dem Schlafe, in den er komponierend unwillkürlich versunken, finden wollen! – Es gibt närrische Leute! – Ich erinnere mich, daß bei der Aufführung des »Don Juan« einer einmal mir bitter klagte: das sei doch entsetzlich unnatürlich mit der Statue und mit den Teufeln! Ich antwortete ihm lächelnd, ob er denn nicht längst bemerkt hätte, daß in dem weißen Mann ein ganz verflucht pfiffiger Polizeikommissär stecke und daß die Teufel nichts wären als vermummte Gerichtsdiener; die Hölle wäre auch weiter nichts als das Stockhaus, wo Don Juan seiner Vergehungen wegen eingesperrt werden würde, und so das Ganze allegorisch zu nehmen. – Da schlug er ganz vergnügt ein Schnippchen nach dem andern und lachte und freute sich und bemitleidete die andern, die sich so grob täuschen ließen. – Nachher, wenn von den unterirdischen Mächten, die Mozart aus dem Orkus hervorgerufen habe, gesprochen wurde, lächelte er mich überaus pfiffig an, welches ich ihm ebenso erwiderte.

Er dachte: Wir wissen, was wir wissen!, und er hatte wahrlich recht!

Seit langer Zeit habe ich mich nicht so rein ergötzt und erfreut als heute abend. – Mein Freund trat jubilierend zu mir in das Zimmer und verkündete, daß er in einer Schenke der Vorstadt einen Komödiantentrupp ausgewittert habe, der jeden Abend vor den anwesenden Gästen die größten Schau- und Trauerspiele aufführe. Wir gingen gleich hin und fanden an der Türe der Wirtsstube einen geschriebenen

Zettel angeklebt, worin es nächst der de- und wehmütigen Empfehlung der würdigen Schauspielergesellschaft hieß, daß die Wahl des Stücks jedesmal von dem versammelten verehrungswürdigen Publikum abhinge und daß der Wirt sich beeifern werde, die hohen Gäste auf dem ersten Platz mit gutem Bier und Tabak zu bedienen. Diesmal wurde auf den Vorschlag des Herrn Direktors »Johanna von Montfaucon« gewählt, und ich überzeugte mich, daß, *so* dargestellt, das Stück von unbeschreiblicher Wirkung ist. Da sieht man ja deutlich, wie der Dichter eigentlich die Ironie des Poetischen bezweckte oder vielmehr den falschen Pathos, die Poesie, die nicht poetisch ist, lächerlich machen wollte, und in dieser Hinsicht ist die »Johanna« eine der ergötzlichsten Possen, die er je geschrieben. Die Schauspieler und Schauspielerinnen hatten diesen tiefen Sinn des Stücks sehr gut aufgefaßt und die Szenerie lobenswert angeordnet. War es nicht zum Beispiel eine glückliche Idee, daß bei den in komischer Verzweiflung herausgeflossenen Worten der Johanna: »Es muß blitzen!« der Direktor die Auslage für Kolophonium nicht gescheut hatte, sondern wirklich ein paarmal blitzen ließ? Außer dem kleinen Unfall, daß in der ersten Szene das ungefähr sechs Fuß hohe Schloß, wiewohl von Papier gebaut, ohne sonderliches Geräusch einfiel und eine Biertonne sichtbar wurde, von der herab nun anstatt vom Balkon oder zum Fenster heraus Johanna recht herzlich mit den guten Landleuten sprach, waren sonst die Dekorationen vortrefflich und vorzüglich die Schweizer-Gebirge ebenso im Sinne des Stücks mit glücklicher Ironie behandelt. Ebenso deutete auch das Kostüm sehr gut die Lehre an, die der Dichter durch die Darstellung seiner Helden den Afterdichtern geben will. Seht, will er nämlich sagen, so sind eure Helden! – Statt der kräftigen, rüstigen Ritter der schönen Vorzeit sind es weinerliche, erbärmliche Weichlinge des Zeitalters, die sich ungeziemlich gebärden und dann glauben, damit sei es getan! – Alle auftretende Ritter, der Estavajell, der Lasarra etc., gingen in gewöhnlichen Fracks und hatten nur Feldbinden darüber gehängt sowie ein paar Federn auf den Hüten. – Eine ganz herrliche Einrichtung, die von großen Bühnen nachgeahmt zu werden verdiente, fand auch noch statt! – Ich will sie herschreiben, damit ich sie nie aus dem Gedächtnis verliere. – Nicht genug konnte ich mich nämlich über die große Präzision im Auftreten und Abgehen, über den Einklang des Ganzen wundern, da doch die Wahl des Stücks dem Publikum überlassen, die Gesellschaft daher ohne sonderliche Vorbereitung auf eine Menge von Stücken gefaßt sein mußte. Endlich, an einer etwas possierlichen und, wie es schien, ganz unwillkürlichen Bewegung eines Schauspielers in der Kulisse bemerkte ich mit bewaffnetem Auge, daß von den Füßen der Schauspieler und Schauspielerinnen feine Schnüre in den Souffleurkasten liefen, die angezogen wurden, wenn sie kommen oder gehen sollten. – Ein guter Direktor, der vorzüglich will, daß alles nach seinen eigenen individuellen Ein- und Ansichten auf dem Theater gehen soll, könnte das nun weiter treiben – er könnte, so wie man bei der Reiterei zu den verschiedenen Manövers sogenannte *Rufe* (Trompetenstöße) hat, denen sogar die Pferde augenblicklich folgen, ebenso für die verschiedensten Posituren – Ausrufe – Schreie – Heben- – Sinkenlassen der Stimme und so weiter – verschiedene Züge erfinden und sie, neben dem Souffleur sitzend, mit Nutzen applizieren.

Das größte, mit augenblicklicher Entlassung, als dem zivilen Tode, zu bestrafende Versehen eines Schauspielers wäre dann, wenn der Direktor ihm mit Recht vorwerfen könnte: *er habe über die Schnur gehauen*, und das größte Lob einer ganzen Darstellung: *es sei alles recht nach der Schnur gegangen*.

Große Dichter und Künstler sind auch für den Tadel untergeordneter Naturen empfindlich. – Sie lassen sich gar zu gern loben, auf Händen tragen, hätscheln. – Glaubt ihr denn, daß diejenige Eitelkeit, von der ihr so oft befangen, in hohen Gemütern wohnen könne? – Aber jedes freundliche Wort, jedes wohlwollende Bemühen beschwichtigt die innere Stimme, die dem wahren Künstler unaufhörlich zuruft: Wie ist doch dein Flug noch so niedrig, noch so von der Kraft des Irdischen gelähmt – rüttle frisch die Fittiche und schwinge dich auf zu den leuchtenden Sternen! – Und von der Stimme getrieben, irrt der Künstler oft umher und kann seine Heimat nicht wiederfinden, bis der Freunde Zuruf ihn wieder auf Weg und Steg leitet.

Wenn ich in Forkels »Musikalischer Bibliothek« die niedrige schmähende Beurteilung von Glucks »Iphigenia in Aulis« lese, wird mein Gemüt von den sonderbarsten Empfindungen im Innersten bewegt. Wie mag der große herrliche Mann, las er jenes absurde Geschwätz, doch eben von dem unbehaglichen Gefühl ergriffen worden sein wie einer, der, in einem schönen Park zwischen Blumen und Blüten lustwandelnd, von schreienden, bellenden Kläffern angefallen wird, die, ohne ihm nur den mindesten bedeutenden Schaden zufügen zu können, ihm doch auf die unerträglichste Weise lästig sind. Aber wie man in der Zeit des erfochtenen Sieges gern von den ihm vorhergegangenen Bedrängnissen und Gefahren hört, eben darum, weil sie seinen Glanz noch erhöhen, so erhebt es auch Seele und Geist, noch die Ungetüme zu beschauen, über die der Genius sein Siegespanier schwang, daß sie untergingen in ihrer eignen Schmach! – Tröstet euch – ihr Unerkannten! ihr von dem Leichtsinn, von der Unbill des Zeitgeistes Gebeugten; *euch* ist *gewisser* Sieg verheißen, und *der* ist ewig, da euer ermüdender *Kampf* nur vorübergehend war!

Man erzählt, nachdem der Streit der Gluckisten und Piccinisten sich etwas abgekühlt hatte, sei es irgendeinem vornehmen Verehrer der Kunst gelungen, Gluck und Piccini in einer Abendgesellschaft zusammenzubringen, und nun habe der offene Teutsche, zufrieden einmal, den bösen Streit geendet zu sehen, in einer fröhlichen Weinlaune dem Italiener seinen ganzen Mechanismus der Komposition, sein Geheimnis, die Menschen und vorzüglich die verwöhnten Franzosen zu erheben und zu rühren, entdeckt – Melodien in altfranzösischem Stil – teutsche Arbeit, darin sollte es liegen. Aber der sinnige, gemütliche, in seiner Art große Piccini, dessen Chor der Priester der Nacht in der »Dido« in meinem Innersten mit schauerlichen Tönen widerhallt, hat doch keine »Armida«, keine »Iphigenia« wie Gluck geschrieben! – Bedürfte es denn nur, genau zu wissen, wie Raffael seine Gemälde anlegte und ausführte, um selbst ein Raffael zu sein?

Kein Gespräch über die Kunst konnte heute aufkommen – nicht einmal das himmlische Geschwätz um nichts über nichts, das ich so gern mit Frauenzimmern führe, weil mir es dann nur wie die zufällig begleitende Stimme zu einer geheimen, aber von jeder deutlich geahnten Melodie vorkommt, wollte recht fort; alles ging unter in der Politik. – Da sagte jemand: der Minister -r- habe den Vorstellungen des -s- Hofes kein Gehör gegeben. Nun weiß ich, daß jener Minister wirklich auf einem Ohre gar nicht hört, und in dem Augenblick stand ein Bild in grotesken Zügen mir vor Augen, welches mich den ganzen Abend nicht wieder verließ. – Ich sah nämlich jenen Minister in der Mitte des Zimmers steif dastehen – der -sche Unterhändler befindet sich unglücklicherweise an der tauben Seite, der andere an der hörenden! – Nun wenden beide alle nur ersinnlichen Mittel, Ränke und Schwänke an, einer, daß die Exzellenz sich umdrehe, der andere, daß die Exzellenz stehen bleibe, denn nur davon hängt der Erfolg der Sache ab; aber die Exzellenz bleibt wie eine teutsche Eiche fest eingewurzelt auf ihrer Stelle, und das Glück ist dem günstig, der die *hörende* Seite traf.

Welcher Künstler hat sich sonst um die politischen Ereignisse des Tages bekümmert – er lebte nur in seiner Kunst, und nur in ihr schritt er durch das Leben; aber eine verhängnisvolle schwere Zeit hat den Menschen mit eiserner Faust ergriffen, und der Schmerz preßt ihm Laute aus, die ihm sonst fremd waren.

Man spricht so viel von der Begeisterung, die die Künstler durch den Genuß starker Getränke erzwingen – man nennt Musiker und Dichter, die nur *so* arbeiten können (die Maler sind von dem Vorwurfe, soviel ich weiß, frei geblieben). – Ich glaube nicht daran – aber gewiß ist es, daß eben in der glücklichen Stimmung, ich möchte sagen, in der günstigen Konstellation, wenn der Geist aus dem *Brüten* in das *Schaffen* übergeht, das geistige Getränk den regeren Umschwung der Ideen befördert. – Es ist gerade kein edles Bild, aber mir kommt die Phantasie hier vor wie ein Mühlrad, welches der stärker anschwellende Strom schneller treibt – der Mensch gießt Wein auf, und das Getriebe im Innern dreht sich rascher! – Es ist wohl herrlich, daß eine edle Frucht das Geheimnis in sich trägt, den menschlichen Geist in seinen eigensten Anklängen auf eine wunderbare Weise zu beherrschen. – Aber was in diesem Augenblick da vor mir im Glase dampft, ist jenes Getränk, das noch wie ein geheimnisvoller Fremder, der, um unerkannt zu bleiben, überall seinen Namen wechselt, keine allgemeine Benennung hat und durch *den* Prozeß erzeugt wird, wenn man Kognak, Arrak oder Rum anzündet und auf einem Rost darüber gelegten Zukker hineintröpfeln läßt. – Die Bereitung und der mäßige Genuß dieses Getränkes hat für mich etwas Wohltätiges und Erfreuliches. – Wenn so die blaue Flamme emporzuckt, sehe ich, wie die Salamander glühend und sprühend herausfahren und mit den Erdgeistern kämpfen, die im Zucker wohnen. Diese halten sich tapfer; sie knistern in gelben Lichtern durch die Feinde, aber die Macht ist zu groß, sie sinken prasselnd und zischend unter – die Wassergeister entfliehen, sich im Dampfe emporwirbelnd, indem die Erdgeister die erschöpften Salamander herabziehen und im eignen Reiche verzehren; aber auch sie gehen unter, und kecke neugeborne Geisterchen strahlen in glühendem Rot herauf, und was Salamander und Erdgeist, im Kampfe untergehend, geboren, hat des Salamanders Glut und des Erdgeistes gehaltige Kraft. – Sollte es wirklich geraten sein, dem innern Phantasierade Geistiges aufzugießen (welches ich doch meine, da es dem Künstler nächst dem rascheren Schwunge der Ideen eine gewisse Behaglichkeit, ja Fröhlichkeit gibt, die die Arbeit erleichtert), so könnte man ordentlich rücksichts der Getränke gewisse Prinzipe aufstellen. So würde ich zum Beispiel bei der Kirchenmusik alte Rhein- und Franzweine, bei der ernsten Oper sehr feinen Burgunder, bei der komischen Oper Champagner, bei Kanzonetten italienische feurige Weine, bei einer höchst romantischen Komposition, wie die des »Don Juan« ist, aber ein mäßiges Glas von ebendem von Salamander und Erdgeist erzeugten Getränk anraten! – Doch überlasse ich jedem seine individuelle Meinung und finde nur nötig für mich selbst im stillen zu bemerken, daß der Geist, der, von Licht und unterirdischem Feuer geboren, so keck den Menschen beherrscht, gar gefährlich ist und man seiner Freundlichkeit nicht trauen darf, da er schnell die Miene ändert und statt des wohltuenden behaglichen Freundes zum furchtbaren Tyrannen wird.

Es wurde heute die bekannte Anekdote von dem alten Rameau erzählt, der zu dem Geistlichen, welcher ihn in der Todesstunde mit allerlei harten unfreundlichen Worten zur Buße ermahnte und nicht aufhören konnte zu predigen und zu schreien, ernstlich sagte: »Aber wie mögen Euer Hochwürden doch so falsch singen!« – Ich habe nicht in das laute Gelächter der Gesellschaft einstimmen können, denn für mich hat die Geschichte etwas ungemein Rührendes! – Wie hatte, da der alte Meister der Tonkunst beinahe schon alles Irdische abgestreift, sich sein Geist so ganz und gar der göttlichen Musik zugewendet, daß jeder sinnliche Eindruck von außen her nur ein Mißklang war, der, die reinen Harmonien, von denen sein Inneres erfüllt, unterbrechend, ihn quälte und seinen Flug zur Lichtwelt hemmte.

In keiner Kunst ist die Theorie schwächer und unzureichender als in der Musik, die Regeln des Kontrapunkts beziehen sich natürlicherweise nur auf die harmonische Struktur, und ein danach richtig ausgearbeiteter Satz ist die nach den bestimmten Regeln des Verhältnisses richtig entworfene Zeichnung des Malers. Aber bei dem Kolorit ist der Musiker ganz verlassen; denn *das* ist die Instrumentierung. – Schon der unermeßlichen Varietät musikalischer Sätze wegen ist es unmöglich, hier nur *eine Regel* zu wagen, aber auf eine lebendige, durch Erfahrung geläuterte Phantasie gestützt, kann man wohl Andeutungen geben, und diese, zyklisch gefaßt, würde ich Mystik der Instrumente nennen. Die Kunst, gehörigen Orts bald mit dem vollen Orchester, bald mit einzelnen Instrumenten zu wirken, ist die *musikalische Perspektive*; so wie die Musik den von der Malerei ihr entlehnten Ausdruck *Ton* wieder zurücknehmen und ihn von *Tonart* unterscheiden kann. Im zweiten, höheren Sinn wäre dann *Ton eines Stücks* der tiefere Charakter, der durch die besondere Behandlung des Gesanges, der Begleitung der sich anschmiegenden Figuren und Melismen, ausgesprochen wird.

Es ist ebenso schwer, einen guten letzten Akt zu machen als einen tüchtigen Kernschluß. – Beide sind gewöhnlich mit Figuren überhäuft, und der Vorwurf: er kann nicht zum Schluß kommen, ist nur zu oft gerecht. Für Dichter und Musiker ist es kein übler Vorschlag, beide, den letzten Akt und das Finale, *zuerst* zu machen. Die Ouvertüre sowie der Prologus muß unbedingt zuletzt gemacht werden.

6. *Der vollkommene Maschinist*

Als ich noch in *** die Oper dirigierte, trieben mich oft Lust und Laune auf das Theater; ich bekümmerte mich viel um das Dekorations- und Maschinenwesen, und indem ich lange Zeit ganz im stillen über alles, was ich sah, Betrachtungen anstellte, erzeugten sich mir Resultate, die ich zum Nutz und Frommen der Dekorateurs und der Maschinisten sowie des ganzen Publikums gern in einem eignen Traktätlein ans Licht stellen möchte, unter dem Titel: »Johannes Kreislers vollkommener Maschinist« und so weiter. Aber wie es in der Welt zu gehen pflegt, den schärfsten Willen stumpft die Zeit ab, und wer weiß, ob bei gehöriger Muße, die das wichtige theoretische Werk erfordert, mir auch die Laune kommen wird, es wirklich zu schreiben. Um nun daher wenigstens die ersten Prinzipe der von mir erfundenen herrlichen Theorie, die vorzüglichsten Ideen vom Untergange zu retten, schreibe ich, soviel ich vermag, nur alles rhapsodisch hin und denke auch dann: Sapienti sat!

Fürs erste verdanke ich es meinem Aufenthalte in ***, daß ich von manchem gefährlichen Irrtum, in den ich bisher versunken, gänzlich geheilt worden, so wie ich auch die kindische Achtung für Personen, die ich sonst für groß und genial gehalten, gänzlich verloren. Nächst einer aufgedrungenen, aber sehr heilsamen Geistesdiät bewirkte meine Gesundheit der mir angeratene fleißige Genuß des äußerst klaren, reinen Wassers, das in *** aus vielen Quellen, vorzüglich bei dem Theater – nicht sprudelt? – nein! – sondern sanft und leise daherrinnt.

So denke ich noch mit wahrer innerer Scham an die Achtung, ja die kindische Verehrung, die ich für den Dekorateur sowie für den Maschinisten des . . . r Theaters hegte. Beide gingen von dem törichten Grundsatz aus: Dekorationen und Maschinen müßten unmerklich in die Dichtung eingreifen, und durch den Totaleffekt müßte dann der Zuschauer, wie auf unsichtbaren Fittichen, ganz aus dem Theater heraus in das phantastische Land der Poesie getragen werden. Sie meinten, nicht genug wäre es, die zur höchsten Illusion mit tiefer Kenntnis und gereinigtem Geschmack angeordneten Dekorationen, die mit zauberischer, dem Zuschauer unerklärbarer Kraft wirkenden Maschinen anzuwenden, sondern ganz vorzüglich käme es auch darauf an, alles, auch das Geringste, zu vermeiden, was dem beabsichtigten Totaleffekt entgegenliefe. Nicht eine wider den Sinn des Dichters gestellte Dekoration, nein – oft nur ein zur Unzeit hervorguckender Baum – ja, ein einziger hervorhängender Strick zerstöre alle Täuschung. – Es sei gar schwer, sagten sie ferner, durch grandios gehaltene Verhältnisse, durch eine edle Einfachheit, durch das künstliche Berauben jedes Mediums die eingebildeten Größen der Dekoration mit wirklichen (zum Beispiel mit den auftretenden Personen) zu vergleichen und so den Trug zu entdecken, durch gänzliches Verbergen des Mechanismus der Maschinen den Zuschauer in der ihm wohltuenden Täuschung zu erhalten. Hätten daher selbst Dichter, die doch sonst gern in das Reich der Phantasie eingehen, gerufen: »Glaubt ihr denn, daß eure leinwandenen Berge und Paläste, eure stürzenden bemalten Bretter uns nur einen Moment täuschen können, ist euer Platz auch noch so groß?« – so habe es immer an der Eingeschränktheit, der Ungeschicklichkeit ihrer malenden und bauenden Kollegen gelegen, die, statt ihre Arbeiten im höhern poetischen Sinn aufzufassen, das Theater, sei es auch noch so groß gewesen, worauf es nicht einmal so sehr, wie man glaube, ankomme, zum erbärmlichen Guckkasten herabgewürdigt hätten. In der Tat waren auch die tiefen schauerlichen Wälder, die unabsehbaren Kolonnaden – die gotischen Dome jenes Dekorateurs von herrlicher Wirkung – man dachte gewiß nicht an Malerei und Leinwand; des Maschinisten unterirdische Donner, seine Einstürze hingegen erfüllten das Gemüt mit Grausen und Entsetzen, und seine Flugwerke schwebten luftig und duftig vorüber. – Himmel! wie hatten doch diese guten Leute, trotz ihres Weisheitskrams, eine so gänzlich falsche Tendenz! – Vielleicht lassen sie, wenn sie dieses lesen sollten, von ihren offenbar schädlichen Phantastereien ab und kommen, so wie ich, zu einiger Vernunft. – Ich will mich nun lieber gleich an sie selbst wenden und von der Gattung theatralischer Darstellungen reden, in der ihre Künste am mehrsten in Anspruch genommen werden – ich meine die Oper! – Zwar habe ich es eigentlich nur mit dem Maschinisten zu tun, aber der Dekorateur kann auch sein Teil daraus lernen. Also:

Meine Herren!
Haben Sie es nicht vielleicht schon selbst bemerkt, so will ich es Ihnen hiermit eröffnen, daß die Dichter und Musiker sich in einem höchst gefährlichen Bunde gegen das Publikum befinden. Sie haben es nämlich auf nichts Geringeres abgesehen, als den Zuschauer aus der wirklichen Welt, wo es ihm doch recht gemütlich ist, herauszutreiben und, wenn

sie ihn von allem ihm sonst Bekannten und Befreundeten gänzlich getrennt, ihn mit allen nur möglichen Empfindungen und Leidenschaften, die der Gesundheit höchst nachteilig, zu quälen. Da muß er lachen – weinen – erschrecken, sich fürchten, sich entsetzen, wie sie es nur haben wollen, kurz, wie man im Sprüchwort zu sagen pflegt, ganz nach ihrer Pfeife tanzen. Nur zu oft gelingt ihnen ihre böse Absicht, und man hat schon oft die traurigsten Folgen ihrer feindseligen Einwirkungen gesehen. Hat doch schon mancher im Theater augenblicklich an das phantastische Zeug in der Tat geglaubt; es ist ihm nicht einmal aufgefallen, daß die Menschen nicht reden wie andere ehrliche Leute, sondern singen, und manches Mädchen hat noch nachts darauf, ja ein paar Tage hindurch alle die Erscheinungen, welche Dichter und Musiker ordentlich hervorgezaubert hatten, nicht aus Sinn und Gedanken bringen und kein Strick- oder Stickmuster gescheut ausführen können. Wer aber soll diesem Unfug vorbeugen, wer soll bewirken, daß das Theater eine vernünftige Erholung, daß alles still und ruhig bleibe, daß keine psychisch und physisch ungesunde Leidenschaft erregt werde? – wer soll das tun? Kein anderer als Sie, meine Herren! Ihnen liegt die süße Pflicht auf, zum Besten der gebildeten Menschheit gegen den Dichter und Musiker sich zu verbinden. – Kämpfen Sie tapfer, der Sieg ist gewiß, Sie haben die Mittel überreichlich in Händen! – Der erste Grundsatz, von dem Sie in allen Ihren Bemühungen ausgehen müssen, ist: Krieg dem Dichter und Musiker – Zerstörung ihrer bösen Absicht, den Zuschauer mit Trugbildern zu umfangen und ihn aus der wirklichen Welt zu treiben. Hieraus folgt, daß in ebendem Grade, als jene Personen alles nur mögliche anwenden, den Zuschauer vergessen zu lassen, daß er im Theater sei, Sie dagegen durch zweckmäßige Anordnung der Dekorationen und Maschinerien ihn beständig an das Theater erinnern müssen. –

Sollten Sie mich nicht schon jetzt verstehen, sollte es denn nötig sein, Ihnen noch mehr zu sagen? – Aber ich weiß es, Sie sind in Ihre Phantastereien so hineingeraten, daß selbst in dem Fall, wenn Sie meinen Grundsatz für richtig anerkennen, Sie die gewöhnlichsten Mittel, welche herrlich zu dem beabsichtigten Zweck führen, nicht bei der Hand haben würden. Ich muß Ihnen daher schon, wie man zu sagen pflegt, was weniges auf die Sprünge helfen. Sie glauben zum Beispiel nicht, von welcher unwiderstehlichen Wirkung oft schon eine eingeschobene fremde Kulisse ist. Erscheint so ein Stuben- oder Saalfragment in einer düstern Gruft und klagt die Primadonna in den rührendsten Tönen über Gefangenschaft und Kerker, so lacht ihr doch der Zuschauer ins Fäustchen, denn er weiß ja, der Maschinist darf nur schellen, und es ist mit dem Kerker vorbei, denn hinten steckt ja schon der freundliche Saal. Noch besser sind aber falsche Soffitten und oben herausguckende Mittelvorhänge, indem sie der ganzen Dekoration die sogenannte Wahrheit, die aber hier eben der schändlichste Trug ist, benehmen. Es gibt aber doch Fälle, wo Dichter und Musiker mit ihren höllischen Künsten die Zuschauer so zu betäuben wissen, daß sie auf alles das nicht merken, sondern ganz hingerissen, wie in einer fremden Welt, sich der verführerischen Lockung des Phantastischen hingeben; es findet dieses vorzüglich bei großen Szenen, vielleicht gar mit einwirkenden Chören, statt. In dieser verzweiflungsvollen Lage gibt es ein Mittel, das immer den beabsichtigten Zweck erfüllen wird. Sie lassen dann ganz unerwartet, zum Beispiel mitten in einem lügübren Chor, der sich um die im Moment des höchsten Affekts begriffenen Hauptpersonen gruppiert, plötzlich einen Mittelvorhang fallen, der unter allen spielenden Personen Bestürzung verbreitet und sie auseinandertreibt, so daß mehrere im Hintergrunde von den im Proszenium befindlichen total abgeschnitten werden. Ich erinnere mich, in einem Ballett dieses Mittel zwar wirkungsvoll, aber doch nicht ganz richtig angewandt gesehen zu haben. Die Primaballerina führte eben, indem der Chor der Figuranten seitwärts gruppiert war, ein schönes Solo aus; eben als sie im Hintergrunde in einer herrlichen Stellung verweilte und die Zuschauer nicht genug jauchzen und jubeln konnten, ließ der Maschinist plötzlich einen Mittelvorhang vorfallen, der sie mit einem Male den Augen des Publikums entzog. Aber unglücklicherweise war es eine Stube mit einer großen Tür in der Mitte; ehe man sich's versah, kam daher die entschlossene Tänzerin gar anmutig durch die Tür hereingehüpft und setzte ihr Solo fort, worauf denn der Mittelvorhang zum Trost der Figuranten wieder aufging. Lernen Sie hieraus, daß der Mittelvorhang keine Tür haben, übrigens aber mit der stehenden Dekoration grell abstechen muß. In einer felsichten Einöde tut ein Straßenprospekt, in einem Tempel ein finsterer Wald sehr gute Dienste. Sehr nützlich ist es auch, vorzüglich in Monologen oder kunstvollen Arien, wenn eine Soffitte herunterzufallen oder eine Kulisse in das Theater zu stürzen droht oder wirklich stürzt; denn außerdem daß die Aufmerksamkeit der Zuschauer ganz von der Situation des Gedichts abgezogen wird, so erregt auch die Primadonna oder der Primo Huomo, der vielleicht eben auf dem Theater war und hart beschädigt zu werden Gefahr lief, die größere, regere Teilnahme des Publikums, und wenn beide nachher noch so falsch singen, so heißt es: »Die arme Frau, der arme Mensch, das kommt von der ausgestandenen Angst«, und man applaudiert gewaltig! Man kann auch zur Erreichung dieses Zwecks, nämlich den Zuschauer von den Personen des Gedichts ab und auf die Persönlichkeit der Schauspieler zu lenken, mit Nutzen ganze auf dem Theater stehende Gerüste einstürzen lassen. So erinnere ich mich, daß einmal in der »Camilla« der praktikable Gang und die Treppe zur unterirdischen Gruft in dem Augenblicke, als eben alle zu Camillas Rettung herbeieilenden Personen darauf befindlich waren, einstürzte. – Das war ein Rufen – ein Schreien – ein Beklagen im Publikum, und als nun endlich vom Theater herab verkündigt wurde: es habe niemand bedeutenden Schaden genommen und man werde fortspielen, mit welcher Teilnahme wurde nun der Schluß der Oper gehört, die aber, wie es auch sein sollte, nicht mehr den Personen des Stücks, sondern den in Angst und Schrecken gesetzten Schauspielern galt. Dagegen ist es unrecht, die Schauspieler hinter den Kulissen in Gefahr zu setzen, denn alle Wirkung fällt ja von selbst weg, wenn es nicht vor den Augen des Publikums geschieht. Die Häuser, aus deren Fenster geguckt, die Balkons, von denen herab diskuriert werden soll, müssen daher so niedrig als möglich gemacht werden, damit es keiner hohen Leiter oder keines hohen Gerüstes zum Hinaufsteigen bedarf. Gewöhnlich kommt der, der erst oben durch das Fenster gesprochen, dann unten zur Tür heraus, und um Ihnen meine Bereitwilligkeit zu zeigen, wie gern ich mit allen meinen gesammelten Kenntnissen zu Ihrem Besten herausrücke, setze ich Ihnen die Dimensionen eines solchen praktikablen Hauses mit Fenster und Tür her, wie ich sie von dem Theater in *** entnommen. Höhe der Tür: fünf Fuß, Zwischenraum bis zum Fenster: ein halber Fuß, Höhe des Fensters: drei Fuß, bis zum Dache: ein viertel Fuß, Dach: ein halber Fuß. Macht zusammen neuneinviertel Fuß. Wir hatten einen etwas großen Schauspieler, der durfte, wenn er den Bartholo im »Barbier von Sevilien« spielte, nur auf eine Fußbank steigen, um aus dem Fenster zu gucken, und als einmal zufällig unten die Tür aufging, sah man die langen roten Beine und war nur besorgt, wie er es machen würde, um durch die Tür zu kommen. Sollte es nicht nützlich sein, den Schauspielern die praktikabeln Häuser, Türme, Burgvesten anzumessen? – Es ist sehr unrecht, durch einen plötzlichen Donner, durch einen Schuß oder durch ein anderes plötzliches Getöse die Zuschauer zu erschrecken. Ich erinnere mich noch recht gut Ihres verdammten Donners, mein Herr Maschinist, der dumpf und furchtbar wie in tiefen Gebirgen rollte, aber was soll das? – wissen Sie denn nicht, daß ein in einen Rahmen gespanntes Kalbfell, auf dem man mit beiden Fäusten herumtrommelt, einen gar anmutigen Donner gibt? Statt die sogenannte Kanonenmaschine anzuwenden oder wirklich zu schießen, wirft man stark die Garderobentür zu, darüber wird niemand zu sehr erschrecken. Aber um den Zuschauer auch vor dem mindesten Schreck zu bewahren, welches zu den höchsten, heiligsten Pflichten des Maschinisten gehört, ist folgendes Mittel ganz untrüglich. Fällt nämlich ein Schuß oder entsteht ein Donner, so heißt es auf dem Theater gewöhnlich: »Was hör ich! – welch Geräusch – welch Getöse!« – Nun muß der Maschinist allemal erst diese Worte abwarten und dann schießen oder donnern lassen. – Außer dem, daß das Publikum durch jene Worte gehörig gewarnt worden, hat es auch die Bequemlichkeit, daß die Theaterarbeiter ruhig zusehen können und keines besondern Zeichens zur nötigen Operation bedürfen, sondern ihnen der Ausruf des Schauspielers oder Sängers zum Zeichen dient und sie dann noch zu rechter Zeit die Garderobentür zuwerfen oder mit den Fäusten das Kalbfell bearbeiten können. Der Donner gibt allemal dem Arbeiter, der als Jupiter fulgurans mit der Blechtrompete in Bereitschaft steht, das Zeichen zum Blitzen; dieser muß, da auf dem Schnürboden doch leicht sich etwas entzünden kann, unten in der Kulisse so weit vorstehen, daß das Publikum hübsch die Flamme und womöglich auch die Trompete sieht, um nicht in unnötigem Zweifel zu bleiben, wie um 's Himmels willen denn nur das Ding mit dem Blitz gemacht wird. Was ich oben vom Schuß gesagt, gilt auch von Trompetenstößen, eintretender Musik und so weiter. Ich habe schon von Ihrem luftigen, duftigen Flugwerk gesprochen! mein Herr Maschinist! – Ist es denn nun wohl recht, so viel Nachdenken, so viel Kunst anzuwenden, um dem Trug so den Schein der Wahrheit zu geben, daß der Zuschauer unwillkürlich an die himmlische Erscheinung, die im Nimbus glänzender Wolken herabschwebt, glaubt? – Aber selbst Maschinisten, die von richtigeren Grundsätzen ausgehen sollen, fallen in einen anderen Fehler. Sie lassen zwar gehörig Stricke sehen, aber so schwach, daß das Publikum in tausend Angst gerät, die Gottheit, der Genius etc. werden herabstürzen und Arm und Beine brechen. – Der Wolkenwagen oder die Wolke muß daher in vier recht dicken, schwarz angestrichenen Stricken hängen und ruckweise im langsamsten Tempo heraufgezogen oder herabgelassen werden; denn so wird der Zuschauer, der die Sicherheitsanstalten auch vom entferntesten Platze deutlich sieht und ihre Haltbarkeit gehörig beurteilen kann, über die himmlische Fahrt ganz beruhigt. – Sie haben sich auf Ihre wellenschlagende, schäumende Meere, auf Ihre Seen mit den optischen Widerscheinen recht was eingebildet, und Sie glaubten gewiß einen Triumph Ihrer Kunst zu feiern, als es Ihnen gelang, über die Brücke des Sees wandelnde Personen ebenso vorübergehend abzuspiegeln? – Wahr ist es, das letzte hat Ihnen einige Bewunderung verschafft; indessen war doch, wie ich schon bewiesen, Ihre Tendenz grundfalsch! – Ein Meer, ein See – ein Fluß, kurz, jedes Wasser wird am besten auf folgende Art dargestellt: Man nimmt zwei Bretter, so lang, als das Theater breit ist, läßt sie an der obersten Seite auszacken, mit kleinen Wellchen blau und weiß bemalen und hängt sie, eins hinter dem andern, in Schnüren *so* auf, daß ihre untere Seite noch etwas den Boden berührt. Diese Bretter werden nun hin und her bewegt, und das knarrende Geräusch, welches sie, den Boden streifend, verursachen, bedeutet das Plätschern der Wellen. – Was soll ich von Ihren schauerlichen heimlichen

Mondgegenden sagen, Herr Dekorateur, da jeden Prospekt ein geschickter Maschinist in eine Mondgegend umwandelt. Es wird nämlich in ein viereckiges Brett ein rundes Loch geschnitten, mit Papier verklebt und in den hinter demselben befindlichen, rot angestrichenen Kasten ein Licht gesetzt. Diese Vorrichtung wird an zwei starken, schwarz angestrichenen Schnüren herabgelassen, und siehe da, es ist Mondschein! – Wäre es nicht auch ganz dem vorgesetzten Zweck gemäß, wenn bei zu großer Rührung im Publikum der Maschinist diesen oder jenen der größten Übeltäter unwillkürlich versinken ließe und ihm so jeden Ton, der den Zuschauer noch in höhere Extravaganz setzen könnte, mit einem Male abschnitte? – Rücksichts der Versenkungen will ich aber sonst bemerken, daß der Schauspieler nur in jenem äußersten Fall, wenn es nämlich darauf ankommt, das Publikum zu retten, in Gefahr zu setzen ist. Sonst muß man ihn auf alle nur mögliche Art schonen und erst dann die Versenkung gehen lassen, wenn er sich in gehöriger Stellung und Balance befindet. Da dieses aber nun niemand wissen kann als der Schauspieler selbst, so ist es unrecht, das Zeichen vom Souffleur mit der Souterrainsglocke geben zu lassen, vielmehr mag der Schauspieler, sollen ihn unterirdische Mächte verschlingen oder soll er als Geist verschwinden, selbst durch drei oder vier harte Fußstöße auf den Boden das Zeichen geben und dann langsam und sicher in die Arme der unten passenden Theaterarbeiter sinken. – Ich hoffe, Sie haben mich nun ganz verstanden und werden, da jede Vorstellung tausendmal Gelegenheit gibt, den Kampf mit dem Dichter und Musiker zu bestehen, ganz nach der richtigen Tendenz und nach den von mir angeführten Beispielen handeln.

Ihnen, mein Herr Dekorateur! rate ich noch im Vorbeigehen, die Kulissen nicht als ein notwendiges Übel, sondern als Hauptsache und jede, soviel möglich, als ein für sich bestehendes Ganze anzusehen, auch recht viel Details darauf zu malen. In einem Straßenprospekt soll zum Beispiel jede Kulisse ein hervorspringendes drei- oder vierstöckiges Haus bilden; wenn denn nun die Fensterchen und Türchen der Häuser im Proszenium so klein sind, daß man offenbar sieht, keine der auftretenden Personen, die beinahe bis in den zweiten Stock ragen, könne darin wohnen, sondern nur ein liliputanisches Geschlecht in diese Türen eingehn und aus diesen Fenstern gucken, so wird durch dieses Aufheben aller Illusion der große Zweck, der dem Dekorateur immer vorschweben muß, auf die leichteste und anmutigste Weise erreicht.

Sollte wider alles Vermuten Ihnen, meine Herren! das Prinzip, auf dem ich meine ganze Theorie des Dekorations- und Maschinenwesens baue, nicht eingehen, so muß ich Sie nur hiermit darauf aufmerksam machen, daß schon vor mir ein äußerst achtbarer würdiger Mann dieselbe in nuce vorgetragen. – Ich meine niemanden anders als den guten Webermeister Zettel, der auch in der höchst tragischen Tragödie »Pyramus und Thisbe« das Publikum vor jeder Angst, Furcht etc., kurz, vor jeder Exaltation verwahrt wissen will; nur schiebt er alles das, wozu Sie hauptsächlich beitragen müssen, dem Prologus auf den Hals, der gleich sagen soll, daß die Schwerter keinen Schaden täten, daß Pyramus nicht wirklich tot gemacht werde und daß eigentlich Pyramus nicht Pyramus, sondern Zettel, der Weber, sei. – Lassen Sie sich des weisen Zettels goldne Worte ja recht zu Herzen gehen, wenn er von Schnock, dem Schreiner, der einen greulichen Löwen repräsentieren soll, folgendermaßen spricht:

»Ja, ihr müßt seinen Namen nennen, und sein Gesicht muß durch des Löwen Hals gesehen werden, und er selbst muß durchsprechen und sich so oder ungefähr so applizieren: ›Gnädige Frauen, oder schöne gnädige Frauen, ich wollte wünschen, oder ich wollte ersuchen, oder ich wollte gebeten haben, fürchten Sie nichts, zittern Sie nicht so; mein Leben für das Ihrige! wenn Sie dächten, ich käme hierher als ein Löwe, so dauerte mich nur meine Haut. Nein, ich bin nichts dergleichen; ich bin ein Mensch wie andre auch‹ – und dann laßt ihn nur seinen Namen nennen und ihnen rundheraus sagen, daß er Schnock, der Schreiner, ist.«

Sie haben, wie ich voraussetzen darf, einigen Sinn für die Allegorie und werden daher leicht das Medium finden, der von Zettel, dem Weber, ausgesprochenen Tendenz auch in Ihrer Kunst zu folgen. Die Autorität, auf die ich mich gestützt, bewahrt mich vor jedem Mißverstande, und so hoffe ich einen guten Samen gestreut zu haben, dem vielleicht ein Baum des Erkenntnisses entsprießt.

IV Don Juan

Eine fabelhafte Begebenheit,
die sich mit einem reisenden Enthusiasten
zugetragen

Ein durchdringendes Läuten, der gellende Ruf: »Das Theater fängt an!« weckte mich aus dem sanften Schlaf, in den ich versunken war; Bässe brummen durcheinander – ein Paukenschlag – Trompetenstöße – ein klares A, von der Hoboe ausgehalten – Violinen stimmen ein: ich reibe mir die Augen. Sollte der allezeit geschäftige Satan mich im Rausche –? Nein! ich befinde mich in dem Zimmer des Hotels, wo ich gestern abend halb gerädert abgestiegen. Gerade über meiner Nase hängt die stattliche Troddel der Klingelschnur; ich ziehe sie heftig an, der Kellner erscheint.

»Aber was, um 's Himmels willen, soll die konfuse Musik da neben mir bedeuten? gibt es denn ein Konzert hier im Hause?«

»Ew. Exzellenz« – (ich hatte mittags an der Wirtstafel Champagner getrunken!) »Ew. Exzellenz wissen vielleicht noch nicht, daß dieses Hotel mit dem Theater verbunden ist. Diese Tapetentür führt auf einen kleinen Korridor, von dem Sie unmittelbar in Numero 23 treten: das ist die Fremdenloge.«

»Was? – Theater? – Fremdenloge?«

»Ja, die kleine Fremdenloge zu zwei, höchstens drei Personen – nur so für vornehme Herren, ganz grün tapeziert, mit Gitterfenstern, dicht beim Theater! Wenn's Ew. Exzellenz gefällig ist – wir führen heute den ›Don Juan‹ von dem berühmten Herrn Mozart aus Wien auf. Das Legegeld, einen Taler acht Groschen, stellen wir in Rechnung.«

Das letzte sagte er, schon die Logentür aufdrückend, so rasch war ich bei dem Worte »Don Juan« durch die Tapetentür in den Korridor geschritten. Das Haus war, für den mittelmäßigen Ort, geräumig, geschmackvoll verziert und glänzend erleuchtet. Logen und Parterre waren gedrängt voll. Die ersten Akkorde der Ouvertüre überzeugten mich, daß ein ganz vortreffliches Orchester, sollten die Sänger auch nur im mindesten etwas leisten, mir den herrlichsten Genuß des Meisterwerks verschaffen würde. – In dem Andante ergriffen mich die Schauer des furchtbaren, unterirdischen regno all pianto; grausenerregende Ahnungen des Entsetzlichen erfüllten mein Gemüt. Wie ein jauchzender Frevel klang mir die jubelnde Fanfare im siebenten Takte des Allegro; ich sah aus tiefer Nacht feurige Dämonen ihre glühenden Krallen ausstrecken – nach dem Leben froher Menschen, die auf des bodenlosen Abgrunds dünner Decke lustig tanzten. Der Konflikt der menschlichen Natur mit den unbekannten, gräßlichen Mächten, die ihn, sein Verderben erlauernd, umfangen, trat klar vor meines Geistes Augen. Endlich beruhigt sich der Sturm; der Vorhang fliegt auf. Frostig und unmutvoll in seinen Mantel gehüllt, schreitet Leporello in finstrer Nacht vor dem Pavillon einher: »Notte e giorno faticar.« – Also italienisch? – Hier am deutschen Orte italienisch? Ah che piacere! ich werde alle Rezitative, alles so hören, wie es der große Meister in seinem Gemüt empfing und dachte! Da stürzt Don Juan heraus; hinter ihm Donna Anna, bei dem Mantel den Frevler festhaltend. Welches Ansehn! Sie könnte höher, schlanker gewachsen, majestätischer im Gange sein: aber welch ein Kopf! – Augen, aus denen Liebe, Zorn, Haß, Verzweiflung wie aus *einem* Brennpunkt eine Strahlenpyramide blitzender Funken werfen, die, wie griechisches Feuer, unauslöschlich das Innerste durchbrennen! Des dunklen Haares aufgelöste Flechten wallen in Wellenringeln den Nacken hinab. Das weiße Nachtkleid enthüllt verräterisch nie gefahrlos belauschte Reize. Von der entsetzlichen Tat umkrallt, zuckt das Herz in gewaltsamen Schlägen. – – Und nun – welche

Stimme! »Non sperar se non m'uccidi.« – Durch den Sturm der Instrumente leuchten wie glühende Blitze die aus ätherischem Metall gegossenen Töne! – Vergebens sucht sich Don Juan loszureißen. – Will er es denn? Warum stößt er nicht mit kräftiger Faust das Weib zurück und entflieht? Macht ihn die böse Tat kraftlos, oder ist es der Kampf von Haß und Liebe im Innern, der ihm Mut und Stärke raubt? – Der alte Papa hat seine Torheit, im Finstern den kräftigen Gegner anzufallen, mit dem Leben gebüßt; Don Juan und Leporello treten im rezitierenden Gespräch weiter vor ins Proszenium. Don Juan wickelt sich aus dem Mantel und steht da in rotem, gerissenen Sammet mit silberner Stickerei, prächtig gekleidet. Eine kräftige, herrliche Gestalt: das Gesicht ist männlich schön; eine erhabene Nase, durchbohrende Augen, weich geformte Lippen; das sonderbare Spiel eines Stirnmuskels über den Augenbrauen bringt sekundenlang etwas vom Mephistopheles in die Physiognomie, das, ohne dem Gesicht die Schönheit zu rauben, einen unwillkürlichen Schauer erregt. Es ist, als könne er die magische Kunst der Klapperschlange üben; es ist, als könnten die Weiber, von ihm angeblickt, nicht mehr von ihm lassen und müßten, von der unheimlichen Gewalt gepackt, selbst ihr Verderben vollenden. – Lang und dürr, in rot- und weißgestreifter Weste, kleinem roten Mantel, weißem Hut mit roter Feder, trippelt Leporello um ihn her. Die Züge seines Gesichts mischen sich seltsam zu dem Ausdruck von Gutherzigkeit, Schelmerei, Lüsternheit und ironisierender Frechheit; gegen das grauliche Kopf- und Barthaar stechen seltsam die schwarzen Augenbrauen ab. Man merkt es, der alte Bursche verdient, Don Juans helfender Diener zu sein. – Glücklich sind sie über die Mauer geflüchtet. – Fackeln – Donna Anna und Don Ottavio erscheinen: ein zierliches, geputztes, gelecktes Männlein von einundzwanzig Jahren höchstens. Als Annas Bräutigam wohnte er, da man ihn so schnell herbeirufen konnte, wahrscheinlich im Hause; auf den ersten Lärm, den er gewiß hörte, hätte er herbeieilen und vielleicht den Vater retten können: er mußte sich aber erst putzen und mochte überhaupt nachts nicht gern sich herauswagen. – »Ma qual mai s'offre, o dei, spettacolo funesto agli occhi miei!« Mehr als Verzweiflung über den grausamsten Frevel liegt in den entsetzlichen, herzzerschneidenden Tönen dieses Rezitativs und Duetts. Don Juans gewaltsames Attentat, das ihm Verderben nur drohte, dem Vater aber den Tod gab, ist es nicht allein, was diese Töne der beängsteten Brust entreißt: nur ein verderblicher, tötender Kampf im Innern kann sie hervorbringen.

Eben schalt die lange, hagere Donna Elvira, mit sichtlichen Spuren großer, aber verblühter Schönheit, den Verräter Don Juan: »Tu nido d'inganni«, und der mitleidige Leporello bemerkte ganz klug: »Parla come un libro stampato«, als ich jemand neben oder hinter mir zu bemerken glaubte. Leicht konnte man die Logentür hinter mir geöffnet haben und hineingeschlüpft sein – das fuhr mir wie ein Stich durchs Herz. Ich war so glücklich, mich allein in der Loge zu befinden, um ganz ungestört das so vollkommen dargestellte Meisterwerk mit allen Empfindungsfasern, wie mit Polypenarmen, zu umklammern und in mein Selbst hineinzuziehen! Ein einziges Wort, das obendrein albern sein konnte, hätte mich auf eine schmerzhafte Weise herausgerissen aus dem herrlichen Moment der poetisch-musikalischen Begeisterung! Ich beschloß, von meinem Nachbar gar keine Notiz zu nehmen, sondern, ganz in die Darstellung vertieft, jedes Wort, jeden Blick zu vermeiden. Den Kopf in die Hand gestützt, dem Nachbar den Rücken wendend, schauete ich hinaus. – Der Gang der Darstellung entsprach dem vortrefflichen Anfange. Die kleine, lüsterne, verliebte Zerlina tröstete mit gar lieblichen Tönen und Weisen den gutmütigen Tölpel Masetto. Don Juan sprach sein inneres, zerrissenes Wesen, den Hohn über die Menschlein um ihn her, nur aufgestellt zu seiner Lust, in ihr mattliches Tun und Treiben verderbend einzugreifen, in der wilden Arie »Fin ch'han dal vino« – ganz unverhohlen aus. Gewaltiger als bisher zuckte hier der Stirnmuskel. – Die Masken erscheinen. Ihr Terzett ist ein Gebet, das in rein glänzenden Strahlen zum Himmel steigt. – Nun fliegt der Mittelvorhang auf. Da geht es lustig her; Becher erklingen, in fröhlichem Gewühl wälzen sich die Bauern und allerlei Masken umher, die Don Juans Fest herbeigelockt hat. – Jetzt kommen die drei zur Rache Verschwornen. Alles wird feierlicher, bis der Tanz angeht. Zerlina wird gerettet, und in dem gewaltig donnernden Finale tritt mutig Don Juan mit gezogenem Schwert seinen Feinden entgegen. Er schlägt dem Bräutigam den stählernen Galanteriedegen aus der Hand und bahnt sich durch das gemeine Gesindel, das er, wie der tapfere Roland die Armee des Tyrannen Cymork, durcheinanderwirft, daß alles gar possierlich übereinanderpurzelt, den Weg ins Freie.

Schon oft glaubte ich dicht hinter mir einen zarten, warmen Hauch gefühlt, das Knistern eines seidenen Gewandes gehört zu haben: das ließ mich wohl die Gegenwart eines Frauenzimmers ahnen, aber ganz versunken in die poetische Welt, die mir die Oper aufschloß, achtete ich nicht darauf. Jetzt, da der Vorhang gefallen war, schauete ich nach meiner Nachbarin. – Nein – keine Worte drücken mein Erstaunen aus: Donna Anna, ganz in dem Kostüme, wie ich sie eben auf dem Theater gesehen, stand hinter mir und richtete auf mich den durchdringenden Blick ihres seelenvollen Auges. – Ganz sprachlos starrte ich sie an; ihr Mund (so schien es mir) verzog sich zu einem leisen ironischen Lächeln, in dem ich mich spiegelte und meine alberne Figur erblickte. Ich fühlte die Notwendigkeit, sie anzureden, und konnte doch die durch das Erstaunen, ja ich möchte sagen, wie durch den Schreck gelähmte Zunge nicht bewegen. Endlich, endlich fuhren mir, beinahe unwillkürlich, die Worte heraus: »Wie ist es möglich, Sie hier zu sehen?«, worauf sie sogleich in dem reinsten Toskanisch erwiderte, daß, verstände und spräche ich nicht Italienisch, sie das Vergnügen meiner Unterhaltung entbehren müsse, indem sie keine andere als nur diese Sprache rede. – Wie Gesang lauteten die süßen Worte. Im Sprechen erhöhte sich der Ausdruck des dunkelblauen Auges, und jeder daraus leuchtende Blitz goß einen Glutstrom in mein Inneres, von dem alle Pulse stärker schlugen und alle Fibern erzuckten. – Es war Donna Anna, unbezweifelt. Die Möglichkeit abzuwägen, wie sie auf dem Theater und in meiner Loge habe zugleich sein können, fiel mir nicht ein. So wie der glückliche Traum das Seltsamste verbindet und dann ein frommer Glaube das Übersinnliche versteht und es den sogenannten natürlichen Erscheinungen des Lebens zwanglos anreiht, so geriet ich auch in der Nähe des wunderbaren Weibes in eine Art Somnambulism, in dem ich die geheimen Beziehungen erkannte, die mich so innig mit ihr verbanden, daß sie selbst bei ihrer Erscheinung auf dem Theater nicht hatte von mir weichen können. – Wie gern setzte ich dir, mein Theodor, jedes Wort des merkwürdigen Gesprächs her, das nun zwischen der Signora und mir begann: allein, indem ich das, was sie sagte, deutsch hinschreiben will, finde ich jedes Wort steif und matt, jede Phrase ungelenk, das auszudrücken, was sie leicht und mit Anmut toskanisch sagte.

Indem sie über den Don Juan, über ihre Rolle sprach, war es, als öffneten sich mir nun erst die Tiefen des Meisterwerks, und ich konnte hell hineinblicken und einer fremden Welt phantastische Erscheinungen deutlich erkennen. Sie sagte, ihr ganzes Leben sei Musik und oft glaube sie manches im Innern geheimnisvoll Verschlossene, was keine Worte aussprächen, singend zu begreifen. »Ja, ich begreife es dann wohl«, fuhr sie mit brennendem Auge und erhöheter Stimme fort, »aber es bleibt tot und kalt um mich, und indem man eine schwierige Roulade, eine gelungene Manier beklatscht, greifen eisige Hände in mein glühendes Herz! – Aber du – du verstehst mich: denn ich weiß, daß auch *dir* das wunderbare, romantische Reich aufgegangen, wo die himmlischen Zauber der Töne wohnen!«

»Wie, du herrliche, wundervolle Frau – – du – du solltest mich kennen?«

»Ging nicht der zauberische Wahnsinn ewig sehnender Liebe in der Rolle der *** in deiner neuesten Oper aus deinem Innern hervor? – Ich habe dich verstanden: dein Gemüt hat sich im Gesange mir aufgeschlossen! – Ja« (hier nannte sie meinen Vornamen), »ich habe *dich* gesungen, so wie deine Melodien *ich* sind.«

Die Theaterglocke läutete: eine schnelle Blässe entfärbte Donna Annas ungeschminktes Gesicht; sie fuhr mit der Hand nach dem Herzen, als empfände sie einen plötzlichen Schmerz, und indem sie leise sagte: »Unglückliche Anna, jetzt kommen deine fürchterlichsten Momente« – war sie aus der Loge verschwunden.

Der erste Akt hatte mich entzückt, aber nach dem wunderbaren Ereignis wirkte jetzt die Musik auf eine ganz andere, seltsame Weise. Es war, als ginge eine lang verheißene Erfüllung der schönsten Träume aus einer andern Welt wirklich in das Leben ein, als würden die geheimsten Ahnungen der entzückten Seele in Tönen festgebannt und müßten sich zur wunderbarsten Erkenntnis seltsamlich gestalten. – In Donna Annas Szene fühlte ich mich von einem sanften, warmen Hauch, der über mich hinwegglitt, in trunkener Wollust erbeben; unwillkürlich schlossen sich meine Augen, und ein glühender Kuß schien auf meinen Lippen zu brennen: aber der Kuß war ein wie von ewig dürstender Sehnsucht lang ausgehaltener Ton.

Das Finale war in frevelnder Lustigkeit angegangen: »Gia la mensa è preparata!« – Don Juan saß kosend zwischen zwei Mädchen und lüftete einen Kork nach dem andern, um den brausenden Geistern, die hermetisch verschlossen, freie Herrschaft über sich zu verstatten. Es war ein kurzes Zimmer mit einem großen gotischen Fenster im Hintergrunde, durch das man in die Nacht hinaussah. Schon während Elvira den Ungetreuen an alle Schwüre erinnert, sah man es oft durch das Fenster blitzen und hörte das dumpfe Murmeln des herannahenden Gewitters. Endlich das gewaltige Pochen. Elvira, die Mädchen entfliehen, und unter den entsetzlichen Akkorden der unterirdischen Geisterwelt tritt der gewaltige Marmorkoloß, gegen den Don Juan pygmäisch dasteht, ein. Der Boden erbebt unter des Riesen donnerndem Fußtritt. – Don Juan ruft durch den Sturm, durch den Donner, durch das Geheul der Dämonen sein fürchterliches: »No!«; die Stunde des Untergangs ist da. Die Statue verschwindet, dicker Qualm erfüllt das Zimmer, aus ihm entwickeln sich fürchterliche Larven. In Qualen der Hölle windet sich Don Juan, den man dann und wann unter den Dämonen erblickt. Eine Explosion, wie wenn tausend Blitze einschlügen –: Don Juan, die Dämonen sind verschwunden, man weiß nicht wie! Leporello liegt ohnmächtig in der Ecke des Zimmers. – Wie wohltätig wirkt nun die Erscheinung der übrigen Personen, die den Juan, der von unterirdischen Mächten irdischer Rache entzogen, vergebens suchen. Es ist, als wäre man nun erst dem furchtbaren Kreise der höllischen Geister entronnen. – Donna Anna erschien ganz verändert: eine Totenblässe überzog ihr Gesicht, das Auge war erloschen, die Stimme zitternd und ungleich, aber eben dadurch in dem kleinen Duett mit dem süßen Bräutigam, der nun, nachdem ihn der Himmel des gefährlichen Rächeramts glücklich überhoben hat, gleich Hochzeit machen will, von herzzerreißender Wirkung.

Der fugierte Chor hatte das Werk herrlich zu einem Ganzen geründet, und ich eilte in der exaltiertesten Stimmung, in der ich mich je befunden, in mein Zimmer. Der Kellner rief mich zur Wirtstafel, und ich folgte ihm mechanisch. – Die Gesellschaft war, der Messe wegen, glänzend und die heutige Darstellung des »Don Juan« der Gegenstand des Gesprächs. Man pries im allgemeinen die Italiener und das Eingreifende ihres Spiels; doch zeigten kleine Bemerkungen, die hier und da ganz schalkhaft hingeworfen wurden, daß wohl keiner die tiefere Bedeutung der Oper aller Opern auch nur ahnte. – Don Ottavio hatte sehr gefallen. Donna Anna war einem zu leidenschaftlich gewesen. Man müsse, meinte er, auf dem Theater sich hübsch mäßigen und das zu sehr Angreifende vermeiden. Die Erzählung des Überfalls habe ihn ordentlich konsterniert. Hier nahm er eine Prise Tabak und schaute ganz unbeschreiblich dummklug seinen Nachbar an, welcher behauptete: die Italienerin sei aber übrigens eine recht schöne Frau, nur zuwenig besorgt um Kleidung und Putz; eben in jener Szene sei ihr eine Haarlocke aufgegangen und habe das Demiprofil des Gesichts beschattet! Jetzt fing ein anderer ganz leise zu intonieren an: »Fin ch'han dal vino« – worauf eine Dame bemerkte, am wenigsten sei sie mit dem Don Juan zufrieden: der Italiener sei viel zu finster, viel zu ernst gewesen und habe überhaupt den frivolen, lustigen Charakter nicht leicht genug genommen. – Die letzte Explosion wurde sehr gerühmt. – Des Gewäsches satt, eilte ich in mein Zimmer.

In der Fremdenloge Numero 23

Es war mir so eng, so schwül in dem dumpfen Gemach! – Um Mitternacht glaubte ich deine Stimme zu hören, mein Theodor! Du sprachst deutlich meinen Namen aus, und es schien an der Tapetentür zu rauschen. Was hält mich ab, den Ort meines wunderbaren Abenteuers noch einmal zu betreten? – Vielleicht sehe ich dich und sie, die mein ganzes Wesen erfüllt! – Wie leicht ist es, den kleinen Tisch hineinzutragen – zwei Lichter – Schreibzeug! Der Kellner sucht mich mit dem bestellten Punsch; er findet das Zimmer leer, die Tapetentür offen: er folgt mir in die Loge und sieht mich mit zweifelndem Blick an. Auf meinen Wink setzt er das Getränk auf den Tisch und entfernt sich, mit einer Frage auf der Zunge noch einmal sich nach mir umschauend. Ich lehne mich, ihm den Rücken wendend, über der Loge Rand und sehe in das verödete Haus, dessen Architektur, von meinen beiden Lichtern magisch beleuchtet, in wunderlichen Reflexen fremd und feenhaft hervorspringt. Den Vorhang bewegt die das Haus durchschneidende Zugluft. – Wie wenn er hinaufwallte? wenn Donna Anna, geängstet von gräßlichen Larven, erschiene? – »Donna Anna!« rufe ich unwillkürlich; der Ruf verhallt in dem öden Raum, aber die Geister der Instrumente im Orchester werden wach – ein wunderbarer Ton zittert herauf; es ist, als säusle in ihm der geliebte Name fort! – Nicht erwehren kann ich mich des heimlichen Schauers, aber wohltätig durchbebt er meine Nerven.

Ich werde meiner Stimmung Herr und fühle mich aufgelegt, dir, mein Theodor! wenigstens anzudeuten, wie ich jetzt erst das herrliche Werk des göttlichen Meisters in seiner tiefen Charakteristik richtig aufzufassen glaube. – Nur der Dichter versteht den Dichter; nur ein romantisches Gemüt kann eingehen in das Romantische; nur der poetisch exaltierte Geist, der mitten im Tempel die Weihe empfing, das verstehen, was der Geweihte in der Begeisterung ausspricht. – Betrachtet man das Gedicht (den »Don Juan«), ohne ihm eine tiefere Bedeutung zu geben, so daß man nur das Geschichtliche in Anspruch nimmt, so ist es kaum zu begreifen, wie Mozart eine solche Musik dazu denken und dichten konnte. Ein Bonvivant, der Wein und Mädchen über die Maßen liebt, der mutwilligerweise den steinernen Mann als Repräsentanten des alten Vaters, den er bei Verteidigung seines eigenen Lebens niederstach, zu seiner lustigen Tafel bittet – wahrlich, hierin liegt nicht viel Poetisches, und ehrlich gestanden ist ein solcher Mensch es wohl nicht wert, daß die unterirdischen Mächte ihn als ein ganz besonderes Kabinettsstück der Hölle auszeichnen; daß der steinerne Mann, von dem verklärten Geiste beseelt, sich bemüht, vom Pferde zu steigen, um den Sünder vor dem letzten Stündlein zur Buße zu ermahnen; daß endlich der Teufel seine besten Gesellen ausschickt, um den Transport in sein Reich auf die gräßlichste Weise zu veranstalten. – Du kannst es mir glauben, Theodor! den Juan stattete die Natur, wie ihrer Schoßkinder liebstes, mit alle dem aus, was den Menschen, in näherer Verwandtschaft mit dem Göttlichen, über den gemeinen Troß, über die Fabrikarbeiten, die als Nullen, vor die, wenn sie gelten sollen, sich erst ein Zähler stellen muß, aus der Werkstätte geschleudert werden, erhebt; was ihn bestimmt, zu besiegen, zu herrschen. Ein kräftiger, herrlicher Körper, eine Bildung, woraus der Funke hervorstrahlt, der, die Ahnungen des Höchsten entzündend, in die Brust fiel; ein tiefes Gemüt, ein schnell ergreifender Verstand. – Aber das ist die entsetzliche Folge des Sündenfalls, daß der Feind die Macht behielt, dem Menschen aufzulauern und ihm selbst in dem Streben nach dem Höchsten, worin er seine göttliche Natur ausspricht, böse Fallstricke zu legen. Dieser Konflikt der göttlichen und der dämonischen Kräfte erzeugt den Begriff des irdischen so wie der erfochtene Sieg den Begriff des überirdischen Lebens. – Den Juan begeisterten die Ansprüche auf das Leben, die seine körperliche und geistige Organisation herbeiführte, und ein ewiges brennendes Sehnen, von dem sein Blut siedend die Adern durchfloß, trieb ihn, daß er gierig und ohne Rast alle Erscheinungen der irdischen Welt aufgriff, in ihnen vergebens Befriedigung hoffend! – Es gibt hier auf Erden wohl nichts, was den Menschen in seiner innigsten Natur so hinaufsteigert als die Liebe; sie ist es, die, so geheimnisvoll und so gewaltig wirkend, die innersten Elemente des Daseins zerstört und verklärt; was Wunder also, daß Don Juan in der Liebe die Sehnsucht, die seine Brust zerreißt, zu stillen hoffte und daß der Teufel hier ihm die Schlinge über den Hals warf? In Don Juans Gemüt kam durch des Erbfeindes List der Gedanke, daß durch die Liebe, durch den Genuß des Weibes, schon auf Erden das erfüllt werden könne, was bloß als himmlische Verheißung in unserer Brust wohnt und ebenjene unendliche Sehnsucht ist, die uns mit dem Überirdischen in unmittelbaren Rapport setzt. Vom schönen Weibe zum schönern rastlos fliehend; bis zum Überdruß, bis zur zerstörenden Trunkenheit ihrer Reize mit der glühendsten Inbrunst genießend; immer in der Wahl sich betrogen glaubend, immer hoffend, das Ideal endlicher Befriedigung zu finden, mußte doch Juan zuletzt alles irdische Leben matt und flach finden, und indem er überhaupt den Menschen verachtete, lehnte er sich auf gegen die Erscheinung, die, ihm als das Höchste im Leben geltend, so bitter ihn getäuscht hatte. Jeder Genuß des Weibes war nun nicht mehr Befriedigung seiner Sinnlichkeit, sondern frevelnder Hohn gegen die Natur und den Schöpfer. Tiefe Verachtung der gemeinen Ansichten des Lebens, über die er sich erhoben fühlte, und bitterer Spott über Menschen, die in der glücklichen Liebe, in der dadurch herbeigeführten bürgerlichen Vereinigung auch nur im mindesten die Erfüllung der höheren Wünsche, die die Natur feindselig in unsere Brust legte, erwarten konnten, trieben ihn an, *da* vorzüglich sich aufzulehnen und, Verderben bereitend, dem unbekannten, schicksallenkenden Wesen, das ihm wie ein schadenfrohes, mit den kläglichen Geschöpfen seiner spottenden Laune ein grausames Spiel treibendes Ungeheuer erschien, kühn entgegenzutreten, wo von einem solchen Verhältnis die Rede war. – Jede Verführung einer geliebten Braut, jedes durch einen gewaltigen, nie zu verschmerzendes Unheil bringenden Schlag gestörte Glück der Liebenden ist ein herrlicher Triumph über jene feindliche Macht, der ihn immer mehr hinaushebt aus dem beengenden Leben – über die Natur – über den Schöpfer! – Er will auch wirklich immer mehr aus dem Leben, aber nur um hinabzustürzen in den Orkus. Annas Verführung, mit den dabei eingetretenen Umständen, ist die höchste Spitze, zu der er sich erhebt.

Donna Anna ist, rücksichtlich der höchsten Begünstigungen der Natur, dem Don Juan entgegengestellt. So wie Don Juan ursprünglich ein wunderbar kräftiger, herrlicher Mann war, so ist sie ein göttliches Weib, über deren reines Gemüt der Teufel nichts vermochte. Alle Kunst der Hölle konnte nur sie irdisch verderben. – Sowie der Satan dieses Verderben vollendet hat, durfte auch, nach der Fügung des Himmels, die Hölle die Vollstreckung des Rächeramts nicht länger verschieben. – Don Juan ladet den erstochenen Alten höhnend im Bilde ein zum lustigen Gastmahl, und der verklärte Geist, nun erst den gefallnen Menschen durchschauend und sich um ihn betrübend, verschmäht es nicht, in furchtbarer Gestalt ihn zur Buße zu ermahnen. Aber so verderbt, so zerrissen ist sein Gemüt, daß auch des Himmels Seligkeit keinen Strahl der Hoffnung in seine Seele wirft und ihn zum bessern Sein entzündet!

Gewiß ist es dir, mein Theodor, aufgefallen, daß ich von Annas Verführung gesprochen; und so gut ich es in dieser Stunde, wo tief aus dem Gemüt hervorgehende Gedanken und Ideen die Worte überflügeln, vermag, sage ich dir mit wenigen Worten, wie mir in der Musik, ohne alle Rücksicht auf den Text, das ganze Verhältnis der beiden im Kampf begriffenen Naturen (Don Juan und Donna Anna) erscheint. – Schon oben äußerte ich, daß Anna dem Juan gegenübergestellt ist. Wie, wenn Donna Anna vom Himmel dazu bestimmt gewesen wäre, den Juan in der Liebe, die ihn durch des Satans Künste verdarb, die ihm inwohnende göttliche Natur erkennen zu lassen und ihn der Verzweiflung seines nichtigen Strebens zu entreißen? – Zu spät, zur Zeit des höchsten Frevels, sah er sie, und da konnte ihn nur die teuflische Lust erfüllen, sie zu verderben. – Nicht gerettet wurde sie! Als er hinausfloh, war die Tat geschehen. Das Feuer einer übermenschlichen Sinnlichkeit, Glut aus der Hölle, durchströmte ihr Innerstes und machte jeden Widerstand vergeblich. Nur *er*, nur Don Juan konnte den wollüstigen Wahnsinn in ihr entzünden, mit dem sie ihn umfing, der mit der übermächtigen, zerstörenden Wut höllischer Geister im Innern sündigte. Als er nach vollendeter Tat entfliehen wollte, da umschlang, wie ein gräßliches, giftigen Tod sprühendes Ungeheuer, sie der Gedanke ihres Verderbens mit folternden Qualen. – Ihres Vaters Fall durch Don Juans Hand, die Verbindung mit dem kalten, unmännlichen, ordinären Don Ottavio, den sie einst zu lieben glaubte – selbst die im Innersten ihres Gemüts in verzehrender Flamme wütende Liebe, die in dem Augenblick des höchsten Genusses aufloderte und nun gleich der Glut des vernichtenden Hasses brennt: alles dieses zerreißt ihre Brust. Sie fühlt, nur Don Juans Untergang kann der von tödlichen Martern beängsteten Seele Ruhe verschaffen; aber diese Ruhe ist ihr eigner irdischer Untergang. – Sie fordert daher unablässig ihren eiskalten Bräutigam zur Rache auf, sie verfolgt selbst den Verräter, und erst als ihn die unterirdischen Mächte in den Orkus hinabgezogen haben, wird sie ruhiger – nur vermag sie nicht dem hochzeitlustigen Bräutigam nachzugeben: »Lascia, o caro, un anno ancora, allo sfogo del mio cor!« Sie wird dieses Jahr nicht überstehen; Don

Ottavio wird niemals *die* umarmen, die ein frommes Gemüt davon rettete, des Satans geweihte Braut zu bleiben.

Wie lebhaft im Innersten meiner Seele fühlte ich alles dieses in den die Brust zerreißenden Akkorden des ersten Rezitativs und der Erzählung von dem nächtlichen Überfall! – Selbst die Szene der Donna Anna im zweiten Akt: »Crudele«, die, oberflächlich betrachtet, sich nur auf den Don Ottavio bezieht, spricht in geheimen Anklängen, in den wunderbarsten Beziehungen jene innere, alles irdische Glück verzehrende Stimmung der Seele aus. Was soll selbst in den Worten der sonderbare, von dem Dichter vielleicht unbewußt hingeworfene Zusatz:

»Forse un giorno il cielo ancora sentirà pietà di me!«

Es schlägt zwei Uhr! – Ein warmer elektrischer Hauch gleitet über mich her – ich empfinde den leisen Geruch feinen italienischen Parfüms, der gestern zuerst mir die Nachbarin vermuten ließ; mich umfängt ein seliges Gefühl, das ich nur in Tönen aussprechen zu können glaube. Die Luft streicht heftiger durch das Haus – die Saiten des Flügels im Orchester rauschen – Himmel! wie aus weiter Ferne, auf den Fittichen schwellender Töne eines luftigen Orchesters getragen, glaube ich Annas Stimme zu hören: »Non mi dir bell' idol mio!« – Schließe dich auf, du fernes, unbekanntes Geisterreich – du Dschinnistan voller Herrlichkeit, wo ein unaussprechlicher, himmlischer Schmerz, wie die unsäglichste Freude, der entzückten Seele alles auf Erden Verheißene über alle Maßen erfüllt! Laß mich eintreten in den Kreis deiner holdseligen Erscheinungen! Mag der Traum, den du bald zum Grausen erregenden, bald zum freundlichen Boten an den irdischen Menschen erkoren – mag er meinen Geist, wenn der Schlaf den Körper in bleiernen Banden festhält, den ätherischen Gefilden zuführen!

Gespräch des Mittags an der Wirtstafel, als Nachtrag

Kluger Mann mit der Dose, stark auf den Deckel derselben schnippend: Es ist doch fatal, daß wir nun so bald keine ordentliche Oper mehr hören werden! Aber das kommt von dem häßlichen Übertreiben!

Mulattengesicht: Ja ja! hab's ihr oft genug gesagt! Die Rolle der Donna Anna griff sie immer ordentlich an! – Gestern war sie vollends gar wie besessen. Den ganzen Zwischenakt hindurch soll sie in Ohnmacht gelegen haben, und in der Szene im zweiten Akt hatte sie gar Nervenzufälle –

Unbedeutender: O sagen Sie –!

Mulattengesicht: Nun ja! Nervenzufälle, und war doch wahrlich nicht vom Theater zu bringen.

Ich: Um des Himmels willen – die Zufälle sind doch nicht von Bedeutung? wir hören doch Signora bald wieder?

Kluger Mann mit der Dose, eine Prise nehmend: Schwerlich, denn Signora ist heute morgens Punkt zwei Uhr gestorben.

V Nachricht von den neuesten Schicksalen des Hundes Berganza*

Wie die Geister Ossians aus dem dicken Nebel, trat ich aus dem mit Tabaksdampf erfüllten Zimmer hinaus in das Freie. Der Mond war hell aufgegangen, und zu meinem Glück; denn, indem allerlei Gedanken, Ideen, Entwürfe gleich einer innern Melodie an der harmonischen Begleitung des lauten Gesprächs der Gäste hinliefen, hatte ich, die Uhr überhörend, mich verspätet und sollte nun eine Viertelstunde Weges durch den Park nach der Stadt zurücklaufen. Bekanntlich wird man in -y- dicht bei dem Wirtshaus erst über den Strom gesetzt und tritt dann jenseits desselben in den Park, der sich bis zur Stadt hinzieht. Mit der Weisung des Fährmanns, mich recht auf dem breiten Wege zu halten, weil ich dann unmöglich fehlgehen könne, lief ich in der kühlen Nacht rasch von dannen und war schon ein paar Schritte bei dem im Mondschein hell aufschimmernden Standbilde des heiligen Nepomuk vorüber, als ich mehrmals hintereinander angstvolle Seufzer ausstoßen hörte. Unwillkürlich stand ich still – mich durchflog die frohe Ahnung, es könne mir wohl etwas ganz Besonderes begegnen, was in diesem ordinären hausbacknen Leben immer mein Wunsch und Gebet ist, und ich beschloß, den Seufzenden aufzusuchen. – Der Ton führte mich hinter den heiligen Nepomuk, in das Dickicht hinein bis zu einer Moosbank. Da hörten die Seufzer plötzlich auf, und ich glaubte schon mich getäuscht zu haben, als ich dicht hinter mir eine dumpfe zitternde Stimme vernahm, die mühsam und abgebrochen folgende Worte sprach:

»Grausames Verhängnis! Verfluchte Cannizares, so ist

* Siehe das Gespräch der beiden Hunde, Scipio und Berganza, in Cervantes' Erzählungen, übersetzt von Soltau. 3. Teil, pag. 208.

denn deine Wut auch noch mächtig im Tode? – Fandest du denn nicht in der Hölle deine verruchte Montiela samt ihrem Satansbastard! – Oh! – Oh! – Oh!«

Ich erblickte niemanden; – aus der Tiefe schienen die Töne zu kommen, und plötzlich richtete sich ein schwarzer Bullenbeißer, der dicht an der Moosbank gelegen, vor mir in die Höhe, sank aber sogleich in krampfhaften Verzuckungen nieder und schien zu sterben. – Unbezweifelt hatte er geseufzt und jene Worte gesprochen, welches mir freilich ein wenig wunderbar vorkam, da ich noch nie einen Hund so vernehmlich sprechen gehört; ich faßte mich indessen und hielt es wohl der Mühe wert, das ächzende Tier, dem in der mondhellen Nacht an der Statue des heiligen Nepomuk vielleicht die Todesangst die lange gebundene Zunge zum ersten Male löste, mit allem mir nur möglichen Beistande zu versehen. Ich holte aus dem nahen Fluß Wasser in meiner Hutkrempe und besprengte ihn damit, worauf er ein Paar feurige Augen aufschlug und mir knurrend Zähne wies, deren sich der stattlichste Solofänger nicht hätte schämen dürfen. Mir wurde dabei nicht ganz wohl zumute, allein bei einem verständigen Hunde, welcher spricht und daher ganz natürlich auch das zu ihm Gesprochene versteht, dachte ich, ist mit Artigkeit alles auszurichten.

»Mein Herr!« fing ich an, »Sie befanden sich soeben etwas übel; Sie waren sozusagen ganz auf den Hund gekommen, unerachtet Sie selbst einer scheinen zu wollen belieben. Fürwahr! daß Sie jetzt noch so erschreckliche Blicke werfen, daß Sie noch was weniges knurren können, haben Sie bloß dem Wasser zu verdanken, das ich Ihnen in meinem ganz neuen Hute, mit der augenscheinlichsten Gefahr, mir die Stiefeln naß zu machen, aus dem nahen Flusse herbeigeholt.«

Der Hund richtete sich mühsam auf, und indem er mit seitwärts gekrümmtem Leibe und ausgestreckten Vordertatzen bequem sich hinlegte, schauete er mich lange an, jedoch mit etwas milderem Blicke als vorher; er schien zu überlegen, ob er wohl sprechen solle oder nicht. Endlich begann er:

»Du hast mir geholfen? – In Wahrheit, hättest du dich weniger zierlich ausgedrückt, ich könnte zweifeln, du seist wirklich ein Mensch! – Doch du hast mich vielleicht sprechen gehört, da ich die üble Gewohnheit habe, mit mir selbst zu reden, wenn mir der Himmel die Gabe der Sprache verleiht, und da war es vielleicht nur Neugierde, die dich antrieb, mir beizustehen. Wahres Mitleiden mit einem Hunde, das wäre gar nicht menschlich.«

In meiner einmal angenommenen Artigkeit verharrend, suchte ich dem Hunde darzutun, wie ich sein Geschlecht überhaupt liebe und in diesem Geschlecht nun wieder insbesondere die Gattung, aus der *er* entsprossen. – Möpse und Bologneser verachte ich unendlich als saft- und kraftlose Schmarotzer ohne Heldensinn und so weiter. – Welches Ohr verschließt sich wohl hienieden hartnäckig dem süßen Laut der Schmeichelei, selbst auf dem Kopfe des Bullenbeißers neigte es sich willig meiner wohlgesetzten Rede, und ein kaum merkliches, aber graziöses Wedeln mit dem Schwanze bezeugte mir das steigende Wohlwollen in der Brust des Hundes Timon.

»Du scheinst«, hub er mit dumpfer, kaum verständlicher Stimme an, »du scheinst mir vom Himmel gesendet zu meinem besonderen Troste, indem du ein Vertrauen in mir erregst, das ich längst nicht kannte! – Und selbst das Wasser, das du mir brachtest, hat mich, als verschließe es in sich eine ganz besondere Kraft, wunderbar gelabt und erheitert. – Wenn ich denn nun reden darf, so tut es mir wohl, mich über meine Leiden und Freuden in menschlichen Tönen auszuschwatzen, weil eure Sprache doch recht dazu geeignet scheint, durch die für so manche Gegenstände und Erscheinungen in der Welt erfundenen Wörter die Begebenheiten recht deutlich darzulegen; wiewohl, was die innern Zustände der Seele und allerlei dadurch entstehende Beziehungen und Verknüpfungen mit den äußern Dingen betrifft, es mir vorkommt, als sei, um diese auszudrücken, mein in tausend Arten und Abstufungen gemodeltes Knurren, Brummen und Bellen ebenso hinreichend, vielleicht noch hinreichender als eure Worte; und oft als Hund in meiner Sprache nicht verstanden, glaubte ich, es läge mehr an euch, daß ihr nicht trachtet, mich zu verstehen, als an mir, daß ich mich nicht gehörig auszudrücken wüßte.«

»Teuerster Freund«, fiel ich ein, »du hast in diesem Augenblick über unsere Sprache einen recht tiefen Gedanken angedeutet, und es scheint mir, als verbändest du Verstand mit Gemüt, welches in der Tat eine recht seltne Sache ist. – Versteh übrigens den Ausdruck Gemüt richtig oder sei vielmehr überzeugt, daß er mir nicht bloß als schales Wort gilt, wie vielen so ganz Gemütlosen, die ihn beständig im Munde führen. – Doch ich habe dich unterbrochen!«

»Gestehe es nur ein«, erwiderte der Hund, »nur die Furcht vor dem Ungewöhnlichen, meine dumpfen Worte, meine Gestalt, die im Mondschein nicht eben Zutrauen erwecken kann, machten dich erst so geschmeidig, so artig. – Nun hast du Vertrauen zu mir gefaßt, du nennst mich: Du! und das ist mir recht. – Willst du, so laß uns die Nacht verplaudern; vielleicht unterhältst du dich heute besser als gestern, da du ganz unmutig aus der gelehrten Versammlung die Treppe herabstolpertest.«

»Wie, du hättest mich gestern . . .?«

»Ja, ich erinnere mich jetzt in der Tat, daß du es warst, der mich in jenem Hause beinahe überlief; wie ich dahin gekommen, davon später – jetzt will ich dir ganz rücksichtslos, wie einem alten Freunde, vertrauen, mit wem du sprichst!«

»Du merkst, wie gespannt ich bin.«

»So wisse denn, daß ich jener Hund Berganza bin, der vor länger als hundert Jahren in Valladolid im Hospital zur Auferstehung –«

Länger konnte ich nicht an mich halten, so hatte mich der Name Berganza! elektrisiert. »Bester Mann!« rief ich in stürmischer Freude aus, »wie! Sie selbst wären der prächtige, kluge, gescheite, gemütliche Berganza, an den der Lizentiat Peralta durchaus nicht glauben wollte, dessen goldne Worte sich aber der Fähnrich Campuzano so gut hinters Ohr geschrieben hatte? O Gott, wie freue ich mich, nun so von Aug zu Auge den lieben Berganza –«

»Halt, halt«, rief Berganza, »wie freue ich mich, auch den mir wohlbekannten Mann gerade in *der* Nacht, da mir wieder die Rede kam, im Walde wiederzufinden, der nun schon manche liebe Woche, manchen lieben Monat hier seine Zeit vertrödelt, manchmal einen lustigen, seltener einen poetischen Einfall, niemals Geld in der Tasche, aber desto öfter ein Glas Wein zuviel im Kopfe hat; der schlechte Verse und gute Musik macht, den neun Zehntel nicht mögen, weil sie ihn für unklug halten – den –«

»Still – still, Berganza! ich merke, daß du mich nur zu gut kennst, daher lege ich jede Scheu ab. Ehe du mir (wie ich denn hoffe, daß du es tun wirst) indessen die wunderbare Art erzählst, wie du dich so lange erhieltest und endlich von Valladolid bis hieher kamst, so sage mir, warum dir, wie es mir scheint, mein Tun und Treiben so wenig gefällt.«

»Das ist gar nicht der Fall«, erwiderte Berganza, »ich ehre deine literarischen Bemühungen und deinen Sinn für das Poetische. – So wirst du zum Beispiel ohne Zweifel unser heutiges Gespräch aufschreiben und drucken lassen, weshalb ich mich denn bemühen will, meine beste Seite herauszukehren und so schön zu sprechen, als es mir nur möglich ist. – Allein, mein Freund – glaub es – ein Hund von

Erfahrung spricht mit dir! –, dein Blut fließt zu heiß durch die Adern, deine Phantasie zerbricht im Mutwillen oft magische Kreise und wirft dich unbereitet und ohne Waffe und Wehr in ein Reich, dessen feindliche Geister dich einmal vernichten können. Fühlst du das, so trinke weniger Wein, und um dich mit dem Neun-Zehntel, das dich für unklug hält, auszusöhnen, so schreibe über den Arbeitstisch, über die Stubentüre, oder wo du es sonst noch anzubringen vermagst, des Pater Franziskaners goldne Regel hin, nach der man die Welt gehen lassen, wie sie geht, und von dem Herrn Pater Prior nichts als Gutes reden muß! – Aber sage mir, mein Freund! hast du nichts bei dir, womit ich den starken Appetit, der sich eben bei mir plötzlich aufregt, nur einigermaßen zum Schweigen bringen könnte?«

Ich besann mich auf ein Butterbrot, das ich zum einsamen Morgenspaziergang mitgenommen und nicht verzehrt hatte, und fand es noch eingewickelt in der Tasche.

»Eine Wurst oder überhaupt ein Stück Fleisch wäre mir lieber gewesen, allein, Not bricht Eisen«, sagte Berganza und verzehrte mit Wohlgefallen das Butterbrot, welches ich ihm brockenweise in das Maul steckte. – Nachdem alles aufgegessen war, versuchte er einige Sprünge, die ziemlich steif und ungelenk ausfielen, wobei er mehrmals beinahe wie ein Mensch laut schnupfte und nieste; dann legte er sich in der Stellung der Sphinx gerade vor die Moosbank, auf der ich saß, hin und fing, mich mit seinen hellfunkelnden Augen steif anblickend, in folgender Art an:

»Zwanzig Tage und Nächte, mein lieber Freund, würden nicht hinreichen, dir alle die wunderbaren Begebenheiten, die mancherlei Abenteuer und besonderen Erfahrungen zu erzählen, die mein Leben ausfüllten seit der Zeit, da ich das Hospital der Auferstehung in Valladolid verließ. – Aber nur die Art, wie ich aus dem Dienste des Mahudes kam, und meine neuesten Schicksale sind dir zu wissen nötig, und auch diese Erzählung wird so lang ausfallen, daß ich dich bitten muß, mich nicht viel zu unterbrechen. Nur wenige Worte, nur mitunter eine Reflexion erlaube ich dir, wenn sie gescheit ist; ist sie aber einfältig, so behalte sie bei dir und störe mich nicht unnützerweise, da ich eine gute Brust habe und viel in einem Atem sprechen kann, ohne auszuschnaufen.«

Ich versprach das, ihm die rechte Hand hinreichend, in die er seine kräftige rechte Vorderpfote legte, die ich auf biedere deutsche Weise drückte und schüttelte. Eins der schönsten Freundschaftsbündnisse, die der Mond je beschienen, war geschlossen, und Berganza fuhr also weiter fort:

Berganza: Du weißt, daß damals, als mir und meinem verewigten Freunde Scipio (dem der Himmel eine fröhliche Urstätt geben möge) die Gabe der Rede zum ersten Male verliehen war, der Fähnrich Campuzano, der, von den ungeheuersten Schmerzen gequält, sprachlos auf der Matratze im Hospital lag, unser Gespräch belauschte; und da der vortreffliche Don Miguel de Cervantes Saavedra Campuzanos Ausbeute der Welt erzählt, kann ich voraussetzen, daß dir meine damaligen Begebenheiten, die ich meinem lieben unvergeßlichen Scipio mitteilte, genau bekannt sind. Du weißt daher, daß es meines Amtes war, den Bettelmönchen, die Almosen für das Hospital einsammelten, die Laterne vorzutragen. Nun begab es sich, daß ich in der am weitesten von unserm Kloster gelegenen Straße, wo eine alte Dame jedesmal reichlich spendete, länger mit der Leuchte stehenbleiben mußte als gewöhnlich, da sich die wohltätige Hand am Fenster nicht zeigen wollte. Mahudes rief mir zu, den Platz zu verlassen – o wäre ich seinem Rate gefolgt! – Aber die bösen feindlichen Mächte hatten sich vereint zu der verderblichen Konstellation, die mein unglückliches Schicksal entschied. Scipio heulte warnend – Mahudes bat in kläglichen Akzenten. Schon wollte ich fort – da rauschte es am Fenster – ein Päckchen fiel herab; ich wollte hin, da fühlte ich mich von dürren Schlangenarmen umklammert, ein langer Storchhals dehnte sich aus über meinem Nacken, eine spitzige eiskalte Geiernase berührte meine Schnauze – blaue – pestdampfende Lippen hauchten mich an mit todbringendem Höllenatem – die Leuchte entsank meinen Zähnen, ein Faustschlag zerstörte sie.

»Hab ich dich endlich – du Hurensohn! – du garstiger, du geliebter Montiel! Jetzt lasse ich dich nicht mehr, o mein Sohn Montiel – mein guter Junge, habe ich dich endlich!«

So schrie die schnarrende Stimme des Ungetüms mir in die Ohren! – Ach, ich war außer mir selbst – das verfluchteste Ungeheuer der Hölle, die verdammte Cannizares, war's, die auf meinen Rücken gesprungen, mich fest umklammert hielt – mein Atem stockte. – Mit dem besten Häscherhauptmann und seinen Gesellen hätte ich es, wohlgefüttert und stark, wie ich war, aufgenommen, allein hier sank mein Mut! – O daß dich Beelzebub tausendmal in seinem Schwefelpfuhl ertränkt hätte! – – Ich fühlte den ekelhaften Leichnam, wie er sich in meine Rippen einnistete. – Die Brüste schlotterten gleich ledernen Beuteln am Halse herunter, indem die langen winddürren Beine nachschleppten und das zerrissene Gewand sich um meine Pfoten schlang. – O des entsetzlichen unglückseligen Augenblicks!

Ich: Wie, Berganza – deine Stimme stockt – ich sehe Tränen in deinen Augen? – Kannst du denn weinen? – Hast du uns das abgelernt, oder ist dir dieser Ausdruck des Schmerzes natürlich?

Berganza: Ich danke dir. Du hast so zu rechter Zeit meine Erzählung unterbrochen; gemildert ist der Eindruck der gräßlichen Szene, und ehe ich fortfahre, kann ich dir etwas von der Natur meiner lieben Brüder sagen, das du gut tätest dir recht wohl zu merken. – Hast du denn noch nie einen

Hund weinen gesehn? – Allerdings hat die Natur, so wie euch, auch uns mit eigner Ironie gezwungen, in dem feuchten Element des Wassers den Ausdruck der Rührung und des Schmerzes zu suchen, wogegen sie uns die Erschütterung des Zwerchfells, wodurch die närrischen Laute entstehen, welche ihr Lachen nennt, ganz versagt hat. Das Lachen muß daher wohl rein menschlicher sein als das Weinen. Aber gütig sind wir für euer Lachen durch einen besonderen Organismus entschädigt, der *den* Teil unsers Körpers beseelt, welchen euch die Natur ganz versagt oder, weil, wie manche Physiologen behaupten, ihr ihn, seine Zierde verkennend und verschmähend, beständig eigenmächtig weggeworfen habt, euch zuletzt entzogen hat. – Ich meine nichts anderes als dasjenige hundertfach modifizierte Hinundherbewegen unseres Schweifes, wodurch wir alle Nuancen unseres Wohlgefallens, von der leisesten Rührung der Lust bis zur ausgelassensten Freude, zu bezeichnen wissen und welches ihr schlecht genug wedeln nennt. Adel der Seele – Hoheit – Stärke – Anmut und Grazie sprechen sich bei uns aus in dem Tragen des Schweifes, und sehr schön liegt auch daher in diesem Teil der Ausdruck unseres inneren Wohlbefindens, so wie in dem gänzlichen Verstecken, Einklemmen desselben der Ausdruck der höchsten Angst, der qualvollsten Trauer – doch laß uns zu meinem gräßlichen Abenteuer zurückkehren.

Ich: Deine Reflexion über dich und dein Geschlecht, lieber Berganza, zeugt von deinem philosophischen Geiste, und so lasse ich's mir wohl gefallen, daß du zuweilen die Geschichte unterbrichst.

Berganza: Immer mehr hoffe ich dich von dem Adel meines Geschlechts zu überzeugen. Ist dir nicht die den Katzen eigne Bewegung des Schweifes von jeher ängstlich, ja unerträglich gewesen? Liegt nicht in diesen gewundenen, spiralförmigen Drehungen der Ausdruck der verstellten Freundlichkeit, des versteckten tückischen Hohns, des verbissenen Hasses? – Und dagegen – mit welcher offenen Biederkeit, mit welchem unverstellten Frohsinn wedeln wir! – Bedenke das, mein Lieber! und schätze Hunde!

Ich: Wie sollte ich das nicht! – Du, lieber Berganza! flößest mir eine wahre Ehrfurcht gegen dich und deinesgleichen ein, die ich zeitlebens nähren werde. Doch fahre jetzt in deiner schauerlichen Erzählung fort.

Berganza: Ich biß wütend um mich, ohne das Ungetüm zu verletzen. Hart an die Mauer mich drängend, trat ich endlich kräftig in das Gewand, das sich um meine Pfoten geschlungen hatte, und so gelang es mir, das Weib herabzuziehen. – Nun faßte ich mit den Zähnen ihren Arm – sie stieß einen entsetzlichen Schrei aus, und mit einem starken kühnen Sprunge schleuderte ich sie weit hinter mir zurück.

Ich: Gott sei Dank, du bist erlöst.

Berganza: O höre nur weiter! – In voller Furie rannte ich nun bei dem Hospital vorbei zum Tore hinaus – fort – fort unaufhaltsam in die Nacht hinein. Von weitem glänzte mir ein Feuer entgegen, in drei Sprüngen war ich auf dem Kreuzwege, in dessen Mitte unter einem Dreifuß, auf dem ein seltsam geformter Kessel stand, das Feuer glühte, das ich schon in der Ferne gesehen. Eine ungeheure, in häßlichen glänzenden Farben gesprenkelte Kröte saß aufrecht bei dem Kessel und rührte mit einem langen Löffel darin, daß schäumend, zischend und prasselnd der kochende Gischt übergärte in die Flammen hinein, aus denen blutrote Funken emporfuhren, die in garstigen Gebilden zur Erde fielen. Eidechsen mit albern lachenden Menschengesichtern, spiegelglatte Iltisse, Mäuse mit Rabenköpfen, allerlei widriges Ungeziefer rannte wild durcheinander in immer enger und engeren Kreisen, und ein großer schwarzer Kater mit funkelnden Augen haschte gierig danach und schluckte knurrend den Fang herunter. – Wie festgezaubert stand ich da; eine Eiskälte glitt über mich hin, und ich fühlte, daß meine Haare sich sträubten wie Borsten. Die Kröte mit ihrem unwandelbaren Treiben und Rühren im Kessel, mit der Larve, die, etwas Menschliches in sich tragend, das Menschliche höhnte, war ein scheußlicher Anblick. – Aber über den Kater wollte ich her! Aus dem knurrenden, murrenden, schmeichelnden, schwänzelnden, falschen Geschlecht, das dir von Natur zuwider, dachte ich, ist dieser schwarze Kerl? und in dem Augenblick fühlte ich Mut, auch das Teuflische zu bekämpfen, da es sich in der Gestalt meines natürlichen Feindes darstellte. Ein Tritt – ein Biß, und der ganze Spuk ist vernichtet! Schon lauerte ich auf den günstigen Moment, wenn der Kater sich mir genug nahen würde, um ihn sicher und derb zu fassen, als eine kreischende Stimme durch die Lüfte fuhr: »Montiel! Montiel!«

Ich: Ach, Berganza! – ich merke Unrat. – Doch weiter.

Berganza: Du siehst, wie mich die Erzählung angreift; noch jetzt ist das Bild jener verhängnisvollen Nacht mir so lebhaft, als es je war, da meine Existenz – doch ich will nicht vorgreifen.

Ich: So erzähle weiter.

Berganza: Mein Freund! – es hört sich ganz bequem zu, aber der Erzähler keucht und schwitzt, um all die Wunder, all die seltsamen Abenteuer, von denen sein Gemüt befangen, gehörig in Worte und wohlgebaute Perioden zu fassen. – Ich fühle mich recht matt und sehne mich recht sehr nach einer wohlzubereiteten Bratwurst, meiner Lieblingsspeise; aber da das hier nun nicht zu erlangen, so muß ich nun freilich ohne alle Erquickung mein Abenteuer fortsetzen.

Ich: Ich bin begierig darauf, wiewohl ich mich eines geheimen Schauers nicht erwehren kann. Daß du sprichst, ist mir nun gar nichts Ungewöhnliches mehr, ich schaue nur immer in die Bäume, ob nicht so eine vertrackte Eidechse mit einem Menschengesicht herauslacht.

Berganza: »Montiel! Montiel!« schallte es durch die Lüfte – »Montiel! Montiel!« neben mir. Plötzlich sah ich mich umgeben von sieben riesenhaft großen dürren alten Weibern; siebenmal glaubte ich die vermaledeite Cannizares zu sehen, und doch war es wieder keine, denn eine stets wechselnde Varietät in diesen verschrumpften Gesichtern mit den spitzigen Habichtsnasen, den grünfunkelnden Augen, den zahnlosen Mäulern machte das Bekannteste fremd, das Fremdeste bekannt. Sie fingen einen kreischenden Gesang an, indem sie sich wilder und wilder mit wunderlichen Gebärden um den Kessel drehten, daß die rabenschwarzen Haare weit in die Lüfte flatterten und die zerrissenen Gewänder ihre gelbe ekelhafte Nacktheit kaum deckten. Der schwarze Kater schrie in den grellsten Tönen dazwischen, und indem er ganz nach Katzenart prustete und nieste, sprühten die Funken umher. Bald sprang er diesem, bald jenem Weibe an den Hals, die sich dann, indem die andern stillstanden, im Wirbel drehte und tanzend ihn an sich drückte, bis er von ihr abließ. – Nun schwoll die Kröte mehr und mehr auf, und plötzlich stürzte sie sich in den dampfenden Kessel, daß er überflutete in das Feuer, und nun gärte und zischte und knisterte und flackerte Feuer und Wasser in tausend abscheulichen Gebilden, die in Sinne beängstendem, rastlosem Wechsel hervorblitzten und verschwanden. – Da waren es seltsamliche häßliche Tiere, Menschengesichter nachäffend; da waren es Menschen, in gräßlicher Verzerrung mit der Tiergestalt kämpfend, die ineinander-, durcheinanderfuhren und, miteinander ringend, sich verzehrten. Und in dem dicken Schwefeldampf des lodernden Kessels tanzend, drehten sich wilder und wilder die Hexen!

Ich: Berganza – das ist zu gräßlich – selbst deine Physiognomie – unterlasse, ich bitte dich, ein gewisses Rollen deiner übrigens geistreichen Augen.

Berganza: Jetzt keine Unterbrechung, mein Freund! Höre

lieber das geheimnisvolle grausige Hexenlied, das ich noch treu im Gedächtnis trage.

»Eulenmutter! Eulenmutter!
Eulenmutter, hergeflogen,
Junker hat den Sohn betrogen,
Sohn muß Sohnes Mutter sühnen,
Blut in Glut ist bald erschienen.

Eulenmutter! Eulenmutter!
Eulenmutter, hergeflogen!
Hat der rote Hahn gelogen,
Muß den Hahn der Kater würgen,
Mutter stellt den treuen Bürgen.

Eulenmutter! Eulenmutter!
Eulenmutter, hergeflogen!
Ist im Fünf die Siebn gewogen.
Kobold, Salamander weichen,
Seht sie durch die Lüfte streichen.

Eulenmutter! Eulenmutter!«

So lauteten die Worte des Gesanges, den die sieben Furchtbaren abkreischten. Hoch durch die Lüfte erscholl es: »O mein Sohn Montiel! trotze dem Junker, trotze dem Junker!« – Da sprang, grimmig schnaubend und Funken prustend, der schwarze Kater auf mich zu; ich aber nahm meine Kraft zusammen, und da ich nun eine besondere Stärke und Geschicklichkeit in meinen Vordertatzen (Tatze gefällt mir viel besser als das weichliche weibliche: Hand! Könnte ich nur sagen: der Tatz, aber das verbieten eure frisierte Adelunge!) – ich wollte sagen: da ich nun eine besondere Stärke und Geschicklichkeit in meinen Vordertatzen besitze, so trat ich meinen Feind zu Boden und packte ihn mit meinem scharfen Gebiß fest, das lumpichte Raketenfeuer nicht achtend, das nun aus Nase, Auge, Maul und Ohr prasselnd emporfuhr. Da heulten und schrien im schneidenden Jammer die Hexen und warfen sich zur Erde und rissen die schlotternden Brüste blutig mit den langen Nägeln der knöchernen Finger. Ich aber ließ meinen Fang nicht fahren. – Ein Flattern – ein Brausen in der Luft. – Auf einer Eule herab kommt ein altes graues Mütterlein, ganz anders wie die übrigen gestaltet. Das verglaste Auge lacht gespenstisch in mich hinein. »Montiela!« kreischen die sieben – ein Schlag zuckt durch meine Nerven – ich lasse den Kater los. – Ächzend und schreiend fährt er davon auf einem blutroten Lichtstrahl. Dicker Dampf umquillt mich – ich verliere Atem – Besinnung – ich sinke hin.

Ich: Berganza, halte ein; deine Darstellung hat fürwahr ein lebhaftes Kolorit; ich sehe die Montiela – die Flügel ihrer Eule wehen mir eine gewisse schauerliche Kälte zu – ich kann nicht leugnen, daß ich mich nach deiner gänzlichen Befreiung sehne.

Berganza: Als ich wieder zur Besinnung kam, lag ich an der Erde; ich konnte keine Pfote regen, die sieben Gespenster saßen am Boden gekauert um mich herum und streichelten und drückten mich mit ihren Knochenfäusten. Meine Haare trieften von einer ekelhaften Fettigkeit, womit sie mich gesalbt hatten, und ein unbeschreibliches Gefühl durchbebte mein Inneres. Es war, als müsse ich aus meinem eigenen Körper herausfahren, zuweilen sah ich mich ordentlich als ein zweiter Berganza daliegen, und das war ich wieder selbst, und der Berganza, der den andern unter den Fäusten der Hexen sah, war ich auch, und dieser bellte und knurrte den liegenden an und forderte ihn auf, doch tüchtig hineinzubeißen und mit einem kräftigen Sprunge aus dem Kreise herauszufahren – und der liegende – doch was ermüde ich dich mit der Beschreibung eines Zustandes, der, durch höllische Künste hervorgebracht, mich in zwei Berganzas teilte, die miteinander kämpften.

Ich: Soviel ich aus deinem früheren Leben, aus den Worten der Cannizares, aus den Umständen des Hexenkongresses abnehmen kann, war es auf nichts anders abgesehen, als dir eine andere Gestalt zu geben. Der Sohn Montiel, für den sie dich nun einmal hielten, sollte vielleicht als ein schmukker Junge erscheinen, und darum salbten sie dich mit jenem bekannten Hexenöl, das solche Verwandlungen hervorzubringen vermag.

Berganza: Du hast ganz recht geraten, denn indem die Hexen mich streichelten und drückten, sangen sie in hohlen wimmernden Tönen ein Lied, dessen Worte auf meine Verwandlung hindeuteten:

»Söhnlein! Uhu läßt grüßen,
Uhu hat Kater gebissen!
Söhnlein, hab wohl acht,
Mutter hat was mitgebracht.
Söhnlein, den Hund laß liegen,
Hui! – mußt den Junker betrügen,
Dreh dich, Spuk und Graus,
Söhnlein, fahr nur fix heraus.«

Und sooft das Lied zu Ende war, schlug die Alte auf der Eule die knöchernen Fäuste klappernd zusammen, und ihr Geheul durchschnitt in wildem Jammer die Lüfte. Meine Qual wuchs mit jedem Augenblick; da krähte im nächsten Dorfe der Hahn; ein roter Schimmer durchflog den Osten, und brausend und sausend fuhr das Gesindel durch die Luft, daß in einem Moment der ganze Spuk zerstoben und verflogen war und ich einsam und entkräftet an der Heerstraße lag.

Ich: Wahrhaftig, Berganza, die Szene hat mich angegriffen, und daß du in deiner Betäubung die Hexenlieder so gut gemerkt hast, das nimmt mich wunder.

Berganza: Außer dem, daß sie die Hexenverse hundertmal abkreischten, so war es ja eben der starke Eindruck, die Qual der vergeblichen Zauberkünste, die mir alles tief einprägen und so meinem ohnehin nur zu treuen Gedächtnis zu Hülfe kommen mußte. – Das eigentliche Gedächtnis, höher genommen, besteht, glaube ich, auch nur in einer sehr lebendigen regsamen Phantasie, die jedes Bild der Vergangenheit mit allen individuellen Farben und allen zufälligen Eigenheiten im Moment der Anregung hervorzuzaubern vermag. Wenigstens hörte ich dies von einem meiner gewesenen Herren behaupten, der ein erstaunliches Gedächtnis hatte, unerachtet er selten Namen und Jahrzahlen behielt.

Ich: Er hatte recht, dein Herr, und also möcht es sich auch mit Worten und Reden, die tief ins Gemüt drangen und die man im innersten tiefsten Sinn aufnahm, anders verhalten als mit auswendig gelernten Vokabeln. – Doch wie ging es weiter mit dir, Berganza?

Berganza: Mühsam schleppte ich mich, matt und entkräftet, wie ich war, von der Heerstraße in einen nahe gelegenen Busch und schlief ein. Als ich erwachte, stand die Sonne hoch am Himmel, und das Hexenöl schmorte auf meinem borstigen Rücken. Ich stürzte mich in den Bach, der durch das Gebüsch rauschte, um mich von meiner widrigen Salbung rein zu baden, und eilte dann mit verjüngter Kraft rasch davon, da ich nach Sevilla nicht zurückkehren und so vielleicht der verruchten Cannizares noch einmal in die Hände geraten mochte. – Jetzt aber merke auf, denn nun erst kommt, wie die Moral nach der Fabel, dasjenige, was dir zu wissen nötig, um meine Existenz zu begreifen.

Ich: Das wünsche ich in der Tat zu hören. Denn indem ich dich so anschaue, indem ich so bedenke, daß nun schon seit mehreren hundert Jahren –

Berganza: Sprich nicht weiter! – Das Vertrauen, das ich zu dir faßte, ist wert, von dir vergolten zu werden, oder bist du auch einer von denen, die es für gar nicht wunderbar halten, daß die Kirschen blühen und nachher zu Früchten reifen, weil sie diese dann essen können, die aber alles für unwahr halten, wovon ihnen bis dato die leibliche Überzeugung abgeht? O Lizentiat Peralta! – Lizentiat Peralta!

Ich: Ereifre dich nicht, mein lieber Berganza! Man sagt im Sprichwort: das sind Menschlichkeiten; nimm diesen Zweifel, diesen Unglauben an das Unglaubliche, der mir wider Willen aufsteigt, dafür.

Berganza: Du gibst selbst den Ton zu der besonderen Melodie an, in die ich bald fallen werde! – Wie ich nun, von neuem aufgelebt und ermutigt, über Wiesen und Felder sprang, wie ich auf die Art, die dir aus meinem früheren Leben schon bekannt ist, bei diesem oder jenem glücklich unterkam, das übergehe ich, um dir gleich zu sagen, daß ich von Jahr zu Jahr jedesmal an dem verhängnisvollen Tage, der mich in den verfluchten Hexenkreis trieb, die Wirkung des vermaladeiten Zaubers auf eine eigene qualvolle Weise spürte. – Wenn du mir versprichst, keinen Anstoß zu nehmen an dem, was vielleicht dich und dein Geschlecht betreffen könnte, wenn du mit mir, dem Spanier, über manchen vielleicht verfehlten Ausdruck nicht rechten willst, so versuche ich –

Ich: Berganza! erkenne in mir einen wahrhaften Weltbürgersinn; das heißt, anders als gewöhnlich genommen. Ich unterstehe mich nicht, die Natur engherzig zu scheiden und zu klassifizieren, und daß du überhaupt nur sprichst, und noch dazu ganz gescheit, läßt mich alles diesem Wunderbaren Untergeordnete gänzlich vergessen. Sprich also, Teurer! wie zu deinem Freunde; rede, wie war die Wirkung des verrufenen Hexenöls noch nach Jahren?

– Hier stand Berganza auf, schüttelte und kratzte sich in

gekrümmter Stellung mit der linken Hinterpfote hinter dem linken Ohre. Nachdem er noch ein paarmal herzhaft geniest, wozu ich eine Prise nahm und »Contentement« sagte, sprang er auf die Bank und lehnte sich an mich, so daß die Schnauze beinahe mein Gesicht berührte; dann ging das Gespräch weiter fort.

Berganza: Die Nacht ist kühl, genieße daher etwas von meiner animalischen Wärme, die zuweilen gar in elektrischen Funken aus meinen schwarzen Haaren knistert; dazu mag ich das, was ich dir jetzt erzählen will, nur ganz leise herreden. – Ist der unglückselige Tag gekommen und naht die verhängnisvolle Stunde, so fühle ich erst ganz besondere Appetite, die mich sonst niemals anwandeln. Ich möchte statt des gewöhnten Wassers guten Wein trinken – Sardellensalat essen. Alsdann muß ich gewisse Menschen, die mir in den Tod zuwider und die ich sonst anknurre, freundlich anwedeln. – Nun steigt es und steigt es. Hunde, die mir an Kraft und Mut gewachsen, die ich aber sonst furchtlos bekämpfe, wenn sie mich befehden, vermeide ich, aber den kleinen Möpsen und Spitzen, mit denen ich sonst gern spiele, möchte ich nun gern hinterrücks einen Tritt geben, weil ich weiß, daß es ihnen weh tut und sie sich nicht rächen können. Nun schraubt und dreht es sich im Innersten. Alles schwebt und schwimmt vor meinen Augen – neue unbeschreibliche Gefühle pressen und ängstigen mich. Der schattige Busch, unter dem ich sonst so gern liege und mit dem ich zu sprechen wähne, wenn so der Wind die Äste rührt, daß aus jedem Blatt ein süßer Laut säuselnd hervorblinkt, der ist mir zuwider; in den hellen Mond, vor dem die Wolken sich wie vor dem König der Nacht in prächtiges Gold putzen, wenn sie bei ihm vorüberziehn, kann ich nicht hineinblicken; aber unwiderstehlich treibt es mich hinauf in den erleuchteten Saal. Da möchte ich aufrecht gehen, den Schwanz einklemmen, mich parfümieren, französisch sprechen und Gefrornes fressen, daß jeder mir die Pfote drücken sollte und sagen: »Mon cher Baron« oder »Mon petit Comte!« und nichts Hündisches an mir spüren. – Ja, es ist mir dann entsetzlich, ein Hund zu sein, und indem ich schnell wie der Gedanke in einer vermeintlichen Bildung zum Menschen steige, wird mein Zustand immer ängstlicher. Ich schäme mich, jemals an einem warmen Frühlingstage auf der Wiese gesprungen oder mich im Grase gewälzt zu haben. Im härtesten Kampfe werde ich immer bedächtiger und ernsthafter. – Zuletzt bin ich ein Mensch und beherrsche die Natur, die Bäume deshalb wachsen läßt, daß man Tische und Stühle daraus machen kann, und Blumen blühen, daß man sie als Strauß in das Knopfloch stecken kann. Indem ich mich aber so zur höchsten Stufe hinaufschwinge, fühle ich, daß sich eine Stumpfheit und Dummheit meiner bemächtigt, die, immer steigend und steigend, mich zuletzt in eine Ohnmacht wirft.

Ich: Ach! – Ach! – mein lieber Berganza, ich habe es wohl gesagt, in die menschliche Gestalt wollten sie den Montiel putzen, den der Papa Satan zu was anderm verbraucht hat; die Zauberkünste scheiterten an der Gewalt des Junkers, der im spottenden Hohn, wie Mephistopheles in der Hexengarküche, Gerätschaften und Tiere durcheinanderwarf, daß die Scherben sprangen und die Gelenke knackten, und da bereiteten sie dir den gräßlichen Kampf, den du nun, wie du sagst, jedes Jahr an dem unglückseligen verhängnisvollen Tage zu bestehen hast.

Berganza: Dieser Kampf scheint mir aber mit stets reproduktiver Kraft ein Leben bis in die Ewigkeit zu sichern; denn verjüngt und gestärkt erwache ich jedesmal aus der Ohnmacht. Die besondere Konstellation, unter der ich geboren und die mir vergönnte, daß ich euer Sprechen nicht nur abhorchen, sondern auch wirklich nachmachen konnte, ist in Konflikt geraten mit jenen Zauberkünsten der Hexen, und nun laufe ich prügel-, schuß- und stichfest in der Welt umher wie der Ewige Jude; und meine Ruhestätte ist nirgends zu finden. – Es ist eigentlich ein bejammernswürdiges Schicksal, und du fandest mich, da ich eben einem widrigen Herrn entlaufen und den ganzen Tag nichts gegessen, in Betrachtungen über mein Elend vertieft.

Ich: Armer Berganza! – Indem ich dich so näher im Mondschein betrachte, treten in deinem wiewohl etwas schwärzlichen Gesichte immer mehr Züge einer treuen Biederherzigkeit, eines edlen Sinnes hervor. Selbst dein übrigens etwas befremdendes Talent zu sprechen erregt in mir kein Grauen mehr. – Du bist (ich darf es sagen) ein poetischer Hund, und da ich selbst – du mußt es wissen, da du mich kennst – von allem Poetischen hoch entflammt bin, wie wäre es, wenn du mir deine Freundschaft gönntest, wenn du mit mir kämst?

Berganza: Davon ließe sich reden, allein –

Ich: Kein Fußstoß, noch weniger Prügel. – Alle Tage nebst dem Gewöhnlichen zum Dessert eine wohlzubereitete Bratwurst. – Auch soll dir oft genug eine Kalbskeule süß entgegenduften und du nicht vergebens auf ein stattliches Stück davon harren.

Berganza: Du merkst, daß dein Vorschlag seine Wirkung nicht verfehlt, da ich nicht unterlassen kann, mit der Nase zu schnuppern, als sei der Braten schon in der Nähe. Allein, du hast etwas fallenlassen, was mich, wo nicht ganz abschreckt, doch sehr zweifelhaft macht.

Ich: Nun, Berganza?

Berganza: Du sprachst von poetisch, von entflammt sein –

Ich: Und *das* sollte dich abschrecken?

Berganza: Ach, mein Freund, laß mich aufrichtig sein! – Ich bin zwar ein Hund, aber euer Vorzug, aufrecht zu gehen, Hosen zu tragen und beständig zu schwatzen, wie es euch gefällt, ist nicht so viel wert, als im langen Schweigen den treuen Sinn zu bewahren, der die Natur in ihrer heiligsten Tiefe ergreift und aus dem die wahre Poesie emporkeimt. In einer herrlichen alten Zeit unter dem südlichen Himmel, der seine Strahlen in die Brust der Kreatur wirft und den Jubelchor der Wesen entzündet, von niedern Eltern geboren, horchte ich dem Gesange der Menschen zu, die man Dichter nannte. Ihr Dichten war ein Trachten aus dem Innersten heraus, diejenigen Laute anzugeben, die die Natur als ihre eignen in jedem Wesen auf tausendfache Weise widertönen läßt. – Der Dichter Gesang war ihr Leben, und sie setzten ihr Leben daran als an das Höchste, das das Schicksal, die Natur ihnen vergönnt hatte zu verkünden.

Ich: Berganza! – ich bewundere es, daß du eines gewissen poetischen Ausdrucks so mächtig bist.

Berganza: Mein Freund! – ich sage dir, schon in meinen guten Jahren lebte ich viel und gern bei Dichtern. Die Brotrinden, die mir jener arme Student, herzlich mit mir die karge Nahrung teilend, gab, schmeckten mir besser als manches Stück Braten, von dem feilen Bedienten mir verächtlich hingeworfen. – Damals glühte noch in der Brust der Berufenen das innige heilige Bestreben, das im Innersten Empfundene in herrlichen Worten auszusprechen, und selbst die, welche nicht berufen waren, hatten Glauben und Andacht; sie ehrten die Dichter wie Propheten, die von einer herrlichen unbekannten Welt voll glänzenden Reichtums weissagen, und wähnten nicht, auch unberufen selbst in das Heiligtum treten zu dürfen, von dem ihnen die Poesie die ferne Kunde gab. Nun ist aber alles anders geworden. – Hat der reiche Bürgersmann, der Herr Professor, der Herr Major ein Nest voll Kinder, so muß Hänschen und Friedrich und Peter singen und spielen und malen und Verse deklamieren, ohne Rücksicht, ob der Geist auch nur im mindesten vermag, dergleichen zu ertragen. – Es gehört zur sogenannten guten Erziehung, und nachher glaubt ein jeder mitschwatzen und den Dichter, den Künstler in seinem innersten Tun und Treiben durchschauen und nach seinem Maße messen zu können. – Kann der Künstler tiefer gekränkt werden, als wenn der Pöbel ihn für seinesgleichen hält? – Und doch geschieht dies alle Tage. Wie oft hat es mich angeekelt, wenn so ein stumpfsinniger Bursche von der Kunst schwatzte, den Goethe zitierte und sich bemühte, einen Geist der Poesie hervorleuchten zu lassen, von dem ein einziger Blitz ihn, den saft- und kraftlosen Schwächling, zermalmt haben würde. Vorzüglich – nimm es nicht übel, Freund! wenn du etwa eine Frau oder eine Geliebte *der* Art haben solltest –, vorzüglich sind mir eure vielseitig gebildeten poetischen, künstlerischen Weiber in den Tod zuwider, und so gern ich mich von einer feinen Mädchenhand streicheln lasse und meinen Kopf auf eine zierliche Schürze lege, so ist es mir doch oft, wenn ich so eine Frau ohne alles tiefe Gefühl, ohne allen höheren Sinn ins Blaue hinein in allerlei eingelernten poetischen Floskeln schwatzen hörte, gewesen, als müsse ich ihr in irgendeinen empfindlichen Teil ihres Leibes mit meinen scharfen Zähnen einen tüchtigen Denkzettel beißen!

Ich: Ei! schäme dich, Berganza! – Da spricht die Rachsucht aus dir; ein Weib, die Cannizares, war ja an all deinem Ungemach schuld.

Berganza: Wie sehr irrst du, da du etwas kombinierst, was durchaus ohne allen Zusammenhang ist und bleibt. Glaube mir, irgendeine übernatürliche schreckliche Erscheinung im Leben wirkt wie ein starker elektrischer Schlag, der den Körper, der ihm nicht zu widerstehen vermag, zerstört, den Kräftigen aber, der ihn aushält, mit neuer Kraft stählt – wenigstens habe ich das so gefunden. – Denke ich mir die Cannizares lebhaft, so spannen sich meine Muskeln und Fibern, meine Pulse klopfen in allen Adern, aber selbst nach augenblicklicher Ermattung erhebe ich mich kräftig, und die Erschütterung wirkt wohltätig auf meine physische und psychische Tätigkeit. – Aber so eine poetische gebildete Frau mit ihrer Oberflächlichkeit, mit dem bis zum Schmerz angestrengten Bemühen, alle Welt glauben zu machen, sie sei begeistert für die Kunst – für das Göttliche und was weiß ich – Ach – Ach –

Ich: Berganza! – Was ist dir – du stockst? – du legst den Kopf auf die Pfote?

Berganza: Ach, mein Freund, indem ich davon spreche, empfinde ich schon die zerstörende Mattigkeit, den unbeschreiblichen Ekel, der mich bei dem unseligen Kunstgeschwätz der gebildeten Weiber anwandelt und welcher macht, daß ich oft wochenlang den schönsten Braten unberührt lasse.

Ich: Aber, lieber Berganza, könntest du nicht durch gehöriges Knurren und Bellen solch ein verwettertes Gespräch unterbrechen? Denn würdest du auch zur Tür hinausgeworfen, so würdest du doch den Kram los.

Berganza: Greife in deinen Busen, Freund! und gestehe, ob du nicht oft aus ganz besonderen Anregungen dich ohne Not hast quälen lassen. – Du warst in einer fatalen Gesellschaft – du konntest den Hut nehmen und fortgehen. Du tatst es nicht. Diese, jene Rücksicht, nicht wert, ohne innere Scham genannt zu sein, hielt dich zurück. – Du wolltest diesen – jenen – nicht beleidigen, unerachtet seine Gunst dir nicht einen Pfifferling wert sein konnte. – Irgendeine Person – ein stilles Mädchen am Ofen, die nur Tee trank und Kuchen aß, war dir interessant geworden, und du wolltest noch in einem schicklichen Moment dein Licht leuchten lassen vor ihr und sagen: »Göttliche! was soll all das Reden und Singen und Deklamieren, ein einziger Blick Ihres himmlischen Auges ist mehr wert als der ganze Goethe, neueste Ausgabe –«

Ich: Berganza! – Du wirst anzüglich! –

Berganza: Nun, mein Freund! wenn euch Menschen so etwas begegnet, warum soll es denn ein armer Hund nicht ehrlich bekennen, daß er oft verkehrt genug war, sich zu freuen, wenn er, trotz seinem für feine Zirkel, wo sonst nur Möpse schwänzeln und Bologneser keifen, zu kräftigen Wuchs, doch zu Gnaden angenommen wurde und, mit einem schönen Halsbande geziert, unter dem Sofa der Gebieterin im eleganten Zimmer liegen konnte. – Doch – was ermüde ich dich mit all diesem Bemühen, dir die Schlechtigkeit eurer gebildeten Weiber zu beweisen? Laß mich dir die Katastrophe erzählen, die mich hertrieb, und du weißt, warum das schale oder oberflächliche Wesen unserer jetzigen sogenannten geistreichen Zirkel mich so in Harnisch jagt. – Doch erst etwas zur Erholung.

Berganza sprang schnell vom Sitze herab und sprengte in einem etwas schweren Galopp ins Gebüsch. Ich hörte, daß er aus einer nahen Grube, worin sich das Wasser gesammelt hatte, eifrig trank. Bald kam er zurück, und nachdem er sich tüchtig geschüttelt hatte, setzte er sich wieder neben mir auf die Hinterpfoten und fing, den Kopf von mir ab-, nach der Statue des heiligen Nepomuk gewendet, mit einem dumpfen wehmütigen Ton in folgender Art an:

Berganza: Ich sehe ihn noch vor mir, den guten herrlichen Mann mit den blassen eingefallenen Wangen, dem düstern Auge, der beweglichen Stirnmuskel; der trug den wahren poetischen Sinn im Innern, und ich verdanke ihm, nächst mancher herrlichen Erinnerung an eine bessere Zeit, meine musikalischen Kenntnisse.

Ich: Wie, Berganza? – Du? – musikalische Kenntnisse? – ich muß lachen!

Berganza: So seid ihr nun! – Gleich ist das Urteil fertig. Weil ihr uns oft mit dem abscheulichsten Kratzen, Pfeifen und Plärren quält und wir dann vor lauter Angst und Ungeduld heulen, so sprecht ihr uns allen Sinn für Musik ab, unerachtet ich behaupte, daß gerade mein Geschlecht sehr musikalisch gezogen werden könnte, wenn ich nicht jenen verhaßten Tieren den Vorzug einräumen muß, die die Natur mit einem besondern musikalischen Produktionsvermögen ausgestattet hat, da sie, wie mein edler Herr und Freund oft bemerkte, ihre Liebeslieder in die chromatische Skala auf- und absteigenden Terzen gar zierlich duettieren. – Genug, als ich mich in der benachbarten prächtigen Residenz zu dem Kapellmeister Johannes Kreisler begeben hatte, profitierte ich in der Musik sehr. – Wenn er auf seinem schönen Flügel phantasierte und in gar wunderbaren Verschlingungen prächtiger Akkorde das innerste Heiligtum der geheimnisvollsten Kunst aufschloß, da legte ich mich vor ihm hin und horchte, ihm scharf ins Auge blickend, zu, bis er geendet hatte. Dann warf er sich in den Stuhl zurück, und groß, wie ich bin, sprang ich zu ihm hinauf, meine Pfoten auf seine Schultern legend, indem ich nicht unterließ, auf jene Art, von der wir vorhin sprachen, eifrigst meinen Beifall, meine Freude zu bezeugen. Da umarmte er mich dann und sprach: »Ha, Benfatto!« (so nannte er mich zum Andenken unseres Zusammentreffens) »du hast mich verstanden! du treuer verständiger Hund; sollt ich es denn nicht aufgeben, jemand anderm vorzuspielen als dir? – du sollst mich nicht verlassen.«

Ich: Also Benfatto nannte er dich?

Berganza: Ich traf ihn zuerst in dem schönen Parke vor dem . . . r Tor; er schien komponiert zu haben, denn er saß mit einem Notenblatt und einem Bleistift in der Hand in der Laube. In dem Augenblick, als er, vor Begeisterung glühend, aufsprang und laut rief: »Ah! – ben fatto!«, fand ich mich zu ihm und schmiegte mich ihm nach der bekannten Weise an, die schon der Fähnrich Campuzano erzählt hat. – Ach! warum konnte ich nicht bei dem Kapellmeister bleiben! – ich hatte die schönsten Tage – allein –

Ich: Halt, Berganza! – ich erinnere mich, von dem Johannes Kreisler sprechen gehört zu haben, indessen es hieß – nimm's nicht übel! –, er habe schon sein ganzes Leben hindurch zuzeiten etwas weniges übergeschnappt, bis denn endlich der helle Wahnsinn ausgebrochen sei, worauf man ihn in die bekannte, hier ganz nahe gelegene Irrenanstalt bringen wollen; er sei indessen entsprungen.

Berganza: Ist er entsprungen, so geleite Gott seine Schritte. – Ja, mein Freund! den Johannes haben sie erschlagen und begraben wollen, und als er im Gefühl der göttlichen Übermacht, die ihm der Geist verliehen, sich frei regen und bewegen wollte, da mußte er wahnsinnig sein.

Ich: Und war er es denn nicht?

Berganza: O sei so gut, nenne mir doch *den*, der als Prototyp der Menschheit überhaupt zum Verstandesmesser aufgestellt werden und dann nach der Thermometerskala seines Kopfs genau bestimmen soll, auf welchem Grad der Verstand des Patienten oder ob er vielleicht gar über oder unter der ganzen Skala steht! – In gewissem Sinn ist jeder nur irgend exzentrische Kopf wahnsinnig und scheint es desto mehr zu sein, je eifriger er sich bemüht, das äußere matte, tote Leben durch seine inneren glühenden Erscheinungen zu entzünden. Jeden, der einer großen heiligen Idee, die nur der höheren göttlichen Natur eigen, Glück, Wohlstand, ja selbst das Leben opfert, schilt gewiß *der*, dessen höchste Bemühungen im Leben sich endlich dahin konzentrieren, besser zu essen und zu trinken und keine Schulden zu haben, wahnsinnig, und er erhebt ihn vielleicht, indem er ihn zu schelten glaubt, da er als ein höchst verständiger Mensch jeder Gemeinschaft mit ihm entsagt. – So sprach oft mein Herr und Freund Johannes Kreisler. – Ach, er mochte etwas Großes erfahren haben, das merkte ich an seinem ganz veränderten Betragen. Eine innere Wut brach oft plötzlich in lichten Flammen auf, und ich erinnere mich, daß er einmal sogar mit einem Prügel nach mir werfen wollte, es tat ihm aber gleich leid, und er bat es mir mit Tränen ab. – Was die Ursache gewesen, weiß ich nicht, da ich ihn nur auf seinen Abend- und Nachtspaziergängen begleitete, tagsüber hingegen seinen kleinen Hausrat und seine musikalischen Schätze bewachte. – Bald darauf kamen viele Leute zu ihm, die sprachen allerlei ungewaschenes Zeug, und jeden Augenblick war von vernünftigen Vorstellungen, von Beruhigen die Rede. Johannes erfuhr hier meine Stärke und Behendigkeit, denn da mir das Volk schon lange im höchsten Grade zuwider, sprang ich, auf meines Herrn Wink, um so rascher und kräftiger unter das Gesindel und begann so den Angriff, den mein Herr dadurch glorreich beendete, daß er einen nach dem andern zur Tür hinauswarf. – Tages nachher stand mein Herr matt und entkräftet auf. – »Ich sehe, lieber Benfatto«, sprach er, »daß meines Bleibens hier nicht länger mehr ist – und auch wir müssen uns trennen, mein treuer Hund! – Haben sie mich doch schon deshalb für toll gehalten, weil ich dir vorspielte und mit dir allerlei Vernünftiges sprach! – Auch dich könnte, bliebst du länger bei mir, der Verdacht des Wahnsinns verfolgen und so, wie mich eine schändliche Einsperrung erwartet, der ich aber zu entgehen hoffe, dich ein schmachvoller Tod durch des Büttels Hand treffen, dem du nicht entgehen würdest. – Lebe wohl, ehrlicher Benfatto.« – Schluchzend öffnete er die Tür, und ich schlich mit hängenden Ohren die vier Treppen herab auf die Straße.

Ich: Aber, lieber Berganza! – die Erzählung des Abenteuers, das dich hertrieb, hast du ganz vergessen.

Berganza: Alles bisher Erzählte war die Einleitung dazu. – Als ich nun so traurig und in mich gekehrt die Straße herablief, kam ein Trupp Menschen auf mich zu, von denen einige riefen: »Greift den schwarzen Hund – greift ihn! – er ist toll, er ist gewiß toll!« Ich glaubte meines Johannes Widersacher zu erkennen, und da ich voraussehen konnte, daß ich trotz meines Mutes, trotz meiner Geschicklichkeit würde erliegen müssen, sprang ich rasch um die Ecke in ein ansehnliches Haus, dessen Tür gerade offenstand. Alles verkündete Reichtum und Geschmack; die breite lichte Treppe war schön gebohnt; kaum die Stufen mit meinen schmutzigen Tatzen berührend, war ich in drei Sprüngen oben und kauerte mich in einem Ofenwinkel eng zusammen. Nicht lange darauf hörte ich lustiges Kindergeschrei auf dem Flur und die holde Stimme eines schon erwachsenen Mädchens: »Lisette! vergiß nicht, die Vögel zu füttern, meinem Seidenhäschen gebe ich schon selbst etwas!« – Da war es, als triebe mich eine geheime unwiderstehliche Gewalt hervor. Ich trat demnach, mich krümmend und schwänzelnd, in der demütigsten Stellung, die mir zu Gebote steht, heraus, und siehe da – ein gar herrliches Mädchen von höchstens sechzehn Jahren, mit einem muntern goldlockigen Knaben an der Hand, ging gerade über den Hausflur. – Trotz meiner demütigen Stellung erregte ich doch, wie ich es gefürchtet hatte, keinen geringen Schreck. – Das Mädchen schrie laut auf: »Was für ein häßlicher Hund, wie kommt der große Hund hieher!« – drückte den Knaben an sich und schien fliehen zu wollen. Da kroch ich zu ihr hin, und mich zu ihren Füßen schmiegend, winselte ich leise und wehmütig. »Armer Hund, was fehlt dir?« sprach nun das holde Mädchen und streichelte mich mit der kleinen weißen Hand. Nun wußte ich nach und nach mein Vergnügen zu steigern, so daß ich zuletzt meine zierlichsten Sprünge versuchte. Das Mädchen lachte, und der Knabe jauchzte und hüpfte vor Freude. Bald äußerte er, wie Knaben gemeinhin zu tun pflegen, die Lust, auf mir zu reiten; die Schwester wehrte es ihm, ich drückte mich aber an den Boden und lud ihn selbst durch allerlei lustiges Knurren und Schnupfen zum Aufsteigen ein. – Endlich ließ ihm die Schwester seinen Willen, und kaum saß er auf meinem Rücken, so erhob ich mich langsam, und indem ihn die Schwester in gar anmutiger Stellung mit einer Hand hielt, ging es erst im Schritt, dann in kleinen Kurbetten den Hausplatz auf und ab. – Noch mehr als vorhin jauchzte und jubelte der Knabe, noch herzlicher lachte die Schwester. Da trat noch ein Mädchen heraus, sie schlug die kleinen Hände zusammen, als sie die Reiterei sah, aber alsbald lief sie heran und hielt den Knaben bei dem andern Arm. Nun durfte ich größere Sprünge wagen, nun ging es vorwärts im kurzen Galopp, und wenn ich prustend und kopfschüttelnd es dem schönsten arabischen Hengste gleichtat, da schrien die Kinder auf vor Freude. Bediente, Mägde kamen Treppe herauf, Treppe herunter – die Küchentür öffnete sich, der stattlichen Köchin entsank die kupferne Kasserolle und fiel klirrend auf den steinernen Boden, da sie die glutroten Fäuste in die Seite stemmte, um das Schauspiel recht herzlich zu belachen. – Immer größer wurde das schaulustige Publikum, immer lauter der Jubel; von dem schallenden Gelächter erdröhnten Wände, Decke und Boden, wenn ich als ein wahrer Pagliasso irgendeinen närrischen Bocksprung ausführte. – Plötzlich blieb ich stehen, man hielt mich für müde, aber als man den Knaben heruntergehoben, sprang ich hoch auf und legte mich dann schmeichelnd zu des braunlockigen Mädchens Füßen. – »Wahrhaftig«, sprach schmunzelnd die dicke Köchin, »wahrhaftig, Fräulein Cäcilia! es ist, als wollte der Hund Sie zum Aufsitzen nötigen.« Da fiel der Chor der Bedienten, der Zofen, der Mägde ein: »Ja, ja! – ei, der kluge Hund! – der kluge Hund!« Eine leise Röte überflog Cäciliens Wangen, in dem blauen Auge brannte die Begier nach der kindischen Lust – soll ich – soll ich nicht, schien sie zu fragen, indem sie, den Finger an den Mund gelegt, mich freundlich anblickte. – Bald saß sie auf meinem Rücken; nun ging ich, stolz auf meine holde Last, den Paßgang des Zelters, der die Königin zum Turnier trägt, und indem vorwärts, rückwärts, seitwärts sich der versammelte Troß anreihte, ging es wie ein Triumphaufzug den langen Flur hinauf, hinab! – Plötzlich trat eine große stattliche Frau von mittleren Jahren aus der Türe des Vorzimmers und sprach, indem sie meine schöne Reiterin scharf fixierte: »Seht mir die tollen Kinderpossen!« Cäcilia verließ meinen Rücken und wußte so kindlich bittend mein unvermutetes Einfinden, mein gutes Temperament, mein neckisches Wesen darzustellen, daß endlich die Mutter zum Hausknecht sagte: »Gebt dem Hunde zu fressen, und wenn er sich an das Haus gewöhnt, so mag er hierbleiben und des Nachts Wache halten.«

Ich: So warst du denn nun angenommen!

Berganza: Ei, mein Freund! der Ausspruch der gnädigen Dame war wie ein Donnerschlag in meinen Ohren, und hätte ich nicht in dem Augenblick auf meine höfischen Künste gerechnet, ich wäre auf und davon gelaufen. Ich würde dich nur ermüden, wenn ich dir alle Mittel weitläufig herzählen sollte, wie ich mich aus dem Stall in den Hausflur hinauf und endlich in die Prunkzimmer der Dame hineinschmeichelte. – Nur soviel davon! – Die Kavalkaden des kleinen Knaben, welcher der Mutter Liebling zu sein schien, retteten mich zuerst aus dem Stall, und die Zuneigung des holden Mädchens, der ich gleich mit ganzer Seele ergeben, als ich sie zum ersten Male sah, brachte mich endlich in die Zimmer. Das Mädchen sang so vortrefflich, daß ich es wohl merkte, wie der Kapellmeister Johannes Kreisler nur *sie* gemeint hatte, wenn er von der geheimnisvollen zauberischen Wirkung des Tons der Sängerin sprach, deren Gesang in seinen Werken lebe oder sie vielmehr dichte. – Sie hatte nach Art der guten Sängerinnen in Italien die Gewohnheit, jeden Morgen eine gute Stunde lang zu solfeggieren; ich schlich mich dann bei guter Gelegenheit zu ihr in den Saal, wo der Flügel stand, und horchte ihr aufmerksam zu. Hatte sie geendigt, so gab ich ihr meinen Beifall durch allerlei lustige Sprünge zu erkennen, wofür sie mich mit einem guten Frühstück belohnte, das ich auf die anständigste Weise, ohne den Fußboden zu beschmutzen, verzehrte. So kam es denn, daß man endlich im ganzen Hause von meiner Artigkeit und von meiner besonderen Neigung zur Musik sprach und Cäcilie besonders nächst diesen guten Eigenschaften meine Galanterie gegen ihr Seidenhäschen rühmte, das mich ungestraft bei den Ohren zupfte und so weiter. Die Dame vom Hause erklärte mich für einen charmanten Hund, und ich wurde, nachdem ich einem literarischen Tee und einem Konzert mit der gehörigen Würde und einem nachahmenswerten Anstande beigewohnt, der Kammerklub, dem mein romanesker Eintritt ins Haus erzählt worden, mich auch mit dem einstimmigsten Beifall beehrt hatte, zum Leibhunde Cäciliens erhoben, und so war das Ziel, wonach ich gestrebt, richtig erlangt.

Ich: Nun ja, du bist in einem eleganten Haus, du bist der Liebling eines nach deinen Andeutungen recht lieben Mädchens, allein, du wolltest von der oberflächlichen Tendenz, von der Unwahrheit sogenannter poetischer Gemüter reden und dann besonders die Katastrophe erzählen, die dich hertrieb.

Berganza: Sachte – sachte – mein Freund! – Laß mich erzählen, wie es mir in den Sinn kommt. Ist es nicht wohltätig für mich, bei manchem frohen Augenblick meines neuesten Lebens länger zu verweilen? – und dann gehört das alles, was ich über den Eintritt in das Haus, das ich jetzt zur Hölle wünsche, erzählt habe, eben zu der unglücklichen Katastrophe, die ich nachher so geschwind wie möglich mit ein paar Worten abfertigen will; es sei denn, daß mein verdammter Hang, alles so hell und farbicht mit Worten auszumalen, wie es vor meines Geistes Augen steht, mich wieder hineinführt, wohin ich nicht wollte!

Ich: Nun, so erzähle, lieber Berganza! – nach deiner Art weiter fort.

Berganza: Die Cannizares hatte doch wohl am Ende recht.

Ich: Was soll das jetzt?

Berganza: Man sagt wohl, der Teufel mag das erraten; der Teufel errät aber manches doch nicht, und darum sagt man auch wieder: das ist ein dummer Teufel! – Eine besondere Bewandtnis hat es immer mit mir und mit meinem Freunde Scipio gehabt. – Am Ende bin ich wirklich der Montiel, der aus der Art geschlagen und dem die Hundemaske, die ihn strafen sollte, nun zur Freude und zum Ergötzen diente.

Ich: Berganza! ich verstehe dich nicht.

Berganza: Hätt ich denn mit meinem treuen Gemüt für alles Gute und Wahre, mit meiner tiefen Verachtung alles oberflächlichen, allem Heiligen entarteten Weltsinnes, der die Menschen jetzt mehrenteils befängt, all die köstlichen Erfahrungen, einen Schatz sogenannter Lebensphilosophie, sammeln können, träte ich auf in stattlicher Menschengestalt! – Dank dir, Teufel! der du das Hexenöl unwirksam auf meinem Rücken braten ließest! Nun liege ich unbeachtet als Hund unter dem Ofen, und eure innerste Natur, ihr Menschlein! die ihr ohne Scham und Scheu vor mir entblößt, durchschaue ich mit dem Hohn, mit dem tiefen Spott, den eure ekle leere Aufgedunsenheit verdient.

Ich: Haben dir die Menschen nie Gutes erzeigt, daß du so mit Bitterkeit über das ganze Geschlecht herfällst?

Berganza: Mein lieber Freund, in meinem ziemlich langen Leben habe ich wohl manche, vielleicht unverdiente Wohltat empfangen, und dankbar gedenke ich jedes frohen genußreichen Augenblicks, den mir dieser oder jener *absichtslos* verschaffte. Merke auf! – *Absichtslos* habe ich gesagt. Mit dem Gutes-Tun, meine ich, ist es eine eigne Sache. Wenn mir einer den Rücken kratzt oder sanft die Ohren kitzelt, welches mich gleich in einen behaglichen träumerischen Zustand versetzt, oder mir das schönste Stück Braten gibt, damit ich mich willig finden lasse, zu seiner Lust den Stock, den er weit weggeschleudert oder gar in das Wasser geworfen, wiederzuholen oder, auf den Hinterpfoten sitzend, aufzuwarten (ein mir in den Tod verhaßtes Manœuvre), so hat er mir durchaus nichts Gutes getan; es war ein Geben und Empfangen, Kauf und Verkauf, wobei von Gutes-Tun und Pflichten der Dankbarkeit nicht die Rede sein kann. Aber der krasse Egoismus der Menschen bewirkt es, daß jeder nur mit Prahlerei das Gegebene rühmt und sich des Empfangenen wohl gar schämt, und so kommt es denn oft, daß zwei zugleich wechselseitig über Undankbarkeit für genossene Wohltaten klagen. Mein Freund Scipio, dem es auch manchmal schlecht ging, diente zur Zeit auf dem Dorfe bei einem reichen Bauern, der ein harter Mann war und ihm beinahe nichts zu fressen, oftmals aber eine tüchtige Tracht Prügel gab. Einmal hatte Scipio, dessen Fehler Näschigkeit sonst nicht war, aus reinem Hunger einen Topf Milch ausgesoffen und der Bauer, der es bemerkt, ihn bis aufs Blut geschlagen; Scipio sprang schnell zum Hause hinaus, um dem gewissen Tode zu entgehen, denn der rachsüchtige Bauer ergriff eben die eiserne Hacke; er rannte durch das Dorf, als er aber bei dem Mühlenteiche vorbeikam, sah er, daß des Bauers dreijähriger Sohn, der eben am Ufer gespielt, in die Wellen stürzte. Scipio war mit einem tüchtigen Sprunge im Wasser, faßte das Kind mit den Zähnen bei den Kleidern und schleppte es glücklich bis auf die grüne Wiese, wo es sich alsbald erholte und seinen Retter anlächelte und liebkoste; nun rannte aber Scipio, so schnell, als er konnte, davon, um nie wieder in das Dorf zurückzukehren. Siehst du, mein Freund, das war ein reiner Liebesdienst. – Verzeih mir, daß ein ähnliches Beispiel von einem Menschen mir nicht eben gleich einfallen wollte.

Ich: Mit all deiner Bitterkeit gegen uns Menschen, die in gar schlechtem Kredit bei dir stehen, gewinne ich dich doch immer mehr lieb, wackrer Berganza. Erlaube mir, daß ich ganz absichtslos dir meine Zuneigung auf eine, wie ich weiß, dir wohltuende Weise bezeige.

Berganza rückte, etwas weniges prustend, mir näher, worauf ich ihm mehrmals den Rücken nach dem Schweife zu streichelte und kratzte; er bewegte, vor Vergnügen und Wollust ächzend, den Kopf hin und her und drückte und schmiegte sich unter meiner wohltätigen Hand. Als ich endlich aufhörte, ging das Gespräch weiter fort.

Berganza: Bei jeder angenehmen körperlichen Empfindung kommen mir auch im Geiste die lieblichsten Bilder vor, und eben jetzt sah ich die holde Cäcilia, wie sie einmal in dem einfachen weißen Kleide, das dunkle Haar in glänzenden Zöpfen gar zierlich zusammengeflochten, aus der Gesellschaft weinend in ihr Zimmer trat. Ich ging ihr entgegen und kroch, wie ich zu tun pflegte, mich zusammenkauernd, zu ihren Füßen. Da faßte sie mich mit beiden Händchen beim Kopfe, und indem sie mit ihrem hellen Auge, in dem noch eine Träne glänzte, mich anblickte, sagte sie: »Ach! – Ach! sie verstehen mich nicht! – Keiner, die Mutter auch nicht. – Darf ich denn mit dir reden, du treuer Hund! wie ich es meine tief im Herzen? Ach, ich kann es ja doch nicht aussprechen, und könnt ich es, du würdest mir nicht antworten, mir aber auch nicht wehe tun.«

Ich: Das Mädchen – die Cäcilia wird mir immer interessanter.

Berganza: Gott der Herr, dem ich meine Seele empfehle, an der der Verruchte keinen Teil haben soll, unerachtet ich ihm höchstwahrscheinlich den noble Vénetien verdanke, worin ich mich nun schon so lange auf der großen Redoute hier unten umhertreibe – ja! Gott der Herr hat die Menschen gar mannigfaltig geschaffen. Die unendliche Varietät der Doggen, der Spitze, der Bologneser, der Pudel, der Möpse ist gar nichts gegen das bunte Allerlei der spitzen, stumpfen, aufgeworfenen, gebogenen Nasen, gegen die zahllose Variation der Kinne, der Augen, der Stirnmuskeln; und ist es möglich, die Summe der unterschiedlichen Sinnesarten, sonderbaren Ansichten und Meinungen nur zu denken?

Ich: Wohin soll das führen, Berganza?

Berganza: Nimm es für eine allgemeine oder auch gemeine Reflexion.

Ich: Aber du kommst wieder ganz ab von deiner Katastrophe.

Berganza: Ich wollte dir nur sagen, daß meine Dame alles, was sich von irgend bedeutenden Künstlern und Gelehrten am Orte befand, in ihr Haus zu ziehen gewußt und, zusammentreffend mit den gebildetsten Familien, so einen literarisch-poetisch-künstlerischen Zirkel gebildet hatte, an dessen Spitze sie stand. Ihr Haus war in gewisser Art eine literarisch-künstlerische Börse, wo mit Kunsturteilen, mit Werken selbst, mitunter auch mit Künstlernamen allerlei Geschäfte gemacht wurden. – Die Musiker sind doch ein närrisches Volk!

Ich: Wieso, Berganza?

Berganza: Hast du nicht bemerkt, wie die Maler meistens so störrisch und eigensinnig sind, wie sie bei übler Laune kein Lebensgenuß freut, wie die Dichter nur im Genuß *ihrer* Werke sich wohlbefinden? Aber die Musiker schweben geflügelten Fußes über alles hinweg; leckere Esser und noch bessere Trinker, befinden sie sich bei der guten Schüssel und bei der Prima-Sorte von allen Sorten Wein im Himmel, alles um sich vergessend, sich versöhnend mit der Welt, die sie zuweilen schadenfroh stachelt, und gutmütig dem Esel verzeihend, daß sein Ya keine reine Septime macht, weil er doch nun einmal als Esel nicht anders singen kann – kurz, die Musiker spüren den Teufel nicht, und säße er ihnen auf der Ferse.

Ich: Aber, Berganza, warum nur mit einemmal wieder diese Abschweifung?

Berganza: Ich wollte sagen, daß meine Dame gerade von den Musikern die größeste Verehrung genoß und, wenn sie nach sechswöchentlicher Privatübung eine Sonate oder ein Quintett takt- und ausdruckslos abstümperte, von ihnen die erstaunlichsten Lobeserhebungen erhielt; denn ihre Weine, von erster Hand bezogen, waren vortrefflich, und Steaks aß man in der ganzen Stadt nicht besser.

Ich: Pfui! – das hätte Johannes Kreisler nicht getan!

Berganza: Doch, er tat's. – Es liegt hierin keine Speichelleckerei, keine Falschheit; nein, es ist ein gutmütiges Übertragen des Schlechten, oder vielmehr ein geduldiges Anhören verworrener Töne, die vergebens danach ringen, Musik zu werden, und diese Gutmütigkeit, diese Geduld entsteht aus einer gewissen innern wohlbehaglichen Rührung, die nun wieder der gute Wein, nach einer vortrefflichen Speise reichlich genossen, unausbleiblich hervorbringt. – Ich kann die Musiker um des allen nur lieben, und da überhaupt ihr Reich nicht von dieser Welt ist, erscheinen sie, wie Bürger einer unbekannten fernen Stadt, in ihrem äußern Tun und Treiben seltsam, ja lächerlich, denn Hans lacht den Peter aus, weil er die Gabel in der linken Hand hält, da er, Hans, seine Lebetage hindurch sie in der rechten Hand gehalten.

Ich: Aber warum lachen gemeine Menschen über alles, was ihnen ungewöhnlich ist?

Berganza: Weil das Gewöhnliche ihnen so bequem geworden, daß sie glauben, der, welcher es anders treibt und hantiert, sei ein Narr, der sich deshalb mit der ihnen fremden Weise so abquäle und abmartere, weil er *ihre* alte bequeme Weise nicht wisse; da freuen sie sich denn, daß der Fremde so dumm ist und sie so klug sind, und lachen recht herzlich, welches ich ihnen denn auch von Herzen gönne.

Ich: Ich wünschte, du kämest jetzt zu deiner Dame zurück.

Berganza: Schon bin ich bei ihr. Meine Dame hatte die eigne Manier, alle Künste selbst treiben zu wollen. Sie spielte, wie schon gesagt, ja sie komponierte sogar, sie malte, sie stickte, sie formte in Gips und Ton, sie dichtete, sie deklamierte, und dann mußte der Zirkel ihre abscheulichen Kantaten anhören und ihre gemalten, gestickten, geformten Zerrbilder anstaunen. Kurz vor meiner Ankunft ins Haus hatte sie mit einer bekannten mimischen Künstlerin, die du oft gesehen haben wirst, Bekanntschaft gemacht, und von da an schrieb sich der Unfug her, der nun mit den mimischen Darstellungen in dem Zirkel getrieben wurde. Meine Dame war wohlgebildet, indessen hatte das herannahende Alter die an und für sich selbst schon starken Züge des Gesichts noch tiefer eingefurcht, und überdies waren die Formen des Körpers etwas über das Üppige heraus verüppigt, und doch stellte sie dem Zirkel die Psyche dar und die Jungfrau Maria und was weiß ich für andere Götter- und Heiligengestalten. – Der Teufel hole die Sphinx und den Professor der Philosophie!

Ich: Welchen Professor der Philosophie?

Berganza: In dem Zirkel meiner Dame waren bisweilen sehr obligat: der Musiker, der Cäcilien unterrichtete, ein Professor der Philosophie und ein unentschiedener Charakter.

Ich: Was willst du mit dem unentschiedenen Charakter sagen?

Berganza: Nicht anders kann ich den Mann bezeichnen, von dem ich nie erfahren konnte, was er eigentlich meinte, und da ich nun gerade der drei gedenke, kann ich nicht umhin, ein Gespräch unter ihnen anzuführen, das ich belauschte. Der Musiker sah die ganze Welt in dem Widerschein seiner Kunst, er schien schwachen Verstandes, weil er jede flüchtige Äußerung des Wohlgefallens an derselben für bare Münze nahm und die Kunst sowie den Künstler überall hochgeehrt glaubte. Der Philosoph, in dessen jesuitisch-faunischem Gesicht sich der wahre Hohn über das gewöhnliche menschliche Tun und Treiben spiegelte, trauete dagegen keinem und glaubte an den Ungeschmack und an die Roheit wie an die Erbsünde. Er stand mit dem unentschiedenen Charakter einmal im Nebenzimmer am Fenster, als der Musiker, der wieder in den höheren Regionen schwebte, zu ihnen trat. – »Ha!« rief er aus – doch erlaube mir, daß ich, um das ewig wiederkehrende »antwortete er, sagte er« zu vermeiden, gleich in der Gesprächsform erzähle. – Läßt du unsere jetzige Unterhaltung drucken, so muß das Gespräch im Gespräch gehörig eingerückt werden.

Ich: Ich sehe, lieber Berganza! daß du alles mit Kenntnis und Einsicht behandelst. Zu merkwürdig sind deine Worte, als daß ich sie nicht, wie ein zweiter Campuzano, wiedererzählen sollte. Dein Gespräch *im* Gespräch ordne, wie du willst, denn mir ahnet's, daß ein aufmerksamer Verleger dem Setzer einen wahren Floh ins Ohr setzen wird, damit er ja alles gehörig, wie es dem Leser wohlgefällig und licht ins Auge tritt, einrichte.

Berganza: Also das Gespräch:

Der Musiker: Es ist doch eine herrliche Frau mit ihrem tiefen Sinn für die Kunst, mit ihrer vielseitigen Ausbildung.

Der unentschiedene Charakter: Ja, das muß man sagen, Madame ist ganz außerordentlich für die Kunst portiert.

Der Professor der Philosophie: So? – So? Glaubt ihr denn das wirklich, ihr Leute? – Und ich sage: nein! – Ich behaupte das Gegenteil!

Der unentschiedene Charakter: Nun freilich, so mit dem Enthusiasmus, wie unser musikalischer Freund da denkt, möchte es doch wohl –

Der Professor der Philosophie: Ich sage euch, da der schwarze Hund unter dem Ofen, der so verständig dreinschaut, als hörte er unserm Gespräch recht aufmerksam zu, schätzt und liebt die Kunst mehr als die Frau, der es Gott verzeihen möge, daß sie sich etwas aneignet, das ihr ganz fremd ist. Ihre eiskalte Brust wird nie erwärmt, und wenn anderer Menschen Herz beim Hinausschauen in die Natur, in das All der Schöpfung, überströmt von heiligem Entzükken, da frägt sie, wieviel Grad Hitze wir haben nach Réaumur und ob es wohl noch regnen wird. So kann auch die Kunst, diese Mittlerin zwischen uns und dem ewigen All, das wir nur durch sie recht deutlich ahnen, nie in ihr einen höheren Gedanken entflammen. Sie, mit allen ihren Kunstübungen, mit ihren Floskeln und Phrasen, sie lebt im Gemeinen! – Sie ist prosaisch – prosaisch – infam prosaisch! –

Die letzten Worte hatte der Philosoph, mit den Händen stark um sich fechtend, so laut herausgeschrien, daß im Gesellschaftssaal beinahe alles in Aufruhr geriet, um den Prosaismus, der wie ein tückischer Feind still und hinterlistig herangeschlichen schien und den nun des Professors Feldgeschrei verraten hatte, mit vereinter Macht zu bekämpfen. Der Musiker war ganz verblüfft stehengeblieben, der unentschiedene Charakter nahm ihn aber beiseite und sagte, freundlich schmunzelnd, ihm leise ins Ohr:

»Freundchen, was halten Sie von des Professors Worten? – Wissen Sie denn, warum er so gräßlich eifert, warum er so mit Eiskälte – Prosaismus um sich wirft? – Sie gestehen, Madame ist für ihre Jahre noch ziemlich frisch und jugendlich. – Nun, da hat – lachen Sie, lachen Sie! –, da hat der Professor ihr unter vier Augen durchaus gewisse philosophische Sätze erklären wollen, die ihr zu schwierig waren. Sie schlug den besonderen philosophischen Kursus, den der Herr Professor mit ihr machen wollte, überhaupt gänzlich aus, und das hat er denn nun sehr übelgenommen und schimpft und schmält.«

»Sehen Sie mir das Bocksgesicht! nun bin ich wieder fest in meiner Meinung«, sagte der Musiker, und beide mischten sich unter die Gesellschaft.

Aber, ich sage es noch einmal, der Teufel hole die Sphinx und den Professor der Philosophie!

Ich: Warum das?

Berganza: Beide waren schuld daran, daß ich nicht mehr den mimischen Darstellungen meiner Dame beiwohnen durfte und bei einem Haar mit Schimpf und Schande aus dem Hause gejagt worden wäre.

Ich: Du nimmst wohl die Sphinx allegorisch, um mir irgendeinen neuen Charakter deines Zirkels aufzuführen?

Berganza: Nichts weniger als das! – Ich meine die echte Sphinx mit dem ägyptischen Kopfputz und den stieren eirunden Augen.

Ich: So erzähle.

Berganza: Sei es nun aus Rache wegen des verfehlten philosophischen Kursus, wie der unentschiedene Charakter behauptete, oder bloß aus Ekel und Abscheu gegen das angeeignete leere Kunststreben meiner Dame, kurz, der Professor war ihr Ichneumon, der sie stets verfolgte und, ehe sie sich's versah, in ihrem Innersten wühlte. Auf eine ganz eigne geschickte Weise wußte er sie in ihre eignen Floskeln und Phrasen, in ihre philosophisch-ästhetischen Kunsturteile zu verflechten und zu verstricken, daß sie tief in den mit Unkraut bedeckten Irrgarten des prosaischen Unsinns hineingeriet und vergebens den Ausweg suchte. Er trieb seine Bosheit so weit, daß er ihr unter dem Namen tiefer philosophischer Sätze nichtssagende oder auf eine gemeine Albernheit hinauslaufende Phrasen vorsagte, die sie bei ihrem starken Wortgedächtnis behielt und nun mit vielem Gepränge überall anbrachte; je toller und unverständlicher diese Sätze waren, desto mehr gefielen sie ihr, denn desto höher stieg bei den Schwachköpfen die Bewunderung, ja die Vergötterung der herrlichen geistreichen Frau. – Doch zur Sache! – Der Professor hatte mich ungemein liebgewonnen; wenn er nur konnte, streichelte er mich und steckte mir gute Bissen zu. Ich vergalt diese Zuneigung mit der herzlichsten Freundschaft und folgte ihm daher um so williger, als er mich eines Abends, da die Gesellschaft eben im Begriff war, in den schwarz ausgeschlagenen Saal zu gehen, weil Madame ihre mimischen Darstellungen produzieren wollte, in ein Nebenzimmer lockte. Er hatte, wie gewöhnlich, wieder ein gutes Stück Kuchen für mich in Bereitschaft; während ich es verzehrte, fing er an, mich leise am Kopfe und hinter den Ohren zu krauen, und endlich zog er ein Tuch hervor, welches er um meine Stirn schlang und mit vieler Mühe an den Ohren herum drapierte, wobei er, mich anschauend, öfters lachte und ausrief: »Kluger Hund – kluger Hund – sei heute nur recht klug und verdirb mir nicht den Spaß!« Des Putzes noch vom Theater her gewohnt, ließ ich alles mit mir machen und folgte ihm willig und leise in den Saal, wo Madame ihre mimischen Darstellungen schon begonnen hatte. Der Professor wußte mich den Blicken der Zuschauer so geschickt zu entziehen, daß niemand mich bemerkte. Endlich, nachdem Marien und Karyatiden gewechselt hatten, trat Madame mit einem seltsamen Kopfputz, der dem meinigen auf ein Haar glich, hervor, kniete hin und streckte die Arme auf ein Taburett vor sich her, indem sie ihre sonst geistreichen Augen zu einem stieren, unangenehm gespenstischen Blicke zwang. Nun lockte mich der Professor leise hervor, und ohne eigentlich den wahren Spaß zu ahnen, schritt ich gravitätisch in die Mitte des Zimmers und legte mich der Dame dicht gegenüber, die Vorderpfoten ausgestreckt, in meiner gewöhnlichen Stellung auf den Boden. Hochverwundert über ihre Figur, die vorzüglich des Teils halber, auf dem man zu sitzen pflegt und den die Natur in zu üppiger Fülle ausgebildet hatte, sich ganz besonders ausnahm, starrte ich sie unverwandt an mit dem ernsten, tiefsinnigen Blick, der mir eigen. – Der tiefen Totenstille folgte ein unmäßiges allgemeines Gelächter. Jetzt erst erblickte mich die in der innern Kunstanschauung versunkene Dame; sie sprang mit wilder Gebärde wütend auf und rief mit Macbeths Worten: »Wer hat mir das getan?« Aber niemand hörte sie, denn alles, von dem gewiß überkomischen Anblick wie elektrisiert, rief und schrie noch durcheinander: »Zwei Sphinxe – zwei Sphinxe im Konflikt!« – »Schafft mir den Hund aus den Augen, fort mit dem Hunde, aus dem Hause!« tobte die Dame, und schon fielen die Bedienten über mich her, da sprang meine Beschützerin, die holde Cäcilia, dazwischen, befreite mich von meinem ägyptischen Kopfputz und führte mich auf ihr Zimmer. – Durfte ich nun zwar auch im Hause bleiben, so blieb doch der mimische Saal für mich auf immer verschlossen.

Ich: Und du verlorst im Grunde nicht viel dabei, denn die höchste Spitze dieser Kunstgaukeleien hattest du, Dank sei es dem lustigen Professor, erlebt; das übrige wäre matt geblieben, da man natürlicherweise jede weitere Einwirkung von deiner Seite hintertrieben hätte.

Berganza: Den andern Tag war überall von der Doppelsphinx die Rede, und es zirkulierte ein Sonett, dessen ich mich noch recht gut erinnere und welches wahrscheinlich auch von dem Professor verfaßt worden war.

Die beiden Sphinxe

Sonett

Was liegt im falt'gen Rocke auf der Erde,
Verglast die Augen, vorgestreckt die Hände?
Wohl klüger als Ödip wär, der's verstände,
Des bösen Rätsels Deutung bringt Gefährde.

Doch sieh! mit ernster seltsamer Gebärde
Schaut dort der schwarze Sphinx, und Feuerbrände
Schießt auf die Puppe er am andern Ende,
Damit im Tand der Tand vernichtet werde!

Sie stehen auf! – Der Hund ist's und die Dame,
Vereint im mimischen Talent zur Wette;
Die Poesie erhob sie aus dem Schlamme!

Gibt's Höhres noch, das fester sie verkette?
Sie leben in der Kunst! Hund *er, sie* Dame;
Pagliasso *er* und *sie* – Arlekinette.

Ich: Bravo, Berganza! – Das Sonett ist für ein gelegentliches Spottgedicht nicht übel, und du hast es mit Würde und dem angemessenen Ton hergesagt. – Überhaupt liegt für mich schon in der Sonettform ein ganz besonderer, ich möchte sagen, musikalischer Reiz.

Berganza: Den das Sonett auch wohl gewiß für jedes nicht ganz rohe Ohr hat und ewig behaupten wird.

Ich: Und doch scheint mir die Form, das Metrum des Gedichts, immer etwas Untergeordnetes, worauf man in der neuesten Zeit nur zuviel Wert gelegt hat.

Berganza: Dank sei es dem Bemühen eurer neueren, mitunter höchst vortrefflichen Dichter, daß sie metrische Kunst, welche die alten großen Meister des Südens mit

Liebe und Sorgfalt übten, wieder in ihr wohlerworbenes Recht einsetzten. Die Form, das Metrum des Gedichts, ist die zufällige Farbe, die der Maler den Gewändern seiner Person gibt – es ist die Tonart, in der der Komponist sein Stück schreibt. Werden beide nicht Farbe und Tonart mit reifer Überlegung, mit aller nur ersinnlichen Sorgfalt wählen, wie es der Ernst, die Würde, die Anmut, die Zärtlichkeit, die Leichtigkeit, die innere Behaglichkeit der vorzustellenden Person oder des Stücks erfordern? – Und wird nicht ein großer Teil der beabsichtigten Wirkung von der richtig getroffenen Wahl abhängen? – Ein keckgefärbtes Gewand erhebt oft die mittelmäßige Person so wie die ungewöhnliche Tonart den gewöhnlichen Gedanken, und so kommt es denn oft, daß selbst Verse, denen ein tief eingreifender Sinn mangelt und die nur auf der Oberfläche schwimmen, durch die Anmut der Form, durch die zierliche Verschlingung der Reime den Geist wie in angenehmer Dämmerung mit lieblichem Spiel umfangen und so, ganz abgesehen davon, was der Verstand vergebens darin suchen dürfte, einen geheimnisvollen Zauber ausüben, dem kein reizbares Gemüt zu widerstehen vermag.

Ich: Aber der Mißbrauch, der nun von den Formkrämern gemacht wird –

Berganza: Dieser sogenannte Mißbrauch möchte wohl in seiner Wirkung sich ganz auflösen, und ich glaube, daß in dem jetzt emporgekommenen strengen Beachten der Metrik sich auch der tiefere Ernst zeigt, der sich mit der eingetretenen verhängnisvollen Zeit über alle Zweige der Kunst und der Literatur verbreitet hat. Damals, als jeder sogenannte Dichter zu jedem seiner Liedlein sich selbst ein stolprichtes holprichtes Metrum schuf, als die einzige südliche Form, welche man noch zu kennen schien, die Ottaverime, auf die tollste Weise verpfuscht und verhudelt wurde, damals wollten die Maler nicht mehr zeichnen lernen und die

Komponisten keinen Kontrapunkt studieren. Kurz, es war eine Verachtung jeder Schule eingetreten, die in allen Künsten die verfehltesten Zerrbilder hervorbringen mußte. Selbst bei den mittelmäßigen Dichtern führen die Versuche in allerlei Formen zu einer gewissen Geregeltheit, die immer besser tut als die prosaische Ausgelassenheit des leeren Kopfs. Also bleibe ich dabei, es ist schön und erfreulich, daß man auf die Form, auf das Metrum recht viel Fleiß verwendet.

Ich: Deine Kombinationen, lieber Berganza, sind ein wenig kühn, doch kann ich dir in der Tat nicht unrecht geben. – Nimmermehr hätte ich geglaubt, daß sich meine Ansichten nach der Überzeugung eines verständigen Hundes regeln würden.

Berganza: In dem Zirkel meiner Dame befand sich ein junger Mann, den sie mit dem Namen »Dichter« beehrten und der, der neuesten Schule mit ganzer Seele anhängend, in lauter Sonetten, Kanzonen und so weiter lebte. Von besonderer Tiefe des Geistes war bei ihm nicht die Rede, seine Gedichte, in südlichen Formen geschrieben, hatten indessen einen gewissen Wohlklang und eine Lieblichkeit des Ausdrucks, wodurch Gemüt und Ohr des Kenners bestochen wurde. Er war, wie die Dichter insgemein sind und wie man es beinahe von ihnen fodert, sehr verliebter Natur und verehrte von weitem mit Inbrunst und Andacht Cäcilien wie eine Heilige. Ebenso wie der Dichter ließ es sich auch der Musiker, der übrigens viel älter war, angelegen sein, ihr ganz im Geist der Chevalerie den Hof zu machen, und es entstand oft zwischen beiden ein komischer Wettstreit, in dem sie sich in tausend kleinen Aufmerksamkeiten und Galanterien überboten. Cäcilia zeichnete beide, die, im hohen Grade ausgebildet, all die musikalischen, deklamatorischen und mimischen Spielereien der Dame nur um ihrentwillen duldeten und nur für sie in dem Zirkel lebten, merklich vor all den übrigen jungen Laffen und Gecken, die sie umschwärmten, aus und belohnte ihre ganz absichtslose Galanterie mit einer heitern kindlichen Offenheit, die das Entzücken steigerte, womit sie das Mädchen im Gemüte trugen. Ein freundliches Wort, ein holder Blick, diesem zugeworfen, erregte oft bei dem andern eine komische Eifersucht, und es war höchst ergötzlich, wenn sie sich beide, wie die Troubadours der alten Zeit, auf Lieder und Gesänge herausforderten, die Cäciliens Anmut und Holdseligkeit priesen.

Ich: Das Bild ist anziehend, und solch ein unschuldiges zartes Verhältnis mit einem kindlichen Gemüt kann dem Künstler nicht anders als wohltun; der Konflikt des Dichters mit dem Musiker hat gewiß gute Werke hervorgebracht.

Berganza: Hast du nicht bemerkt, mein lieber Freund, daß alle diejenigen Personen, die mit einem trocknen sterilen Gemüte sich nur das Poetische aneignen, sich selbst und alles, was sich mit ihnen zugetragen und noch zuträgt, für höchst besonders und wunderbar halten?

Ich: Allerdings! indem sie alles das, was innerhalb den Wänden ihres Schneckenhauses vorgeht, für wundervoll halten; weil solchen erleuchteten Personen nichts Gemeines begegnen kann, bleibt ihr Sinn für die göttlichen Wunder der Natur verschlossen.

Berganza: So hatte auch meine Dame die Torheit, alles, was ihr begegnete, höchst sonderbar und ominös zu finden. Selbst ihre Kinder waren unter besondern Umständen und geistigen Beziehungen geboren, und sie gab nicht undeutlich zu verstehen, wie seltsame Kontraste und widrige Elemente sich zu einer besondern Mischung in den Geistern ihrer Kinder vereinigt hätten. Außer Cäcilien hatte sie aber noch drei ältere Söhne, die unbedeutend und stumpf ausgeprägt waren, wie gemeine Scheidemünze, und dann ein jüngeres Mädchen, die in allen ihren Äußerungen weder Gemüt noch Verstand zu erkennen gab. Cäcilia war demnach die einzige, die wirklich von der Natur nicht allein mit einem tiefen Sinn für die Kunst, sondern auch mit einem genialen Produktionsvermögen ausgestattet war. Bei einem weniger kindlichen, unbefangenen Gemüte hätte sie aber die Feierlichkeit, mit der die Mutter sie behandelte, und die beständigen Äußerungen, wie in ihr eine Künstlerin geboren sei, wie es noch nie eine gab, leicht überspannen und auf Abwege führen können, von denen wenigstens ein Frauenzimmer nicht so leicht wieder zurückkehrt.

Ich: Wie, Berganza, du glaubst auch an die Unverbesserlichkeit der Weiber?

Berganza: Mit ganzer Seele! – Alle verschrobenen, überbildeten oder geistig erstarrten Weiber gehören, wenigstens nach dem fünfundzwanzigsten Jahr, unerbittlich ins ospitale degli incurabili, es ist mit ihnen nichts mehr zu machen. Die Blütezeit der Frauenzimmer ist zugleich ihr eigentliches Leben, in dem sie sich mit nie erschlaffender Kraft doppelt aufgeregt fühlen, alle seine Erscheinungen begierig im Gemüte aufzufassen. – Wie mit glühendem Purpur umsäumt die Jugend alle Gestalten, daß sie wie verklärt dem freudetrunknen Auge erglänzen, und ein ewig bunter Frühling schmückt selbst die Dornenhecken mit süß duftenden Blumen. Nicht besondere Schönheit, nicht ein ungewöhnlicher Verstand, nein! – nur jene Blütezeit, nur irgend etwas, sei es im Äußern oder im Ton der Stimme oder sonst, das nur eine flüchtige Aufmerksamkeit erregen kann, reicht hin, dem Mädchen überall die Verehrung selbst geistreicher Männer zu verschaffen, so daß sie unter älteren ihres Geschlechts wie im Triumphe als die Königin des Festes auftritt. Aber nach dem unglücklichen Wendepunkte verschwinden die schimmernden Farben, und mit einer gewissen Kälte, die in jedem Genuß das Geistig-Schmackhafte tötet, verliert sich auch jene Regsamkeit des Geistes. Keine Frau wird imstande sein, die Tendenzen zu ändern, welche sie in jener goldnen Zeit hatte, die ihr allein das Leben scheint, und war sie damals in Irrtümern des Verstandes oder des Geschmacks befangen, so nimmt sie dieselben ins Grab, verlangte auch der Ton, die Mode der Zeit, sie mühsam zu verleugnen.

Ich: Es ist gut, Berganza, daß dir nicht Frauenzimmer, die über den Wendepunkt hinaus sind, zuhören, du würdest sonst übles Spiel haben.

Berganza: Glaube das nicht, mein Freund! – Im Grunde fühlen die Frauenzimmer es selbst, wie in jener Blütezeit sich ihr ganzes Leben konzentriert, denn nur daraus läßt sich die ihnen mit Recht vorgeworfene Torheit erklären, ihr Alter zu verleugnen. Über den Wendepunkt hinaus will keine; sie sträuben und sperren sich; sie kämpfen hartnäkkig um das kleinste Plätzchen hinter dem Schlagbaume, der, sind sie hindurch, ihnen das Land voll Wonne und Heiterkeit auf immer verschließt. Drängen nun die jugendlichen Gestalten immer mehr und mehr, und jede, in die schönsten Blüten des Frühlings geputzt, frägt: »Was will die Ungeschmückte, Traurige unter uns?«, dann müssen sie fliehen voller Scham und retten sich in den kleinen Garten, von dem sie wenigstens in den glänzenden Frühling hinüberschauen können und an dessen Ausgang die Zahl *Dreißig* steht, vor der sie sich fürchten wie vor dem Engel mit dem flammenden Schwert.

Ich: Das ist sehr pittoresk, aber auch mehr pittoresk als wahr! Denn habe ich nicht selbst ältere Weiber gekannt, deren Liebenswürdigkeit den Mangel an Jugend ganz vergessen ließ?

Berganza: Das ist nicht allein möglich, sondern ich will dir sogar zugestehn, daß der Fall nicht zu selten eintreffen kann, mein Satz bleibt indessen doch unwiderruflich fest stehen. – Eine verständige Frau, die, in früher Jugend gut erzogen, frei von Irrtümern, aus der Blütezeit eine wohltuende Ausbildung des Geistes hinübergebracht hat, wird dir allemal eine angenehme Unterhaltung gewähren, sobald du dir's gefallen lassen willst, in der Mitte zu schweben und jeden höheren Forderungen zu entsagen; ist sie geistreich, so wird sie nicht arm an witzigen Einfällen und Wendungen sein; statt aber das Rein-Komische rein gemütlich zu betrachten, sind diese dann mehr in falschen Farben glänzende Ausbrüche eines innern Unmutes, die dich nur eine kleine Zeit hindurch täuschen und belustigen können; ist sie schön, so wird sie nicht unterlassen, auch kokett zu sein, und dein Interesse an ihr wird in einen eben nicht löblichen Faunismus (um nicht ein anderes verächtliches Wort zu brauchen) ausarten, den ein in der Blütezeit stehendes Mädchen bei keinem Manne erregt, der nicht im höchsten Grade verderbt ist!

Ich: Goldene Worte! – Goldene Worte! Aber das gänzliche Stehenbleiben – das Beharren in früheren Irrtümern nach dem bezeichneten Wendepunkt – es ist doch hart, Berganza!

Berganza: Aber wahr! Unsere Lustspieldichter haben das sehr gut gefühlt, daher wurde vor einiger Zeit unsere Bühne von den schmachtenden, empfindelnden alten Mamsells nicht leer; die traurigen Reste der empfindsamen Periode, in die ihre Blütezeit fiel; jetzt ist das nun längst ganz vorbei, und es wäre Zeit, die Corinnen in die Stelle treten zu lassen.

Ich: Du meinst doch nicht die herrliche Corinna, die Dichterin, die im Vatikan in Rom gekrönt wurde – den herrlichen Myrtenbaum, der in Italien gewurzelt, seine Äste bis zu uns herübergerankt hat, daß, in seinem Schatten ruhend, uns des Südens Blumendüfte umsäuseln?

Berganza: Sehr schön und poetisch gesagt, wiewohl das Bild gigantesk ist, da der von Italien bis nach Deutschland herüberreichende Myrtenbaum wirklich im größten Stil geraten! – Übrigens habe ich ebenjene Corinna gemeint, die, als über die Blütezeit der Weiber hinaus ausdrücklich geschildert, wie ein wahrer Trost, ein wahres Labsal für alle alternde Frauen erschienen, denen nun das Tor der Poesie, Kunst und Literatur angelweit geöffnet, wiewohl sie zu bedenken hätten, daß sie nach meinem richtigen Grundsatz schon in der Blütezeit alles *sein* mußten und nichts mehr *werden* können. – Ist dir die Corinna nie zuwider geworden?

Ich: Wie wäre das möglich gewesen? – Mir freilich, wenn ich sie mir als im Leben wirklich zu mir hintreten dachte, glaubte ich mich von einem gewissen unwohltätigen, unheimlichen Gefühl befangen, ich hätte mich nie in ihrer Nähe wohl und gemütlich befunden.

Berganza: Dein Gefühl war ganz richtig; ich hätte mich, war ihr Arm und ihre Hand auch noch so schön, niemals von ihr streicheln lassen können, ohne einen gewissen innern Abscheu zu spüren, der mich gewöhnlich des Appetits beraubt – ich sage das nur hündischerweise! – Im Grunde genommen liegt aber in dem Geschick der Corinna selbst der Triumph meiner Lehre; denn vor dem glänzenden reinen Strahl der Jugend verschwindet in bloßen Schein ihr Nimbus, und in dem echt weiblichen Streben nach dem geliebten Mann geht sie in ihrer eignen Unweiblichkeit, oder vielmehr in ihrer verzerrten Weiblichkeit, rettungslos unter! – Meine Dame gefiel sich ungemein darin, die Corinna vorzustellen.

Ich: Welche Torheit, wenn sie nicht wenigstens die wahre Anregung der Kunst in sich spürte.

Berganza: Nichts weniger als das, mein Freund! Du kannst es mir glauben! Meine Dame hielt sich gern auf der Oberfläche, und sie hatte eine gewisse Fertigkeit erlangt, dieser Oberfläche einen Schimmer zu geben, der die Augen mit falschem Licht blendete, so, daß man die Seichtigkeit nicht gewahr wurde. So glaubte sie schon ihrer wirklich schönen Arme und Hände wegen die Corinna zu sein und ging von der Zeit an, als sie das Buch gelesen, an Brust und Armen mehr entblößt, als es wohl einer Frau in ihren Jahren geziemlich ist, und schmückte sich überaus mit zierlichen Ketten, antiken Kameen und Ringen, so wie sie oft mehrere Stunden zubrachte, ihr Haar mit köstlichen Ölen salben und in zierlichen künstlichen Geflechten zu diesem oder jenem antiken Kopfschmuck irgendeiner Kaiserin aufringeln zu lassen. – Böttigers kleinliche Antikenkrämereien waren ihr eben recht; aber mit den mimischen Darstellungen nahm es ein plötzliches Ende.

Ich: Und wie das, Berganza?

Berganza: Du kannst denken, daß meine unerwartete Erscheinung als Sphinx der Sache schon einen ziemlichen Stoß gegeben hatte, indessen hatten die mimischen Darstellungen doch noch ihren Fortgang, zu denen ich aber nicht mehr zugelassen wurde. Zuweilen wurden nun auch nach der dir bekannten Methode ganze Gruppen dargestellt; Cäcilia ließ sich indessen nie dazu bereden, daran Anteil zu nehmen. Endlich aber, als die Mutter sehr in sie drang und als der Dichter und der Musiker sich in stürmischen Bitten vereinigten, ließ sie es sich doch gefallen, in der nächsten mimischen Akademie, wie meine Dame ihre Übungen vornehm nannte, die Heilige, deren Namen sie bedeutungsvoll trug, darzustellen. – Kaum war das Wort gegeben, als die Freunde in rastloser Tätigkeit sich beeiferten, alles herbeizuschaffen und anzuordnen, was zur würdigen und effektvollen Darstellung der Heiligen durch die holde Geliebte nötig war. Der Dichter wußte eine sehr gute Kopie der heiligen Cäcilia von Carlo Dolce, die sich bekanntlich in der Dresdener Galerie befindet, aufzutreiben, und da er zugleich ein geschickter Zeichner war, zeichnete er dem Theaterschneider des Orts so genau jeden Teil der Gewänder vor, daß dieser imstande war, aus schicklichen Stoffen Cäciliens Draperie ganz herzustellen; auch der Musiker tat geheimnisvoll und sprach von dem Effekt, den man ihm allein verdanken werde. Cäcilia, als sie das emsige Bemühen der Freunde sah, als beide mehr als je sich beeiferten, ihr tausend angenehme Dinge zu sagen, fand immer mehr Interesse an der Rolle, die sie erst hartnäckig verschmäht hatte, und konnte kaum den Tag der Darstellung erwarten, der nun endlich herankam.

Ich: Ich bin begierig, Berganza! – wiewohl ich wieder einigen teuflischen Unrat merke.

Berganza: Diesmal hatte ich mir vorgenommen, in den Saal zu dringen, es koste, was es wolle; ich hielt mich an den Philosophen, und dieser, aus reiner Dankbarkeit, daß ich seiner Schelmerei so beigestanden, wußte auch mir so geschickt die Tür zur rechten Zeit zu öffnen, daß ich hineinschlüpfen und meinen Platz, von niemandem bemerkt, an gehöriger Stelle nehmen konnte. Man hatte diesmal einen Vorhang quer durch den Saal gezogen und die Beleuchtung zwar oben, aber nicht wie sonst, aus der Mitte strömend und die Gegenstände von allen Seiten so wie durchsichtig beleuchtend, sondern auf der einen Seite angebracht. Als der Vorhang sich wegschob, saß ganz wie auf Dolces Gemälde, in seltsame Gewänder malerisch gekleidet, die heilige Cäcilia vor der kleinen altertümlichen Orgel, und mit gesenktem Haupte tiefsinnig in die Tasten schauend, schien sie die Töne körperlich zu suchen, die geistig sie umschwebten. So glich sie ganz dem Gemälde Carlo Dolces. – Nun erklang ein ferner Akkord, lang ausgehalten und in die Lüfte verschwebend. – Cäcilia erhob leise den Kopf. – Nun hörte man wie aus höchster Ferne einen Choral weiblicher Stimmen, ein Werk des Musikers. Die einfachen und doch in wunderbarer Folge fremd und wie aus einer andern Welt herabgekommenen klingenden Akkorde dieses Chors von Cherubim und Seraphim erinnerten mich lebhaft an manche Kirchenmusik, die ich vor zweihundert Jahren in Spanien und in Italien gehört, und ich fühlte denselben heiligen Schauer mich durchbeben wie damals. Cäciliens gen Himmel gerichtete Augen erglänzten in heiliger Verzückung, und unwillkürlich sank der Philosoph mit emporgehobenen Händen auf die Knie, indem er tief aus dem Innersten heraus rief: »Sancta Caecilia, ora pro nobis.« Viele aus dem Zirkel folgten in wahrhafter Begeisterung seinem Beispiel, und als der Vorhang zurauschte, war alles, selbst manches junge Mädchen nicht ausgenommen, in stille Andacht versunken, bis eine laute allgemeine Bewunderung dem Drange des innern Gefühls Luft machte. Der Dichter und der Musiker gebärdeten sich wie närrisch, indem sie sich einmal über das andere umarmten und dabei heiße Tränen vergossen. Man hatte Cäcilien gebeten, den Abend über in den phantastischen Kleidern der Heiligen zu bleiben. Sie hatte es aber mit feinem Sinn ausgeschlagen, und als sie nun in ihrem gewöhnlichen und einfachen Schmuck in der Gesellschaft erschien, strömte alles mit den größten Lobeserhebungen auf sie zu, indem sie mit kindlicher Unbefangenheit nicht begreifen konnte, was man denn so lobe, und alles tief Ergreifende der Darstellung auf die effektvollen Anordnungen des Dichters und des Musikers schob. Nur Madame war unzufrieden, da sie wohl fühlte, daß sie mit ihren nach Gemälden und Zeichnungen studierten und tausendmal vor dem Spiegel versuchten Posituren niemals auch nur einen Schatten der Wirkung hatte hervorbringen können, die Cäcilien auf das erste Mal so gelungen war. – Sie bewies sehr künstlich, was Cäcilien noch alles fehle, um eine mimische Künstlerin zu sein, welches dem Philosophen die leise boshafte Anmerkung ablockte, daß Cäcilien doch durchaus nicht geholfen sein würde, wenn Madame ihr das, was sie zur mimischen Künstlerin zuviel habe, abgebe. Madame beschloß damit, daß Privatstudien sowie der Unterricht in der Naturphilosophie es nötig machten, ihre mimischen Darstellungen vorderhand einzustellen. Diese im höchsten Unmut gegebene Erklärung sowie der Tod eines Verwandten änderten überhaupt die ganze Einrichtung des Hauses. – Dieser Alte war eine der possierlichsten Erscheinungen, die mir jemals vorgekommen.

Ich: Wie das?

Berganza: Er war von vornehmen Eltern geboren; und weil er etwas mit dem Bleistift kritzeln und auf der Violine schaben konnte, hatten sie ihm in jüngern Jahren eingebildet, er verstehe etwas von der Kunst. Das hatte er endlich geglaubt und nun so lange von sich selbst keck behauptet, bis es auch andere glaubten und ihm eine gewisse Geschmackstyrannei, die er sich in seiner guten Zeit anmaßte, willig einräumten. Das konnte nun, da man nur zu bald seine Schwächlichkeit einsah, nicht lange dauern. Indessen datierte er von dieser Zeit seines höchsten eingebildeten Glanzes die kurze Periode des goldnen Zeitalters der Kunst und schimpfte ziemlich grob auf alles, was nachher ohne sein Zutun, und ohne die ihm eingeprägten Ammenregeln der Profession zu beachten, gefertigt worden. Der Mann war im Umgange, wie seine Periode, mittelmäßig und langweilig, aber in seinen künstlerischen Versuchen, die er noch nicht ganz aufgeben konnte und die natürlicherweise höchst betrübt ausfielen, ebenso ergötzlich als in seinem komischen Eifer gegen alles, was über seinen kleinen Duodezhorizont hinausragte. – Kurz, als der Mann, der mit seinen schiefen Kunstansichten, bei seinem noch immer großen Einfluß, viel Schaden hätte anrichten können, endlich glücklicherweise starb, befand er sich gerade im sechsten Alter.

Ich: Ganz recht: Das sechste Alter
Macht den besockten hageren Pantalon,

Brill auf der Nase, Beutel an der Seite;
Die jugendliche Hose, wohl geschont,
'ne Welt zu weit für die verschrumpften Lenden;
Die zu tiefe Männerstimme, umgewandelt
Zum kindischen Diskante, pfeift und quäkt
In seinem Ton!

Berganza: Du hast deinen Shakespeare wacker auf der Zunge! – Genug, der komische Alte, der nicht unterließ, alles höchlich zu bewundern, was meine Dame unternahm, war nun tot und die Zirkel auf einige Zeit gestört, bis der Sohn eines Hausfreundes von der Akademie zurückkam und eine Anstellung erhielt, da wurde das Haus meiner Dame wieder lebendiger.

Ich: Wie geschah das?

Berganza: Kurz und gut, Cäcilia wurde an Monsieur George (so nannte ihn der schwindsüchtige Papa, dessen Bild mit Wasser in Wasser gemalt noch zu kräftig werden würde) verheiratet, und die Hochzeitsnacht führte die unglückliche Katastrophe herbei, welche mich herbrachte.

Ich: Was? Cäcilia verheiratet? – und wie ging es mit den Galanterien des Dichters und des Musikers?

Berganza: Könnten Lieder töten, so wäre George gewiß nicht am Leben geblieben. – Madame hatte seine Ankunft mit vielem Pomp verkündigt, und das war nötig, um ihn vor dem lauten Spott zu sichern, den sonst sein linkisches Betragen, seine bis zum Ekel wiederholten Erzählungen nichtsbedeutender Dinge hervorgebracht haben würden. – Er hatte sichtlich früh an dem Übel gelitten, das den armen Campuzano in das Hospital der Auferstehung brachte; *das*, sowie vielleicht noch andere Jugendsünden, mochte auf seinen Verstand gewirkt haben. Seine ganze Phantasie drehte sich um die Begebenheiten seiner akademischen Jahre, und zur Würze dienten ihm, war er unter Männern, die niedrigsten Zoten, wie ich sie kaum in den Wachstuben und gemeinen

Schenken gehört habe, welche er mit sichtlichem Behagen und großer Freude nicht aufhören konnte zu erzählen. Waren Damen zugegen, so rief er diesen oder jenen in die Ecke des Zimmers und machte durch ein schallendes Gelächter bei dem Schlusse der Erzählung der Gesellschaft bemerkbar, daß das wieder ein ganz verfluchter Spaß gewesen sei. Du kannst denken, lieber Freund! daß dieser unsaubre Geist unter den Höhergesinnten des Zirkels einigen Abscheu und Ekel erregen mußte.

Ich: Aber Cäcilia, die kindliche reine Cäcilia, wie konnte sie nur einen solchen verworfenen Menschen –?

Berganza: O mein Freund, den künstlichen Schlingen des Teufels, der jede Gelegenheit benutzt, seinen Hohn gegen die Menschen in gewaltsamen Kontrasten recht auszulassen – denen ist es sehr schwer zu entgehen. George näherte sich Cäcilien im Einverständnisse mit der Mutter. Er wußte durch anscheinend unbedeutende, aber mit der Erfahrung des abgefeimten Lüstlings wohlberechnete Liebkosungen ihre Sinnlichkeit zu reizen; er wußte durch manche leicht verhüllte Zote ihre Neugierde auf gewisse Geheimnisse zu leiten, die nun sie mit magischer Kraft umfingen, und begierig zog die unbefangene kindliche Seele, einmal in den verderblichen Kreis hineingelockt, den giftigen Dunst ein, von dem betäubt, sie sich als Opfer der unglückseligsten Konvenienz hingeben sollte.

Ich: Der Konvenienz?

Berganza: Was anders! – Madames zerrüttete Vermögensumstände machten die Verbindung mit dem reichen Hause wünschenswert, und all die hohen Kunstaussichten und Ansichten, von denen man in so vielen wohlgestellten Floskeln und Phrasen gesprochen, gingen darüber zum Teufel!

Ich: Aber noch kann ich immer nicht begreifen, wie Cäcilia –

Berganza: Cäcilia hatte noch nie geliebt, jetzt nahm sie

die gereizte Sinnlichkeit für jenes hohe Gefühl selbst, und konnte das siedende Blut jenen göttlichen Funken, der sonst in ihrer Brust brannte, auch nicht verlöschen, so glimmte er doch nur mühsam fort und konnte nicht mehr zur reinen Flamme auflodern. – Kurz, die Heirat wurde vollzogen.

Ich: Aber deine Katastrophe, lieber Berganza –

Berganza: Die ist nun, nachdem das Wichtigste vorüber, mit wenigen Worten bald erzählt. Du kannst denken, wie ich den Georg haßte. Er durfte in meiner Gegenwart seine ekelhaften Liebkosungen nur bis zu einem gewissen Grade steigern, gewisse ihm ganz eigne Zärtlichkeiten störte ich augenblicklich durch gewaltiges Knurren, und Georgs Versuch, mich einmal mit einer Ohrfeige zur Ruhe zu verweisen, bestrafte ich mit einem tüchtigen Biß nach der Wade, die ich ausgerissen hätte, wenn es möglich gewesen wäre, etwas anderes zu fassen als den festen Knochen. Da stieß das Männlein einen Schrei aus, der bis in das dritte Zimmer nachgellte, und schwur mir den Tod. Cäcilia behielt mich dessenunerachtet lieb; sie bat für mich, aber mich mitzunehmen, so wie sie es im Sinne hatte, daran war nicht zu denken, alles war dagegen, weil ich nach des Bräutigams Wade geschnappt, wiewohl der unentschiedene Charakter, der noch zuweilen ins Haus kam, keck behauptete, Georgs Wade sei eine Negation, eine Non-Ens, die Sünde dagegen daher unmöglich, in Nichts könne man nicht hineinbeißen und so weiter. Ich sollte bei Madame bleiben. Welch ein trauriges Verhängnis! Am Hochzeitstage spät abends machte ich mich heimlich davon; als ich aber bei Georgs hell erleuchtetem Hause vorüberkam und die Haustür weit geöffnet sah, konnte ich der Versuchung nicht widerstehen, von Cäcilien, koste es, was es wolle, noch einmal ganz nach meiner alten Art Abschied zu nehmen. Ich schlich mich daher mit den hineinströmenden Gästen die Treppe hinauf, und mein Glücksstern ließ mich die freundliche Lisette, Cäciliens Kammermädchen, finden, die mich in ihr Stübchen lockte, wo mir bald ein stattliches Stück Braten entgegendampfte. Ich fraß im Zorn und Grimm, und um mich zu der mir wahrscheinlich bevorstehenden weiten Reise recht zu stärken, alles hinein, was sie mir gegeben, und schlich dann in den erleuchteten Korridor. In dem Gedränge der auf- und abtreibenden Bedienten, der Zuschauer, die sich eingefunden, bemerkte mich niemand. Ich schnupperte und spürte bedächtig umher, und mein feines Organ verriet mir Cäciliens Nähe; eine halbgeöffnete Tür erlaubte mir den Eingang, und eben in dem Augenblick kam Cäcilia im prächtigen Brautputz mit einem Paar Freundinnen aus einem Nebenzimmer. Unklug wäre es gewesen, sich jetzt schon zu zeigen, ich drückte mich daher in die Ecke und ließ sie vorüber. Kaum war ich allein, als ein süßer Duft, der aus dem Nebenzimmer strömte, mich hinanlockte. Ich schlüpfte hinein und befand mich in dem herrlich geputzten duftenden Brautgemach. Eine Alabasterlampe warf ihr mildes Licht auf die Gegenstände umher, und ich erblickte Cäciliens zierliche, mit Spitzen reich besetzte Nachtkleider, die auf dem Sofa ausgebreitet lagen. Nicht umhin konnte ich, sie mit Wohlgefallen zu beschnüffeln; indem hörte ich hastige Schritte in dem Nebenzimmer und eilte, mich in einem Winkel neben dem Brautbette zu verstecken. Cäcilia trat erhitzt hinein, Lisette folgte ihr, und in wenigen Minuten war das reiche Gewand mit dem einfachen Nachtkleide vertauscht. – Wie schön sie war! – Ich kroch leise winselnd hervor! – »Was, du da, mein treuer Hund?« rief sie, und meine plötzliche Erscheinung in dieser Stunde schien auf eine ganz eigne gespenstische Weise sie anzuregen, denn eine plötzliche Blässe überflog ihr Gesicht, und die Hand nach mir ausstreckend, schien sie sich überzeugen zu wollen, ob ich denn wirklich da oder ob ich nur ein Phantom sei. Seltsame Ahnungen mußten sie durchdringen, denn

Tränen stürzten ihr aus den Augen, und sie sagte: »Geh! geh! treuer Hund, nun muß ich alles verlassen, was mir bisher lieb war, weil ich *ihn* habe, ach, sie sagen ja, er wird mir alles ersetzen; er ist auch wirklich ein recht guter Mann, er meint es gut, wenn auch bisweilen – doch ich versteh es ja nicht – nun geh, geh!« Lisette öffnete die Tür, ich kroch aber unter das Bett, Lisette sagte nichts, und Cäcilia hatte es nicht bemerkt. – Sie war allein und mußte bald dem ungeduldigen Bräutigam die Tür öffnen; er schien berauscht, denn er ergoß sich in den pöbelhaftesten Zoten und mißhandelte die zarte Braut mit seinen plumpen Liebkosungen. Wie er nun so schamlos mit der nie zu befriedigenden Begier des entnervten Lüstlings die geheimsten Reize des keuschen Mädchens enthüllte, wie sie, dem Opferlamm gleich, still weinend unter seinen rohen Fäusten litt, das machte mich schon toll – ich murrte unwillkürlich, aber niemand hörte es. – Nun nahm er Cäcilien in seine Arme und wollte sie ins Bett tragen, aber der Wein wirkte immer mehr, und er taumelte mit ihr gegen den Bettpfosten, der sie an den Kopf traf, daß sie aufschrie. Sie riß sich aus seinen Armen und stürzte sich ins Bett. »Liebchen, bin ich besoffen? – sei nicht böse, Liebchen«, stammelte er mit lallender Zunge indem er seinen Schlafrock herunterriß und ihr nachwollte. Aber im jähen Schreck über die entsetzliche Mißhandlung des elenden Schwächlings, der in der keuschen engelreinen Braut nur das feile Freudenmädchen sah, schrie sie auf in schneidendem Jammer: »Ich Unglückselige, wer schützt mich vor diesem Menschen!« Da sprang ich wütend hervor aufs Bett, packte mit einem kräftigen Biß den dürren Schenkel des Elenden und riß ihn über den Boden des Zimmers zur Tür, die ich, mich mit voller Gewalt andrängend, aufsprengte, hinaus auf den Flur. Indem ich ihn zerfleischte, daß er blutbedeckt dalag, raste er vor Schmerz, und die fürchterlichen hohlen Töne, die er ausstieß, weckten das ganze Haus.

Bald wurde es lebendig – Bediente – Mägde rannten die Treppe herab, mit Ofengabeln – Schaufeln – Prügeln bewaffnet, aber mit stummem starren Entsetzen betrachteten sie die Szene, keiner wagte sich mir näher, denn sie hielten mich für toll und fürchteten meinen verderblichen Biß. Unterdessen stöhnte und ächzte halb ohnmächtig Georg unter meinen Bissen und Tritten, ich konnte nicht von ihm ablassen. Da flogen Prügel, Geschirre nach mir, krachend zersplitterten die Fenster – Gläser, Teller, noch vom gestrigen Schmause stehengeblieben, stürzten zertrümmert von den Tischen, aber mich traf kein wohlgezielter Wurf. Der lange verhaltene Grimm machte mich mordsüchtig; ich war im Begriff, meinen Feind bei der Kehle zu packen und ihm das Garaus zu machen, da sprang einer mit einem Gewehr aus dem Zimmer, das er sogleich auf mich abdrückte; die Kugel sauste mir dicht bei den Ohren vorbei. Ich ließ den Feind ohnmächtig liegen und setzte die Treppe hinab. Wie das wütende Heer kam mir nun der dicke Haufe nachgetrappelt. – Meine Flucht gab ihnen Mut. – Aufs neue flogen Besen – Prügel – Ziegelsteine mir nach, von denen mich einige hart genug trafen. Nun war es Zeit, sich aus dem Staube zu machen; ich stürzte mich auf die Hintertür, sie war zum Glück nur angelehnt, und im Augenblick befand ich mich in dem weitläufigen Garten. Schon tobte mir der Haufe nach – der Schuß hatte die Nachbarn geweckt – »ein toller Hund, ein toller Hund!« erscholl es überall; nach mir geworfene Steine sausten durch die Luft, da gelang es mir nach drei vergeblichen Sprüngen endlich, über die Mauer zu setzen, und nun rannte ich unaufhaltsam fort durch das Feld und gönnte mir kaum einen Augenblick Ruhe, bis ich glücklich hier anlangte, wo ich auf eine seltsame Weise mein Unterkommen bei dem Theater fand.

Ich: Wie, Berganza! – Du bei dem Theater?

Berganza: Du weißt ja, daß das eine alte Neigung von mir ist.

Ich: Ja! ich erinnere mich, daß du schon deine Heldentaten auf dem Theater deinem Freunde Scipio erzähltest; also setzest du diese jetzt von neuem fort?

Berganza: Mitnichten; ich bin jetzt, so wie unsere Theaterhelden, ganz zahm, in gewisser Art konversationsmäßig geworden. Statt daß ich sonst, als des Ritters wackre Dogge, den Feind zu Boden warf oder den Drachen in den Wampen packte, tanze ich jetzt nach Taminos Flöte und erschrecke den Papageno. Ach, mein Freund, es kostet einem ehrlichen Hunde viel Mühe, sich so durch die Welt zu hantieren. Aber sage mir, wie hat dir die Geschichte der Hochzeitsnacht gefallen?

Ich: Aufrichtig gesagt, lieber Berganza, scheinst du mir die Sache zu schwarz gesehen zu haben. Cäcilia mochte von der Natur auf die seltenste Weise zur Künstlerin ausgestattet gewesen sein, ich geb es zu –

Berganza: Zur Künstlerin ausgestattet? – Ha, Freund! Hättest du nur drei Töne von ihr gehört, du würdest sagen: die Natur habe den geheimnisvollsten Zauber des heiligen Tons, der die Wesen entzückt, in ihr Innres gelegt! – O Johannes, Johannes! das waren ja oft deine Worte. Doch weiter mit deinem Einwurf, mein poetischer Freund!

Ich: Nicht empfindlich, Berganza. – Ich meine ferner, es sei möglich, daß der Georg eigentlich eine Bestie war (verzeih mir den Ausdruck!). Konnte nun aber Cäciliens Gemüt die Bestie nicht entbestialisieren und er, wie mancher junge Lüstling, nicht ein ganz ordentlicher ehrenfester Ehemann, sie aber eine biedere Hausfrau werden? Und dann wäre doch immer ein sehr guter Zweck erreicht.

Berganza: O ja, indessen höre recht aufmerksam an, was ich dir jetzt sagen werde. – Es besitzt jemand ein Stück Land, das die Natur mit ganz besonderem Wohlgefallen im

Schoße der Erde mit allerlei wunderbaren farbigen Schichten und metallischen Ölen, vom Himmel herab aber mit duftigen Dünsten und feurigen Strahlen nährte, daß die schönsten Blumen ihre bunten glänzenden Häupter über das gesegnete Land erheben und ihre mannigfaltigen Wohlgerüche, wie in *einem* jubelnden Choral zum Himmel aufatmend, die gütige Natur preisen. Nun will er das herrliche Stückchen Erde verkaufen, und es fänden sich auch wohl viele, die die holden Bäume lieben, hegen und pflegen würden; aber er selbst denkt: Blumen sind nur zum Putz, und ihr Duft ist eitel, und schlägt das Land an einen los, der die Blumen ausrupft und dafür tüchtiges Gemüse, Kartoffeln und Rüben anpflanzte, das nun zwar nützlich ist, weil man satt davon werden kann, aber die holden duftenden Blumen sind untergegangen auf immer. – Was würdest du zu diesem Besitzer, zu diesem Gemüsegärtner sagen?

Ich: O daß der Teufel den verfluchten Gemüsegärtner tausendmal mit seinen Krallen zerrisse!

Berganza: Recht so, mein Freund! Nun sind wir einig, und so ist mein Grimm in der verrufenen Hochzeitsnacht, die mir ewig unvergeßlich bleiben wird, hinlänglich entschuldigt!

Ich: Höre, lieber Berganza! Du hast da erst eine Materie berührt, die mich nur zu sehr interessiert – das Theater!

Berganza: Vom Theater überhaupt nur zu reden ekelt mich über alle Maßen an: es ist eine der abgedroschensten Materien seit der Zeit, daß Theaternachrichten in allen nur möglichen Zeitschriften stehende Artikel geworden sind und jeder, der auch mit dem ungeübtesten Blick, ohne alle Vorkenntnisse hineinguckt, sich berufen fühlt, darüber hin und her zu schwatzen.

Ich: Aber da du selbst so viel poetischen Sinn zeigst, ja selbst des poetischen Ausdrucks mächtig bist, so daß, da du deine Pfote schwerlich jemals wirst zum Schreiben brauchen können, ich immer deinen Schreiber machen und jedes deiner Worte aufschreiben möchte, sooft dir der Himmel zu sprechen vergönnt, sage mir, ist wohl die Absicht unserer neuen Dichter, das Theater wieder aus dem Schlamme zu ziehen, in den es bisher versunken, zu verkennen? – Wieviel herrliche Bühnenwerke sind in der neuesten Zeit entstanden, und –

Berganza: Halt, lieber Freund! dies Bestreben, endlich einmal die Bühne auf den ihr gebührenden hohen poetischen Standpunkt zu erheben und sie aus dem Schlamme der Gemeinheit zu retten, verdient die rege Teilnahme und das aufmunternde Lob aller wahrhaft poetisch Gesinnten; allein außer dem, daß sich noch eine ganze Masse Menschen, die den Pöbel auf ihrer Seite hat oder vielmehr selbst der Pöbel ist, einerlei ob er aus der Loge oder von der Galerie ins Theater schaut, jenem Bestreben entgegensetzt, so scheint auch die Verworfenheit und die Imbezillität unserer Schauspieler und Schauspielerinnen immer mehr zuzunehmen, so daß es bald unmöglich sein wird, ihnen irgendein Meisterwerk in die Hände zu geben, ohne es von ihren groben Fäusten zerrissen und zerfetzt zu sehen.

Ich: Dein Urteil über unsere Bühnenhelden finde ich hart.

Berganza: Aber wahr! – Um das Volk recht von innen kennenzulernen, muß man so wie ich eine Zeitlang unter ihnen gelebt und oftmals in der Garderobe den stillen Beobachter gemacht haben. – Es ist wohl etwas Herrliches, irgendeinen großen Charakter der alten oder neuern Zeit, den der Dichter mit Kraft und Wahrheit geschildert und dem er Worte in den Mund gelegt hat, die dem erhabenen Sinne geziemen, nun darstellend *so* in das Leben zu rufen, daß es dem Zuschauer vergönnt scheint, den Helden in seiner schönsten Zeit handeln zu sehen und die höchste Glorie, zu der er sich aufgeschwungen, anzustaunen oder seinen Untergang zu betrauern. Man sollte glauben, die ganze

Phantasie des Schauspielers müßte erfüllt sein von dem darzustellenden Charakter, ja, er müßte selbst der Held geworden sein, der *so* und nicht anders sprechen und handeln kann und der bewußtlos Erstaunen, Bewunderung, Entzükken, Furcht und Entsetzen erregt. – Nun höre man aber den Helden hinter den Kulissen, wie er auf die Rolle schimpft, wenn die Hände sich nicht rührten, wie er sich in der Garderobe in gemeinen Späßen erlabt, wenn er endlich »den Drang des Hohen abgeschüttelt« – ja, wie er sich darauf etwas zugute tut, die Rolle, je poetischer sie ist und je weniger sie daher von ihm verstanden wird, desto geringer und verächtlicher zu behandeln und, als in der Einbildung höherstehend, die sogenannten Kenner zu bespötteln, denen solch unverständiges tolles Zeug eine kindische Freude machen kann. – Mit den Damen hat es ganz die gleiche Bewandtnis, nur ist es noch schwieriger, sie zu irgendeiner exotischen Rolle zu bewegen, da sie einen nach ihrem Geschmack vorteilhaften Anzug und wenigstens *einen*, nach ihrem Ausdruck, *brillanten* Abgang als unerläßliche Bedingnisse voraussetzen.

Ich: Berganza, Berganza, schon wieder einen Ausfall auf die Weiber!

Berganza: Der aber nur zu gerecht ist! Einer von euern neuesten Bühnendichtern, der wahrhaft poetische Werke geliefert, welche vielleicht bloß deshalb nicht mehr Glück auf der Bühne machten, weil die elenden Bretter zu schwach waren, das Kolossale zu tragen, indem ein gigantischer geharnischter Held der Vorzeit ganz anders auftritt als ein Hofrat im gestickten Staatskleide – dieser Dichter nun war, wenn eins seiner Stücke zur Aufführung kam, vielleicht zu ängstlich besorgt, daß im Äußern, was Dekorationen und Kostüme betraf, alles ganz nach seiner Idee ausgeführt werde. Als nun eine weltberühmte und poetisch höchst gebildet ausgeschriene Schauspielerin bei einem großen Theater in seinem neuesten Stücke eine tief in das Ganze eingreifende Rolle übernommen hatte, ging er zu ihr hin und bemühte sich recht weitläufig und deutlich, ihr darzulegen, wie sie in ein langes, ägyptisches, erdfarbenes, faltenreiches Gewand gekleidet sein müsse, da er sich eben von der fremdartigen Kleidung recht viel verspreche. Nachdem er beinahe zwei Stunden hindurch ganz herrlich und tief von den bedeutungsvollen ägyptischen Gewändern und vorzüglich von dem in Rede stehenden gesprochen, ja sich selbst in einem zufällig daliegenden Shawl auf verschiedene Weise ägyptisch drapiert und sie ihm ganz geduldig zugehört hatte, erhielt er den kurzen Bescheid: »Ich will's versuchen, steht es mir, so ist's gut, steht's mir nicht, so laß ich's bleiben und kleide mich nach meinem Geschmack.«

Ich: Du kennst allerdings die Schwächen unserer Bühnenhelden und -königinnen, lieber Berganza! und ich behaupte auch mit dir, daß kein Schauspieler in der Welt imstande sein wird, den Mangel eines innigen tiefen Gefühls, mit dem er den poetischen Charakter seiner Rolle ganz in sich aufnimmt, ja gleichsam zu seinem eignen Ich macht, durch äußere Vorteile zu ersetzen. Er kann augenblicklich den Zuschauer übertäuben, aber immer wird dem Spiel die Wahrheit fehlen und er jeden Augenblick Gefahr laufen, auf dem Falschen ertappt und des falschen Schmucks beraubt zu werden. – Doch gibt es Ausnahmen.

Berganza: Höchst selten!

Ich: Und doch! – manchmal gerade da, wo man sie am wenigsten sucht. So sah ich vor kurzer Zeit auf einem kleinen Theater einen Schauspieler den Hamlet mit ergreifender Wahrheit darstellen. Die düstre Schwermut, die Verachtung des menschlichen Treibens um ihn her, bei dem steten Gedanken an die entsetzliche Tat, die zu rächen ihn eine grauenvolle Erscheinung aus dem Grabe aufgefordert, der verstellte Wahnsinn – alles trat aus seinem tiefsten Innern in den lebendigsten Zügen heraus. Er war ganz der, »dem das Schicksal eine Last auflegte, die er nicht zu tragen vermag«.

Berganza: Ich errate, daß du von dem Schauspieler sprichst, der, von einem Orte zum andern wandernd, vergebens die ideale Bühne sucht, welche nur im mindesten den gerechten Ansprüchen zusagt, welche er an das Theater als gebildeter, denkender Schauspieler macht. – Glaubst du nicht (im Vorbeigehen gesagt), daß sich darin schon die tiefe Erbärmlichkeit unserer gewöhnlichen Schauspieler recht charakteristisch ausspricht, daß man als etwas Besonderes rühmt: es ist ein *denkender* Schauspieler? – Der also wirklich wie ein Mensch, dem der liebe Gott eine lebendige Seele gegeben, denkt oder wenigstens die Mühe nicht scheut zu denken, der ist schon etwas Außerordentliches.

Ich: Du hast recht, Berganza! – So ist oft ein gäng und gäbe gewordenes Wort der Typus dafür, wie es überhaupt mit der Sache steht.

Berganza: Übrigens gehört der Schauspieler*, von dem wir sprechen, wirklich zu den allerseltensten; nur wird er, weil oft Launen ihn beherrschen, von dem Publikum meistenteils verkannt, von seinen Kollegen aber gehaßt, weil er sich nie zu ihren Gemeinheiten, zu ihren pöbelhaften Späßen, zu ihren kleinlichen Klatschereien, und was weiß ich mehr, herabläßt; kurz, er ist für unsere jetzigen Bretter zu gut.

Ich: Sollte denn zur Verbesserung unserer Bühne gar keine Hoffnung vorhanden sein?

Berganza: Wenig! – Selbst von den Schauspielern will ich einen Teil der Schuld weg- und ihn dem Heer der überdummen Schauspieldirektoren und Regisseurs zuschieben. Diese gehen von dem Grundsatz aus: »*Das* Stück ist gut, welches die Kasse füllt und worin die Schauspieler häufig

* Leo. Anmerkung des Verlegers.

beklatscht werden. Mit diesem oder jenem Schauspiel ist dies am allermehrsten der Fall gewesen, und je mehr sich nun ein neues in der Form, der Anlage und dem Ausdruck demselben nähert, desto besser, je mehr es sich davon entfernt, desto schlechter ist es.« – Neuigkeiten müssen auf die Bühne, und da doch nun die Stimmen der Dichter nicht ganz verklingen, sondern von gar manchem gehört werden, so ist es nicht zu vermeiden, auch manche Produkte, die sich dem Maßstabe der Gemeinheit nicht recht fügen wollen, bei dem Theater anzunehmen. Damit der arme Dichter aber nicht ganz sinke, damit er doch nur einigermaßen die auf den Brettern als unerläßlich angenommenen Bedingungen erfülle, ist der Herr Regisseur so gütig, sich seiner anzunehmen und sein Stück zu *streichen*. Das heißt: es werden Reden, ja sogar Szenen ausgelassen oder versetzt, so daß alle Einheit des Ganzen, jeder von dem Dichter mit Bedacht und Überlegung vorbereitete Effekt zerstört wird und der Zuschauer, dem nur die gröbsten Farbenstriche ohne alle Verschmelzung durch die Mitteltinten blieben, nicht mehr erkennen kann, was das Ding eigentlich vorstellen soll. – Der Regisseur ist hoch erfreuet, wenn in seinem Sinn nur die Personen regelrecht kommen und gehen und ebenso normal das Theater sich verändert.

Ich: Ach, Berganza! du hast ein wahres Wort gesprochen. – Aber, ist es denn nicht eine furchtbare Eitelkeit, die nur durch die stupideste Stupidität erzeugt werden kann, wenn solch ein Bursche sich über das Werk des Dichters, das dieser so lange im Innern trug, wovon er jeden Moment wohl überdachte und überlegte, ehe er das Ganze gerundet aufschrieb, erheben will? Aber gerade in den Werken der größten Dichter entfaltet sich nur dem poetischen Sinn der innere Zusammenhang; der Faden, der sich durch das Ganze schlängelt und jeden kleinsten Teil dem Ganzen fest anreiht, wird nur dem tiefen Blick des echten Kenners sichtbar. Darf ich's denn wohl noch sagen, daß das bei dem Shakespeare mehr als bei irgendeinem andern Dichter der Fall ist?

Berganza: Ich setze hinzu: und bei meinem Calderón, dessen Schauspiele zu meiner guten Zeit in Spanien das Publikum entzückten.

Ich: Du hast recht, und beide sind auch innig verwandte Geister, die sich oft sogar in ähnlichen Bildern aussprechen.

Berganza: Es gibt nur *eine* Wahrheit. – Aber was sagst du zu dem gewissen Mittelgut, das bei euch nur in zu großer Menge zu Markte gebracht wird? – es ist nicht gerade schlecht zu nennen, glückliche Ideen und Gedanken fehlen nicht, aber diese muß man wie den Goldfisch mühsam aus dem Wasser angeln, und die Langeweile, die man dabei empfindet, stumpft den Geist für die momentane Erscheinung irgendeines poetischen Blitzes ganz ab – man wird ihn endlich kaum gewahr.

Ich: Dies Mittelgut (zugeben muß ich dir leider, daß es dessen bei uns nur zuviel gibt) überlasse ich unbedingt der Diskretion der Regisseurs, die ihre Blei- und Rotstifte daran üben können. Denn gewöhnlich gleicht ein solches Werk den Sibyllinischen Büchern, die, soviel man auch davon wegwerfen mochte, noch immer ein brauchbares Ganze blieben, so daß man den Verlust nicht bemerkte. Vorzüglich herrscht auch eine gewisse Schwatzhaftigkeit darin, eine gewisse Prägnanz, in der jede einzelne Strophe immer die zehn folgenden zu gebären scheint und so fort, und leider hat ein schon verstorbener großer Dichter, vorzüglich durch seine ersten metrisch geschriebenen Stücke, dazu den mächtigen Anlaß gegeben. – Ja, ja! – Dies Mittelgut mag gestrichen werden.

Berganza: Ganz gestrichen! – Es soll gar nicht auf die Bühne kommen, da bin ich ganz deiner Meinung; muß es aber des launenhaften Publikums wegen, das den steten Wechsel neuer Vorstellungen verlangt, aus Bedürfnis, weil die Meisterwerke so selten sind, dennoch auf die Bühne kommen, so finde ich auch hier sogar das Streichen in der gewöhnlichen Art für gefährlich, wo nicht für unzulässig. Auch der mittelmäßigere Dichter hat seine Intentionen, die er manchmal in Szenen verfolgt, die leicht dem unpoetischen Sinn als sogenannte Flickszenen erscheinen können. – Kurz, lieber Freund, nur ein solches Werk im poetischen Feuer zu läutern und so das darin enthaltene Gold, von Schlacken gesäubert, im künstlichen Gefüge zu ordnen, dazu gehört nicht weniger, als daß man selbst ein guter Dichter sei und so die Rechte der Meisterschaft ausübe, die man durch den gereinigtsten Geschmack, durch die tiefste poetische Erfahrung erlangt hat.

Ich: Freilich ist dieser Maßstab für unsere Bühnendirektoren und Regisseurs nicht tauglich. – Aber unter dem Mittelgut schleicht sich denn doch zuweilen ein poetisches Stück durch, was, lebensvoll und kräftig gedichtet, seiner Wirkung auf die Menge nicht verfehlen kann. Direktor und Regisseur hatten es gemessen und seine Länge, Breite und Dicke regelrecht gefunden, den Inhalt hatten sie im völligen Einverständnis für ungemein abgeschmackt erklärt, und da es mehrmals von Kennern verlangt, freuten sie sich auf ihren Triumph, wenn das Stück, wie natürlich, ausgepfiffen werden würde. Recht boshafterweise hatte der Regisseur auch von dem heillosen Dichter ganz seine wohltätige Hand abgezogen und ihn ganz in seiner natürlichen Roheit, in seiner Unkenntnis alles theatralischen Effekts bloßgestellt, so daß, wenn er, der Herr Regisseur, nur an die ersten Szenen dachte, er ein vornehmes mitleidiges Lächeln, in dem sich das stolze Bewußtsein eigner Überlegenheit und Größe spiegelte, nicht unterdrücken konnte. – Nun – wer hätte das gedacht! – gefällt aber das lebendige, herrliche Spiel ganz ungemein – es elektrisiert die Menge – stille Andacht und lauter Jubel wechseln, durch die unwiderstehliche Macht der poetischen Wahrheit des Gedichts angeregt – da gibt es denn eine komische Szene zwischen dem Direktor und dem Regisseur, die beide etwas verblüfft die Meinung von dem nicht verstandenen Stück, die sie erst unverhohlen äußerten, nun einander ableugnen. Trifft es sich gar, daß die Schauspieler in einem solchen Stücke recht applaudiert worden sind, so treten auch diese auf die Seite des Dichters, wiewohl sie alle im stillen doch den Unverstand des Publikums belachen, das sich durch die persönliche Vortrefflichkeit der Spieler so blenden ließ, daß es den unverständlichen Unsinn des Gedichts für was Rechtes hielt.

Berganza: Gar nicht lange her ist es, daß ich ein Beispiel *dazu* erlebte, was du eben gesagt hast. – Es war das tiefsinnigste und zugleich lebendigste Stück des hochverehrten Calderón de la Barca: »Die Andacht zum Kreuz«, welches man auf vieles Andringen der poetisch Gesinnten in eurer höchst vortrefflichen Übersetzung auf die Bühne brachte und welches bei dem Publikum, so wie hinter den Kulissen, alle die ergötzlichen Wirkungen hatte, die du soeben beschriebst.

Ich: Auch ich habe »Die Andacht zum Kreuz« aufführen gesehen, und der Eindruck auf die Menge war nicht zu verkennen; aber manche hochgebildete Personen fanden das Stück verwerflich, weil es unmoralisch sei.

Berganza: Eben in diesem Urteil spricht sich eure jetzige Verschrobenheit, ja ich möchte sagen, Verderbtheit aus. – Überhaupt rechne ich den Verfall eures Theaters von *der* Zeit, als man die moralische Verbesserung der Menschen als den höchsten, ja einzigen Zweck der Bühne angab und so dieselbe zur Zuchtschule machen wollte. Das Lustigste konnte nicht mehr erfreuen, denn hinter jedem Scherz ragte die Rute des moralischen Schulmeisters hervor, der gerade dann am geneigtesten ist, die Kinder zu strafen, wenn sie sich dem Vergnügen ganz überlassen.

Ich: Ich fühle die kräftigen Hiebe der Rute, schnell wandelt sich das unschickliche Gelächter um in schickliches Weinen.

Berganza: Ihr Deutsche kommt mir vor wie jener Mathematiker, der, nachdem er Glucks »Iphigenia in Tauris« gehört hatte, den entzückten Nachbarn sanft auf die Achsel klopfte und lächelnd fragte: »Aber was ist dadurch nun bewiesen?« – Alles soll noch außer dem, was es ist, was anderes bedeuten, alles soll zu einem außerhalb liegenden Zweck führen, den man gleich vor Augen hat, ja selbst jede Lust soll zu etwas anderm werden als zur Lust und so noch irgendeinem andern leiblichen oder moralischen Nutzen dienen, damit nach der alten Küchenregel immer das Angenehme mit dem Nützlichen verbunden bleibe.

Ich: Aber der Zweck der bloßen vorübergehenden Belustigung ist so kleinlich, daß du doch der Bühne gewiß einen höheren einräumen wirst?

Berganza: Es gibt keinen höheren Zweck der Kunst, als in dem Menschen diejenige Lust zu entzünden, welche sein ganzes Wesen von aller irdischen Qual, von allem niederbeugenden Druck des Alltagslebens wie von unsaubern Schlacken befreit und ihn *so* erhebt, daß er, sein Haupt stolz und froh emporrichtend, das Göttliche schaut, ja mit ihm in Berührung kommt. – Die Erregung dieser Lust, diese Erhebung zu dem poetischen Standpunkte, auf dem man an die herrlichen Wunder des Rein-Idealen willig glaubt, ja mit ihnen vertraut wird und auch das gemeine Leben mit seinen mannigfaltigen bunten Erscheinungen durch den Glanz der Poesie in allen seinen Tendenzen verklärt und verherrlicht erblickt – das nur allein ist nach meiner Überzeugung der wahre Zweck des Theaters. Ohne die Gabe, diese Erscheinungen des Lebens nicht als unabhängige Einzelheiten, von der Natur wie im zwecklosen Spiel eines launenhaften Kindes hingeworfen, sondern als aus dem Ganzen entspringend und in seinen Mechanism wieder tief eingreifend zu betrachten, im Innern aufzufassen und mit den lebendigsten Farben wiederzugeben, gibt es keinen Schauspieldichter; vergebens ist sonst das Ringen, »der Natur den Spiegel vorzuhalten, der Tugend ihre eignen Züge, der Schmach ihr eignes Bild, dem Jahrhundert und Körper der Zeit den Abdruck seiner Gestalt zu zeigen«.

Ich: Und hiernach möchte sich auch die Fähigkeit zu beobachten modifizieren, die man hauptsächlich vom Lustspieldichter verlangt.

Berganza: Allerdings. Aus dem getreuen Beobachten und Auffassen der individuellen Züge einzelner Personen kann höchstens ein ergötzliches Porträt entstehen, das eigentlich nur dann zu interessieren vermag, wenn man das Original kennt und durch den Vergleich damit in den Stand gesetzt wird, die praktische Fertigkeit des Malers zu beurteilen. Als Charakter auf der Bühne wird aber dem zu getreuen Porträt, oder der gar aus einzelnen Zügen mehrerer Porträts zusammengepinselten Personage, immer die innere poetische Wahrheit fehlen, die nur durch die Betrachtung des Menschen von jenem höheren Standpunkte aus erzeugt wird. – Kurz, der Schauspieldichter muß nicht sowohl *die* Menschen als *den* Menschen kennen. – Der Blick des wahren Dichters durchschaut die menschliche Natur in ihrer innersten Tiefe und herrscht über ihre Erscheinungen, indem er ihre mannigfaltigste Strahlenberechnung in seinem Geiste wie in einem Prisma auffaßt und reflektiert.

Ich: Deine Ansichten von der Kunst und von dem Theater, lieber Berganza! möchten manchen Widerspruch finden, wiewohl vorzüglich das, was du von der Kenntnis *des* Menschen und *der* Menschen sagst, mir recht gut eingeht und ich darin den Grund finde, warum die Schau- und Lustspiele eines gewissen Dichters, der zugleich praktischer Schauspieler war, momentan so hochgeachtet und so bald vergessen wurden; das gänzliche Vorübergehen seiner Periode noch während seines Lebens hatte seine Fittiche dermaßen gelähmt, daß er sie nicht mehr zum neuen Fluge zu schwingen vermochte.

Berganza: Der Dichter, von dem du sprichst, trägt auch größtenteils die Schuld der Sünde, welche als unabwendbare Folge den Fall unseres Theaters nach sich zog. – Er war einer der Koryphäen jener langweiligen, weinerlichen, moralisierenden Sekte, die mit ihrem Tränenwasser jeden emporblitzenden Funken der wahren Poesie auszulöschen strebten. – Er bot uns in reichlicher Fülle die verbotenen Äpfel dar, deren Genuß uns das Paradies kostete.

Ich: Aber man kann ihm eine gewisse lebensvolle Darstellung nicht absprechen.

Berganza: Die aber mehrenteils in dem geschraubten Dialog sich selbst wieder vernichtet. Mir ist es, als wenn er lebhaft aufgefaßte individuelle Züge einzelner Personen so wie ein fremdes Kleid sich selbst angepaßt, alsdann so lange daran geschnörkelt und geschnitten, bis sie ihm gerecht waren, und in der Art seine Charaktere geschaffen hätte. Wie es da um die innere poetische Wahrheit stehen muß, kannst du leicht selbst ermessen.

Ich: Indessen waren doch seine Intentionen meistenteils gut.

Berganza: Ich hoffe, daß du das Wort *Intention* nicht in dem höheren Sinn der Kunstsprache nimmst, sondern nur den wenigstens scheinbar moralischen Zweck der Schauspiele jenes Dichters darunter verstehst, und da muß ich dir gestehen, daß vielleicht, abgesehen von aller Kunst, von allem Poetischen, jene Schauspiele in der Absicht und dem Erfolg wirklich den erbaulichen Fastenpredigten an die Seite zu stellen sind, die den Gottlosen mit der Hölle drohen und den Frommen den Himmel versprechen; nur hat der Dichter den Vorteil, als Handhaber und Vollstrecker der poetischen Gerechtigkeit nach Befund gleich mit dem Schwerte selbst dreinschlagen zu können. Belohnung und Strafe, Geldbörsen und Geheimratstitel, bürgerliche Schande und Festung, alles ist Bereitschaft, sobald sich der Vorhang vor dem fünften Akte hebt.

Ich: Mich wundert, daß in diesen Dingen noch eine gewisse Varietät stattfinden kann.

Berganza: Warum das nicht! – Wäre es nicht für unsere Dichter eine herrliche fruchtbare Idee gewesen, die Zehn Gebote zyklisch in Schauspielen zu behandeln? – Die beiden Gebote: »Du sollst nicht stehlen« und »Du sollst nicht ehebrechen«, sind schon ganz artig theatralisch ausgeführt worden, und es käme nur darauf an, solche Gebote als zum Beispiel »Du sollst nicht begehren« etc. schicklich einzukleiden.

Ich: Vor einiger Zeit klang der Einfall weniger ironisch als jetzt. Doch wie war es möglich, daß jene weinerliche, moralisierende Periode bis zur höchsten Stufe der unerträglichsten Langeweile sich nicht mit einem allgemeinen Auflehnen dagegen, mit einer plötzlichen Revolution endigen konnte, sondern nach und nach verbleichen und verlöschen mußte?

Berganza: Ich glaube nicht, daß ihr Deutsche, selbst bei dem schwersten Druck, zum Aufstande dagegen durch einen plötzlichen Blitz aufzuregen seid. Indessen würde die Sache doch anders, und zwar eindringender, schneller gegangen sein, wenn ein herrlicher Dichter, der euch noch manchmal bis in das Innerste hinein erfreuen wird, damals seinen gerechten Abscheu gegen die armseligen Bretter überwunden und uns ein Märchen, wie Gozzi das Märchen von den drei Pomeranzen, *von der Bühne herab* erzählt hätte. – Wie es nur an ihm lag, mit der ihm zu Gebote stehenden unendlichen poetischen Kraft das jämmerliche Kartenhaus einzuschießen, zeigt die Wirkung, ja die gänzliche

Revolution in allen dem Theater befreundeten poetischen Gemütern, die sein polemisches, in Form des Lustspiels abgefaßtes Märchen hervorbrachte, das, wenn alle Beziehungen längst fremd geworden sind, als ein für sich bestehendes ergötzliches Produkt nicht ohne das innigste Behagen gelesen werden wird.

Ich: Ich merke, daß du den »Gestiefelten Kater« meinst, ein Buch, was mich schon damals, als ich noch von den unglückseligen Erscheinungen jener Periode befangen, mit dem reinsten Vergnügen erfüllte. – Warum springst du so, Berganza?

Berganza: Ach! – es ist der Aufheiterung wegen! – Ich will mir all die verfluchten Erinnerungen an das Theater aus dem Sinne schlagen und ein Gelübde tun, mich nie mehr darauf einzulassen. – Am liebsten ginge ich zu meinem Kapellmeister.

Ich: So nimmst du also das Anerbieten, bei mir zu bleiben, nicht an?

Berganza: Schon deshalb nicht, weil ich mit dir gesprochen. Es ist überhaupt nicht ratsam, jemandem *alle* Talente, die man besitzt, zu enthüllen, weil dieser dann das wohlerworbene Recht zu haben glaubt, sie in Anspruch zu nehmen, wie er nur mag. So könntest du nun oft von mir verlangen, daß ich mit dir sprechen sollte.

Ich: Weiß ich denn aber nicht, daß es nicht von dir abhängt, zu sprechen, wann du willst?

Berganza: Wenn auch! – Du könntest es oft für Eigensinn halten, wenn ich hartnäckig schwiege, unerachtet es mir in dem Augenblick unmöglich sein dürfte, menschlich zu schwatzen. Verlangt man nicht oft von dem Musiker: er solle spielen – von dem Dichter: er solle Verse machen? sind auch Zeit und Umstände so ungünstig, daß es unmöglich ist, dem Zudringlichen zu genügen. Und doch schilt man dann jede Weigerung Eigensinn. – Kurz! – ich bin dir mit meinen besondern Gaben und Eigenheiten zu bekannt geworden, als daß auf ein näheres Verhältnis zwischen uns zu rechnen wäre. Überdem habe ich mein Unterkommen schon gefunden, laß uns also davon abbrechen.

Ich: Es ist mir unlieb, daß du so wenig Zutrauen zu mir hast.

Berganza: Du bist also auch neben deinem Musiktreiben Schriftsteller - Dichter?

Ich: Ich schmeichle mir bisweilen –

Berganza: Schon genug – ihr taugt alle nicht viel, denn der reine, einfarbige Charakter ist selten.

Ich: Was willst du damit sagen?

Berganza: Nächst denen, die nur im äußern Prunkstaat der Poesie erscheinen, nächst euern geleckten Männlein, euern gebildeten gemüt- und herzlosen Weibern, gibt es noch welche, die von innen und außen gesprenkelt sind und in mehreren Farben schillern, ja bisweilen wie das Chamäleon die Farben wechseln können.

Ich: Noch immer verstehe ich dich nicht –

Berganza: Sie haben Kopf – Gemüt – aber nur dem Geheiligten entfaltet die blaue Blume willig ihren Kelch!

Ich: Was willst du mit der blauen Blume?

Berganza: Eine Erinnerung an einen verstorbenen Dichter, der zu den reinsten gehörte, die jemals gelebt. Wie Johannes sagte, leuchteten in seinem kindlichen Gemüte die reinsten Strahlen der Poesie, und sein frommes Leben war ein Hymnus, den er dem höchsten Wesen und den heiligen Wundern der Natur in herrlichen Tönen sang. Sein Dichtername war: Novalis!

Ich: Viele hielten ihn jederzeit für einen Schwärmer und Phantasten –

Berganza: Weil er in der Poesie, so wie im Leben, nur das Höchste, das Heiligste wollte und vorzüglich manchen gesprenkelten Kollegen herzlich verachtete; wiewohl eigentlicher Haß seiner Seele fremd war, so hatte er manchen ihn verfolgenden Feind. – Ebenso weiß ich recht gut, daß man ihm Unverständlichkeit und Schwulst vorwarf, unerachtet es zu seinem Verständnis nur darauf ankam, mit ihm in die tiefsten Tiefen hinabzusteigen und wie aus einem in Ewigkeit ergiebigen Schacht die wundervollen Kombinationen, womit die Natur alle Erscheinungen in ein Ganzes verknüpft, heraufzubergen, wozu denn freilich den mehrsten es an innerer Kraft und an Mut mangelte.

Ich: Ich glaube, daß wenigstens in Ansehung des kindlichen Gemüts und des wahren poetischen Sinnes ihm ein Dichter der neuesten Zeit ganz an die Seite zu setzen ist.

Berganza: Meinst du *den*, der mit seltner Kraft die nordische Riesenharfe ertönen ließ, der mit wahrhafter Weihe und Begeisterung den hohen Helden *Sigurd* in das Leben rief, daß sein Glanz all die matten Dämmerlichter der Zeit überstrahlte und vor seinem mächtigen Tritt all die Harnische, die man sonst für die Helden selbst gehalten, hohl und körperlos umfielen – meinst du den, so gebe ich dir recht. – Er herrscht als unumschränkter Herr im Reich des Wunderbaren, dessen seltsame Gestalten und Erscheinungen willig seinem mächtigen Zauberrufe folgen und – doch in diesem Augenblicke fällt mir durch eine besondere Ideenkombination ein Bild oder vielmehr ein Kupferstich ein, der anders, als was er vorstellt, gedeutet, mir das eigentliche innere Wesen solcher Dichter, als von denen wir eben sprechen, auszudrücken scheint.

Ich: Sprich, lieber Berganza, was ist das für ein Bild?

Ich: Meine Dame (du weißt, daß ich die Dichterin und mimische Künstlerin meine) hatte ein sehr schönes Zimmer mit guten Abdrücken der sogenannten Shakespeares-Galerie ausgeziert. Das erste Blatt, gleichsam als Prologus, stellte Shakespeares Geburt vor. Mit ernster hoher Stirn, mit hellen klaren Augen um sich schauend, liegt der Knabe in der

Mitte, um ihn die Leidenschaften, ihm dienend – die Furcht, die Verzweiflung, die Angst, das Entsetzen schmiegen, gräßlich gestaltet, sich willig dem Kinde und scheinen auf seinen ersten Laut zu horchen.

Ich: Aber die Deutung auf unsere Dichter?

Berganza: Kann man nicht ohne allen Zwang jenes Bild so deuten: Sehet, wie dem kindlichen Gemüte die Natur in allen ihren Erscheinungen unterworfen, wie selbst das Furchtbare, das Entsetzliche sich seinem Willen und seinem Worte schmiegt, und erkennet, daß nur ihm diese zauberische Macht verstattet.

Ich: In diesem Sinne habe ich wirklich noch nie das mir wohlbekannte Bild betrachtet; aber ich muß gestehen, daß deine Deutung nicht allein paßt, sondern auch überdem sehr pittoresk ist. Überhaupt scheint deine Phantasie sehr regsam. – Doch! – Du bist mir noch die Erklärung deiner sogenannten gesprenkelten Charaktere schuldig.

Berganza: Der Ausdruck taugt nicht viel, um das zu bezeichnen, was ich eigentlich meine, indessen hat ihn der Haß geboren, den ich gegen alle buntfarbig gesprenkelten Kreaturen von meinem Stande trage. Oft bin ich einem bloß deshalb in die Ohren gefahren, weil er, in Weiß und Braun gefärbt, mir wie ein verächtlicher buntscheckichter Narr vorkam. – Sieh, lieber Freund! es gibt so viele unter euch, die man Dichter nennt und denen man Geist, Tiefe, ja selbst Gemüt nicht absprechen kann, die aber, als sei die Dichtkunst etwas anderes als das Leben des Dichters selbst, von jeder Gemeinheit des Alltagslebens angeregt, sich willig den Gemeinheiten selbst hingeben und die Stunden der Weihe am Schreibtische von allem übrigen Treiben und Tun sorgfältig trennen. – Sie sind selbstsüchtig, eigennützig, schlechte Gatten, schlechte Väter, untreue Freunde, indem sie, sobald der neue Bogen zur Presse soll, das Heiligste in heiligen Tönen verkünden. –

Ich: Was tut aber das Privatleben, wenn der Dichter nur Dichter ist und bleibt! – Aufrichtig gesprochen, ich halte es mit Rameaus Neffen, der den Dichter der »Athalia« dem guten Hausvater vorzieht.

Berganza: Mir ist es schon fatal, daß man bei dem Dichter, als sei er eine diplomatische Person oder nur überhaupt ein Geschäftsmann, immer das Privatleben – und nun von welchem Leben denn? – absondert. – Niemals werde ich mich davon überzeugen, daß der, dessen ganzes Leben die Poesie nicht über das Gemeine, über die kleinlichen Erbärmlichkeiten der konventionellen Welt erhebt, der nicht zu gleicher Zeit gutmütig und grandios ist, ein wahrhafter, aus innerem Beruf, aus der tiefsten Anregung des Gemüts hervorgegangener Dichter sei. Ich möchte immer etwas aufsuchen, wodurch erklärt würde, wie das, was er verkündet, von außen hineingegangen sei und den Samen gestreut habe, den nun der lebhafte Geist, das regbare Gemüt zur Blüte und Frucht reifen läßt. Mehrenteils verrät auch irgendeine Sünde, sei es auch nur eine Geschmacklosigkeit, von dem Zwange des fremdartigen Schmuckes erzeugt, den Mangel an innerer Wahrheit.

Ich: Das ist also dein gesprenkelter Charakter?

Berganza: Allerdings! – Ihr habt einen Dichter – gehabt, möcht ich beinahe sagen, dessen Werke oft eine in Seele und Herz dringende Frömmigkeit atmen und der übrigens ganz für das Original jenes schwarzen Bildes gelten kann, das ich von dem gesprenkelten Charakter entworfen. Er ist selbstsüchtig, eigennützig, perfid gegen Freunde, die es gut und redlich mit ihm meinten, und keck will ich es behaupten, daß nur das Auffassen und Verfolgen einer fixen Idee ohne einen eigentlichen innern Beruf ihn den Weg betreten ließ, den er nun für immer eingeschlagen. – Vielleicht dichtet er sich herauf bis zum Heiligen!

Ich: Das ist mir rätselhaft!

Berganza: Und möge dir das Rätsel auch ungedeutet bleiben! – Du siehst kein weißes Haar an mir – ich bin durchaus schwarz – schiebe allenfalls darauf meinen tiefen Haß gegen alles Bunte. – Närrisch war es doch, sich gerade für die Jungfrau Maria zu halten.

Ich: Du springst auf etwas Neues?

Berganza: Im Gegenteil! – ich bleibe bei dem Alten. Johannes Kreisler erzählte einmal in meiner Gegenwart einem Freunde, wie einst der Wahnsinn der Mutter den Sohn zum Dichter in der frömmsten Manier gebildet habe. – Die Frau bildete sich ein, sie sei die Jungfrau Maria und ihr Sohn der verkannte Christus, der auf Erden wandle, Kaffee trinke und Billard spiele, aber bald werde die Zeit kommen, wo er seine Gemeine sammeln und sie geradewegs in den Himmel führen würde. Des Sohnes rege Phantasie fand in der Mutter Wahnsinn die Andeutung seines höheren Berufs. – Er hielt sich für einen Auserwählten Gottes, der die Geheimnisse einer neuen geläuterten Religion verkünden solle; mit innerer Kraft, die ihn das Leben an den erkannten Beruf setzen ließ, hätte er ein neuer Prophet, oder was weiß ich, werden können; aber bei der angebornen Schwächlichkeit, bei dem Kleben an den Alltäglichkeiten des gemeinen Lebens fand er es bequemer, jenen Beruf nur in Versen anzudeuten, ihn auch nachgerade zu verleugnen, wenn er seine bürgerliche Existenz gefährdet glaubte. – Ach, mein Freund! Ach! –

Ich: Was ist dir? lieber Berganza!

Berganza: Bedenke das Schicksal eines armen Hundes, der verdammt ist, recht, was man sagt, aus der Schule zu schwatzen, wenn ihm einmal der Himmel zu sprechen erlaubt. – Doch freut es mich, daß du meinen Zorn, meine Verachtung gegen eure falschen Propheten – so will ich die nennen, die der wahren Poesie zum Hohn sich nur im Falschen, Angeeigneten bewegen – so gut aufgenommen oder vielmehr für gerecht erkannt hast. – Ich sage dir, Freund, traue nicht den Gesprenkelten! –

In diesem Augenblicke schüttelte ein frischer Morgenwind die Äste der hohen Bäume, daß die Vögel sich vom Schlafe ermunterten und in leichtem Fluge sich in dem Purpur badeten, das nun hinter den Bergen aufstieg und die Luft erfüllte.

Berganza machte seltsame Grimassen und Sprünge. Seine funkelnden Augen schienen Feuer zu sprühen; ich stand auf, und ein Grauen wandelte mich an, dem ich in der Nacht widerstanden.

»Trau – Hau – Hau – Au, Au!«

Ach! Berganza wollte reden, aber die versuchten Worte gingen unter in dem Bellen des gewöhnlichen Hundes.

Mit Blitzesschnelle sprang er fort; bald war er mir aus den Augen, aber noch aus weiter Ferne erschallte das »Trau, Hau – Hau – Hau – Hau – Hau –«, und ich wußte, was ich dabei zu denken hatte.

Zweiter Teil

I Der Magnetiseur

Eine Familienbegebenheit

Träume sind Schäume

»Träume sind Schäume«, sagte der alte Baron, indem er die Hand nach der Klingelschnur ausstreckte, um den alten Kaspar herbeizurufen, der ihm ins Zimmer leuchten sollte; denn es war spät geworden, ein kalter Herbstwind strich durch den übel verwahrten Sommersaal, und Maria, in ihren Shawl fest eingewickelt, schien mit halbgeschlossenen Augen sich des Einschlummerns nicht mehr erwehren zu können. – »Und doch«, fuhr er fort, die Hand wieder zurückziehend und, aus dem Lehnstuhl vorgebeugt, beide Arme auf die Knie stützend, »und doch erinnere ich mich manches merkwürdigen Traumes aus meiner Jugendzeit!« – »Ach, bester Vater«, fiel Ottmar ein, »welcher Traum ist denn *nicht* merkwürdig, aber nur die, welche irgendeine auffallende Erscheinung verkündigen – mit Schillers Worten: die Geister, die den großen Geschicken voranschreiten –, die uns gleichsam mit Gewalt in das dunkle geheimnisvolle Reich stoßen, dem sich unser befangener Blick nur mit Mühe erschließt, nur die ergreifen uns mit einer Macht, deren Einwirkung wir nicht ableugnen können.«

»Träume sind Schäume«, wiederholte der Baron mit dumpfer Stimme. »Und selbst in diesem Weidspruch der Materialisten, die das Wunderbarste ganz natürlich, das Natürlichste aber oft abgeschmackt und unglaublich finden«, erwiderte Ottmar, »liegt eine treffende Allegorie.« – »Was wirst du in dem alten verbrauchten Sprichwort wieder Sinniges finden?« fragte gähnend Maria. – Lachend erwiderte Ottmar mit Prosperos Worten: »Zieh deiner Augen Fransenvorhang auf und hör mich freundlich an! – Im

Ernst, liebe Maria, wärst du weniger schläfrig, so würdest du selbst schon geahnet haben, daß, da von einer über alle Maßen herrlichen Erscheinung im menschlichen Leben, nämlich vom Traume, die Rede ist, ich mir bei der Zusammenstellung mit *Schaum* auch nur den edelsten denken kann, den es gibt. – Und das ist denn doch offenbar der Schaum des gärenden, zischenden, brausenden Champagners, den du abzunippen auch nicht verschmähst, unerachtet du sonst recht jüngferlich und zünferlich allen Rebensaft schnöde verachtest. Sieh die tausend kleinen Bläschen, die perlend im Glase aufsteigen und oben im Schaume sprudeln, das sind die Geister, die sich ungeduldig von der irdischen Fessel loslösen; und so lebt und webt im Schaum das höhere geistige Prinzip, das, frei von dem Drange des Materiellen frisch die Fittiche regend, in dem fernen, uns allen verheißenen himmlischen Reiche sich zu dem verwandten höheren Geistigen freudig gesellt und alle wundervollen Erscheinungen in ihrer tiefsten Bedeutung wie das Bekannteste aufnimmt und erkennt. Es mag daher auch der Traum von *dem* Schaum, in welchem unsere Lebensgeister, wenn der Schlaf unser extensives Leben befängt, froh und frei aufsprudeln, erzeugt werden und ein höheres intensives Leben beginnen, in dem wir alle Erscheinungen der uns fernen Geisterwelt nicht nur ahnen, sondern wirklich erkennen, ja in dem wir über Raum und Zeit schweben.« – »Mich dünkt«, unterbrach ihn der alte Baron, wie sich von einer Erinnerung, in die er versunken, gewaltsam losreißend, »ich höre deinen Freund Alban sprechen. Ihr kennt mich als euern unzubekehrenden Gegner; so ist das alles, was du soeben gesagt, recht schön anzuhören, und gewisse empfindliche oder empfindelnde Seelen mögen sich daran ergötzen, allein schon der Einseitigkeit wegen unwahr. Nach dem, was du da von der Verbindung mit der Geisterwelt, und was weiß ich, schwärmtest, sollte man glauben, der Traum müsse den Menschen in den glückseligsten Zustand versetzen; aber alle die Träume, welche ich deshalb merkwürdig nenne, weil der Zufall ihnen eine gewisse Einwirkung in mein Leben gab – Zufall nenne ich nämlich ein gewisses Zusammentreffen an und für sich selbst fremdartiger Begebenheiten, die nun sich zu einer Totalerscheinung verbinden –, alle diese Träume, sage ich, waren unangenehm, ja qualvoll, daß ich oft darüber erkrankte, wiewohl ich mich alles Nachgrübelns darüber enthielt, da es damals noch nicht Mode war, auf alles, was die Natur weise uns ferngerückt hat, Jagd zu machen.« – »Sie wissen, bester Vater«, erwiderte Ottmar, »wie ich über das alles, was Sie Zufall, Zusammentreffen der Umstände und sonst nennen, mit meinem Freunde Alban denke. – Und was die Mode des Nachgrübelns betrifft, so mag mein guter Vater daran denken, daß diese Mode, als in der Natur des Menschen begründet, uralt ist. Die Lehrlinge zu Sais –« – »Halt«, fuhr der Baron auf, »vertiefen wir uns weiter nicht in ein Gespräch, das ich heute um so mehr zu meiden Ursache habe, als ich mich gar nicht aufgelegt fühle, es mit deinem überbrausenden Enthusiasmus für das Wunderbare aufzunehmen. Nicht leugnen kann ich, daß mich gerade heute, am neunten September, eine Erinnerung aus meinen Jugendjahren befängt, die ich nicht loswerden kann, und sollte ich euch das Abenteuer erzählen, so würde Ottmar den Beweis darin finden, wie ein Traum, oder ein träumerischer Zustand, der sich auf eine ganz eigene Weise an die Wirklichkeit knüpft, von dem feindlichsten Einfluß auf mich war.« – »Vielleicht, bester Vater«, sagte Ottmar, »geben Sie mir und meinem Alban einen herrlichen Beitrag zu den vielfachen Erfahrungen, die die jetzt aufgestellte Theorie des magnetischen Einflusses, die von der Untersuchung des Schlafs und des Träumens ausgeht, bestätigen.« – »Schon das Wort magnetisch macht mich erbeben«, zürnte der Baron; »aber jeder nach seiner Weise, und wohl euch, wenn die Natur es leidet, daß ihr mit täppischen Händen an ihrem Schleier zupft, und eure Neugierde nicht mit euerm Untergange bestraft.« – »Lassen Sie uns, bester Vater!« erwiderte Ottmar, »nicht über Dinge streiten, die aus der innersten Überzeugung hervorgehen; aber die Erinnerung aus Ihrer Jugendzeit, darf sich denn die nicht in Worten aussprechen?« – Der Baron setzte sich tief in den Lehnstuhl zurück, und indem er, wie er zu tun pflegte, wenn sein Innerstes angeregt wurde, den seelenvollen Blick in die Höhe richtete, fing er an:

»Ihr wißt, daß ich meine militärische Bildung auf der Ritterakademie in B. erhielt. Unter den dort angestellten Lehrern befand sich nun ein Mann, der mir ewig unvergeßlich bleiben wird; ja, ich kann noch jetzt an ihn nicht denken ohne innern Schauer, ohne Entsetzen, möcht ich sagen. Es ist mir oft, als würde er gespenstisch durch die Tür hineinschreiten. – Seine Riesengröße wurde noch auffallender durch die Hagerkeit seines Körpers, der nur aus Muskeln und Nerven zu bestehen schien; er mochte in jüngern Jahren ein schöner Mann gewesen sein, denn noch jetzt warfen seine großen schwarzen Augen einen brennenden Blick, den man kaum ertragen konnte; ein tiefer Funfziger, hatte er die Kraft und Gewandtheit eines Jünglings; alle seine Bewegungen waren rasch und entschieden. Im Fechten auf Stoß und Hieb war er dem Geschicktesten überlegen, und das wildeste Pferd drückte er zusammen, daß es unter ihm ächzte. Er war ehemals Major in dänischen Diensten gewesen und hatte, wie man sagte, deshalb flüchten müssen, weil er seinen General im Duell erstochen. Manche behaupteten, dies sei nicht im Duell geschehen, sondern auf ein beleidigendes Wort vom General habe er, ehe dieser sich zur Wehr setzen konnte, ihm den Degen durch den Leib gerannt. Genug, er war aus Dänemark herübergeflüchtet und mit dem Majorsrange bei der Ritterakademie zum höhern Unterricht in der Fortifikation angestellt. Im höchsten Grade jähzornig, konnte ihn ein Wort, ein Blick in Wut setzen, er bestrafte die Zöglinge mit ausgedachter Grausamkeit, und doch hing alles an ihm auf eine ganz unbegreifliche Weise. So hatte einmal die gegen alle Regel und Ordnung harte Behandlung eines Zöglings die Aufmerksamkeit der Obern erregt, und es wurde eine Untersuchung verfügt; aber gerade dieser Zögling klagte sich nur selbst an und sprach so eifrig für den Major, daß er aller Schuld entbunden werden mußte. Bisweilen hatte er Tage, in denen er sich selbst nicht ähnlich war. Der sonst harte polternde Ton seiner tiefen Stimme hatte dann etwas unbeschreiblich Sonores, und von seinem Blick konnte man sich nicht losreißen. Gutmütig und weich übersah er jede kleine Ungeschicklichkeit, und wenn er diesem oder jenem, dem etwas besonders gelungen, die Hand drückte, so war es, als habe er ihn, wie durch eine unwiderstehliche Zauberkraft, zu seinem Leibeignen gemacht, denn den augenblicklichen schmerzvollsten Tod hätte er gebieten können, und sein Wort wäre erfüllt worden. Auf solche Tage folgte aber gewöhnlich ein schrecklicher Sturm, vor dem jeder sich verbergen oder flüchten mußte. Dann zog er in aller Frühe seine rote dänische Staatsuniform an und lief mit Riesenschritten, gleichviel, war es Sommer oder Winter, in dem großen Garten, der sich an das Palais der Ritterakademie anschloß, rastlos den ganzen Tag umher. Man hörte ihn mit schrecklicher Stimme und mit den heftigsten Gestikulationen dänisch sprechen – er zog den Degen – er schien es mit einem fürchterlichen Gegner zu tun zu haben – er empfing – er parierte Stöße – endlich war durch einen wohlberechneten Stoß der Gegner gefallen, und unter den gräßlichsten Flüchen und Verwünschungen schien er den Leichnam mit den Füßen zu zermalmen. Nun flüchtete er mit unglaublicher Schnelle durch die Alleen, er erkletterte die höchsten Bäume und lachte dann höhnisch herab, daß uns, die wir es bis in das Zimmer hören konnten, das Blut in den Adern erstarrte. Gewöhnlich tobte er auf diese Art vierundzwanzig Stunden, und man bemerkte, daß er in der Tag- und Nachtgleiche jedesmal von diesem Paroxysmus befallen wurde. Den Tag darauf schien er von allem, was er unternommen, auch nicht das mindeste zu ahnen, nur war er störrischer, jähzorniger, härter als je, bis er wieder in jene gutmütige Stimmung geriet. Ich weiß nicht, woher die wunderlichen, abenteuerlichen Gerüchte kamen, die von ihm unter den Dienstboten der Akademie und sogar in der Stadt unter dem gemeinen Volke verbreitet wurden. So hieß es von ihm, er könne das Feuer besprechen und Krankheiten durch das Auflegen der Hände, ja durch den bloßen Blick heilen, und ich erinnere mich, daß er einmal Leute, die durchaus von ihm auf diese Art geheilt sein wollten, mit Stockschlägen verjagte. Ein alter Invalide, der zu meiner Aufwartung bestimmt war, äußerte ganz unverhohlen, daß man wohl wisse, wie es mit dem Herrn Major nicht natürlich zugehe und daß vor vielen Jahren einmal im Sturm auf der See der böse Feind zu ihm getreten und ihm Rettung aus der Todesnot sowie übermenschliche Kraft, allerlei Wunderbares zu wirken, verheißen, welches er denn angenommen und sich dem Bösen ergeben habe; nun habe er oft harte Kämpfe mit dem Bösen zu bestehen, den man bald als schwarzer Hund, bald als ein anderes gräßliches Tier im Garten umherlaufen sehe, aber über kurz oder lang werde der Major doch gewiß auf eine schreckliche Weise unterliegen müssen. So albern und abgeschmackt mir diese Erzählungen vorkamen, so konnte ich mich doch eines gewissen innern Schauers nicht erwehren, und unerachtet ich die ganz besondere Zuneigung, die der Major mir allein vor allen andern bewies, mit getreuer Anhänglichkeit erwiderte, so mischte sich doch in mein Gefühl für den sonderbaren Mann ein unbegreifliches Etwas, das mich unaufhörlich verfolgte und das ich mir selbst nicht erklären konnte. Es war, als würde ich von einem höhern Wesen gezwungen, treu an dem Mann zu halten, als würde der Augenblick des Aufhörens meiner Liebe auch der Augenblick des Unterganges sein. Erfüllte mich nun mein Beisammensein mit ihm auch mit einem gewissen Wohlbehagen, so war es doch wieder eine gewisse Angst, das Gefühl eines unwiderstehlichen Zwanges, das mich auf eine unnatürliche Art spannte, ja das mich innerlich erbeben machte. War ich lange bei ihm gewesen, ja hatte er mich besonders freundlich behandelt und mir, wie er dann zu tun pflegte, mit starr auf mich geheftetem Blick, meine Hand in der seinigen festhaltend, allerlei Seltsames erzählt, so konnte mich jene ganz eigne wunderbare Stimmung bis zur höchsten Erschöpfung treiben. Ich fühlte mich krank und matt zum Umsinken. – Ich übergehe alle die sonderbaren Auftritte, die ich mit meinem Freunde und Gebieter hatte, wenn er sogar an meinen kindischen Spielen teilnahm und fleißig an der unüberwindlichen Festung mit bauen half, die ich in dem Garten nach den strengsten Regeln der Befestigungskunst anlegte. – Ich komme zur Hauptsache. – Es war, wie ich mich genau erinnere, in der Nacht vom achten auf den neunten September im Jahr 17 –, als ich lebhaft, als geschähe es wirklich, träumte, der Major öffne leise meine Tür, käme langsam an mein Bett geschritten und lege, mich mit seinen hohlen schwarzen Augen auf furchtbare Weise anstarrend, die rechte Hand auf meine Stirn über die Augen, und doch könne ich ihn vor mir stehen sehn. – Ich ächzte vor Beklemmung und Entsetzen – da sprach er mit dumpfer Stimme: ›Armes Menschenkind, erkenne deinen Meister und Herrn! – Was krümmst und windest du dich in deiner Knechtschaft, die du vergebens abzuschütteln strebst? – Ich bin dein Gott, der dein Innerstes durchschaut, und alles, was du darin jemals verborgen hast oder verbergen willst, liegt hell und klar vor mir. Damit du aber nicht wagst, an meiner Macht über dich, du Erdenwurm, zu zweifeln, will ich auf eine dir selbst sichtbarliche Weise in die geheimste Werkstatt deiner Gedanken eindringen.‹ – Plötzlich sah ich ein spitzes glühendes Instrument in seiner Hand, mit dem er in mein Gehirn fuhr. Über den fürchterlichen Schrei des Entsetzens, den ich ausstieß, erwachte ich, in Angstschweiß gebadet – ich war der Ohnmacht nahe. Endlich erholte ich mich, aber eine dumpfe schwüle Luft erfüllte das Zimmer, es war mir, als höre ich die Stimme des Majors, der, wie aus weiter Ferne, mich mehrmals bei dem Vornamen rief. Ich hielt dies für die Nachwirkung des gräßlichen Traums; ich sprang aus dem Bette, ich öffnete die Fenster, um die freie Luft hineinströmen zu lassen in das schwüle Zimmer. Aber welch ein Schreck ergriff mich, als ich in der mondhellen Nacht den Major in seiner Staatsuniform, ganz so, wie er mir im Traum erschienen, durch die Hauptallee nach dem Gattertor, das aufs freie Feld führte, schreiten sah; er riß es auf, ging hindurch, warf die Flügel hinter sich zu, daß Riegel und Angel klirrend und rasselnd zusammensprangen und das Getöse weit in der stillen Nacht widerhallte. – Was war das, was will der Major in der Nacht draußen im Felde? dachte ich, und es überfiel mich eine unbeschreibliche Angst und Unruhe. Wie von unwiderstehlicher Gewalt getrieben, zog ich mich schnell an, weckte den guten Inspektor, einen frommen Greis von siebzig Jahren, den einzigen, den der Major selbst in seinem ärgsten Paroxysmus scheute und schonte, und erzählte ihm meinen Traum sowie den Vorgang nachher. Der Alte wurde sehr aufmerksam und sagte: ›Auch ich habe das Gattertor stark zuwerfen gehört, es aber für Täuschung gehalten‹ – auf jeden Fall möge wohl etwas Besonderes mit dem Major vorgegangen und deshalb es gut sein, in seinem Zimmer nachzusehen. Die Hausglocke weckte Zöglinge und Lehrer, und wir gingen mit Lichtern, wie in feierlicher Prozession, durch den langen Gang nach den Zimmern des Majors. Die Tür war verschlossen, und vergebliche Versuche, sie mit dem Hauptschlüssel zu öffnen, überzeugten uns, daß von innen der Riegel vorgeschoben war. Auch die Haupttür, durch die der Major hätte gehen müssen, um in den Garten zu kommen, war verschlossen und verriegelt wie den Abend zuvor. Man erbrach endlich, als alles Rufen ohne Antwort blieb, die Tür des Schlafzimmers und – mit starrem gräßlichen Blick, blutigem Schaum vor dem Munde, lag der Major in seiner roten dänischen Staatsuniform, den Degen mit zusammengekrampfter Hand festhaltend, tot auf der Erde! – Alle Versuche, ihn wieder in das Leben zu bringen, blieben fruchtlos.« – Der Baron schwieg – Ottmar war im Begriff, etwas zu sagen, doch unterließ er es und schien, die Hand an die Stirn gelegt, alles, was er vielleicht über die Erzählung äußern wollte, erst im Innern zu regeln und zu ordnen. Maria unterbrach das Stillschweigen, indem sie rief: »Ach, bester Vater! – welche schauerliche Begebenheit, ich sehe den fürchterlichen Major in seiner dänischen Uniform vor mir stehen, den Blick starr auf mich gerichtet: um meinen Schlaf in dieser Nacht ist es geschehen.« – Der Maler Franz Bickert, nun schon seit funfzehn Jahren im Hause des Barons als wahrer Hausfreund, hatte, wie er manchmal pflegte, bisher an dem Gespräch gar keinen Anteil genommen, sondern war mit über den Rücken zusammengeflochtenen Armen, allerlei skurrile Gesichter schneidend und wohl gar bisweilen einen possierlichen Sprung versuchend, auf und ab geschritten. Nun brach er los: »Die Baronesse hat ganz recht – wozu schauerliche Erzählungen, wozu abenteuerliche Begebenheiten gerade vor dem Schlafengehen? Das ist wenigstens ganz gegen meine Theorie vom Schlafen und Träumen, die sich auf die Kleinigkeit von ein paar Millionen

Erfahrungen stützt. – Wenn der Herr Baron nur lauter Unglücksträume hatte, so war es bloß, weil er meine Theorie nicht kannte und also danach nicht verfahren konnte. Wenn Ottmar von magnetischen Einflüssen – Planetenwirkung, und was weiß ich, spricht, so mag er nicht unrecht haben, aber meine Theorie schmiedet den Panzer, den kein Mondstrahl durchdringt.« – »Nun, so bin ich denn wirklich auf deine vortreffliche Theorie begierig«, sagte Ottmar. »Laß den Franz nur reden«, fiel der Baron ein, »er wird uns bald von allem, was und wie er will, überzeugen.« Der Maler setzte sich Marien gegenüber, und indem er mit komischem Anstande und mit einem höchst skurrilen süßlichen Lächeln eine Prise nahm, fing er an:

»Geehrte Versammlung! Träume sind Schäume, das ist ein altes körnichtes, recht ehrlich deutsches Sprichwort, aber Ottmar hat es so fein gewendet, so subtilisiert, daß ich, indem er sprach, in meinem Haupte ordentlich die Bläschen fühlte, die, aus dem Irdischen entwickelt, aufstiegen, um sich mit dem höheren geistigen Prinzip zu vermählen. Aber ist es denn nicht wieder unser Geist, der den Hefen bereitet, aus dem jene subtileren Teile, die auch nur das Erzeugnis eines und desselben Prinzips sind, emporsteigen? – Findet unser Geist in sich selbst allein alle Elemente, alles Zubehör, woraus er, um in dem Gleichnis zu bleiben, jenen Hefen bereitet, oder kommt ihm außerhalb ihm Liegendes dabei zu Hülfe? frage ich ferner und antworte schnell: Die ganze Natur mit allen ihren Erscheinungen steht ihm nicht sowohl bei, als sie selbst in Raum und Zeit die Werkstatt darbietet, in welcher er, sich ein freier Meister wähnend, nur als Arbeiter für ihre Zwecke schafft und wirkt. Wir stehen mit allen Außendingen, mit der ganzen Natur in solch enger psychischer und physischer Verbindung, daß das Loslösen davon, sollte es möglich sein, auch unsere Existenz vernichten würde. Unser sogenanntes intensives Leben wird von dem extensiven bedingt, es ist nur ein Reflex von diesem, in dem aber die Figuren und Bilder, wie in einem Hohlspiegel aufgefangen, sich oft in veränderten Verhältnissen und daher wunderlich und fremdartig darstellen, unerachtet auch wieder diese Karikaturen im Leben ihre Originale finden. Ich behaupte keck, daß niemals ein Mensch im Innern etwas gedacht oder geträumt hat, wozu sich nicht die Elemente in der Natur finden ließen; aus ihr heraus kann er nun einmal nicht. – Abgesehen von äußern unabwendbaren Eindrükken, die unser Gemüt aufregen und in eine unnatürliche Spannung versetzen, zum Beispiel plötzlicher Schreck – großes Herzeleid und so weiter, so meine ich, daß unser Geist, hält er sich bescheiden in den ihm angewiesenen Schranken, aus den angenehmsten Erscheinungen des Lebens bequem den Hefen bereiten kann, aus dem dann die Bläschen aufsteigen, die nach Ottmars Ausspruch den Schaum des Traums bilden. Ich meinesteils, dessen gute Laune vorzüglich abends unverwüstlich ist, wie man mir einräumen wird, präpariere förmlich die Träume der Nacht, indem ich mir tausend närrische Dinge durch den Kopf laufen lasse, die mir dann nachts meine Phantasie in den lebendigsten Farben auf eine höchst ergötzliche Weise darstellt; am liebsten sind mir aber meine theatralischen Darstellungen.« – »Was meinst du damit?« fragte der Baron. – »Wir sind«, fuhr Bickert fort, »im Traum, wie schon ein geistreicher Schriftsteller bemerkt hat, die herrlichsten Schauspieldichter und Schauspieler, indem wir jeden außer uns liegenden Charakter mit allen seinen individuellsten Zügen richtig auffassen und mit der vollendetsten Wahrheit darstellen. Darauf baue ich denn und denke so manchmal an die vielfachen komischen Abenteuer auf meinen Reisen, an manche komische Charaktere, mit denen ich lebte, und da gibt mir denn nachts meine Phantasie, indem sie diese Personen mit allen ihren närrischen Zügen und Albernheiten auftreten läßt, das ergötzlichste Schauspiel von der Welt. Es ist, als habe ich mir abends vorher nur den Cannevas, die Skizze des Stücks, gegeben und im Traum würde dann alles mit Feuer und Leben nach des Dichters Willen improvisiert. Ich trage die ganze Sacchische Truppe in mir, die das Gozzische Märchen mit allen aus dem Leben gegriffenen Nuancen so lebendig darstellt, daß das Publikum, welches ich auch wieder selbst repräsentiere, daran als an etwas Wahrhaftiges glaubt. – Wie gesagt, von diesen gleichsam willkürlich erregten Träumen rechne ich jeden ab, den eine besondere, durch äußere Zufälle herbeigeführte Gemütsstimmung oder ein äußerer physischer Eindruck erzeugt. So werden alle diejenigen Träume, welche beinahe jeden bisweilen quälen, als da sind: vom Turm fallen, enthauptet werden und so weiter, von irgendeinem physischen Schmerz erzeugt, den der Geist, im Schlaf von dem animalischen Leben mehr getrennt und für sich allein arbeitend, nach seiner Weise deutet und ihm die phantastische Ursache gibt, die gerade in die Reihe seiner Vorstellungen paßt. Ich erinnere mich, im Traum in einer lustigen Punschgesellschaft gewesen zu sein; ein mir wohlbekannter Bramarbas von Offizier zog unaufhörlich einen Studenten auf, bis dieser ihm ein Glas ins Gesicht warf; nun entstand eine allgemeine Schlägerei, und ich, der ich Frieden stiften wollte, wurde hart an der Hand verwundet, so, daß der brennende Schmerz mich weckte – und siehe da! – meine Hand blutete wirklich, denn an einer starken, in der Bettdecke verborgenen Nadel hatte ich sie aufgerissen.« – »Ei, Franz!« rief der Baron, »das war kein angenehmer Traum, den du dir bereitet.« – »Ach, ach!« sagte der Maler mit kläglicher Stimme, »wer kann dafür, was uns oft das Schicksal als Strafe auferlegt. Auch ich habe freilich schreckliche, qualvolle, entsetzliche Träume gehabt, die mir Angstschweiß auspreßten, die mich außer mich selbst setzten.« – »Heraus damit«, rief Ottmar,

»und sollte es deine Theorie über den Haufen werfen.« – »Aber um des Himmels willen«, klagte Maria, »wollt ihr denn meiner gar nicht schonen?« – »Nein«, rief Franz, »nun keine Schonung mehr! – Auch ich habe das Entsetzliche geträumt, so gut wie einer. War ich nicht bei der Prinzessin von Amaldasongi zum Tee eingeladen? hatte ich nicht den herrlichsten Tressenrock an mit gestickter Weste? sprach ich nicht das reinste Italienisch – lingua toscana in bocca romana –; war ich nicht verliebt in die herrliche Frau, wie es einem Künstler wohl ansteht? sagte ich ihr nicht die erhabensten, göttlichsten, poetischsten Dinge, als ein zufällig abwärts gerichteter Blick mich zu meinem Entsetzen wahrnehmen ließ, daß ich mich zwar auf das sorgfältigste hofmäßig eingekleidet, aber das Beinkleid vergessen hatte?« – Noch ehe jemand über die Unart zürnen konnte, fuhr Bickert in Begeisterung fort: »Gott! was soll ich noch von manchen Höllenqualen meiner Träume sagen! War ich nicht wieder in mein zwanzigstes Jahr zurückgegangen und wollte auf dem Ball mit den gnädigen Fräuleins sehr tanzen? hatte ich nicht mein letztes Geld daran gewandt, einem alten Rock durch schickliches Umkehren einige Neuheit geben zu lassen und ein Paar weißseidene Strümpfe zu kaufen? – und als ich endlich glücklich vor der Tür des von tausend Lichtern und schön geputzten Menschen schimmernden Saals angekommen und mein Billett abgegeben, öffnete da nicht ein teuflischer Hund von Portier ein kleines Ofenloch und sagte zum Erdrosseln höflich: ich möge doch nur gefälligst hineinspazieren, denn da müßte man durch, um in den Saal zu kommen? Aber alles dieses sind Kleinigkeiten gegen den gräßlichen Traum, der mich gestern nacht geängstiget und gefoltert hat. Ach! – ich war ein Bogen Kavalierpapier, ich saß recht in der Mitte als Wasserzeichen, und jemand – es war ja eigentlich ein weltbekannter Satan von Dichter, aber mag's bei jemand bleiben –, dieser jemand also hatte eine unmenschlich lange, übel-zweispaltig-zahnicht geschnittene Truthahnsfeder und kratzte auf mir Armen herum, indem er diabolische holperichte Verse niederschrieb. Hat nicht ein anderer anatomischer Satan mich einmal zu seiner Lust wie eine Gliederpuppe auseinandergenommen und nun allerlei teuflische Versuche angestellt? – Zum Beispiel wie es wohl aussehen würde, wenn mir aus dem Nacken ein Fuß wüchse oder der rechte Arm sich zum linken Bein gesellte?« – Der Baron und Ottmar unterbrachen den Maler durch ein schallendes Gelächter, die ernste Stimmung war verschwunden, und der Baron fing an: »Sag ich es denn nicht, daß in unserm kleinen Familienzirkel der alte Franz der wahrhafte Maître de plaisir ist? – Wie pathetisch fing er nicht seine Diskussion über unser Thema an, und um so herrlicher war die Wirkung des humoristischen Scherzes, den er zuletzt ganz unerwartet losbrannte und der wie mit einer gewaltsamen Explosion unsern feierlichen Ernst zerstörte; mit einem Ruck waren wir aus der Geisterwelt heraus in das wirkliche, lebendige, frohe Leben.« – »Glaubt ja nicht«, erwiderte Bickert, »daß ich als euer Pagliasso Spaß gemacht habe, um euch aufzuheitern. Nein! jene abscheulichen Träume haben mich wirklich gequält, und es mag sein, daß ich sie mir unbewußt auch selbst bereitet habe.« – »Unser Franz«, fiel Ottmar ein, »hat rücksichts seiner Theorie des Entstehens der Träume manche Erfahrung für sich, indessen war sein Vortrag, was den Zusammenhang und die Folgerungen aus hypothetischen Prinzipien betrifft, eben nicht zu rühmen. Überdem gibt es eine höhere Art des Träumens, und nur *diese* hat der Mensch in dem gewissen beseelenden und beseligenden Schlafe, der ihm vergönnt, die Strahlen des Weltgeistes, dem er sich näher geschwungen, in sich zu ziehen, die ihn mit göttlicher Kraft nähren und stärken.« – »Gebt acht«, sagt der Baron, »Ottmar wird gleich wieder auf seinem Steckenpferd sitzen, um einen Ritt in das unbekannte Reich zu machen, welches wir Ungläubigen, wie er behauptet, nur von ferne, wie Moses das Gelobte Land, erblicken können. Aber wir wollen es ihm schwer machen, uns zu verlassen – es ist eine recht unfreundliche Herbstnacht, wie wäre es, wenn wir noch ein Stündchen zusammenblieben, wenn wir Feuer in den Kamin legen ließen und Maria uns nach ihrer Art einen köstlichen Punsch bereitete, den wir vorderhand wenigstens als den Geist annehmen könnten, der unsere muntere Laune nährte und stärkte.« – Bickert schaute wie mit verklärtem Blick zum Himmel hinauf, stark seufzend, und neigte sich dann schnell in demütig bittender Stellung zu Marien herab. Maria, die solange ziemlich stumm und in sich gekehrt dagesessen, lachte, wie sie selten zu tun pflegte, recht herzlich über des alten Malers possierliche Stellung und stand dann schnell auf, um alles nach des Barons Wünschen sorglich zu veranstalten. Bickert trippelte geschäftig hin und her, er half Kasparn das Holz herbeitragen, und indem er, auf einem Knie ruhend, in seitwärts gedrehter Stellung die Flamme anblies, rief er Ottmarn unaufhörlich zu, sich doch als sein gelehriger Schüler zu zeigen und schnell ihn als gute Studie zu zeichnen mit genauer Beachtung des Feuereffekts und der schönen Reflexe, in denen jetzt sein Gesicht erglühe. Der alte Baron wurde immer heiterer und ließ sich sogar, welches nur in den gemütlichen Stunden geschah, sein langes türkisches Rohr, dem ein seltener Bernstein zum Mundstück diente, reichen. – Als nun der feine flüchtige Duft des türkischen Tabaks durch den Saal zog und Maria auf den Zucker, den sie selbst in Stücke zerschlagen, den Zitronensaft in den silbernen Punschnapf tröpfelte, war es allen, als ginge ihnen ein freundlicher heimatlicher Geist auf und das innere Wohlbehagen, das er erzeuge, müsse den Genuß des Augenblicks so anregen und beleben, daß alles *Vorher* und *Nachher* farblos und unbeachtet bliebe. – »Wie ist es doch so eigen«, fing der Baron an, »daß Marien die Bereitung des Punsches immer so wohl gerät, ich mag ihn kaum anders genießen. Ganz vergebens ist ihr genauester Unterricht über das Verhältnis der Bestandteile und was weiß ich sonst. – So hatte einmal in meiner Gegenwart ganz nach Mariens Weise unsere launische Katinka den Punsch bereitet, aber ich habe kein Glas herunterbringen können; es ist, als ob Maria noch eine Zauberformel über den Trank spräche, die ihm eine besondere magische Kraft gäbe.« – »Ist es denn anders?« rief Bickert, »es ist der Zauber der Zierlichkeit, der Anmut, mit dem Maria alles, was sie tut, belebt; schon das Bereiten*sehen* des Punsches macht ihn herrlich und schmackhaft.« – »Sehr galant«, fiel Ottmar ein, »aber mit deiner Erlaubnis, liebe Schwester! nicht ganz wahr. Ich stimme darin dem guten Vater bei, daß alles, was du bereitest, was durch deine Hände gegangen, auch mir bei dem Genuß, bei der Berührung ein inneres Wohlbehagen erregt. Den Zauber, der dies bewirkt, suche ich aber in tieferen geistigen Beziehungen und nicht in deiner Schönheit und Anmut, wie Bickert, der natürlicherweise alles nur darauf bezieht, weil er dir den Hof gemacht hat schon seit deinem achten Jahr.« – »Was ihr nur noch heute aus mir machen werdet«, rief Maria mit heiterm Ton; »kaum habe ich die nächtlichen Phantasien und Erscheinungen überstanden, so findest du in mir selbst etwas Geheimnisvolles, und wenn ich auch weder an den fürchterlichen Major noch sonst an irgendeinen Doppeltgänger mehr denke, so laufe ich doch Gefahr, mir selbst gespenstisch zu werden und vor meinem eigenen Bilde im Spiegel zu erschrecken.« – »Das wäre denn doch arg«, sagte der Baron lachend, »wenn ein sechzehnjähriges Mädchen nicht mehr in den Spiegel sehen dürfte, ohne Gefahr, ihr eigenes Bild für eine gespenstische Erscheinung zu halten. Aber wie kommt es, daß wir heute von dem phantastischen Zeuge nicht loskommen können?« – »Und daß«, erwiderte

Ottmar, »Sie selbst, guter Vater, mir unwillkürlich jeden Augenblick Gelegenheit geben, mich über alle jene Dinge auszusprechen, die Sie als unnütze, ja sündliche Geheimniskrämerei geradehin verwerfen und deshalb meinen guten Alban – gestehen Sie es nur – nicht recht leiden mögen. Den Forschungstrieb, den Drang zum Wissen, den die Natur selbst in uns legte, kann sie nicht strafen, und es scheint vielmehr, als ob, je nachdem er in uns tätig wirkt, wir desto fähiger würden, auf einer Stufenleiter, die sie uns selbst hingestellt hat, zum Höheren emporzuklimmen.« – »Und wenn wir uns recht hoch glauben«, fiel Bickert ein, »schändlich hinunterzupurzeln und an dem Schwindel, der uns ergriff, zu bemerken, daß die subtile Luft in der obern Region für unsere schweren Köpfe nicht taugt.« – »Ich weiß nicht«, antwortete Ottmar, »was ich aus dir, Franz! seit einiger Zeit, ja ich möchte sagen, seitdem Alban im Hause ist, machen soll. Sonst hingst du mit ganzer Seele, mit dem ganzen Gemüte am Wunderbaren, du sannst über die farbigen Flecken, über die sonderbaren Figuren auf Schmetterlingsflügeln, auf Blumen, auf Steinen nach, du –« – »Halt!« rief der Baron, »nicht lange dauert's, so sind wir in unser altes Kapitel geraten. Alles das, was du mit deinem mystischen Alban aus allen Winkeln, ja ich möchte sagen, gleichsam aus einer phantastischen Rumpelkammer zusammensuchst, um daraus ein künstliches Gebäude, dem jedes feste Fundament fehlt, aufzuführen, rechne ich zu den Träumen, die nach meinem Grundsatz Schäume sind und bleiben. Der Schaum, den das Getränk aufwirft, ist unhaltbar, geschmacklos, kurz, ebensowenig das höhere Resultat der innern Arbeit als die Späne, welche dem Drechsler wegfliegen, die, hat der Zufall ihnen auch eine gewisse Form gegeben, man doch wohl nie für das Höhere halten wird, welches der Künstler bei seiner Arbeit bezweckte. Übrigens ist mir Bikkerts Theorie so einleuchtend, daß ich mich ihrer praktisch zu bedienen suchen werde.« – »Da wir doch nun einmal von den Träumen nicht loskommen«, sagte Ottmar, »so sei es mir erlaubt, eine Begebenheit zu erzählen, die mir neulich Alban mitteilte und die uns alle in der gemütlichen Stimmung erhalten wird, in der wir uns jetzt befinden.« – »Nur unter der Bedingung«, erwiderte der Baron, »magst du erzählen: daß du von dem letztern überzeugt bist und daß Bickert frei seine Anmerkungen dreinwerfen darf.« – »Sie sprechen mir aus der Seele, lieber Vater!« sagte Maria, »denn Albans Erzählungen sind gemeinhin, wenn auch nicht schrecklich und schauderhaft, doch auf eine solche seltsame Weise spannend, daß der Eindruck zwar in gewisser Art wohltätig ist, aber man sich doch erschöpft fühlt.« – »Meine gute Maria wird mit mir zufrieden sein«, erwiderte Ottmar, »und Bickerts Anmerkungen darf ich mir deshalb verbitten, weil er in meiner Erzählung eine Bestätigung seiner Theorie des Träumens zu finden glauben wird. Mein guter Vater soll sich aber überzeugen, wie unrecht er meinem guten Alban und der Kunst tut, welche auszuüben ihm Gott die Macht verliehen.« – »Ich werde«, sagte Bickert, »jede Anmerkung, die schon auf die Zunge gekommen, mit Punsch herabspülen, aber Gesichter schneiden muß ich frei können, soviel ich will, das lasse ich mir nicht nehmen.« – »Das sei dir vergönnt«, rief der Baron, und Ottmar fing nun ohne weitere Vorrede zu erzählen an:

»Meinem Alban wurde auf der Universität in J. ein Jüngling bekannt, dessen vorteilhaftes Äußere bei dem ersten Blick jeden einnahm und der daher überall mit Zutrauen und Wohlwollen empfangen wurde. Das gleiche Studium der Arzneikunde und der Umstand, daß beide im regen Eifer für ihre Wissenschaft in einem Frühkollegium immer die ersten der sich Versammelnden waren und sich zueinander gesellten, führte bald ein näheres Verhältnis herbei, das endlich, da Theobald (so nannte Alban seinen Freund) mit ganzer Seele, mit dem treuesten Gemüt sich hingab, in die engste Freundschaft überging. Theobald entwickelte immer mehr einen überaus zarten, beinahe weiblich weichlichen Charakter und eine idyllische Schwärmerei, welche in der jetzigen Zeit, die wie ein geharnischter Riese, nicht dessen achtend, was die donnernden Tritte zermalmen, vorüberschreitet, sich so kleinlich, so süßlich ausnahm, daß die mehrsten ihn darob verlachten. Nur Alban, seines Freundes zartes Gemüt schonend, verschmähte es nicht, ihm in seine kleinen phantastischen Blumengärten zu folgen, wiewohl er nicht unterließ, ihn dann auch oft wieder in die rauhen Stürme des wirklichen Lebens zurückzuführen und so jeden Funken von Kraft und Mut, der vielleicht im Innern glimmte, zur Flamme zu entzünden. Alban glaubte um so mehr dies seinem Freunde schuldig zu sein, als er die Universitätsjahre für die einzige Zeit halten mußte, die dem Manne in jetziger Zeit so nötige Kraft, tapfern Widerstand zu leisten, da, wo unvermutet, wie ein Blitz aus heitrer Luft, das Unglück einschlägt, in Theobald zu wecken und zu stärken. Theobalds Lebensplan war nämlich ganz nach seiner einfachen, nur die nächste Umgebung beachtenden Sinnesart zugeschnitten. Nach vollendeten Studien und erlangter Doktorwürde wollte er in seine Vaterstadt zurückkehren, dort die Tochter seines Vormundes (er war elternlos), mit der er aufgewachsen, heiraten und, im Besitz eines beträchtlichen Vermögens, ohne Praxis zu suchen, nur sich selbst und der Wissenschaft leben. Der wiedererweckte tierische Magnetismus sprach seine ganze Seele an, und indem er unter Albans Leitung eifrig alles, was je darüber geschrieben, studierte und selbst auf Erfahrungen ausging, wandte er sich bald, jedes physische Medium, als der tiefen Idee rein psychisch wirkender Naturkräfte zuwider, verwerfend, zu dem sogenannten Barbareiischen Magnetismus oder der älteren Schule der Spiritualisten.« – Sowie Ottmar das Wort Magnetismus aussprach, zuckte es auf Bickerts Gesicht, erst leise, dann aber crescendo durch alle Muskeln, so daß zuletzt wie ein Fortissimo solch eine über alle Maßen tolle Fratze dem Baron ins Gesicht guckte, daß dieser im Begriff war, hell aufzulachen, als Bickert aufsprang und anfangen wollte zu dozieren; in dem Augenblick reichte ihm Ottmar ein Glas Punsch, das er in voller Bosheit hineinschluckte, während Ottmar in seiner Erzählung fortfuhr: »Alban war früher, und zwar als noch ganz in der Stille sich nur hie und da die Lehre von dem tierischen Magnetismus fortpflanzte, dem Mesmerismus mit Leib und Seele ergeben und verteidigte selbst die Herbeiführung der gewaltsamen Krisen, welche Theobald mit Abscheu erfüllten. Indem nun beide Freunde ihre verschiedenen Meinungen in dieser Materie zum Gegenstande mannigfacher Diskussionen machten, kam es, daß Alban, der manche von Theobald gemachte Erfahrung nicht leugnen konnte und den Theobalds liebliche Schwärmerei von dem rein psychischen Einflusse unwillkürlich hinriß, sich auch mehr zum psychischen Magnetismus hinneigte und zuletzt der neueren Schule, die wie die Puysegursche beide Arten verbindet, ganz anhing, ohne daß der sonst so leicht fremde Überzeugungen auffassende Theobald auch nur im mindesten von seinem System abwich, sondern beharrlich jedes physische Medium verwarf. Seine ganze Muße – und daher sein Leben wollte er dazu verwenden, soviel als möglich in die geheimnisvollen Tiefen der psychischen Einwirkungen zu dringen und, fortwährend seinen Geist fester und fester darauf fixierend, sich rein erhaltend von allem dem Widerstrebenden, ein würdiger Lehrling der Natur zu werden. In dieser Hinsicht wollte sein kontemplatives Leben eine Art Priestertum sein und ihn wie in immer höheren Weihen zum Betreten der innersten Gemächer in dem großen Isistempel heiligen. Alban, der von des Jünglings frommem Gemüte alles hoffte, bestärkte ihn in diesem Vorsatz, und als nun endlich Theobald seinen Zweck erreicht und in die Heimat zurückkehrte, war Albans letztes Wort: er solle treu bleiben dem, was er begonnen. – Bald darauf erhielt Alban von seinem Freunde einen Brief, dessen Mangel an Zusammenhang von der Verzweiflung, ja von der innern Zerrüttung zeugte, die ihn ergriffen. Sein ganzes Lebensglück, schrieb er, sei dahin; in den Krieg müsse er, denn dort wäre das Mädchen seiner Seele hingezogen aus stiller Heimat, und nur der Tod könne ihn von dem Elend, in dem er dahinschmachte, erlösen. Alban hatte nicht Ruh, nicht Rast; auf der Stelle reiste er zu seinem Freunde, und es gelang ihm nach mehreren vergeblichen Versuchen, den Unglücklichen wenigstens bis zu einem gewissen Grade zu beruhigen. – Bei dem Durchmarsch fremder Truppen, so erzählte die Mutter der Geliebten Theobalds, wurde ein italienischer Offizier in das Haus einquartiert, der sich bei dem ersten Blick auf das heftigste in das Mädchen verliebte und der, mit dem Feuer, das seiner Nation eigen, sie bestürmend, und dabei mit allem ausgestattet, was der Weiber Herz befängt, in wenigen Tagen ein solches Gefühl in ihr erweckte, daß der arme Theobald ganz vergessen war und sie nur in dem Italiener lebte und webte. Er mußte fort in den Krieg, und nun verfolgte das Bild des Geliebten, wie er in gräßlichen Kämpfen blute, wie er, zu Boden geworfen, sterbend ihren Namen rufe, unaufhörlich das arme Mädchen, so daß sie in eine wirkliche Verstandesverwirrung geriet und den unglücklichen Theobald, als er wiederkehrte und die frohe Braut in seine Arme zu schließen hoffte, gar nicht wiedererkannte. Kaum war es Alban gelungen, Theobald wieder ins Leben zurückzuführen, als er ihm das untrügliche Mittel vertraute, das er ersonnen, ihm die Geliebte wiederzugeben, und Theobald fand Albans Rat so aus seiner innersten Überzeugung entnommen, daß er keinen Augenblick an dem glücklichsten Erfolg zweifelte;

er gab sich allem gläubig hin, was der Freund als wahr erkannt hatte. – Ich weiß, Bickert!« (unterbrach sich hier Ottmar) »was du jetzt sagen willst, ich fühle deine Pein, es ergötzt mich die komische Verzweiflung, in der du jetzt das Glas Punsch ergreifst, das dir Maria so freundlich reicht. Aber schweige, ich bitte dich – dein sauersüßes Lächeln ist die schönste Anmerkung, viel besser als jedes Wort, jede Redensart, die du nur ersinnen könntest, um mir allen Effekt zu verderben. Aber was ich euch zu sagen habe, ist so herrlich und so wohltuend, daß du selbst zum gemütvollsten Anteil bekehrt werden wirst. Also merk auf, und Sie, bester Vater! werden mir auch eingestehen, daß ich mein Wort im ganzen Umfange erfülle.« Der Baron ließ es bei einem »hm, hm« bewenden, und Maria schaute Ottmarn mit klarem Blick ins Auge, indem sie gar lieblich das Köpfchen auf die Hand stützte, so daß die blonden Locken in üppiger Fülle über den Arm wallten. – »Waren des Mädchens Tage«, fuhr Ottmar in seiner Erzählung fort, »qualvoll und schrecklich, so waren die Nächte geradezu verderbend. Alle schrecklichen Bilder, die sie tagsüber verfolgten, traten dann mit verstärkter Kraft hervor. Mit herzzerschneidendem Ton rief sie den Namen ihres Geliebten, und in halberstickten Seufzern schien sie bei seinem blutigen Leichnam die Seele auszuatmen. Wenn nun eben nächtlich die schrecklichsten Träume das arme Mädchen ängsteten, führte die Mutter Theobald an ihr Bett. Er setzte sich daneben hin, und den Geist mit der ganzen Kraft des Willens auf sie fixierend, schaute er sie mit festem Blicke an. Nachdem er dies einigemal wiederholt, schien der Eindruck ihrer Träume schwächer zu werden, denn der Ton, mit dem sie sonst den Namen des Offiziers gewaltsam hervorschrie, hatte nicht mehr das die ganze Seele Durchdringende, und tiefe Seufzer machten der gepreßten Brust Luft. – Nun legte Theobald auf ihre Hand die seinige und nannte leise, ganz leise seinen Namen. Bald zeigte sich die Wirkung. Sie nannte nun den Namen des Offiziers abgebrochen, es war, als müßte sie sich auf jede Silbe, auf jeden Buchstaben besinnen, als dränge sich etwas Fremdes in die Reihe ihrer Vorstellungen. – Bald darauf sprach sie gar nicht mehr, nur eine Bewegung der Lippen zeigte, daß sie sprechen wollte und wie durch irgendeine äußere Einwirkung daran verhindert würde. Dies hatte wieder einige Nächte hindurch gedauert; nun fing Theobald an, ihre Hand in der seinigen festhaltend und mit leiser Stimme in abgebrochenen Sätzen zu sprechen. Es war die frühe Kinderzeit, in die er sich zurückversetzte. Bald sprang er mit Augusten (erst jetzt fällt mir wieder der Name des Mädchens ein) in des Onkels großem Garten umher und pflückte von den höchsten Bäumen die schönsten Kirschen für sie, denn immer das Beste wußte er den Blicken der anderen Kinder zu entziehen und es ihr zuzustecken. Bald hatte er den Onkel mit Bitten so lange gequält, bis er ihm das schöne teure Bilderbuch mit den Trachten fremder Nationen hervorgelangt. Nun durchblätterten beide Kinder, auf einem Lehnstuhl zusammen kniend über den Tisch gelehnt, das Buch. Immer war ein Mann und eine Frau in der Gegend ihres Landes abgebildet, und immer waren es Theobald und Auguste. In solchen fremden Gegenden, seltsamlich gekleidet, wollten sie allein sein und mit den schönen Blumen und Kräutern spielen. – Wie erstaunte die Mutter, als Auguste in einer Nacht zu sprechen begann und ganz in Theobalds Ideen einging. Auch sie war das siebenjährige Mädchen, und nun spielten beide ihre Kinderspiele durch. Auguste führte selbst die charaktervollsten Begebenheiten ihrer Kinderjahre herbei. Sie war immer sehr heftig und lehnte sich oft gegen ihre ältere Schwester, die, übrigens von wirklich bösartiger Natur, sie unverdienterweise quälte, förmlich auf, welches manchen tragikomischen Vorfall veranlaßte. So saßen die drei Kinder einmal an einem Winterabend beisammen, und die ältere Schwester, übellauniger als je, quälte die kleine Auguste mit ihrem Eigensinn, daß diese vor Zorn und Unmut weinte. Theobald zeichnete, wie gewöhnlich, allerlei Figuren, denen er dann eine sinnige Deutung zu geben wußte; um besser zu sehen, wollte er das Licht putzen, löschte es aber unversehens aus; da benutzte Auguste schnell die Gelegenheit und gab zur Wiedervergeltung des erlittenen Verdrusses der älteren Schwester eine derbe Ohrfeige. Das Mädchen lief weinend und schreiend zum Vater, dem Onkel Theobalds, und klagte, wie Theobald das Licht ausgelöscht und sie dann geschlagen habe. Der Onkel eilte herbei, und als er Theobald seine gehässige Bosheit vorhielt, leugnete dieser, der die Schuldige wohl kannte, die Tat keinesweges. Auguste war zerrissen von innerem Gram, als sie ihren Theobald beschuldigen hörte, er habe, um alles auf sie schieben zu können, erst das Licht ausgelöscht und dann geschlagen; aber je mehr sie weinte, desto mehr tröstete sie der Onkel, daß nun ja doch der Täter entdeckt und alle List des boshaften Theobalds vereitelt sei. Als nun der Onkel zur harten Strafe schritt, da brach ihr das Herz, sie klagte sich an, sie gestand alles, allein in diesem Selbstbekenntnis fand der Onkel nur die überschwengliche Liebe des Mädchens zu dem Knaben, und gerade Theobalds Standhaftigkeit, der sich mit wahrhaftem Heroismus glücklich fühlte, für Augusten zu leiden, gab ihm den Anlaß, ihn als den halsstarrigsten Buben bis aufs Blut zu züchtigen. Augustens Schmerz war grenzenlos, alle ihre Heftigkeit, ihr gebieterisches Wesen war verschwunden, der sanfte Theobald war nun ihr Gebieter, dem sie sich willig schmiegte; mit ihrem Spielzeug, mit ihren schönsten Puppen konnte er schalten und walten, und wenn er sonst, um nur bei ihr bleiben zu dürfen, sich fügen mußte, Blätter und Blumen für ihre kleine Küche zu suchen, so ließ sie es sich jetzt gefallen, ihm durchs Gesträuch auf dem mutigen Steckenhengst zu folgen. Aber so wie das Mädchen jetzt mit ganzer Seele an ihm hing, so war es auch, als habe das für sie erlittene Unrecht Theobalds Zuneigung zur glühendsten Liebe entzündet. Der Onkel bemerkte alles, aber nur dann, als er in späteren Jahren zu seinem Erstaunen den wahren Zusammenhang jenes Vorfalls erfuhr, zweifelte er nicht länger an der tiefen Wahrheit der wechselseitigen Liebe, die die Kinder geäußert, und billigte mit ganzer Seele die innigste Verbindung, in die sie für ihr ganzes Leben treten zu wollen erklärten. Ebenjener tragikomische Vorfall sollte auch jetzt das Paar aufs neue vereinigen. – Auguste fing seine Darstellung von dem Moment an, als der Onkel zürnend hineinfuhr, und Theobald unterließ nicht, richtig in seine Rolle einzugreifen. Bis jetzt war Auguste am Tage still und in sich gekehrt gewesen, aber an dem Morgen nach jener Nacht äußerte sie ganz unerwartet der Mutter, wie sie seit einiger Zeit lebhaft von Theobald träume und warum er denn nicht käme, ja nicht einmal schriebe. Immer mehr stieg diese Sehnsucht, und nun zögerte Theobald nicht länger, als käme er erst jetzt von der Reise, vor Augusten zu erscheinen; sorgfältig hatte er nämlich seit dem schrecklichen Augenblick, als Auguste ihn nicht wiedererkannte, vermieden, sich vor ihr sehen zu lassen. Auguste empfing ihn mit der höchsten Aufwallung der innigsten Liebe. Bald nachher gestand sie unter vielen Tränen, wie sie sich gegen ihn vergangen, wie es einem Fremden auf eine seltsame Weise gelungen, sie von ihm abwendig zu machen, so daß sie, wie von einer fremden Gewalt befangen, ganz aus ihrem eigenen Wesen herausgetreten sei, aber Theobalds wohltätige Erscheinung in lebhaften Träumen habe die feindlichen Geister, die sie bestrickt, verjagt; ja, sie müsse gestehen, daß sie jetzt nicht einmal des Fremden äußere Gestalt sich ins Gedächtnis zurückrufen könne, und nur Theobald lebe in ihrem Innern. Alban und Theobald, beide waren überzeugt, daß Augusten der wirkliche Wahnsinn, von dem sie ergriffen worden, gänzlich verlassen hatte, und kein Hindernis stand der Vereinigung des –«

So wollte Ottmar seine Erzählung endigen, als Maria mit einem dumpfen Schrei ohnmächtig vom Stuhle in die Arme des schnell herbeigesprungenen Bickert sank. Der Baron fuhr entsetzt auf, Ottmar eilte Bickerten zu Hülfe, und beide brachten Marien auf das Sofa. Sie lag totenbleich da, jede Spur des Lebens war auf dem krampfhaft verzogenen Gesichte verschwunden. – »Sie ist tot, sie ist tot!« schrie der Baron. – »Nein«, rief Ottmar, »sie soll leben, sie muß leben. Alban wird helfen.« – »Alban! Alban! kann *der* Tote erwekken?« schrie Bickert auf; in dem Augenblick öffnete sich die Tür, und Alban trat herein. Mit dem ihm eignen imponierenden Wesen trat er schweigend vor die Ohnmächtige. Der Baron sah ihm mit zornglühendem Gesichte ins Auge – keiner vermochte zu sprechen. Alban schien nur Marien zu gewahren; er heftete seinen Blick auf sie. »Maria, was ist Ihnen?« sprach er mit feierlichem Ton, und es zuckte durch ihre Nerven. Jetzt faßte er ihre Hand. Ohne sich von ihr wegzuwenden, sagte er: »Warum dieses Erschrecken, meine Herren? der Puls geht leise, aber gleich – ich finde das Zimmer voll Dampf, man öffne ein Fenster, gleich wird sich Maria von dem unbedeutenden, ganz gefahrlosen Nervenzufall erholen.« Bickert tat es, da schlug Maria die Augen auf; ihr Blick fiel auf Alban. »Verlaß mich, entsetzlicher Mensch, ohne Qual will ich sterben«, lispelte sie kaum hörbar, und indem sie, sich von Alban abwendend, das Gesicht in die Sofakissen verbarg, sank sie in einen tiefen Schlaf, wie man an den schweren Atemzügen bemerken konnte. Ein seltsames, furchtbares Lächeln durchflog Albans Gesicht; der Baron fuhr auf, er schien etwas mit Heftigkeit sagen zu wollen. Alban faßte ihn scharf ins Auge, und mit einem Tone, in dem, des Ernstes unerachtet, eine gewisse höhnende Ironie lag, sprach er: »Ruhig, Herr Baron! die Kleine ist etwas ungeduldig, aber erwacht sie aus ihrem wohltätigen Schlafe, welches genau morgens um sechs Uhr geschehen wird, so gebe man ihr zwölf von diesen Tropfen, und alles ist vergessen.« – Er reichte Ottmarn das Fläschchen, das er aus der Tasche gezogen, und verließ langsamen Schrittes den Saal.

»Da haben wir den Wunderdoktor!« rief Bickert, als man die schlafende Marie in ihr Zimmer gebracht und Ottmar den Saal verlassen hatte. – »Der tiefsinnige Blick des Geistersehers – das feierliche Wesen – das prophetische Voraussagen – das Fläschchen mit dem Wunderelixier. – Ich habe nur gepaßt, ob er nicht wie Swedenborg vor unsern Augen in der Luft verdampfen oder wenigstens wie Beireis mit dem urplötzlich aus Schwarz in Rot umgefärbten Frack zum Saal hinausschreiten würde.« – »Bickert!« antwortete der Baron, der, starr und stumm in den Lehnstuhl gedrückt, Marien wegbringen gesehen, »Bickert! was ist aus unserm frohen Abend geworden! – Aber gefühlt im Innern habe ich es, daß mich noch heute etwas Unglückliches treffen, ja daß ich noch Alban aus besonderem Anlaß sehen würde. – Und gerade in dem Augenblicke, als ihn Ottmar zitierte, erschien er wie der waltende Schutzgeist. Sage mir, Bickert! – kam er nicht durch jene Tür?« – »Allerdings«, erwiderte Bickert, »und erst jetzt fällt es mir ein, daß er wie ein zweiter Cagliostro uns ein Kunststückchen gemacht hat, das uns in der Angst und Not ganz entgangen; die einzige Tür des Vorzimmers da drüben habe ich ja von innen verschlossen, und hier ist der Schlüssel – einmal habe ich mich aber doch geirrt und sie offengelassen.« – Bickert untersuchte die Tür, und zurückkehrend rief er mit Lachen: »Der Cagliostro ist fertig, die Tür ist richtig fest verschlossen wie vorher.« – »Hm«, sagte der Baron, »der Wunderdoktor fängt an, in einen gemeinen Taschenspieler überzugehen.« – »Es tut mir leid«, erwiderte Bickert, »Alban hat den allgemeinen Ruf eines geschickten Arztes, und wahr ist es, daß, als unsere Marie, die sonst so gesund gewesen, an den heillosen Nervenübeln erkrankte und alle Mittel scheiterten, sie durch Albans magnetische Kur in wenigen Wochen geheilt wurde. – Schwer entschlossest du dich dazu, nur auf vieles Zureden Ottmars und weil du die herrliche Blume, die sonst ihr Haupt keck und frei zur Sonne emporrichtete, immer mehr hinwelken sahst.« – »Glaubst du, daß ich wohlgetan habe, Ottmarn nachzugeben?« fragte der Baron. »In jener Zeit allerdings«, erwiderte Bickert, »aber Albans verlängerte Gegenwart ist mir gerade nicht angenehm; und was den Magnetismus betrifft –« –»Den verwirfst du ganz und gar«, fiel der Baron ein. »Mitnichten«, antwortete Bickert. »Nicht Zeuge mancher dadurch herbeigeführter Erscheinung hätte ich sein dürfen, um daran zu glauben – ja ich fühle es nur zu sehr, wie alle die wunderbaren Beziehungen und Verknüpfungen des organischen Lebens der ganzen Natur in ihm liegen. All unser Wissen darüber ist und bleibt aber Stückwerk, und sollte der Mensch den völligen Besitz dieses tiefen Naturgeheimnisses erlangen, so käme es mir vor, als habe die Mutter unversehens ein schneidendes Werkzeug verloren, womit sie manches Herrliche zur Lust und Freude ihrer Kinder geformt; die Kinder fänden es, verwundeten sich aber selbst damit, im blinden Eifer, es der Mutter im Formen und Bilden nachmachen zu wollen.« – »Meine innerste Meinung hast du richtig ausgesprochen«, sagte der Baron, »was aber besonders den Alban betrifft, so liegt es dunkel in meiner Seele, wie ich mir all die besonderen Gefühle, die mich in seiner Nähe befangen, zusammenreimen und erklären soll; zuweilen glaube ich über ihn ganz im klaren zu sein. – Seine tiefe Wissenschaft machte ihn zum Schwärmer, aber sein Eifer, sein Glück erwirbt ihm Achtung! Allein, nur wenn ich ihn nicht sehe, erscheint er mir so; nahet er sich mir, so ist jenes Bild aus der Perspektive gerückt, und deformierte

Züge, die mit einer furchtbaren Charakteristik im einzelnen sich doch nicht zum Ganzen fügen wollen, erfüllen mich mit Grauen. Als Ottmar ihn vor mehreren Monaten als seinen innigsten Freund zu uns brachte, war es mir, als habe ich ihn irgendeinmal schon gesehen; seine Feinheit, sein gewandtes Betragen gefiel mir, aber im ganzen war mir seine Gegenwart nicht wohltuend. Bald darauf, und zwar, wie es mir schon oft schwer aufs Herz gefallen, gleich nach Albans Erscheinung, erkrankte, wie du weißt, Maria auf eine ganz seltsame Weise, und ich muß es gestehen, Alban, als er endlich herbeigerufen wurde, unterzog sich der Kur mit einem beispiellosen Eifer, mit einer Ergebenheit, mit einer Liebe und Treue, die ihm bei dem glücklichsten Erfolg die höchste, unzweideutigste Liebe und Achtung erwerben mußte. Ich hätte ihn mit Gold überschütten mögen, aber jedes Wort des Dankes wurde mir schwer; ja, in ebendem Grade, als die magnetische Kur anschlug, erfüllte sie mich mit Abscheu, und Alban wurde mir mit jedem Tage verhaßter. Zuweilen war es mir, als könne er mich aus der dringendsten Lebensgefahr retten, ohne auch nur im mindesten für sich bei mir zu gewinnen. Sein feierliches Wesen, seine mystischen Reden, seine Scharlatanerien, wie er zum Beispiel die Ulmen, die Linden und was weiß ich noch was für Bäume magnetisiert, wenn er, mit ausgestreckten Armen nach Norden gerichtet, von dem Weltgeist neue Kraft in sich zieht: alles spannt mich auf eine gewisse Weise trotz der herzlichen Verachtung, die ich dagegen spüre. Aber, Bickert! merk wohl auf! – Die sonderbarste Erscheinung dünkt mir, daß, seitdem Alban hier ist, ich öfter als je an meinen dänischen Major, von dem ich vorhin erzählt habe, denken muß. – Jetzt, eben jetzt, als er so höhnisch, so wahrhaft diabolisch lächelte und mich mit seinen großen pechschwarzen Augen anstarrte, da stand der Major ganz vor mir – die Ähnlichkeit ist auffallend.« – »Und«, fiel Bickert ein, »so ist mit einemmal deine seltsame Empfindung, deine Idiosynkrasie erklärt. Nicht Alban, nein, der dänische Major ist es, der dich ängstigt und quält; der wohltuende Arzt trägt die Schuld seiner Habichtsnase und seiner schwarzen feurigen Augen; beruhige dich ganz und schlage dir alles Böse aus dem Sinn. – Alban mag ein Schwärmer sein, aber er will gewiß das Gute und vollbringt es, und so lasse man ihm seine Scharlatanerien als ein unschädliches Spielwerk und achte ihn als den geschickten, tiefschauenden Arzt.« – Der Baron stand auf und sagte, indem er Bickerts beide Hände faßte: »Franz, das hast du gegen deine innere Überzeugung gesprochen; es soll ein Palliativmittel sein für meine Angst, für meine Unruhe. – Aber – tief liegt es in meiner Seele; Alban ist mein feindlicher Dämon – Franz, ich beschwöre dich! sei achtsam – rate – hilf – stütze, wenn du an meinem morschen Familiengebäude etwas wanken siehst. Du verstehst mich – kein Wort weiter.«

Die Freunde umarmten sich, und Mitternacht war längst vorüber, als jeder gedankenvoll mit unruhigem, aufgeregtem Gemüt in sein Zimmer schlich. Punkt sechs Uhr erwachte Maria, wie es Alban vorausgesagt; man gab ihr zwölf Tropfen aus dem Fläschchen, und zwei Stunden später trat sie heiter und blühend in das Gesellschaftszimmer, wo der Baron, Ottmar und Bickert sie freudig empfingen. Alban hatte sich in sein Zimmer eingeschlossen und sagen lassen, wie ihn eine dringende Korrespondenz den ganzen Tag über darin festhalten werde.

Mariens Brief an Adelgunde

So hast Du Dich endlich aus den Stürmen, aus den Bedrängnissen des bösen Krieges gerettet und eine sichere Freistatt gefunden? – Nein! ich kann es Dir nicht sagen, geliebte Herzensfreundin, was ich empfand, als ich nach so langer, langer Zeit endlich Deine kleinen niedlichen Schriftzüge wiedererblickte. Vor lauter Ungeduld hätte ich beinahe den festgesiegelten Brief zerrissen. Erst habe ich gelesen und gelesen, und ich wußte doch nicht, was darin gestanden, bis ich endlich ruhiger wurde und nun mit Entzücken erfuhr, daß Dein treuer Bruder, mein geliebter Hypolit, wohl ist, daß ich ihn bald wiedersehen werde. Also keiner meiner Briefe hat Dich erreicht? Ach, liebe Adelgunde! Deine Marie ist recht krank gewesen, recht sehr krank, aber nun ist alles wieder besser, wiewohl mein Übel von einer solchen, mir selbst unbegreiflichen Art war, daß ich noch jetzt mich ordentlich entsetze, wenn ich daran denke, und Ottmar und der Arzt sagen, diese Empfindung sei eben auch noch Krankheit, die von Grund aus gehoben werden müsse. Verlange nicht, daß ich Dir sagen soll, was mir eigentlich gefehlt hat; ich weiß es selbst nicht: kein Schmerz, kein mit Namen zu sagendes Leiden, und doch alle Ruhe, alle Heiterkeit hin. – Alles kam mir verändert vor. – Laut gesprochene Worte, Fußtritte bohrten wie Stacheln in meinen Kopf. Zuweilen hatte alles um mich herum, leblose Dinge, Stimme und Klang und neckte und quälte mich mit wundersamen Zungen; seltsame Einbildungen rissen mich heraus aus dem wirklichen Leben. Kannst Du es Dir denken, Adelgundchen, daß die närrischen Kindermärchen vom grünen Vogel, vom Prinzen Fakardin von Trebisond und was weiß ich sonst, die uns Tante Klara so hübsch zu erzählen wußte, nun auf eine für mich schreckbare Weise ins Leben traten, denn ich selbst unterlag ja den Verwandlungen, die der böse Zauberer über mich verhängte – ja es ist wohl lächerlich zu sagen, wie diese Albernheiten so feindselig auf mich wirkten, daß ich zusehends matter und kraftloser wurde. Indem ich mich oft über ein Unding, über ein Nichts bis zum Tode betrüben und wieder eben über solch ein Nichts bis zur Ausgelassenheit erfreuen konnte, zehrte sich mein Selbst auf in den gewaltsamen Ausbrüchen einer innern, mir unbekannten Kraft. – Gewisse Dinge, die ich sonst gar nicht beachtete, fielen mir jetzt nicht allein auf, sondern konnten mich recht quälen. So hatte ich einen solchen Abscheu gegen Lilien, daß ich jedesmal ohnmächtig wurde, sobald, war es auch in weiter Ferne, eine blühte; denn aus ihren Kelchen sah ich glatte, glänzende, züngelnde Basiliske auf mich zuspringen. Doch was trachte ich, Dir, liebe Adelgunde, auch nur eine Idee von dem Zustande zu geben, den ich nicht Krankheit nennen möchte, wenn er mich nicht immer mehr und mehr ermattet hätte; mit jedem Tage schwächer werdend, sah ich den Tod vor Augen. – Nun muß ich Dir aber etwas Besonderes sagen – nämlich, was mein Genesen betrifft, das habe ich einem herrlichen Mann zu danken, den Ottmar schon früher ins Haus gebracht und der in der Residenz unter all den großen und geschickten Ärzten der einzige sein soll, der das Geheimnis besitzt, eine solche sonderbare Krankheit wie die meinige schnell und sicher zu heilen. – Das Besondere ist aber, daß in meinen Träumen und Erscheinungen immer ein schöner ernster Mann im Spiele war, der, unerachtet seiner Jugend, mir wahrhafte Ehrfurcht einflößte und der bald auf diese, bald auf jene Weise, aber immer in langen Talaren gekleidet, mit einer diamantenen Krone auf dem Haupte, mir wie der romantische König in der märchenhaften Geisterwelt erschien und allen bösen Zauber löste. Ich mußte ihm lieb und innig verwandt sein, denn er nahm sich meiner besonders an, und ich war ihm dafür mit meinem Leben verpflichtet. Bald kam er mir vor wie der weise Salomo, und dann mußte ich auch wieder auf ganz ungereimte Weise an den Sarastro in der »Zauberflöte« denken, wie ich ihn in der Residenz gesehen. – Ach, liebe Adelgunde, wie erschrak ich nun, als ich auf den ersten Blick in Alban jenen romantischen König aus meinen Träumen erkannte. – Alban ist nämlich ebender seltene Arzt, den Ottmar schon vor langer Zeit einmal als seinen Herzensfreund aus der Residenz mitbrachte; indessen war er mir damals bei dem kurzen Besuch so gleichgültig geblieben, daß ich mich nachher nicht einmal seines Äußern zu entsinnen wußte. – Alsdann aber, als er wiederkam, zu meiner Heilung berufen, wußte ich mir selbst von der innern Empfindung, die mich durchdrang, nicht Rechenschaft zu geben. – So wie Alban überhaupt in seiner Bildung, in seinem ganzen Betragen eine gewisse Würde, ich möchte sagen, etwas Gebietendes hat, das ihn über seine Umgebung erhebt, so war es mir gleich, als er seinen ernsten durchdringenden Blick auf mich richtete: ich müßte alles unbedingt tun, was er gebieten würde, und als ob er meine Genesung nur recht lebhaft wollen dürfe, um mich ganz herzustellen. Ottmar sagte: ich solle durch den sogenannten Magnetismus geheilt werden, und Alban werde durch gewisse Mittel mich in einen exaltierten Zustand setzen, in dem ich, schlafend und in diesem Schlaf erwachend, selbst meine Krankheit genau einsehen und die Art meiner Kur bestimmen werde. Du glaubst nicht, liebe Adelgunde, welch ein eignes Gefühl von Angst – Furcht, ja Grausen und Entsetzen mich durchbebte, wenn ich an den bewußtlosen und doch höher lebenden Zustand dachte, und doch war es mir nur zu klar, daß ich mich vergebens dagegen sträuben wurde, was Alban beschlossen. – Jene Mittel sind angewendet worden, und ich habe, meiner Scheu, meiner Furcht zum Trotz, nur wohltätige Folgen gespürt. – Meine Farbe, meine Munterkeit ist wiedergekehrt, und statt der entsetzlichen Spannung, in der mir oft das Gleichgültigste zur Qual wurde, befinde ich mich in einem ziemlich ruhigen Zustande. Jene närrischen Traumbilder sind verschwunden, und der Schlaf erquickt mich, indem selbst das tolle Zeug, was mir oft darin vorkommt, statt mich zu quälen, mich belebt und erheitert. – Denke einmal, liebe Adelgunde, ich träume jetzt oft: ich könne mit geschlossenen Augen, als sei mir ein anderer Sinn aufgegangen, Farben erkennen, Metalle unterscheiden, lesen und so weiter, sobald es nur Alban verlange; ja oft gebietet er mir, mein Inneres zu durchschauen und ihm alles zu sagen, was ich darin erblicke, und ich tue es mit der größten Bestimmtheit; zuweilen muß ich plötzlich an Alban denken, er steht vor mir, und ich versinke nach und nach in einen träumerischen Zustand, dessen letzter Gedanke, in dem mein Bewußtsein untergeht, mir fremde Ideen bringt, welche mit besonderem, ich möchte sagen, golden glühenden Leben mich durchstrahlen, und ich weiß, daß Alban diese göttlichen Ideen in mir denkt, denn er ist dann selbst in meinem Sein wie der höhere belebende Funke, und entfernt er sich, was nur geistig geschehen kann, da die körperliche Entfernung gleichgültig ist, so ist alles erstorben. Nur in diesem *Mit-ihm-* und *In-ihm-*Sein kann ich wahrhaftig leben, und es müßte, wäre es ihm möglich, sich mir geistig ganz zu entziehn, mein Selbst in toter Öde erstarren; ja, indem ich dieses schreibe, fühle ich nur zu sehr, daß nur *er* es ist, der mir den Ausdruck gibt, mein Sein in ihm wenigstens anzudeuten. – Ich weiß nicht, Adelgundchen, ob ich Dir nicht fremdartig oder vielleicht als eine phantastische Schwärmerin erscheine, ob Du mich überhaupt verstehst, und es war mir, als ob eben jetzt leise und wehmütig der Name Hypolit über Deine Lippen gleite. – Glaube mir, daß Hypolit nie inniger von mir geliebt wurde; ich nenne ihn oft im frommen Gebet um sein Heil. – Die heiligen Engel mögen ihn schirmen vor jedem feindlichen Streich, der ihm in wilder Feldschlacht droht. Aber seitdem Alban mein Herr und Meister ist, dünkt es mich, nur durch *ihn* könne ich meinen Hypolit stärker und inniger lieben und als habe ich die Macht, mich wie sein Schutzgeist zu ihm zu schwingen und ihn mit meinem Gebet wie mit einem

Seraphsfittich zu umhüllen, so daß der Mord ihn vergebens, listig spähend, umschleicht. Alban, der hohe, herrliche Mann, führt mich als die durch das höhere Leben geweihte Braut in seine Arme; aber nicht ohne seinen Meister darf das Kind sich in die Stürme der Welt wagen. – Erst seit wenigen Tagen erkenne ich ganz Albans wahrhaftige Größe. – Aber glaubst Du wohl, Adelgunde, daß, als ich noch kränker und über alle Maßen reizbar war, sich oft niedrige Zweifel gegen meinen Herrn und Meister in meiner Brust erhoben? – Da hielt ich es denn für gesündigt gegen Liebe und Treue, wenn selbst im Gebet für meinen Hypolit Albans Gestalt in meinem Innern aufstieg, zürnend und drohend, daß ich ohne ihn mich hinauswagen wolle aus dem Kreise, den er mir beschrieben, wie ein böses Kind, das, des Vaters Warnung vergessend, hinauslaufe aus dem friedlichen Garten in den Wald, wo feindliche Tiere blutgierig hinter den grünen anmutigen Büschen lauern. Ach, Adelgunde! – diese Zweifel quälten mich schrecklich. Lache mich recht aus, wenn ich Dir sage, daß ich sogar auf den Gedanken geriet: Alban wolle mich künstlich umstricken und unter dem Schein des heiligen Wunders irdische Liebe in meinem Innern entzünden. – Ach, Hypolit! – Neulich saßen wir, der Vater, der Bruder, der alte Bickert und ich, traulich abends beisammen; Alban war, wie es seine Gewohnheit ist, noch auf weitem Spaziergange begriffen. Es war die Rede von Träumen, und der Vater sowie Bickert wußten davon allerlei Wunderbares und Ergötzliches zu sagen. Da nahm auch Ottmar das Wort und erzählte, wie nach Albans Rat und unter seiner Leitung es einem seiner Freunde gelungen sei, eines Mädchens innige Liebe dadurch zu gewinnen, daß er ohne ihr Wissen, wie sie schlief, in ihrer Nähe war und ihre innersten Gedanken durch magnetische Mittel auf sich leitete. Dazu kam, daß der Vater und auch mein alter treuer Bickert sich, wie sie noch nie in meiner Gegenwart getan, bestimmt und hart gegen den Magnetismus und auch in gewisser Art gegen Alban erklärten – alle Zweifel gegen den Meister erwachten mit doppelter Stärke in meiner Seele – wie wenn er sich geheimer höllischer Mittel bediente, mich zu seiner Sklavin zu fesseln; wie wenn er dann geböte, ich solle, nur *ihn* in Sinn und Gedanken tragend, Hypolit lassen? Ein nie gekanntes Gefühl ergriff mich mit tötender Angst; ich sah Alban in seinem Zimmer, mit unbekannten Instrumenten und häßlichen Pflanzen und Tieren und Steinen und blinkenden Metallen umgeben, wie er in krampfhafter Bewegung seltsame Kreise mit den Armen und Händen beschrieb. Sein Gesicht, sonst so ruhig und ernst, war zur grausigen Larve verzogen, und aus seinen glutroten Augen schlängelten sich in ekelhafter Schnelle blanke, glatte Basiliske, wie ich sie sonst in den Lilienkelchen zu erblicken wähnte. Da war es, als gleite ein eiskalter Strom über meinen Rücken hin, ich erwachte aus meinem ohnmachtähnlichen Zustande; Alban stand vor mir – aber, du heiliger Gott! nicht *er* war's, nein! jene entsetzliche Larve, die meine Einbildung geschaffen! – Wie habe ich am andern Morgen mich vor mir selbst geschämt! – Alban war mit meinen Zweifeln gegen ihn bekannt, und nur in seiner gütigen Milde hat er mir wohl verschwiegen, daß er es auch wohl wußte, wie ich ihn selbst mir gebildet, denn er lebt ja in meinem Innern und weiß meine geheimsten Gedanken, die ich in Frömmigkeit und Demut auch nicht trachte ihm zu verschweigen. Übrigens machte er aus meinem krankhaften Anfall nicht viel, sondern schob alles auf den Dunst des türkischen Tabaks, den mein Vater an jenem Abende geraucht. Du hättest nur sehen sollen, mit welchem gütigen Ernst, mit welcher väterlichen Sorglichkeit mich jetzt der herrliche Meister behandelte. Es ist nicht allein der Körper, den er gesund zu erhalten weiß, nein! – es ist der Geist, den er dem höhern Leben zuführt. Könnte meine liebe treue Adelgunde nur hier sein und sich an dem wahrhaft frommen Leben erlaben, das wir in friedlicher Stille führen. Bickert ist noch der frohe Alte wie immer, nur mein Vater und Ottmar sind zuweilen in sonderbarer Verstimmung; den im treibenden Leben wühlenden Männern mag oft unsere Einförmigkeit nicht zusagen. – Alban spricht ganz herrlich über die Sagen und Mythen der alten Ägypter und Indier; oft versinke ich darüber, zumal unter den großen Buchen im Park, unwillkürlich in einen Schlaf, von dem ich wie neu belebt erwache. Ich komme mir dann beinahe vor wie die Miranda in Shakespeares »Sturm«, die von Prospero vergebens ermuntert wird, seine Erzählung zu hören. Recht mit Prosperos Worten sagte neulich Ottmar zu mir: »Gib deiner Müdigkeit nach – du kannst nicht anders.«

Nun, Adelgundchen! hast Du mein inneres Leben ganz, ich habe Dir alles erzählt, und das tut meinem Herzen wohl. Beiliegende Zeilen für Hypolit und so weiter.

Fragment von Albans Brief an Theobald

– – – zurückgeblieben ist. Die Frömmigkeit schließt das *Frommtun* in sich, und jedes Frommtun ist eine Heuchelei, sei es auch nicht sowohl, um andere zu betrügen, als sich selbst an dem Reflex des in unechtem Gold blinkernden Strahlenscheins zu ergötzen, mit dem man sich zum Heiligen gekrönt hat. – Regten sich denn in Deiner eigenen Brust nicht manchmal Gefühle, die Du, mein lieber Brahmin! mit dem, was Du, aus Gewohnheit und bequem in dem Geleise bleibend, das die verjährte Ammenmoral eingefurcht hat, als gut und weise erkennen willst, nicht zusammenreimen konntest? All diese Zweifel gegen die Tugendlehre der Mutter Gans, alle diese über die künstlichen Ufer des durch Moralsysteme eingedämmten Stroms überbrausenden Neigungen, der unwiderstehliche Drang, den Fittich, den man kräftig befiedert an den Schultern fühlt, frisch zu schütteln und sich dem Höhern zuzuschwingen, sind *die* Anfechtungen des Satans, vor denen die aszetischen Schulmeister warnen. Wir sollen wie gläubige Kinder die Augen zudrücken, um an dem Glanz und Schimmer des heiligen Christs, den uns die Natur überall in den Weg stellt, nicht zu erblinden. – Jede Neigung, die den höheren Gebrauch der inneren Kräfte in Anspruch nimmt, kann nicht verwerflich sein, sondern muß eben, aus der menschlichen Natur entsprungen und in ihr begründet, nach der Erfüllung des Zwecks unseres Daseins streben. Kann dieser denn ein anderer sein als die höchstmöglichste, vollkommenste Ausbildung und Anwendung unserer physischen und psychischen Kräfte? – Ich weiß, daß, ohne weiter zu reden, ich Dich, mein lieber Brahmin! (so und nicht anders muß ich Dich nach Deinen Lebensansichten nennen) schon zum Widerspruch gereizt habe, da Dein ganzes Tun und Treiben der innigen Meinung entgegenstrebt, die ich nur angedeutet. – Sei indessen überzeugt, daß ich Dein kontemplatives Leben und Deine Bemühungen, durch immer geschärfteres Anschauen in die Geheimnisse der Natur einzudringen, achte, aber statt Dich an dem Glanz des diamantnen Schlüssels in stiller untätiger Betrachtung zu erfreuen, ergreife ihn keck und kühn und öffne die geheimnisvolle Pforte, vor der Du sonst stehenbleiben wirst in Ewigkeit. – Du bist zum Kampfe gerüstet, was weilst Du in träger Ruhe? – Alle Existenz ist Kampf und geht aus dem Kampfe hervor. In einem fortsteigenden Klimax wird dem Mächtigern der Sieg zuteil, und mit dem unterjochten Vasallen vermehrt er seine Kraft. – Du weißt, lieber Theobald! wie ich immer diesen Kampf auch im geistigen Leben statuiert, wie ich keck behauptet, daß eben die geheimnisvolle geistige Übermacht dieses oder jenes Schoßkindes der Natur, die Herrschaft, die er sich anmaßen darf, ihm auch Nahrung und Kraft zu immer höherem Schwunge gibt. Die Waffe, mit der wir, denen die Kraft und Übermacht inwohnt, diesen geistigen Kampf gegen das untergeordnete Prinzip kämpfen und uns dasselbe unterjochen, ist uns, ich möchte sagen, sichtbarlich in die Hand gegeben. Wie ist es doch gekommen, daß man jenes Eindringen, jenes gänzliche In-uns-Ziehen und Beherrschen des außer uns liegenden geistigen Prinzips durch uns bekannt gewordene Mittel Magnetismus genannt hat, da diese Benennung nicht genügt oder vielmehr, als von einer einzelnen physisch wirkenden Kraft hergenommen, gar nicht das bezeichnet, was wir darunter verstanden wissen wollen? Es mußte gerade ein Arzt sein, der zuerst von meinem Geheimnisse zur Welt sprach, das eine unsichtbare Kirche wie ihren besten Schatz im stillen aufbewahrte, um eine ganz untergeordnete Tendenz als den einzigen Zweck der Wirkung aufzustellen, denn so wurde der Schleier gewebt, den die blöden Augen der Ungeweihten nicht durchdringen. – Ist es denn nicht lächerlich zu glauben, die Natur habe uns den wunderbaren Talisman, der uns zum König der Geister macht, anvertraut, um Zahnweh oder Kopfschmerz oder was weiß ich sonst zu heilen? – Nein, es ist die unbedingte Herrschaft über das geistige Prinzip des Lebens, die wir, immer vertrauter werdend mit der gewaltigen Kraft jenes Talismans, erzwingen. Sich unter seinem Zauber schmiegend, muß das unterjochte fremde Geistige nur in *uns* existieren und mit seiner Kraft nur *uns* nähren und stärken! – Der Fokus, in dem sich alles Geistige sammelt, ist Gott! – Je mehr Strahlen sich zur Feuerpyramide sammeln – desto näher ist der Fokus! – Wie breiten sich diese Strahlen aus – sie umfassen das organische Leben der ganzen Natur, und es ist der Schimmer des Geistigen, der uns in Pflanze und Tier unsere durch dieselbe Kraft belebten Genossen erkennen läßt. – Das Streben nach jener Herrschaft ist das Streben nach dem Göttlichen, und das

Gefühl der Macht steigert in dem Verhältnis seiner Stärke den Grad der Seligkeit. Der Inbegriff aller Seligkeit ist im Fokus! – Wie klein und erbärmlich erscheint mir alles Geschwätz über jene herrliche Kraft, die den Geweihten verliehen, und es ist wohl zu begreifen, daß nur die höhere Ansicht als der Ausdruck der inneren Weihe auch die höhere Wirksamkeit herbeiführt. – Nach allem diesem wirst Du glauben müssen, daß mir bei der Anwendung alle physischen Mittel fremd geworden, allein es ist dem nicht so. Hier ist es, wo wir noch im dunkeln tappen, solange uns die geheime Verbindung des Geistigen mit dem Körper nicht klar vor Augen liegt, und ich möchte sagen, die physischen Hülfsmittel sind uns nur wie Zeichen des Herrschers in die Hand gegeben, denen sich unbekannte Vasallen unterwerfen. – Ich weiß selbst nicht, wie ich dazu gekommen bin, Dir, mein Theobald, so viel über einen Gegenstand zu sagen, von dem ich ungern spreche, da ich es fühle, wie nur die aus einer besondern innern geistigen Organisation entsprießende Überzeugung den leeren Worten Gewicht und Nachdruck geben muß. Deinen Vorwurf, einer lebhaft aufwallenden Neigung gefolgt zu sein und gegen Deine sogenannten moralischen Ansichten gesündigt zu haben, wollte ich beantworten, und jetzt erst werde ich gewahr, daß ich Dir neulich meine Verhältnisse in dem Hause des Barons viel zu rhapsodisch entwickelte, um nicht mißverstanden zu werden. – Ich gebe mir Zeit und Mühe, manches von meinem Eintritt in dies Haus nachzuholen, und wenn mein lieber frommer Brahmin in einem höher beschwingten Augenblick mir nur einigermaßen in mein Gebiet folgen will, so werde ich von aller Schuld gereinigt sein.

Ottmar ist nun einmal einer von den vielen Menschen, die nicht ohne Geist und Verstand, ja selbst mit einer enthusiastischen Lebendigkeit, alles Neue im Gebiet der Wissenschaft auffassen; aber ebendieses Auffassen ist ihr letzter

Zweck, und es ist nur die Kenntnis der Form, die sie, der inneren Kraft sich freuend, mit leichter Mühe erringen. Mit dieser Kenntnis ist ihr Geist, dem selbst die Ahnungen des Innern fremd bleiben, zufrieden; dem Gemüt, das man ihnen nicht absprechen kann, fehlt Tiefe. – Ottmar hat sich, wie Du weißt, an mich gedrängt, und indem er mir wie der Koryphäus einer ganz überzahlreichen Klasse von jungen Leuten, wie sie jetzt so häufig angetroffen werden, erschien, ergötzte es mich, mit ihm höhnend zu spielen. Mein Zimmer hat er mit einer Ehrfurcht betreten, als sei es das innerste heiligste Gemach im Tempel zu Sais, und da er sich als mein Schüler willig unter meine Zuchtrute schmiegte, hielt ich es für billig, ihm manches unschuldige Spielzeug anzuvertrauen, das er triumphierend den Knaben vorwies und recht großtat mit der Liebe des Meisters. – Als ich seinen Bitten nachgab und ihn auf seines Vaters Gut begleitete, fand ich in dem Baron, seinem Vater, einen störrischen Alten, umgeben von einem wunderlichen humoristischen alten Maler, der manchmal den weinerlichen moralischen Pagliasso macht. – Was ich Dir über den Eindruck, den Marie auf mich machte, früher gesagt habe, weiß ich nicht mehr; aber ich fühle es in diesem Augenblick, daß es schwer sein wird, mich so darüber auszusprechen, daß ich von Dir ganz verstanden werde. – In Wahrheit, ich muß mich darauf beziehen, daß Du mich kennst, ja daß Du von jeher mein ganzes Tun und Treiben in den höheren Tendenzen, die dem Volke ewig verschlossen, begriffen. Du bist daher überzeugt, daß eine schlanke Gestalt, die wie eine herrliche Pflanze, in zartem Wuchs üppige Blätter und Blüten treibend, aufgeschossen; ein blaues Auge, das emporblickend sich nach dem zu sehnen scheint, was die fernen Wolken verschleiern – kurz, daß ein engelschönes Mädchen mich nicht in den süßlich schmachtenden Zustand des lächerlichen Amoroso versetzen kann. – Es war einzig und allein die augenblickliche Erkenntnis der geheimen geistigen Beziehung zwischen Marien und mir, die mich mit dem wunderbarsten Gefühl durchbebte. Der innigsten Wonne mischte sich ein schneidender stechender Grimm bei, den die Opposition in Marien erzeugte – eine fremde feindliche Kraft widerstrebte meiner Einwirkung und hielt Mariens Geist befangen. Mit ganzer Macht meinen Geist darauf fixierend, wurde ich den Feind gewahr, und in vollem Kampf suchte ich alle Strahlen, die aus Mariens Innern mir zuströmten, wie in einem Brennspiegel aufzufangen. Der alte Maler beachtete mich mehr, als die übrigen es taten; er schien die innere Spannung, die Marie in mir hervorgebracht, zu ahnen. Vielleicht war es mein Blick, der mich verriet, denn so zwängt der Körper den Geist ja ein, daß die leiseste seiner Bewegungen in den Nerven oszillierend nach außen wirkt und die Gesichtszüge – wenigstens den Blick des Auges verändert. Wie ergötzte es mich aber, daß er die Sache so gemein nahm; er sprach unaufhörlich von dem Grafen Hypolit, Mariens verlobtem Bräutigam, und daß er die bunte Musterkarte von allen seinen Tugenden recht mit Behagen vor mir ausbreitete, diente mir nur dazu, die läppischen Verhältnisse, welche die Menschen in einfältiger kindischer Tätigkeit anknüpfen, im Innersten zu belachen und mich meiner tiefern Erkenntnis jener Verbindungen, die die Natur knüpft, und der Kraft, diese zu hegen und zu pflegen, zu erfreuen. – Marien ganz in mein Selbst zu ziehen, ihre ganze Existenz, ihr Sein so in dem meinigen zu verweben, daß die Trennung davon sie vernichten muß, das war der Gedanke, der, mich hoch beseligend, nur die Erfüllung dessen aussprach, was die Natur wollte. Diese innigste geistige Verbindung mit dem Weibe, im Seligkeitsgefühl jeden andern als den höchsten ausgeschrienen tierischen Genuß himmelhoch überflügelnd, ziemt dem Priester der Isis, und Du kennst mein System in diesem Punkt, ich darf nichts weiter darüber sagen. Die Natur organisierte das Weib in allen seinen Tendenzen passiv. – Es ist das willige Hingeben, das begierige Auffassen des fremden, außerhalb liegenden, das Anerkennen und Verehren des höheren Prinzips, worin das wahrhaft kindliche Gemüt besteht, das nur dem Weibe eigen und das ganz zu beherrschen, ganz in sich aufzunehmen die höchste Wonne ist. – Von diesen Augenblicken an blieb ich, unerachtet ich mich wieder, wie Du weißt, von dem Gute des Barons entfernte, Marien geistig nah, und welcher Mittel ich mich bediente, insgeheim mich auch körperlich ihr zu nahen, um kräftiger zu wirken, mag ich Dir nicht sagen, da manches sich kleinlich ausnehmen würde, unerachtet es zu dem vorgesetzten Zweck führte. – Maria fiel bald darauf in einen phantastischen Zustand, den Ottmar natürlicherweise für eine Nervenkrankheit halten mußte, und ich kam wieder als Arzt in das Haus, wie ich es vorausgesehen. – Maria erkannte in mir *den*, der ihr schon oft in der Glorie der beherrschenden Macht als ihr Meister im Traume erschienen, und alles, was sie nur dunkel geahnet, sah sie nun hell und klar mit ihres Geistes Augen. – Nur meines Blicks, meines festen Willens bedurfte es, sie in den sogenannten somnambulen Zustand zu versetzen, der nichts anders war als das gänzliche Hinaustreten aus sich selbst und das Leben in der höheren Sphäre des Meisters. Es war *mein* Geist, der sie dann willig aufnahm und ihr die Schwingen gab, dem Kerker, mit dem sie die Menschen überbaut hatten, zu entschweben. Nur in diesem Sein in mir kann Marie fortleben, und sie ist ruhig und glücklich. – Hypolits Bild kann in ihr nur noch in schwachen Umrissen existieren, und auch diese sollen bald in Duft zerfließen. Der Baron und der alte Maler sehen mich mit feindlichen Blikken an, aber es ist herrlich, wie sich auch da die Kraft bewährt, die mir die Natur verliehen. Ein unheimliches Gefühl mag es sein, daß sie widerstrebend doch den Meister erkennen müssen. Du weißt, auf welche wunderbare Weise ich mir einen Schatz geheimer Kenntnisse gesammelt. Nie hast Du das Buch lesen mögen, unerachtet es Dich überrascht haben würde, wie noch in keinem der physikalischen Lehrbücher solche herrliche Kombinationen mancher Naturkräfte und ihrer Wirkung so wie hier entwickelt sind. Ich verschmähe es nicht, manches sorglich zu bereiten; und kann man es denn Trug nennen, wenn der gaffende Pöbel über etwas erschrickt und staunt, das er mit Recht für wunderbar hält, da die Kenntnis der nächsten Ursache nicht das Wundervolle, sondern nur die Überraschung vernichtet? – Hypolit ist Obrister in ... en Diensten, mithin im Felde; ich wünsche nicht seinen Tod; er mag zurückkommen, und mein Triumph wird herrlicher sein, denn der Sieg ist gewiß. Sollte sich der Gegner kräftiger zeigen, als ich es gedacht, so wirst Du mir im Gefühl meiner Kraft zutrauen daß – – etc.

Das einsame Schloß

Das Gewitter war vorüber, und in rotem Feuer brennend, brach die sinkende Sonne durch die finsteren Wolken, die, schnell fliehend, in den tiefen Gründen verdampften. Der Abendwind rührte seine Fittiche, und wie in schwellenden Wogen strömten die Wohlgerüche, die aus Bäumen, Blumen, Gräsern emporstiegen, durch die warme Luft. Als ich aus dem Walde trat, lag das freundliche Dorf, dessen Nähe mir der Postillion verheißen, dicht vor mir im blumigen Wiesengrunde, und hoch hervor ragten die gotischen Türme des Schlosses, dessen Fenster im Schein der Sonne glühten, als wollten innere Flammen hervorbrechen. Glokkengeläute und geistlicher Gesang tönten zu mir herüber; in der Ferne sah ich einen feierlichen Leichenzug auf der Straße von dem Schlosse her nach dem Kirchhofe wallen;

als ich endlich ankam, war der Gesang verstummt; man hatte nach der dortigen Sitte den Sarg geöffnet, vor dem Grabe niedergesetzt, und der Pfarrer hielt den Leichensermon. Sie waren im Begriff, den Deckel auf den Sarg zu heben, als ich hinzutrat und den Toten erblickte. Es war ein hochbejahrter Mann, der mit heiterm Gesicht unentstellt dalag, als schlummerte er sanft und friedlich. Der alte Bauer sagte tief gerührt: »Sieh, wie unser alter Franz so schön daliegt, Gott schenke mir ein so frommes Ende – ja! – selig sind, die in dem Herrn entschlafen.« – Mir war es, als sei dies die rechte Totenfeier für den frommen Entschlafenen und des Bauern einfache Worte die herrlichste Leichenrede. – Sie senkten den Sarg hinab, und als nun die Erdschollen mit dumpfem Klang hinabfielen, ergriff mich die bitterste Wehmut, als läge der Herzensfreund in der toten kalten Erde. – Eben wollte ich den Berg hinaufsteigen, auf dem das Schloß lag, als mir der Pfarrer entgegentrat, bei dem ich mich nach dem Toten, den man eben zu Grabe getragen, erkundigte. Der alte Maler Franz Bickert, der seit drei Jahren allein in dem verödeten Schloß gewohnt und den Kastellan gemacht hatte, war es, den man beerdigt hatte. Ich wünschte in das Schloß zu gehen; der Geistliche hatte bis zur Ankunft des Bevollmächtigten des jetzigen Besitzers die Schlüssel übernommen, auch ich trat nicht ohne Schauer in die verödeten weiten Säle, wo sonst fröhliche Menschen gehauset und worin nun eine Totenstille herrschte. Bickert hatte sich in den letzten drei Jahren, die er wie ein Einsiedler in dem Schlosse zubrachte, auf eine wunderliche Weise mit der Kunst beschäftigt. Ohne alle Hülfe, selbst was die mechanischen Vorrichtungen betrifft, unternahm er es, den ganzen obern Stock, in welchem er selbst ein Zimmer bewohnte, im gotischen Stil auszumalen, und auf den ersten Blick ahnte man in den phantastischen Zusammenstellungen fremdartiger Dinge, wie sie dem Charakter der gotischen Verzierungen eigen, tiefsinnige Allegorien. Sehr oft wiederholt war eine häßliche Teufelsgestalt, die ein schlafendes Mädchen belauscht. – Ich eilte nach Bickerts Zimmer. – Der Lehnstuhl stand noch so abgerückt vom Tische, auf dem eine angefangene Zeichnung lag, als sei Bickert eben von der Arbeit aufgestanden; ein grauer Überrock hing auf der Lehne, und ein kleines graues Mützchen lag neben der Zeichnung. – Es war, als werde im Augenblick der Alte mit dem freundlichen frommen Gesichte, über das selbst die Qual des Todes keine Macht gehabt, hineintreten und den Fremden mit offener Gutherzigkeit in seiner Werkstatt bewillkommen. – Ich eröffnete dem Geistlichen meinen Wunsch, mehrere Tage, ja vielleicht Wochen im Schlosse zu wohnen. Das schien ihm befremdlich; er äußerte, wie leid es ihm täte, meinen Wunsch nicht erfüllen zu können, da bis zur Ankunft des Bevollmächtigten die gerichtliche Siegelung vorgenommen werden müsse und kein Fremder im Schlosse wohnen dürfe. »Wie aber«, fuhr ich fort, »wenn ich dieser Bevollmächtigte selbst wäre?«, indem ich ihm die ausgedehnte Vollmacht des Barons von F., als des jetzigen Besitzers, vorwies. Er erstaunte nicht wenig und überschüttete mich mit Höflichkeitsbezeigungen. Er bot mir Zimmer im Pfarrgebäude an, da mir die Wohnung im öden Schlosse doch wahrscheinlich nicht zusagen werde. Ich lehnte dies ab; ich blieb im Schlosse, und es waren Bickerts nachgelassene Papiere, die mich in den Stunden der Muße auf das anziehendste beschäftigten. – Bald fanden sich ein paar Blätter vor, die in kurzen hingeworfenen Notizen, nach Art eines Tagebuchs, Aufschluß über die Katastrophe gaben, in der ein ganzer Zweig einer bedeutenden Familie unterging. Durch die Zusammenstellung mit einem ziemlich humoristischen Aufsatz: »Träume sind Schäume«, und den Fragmenten zweier Briefe, die dem Maler auf ganz eigne Weise zu Händen gekommen sein müssen, rundet sich das Ganze.

Hab ich mich denn nicht trotz dem heiligen Antonius mit dreitausend Teufeln herumgebalgt und mich ebenso tapfer gehalten? – Sieht man dem Volke keck ins Auge, so verdunstet es von selbst in Staub und Rauch. – Könnte Alban in meiner Seele lesen, so würde er eine förmliche Abbitte und Ehrenerklärung darin finden, daß ich ihm alles Satanische aufgebürdet, was eine allzu rege Phantasie mir in grellen Farben dargestellt, zu eigner Buße und Belehrung! – Er ist da! – frisch – gesund – herrlich blühend – Apollos Locken, Jovis hohe Stirn – ein Aug wie Mars, des Götterherolds Stellung – ja, ganz wie Hamlet den Helden schildert. – Maria ist nicht mehr auf der Erde, sie schwebt im strahlenden Himmel – Hypolit und Maria – welch ein Paar!

Aber trauen kann ich ihm doch nicht – warum verschließt er sich in sein Zimmer? – warum schleicht er in der Nacht auf den Zehen umher wie der lauernde Mord? – ich kann ihm nicht trauen! – Zuweilen ist es mir, als müßte ich ihm in möglichster Kürze und Schnelligkeit meinen Stockdegen durch den Leib rennen und nachher höflich sagen: »Pardonnez!« – Ich kann ihm nicht trauen!

Sonderbares Ereignis! – Als ich meinen Freund, mit dem ich in die Nacht hinein manches vom Herzen zum Herzen gesprochen, über den Korridor in sein Zimmer begleitete, rauschte eine hagere Figur im weißen Schlafrock mit dem Licht in der Hand vorüber. – Der Baron schrie auf: »Der Major! – Franz! – der Major!« – Es war unbestritten Alban, und nur die Beleuchtung von unten herauf mochte sein Gesicht, welches alt und häßlich schien, verzerren. – Er kam von der Seite, wie aus Mariens Zimmer. Der Baron bestand darauf, zu ihr zu gehen. Sie schlief ruhig wie ein frommer Engel Gottes. – Morgen ist endlich der lang ersehnte Tag! – Glücklicher Hypolit! – Aber jene Erscheinung erfüllt mich mit Grausen, unerachtet ich mich zu überzeugen bemühe, daß es Alban war. – Sollte der feindliche Dämon, der sich dem Baron schon in früher Jugend verkündete, nun wie ein über ihn waltendes böses Prinzip wieder sichtbarlich und das Gute entzweiend ins Leben treten? Doch weg mit den finsteren Ahnungen! – Überzeuge dich, Franz! daß das häßliche träumerische Zeug oft das Erzeugnis des verdorbenen Magens ist. – Sollte man nicht Diavolinis verschlucken, um sich gegen die Unbill böser Träume zu verwahren?

Gerechter Gott! – Sie ist hin – hin! – Ew. Hochgeboren soll ich melden, wie es mit dem Tode der holdseligen Baronesse Marie zugegangen, des Familienarchivs wegen – ich habe durchaus wenig Sinn für diplomatische Geschäfte. – Hätte mir Gott nicht das bißchen Faust verliehen des Malens halber! – Aber soviel ist gewiß, daß sie in dem Augenblick, als Hypolit sie vor dem Altar in seine Arme schließen wollte, tot – tot – tot niedersank – das übrige empfehle ich der Gerechtigkeit Gottes.

Ja, du warst es! – Alban – hämischer Satan! – Du hast sie gemordet mit höllischen Künsten; welcher Gott hat es Hypolit offenbart! – Du bist entflohen, aber flieh nur – verbirg dich im Mittelpunkt der Erde, die Rache wird dich auffinden und zermalmen.

Nein, ich kann dich nicht entschuldigen, Ottmar! – Du warst es, der sich von dem Satan verlocken ließ; von dir fodert Hypolit die Geliebte seiner Seele! – Sie haben heute *zu* harte Worte gewechselt, der Zweikampf ist unvermeidlich.

Hypolit ist geblieben! – Wohl ihm! er sieht sie wieder. – Unglücklicher Ottmar! – Unglücklicher Vater!

Exeunt omnes! – Friede und ewige Ruhe den Verstorbenen! – Heute, am neunten September, in der Mitternachtsstunde starb mein Freund in meinen Armen! – Wie bin ich doch so wunderbar getröstet, da ich weiß, daß ich ihn bald wiedersehe. – Die Nachricht, daß Ottmar auf erhabene Weise gebüßt, durch den Heldentod in der Schlacht, zerschnitt den letzten Faden, den der Geist noch an das Irdische knüpfte. – Hier im Schlosse will ich bleiben, in den Zimmern will ich wandeln, wo sie lebten und mich liebten. – Oft werd ich ihre Stimme hören – manches freundliche Wort der holdseligen frommen Maria, mancher gemütliche Scherz des unwandelbaren Freundes wird wie ein Geisterruf widerhallen und mich aufrecht und stark erhalten, des Lebens Bürde leicht zu tragen. – Es gibt für mich keine Gegenwart mehr, nur der Vergangenheit glückliche Tage schließen sich an das ferne Jenseits, das mich oft in wunderbaren Träumen mit lieblichem Schimmer, aus dem die geliebten Freunde lächelnd mir zuwinken, umfängt. – Wann! – wann werde ich zu euch hinüberwallen?

Und er ist hinüber!

II Der goldne Topf

Ein Märchen aus der neuen Zeit

Erste Vigilie

Die Unglücksfälle des Studenten Anselmus – Des Konrektors Paulmann Sanitätsknaster und die goldgrünen Schlangen

Am Himmelfahrtstage, nachmittags um drei Uhr, rannte ein junger Mensch in Dresden durchs Schwarze Tor und geradezu in einen Korb mit Äpfeln und Kuchen hinein, die ein altes häßliches Weib feilbot, so daß alles, was der Quetschung glücklich entgangen, hinausgeschleudert wurde und die Straßenjungen sich lustig in die Beute teilten, die ihnen der hastige Herr zugeworfen. Auf das Zetergeschrei, das die Alte erhob, verließen die Gevatterinnen ihre Kuchen- und Branntweintische, umringten den jungen Menschen und schimpften mit pöbelhaftem Ungestüm auf ihn hinein, so daß er, vor Ärger und Scham verstummend, nur seinen kleinen, nicht eben besonders gefüllten Geldbeutel hinhielt, den die Alte begierig ergriff und schnell einsteckte. Nun öffnete sich der fest geschlossene Kreis, aber indem der junge Mensch hinausschoß, rief ihm die Alte nach: »Ja, renne – renne nur zu, Satanskind – ins Kristall bald dein Fall – ins Kristall!« – Die gellende, krächzende Stimme des Weibes hatte etwas Entsetzliches, so daß die Spaziergänger verwundert stillstanden und das Lachen, das sich erst verbreitet, mit einemmal verstummte. – Der Student Anselmus (niemand anders war der junge Mensch) fühlte sich, unerachtet er des Weibes sonderbare Worte durchaus nicht verstand, von einem unwillkürlichen Grausen ergriffen, und er beflügelte noch mehr seine Schritte, um sich den auf ihn gerichteten Blicken der neugierigen Menge zu entziehen. Wie er sich nun durch das Gewühl geputzter Menschen hindurcharbeitete, hörte er überall murmeln: »Der arme junge Mann – Ei! – über das verdammte Weib!« – Auf ganz sonderbare Weise hatten die geheimnisvollen Worte der Alten dem lächerlichen Abenteuer eine gewisse tragische Wendung gegeben, so daß man dem vorhin ganz Unbemerkten jetzt teilnehmend nachsah. Die Frauenzimmer verziehen dem wohlgebildeten Gesichte, dessen Ausdruck die Glut des innern Grimms noch erhöhte, sowie dem kräftigen Wuchse des Jünglings alles Ungeschick sowie den ganz aus dem Gebiete aller Mode liegenden Anzug. Sein hechtgrauer Frack war nämlich so zugeschnitten, als habe der Schneider, der ihn gearbeitet, die moderne Form nur von Hörensagen gekannt, und das schwarzatlasne wohlgeschonte Unterkleid gab dem Ganzen einen gewissen magistermäßigen Stil, dem sich nun wieder Gang und Stellung durchaus nicht fügen wollte. – Als der Student schon beinahe das Ende der Allee erreicht, die nach dem Linkeschen Bade führt, wollte ihm beinahe der Atem ausgehen. Er war genötigt, langsamer zu wandeln; aber kaum wagte er den Blick in die Höhe zu richten, denn noch immer sah er die Äpfel und die Kuchen um sich tanzen, und jeder freundliche Blick dieses oder jenes Mädchens war ihm nur der Reflex des schadenfrohen Gelächters am Schwarzen Tor. So war er bis an den Eingang des Linkeschen Bades gekommen; eine Reihe festlich gekleideter Menschen nach der andern zog herein. Musik von Blasinstrumenten ertönte von innen, und immer lauter und lauter wurde das Gewühl der lustigen Gäste. Die Tränen wären dem armen Studenten Anselmus beinahe in die Augen getreten, denn auch *er* hatte, da der Himmelfahrtstag immer ein besonderes Familienfest für ihn gewesen, an der Glückseligkeit des Linkischen Paradieses teilnehmen, ja, er hatte es bis zu einer halben Portion Kaffee mit Rum und einer Bouteille Doppelbier treiben wollen und, um so recht schlampampen zu können, mehr Geld eingesteckt, als eigentlich erlaubt und tunlich war. Und nun hatte ihn der fatale Tritt in den Äpfelkorb um alles gebracht, was er bei sich getragen. An Kaffee, an Doppelbier, an Musik, an den Anblick der geputzten Mädchen – kurz! – an alle geträumten Genüsse war nicht zu denken; er schlich langsam vorbei und schlug endlich den Weg an der Elbe ein, der gerade ganz einsam war. Unter einem Holunderbaume, der aus der Mauer hervorgesprossen, fand er ein freundliches Rasenplätzchen; da setzte er sich hin und stopfte eine Pfeife von dem Sanitätsknaster, den ihm sein Freund, der Konrektor Paulmann, geschenkt. – Dicht vor ihm plätscherten und rauschten die goldgelben Wellen des schönen Elbstroms, hinter demselben streckte das herrliche Dresden kühn und stolz seine lichten Türme empor in den duftigen Himmelsgrund, der sich hinabsenkte auf die blumigen Wiesen und frisch grünenden Wälder, und aus tiefer Dämmerung gaben die zackichten Gebirge Kunde vom fernen Böhmerlande. Aber finster vor sich hin blickend, blies der Student Anselmus die Dampfwolken in die Luft, und sein Unmut wurde endlich laut, indem er sprach: »Wahr ist es doch, ich bin zu allem möglichen Kreuz und Elend geboren! – Daß ich niemals Bohnenkönig geworden, daß ich im Paar oder Unpaar immer falsch geraten, daß mein Butterbrot immer auf die fette Seite gefallen, von allem diesen Jammer will ich gar nicht reden; aber ist es nicht ein schreckliches Verhängnis, daß ich, als ich denn doch nun dem Satan zum Trotz Student geworden war, ein Kümmeltürke sein und bleiben mußte? – Ziehe ich wohl je einen neuen Rock an, ohne gleich das erste Mal einen Talgfleck hineinzubringen oder mir an einem übel eingeschlagenen Nagel ein verwünschtes Loch hineinzureißen? Grüße ich wohl je einen Herrn Hofrat oder eine Dame, ohne den Hut weit von mir zu schleudern oder gar auf dem glatten Boden auszugleiten und schändlich umzustülpen? Hatte ich nicht schon in Halle jeden Markttag eine bestimmte Ausgabe von drei bis vier Groschen für zertretene Töpfe, weil mir der Teufel in den Kopf setzt, meinen Gang geradeaus zu nehmen wie die Laminge? Bin ich denn ein einziges Mal ins Kollegium, oder wo man mich sonst hinbeschieden, zu rechter Zeit gekommen? Was half es, daß ich eine halbe Stunde vorher ausging und mich vor die Tür hinstellte, den Drücker in der Hand, denn sowie ich mit dem Glockenschlage aufdrücken wollte, goß mir der Satan ein Waschbecken über den Kopf oder ließ mich mit einem Heraustretenden zusammenrennen, daß ich in tausend Händel verwickelt wurde und darüber alles versäumte. – Ach! ach! wo seid ihr hin, ihr seligen Träume künftigen Glücks, wie ich stolz wähnte, ich könne es wohl hier noch bis zum Geheimen Sekretär bringen! Aber hat mir mein Unstern nicht die besten Gönner verfeindet? – Ich weiß, daß der Geheime Rat, an den ich empfohlen bin, verschnittenes Haar nicht leiden mag; mit Mühe befestigt der Friseur einen kleinen Zopf an meinem Hinterhaupt, aber bei der ersten Verbeugung springt die unglückselige Schnur, und ein munterer Mops, der mich umschnüffelt, apportiert im Jubel das Zöpfchen dem Geheimen Rate. Ich springe erschrocken nach und stürze über den Tisch, an dem er frühstückend gearbeitet hat, so daß Tassen, Teller, Tintenfaß – Sandbüchse klirrend herabstürzen und der Strom von Schokolade und Tinte sich über die eben geschriebene Relation ergießt. ›Herr, sind Sie des Teufels!‹ brüllt der erzürnte Geheime Rat und schiebt mich zur Tür hinaus. – Was hilft es, daß mir der Konrektor Paulmann Hoffnung zu einem Schreiberdienste gemacht hat; wird es denn mein Unstern zulassen, der mich überall verfolgt! – Nur noch heute! – Ich wollte den lieben Himmelfahrtstag recht in der Gemütlichkeit feiern, ich wollte ordentlich was daraufgehen lassen. Ich hätte ebensogut wie jeder andere Gast in Linkes Bade stolz rufen können: ›Markör – eine Flasche Doppelbier –

aber vom besten, bitte ich!‹ – Ich hätte bis spät abends sitzen können und noch dazu ganz nahe bei dieser oder jener Gesellschaft herrlich geputzter schöner Mädchen. Ich weiß es schon, der Mut wäre mir gekommen, ich wäre ein ganz anderer Mensch geworden; ja, ich hätte es so weit gebracht, daß, wenn diese oder jene gefragt: ›Wie spät mag es wohl jetzt sein?‹ oder: ›Was ist denn das, was sie spielen?‹, da wäre ich mit leichtem Anstande aufgesprungen, ohne mein Glas umzuwerfen oder über die Bank zu stolpern; mich in gebeugter Stellung anderthalb Schritte vorwärts bewegend, hätte ich gesagt: ›Erlauben Sie, Mademoiselle, Ihnen zu dienen, es ist die Ouvertüre aus dem «Donauweibchen»‹, oder: ›Es wird gleich sechs Uhr schlagen.‹ – Hätte mir das ein Mensch in der Welt übel deuten können? – Nein! sage ich, die Mädchen hätten sich so schalkhaft lächelnd angesehen, wie es wohl zu geschehen pflegt, wenn ich mich ermutige zu zeigen, daß ich mich auch wohl auf den leichten Weltton verstehe und mit Damen umzugehen weiß. Aber da führt mich der Satan in den verwünschten Äpfelkorb, und nun muß ich in der Einsamkeit meinen Sanitätsknaster –« Hier wurde der Student Anselmus in seinem Selbstgespräche durch ein sonderbares Rieseln und Rascheln unterbrochen, das sich dicht neben ihm im Grase erhob, bald aber in die Zweige und Blätter des Holunderbaums hinaufglitt, der sich über seinem Haupte wölbte. Bald war es, als schüttle der Abendwind die Blätter, bald, als kosten Vögelein in den Zweigen, die kleinen Fittiche im mutwilligen Hinundherflattern rührend. – Da fing es an zu flüstern und zu lispeln, und es war, als ertönten die Blüten wie aufgehangene Kristallglöckchen. Anselmus horchte und horchte. Da wurde, er wußte selbst nicht wie, das Gelispel und Geflüster und Geklingel zu leisen halbverwehten Worten:

»Zwischendurch – zwischenein – zwischen Zweigen, zwischen schwellenden Blüten schwingen, schlängeln, schlingen wir uns – Schwesterlein – Schwesterlein, schwinge dich im Schimmer – schnell, schnell herauf – herab – Abendsonne schießt Strahlen, zischelt der Abendwind – raschelt der Tau – Blüten singen – rühren wir Zünglein, singen wir mit Blüten und Zweigen – Sterne bald glänzen – müssen herab – zwischendurch, zwischenein schlängeln, schlingen, schwingen wir uns, Schwesterlein.«

So ging es fort in Sinne verwirrender Rede. Der Student Anselmus dachte: Das ist denn doch nur der Abendwind, der heute mit ordentlich verständlichen Worten flüstert. – Aber in dem Augenblick ertönte es über seinem Haupte wie ein Dreiklang heller Kristallglocken; er schaute hinauf und erblickte drei in grünem Gold erglänzende Schlänglein, die sich um die Zweige gewickelt hatten und die Köpfchen der Abendsonne entgegenstreckten. Da flüsterte und lispelte es von neuem in jenen Worten, und die Schlänglein schlüpften und kosten auf und nieder durch die Blätter und Zweige, und wie sie sich so schnell rührten, da war es, als streue der Holunderbusch tausend funkelnde Smaragde durch seine dunklen Blätter. Das ist die Abendsonne, die so in dem Holunderbusch spielt, dachte der Student Anselmus, aber da ertönten die Glocken wieder, und Anselmus sah, wie eine Schlange ihr Köpfchen nach ihm herabstreckte. Durch alle Glieder fuhr es ihm wie ein elektrischer Schlag, er erbebte im Innersten – er starrte hinauf, und ein Paar herrliche dunkelblaue Augen blickten ihn an mit unaussprechlicher Sehnsucht, so daß ein nie gekanntes Gefühl der höchsten Seligkeit und des tiefsten Schmerzes seine Brust zersprengen wollte. Und wie er voll heißen Verlangens immer in die holdseligen Augen schaute, da ertönten stärker in lieblichen Akkorden die Kristallglocken, und die funkelnden Smaragde fielen auf ihn herab und umspannen ihn, in tausend Flämmchen und um ihn her flackernd und spielend, mit schimmernden Goldfaden. Der Holunderbusch rührte sich und sprach: »Du lagst in meinem Schatten, mein Duft umfloß dich, aber du verstandest mich nicht. Der Duft ist meine Sprache, wenn ihn die Liebe entzündet.« Der Abendwind strich vorüber und sprach: »Ich umspielte deine Schläfe, aber du verstandest mich nicht, der Hauch ist meine Sprache, wenn ihn die Liebe entzündet.« Die Sonnenstrahlen brachen durch das Gewölk, und der Schein brannte wie in Worten: »Ich umgoß dich mit glühendem Gold, aber du verstandest mich nicht; Glut ist meine Sprache, wenn sie die Liebe entzündet.«

Und immer inniger und inniger versunken in den Blick des herrlichen Augenpaares, wurde heißer die Sehnsucht, glühender das Verlangen. Da regte und bewegte sich alles, wie zum frohen Leben erwacht. Blumen und Blüten dufteten um ihn her, und ihr Duft war wie herrlicher Gesang von tausend Flötenstimmen, und was sie gesungen, trugen im Widerhall die goldenen vorüberfliehenden Abendwolken in ferne Lande. Aber als der letzte Strahl der Sonne schnell hinter den Bergen verschwand und nun die Dämmerung ihren Flor über die Gegend warf, da rief, wie aus weiter Ferne, eine rauhe tiefe Stimme:

»Hei, hei, was ist das für ein Gemunkel und Geflüster da drüben? – Hei, hei, wer sucht mir doch den Strahl hinter den Bergen! – genug gesonnt, genug gesungen. – Hei, hei, durch Busch und Gras – durch Gras und Strom! – Hei – hei – Her u – u – u nter – Her u – u – u nter!«

So verschwand die Stimme wie im Murmeln eines fernen Donners, aber die Kristallglocken zerbrachen im schneidenden Mißton. Alles war verstummt, und Anselmus sah, wie die drei Schlangen schimmernd und blinkend durch das Gras nach dem Strome schlüpften; rischelnd und raschelnd stürzten sie sich in die Elbe, und über den Wogen, wo sie verschwunden, knisterte ein grünes Feuer empor, das in schiefer Richtung nach der Stadt zu leuchtend verdampfte.

Zweite Vigilie

Wie der Student Anselmus für betrunken und wahnwitzig gehalten wurde – Die Fahrt über die Elbe – Die Bravourarie des Kapellmeisters Graun – Conradis Magenlikör und das bronzierte Äpfelweib

»Der Herr ist wohl nicht recht bei Troste!« sagte eine ehrbare Bürgersfrau, die, vom Spaziergange mit der Familie heimkehrend, stillstand und mit übereinandergeschlagenen Armen dem tollen Treiben des Studenten Anselmus zusah. *Der* hatte nämlich den Stamm des Holunderbaumes umfaßt und rief unaufhörlich in die Zweige und Blätter hinein: »O nur noch einmal blinket und leuchtet, ihr lieblichen goldenen Schlänglein, nur noch einmal laßt eure Glockenstimmchen hören! Nur noch einmal blicket mich an, ihr holdseligen blauen Augen, nur noch einmal, ich muß ja sonst vergehen in Schmerz und heißer Sehnsucht!« Und dabei seufzte und ächzte er aus der tiefsten Brust recht kläglich und schüttelte vor Verlangen und Ungeduld den Holunderbaum, der aber statt aller Antwort nur ganz dumpf und unvernehmlich mit den Blättern rauschte und so den Schmerz des Studenten Anselmus ordentlich zu verhöhnen schien. – »Der Herr ist wohl nicht recht bei Troste«, sagte die Bürgersfrau, und dem Anselmus war es so, als würde er aus einem tiefen Traum gerüttelt oder gar mit eiskaltem Wasser begossen, um ja recht jähling zu erwachen. Nun sah er erst wieder deutlich, wo er war, und besann sich, wie ein sonderbarer Spuk ihn geneckt und gar dazu getrieben habe, ganz allein für sich selbst in laute Worte auszubrechen. Bestürzt blickte er die Bürgersfrau an und griff endlich nach dem Hute, der zur Erde gefallen, um davonzueilen. Der Familienvater war unterdessen auch herangekommen und hatte, nachdem er das Kleine, das er auf dem Arm getragen, ins Gras gesetzt, auf seinen Stock sich stützend, mit Verwunderung dem Studenten zugehört und zugeschaut. Er hob jetzt Pfeife und Tabaksbeutel auf, die der Student fallen lassen, und sprach, beides ihm hinreichend: »Lamentier der Herr nicht so schrecklich in der Finsternis und vexier Er nicht die Leute, wenn Ihm sonst nichts fehlt, als daß Er zuviel ins Gläschen geguckt – geh Er fein ordentlich zu Hause und leg Er sich aufs Ohr!« Der Student Anselmus schämte sich sehr, er stieß ein weinerliches »Ach!« aus. »Nun, nun«, fuhr der Bürgersmann fort, »laß es der Herr nur gut sein, so was geschieht den Besten, und am lieben Himmelfahrtstage kann man wohl in der Freude seines Herzens ein Schlückchen über den Durst tun. Das passiert auch wohl einem Mann Gottes – der Herr ist ja wohl auch ein Kandidat. – Aber wenn es der Herr erlaubt, stopf ich mir ein Pfeifchen von seinem Tabak, meiner ist mir da droben ausgegangen.« Dies sagte der Bürger, als der Student Anselmus schon Pfeife und Beutel einstecken wollte, und nun reinigte der Bürger langsam und bedächtig seine Pfeife und fing ebenso langsam an zu stopfen. Mehrere Bürgermädchen waren dazugetreten, die sprachen heimlich mit der Frau und kickerten miteinander, indem sie den Anselmus ansahen. *Dem* war es, als stände er auf lauter spitzigen Dornen und glühenden Nadeln. Sowie er nur Pfeife und Tabaksbeutel erhalten, rannte er spornstreichs davon. Alles, was er Wunderbares gesehen, war ihm rein aus dem Gedächtnis geschwunden, und er besann sich nur, daß er unter dem Holunderbaum allerlei tolles Zeug ganz laut geschwatzt, was ihm denn um so entsetzlicher war, als er von jeher einen innerlichen Abscheu gegen alle Selbstredner gehegt. »Der Satan schwatzt aus ihnen«, sagte sein Rektor, und daran glaubte er auch in der Tat. Für einen am Himmelfahrtstage betrunkenen Candidatus theologiae gehalten zu werden, der Gedanke war ihm unerträglich. Schon wollte er in die Pappelallee bei dem Koselschen Garten einbiegen, als eine Stimme hinter ihm rief: »Herr Anselmus! Herr Anselmus! wo rennen Sie denn um tausend Himmels willen hin in solcher Hast!« Der Student blieb wie in den Boden gewurzelt stehen, denn er war überzeugt, daß nun gleich ein neues Unglück auf ihn einbrechen werde. Die Stimme ließ sich wieder hören: »Herr Anselmus, so kommen Sie doch zurück, wir warten hier am Wasser!« – Nun vernahm der Student erst, daß es sein Freund, der Konrektor Paulmann, war, der ihn rief; er ging zurück an die Elbe und fand den Konrektor mit seinen beiden Töchtern sowie den Registrator Heerbrand, wie sie eben im Begriff waren, in eine Gondel zu steigen. Der Konrektor Paulmann lud den Studenten ein, mit ihm über die Elbe zu fahren und dann in seiner auf der Pirnaer Vorstadt gelegenen Wohnung abends über bei ihm zu bleiben. Der Student Anselmus nahm das recht gern an, weil er denn doch so dem bösen Verhängnis, das heute über ihn walte, zu entrinnen glaubte. Als sie nun über den Strom fuhren, begab es sich, daß auf dem jenseitigen Ufer bei dem Antonschen Garten ein Feuerwerk abgebrannt wurde. Prasselnd und zischend fuhren die Raketen in die Höhe, und die leuchtenden Sterne zersprangen in den Lüften, tausend knisternde Strahlen und Flammen um sich sprühend. Der Student Anselmus saß in sich gekehrt bei dem rudernden Schiffer, als er nun aber im Wasser den Widerschein der in der Luft herumsprühenden und knisternden Funken und Flammen erblickte, da war es ihm, als zögen die goldnen Schlänglein durch die Flut. Alles, was er unter dem Holunderbaum Seltsames geschaut, trat wieder lebendig in Sinn und Gedanken, und aufs neue ergriff ihn die unaussprechliche Sehnsucht, das glühende Verlangen, welches dort seine Brust in krampfhaft schmerzvollem Entzücken erschüttert. »Ach, seid ihr es denn wieder, ihr goldenen Schlänglein, singt nur, singt! In eurem Gesange erscheinen ja wieder die holden lieblichen dunkelblauen Augen – ach, seid ihr denn unter den Fluten!« – So rief der Student Anselmus und machte dabei eine heftige Bewegung, als wolle er sich gleich aus der Gondel in die Flut stürzen. »Ist der Herr des Teufels?« rief der Schiffer und erwischte ihn beim Rockschoß. Die Mädchen, welche bei ihm gesessen, schrien im Schreck auf und flüchteten auf die andere Seite der Gondel; der Registrator Heerbrand sagte dem Konrektor Paulmann etwas ins Ohr, worauf dieser mehreres antwortete, wovon der Student Anselmus aber nur die Worte verstand: »Dergleichen Anfälle – noch nicht bemerkt?« – Gleich nachher stand auch der Konrektor Paulmann auf und setzte sich mit einer gewissen ernsten gravitätischen Amtsmiene zu dem Studenten Anselmus, seine Hand nehmend und sprechend: »Wie ist Ihnen, Herr Anselmus?« Dem Studenten Anselmus vergingen beinahe die Sinne, denn in seinem Innern erhob sich ein toller Zwiespalt, den er vergebens beschwichtigen wollte. Er sah nun wohl deutlich, daß das, was er für das Leuchten der goldenen Schlänglein gehalten, nur der Widerschein des Feuerwerks bei Antons Garten war; aber ein nie gekanntes Gefühl, er wußte selbst nicht, ob Wonne, ob Schmerz, zog krampfhaft seine Brust zusammen, und wenn der Schiffer nun so mit dem Ruder ins Wasser hineinschlug, daß es, wie im Zorn sich emporkräuselnd, plätscherte und rauschte, da vernahm er in dem Getöse ein heimliches Lispeln und Flüstern: »Anselmus! Anselmus! Siehst du nicht, wie wir stets vor dir herziehen? – Schwesterlein blickt dich wohl wieder an – glaube – glaube – glaube an uns.« – Und es war ihm, als säh er im Widerschein drei grünglühende Streife. Aber als er dann recht wehmütig ins Wasser hineinblickte, ob nun nicht die holdseligen Augen aus der Flut herausschauen würden, da gewahrte er wohl, daß der Schein nur von den erleuchteten Fenstern der nahen Häuser herrührte. Schweigend saß er da und im Innern mit sich kämpfend; aber der Konrektor Paulmann sprach noch heftiger: »Wie ist Ihnen, Herr Anselmus?« Ganz kleinmütig antwortete der Student: »Ach, lieber Herr Konrektor, wenn Sie wüßten, was ich eben unter einem Holunderbaum bei der Linkeschen Gartenmauer ganz wachend mit offnen Augen für ganz besondere Dinge geträumt habe, ach, Sie würden mir es gar nicht verdenken, daß ich so gleichsam abwesend –« – »Ei, ei, Herr Anselmus«, fiel der Konrektor Paulmann ein, »ich habe Sie immer für einen soliden jungen Mann gehalten, aber träumen – mit hellen offenen Augen träumen und dann mit einemmal ins Wasser springen wollen, das – verzeihen Sie mir, können nur Wahnwitzige oder Narren!« – Der Student Anselmus wurde ganz betrübt über seines Freundes harte Rede, da sagte Paulmanns älteste Tochter Veronika, ein recht hübsches blühendes Mädchen von sechzehn Jahren: »Aber, lieber Vater, es muß dem Herrn Anselmus doch was Besonderes begegnet sein, und er glaubt vielleicht nur, daß er gewacht habe, unerachtet er unter dem Holunderbaum wirklich geschlafen und ihm allerlei närrisches Zeug vorgekommen, was ihm noch in Gedanken liegt.« – »Und, teuerste Mademoiselle, werter Konrektor!« nahm der Registrator Heerbrand das Wort, »sollte man denn nicht auch wachend in einen gewissen träumerischen Zustand versinken können? So ist mir in der Tat selbst einmal nachmittags beim Kaffee in einem solchen Hinbrüten, dem eigentlichen Moment körperlicher und geistiger Verdauung, die Lage eines verlornen Aktenstücks wie durch Inspiration eingefallen, und nur noch gestern tanzte auf gleiche Weise eine herrliche große lateinische Frakturschrift vor meinen hellen offenen Augen umher.« – »Ach, geehrtester Registrator«, erwiderte der Konrektor Paulmann, »Sie haben immer so einen Hang zu den Poeticis gehabt, und da verfällt man leicht in das Phantastische und Romanhafte.« Aber dem Studenten Anselmus tat es wohl, daß man sich seiner in der höchst betrübten Lage, für betrunken oder wahnwitzig gehalten zu werden, annahm, und unerachtet es ziemlich finster geworden, glaubte er doch zum ersten Male zu bemerken, wie Veronika recht schöne dunkelblaue Augen habe, ohne daß ihm jedoch jenes wunderbare Augenpaar, das er in dem Holunderbaum geschaut, in Gedanken kam. Überhaupt war dem Studenten Anselmus mit einem nun wieder das Abenteuer unter dem Holunderbaum ganz verschwunden, er fühlte sich so leicht und froh, ja er trieb es wie im lustigen Übermute so weit, daß er bei dem Heraussteigen aus der Gondel seiner Schutzrednerin Veronika die hülfreiche Hand bot und ohne weiteres, als sie ihren Arm in den seinigen hing, sie mit so vieler Geschicklichkeit und so vielem Glück zu Hause führte, daß er nur ein einziges Mal ausglitt, und da es gerade der einzige schmutzige Fleck auf dem ganzen Wege war, Veronikas weißes Kleid nur ganz wenig bespritzte. Dem Konrektor Paulmann entging die glückliche Änderung des Studenten Anselmus nicht, er gewann ihn wieder lieb und bat ihn der harten Worte wegen, die er vorhin gegen ihn fallen lassen, um Verzeihung. »Ja!« fügte er hinzu, »man hat wohl Beispiele, daß oft gewisse Phantasmata dem Menschen vorkommen und ihn ordentlich ängstigen und quälen können, das ist aber körperliche Krankheit, und es helfen Blutigel, die man, salva venia, dem Hintern appliziert, wie ein berühmter, bereits verstorbener Gelehrter bewiesen.« Der Student Anselmus wußte nun in der Tat selbst nicht, ob er betrunken, wahnwitzig oder krank gewesen, auf jeden Fall schienen ihm aber die Blutigel ganz unnütz, da die etwanigen Phantasmata gänzlich verschwunden und er sich immer heiterer fühlte, je mehr es ihm gelang, sich in allerlei Artigkeiten um die hübsche Veronika zu bemühen. Es wurde wie gewöhnlich nach der frugalen Mahlzeit Musik gemacht; der Student Anselmus mußte sich ans Klavier setzen, und Veronika ließ ihre helle klare Stimme hören. – »Werte Mademoiselle«, sagte der Registrator Heerbrand, »Sie haben eine Stimme wie eine Kristallglocke!« – »Das nun wohl nicht!« fuhr es dem Studenten Anselmus heraus, er wußte selbst nicht wie, und alle sahen ihn verwundert und betroffen an. »Kristallglocken tönen in Holunderbäumen wunderbar! wunderbar!« fuhr der Student Anselmus, halbleise murmelnd, fort. Da legte Veronika ihre Hand auf seine Schulter und sagte: »Was sprechen Sie denn da, Herr Anselmus?« Gleich wurde der Student wieder ganz munter und fing an zu spielen. Der Konrektor Paulmann sah ihn finster an, aber der Registrator Heerbrand legte ein Notenblatt auf den Pult und sang zum Entzücken eine Bravourarie vom Kapellmeister Graun. Der Student Anselmus akkompagnierte noch manches, und ein fugiertes Duett, das er mit Veronika vortrug und das der Konrektor Paulmann selbst komponiert, setzte alles in die fröhlichste Stimmung. Es war ziemlich spät worden, und der Registrator Heerbrand griff nach Hut und Stock, da trat der Konrektor Paulmann geheimnisvoll zu ihm hin und sprach: »Ei, wollen Sie nicht, geehrter Registrator, dem guten Herrn Anselmus selbst – nun! wovon wir vorhin sprachen.« – »Mit tausend Freuden«, erwiderte der Registrator Heerbrand und begann, nachdem sie sich im Kreise gesetzt, ohne weiteres in folgender Art: »Es ist hier am Orte ein alter wunderlicher merkwürdiger Mann, man sagt, er treibe allerlei geheime Wissenschaften; da es nun aber dergleichen eigentlich nicht gibt, so halte ich ihn eher für einen forschenden Antiquar, auch wohl nebenher für einen experimentierenden Chemiker. Ich meine niemand andern als unsern Geheimen Archivarius Lindhorst. Er lebt, wie Sie wissen, einsam in seinem entlegenen alten Hause, und wenn ihn der Dienst nicht beschäftigt, findet man ihn in seiner Bibliothek oder in seinem chemischen Laboratorio, wo er aber niemanden hineinläßt. Er besitzt außer vielen seltenen Büchern eine Anzahl zum Teil arabischer, koptischer und gar in sonderbaren Zeichen, die keiner bekannten Sprache angehören, geschriebener Manuskripte. Diese will er auf geschickte Weise kopieren lassen, und es bedarf dazu eines Mannes, der sich darauf versteht, mit der Feder zu zeichnen, um mit der höchsten Genauigkeit und Treue alle Zeichen auf Pergament, und zwar mit Tusche, übertragen zu können. Er läßt in einem besondern Zimmer seines Hauses unter seiner Aufsicht arbeiten, bezahlt außer dem freien Tisch während der Arbeit jeden Tag einen Speziestaler und verspricht noch ein ansehnliches Geschenk, wenn die Abschriften glücklich beendet. Die Zeit der Arbeit ist täglich von zwölf bis sechs Uhr. Von drei bis vier Uhr wird geruht und gegessen. Da er schon mit ein paar jungen Leuten vergeblich den Versuch gemacht hat, jene Manuskripte kopieren zu lassen, so hat er sich endlich an mich gewendet, ihm einen geschickten Zeichner zuzuweisen; da habe ich an Sie gedacht, lieber Herr Anselmus, denn ich weiß, daß Sie sowohl sehr sauber schreiben als auch mit der Feder zierlich und rein zeichnen. Wollen Sie daher in dieser schlechten Zeit und bis zu Ihrer etwanigen Anstellung den Speziestaler täglich verdienen und das Geschenk obendrein, so bemühen Sie sich morgen Punkt zwölf Uhr zu dem Herrn Archivarius, dessen Wohnung Ihnen bekannt sein wird. – Aber hüten Sie sich ja vor jedem Tinteflecken; fällt er auf die Abschrift, so müssen Sie ohne Gnade von vorn anfangen, fällt er auf das Original, so ist der Herr Archivarius imstande, Sie zum Fenster hinauszuwerfen, denn es ist ein zorniger Mann.« – Der Student Anselmus war voll inniger Freude über den Antrag des Registrators Heerbrand; denn nicht allein, daß er sauber schrieb und mit der Feder zeichnete, so war es auch seine wahre Passion, mit mühsamem kalligraphischen Aufwande abzuschreiben; er dankte daher seinen Gönnern in den verbindlichsten Ausdrücken und versprach, die morgende Mittagsstunde nicht zu versäumen. In der Nacht sah der

Student Anselmus nichts als blanke Speziestaler und hörte ihren lieblichen Klang. – Wer mag das dem Armen verargen, der, um so manche Hoffnung durch ein launisches Mißgeschick betrogen, jeden Heller zu Rate halten und manchem Genuß, den jugendliche Lebenslust forderte, entsagen mußte. Schon am frühen Morgen suchte er seine Bleistifte, seine Rabenfedern, seine chinesische Tusche zusammen; denn besser, dachte er, kann der Archivarius keine Materialen erfinden. Vor allen Dingen musterte und ordnete er seine kalligraphischen Meisterstücke und seine Zeichnungen, um sie dem Archivarius, zum Beweis seiner Fähigkeit, das Verlangte zu erfüllen, aufzuweisen. Alles ging glücklich vonstatten, ein besonderer Glücksstern schien über ihn zu walten, die Halsbinde saß gleich beim ersten Umknüpfen, wie sie sollte, keine Naht platzte, keine Masche zerriß in den schwarzseidenen Strümpfen, der Hut fiel nicht noch einmal in den Staub, als er schon sauber abgebürstet. – Kurz! – Punkt halb zwölf Uhr stand der Student Anselmus in seinem hechtgrauen Frack und seinen schwarzatlasnen Unterkleidern, eine Rolle Schönschriften und Federzeichnungen in der Tasche, schon auf der Schloßgasse in Conradis Laden und trank – eins – zwei Gläschen des besten Magenlikörs, denn hier, dachte er, indem er auf die annoch leere Tasche schlug, werden bald Speziestaler erklingen. Unerachtet des weiten Weges bis in die einsame Straße, in der sich das uralte Haus des Archivarius Lindhorst befand, war der Student Anselmus doch vor zwölf Uhr an der Haustür. Da stand er und schaute den großen schönen bronzenen Türklopfer an; aber als er nun auf den letzten, die Luft mit mächtigem Klange durchbebenden Schlag der Turmuhr an der Kreuzkirche den Türklopfer ergreifen wollte, da verzog sich das metallene Gesicht im ekelhaften Spiel blauglühender Lichtblicke zum grinsenden Lächeln. Ach! es war ja das Äpfelweib vom Schwarzen Tor!

Die spitzigen Zähne klapperten in dem schlaffen Maule zusammen, und in dem Klappern schnarrte es: »Du Narre – Narre – Narre – warte, warte! warum warst hinausgerannt! Narre!« – Entsetzt taumelte der Student Anselmus zurück, er wollte den Türpfosten ergreifen, aber seine Hand erfaßte die Klingelschnur und zog sie an, da läutete es stärker und stärker in gellenden Mißtönen, und durch das ganze öde Haus rief und spottete der Widerhall: «Bald dein Fall ins Kristall!« – Den Studenten Anselmus ergriff ein Grausen, das im krampfhaften Fieberfrost durch alle Glieder bebte. Die Klingelschnur senkte sich hinab und wurde zur weißen durchsichtigen Riesenschlange, die umwand und drückte ihn, fester und fester ihr Gewinde schnürend, zusammen, daß die mürben zermalmten Glieder knackend zerbröckelten und sein Blut aus den Adern spritzte, eindringend in den durchsichtigen Leib der Schlange und ihn rot färbend. – »Töte mich, töte mich!« wollte er schreien in der entsetzlichen Angst, aber sein Geschrei war nur ein dumpfes Röcheln. – Die Schlange erhob ihr Haupt und legte die lange spitzige Zunge von glühendem Erz auf die Brust des Anselmus, da zerriß ein schneidender Schmerz jähling die Pulsader des Lebens, und es vergingen ihm die Gedanken. – Als er wieder zu sich selbst kam, lag er auf seinem dürftigen Bettlein, vor ihm stand aber der Konrektor Paulmann und sprach: »Was treiben Sie denn um Himmels willen für tolles Zeug, lieber Herr Anselmus!«

Dritte Vigilie

Nachrichten von der Familie des Archivarius Lindhorst – Veronikas blaue Augen – Der Registrator Heerbrand

»Der Geist schaute auf das Wasser, da bewegte es sich und brauste in schäumenden Wogen und stürzte sich donnernd in die Abgründe, die ihre schwarzen Rachen aufsperrten, es gierig zu verschlingen. Wie triumphierende Sieger hoben die Granitfelsen ihre zackicht gekrönten Häupter empor, das Tal schützend, bis es die Sonne in ihren mütterlichen Schoß nahm und, es umfassend, mit ihren Strahlen wie mit glühenden Armen pflegte und wärmte. Da erwachten tausend Keime, die unter dem öden Sande geschlummert, aus dem tiefen Schlafe und streckten ihre grüne Blättlein und Halme zum Angesicht der Mutter hinauf, und wie lächelnde Kinder in grüner Wiege ruhten in den Blüten und Knospen Blümlein, bis auch sie, von der Mutter geweckt, erwachten und sich schmückten mit den Lichtern, die die Mutter ihnen zur Freude auf tausendfache Weise bunt gefärbt. Aber in der Mitte des Tals war ein schwarzer Hügel, der hob sich auf und nieder wie die Brust des Menschen, wenn glühende Sehnsucht sie schwellt. – Aus den Abgründen rollten die Dünste empor, und sich zusammenballend in gewaltige Massen, strebten sie das Angesicht der Mutter feindlich zu verhüllen; die rief aber den Sturm herbei, der fuhr zerstäubend unter sie, und als der reine Strahl wieder den schwarzen Hügel berührte, da brach im Übermaß des Entzückens eine herrliche Feuerlilie hervor, die schönen Blätter wie holdselige Lippen öffnend, der Mutter süße Küsse zu empfangen. – Nun schritt ein glänzendes Leuchten in das Tal; es war der Jüngling Phosphorus, den sah die Feuerlilie und flehte, von heißer sehnsüchtiger Liebe befangen: ›Sei doch mein ewiglich, du schöner Jüngling! denn ich liebe dich und muß vergehen, wenn du mich verlässest.‹ Da sprach der Jüngling Phosphorus: ›Ich will dein sein, du schöne Blume, aber dann wirst du, wie ein entartet Kind, Vater und Mutter verlassen, du wirst deine Gespielin nicht mehr kennen, du wirst größer und mächtiger sein wollen als alles, was sich jetzt als deinesgleichen mit dir freut. Die Sehnsucht, die jetzt dein ganzes Wesen wohltätig erwärmt, wird, in hundert

Strahlen zerspaltet, dich quälen und martern, denn der Sinn wird die Sinne gebären, und die höchste Wonne, die der Funke entzündet, den ich in dich hineinwerfe, ist der hoffnungslose Schmerz, in dem du untergehst, um aufs neue fremdartig emporzukeimen. – Dieser Funke ist der Gedanke!‹ – ›Ach!‹ klagte die Lilie, ›kann ich denn nicht in der Glut, wie sie jetzt in mir brennt, dein sein? Kann ich dich denn mehr lieben als jetzt, und kann ich dich denn schauen wie jetzt, wenn du mich vernichtest?‹ Da küßte sie der Jüngling Phosphorus, und wie vom Lichte durchstrahlt, loderte sie auf in Flammen, aus denen ein fremdes Wesen hervorbrach, das, schnell dem Tale entfliehend, im unendlichen Raume herumschwärmte, sich nicht kümmernd um die Gespielen der Jugend und um den geliebten Jüngling. Der klagte um die verlorne Geliebte, denn auch ihn brachte ja nur die unendliche Liebe zu der schönen Lilie in das einsame Tal, und die Granitfelsen neigten ihre Häupter teilnehmend vor dem Jammer des Jünglings. Aber einer öffnete seinen Schoß, und es kam ein schwarzer geflügelter Drache rauschend herausgeflattert und sprach: ›Meine Brüder, die Metalle, schlafen da drinnen, aber ich bin stets munter und wach und will dir helfen.‹ Sich auf- und niederschwingend, erhaschte endlich der Drache das Wesen, das der Lilie entsprossen, trug es auf den Hügel und umschloß es mit seinem Fittich; da war es wieder die Lilie, aber der bleibende Gedanke zerriß ihr Innerstes, und die Liebe zu dem Jüngling Phosphorus war ein schneidender Jammer, von dem, von giftigen Dünsten angehaucht, die Blümlein, die sonst sich ihres Blicks gefreut, verwelkten und starben. Der Jüngling Phosphorus legte eine glänzende Rüstung an, die in tausendfarbigen Strahlen spielte, und kämpfte mit dem Drachen, der mit seinem schwarzen Fittich an den Panzer schlug, daß er hell erklang; und von dem mächtigen Klange lebten die Blümlein wieder auf und umflatterten wie bunte

Vögel den Drachen, dessen Kräfte schwanden und der besiegt sich in der Tiefe der Erde verbarg. Die Lilie war befreit, der Jüngling Phosphorus umschlang sie voll glühenden Verlangens himmlischer Liebe, und im hochjubelnden Hymnus huldigten ihr die Blumen, die Vögel, ja selbst die hohen Granitfelsen als Königin des Tals.« – »Erlauben Sie, das ist orientalischer Schwulst, werter Herr Archivarius!« sagte der Registrator Heerbrand, »und wir baten denn doch, Sie sollten, wie Sie sonst wohl zu tun pflegen, uns etwas aus Ihrem höchst merkwürdigen Leben, etwa von Ihren Reiseabenteuern, und zwar etwas Wahrhaftiges, erzählen.« – »Nun, was denn«, erwiderte der Archivarius Lindhorst, »das, was ich soeben erzählt, ist das Wahrhaftigste, was ich euch auftischen kann, ihr Leute, und gehört in gewisser Art auch zu meinem Leben. Denn ich stamme eben aus jenem Tale her, und die Feuerlilie, die zuletzt als Königin herrschte, ist meine Ur – ur – ur – urgroßmutter, weshalb ich denn auch eigentlich ein Prinz bin.« – Alle brachen in schallendes Gelächter aus. – »Ja, lacht nur recht herzlich«, fuhr der Archivarius Lindhorst fort, »euch mag wohl das, was ich freilich nur in ganz dürftigen Zügen erzählt habe, unsinnig und toll vorkommen, aber es ist dessen unerachtet nichts weniger als ungereimt oder auch nur allegorisch gemeint, sondern buchstäblich wahr. Hätte ich aber gewußt, daß euch die herrliche Liebesgeschichte, der auch ich meine Entstehung zu verdanken habe, so wenig gefallen würde, so hätte ich lieber manches Neue mitgeteilt, das mir mein Bruder beim gestrigen Besuch mitbrachte.« – »Ei, wie das? Haben Sie denn einen Bruder, Herr Archivarius? – wo ist er denn – wo lebt er denn? Auch in königlichen Diensten, oder vielleicht ein privatisierender Gelehrter?« – so fragte man von allen Seiten. – »Nein!« erwiderte der Archivarius, ganz kalt und gelassen eine Prise nehmend, »er hat sich auf die schlechte Seite gelegt und ist unter die Drachen gegangen.«

– »Wie beliebten Sie doch zu sagen, wertester Archivarius«, nahm der Registrator Heerbrand das Wort, »unter die Drachen?« – »Unter die Drachen?« hallte es von allen Seiten wie ein Echo nach. – »Ja, unter die Drachen«, fuhr der Archivarius Lindhorst fort; »eigentlich war es Desperation. Sie wissen, meine Herren, daß mein Vater vor ganz kurzer Zeit starb, es sind nur höchstens dreihundertundfünfundachtzig Jahre her, weshalb ich auch noch Trauer trage; der hatte mir, dem Liebling, einen prächtigen Onyx vermacht, den durchaus mein Bruder haben wollte. Wir zankten uns bei der Leiche des Vaters darüber auf eine ungebührliche Weise, bis der Selige, der die Geduld verlor, aufsprang und den bösen Bruder die Treppe hinunterwarf. Das wurmte meinen Bruder, und er ging stehenden Fußes unter die Drachen. Jetzt hält er sich im Zypressenwalde dicht bei Tunis auf, dort hat er einen berühmten mystischen Karfunkel zu bewachen, dem ein Teufelskerl von Nekromant, der ein Sommerlogis in Lappland bezogen, nachstellt, weshalb er denn nur auf ein Viertelstündchen, wenn gerade der Nekromant im Garten seine Salamanderbeete besorgt, abkommen kann, um mir in der Geschwindigkeit zu erzählen, was es gutes Neues an den Quellen des Nils gibt.« – Zum zweiten Male brachen die Anwesenden in ein schallendes Gelächter aus, aber dem Studenten Anselmus wurde ganz unheimlich zumute, und er konnte dem Archivarius Lindhorst kaum in die starren ernsten Augen sehen, ohne innerlich auf eine ihm selbst unbegreifliche Weise zu erbeben. Zumal hatte die rauhe, aber sonderbar metallartig tönende Stimme des Archivarius Lindhorst für ihn etwas geheimnisvoll Eindringendes, daß er Mark und Bein erzittern fühlte. Der eigentliche Zweck, weshalb ihn der Registrator Heerbrand mit in das Kaffeehaus genommen hatte, schien heute nicht erreichbar zu sein. Nach jenem Vorfall vor dem Hause des Archivarius Lindhorst war nämlich der Student Anselmus nicht dahin zu vermögen gewesen, den Besuch zum zweiten Male zu wagen; denn nach seiner innersten Überzeugung hatte nur der Zufall ihn, wo nicht vom Tode, doch von der Gefahr, wahnwitzig zu werden, befreit. Der Konrektor Paulmann war eben durch die Straße gegangen, als er ganz von Sinnen vor der Haustür lag und ein altes Weib, die ihren Kuchen- und Äpfelkorb beiseite gesetzt, um ihn beschäftigt war. Der Konrektor Paulmann hatte sogleich eine Portechaise herbeigerufen und ihn so nach Hause transportiert. »Man mag von mir denken, was man will«, sagte der Student Anselmus, »man mag mich für einen Narren halten oder nicht – genug! – an dem Türklopfer grinste mir das vermaledeite Gesicht der Hexe vom Schwarzen Tore entgegen; was nachher geschah, davon will ich lieber gar nicht reden, aber wäre ich aus meiner Ohnmacht erwacht und hätte das verwünschte Äpfelweib vor mir gesehen (denn niemand anders war doch das alte, um mich beschäfigte Weib), mich hätte augenblicklich der Schlag gerührt, oder ich wäre wahnsinnig geworden.« Alles Zureden, alle vernünftige Vorstellungen des Konrektors Paulmann und Registrators Heerbrand fruchteten gar nichts, und selbst die blauäugige Veronika vermochte nicht, ihn aus einem gewissen tiefsinnigen Zustande zu reißen, in den er versunken. Man hielt ihn nun in der Tat für seelenkrank und sann auf Mittel, ihn zu zerstreuen, worauf der Registrator Heerbrand meinte, daß nichts dazu dienlicher sein könne als die Beschäftigung bei dem Archivarius Lindhorst, nämlich das Nachmalen der Manuskripte. Es kam nur darauf an, den Studenten Anselmus auf gute Art dem Archivarius Lindhorst bekannt zu machen, und da der Registrator Heerbrand wußte, daß dieser beinahe jeden Abend ein gewisses bekanntes Kaffeehaus besuchte, so lud er den Studenten Anselmus ein, jeden Abend so lange auf seine, des Registrators, Kosten in jenem Kaffeehause ein Glas Bier zu trinken und eine Pfeife zu rauchen, bis er auf diese oder jene Art dem Archivarius bekannt und mit ihm über das Geschäft des Abschreibens der Manuskripte einig worden, welches der Student Anselmus dankbarlichst annahm. »Sie verdienen Gottes Lohn, werter Registrator! wenn Sie den jungen Menschen zur Raison bringen«, sagte der Konrektor Paulmann. »Gottes Lohn!« wiederholte Veronika, indem sie die Augen fromm zum Himmel erhub und lebhaft daran dachte, wie der Student Anselmus schon jetzt ein recht artiger junger Mann sei, auch ohne Raison! – Als der Archivarius Lindhorst eben mit Hut und Stock zur Tür hinausschreiten wollte, da ergriff der Registrator Heerbrand den Studenten Anselmus rasch bei der Hand, und mit ihm dem Archivarius den Weg vertretend, sprach er: »Geschätztester Herr Geheimer Archivarius, hier ist der Student Anselmus, der, ungemein geschickt im Schönschreiben und Zeichnen, Ihre seltenen Manuskripte kopieren will.« – »Das ist mir ganz ungemein lieb«, erwiderte der Archivarius Lindhorst rasch, warf den dreieckigen soldatischen Hut auf den Kopf und eilte, den Registrator Heerbrand und den Studenten Anselmus beiseite schiebend, mit vielem Geräusch die Treppe hinab, so daß beide ganz verblüfft dastanden und die Stubentür anguckten, die er dicht vor ihnen zugeschlagen, daß die Angeln klirrten. »Das ist ja ein ganz wunderlicher alter Mann«, sagte Registrator Heerbrand. – »Wunderlicher alter Mann«, stotterte der Student Anselmus nach, fühlend, wie ein Eisstrom ihm durch alle Adern fröstelte, daß er beinahe zur starren Bildsäule worden. Aber alle Gäste lachten und sagten: »Der Archivarius war heute einmal wieder in seiner besonderen Laune, morgen ist er gewiß sanftmütig und spricht kein Wort, sondern sieht in die Dampfwirbel seiner Pfeife oder liest Zeitungen, man muß sich daran gar nicht kehren.« – Das ist auch wahr, dachte der Student Anselmus, wer wird sich an so etwas kehren! Hat der Archivarius nicht gesagt, es sei ihm ganz ungemein lieb, daß ich seine Manuskripte kopieren wolle? – und warum vertrat ihm auch der Registrator Heerbrand den Weg, als er gerade nach Hause gehen wollte? – Nein, nein, es ist ein lieber Mann, im Grunde genommen, der Herr Geheime Archivarius Lindhorst, und liberal erstaunlich – nur kurios in absonderlichen Redensarten. – Allein, was schadet das mir? – Morgen gehe ich hin Punkt zwölf Uhr, und setzten sich hundert bronzierte Äpfelweiber dagegen.

Vierte Vigilie

Melancholie des Studenten Anselmus – Der smaragdene Spiegel – Wie der Archivarius Lindhorst als Stoßgeier davonflog und der Student Anselmus niemandem begegnete

Wohl darf ich geradezu dich selbst, günstiger Leser! fragen, ob du in deinem Leben nicht Stunden, ja Tage und Wochen hattest, in denen dir all dein gewöhnliches Tun und Treiben ein recht quälendes Mißbehagen erregte und in denen dir alles, was dir sonst recht wichtig und wert in Sinn und Gedanken zu tragen vorkam, nun läppisch und nichtswürdig erschien? Du wußtest dann selbst nicht, was du tun und wohin du dich wenden solltest; ein dunkles Gefühl, es müsse irgendwo und zu irgendeiner Zeit ein hoher, den Kreis alles irdischen Genusses überschreitender Wunsch erfüllt werden, den der Geist, wie ein strenggehaltenes furchtsames Kind, gar nicht auszusprechen wage, erhob deine Brust, und in dieser Sehnsucht nach dem unbekannten Etwas, das dich überall, wo du gingst und standest, wie ein duftiger Traum mit duchsichtigen, vor dem schärferen Blick zerfließenden Gestalten umschwebte, verstummtest du für alles, was dich hier umgab. Du schlichst mit trübem Blick umher wie ein hoffnungslos Liebender, und alles, was du die

Menschen auf allerlei Weise im bunten Gewühl durcheinander treiben sahst, erregte dir keinen Schmerz und keine Freude, als gehörtest du nicht mehr dieser Welt an. Ist dir, günstiger Leser, jemals so zumute gewesen, so kennst du selbst aus eigner Erfahrung den Zustand, in dem sich der Student Anselmus befand. Überhaupt wünschte ich, es wäre mir schon jetzt gelungen, dir, geneigter Leser! den Studenten Anselmus recht lebhaft vor Augen zu bringen. Denn in der Tat, ich habe in den Nachtwachen, die ich dazu verwende, seine höchst sonderbare Geschichte aufzuschreiben, noch so viel Wunderliches, das wie eine spukhafte Erscheinung das alltägliche Leben ganz gewöhnlicher Menschen ins Blaue hinausrückte, zu erzählen, daß mir bange ist, du werdest am Ende weder an den Studenten Anselmus noch an den Archivarius Lindhorst glauben, ja wohl gar einige ungerechte Zweifel gegen den Konrektor Paulmann und den Registrator Heerbrand hegen, unerachtet wenigstens die letztgenannten achtbaren Männer noch jetzt in Dresden umherwandeln. Versuche es, geneigter Leser! in dem feenhaften Reiche voll herrlicher Wunder, die die höchste Wonne sowie das tiefste Entsetzen in gewaltigen Schlägen hervorrufen, ja, wo die ernste Göttin ihren Schleier lüftet, daß wir ihr Antlitz zu schauen wähnen – aber ein Lächeln schimmert oft aus dem ernsten Blick, und das ist der neckhafte Scherz, der in allerlei verwirrendem Zauber mit uns spielt, so wie die Mutter oft mit ihren liebsten Kindern tändelt –, ja! in diesem Reiche, das uns der Geist so oft, wenigstens im Traume, aufschließt, versuche es, geneigter Leser! die bekannten Gestalten, wie sie täglich, wie man zu sagen pflegt im gemeinen Leben, um dich herwandeln, wiederzuerkennen. Du wirst dann glauben, daß dir jenes herrliche Reich viel näher liege, als du sonst wohl meintest, welches ich nun eben recht herzlich wünsche und dir in der seltsamen Geschichte des Studenten Anselmus anzudeuten strebe. – Also, wie gesagt, der Student Anselmus geriet seit jenem Abende, als er den Archivarius Lindhorst gesehen, in ein träumerisches Hinbrüten, das ihn für jede äußere Berührung des gewöhnlichen Lebens unempfindlich machte. Er fühlte, wie ein unbekanntes Etwas in seinem Innersten sich regte und ihm jenen wonnevollen Schmerz verursachte, der eben die Sehnsucht ist, welche dem Menschen ein anderes, höheres Sein verheißt. Am liebsten war es ihm, wenn er allein durch Wiesen und Wälder schweifen und, wie losgelöst von allem, was ihn an sein dürftiges Leben fesselte, nur im Anschauen der mannigfachen Bilder, die aus seinem Innern stiegen, sich gleichsam selbst wiederfinden konnte. So kam es denn, daß er einst, von einem weiten Spaziergange heimkehrend, bei jenem merkwürdigen Holunderbusch vorüberschritt, unter dem er damals, wie von Feerei befangen, so viel Seltsames sah; er fühlte sich wunderbarlich von dem grünen heimatlichen Rasenfleck angezogen, aber kaum hatte er sich daselbst niedergelassen, als alles, was er damals wie in einer himmlischen Verzückung geschaut und das wie von einer fremden Gewalt aus seiner Seele verdrängt worden, ihm wieder in den lebhaftesten Farben vorschwebte, als sähe er es zum zweiten Mal. Ja, noch deutlicher als damals war es ihm, daß die holdseligen blauen Augen der goldgrünen Schlange angehörten, die in der Mitte des Holunderbaums sich emporwand, und daß in den Windungen des schlanken Leibes all die herrlichen Kristallglockentöne hervorblitzen mußten, die ihn mit Wonne und Entzücken erfüllten. So wie damals am Himmelfahrtstage umfaßte er den Holunderbaum und rief in die Zweige und Blätter hinein: »Ach, nur noch einmal schlängle und schlinge und winde dich, du holdes grünes Schlänglein, in den Zweigen, daß ich dich schauen mag. – Nur noch einmal blicke mich an mit deinen holdseligen Augen! Ach, ich liebe dich ja und muß in Trauer und Schmerz vergehen, wenn du nicht wiederkehrst!« Alles blieb jedoch stumm und still, und wie damals rauschte der Holunderbaum nur ganz unvernehmlich mit seinen Zweigen und Blättern. Aber dem Studenten Anselmus war es, als wisse er nun, was sich in seinem Innern so rege und bewege, ja was seine Brust so im Schmerz einer unendlichen Sehnsucht zerreiße. »Ist es denn etwas anderes«, sprach er, »als daß ich dich so ganz mit voller Seele bis zum Tode liebe, du herrliches goldenes Schlänglein, ja daß ich ohne dich nicht zu leben vermag und vergehen muß in hoffnungsloser Not, wenn ich dich nicht wiedersehe, dich nicht habe wie die Geliebte meines Herzens – aber ich weiß es, du wirst mein und dann alles, was herrliche Träume aus einer andern, höhern Welt mir verheißen, erfüllt sein«. – Nun ging der Student Anselmus jeden Abend, wenn die Sonne nur noch in die Spitzen der Bäume ihr funkelndes Gold streute, unter den Holunderbaum und rief aus tiefer Brust mit ganz kläglichen Tönen in die Blätter und Zweige hinein nach der holden Geliebten, dem goldgrünen Schlänglein. Als er dieses wieder einmal nach gewöhnlicher Weise trieb, stand plötzlich ein langer hagerer Mann, in einen weiten lichtgrauen Überrock gehüllt, vor ihm und rief, indem er ihn mit seinen großen feurigen Augen anblitzte: »Hei, hei – was klagt und winselt denn da? – Hei, hei, das ist ja Herr Anselmus, der meine Manuskripte kopieren will.« Der Student Anselmus erschrak nicht wenig vor der gewaltigen Stimme, denn es war ja dieselbe, die damals am Himmelfahrtstage gerufen: »Hei, hei! was ist das für ein Gemunkel und Geflüster« etc. Er konnte vor Staunen und Schreck kein Wort herausbringen. – »Nun, was ist Ihnen denn, Herr Anselmus«, fuhr der Archivarius Lindhorst fort (niemand anders war der Mann im weißgrauen Überrock), »was wollen Sie von dem Holunderbaum, und warum sind Sie denn nicht zu mir gekommen, um Ihre Arbeit anzufangen?« – Wirklich hatte der Student Anselmus es noch nicht über sich vermocht, den Archivarius Lindhorst wieder in seinem Hause aufzusuchen, unerachtet er sich jenen Abend ganz dazu ermutigt, in diesem Augenblick aber, als er seine schönen Träume, und noch dazu durch dieselbe feindselige Stimme, die schon damals ihm die Geliebte geraubt, zerrissen sah, erfaßte ihn eine Art Verzweiflung, und er brach ungestüm los: »Sie mögen mich nun für wahnsinnig halten oder nicht, Herr Archivarius! das gilt mir ganz gleich, aber hier auf diesem Baume erblickte ich am Himmelfahrtstage die goldgrüne Schlange – ach! die ewig Geliebte meiner Seele, und sie sprach zu mir in herrlichen Kristalltönen, aber Sie – Sie! Herr Archivarius, schrien und riefen so erschrecklich übers Wasser her.« – »Wie das, mein Gönner!« unterbrach ihn der Archivarius Lindhorst, indem er ganz sonderbar lächelnd eine Prise nahm. – Der Student Anselmus fühlte, wie seine Brust sich erleichterte, als es ihm nur gelungen, von jenem wunderbaren Abenteuer anzufangen, und es war ihm, als sei es schon ganz recht, daß er den Archivarius geradezu beschuldigt: *er* sei es gewesen, der so aus der Ferne gedonnert. Er nahm sich zusammen, sprechend: »Nun, so will ich denn alles erzählen, was mir an dem Himmelfahrtsabende Verhängnisvolles begegnet, und dann mögen Sie reden und tun und überhaupt denken über mich, was Sie wollen.« – Er erzählte nun wirklich die ganze wunderliche Begebenheit von dem unglücklichen Tritt in den Äpfelkorb an bis zum Entfliehen der drei goldgrünen Schlangen übers Wasser, und wie ihn nun die Menschen für betrunken oder wahnsinnig gehalten. »Das alles«, schloß der Student Anselmus, »habe ich wirklich gesehen, und tief in der Brust ertönen noch im hellen Nachklang die lieblichen Stimmen, die zu mir sprachen; es war keinesweges ein Traum, und soll ich nicht vor Liebe und Sehnsucht sterben, so muß ich an die goldgrünen Schlangen glauben, unerachtet ich an Ihrem Lächeln, werter Herr Archivarius, wahrnehme, daß Sie ebendiese Schlangen nur für ein Erzeugnis meiner erhitzten, überspannten Einbildungskraft halten.« – »Mitnichten«, erwiderte der Archivarius in der größten Ruhe und Gelassenheit, »die goldgrünen Schlangen, die Sie, Herr Anselmus, in dem Holunderbusch gesehen, waren nun eben meine drei Töchter, und daß Sie sich in die blauen Augen der jüngsten, Serpentina genannt, gar sehr verliebt, das ist nun wohl klar. Ich wußte es übrigens schon am Himmelfahrtstage, und da mir zu Hause, am Arbeitstisch sitzend, des Gemunkels und Geklingels zuviel wurde, rief ich den losen Dirnen zu, daß es Zeit sei, nach Hause zu eilen, denn die Sonne ging schon unter, und sie hatten sich genug mit Singen und Strahlentrinken erlustigt.« – Dem Studenten Anselmus war es, als würde ihm nur etwas mit deutlichen Worten gesagt, was er längst geahnet, und ob er gleich zu bemerken glaubte, daß sich Holunderbusch, Mauer und Rasenboden und alle Gegenstände ringsumher leise zu drehen anfingen, so raffte er sich doch zusammen und wollte etwas reden, aber der Archivarius ließ ihn nicht zu Worte kommen, sondern zog schnell den Handschuh von der linken Hand herunter, und indem er den in wunderbaren Funken und Flammen blitzenden Stein eines Ringes dem Studenten vor Augen hielt, sprach er: »Schauen Sie her, werter Herr Anselmus, Sie können darüber, was Sie erblicken, eine Freude haben.« Der Student Anselmus schaute hin, und, o Wunder! der Stein warf wie aus einem brennenden Fokus Strahlen ringsherum, und die Strahlen verspannen sich zum hellen leuchtenden Kristallspiegel, in dem in mancherlei Windungen, bald einander fliehend, bald sich ineinanderschlingend, die drei goldgrünen Schlänglein tanzten und hüpften. Und wenn die schlanken, in tausend Funken blitzenden Leiber sich berührten, da erklangen herrliche Akkorde wie Kristallglocken, und die mittelste streckte wie voll Sehnsucht und voll Verlangen das Köpfchen zum Spiegel heraus, und die dunkelblauen Augen sprachen: »Kennst du mich denn – glaubst du denn an mich, Anselmus? – nur in dem Glauben ist die Liebe – kannst du denn lieben?« – »O Serpentina, Serpentina!« schrie der Student Anselmus in wahnsinnigem Entzücken, aber der Archivarius Lindhorst hauchte schnell auf den Spiegel, da fuhren in elektrischem Geknister die Strahlen in den Fokus zurück, und an der Hand blitzte nur wieder ein kleiner Smaragd, über den der Archivarius den Handschuh zog. »Haben Sie die goldnen Schlänglein gesehen, Herr Anselmus?« fragte der Archivarius Lindhorst. »Ach Gott, ja!« erwiderte der Student, »und die holde liebliche Serpentina.« – »Still«, fuhr der Archivarius Lindhorst fort, »genug für heute; übrigens können Sie ja, wenn Sie sich entschließen wollen, bei mir zu arbeiten, meine Töchter oft genug sehen, oder vielmehr, ich will Ihnen dies wahrhaftige Vergnügen verschaffen, wenn Sie sich bei der Arbeit recht brav halten, das heißt: mit der größten Genauigkeit und Reinheit jedes Zeichen kopieren. Aber Sie kommen ja gar nicht zu mir, unerachtet mir der Registrator Heerbrand versicherte, Sie würden sich nächstens einfinden, und ich deshalb mehrere Tage vergebens gewartet.« – Sowie der Archivarius Lindhorst den Namen Heerbrand nannte, war es dem Studenten Anselmus erst wieder, als stehe er wirklich mit beiden Füßen auf der Erde und er wäre wirklich der Student Anselmus und der vor ihm stehende Mann der Archivarius Lindhorst. Der gleichgültige Ton, in dem dieser sprach, hatte im grellen Kontrast mit den wunderbaren Erscheinungen, die er wie ein wahrhafter Nekromant hervorrief, etwas Grauenhaftes, das durch den stechenden Blick der funkelnden Augen, die aus den knöchernen Höhlen des mageren, runzlichten Gesichts wie aus einem Gehäuse hervorstrahlten, noch erhöht wurde, und den Studenten ergriff mit Macht dasselbe unheimliche Gefühl, welches sich seiner schon auf dem Kaffeehause bemeisterte, als der Archivarius so viel Abenteuerliches erzählte. Nur mit Mühe faßte er sich, und als der Archivarius nochmals fragte: »Nun, warum sind Sie denn nicht zu mir gekommen?«, da erhielt er es über sich, alles zu erzählen, was ihm an der Haustür begegnet. »Lieber Herr Anselmus«, sagte der Archivarius, als der Student seine Erzählung geendet, »lieber Herr Anselmus, ich kenne wohl das Äpfelweib, von der Sie zu sprechen belieben; es ist eine fatale Kreatur, die mir allerhand Possen spielt, und daß sie sich hat bronzieren lassen, um als Türklopfer die mir angenehmen Besuche zu verscheuchen, das ist in der Tat sehr arg und nicht zu leiden. Wollten Sie doch, werter Herr Anselmus, wenn Sie morgen um zwölf Uhr zu mir kommen und wieder etwas von dem Angrinsen und Anschnarren vermerken, ihr gefälligst was weniges von diesem Liquor auf die Nase tröpfeln, dann wird sich sogleich alles geben. Und nun adieu! lieber Herr Anselmus, ich gehe etwas rasch, deshalb will ich Ihnen nicht zumuten, mit mir nach der Stadt zurückzukehren. – Adieu! auf Wiedersehen, morgen um zwölf Uhr.« – Der Archivarius hatte dem Studenten Anselmus ein kleines Fläschchen mit einem goldgelben Liquor gegeben, und nun schritt er rasch von dannen, so, daß er in der tiefen Dämmerung, die unterdessen eingebrochen, mehr in das Tal hinabzuschweben als zu gehen schien. Schon war er in der Nähe des Koselschen Gartens, da setzte sich der Wind in den weiten Überrock und trieb die Schöße auseinander, daß sie wie ein Paar große Flügel in den Lüften flatterten und es dem Studenten Anselmus, der verwunderungsvoll dem Archivarius nachsah, vorkam, als breite ein großer Vogel die Fittiche aus zum raschen Fluge. – Wie der Student nun so in die Dämmerung hineinstarrte, da erhob sich mit krächzendem Geschrei ein weißgrauer Geier hoch in die Lüfte, und er merkte nun wohl, daß das weiße Geflatter, was er noch immer für den davonschreitenden Archivarius gehalten, schon ebender

Geier gewesen sein müsse, unerachtet er nicht begreifen konnte, wo denn der Archivarius mit einemmal hingeschwunden. »Er kann aber auch selbst in Person davongeflogen sein, der Herr Archivarius Lindhorst«, sprach der Student Anselmus zu sich selbst, »denn ich sehe und fühle nun wohl, daß alle die fremden Gestalten aus einer fernen wundervollen Welt, die ich sonst nur in ganz besondern merkwürdigen Träumen schaute, jetzt in mein waches reges Leben geschritten sind und ihr Spiel mit mir treiben. – Dem sei aber, wie ihm wolle! Du lebst und glühst in meiner Brust, holde, liebliche Serpentina, nur du kannst die unendliche Sehnsucht stillen, die mein Innerstes zerreißt. – Ach, wann werde ich in dein holdseliges Auge blicken – liebe, liebe Serpentina!« – – So rief der Student Anselmus ganz laut. – »Das ist ein schnöder unchristlicher Name«, murmelte eine Baßstimme neben ihm, die einem heimkehrenden Spaziergänger gehörte. Der Student Anselmus, zu rechter Zeit erinnert, wo er war, eilte raschen Schrittes von dannen, indem er bei sich selbst dachte: Wäre es nicht ein rechtes Unglück, wenn mir jetzt der Konrektor Paulmann oder der Registrator Heerbrand begegnete? – Aber er begegnete keinem von beiden.

Fünfte Vigilie

Die Frau Hofrätin Anselmus – Cicero, »De officiis« – Meerkatzen und anderes Gesindel – Die alte Liese – Das Äquinoktium

»Mit dem Anselmus ist nun einmal in der Welt nichts anzufangen«, sagte der Konrektor Paulmann; »alle meine gute Lehren, alle meine Ermahnungen sind fruchtlos, er will sich ja zu gar nichts applizieren, unerachtet er die besten Schulstudia besitzt, die denn doch die Grundlage von allem sind.« Aber der Registrator Heerbrand erwiderte, schlau und geheimnisvoll lächelnd: »Lassen Sie dem Anselmus doch nur Raum und Zeit, wertester Konrektor! das ist ein kurioses Subjekt, aber es steckt viel in ihm, und wenn ich sage: viel, so heißt das: ein Geheimer Sekretär oder wohl gar ein Hofrat.« – »Hof« – fing der Konrektor im größten Erstaunen an, das Wort blieb ihm stecken. – »Still, still«, fuhr der Registrator Heerbrand fort, »ich weiß, was ich weiß! – Schon seit zwei Tagen sitzt er bei dem Archivarius Lindhorst und kopiert, und der Archivarius sagte gestern abend auf dem Kaffeehause zu mir: ›Sie haben mir einen wackern Mann empfohlen, Verehrter! – aus dem wird was‹; und nun bedenken Sie des Archivarii Konnexionen – still – still – sprechen wir übers Jahr!« – Mit diesen Worten ging der Registrator im fortwährenden schlauen Lächeln zur Tür hinaus und ließ den vor Erstaunen und Neugierde verstummten Konrektor im Stuhle festgebannt sitzen. Aber auf Veronika hatte das Gespräch einen ganz eignen Eindruck gemacht. Habe ich's denn nicht schon immer gewußt, dachte sie, daß der Herr Anselmus ein recht gescheiter, liebenswürdiger junger Mann ist, aus dem noch was Großes wird? Wenn ich nur wüßte, ob er mir wirklich gut ist. – Aber hat er mir nicht jenen Abend, als wir über die Elbe fuhren, zweimal die Hand gedrückt? hat er mich nicht im Duett angesehen mit solchen ganz sonderbaren Blicken, die bis ins Herz drangen? Ja, ja! er ist mir wirklich gut – und ich – Veronika überließ sich ganz, wie junge Mädchen wohl pflegen, den süßen Träumen von einer heitern Zukunft. Sie war Frau Hofrätin, bewohnte ein schönes Logis in der Schloßgasse oder auf dem Neumarkt oder auf der Moritzstraße – der moderne Hut, der neue türkische Shawl stand ihr vortrefflich – sie frühstückte im eleganten Negligé im Erker, der Köchin die nötigen Befehle für den Tag erteilend. »Aber daß Sie mir die Schüssel nicht verdirbt, es ist des Herrn Hofrats Leibessen!« – Vorübergehende Elegants schielen herauf, sie hört deutlich: »Es ist doch eine göttliche Frau, die Hofrätin, wie ihr das Spitzenhäubchen so allerliebst steht!« – Die Geheime Rätin Ypsilon schickt den Bedienten und läßt fragen, ob es der Frau Hofrätin gefällig wäre, heute ins Linkische Bad zu fahren. – »Viel Empfehlungen, es täte mir unendlich leid, ich sei schon engagiert zum Tee bei der Präsidentin Tz.« – Da kommt der Hofrat Anselmus, der schon früh in Geschäften ausgegangen, zurück; er ist nach der letzten Mode gekleidet. »Wahrhaftig schon zehn«, ruft er, indem er die goldene Uhr repetieren läßt und der jungen Frau einen Kuß gibt. »Wie geht's, liebes Weibchen, weißt du auch, was ich für dich habe?« fährt er schäkernd fort und zieht ein Paar herrliche, nach der neuesten Art gefaßte Ohrringe aus der Westentasche, die er ihr statt der sonst getragenen gewöhnlichen einhängt. »Ach, die schönen niedlichen Ohrringe«, ruft Veronika ganz laut und springt, die Arbeit wegwerfend, vom Stuhl auf, um in dem Spiegel die Ohrringe wirklich zu beschauen. »Nun, was soll denn das sein?« sagte der Konrektor Paulmann, der eben in Cicero, »De officiis«, vertieft, beinahe das Buch fallen lassen, »man hat ja Anfälle wie der Anselmus.« Aber da trat der Student Anselmus, der wider seine Gewohnheit sich mehrere Tage nicht sehen lassen, ins Zimmer, zu Veronikas Schreck und Erstaunen, denn in der Tat war er in seinem ganzen Wesen verändert. Mit einer gewissen Bestimmtheit, die ihm sonst gar nicht eigen, sprach er von ganz andern Tendenzen seines Lebens, die ihm klar worden, von den herrlichen Aussichten, die sich ihm geöffnet, die mancher aber gar nicht zu schauen vermöchte. Der Konrektor Paulmann wurde, der geheimnisvollen Rede des Registrators Heerbrand gedenkend, noch mehr betroffen und konnte kaum eine Silbe hervorbringen, als der Student Anselmus, nachdem er einige Worte von dringender Arbeit bei dem Archivarius Lindhorst fallen lassen und der Veronika mit eleganter Gewandtheit die Hand geküßt, schon die Treppe hinunter, auf und von dannen war. »Das war ja schon der Hofrat«, murmelte Veronika in sich hinein, »und er hat mir die Hand geküßt, ohne dabei auszugleiten oder mir auf den Fuß zu treten, wie sonst! – er hat mir einen recht zärtlichen Blick zugeworfen – er ist mir wohl in der Tat gut.« – Veronika überließ sich aufs neue jener Träumerei, indessen war es, als träte immer eine feindselige Gestalt unter die lieblichen Erscheinungen, wie sie aus dem künftigen häuslichen Leben als Frau Hofrätin hervorgingen, und die Gestalt lachte recht höhnisch und sprach: »Das ist ja alles recht dummes ordinäres Zeug und noch dazu erlogen, denn der Anselmus wird nimmermehr Hofrat und dein Mann ; er liebt dich ja nicht, unerachtet du blaue Augen hast und einen schlanken Wuchs und eine feine Hand.« – Da goß sich ein Eisstrom durch Veronikas Innres, und ein tiefes Entsetzen vernichtete die Behaglichkeit, mit der sie sich nur noch erst im Spitzenhäubchen und den eleganten Ohrringen gesehen. – Die Tränen wären ihr beinahe aus den Augen gestürzt, und sie sprach laut: »Ach, es ist ja wahr, er liebt mich nicht, und ich werde nimmermehr Frau Hofrätin!« – »Romanenstreiche, Romanenstreiche«, schrie der Konrektor Paulmann, nahm Hut und Stock und eilte zornig von dannen! – »Das fehlte noch«, seufzte Veronika und ärgerte sich recht über die zwölfjährige Schwester, welche, teilnehmungslos an ihrem Rahmen sitzend, fortgestickt hatte. Unterdessen war es beinahe drei Uhr geworden und nun gerade Zeit, das Zimmer aufzuräumen und den Kaffeetisch zu ordnen; denn die Mademoiselles Osters hatten sich bei der Freundin ansagen lassen. Aber hinter jedem Schränkchen, das Veronika wegrückte, hinter den Notenbüchern, die sie vom Klavier, hinter jeder Tasse, hinter der Kaffeekanne, die sie aus dem Schrank nahm, sprang jene Gestalt wie ein Alräunchen hervor und lachte höhnisch und schlug mit den kleinen Spinnenfingern Schnippchen und schrie: »Er wird doch nicht dein Mann, er wird doch nicht dein Mann!« Und dann, wenn sie alles stehn und liegen ließ und in die Mitte des Zimmers flüchtete, sah es mit langer Nase riesengroß hinter dem Ofen hervor und knurrte und schnurrte: »Er wird doch nicht dein Mann!« – »Hörst du denn nichts, siehst du denn nichts, Schwester?« rief Veronika, die vor Furcht und Zittern gar nichts mehr anrühren mochte. Fränzchen stand ganz ernsthaft und ruhig von ihrem Stickrahmen auf und sagte: »Was ist dir denn heute, Schwester? Du wirfst ja alles durcheinander, daß es klippert und klappert, ich muß dir nur helfen.« Aber da traten schon die muntern Mädchen in vollem Lachen herein, und in dem Augenblick wurde nun auch Veronika gewahr, daß sie den Ofenaufsatz für eine Gestalt und das Knarren der übel verschlossenen Ofentür für die feindseligen Worte gehalten hatte. Von einem innern Entsetzen gewaltsam ergriffen, konnte sie sich aber nicht so schnell erholen, daß die Freundinnen nicht ihre ungewöhnliche Spannung, die selbst ihre Blässe, ihr verstörtes Gesicht verriet, hätten bemerken sollen. Als sie, schnell abbrechend von all dem Lustigen, das sie eben erzählen wollten, in die Freundin drangen, was ihr denn um des Himmels willen widerfahren, mußte Veronika eingestehen, wie sie sich ganz besondern Gedanken hingegeben und plötzlich am hellen Tage vor einer sonderbaren Gespensterfurcht, die ihr sonst gar nicht eigen, übermannt worden. Nun erzählte sie so lebhaft, wie aus allen Winkeln des Zimmers ein kleines graues Männchen sie geneckt und gehöhnt habe, daß die Mademoiselles Osters sich schüchtern nach allen Seiten umsahen und ihnen bald gar unheimlich und grausig zumute wurde. Da trat Fränzchen mit dem dampfenden Kaffee herein, und alle drei, sich schnell besinnend, lachten über ihre eigne Albernheit. Angelika, so hieß die älteste Oster, war mit einem Offizier versprochen, der bei der Armee stand und von dem die Nachrichten so lange ausgeblieben, daß man an seinem Tode oder wenigstens an seiner schweren Verwundung kaum zweifeln konnte. Dies hatte Angelika in die tiefste Betrübnis gestürzt, aber heute war sie fröhlich bis zur Ausgelassenheit, worüber Veronika sich nicht wenig wunderte und es ihr unverhohlen äußerte. »Liebes Mädchen«, sagte Angelika, »glaubst du denn nicht, daß ich meinen Viktor immerdar im Herzen, in Sinn und Gedanken trage? aber ebendeshalb bin ich so heiter! – ach Gott – so glücklich, so selig in meinem ganzen Gemüte! denn mein Viktor ist wohl, und ich sehe ihn in weniger Zeit als Rittmeister, geschmückt mit den Ehrenzeichen, die ihm seine unbegrenzte Tapferkeit erwarben, wieder. Eine starke, aber durchaus nicht gefährliche Verwundung des rechten Arms, und zwar durch den Säbelhieb eines feindlichen Husaren, verhindert ihn zu schreiben, und der schnelle Wechsel seines Aufenthalts, da er durchaus sein Regiment nicht verlassen will, macht es auch noch immer unmöglich, mir Nachricht zu geben, aber heute abend erhält er die bestimmte Weisung, sich erst ganz heilen zu lassen. Er reiset morgen ab, um herzukommen, und indem er in den Wagen steigen will, erfährt er seine Ernennung zum Rittmeister.« – »Aber, liebe Angelika«, fiel Veronika ein, «das weißt du jetzt schon alles?« – »Lache mich nicht aus, liebe Freundin«, fuhr Angelika fort, »aber du wirst es nicht, denn könnte nicht dir zur Strafe gleich das kleine graue Männchen dort hinter dem Spiegel hervorgukken? – Genug, ich kann mich von dem Glauben an gewisse geheimnisvolle Dinge nicht losmachen, weil sie oft genug ganz sichtbarlich und handgreiflich, möcht ich sagen, in mein Leben getreten. Vorzüglich kommt es mir denn nun gar nicht einmal so wunderbar und unglaublich vor als manchen andern, daß es Leute geben kann, denen eine gewisse Sehergabe eigen, die sie durch ihnen bekannte untrügliche Mittel in Bewegung zu setzen wissen. Es ist hier am

Orte eine alte Frau, die diese Gabe ganz besonders besitzt. Nicht so wie andere ihres Gelichters prophezeit sie aus Karten, gegossenem Blei oder aus dem Kaffeesatze, sondern nach gewissen Vorbereitungen, an denen die fragende Person teilnimmt, erscheint in einem hellpolierten Metallspiegel ein wunderliches Gemisch von allerlei Figuren und Gestalten, welche die Alte deutet und aus ihnen die Antwort auf die Frage schöpft. Ich war gestern abend bei ihr und erhielt jene Nachrichten von meinem Viktor, an deren Wahrheit ich nicht einen Augenblick zweifle.« – Angelikas Erzählung warf einen Funken in Veronikas Gemüt, der schnell den Gedanken entzündete, die Alte über den Anselmus und über ihre Hoffnungen zu befragen. Sie erfuhr, daß die Alte Frau Rauerin hieße, in einer entlegenen Straße vor dem Seetor wohne, durchaus nur dienstags, mittwochs und freitags von sieben Uhr abends, dann aber die ganze Nacht hindurch bis zum Sonnenaufgang zu treffen sei und es gern sähe, wenn man allein komme. – Es war eben Mittwoch, und Veronika beschloß, unter dem Vorwande, die Osters nach Hause zu begleiten, die Alte aufzusuchen, welches sie denn auch in der Tat ausführte. Kaum hatte sie nämlich von den Freundinnen, die in der Neustadt wohnten, vor der Elbbrücke Abschied genommen, als sie geflügelten Schrittes vor das Seetor eilte und sich bald in der beschriebenen abgelegenen engen Straße befand, an deren Ende sie das kleine rote Häuschen erblickte, in welchem die Frau Rauerin wohnen sollte. Sie konnte sich eines gewissen unheimlichen Gefühls, ja eines innern Erbebens nicht erwehren, als sie vor der Haustür stand. Endlich raffte sie sich, des innern Widerstrebens unerachtet, zusammen und zog an der Klingel, worauf sich die Tür öffnete und sie durch den finstern Gang nach der Treppe tappte, die zum obern Stock führte, wie es Angelika beschrieben. »Wohnt hier nicht die Frau Rauerin?« rief sie in den öden Hausflur hinein, als sich niemand zeigte; da erscholl statt der Antwort ein langes klares Miau, und ein großer schwarzer Kater schritt mit hochgekrümmtem Rücken, den Schweif in Wellenringeln hin und her drehend, gravitätisch vor ihr her bis an die Stubentür, die auf ein zweites Miau geöffnet wurde. »Ach, sieh da, Töchterchen, bist schon hier? komm herein – herein!« So rief die heraustretende Gestalt, deren Anblick Veronika an den Boden festbannte. Ein langes, hagres, in schwarze Lumpen gehülltes Weib! – Indem sie sprach, wackelte das hervorragende spitze Kinn, verzog sich das zahnlose Maul, von der knöchernen Habichtsnase beschattet, zum grinsenden Lächeln, und leuchtende Katzenaugen flackerten, Funken werfend, durch die große Brille. Aus dem bunten, um den Kopf gewickelten Tuche starrten schwarze borstige Haare hervor, aber zum Gräßlichen erhoben das ekle Antlitz zwei große Brandflecke, die sich von der linken Backe über die Nase wegzogen. – Veronikas Atem stockte, und der Schrei, der der gepreßten Brust Luft machen sollte, wurde zum tiefen Seufzer, als der Hexe Knochenhand sie ergriff und in das Zimmer hineinzog. Drinnen regte und bewegte sich alles, es war ein Sinne verwirrendes Quieken und Miauen und Gekrächze und Gepiepe durcheinander. Die Alte schlug mit der Faust auf den Tisch und schrie: »Still da, ihr Gesindel!« Und die Meerkatzen kletterten winselnd auf das hohe Himmelbett, und die Meerschweinchen liefen unter den Ofen, und der Rabe flatterte auf den runden Spiegel; nur der schwarze Kater, als gingen ihn die Scheltworte nichts an, blieb ruhig auf dem großen Polsterstuhle sitzen, auf den er gleich nach dem Eintritt gesprungen. – Sowie es still wurde, ermutigte sich Veronika; es war ihr nicht so unheimlich als draußen auf dem Flur, ja selbst das Weib schien ihr nicht mehr so scheußlich. Jetzt erst blickte sie im Zimmer umher! – Allerhand häßliche ausgestopfte Tiere hingen von der Decke herab, unbekanntes seltsames Geräte lag durcheinander auf dem Boden, und in dem Kamin brannte ein blaues sparsames Feuer, das nur dann und wann in gelben Funken emporknisterte; aber dann rauschte es von oben herab, und ekelhafte Fledermäuse wie mit verzerrten lachenden Menschengesichtern schwangen sich hin und her, und zuweilen leckte die Flamme herauf an der rußigen Mauer, und dann erklangen schneidende, heulende Jammertöne, daß Veronika von Angst und Grausen ergriffen wurde. »Mit Verlaub, Mamsellchen«, sagte die Alte schmunzelnd, erfaßte einen großen Wedel und besprengte, nachdem sie ihn in einen kupfernen Kessel getaucht, den Kamin. Da erlosch das Feuer, und wie von dickem Rauch erfüllt, wurde es stockfinster in der Stube; aber bald trat die Alte, die in ein Kämmerchen gegangen, mit einem angezündeten Lichte wieder herein, und Veronika erblickte nichts mehr von den Tieren, von den Gerätschaften, es war eine gewöhnliche, ärmlich ausstaffierte Stube. Die Alte trat ihr näher und sagte mit schnarrender Stimme: »Ich weiß wohl, was du bei mir willst, mein Töchterchen; was gilt es, du möchtest erfahren, ob du den Anselmus heiraten wirst, wenn er Hofrat worden.« – Veronika erstarrte vor Staunen und Schreck, aber die Alte fuhr fort: »Du hast mir ja schon alles gesagt zu Hause beim Papa, als die Kaffeekanne vor dir stand, *ich* war ja die Kaffeekanne, hast du mich denn nicht gekannt? Töchterchen, höre! Laß ab, laß ab von dem Anselmus, das ist ein garstiger Mensch, der hat meinen Söhnlein ins Gesicht getreten, meinen lieben Söhnlein, den Äpfelchen mit den roten Backen, die, wenn sie die Leute gekauft haben, ihnen wieder aus den Taschen in meinen Korb zurückrollen. Er hält's mit dem Alten, er hat mir vorgestern den verdammten Auripigment ins Gesicht gegossen, daß ich beinahe darüber erblindet. Du kannst noch die Brandflecken sehen, Töchterchen! Laß ab von ihm, laß ab! – Er liebt dich nicht, denn er liebt die goldgrüne Schlange, er wird niemals Hofrat werden, weil er sich bei den Salamandern anstellen lassen, und er will die grüne Schlange heiraten, laß ab von ihm, laß ab!« – Veronika, die eigentlich ein festes standhaftes Gemüt hatte und mädchenhaften Schreck bald zu überwinden wußte, trat einen Schritt zurück und sprach mit ernsthaftem gefaßten Ton: «Alte! ich habe von Eurer Gabe, in die Zukunft zu blicken, gehört und wollte darum, vielleicht zu neugierig und voreilig, von Euch wissen, ob wohl Anselmus, den ich liebe und hochschätze, jemals mein werden würde. Wollt Ihr mich daher, statt meinen Wunsch zu erfüllen, mit Eurem tollen unsinnigen Geschwätze necken, so tut Ihr unrecht, denn ich habe nur gewollt, was Ihr andern, wie ich weiß, gewährtet. Da Ihr, wie es scheint, meine innigsten Gedanken wisset, so wäre es Euch vielleicht ein leichtes gewesen, mir manches zu enthüllen, was mich jetzt quält und ängstigt, aber nach Euern albernen Verleumdungen des guten Anselmus mag ich von Euch weiter nichts erfahren. Gute Nacht!« – Veronika wollte davoneilen, da fiel die Alte weinend und jammernd auf die Knie nieder und rief, das Mädchen am Kleide festhaltend: »Veronika, kennst du denn die alte Liese nicht mehr, die dich so oft auf den Armen getragen und gepflegt und gehätschelt?« Veronika traute kaum ihren Augen; denn sie erkannte ihre, freilich nur durch hohes Alter und vorzüglich durch die Brandflecke entstellte ehemalige Wärterin, die vor mehreren Jahren aus des Konrektor Paulmanns Hause verschwand. Die Alte sah auch nun ganz anders aus, sie hatte statt des häßlichen buntgefleckten Tuchs eine ehrbare Haube und statt der schwarzen Lumpen eine großblumichte Jacke an, wie sie sonst wohl gekleidet gegangen. Sie stand vom Boden auf und fuhr, Veronika in ihre Arme nehmend, fort: »Es mag dir alles, was ich dir gesagt, wohl recht toll vorkommen, aber es ist leider dem so. Der Anselmus hat mir viel zuleide getan, doch wider seinen Willen; er ist dem Archivarius Lindhorst in die

Hände gefallen, und der will ihn mit seiner Tochter verheiraten. Der Archivarius ist mein größter Feind, und ich könnte dir allerlei Dinge von ihm sagen, die würdest du aber nicht verstehen oder dich doch sehr entsetzen. Er ist der weise Mann, aber ich bin die weise Frau – es mag darum sein! – Ich merke nun wohl, daß du den Anselmus recht lieb hast, und ich will dir mit allen Kräften beistehen, daß du recht glücklich werden und fein ins Ehebette kommen sollst, wie du es wünschest.« – »Aber sage Sie mir um des Himmels willen, Liese! –«, fiel Veronika ein. – »Still, Kind – still!« unterbrach sie die Alte, »ich weiß, was du sagen willst, ich bin das worden, was ich bin, weil ich es werden mußte, ich konnte nicht anders. Nun also! – ich kenne das Mittel, das den Anselmus von der törichten Liebe zur grünen Schlange heilt und ihn als den liebenswürdigsten Hofrat in deine Arme führt; aber du mußt helfen.« – »Sage es nur gerade heraus, Liese! ich will ja alles tun, denn ich liebe den Anselmus sehr!« lispelte Veronika kaum hörbar. – »Ich kenne dich«, fuhr die Alte fort, »als ein beherztes Kind, vergebens habe ich dich mit dem Wauwau zum Schlaf treiben wollen, denn gerade alsdann öffnetest du die Augen, um den Wauwau zu sehen; du gingst ohne Licht in die hinterste Stube und erschrecktest oft in des Vaters Pudermantel des Nachbars Kinder. Nun also! – ist's dir Ernst, durch meine Kunst den Archivarius Lindhorst und die grüne Schlange zu überwinden, ist's dir Ernst, den Anselmus als Hofrat deinen Mann zu nennen, so schleiche dich in der künftigen Tagundnachtgleiche nachts um eilf Uhr aus des Vaters Hause und komme zu mir; ich werde dann mit dir auf den Kreuzweg gehen, der unfern das Feld durchschneidet, wir bereiten das Nötige, und alles Wunderliche, was du vielleicht erblikken wirst, soll dich nicht anfechten. Und nun, Töchterchen, gute Nacht, der Papa wartet schon mit der Suppe.« – Veronika eilte von dannen, fest stand bei ihr der Entschluß, die

Nacht des Äquinoktiums nicht zu versäumen, denn, dachte sie, die Liese hat recht, der Anselmus ist verstrickt in wunderliche Bande, aber ich erlöse ihn daraus und nenne ihn mein immerdar und ewiglich, mein ist und bleibt er, der Hofrat Anselmus.

Sechste Vigilie

Der Garten des Archivarius Lindhorst nebst einigen Spottvögeln – Der goldne Topf – Die englische Kursivschrift – Schnöde Hahnenfüße – Der Geisterfürst

»Es kann aber auch sein«, sprach der Student Anselmus zu sich selbst, »daß der superfeine starke Magenlikör, den ich bei dem Monsieur Conradi etwas begierig genossen, alle die tollen Phantasmata geschaffen, die mich vor der Haustür des Archivarius Lindhorst ängsteten. Deshalb bleibe ich heute ganz nüchtern und will nun wohl allem weitern Ungemach, das mir begegnen könnte, Trotz bieten.« – So wie damals, als er sich zum ersten Besuch bei dem Archivarius Lindhorst rüstete, steckte er seine Federzeichnungen und kalligraphischen Kunstwerke, seine Tuschstangen, seine wohlgespitzten Rabenfedern ein, und schon wollte er zur Tür hinausschreiten, als ihm das Fläschchen mit dem gelben Liquor in die Augen fiel, das er von dem Archivarius Lindhorst erhalten. Da gingen ihm wieder all die seltsamen Abenteuer, welche er erlebt, mit glühenden Farben durch den Sinn, und ein namenloses Gefühl von Wonne und Schmerz durchschnitt seine Brust. Unwillkürlich rief er mit recht kläglicher Stimme aus: »Ach, gehe ich denn nicht zum Archivarius, nur um dich zu sehen, du holde liebliche Serpentina?« – Es war ihm in dem Augenblick so, als könne Serpentinas Liebe der Preis einer mühevollen gefährlichen Arbeit sein, die er unternehmen müßte, und diese Arbeit sei keine andere als das Kopieren der Lindhorstischen Manuskripte. – Daß ihm schon bei dem Eintritt ins Haus oder vielmehr noch vor demselben allerlei Wunderliches begegnen könne, wie neulich, davon war er überzeugt. Er dachte nicht mehr an Conradis Magenwasser, sondern steckte schnell den Liquor in die Westentasche, um ganz nach des Archivarius Vorschrift zu verfahren, wenn das bronzierte Äpfelweib sich unterstehen sollte, ihn anzugrinsen. – Erhob sich denn nicht auch wirklich gleich die spitze Nase, funkelten nicht die Katzenaugen aus dem Türdrücker, als er ihn auf den Schlag zwölf Uhr ergreifen wollte? – Da spritzte er, ohne sich weiter zu bedenken, den Liquor in das fatale Gesicht hinein, und es glättete und plättete sich augenblicklich aus zum glänzenden kugelrunden Türklopfer. – Die Tür ging auf, die Glocken läuteten gar lieblich durch das ganze Haus: klingling – Jüngling – flink – flink – spring – spring – klingling. – Er stieg getrost die schöne breite Treppe hinauf und weidete sich an dem Duft des seltenen Räucherwerks, der durch das Haus floß. Ungewiß blieb er auf dem Flur stehen, denn er wußte nicht, an welche der vielen schönen Türen er wohl pochen sollte; da trat der Archivarius Lindhorst in einem weiten damastnen Schlafrock heraus und rief: »Nun, es freut mich, Herr Anselmus, daß Sie endlich Wort halten, kommen Sie mir nur nach, denn ich muß Sie ja doch wohl gleich ins Laboratorium führen.« Damit schritt er schnell den langen Flur hinauf und öffnete eine kleine Seitentür, die in einen Korridor führte. Anselmus schritt getrost hinter dem Archivarius her; sie kamen aus dem Korridor in einen Saal oder vielmehr in ein herrliches Gewächshaus, denn von beiden Seiten bis an die Decke hinauf standen allerlei seltene wunderbare Blumen, ja große Bäume mit sonderbar gestalteten Blättern und Blüten. Ein magisches blendendes Licht verbreitete sich überall, ohne daß man bemerken konnte, wo es herkam, da durchaus kein Fenster zu sehen war. Sowie der Student Anselmus in die

Büsche und Bäume hineinblickte, schienen lange Gänge sich in weiter Ferne auszudehnen. – Im tiefen Dunkel dicker Zypressenstauden schimmerten Marmorbecken, aus denen sich wunderliche Figuren erhoben, Kristallenstrahlen hervorspritzend, die plätschernd niederfielen in leuchtende Lilienkelche; seltsame Stimmen rauschten und säuselten durch den Wald der wunderbaren Gewächse, und herrliche Düfte strömten auf und nieder. Der Archivarius war verschwunden, und Anselmus erblickte nur einen riesenhaften Busch glühender Feuerlilien vor sich. Von dem Anblick, von den süßen Düften des Feengartens berauscht, blieb Anselmus festgezaubert stehen. Da fing es überall an zu kickern und zu lachen, und feine Stimmchen neckten und höhnten: »Herr Studiosus, Herr Studiosus! wo kommen Sie denn her? warum haben Sie sich denn so schön geputzt, Herrn Anselmus? – Wollen Sie eins mit uns plappern, wie die Großmutter das Ei mit dem Steiß zerdrückte und der Junker einen Klecks auf die Sonntagsweste bekam? Können Sie die neue Arie schon auswendig, die Sie vom Papa Starmatz gelernt, Herr Anselmus? – Sie sehen recht possierlich aus in der gläsernen Perücke und den postpapiernen Stülpstiefeln!« – So rief und kickerte und neckte es aus allen Winkeln hervor – ja dicht neben dem Studenten, der nun erst wahrnahm, wie allerlei bunte Vögel ihn umflatterten und ihn so in vollem Gelächter aushöhnten. – In dem Augenblick schritt der Feuerlilienbusch auf ihn zu, und er sah, daß es der Archivarius Lindhorst war, dessen blumichter, in Gelb und Rot glänzender Schlafrock ihn nur getäuscht hatte. »Verzeihen Sie, werter Herr Anselmus«, sagte der Archivarius, »daß ich Sie stehen ließ, aber vorübergehend sah ich nur nach meinem schönen Kaktus, der diese Nacht seine Blüten aufschließen wird – aber wie gefällt Ihnen denn mein kleiner Hausgarten?« – »Ach Gott, über alle Maßen schön ist es hier, geschätztester Herr Archivarius«, erwiderte der

Student, »aber die bunten Vögel mokieren sich über meine Wenigkeit gar sehr!« – »Was ist denn das für ein Gewäsche?« rief der Archivarius zornig in die Büsche hinein. Da flatterte ein großer grauer Papagei hervor, und sich neben dem Archivarius auf einen Myrtenast setzend und ihn ungemein ernsthaft und gravitätisch durch eine Brille, die auf dem krummen Schnabel saß, anblickend, schnarrte er: »Nehmen Sie es nicht übel, Herr Archivarius, meine mutwilligen Buben sind einmal wieder recht ausgelassen, aber der Herr Studiosus sind selbst daran schuld, denn –« – »Still da, still da!« unterbrach der Archivarius den Alten, »ich kenne die Schelme, aber Er sollte sie besser in Zucht halten, mein Freund! – Gehen wir weiter, Herr Anselmus!« – Noch durch manches fremdartig aufgeputzte Gemach schritt der Archivarius, so, daß der Student ihm kaum folgen und einen Blick auf all die glänzenden, sonderbar geformten Mobilien und andere unbekannte Sachen werfen konnte, womit alles überfüllt war. Endlich traten sie in ein großes Gemach, in dem der Archivarius, den Blick in die Höhe gerichtet, stehenblieb und Anselmus Zeit gewann, sich an dem herrlichen Anblick, den der einfache Schmuck dieses Saals gewährte, zu weiden. Aus den azurblauen Wänden traten die goldbronzenen Stämme hoher Palmbäume hervor, welche ihre kolossalen, wie funkelnde Smaragden glänzenden Blätter oben zur Decke wölbten; in der Mitte des Zimmers ruhte auf drei aus dunkler Bronze gegossenen ägyptischen Löwen eine Porphyrplatte, auf welcher ein einfacher goldener Topf stand, von dem, als er ihn erblickte, Anselmus nun gar nicht mehr die Augen wegwenden konnte. Es war, als spielten in tausend schimmernden Reflexen allerlei Gestalten auf dem strahlend polierten Golde – manchmal sah er sich selbst mit sehnsüchtig ausgebreiteten Armen – ach! neben dem Holunderbusch – Serpentina schlängelte sich auf und nieder, ihn anblickend mit den holdseligen Augen. Anselmus war außer sich vor wahnsinnigem Entzücken. »Serpentina! – Serpentina!« schrie er laut auf, da wandte sich der Archivarius Lindhorst schnell um und sprach: »Was meinen Sie, werter Herr Anselmus? – Ich glaube, Sie belieben meine Tochter zu rufen, die ist aber ganz auf der andern Seite meines Hauses in ihrem Zimmer und hat soeben Klavierstunde, kommen Sie nur weiter.« Anselmus folgte beinahe besinnungslos dem davonschreitenden Archivarius, er sah und hörte nichts mehr, bis ihn der Archivarius heftig bei der Hand ergriff und sprach: »Nun sind wir an Ort und Stelle!« Anselmus erwachte wie aus einem Traum und bemerkte nun, daß er sich in einem hohen, rings mit Bücherschränken umstellten Zimmer befand, welches sich in keiner Art von gewöhnlichen Bibliothek- und Studierzimmern unterschied. In der Mitte stand ein großer Arbeitstisch und ein gepolsterter Lehnstuhl vor demselben. »Dieses«, sagte der Archivarius Lindhorst, »ist vorderhand Ihr Arbeitszimmer, ob Sie künftig auch in dem andern, blauen Bibliotheksaal, in dem Sie so plötzlich meiner Tochter Namen riefen, arbeiten werden, weiß ich noch nicht – aber nun wünschte ich mich erst von Ihrer Fähigkeit, die Ihnen zugedachte Arbeit wirklich meinem Wunsch und Bedürfnis gemäß auszuführen, zu überzeugen.« Der Student Anselmus ermutigte sich nun ganz und gar und zog nicht ohne innere Selbstzufriedenheit und in der Überzeugung, den Archivarius durch sein ungewöhnliches Talent höchlich zu erfreuen, seine Zeichnungen und Schreibereien aus der Tasche. Der Archivarius hatte kaum das erste Blatt, eine Handschrift in der elegantesten englischen Schreibmanier, erblickt, als er recht sonderbar lächelte und mit dem Kopfe schüttelte. Das wiederholte er bei jedem folgenden Blatte, so daß dem Studenten Anselmus das Blut in den Kopf stieg und er, als das Lächeln zuletzt recht höhnisch und verächtlich wurde, in vollem Unmute losbrach: »Der Herr Archivarius scheinen mit meinen geringen Talenten nicht ganz zufrieden?« – »Lieber Herr Anselmus«, sagte der Archivarius Lindhorst, »Sie haben für die Kunst des Schönschreibens wirklich treffliche Anlagen, aber vorderhand, sehe ich wohl, muß ich mehr auf Ihren Fleiß, auf Ihren guten Willen rechnen als auf Ihre Fertigkeit. Es mag auch wohl an den schlechten Materialien liegen, die Sie verwandt.« – Der Student Anselmus sprach viel von seiner sonst anerkannten Kunstfertigkeit, von chinesischer Tusche und ganz auserlesenen Rabenfedern. Da reichte ihm der Archivarius Lindhorst das englische Blatt hin und sprach: »Urteilen Sie selbst!« – Anselmus wurde wie vom Blitz getroffen, als ihm seine Handschrift so höchst miserabel vorkam. Da war keine Ründe in den Zügen, kein Druck richtig, kein Verhältnis der großen und kleinen Buchstaben, ja! schülermäßige schnöde Hahnfüße verdarben oft die sonst ziemlich geratene Zeile. »Und dann«, fuhr der Archivarius Lindhorst fort, »ist Ihre Tusche auch nicht haltbar.« Er tunkte den Finger in ein mit Wasser gefülltes Glas, und indem er nur leicht auf die Buchstaben tupfte, war alles spurlos verschwunden. Dem Studenten Anselmus war es, als schnüre ein Ungetüm ihm die Kehle zusammen – er konnte kein Wort herausbringen. So stand er da, das unglückliche Blatt in der Hand, aber der Archivarius Lindhorst lachte laut auf und sagte: »Lassen Sie sich das nicht anfechten, wertester Herr Anselmus; was Sie bisher nicht vollbringen konnten, wird hier bei mir vielleicht besser sich fügen; ohnedies finden Sie ein besseres Material, als Ihnen sonst wohl zu Gebote stand! – Fangen Sie nur getrost an!« – Der Archivarius Lindhorst holte erst eine flüssige schwarze Masse, die einen ganz eigentümlichen Geruch verbreitete, sonderbar gefärbte, scharf zugespitzte Federn und ein Blatt von besonderer Weiße und Glätte, dann aber ein arabisches Manuskript aus einem verschlossenen Schranke herbei, und sowie Anselmus sich zur Arbeit gesetzt, verließ er das Zimmer. Der Student Anselmus hatte schon öfters arabische Schrift kopiert, die erste Aufgabe schien ihm daher nicht so schwer zu lösen. »Wie die Hahnenfüße in meine schöne englische Kursivschrift gekommen, mag Gott und der Archivarius Lindhorst wissen«, sprach er, »aber daß sie nicht von *meiner* Hand sind, darauf will ich sterben.« – Mit jedem Worte, das nun wohlgelungen auf dem Pergamente stand, wuchs sein Mut und mit ihm seine Geschicklichkeit. In der Tat schrieb es sich mit den Federn auch ganz herrlich, und die geheimnisvolle Tinte floß rabenschwarz und gefügig auf das blendend weiße Pergament. Als er nun so emsig und mit angestrengter Aufmerksamkeit arbeitete, wurde es ihm immer heimlicher in dem einsamen Zimmer, und er hatte sich schon ganz in das Geschäft, welches er glücklich zu vollenden hoffte, geschickt, als auf den Schlag drei Uhr ihn der Archivarius in das Nebenzimmer zu dem wohlbereiteten Mittagsmahl rief. Bei Tische war der Archivarius Lindhorst bei ganz besonderer heiterer Laune; er erkundigte sich nach des Studenten Anselmus Freunden, dem Konrektor Paulmann und dem Registrator Heerbrand, und wußte vorzüglich von dem letztern recht viel Ergötzliches zu erzählen. Der gute alte Rheinwein schmeckte dem Anselmus gar sehr und machte ihn gesprächiger, als er wohl sonst zu sein pflegte. Auf den Schlag vier Uhr stand er auf, um an seine Arbeit zu gehen, und diese Pünktlichkeit schien dem Archivarius Lindhorst wohl zu gefallen. War ihm schon vor dem Essen das Kopieren der arabischen Zeichen geglückt, so ging die Arbeit jetzt noch viel besser vonstatten, ja er konnte selbst die Schnelle und Leichtigkeit nicht begreifen, womit er die krausen Züge der fremden Schrift nachzumalen vermochte. – Aber es war, als flüstre aus dem innersten Gemüte eine Stimme in vernehmlichen Worten: »Ach! könntest du denn das vollbringen, wenn du *sie* nicht in Sinn und Gedanken trügest, wenn du nicht an *sie*, an ihre Liebe glaubtest?« – Da wehte es wie in leisen, leisen, lispelnden Kristallklängen durch das Zimmer: »Ich bin dir nahe – nahe – nahe! – ich helfe dir – sei mutig – sei standhaft, lieber Anselmus! – ich mühe mich mit dir, damit du mein werdest!« Und sowie er voll innern Entzückens die Töne vernahm, wurden ihm immer verständlicher die unbekannten Zeichen – er durfte kaum mehr hineinblicken in das Original – ja es war, als stünden schon wie in blasser Schrift die Zeichen auf dem Pergament und er dürfe sie nur mit geübter Hand schwarz überziehen. So arbeitete er fort, von lieblichen tröstenden Klängen wie vom süßen zarten Hauch umflossen, bis die Glocke sechs Uhr schlug und der Archivarius Lindhorst in das Zimmer trat. Er ging, sonderbar lächelnd, an den Tisch, Anselmus stand schweigend auf, der Archivarius sah ihn noch immer so wie in höhnendem Spott lächelnd an, kaum hatte er aber in die Abschrift geblickt, als das Lächeln in dem tiefen feierlichen Ernst unterging, zu dem sich alle Muskeln des Gesichts verzogen. – Bald schien er nicht mehr derselbe. Die Augen, welche sonst funkelndes Feuer strahlten, blickten jetzt mit unbeschreiblicher Milde den Anselmus an, eine sanfte Röte färbte die bleichen Wangen, und statt der Ironie, die sonst den Mund zusammenpreßte, schienen die weichgeformten anmutigen Lippen sich zu öffnen zur weisheitvollen, ins Gemüt dringenden Rede. – Die ganze Gestalt war höher, würdevoller; der weite Schlafrock legte sich wie ein Königsmantel in breiten Falten um Brust und Schultern, und durch die weißen Löckchen, welche an der hohen offenen Stirn lagen, schlang sich ein schmaler goldner Reif. »Junger Mensch«, fing der Archivarius an im feierlichen Ton, »junger Mensch, ich habe, noch ehe du es ahnetest, all die geheimen Beziehungen erkannt, die dich an mein Liebstes, Heiligstes fesseln! – Serpentina liebt dich, und ein seltsames Geschick, dessen verhängnisvollen Faden feindliche Mächte spannen, ist erfüllt, wenn sie dein wird und wenn du als notwendige Mitgift den goldnen Topf erhältst, der ihr Eigentum ist. Aber nur dem Kampfe entsprießt dein Glück im höheren Leben. Feindliche Prinzipe fallen dich an, und nur die innere Kraft, mit der du den Anfechtungen widerstehst, kann dich retten von Schmach und Verderben. Indem du hier arbeitest, überstehst du deine Lehrzeit; Glauben und Erkenntnis führen dich zum nahen Ziel, wenn du festhältst an dem, was du beginnen mußtest. Trage sie recht getreulich im Gemüte, *sie*, die dich liebt, und du wirst die herrlichen Wunder des goldnen Topfs schauen und glücklich sein immerdar. – Gehab dich wohl! der Archivarius Lindhorst erwartet dich morgen um zwölf Uhr in deinem Kabinett! – Gehab dich wohl!« Der Archivarius schob den Studenten Anselmus sanft zur Tür hinaus, die er dann verschloß, und er befand sich in dem Zimmer, in welchem er gespeiset, dessen einzige Tür auf den Flur führte. Ganz betäubt von den wunderbaren Erscheinungen, blieb er vor der Haustür stehen, da wurde über ihm ein Fenster geöffnet, er schaute hinauf, es war der Archivarius Lindhorst, ganz der Alte im weißgrauen Rocke, wie er ihn sonst gesehen. – Er rief ihm zu: »Ei, werter Herr Anselmus, worüber sinnen Sie denn so, was gilt's, das Arabische geht Ihnen nicht aus dem Kopf? Grüßen Sie doch den Herrn Konrektor Paulmann, wenn Sie etwa zu ihm gehen, und kommen Sie morgen Punkt zwölf Uhr wieder. Das Honorar für heute steckt bereits in Ihrer rechten Westentasche.« – Der Student Anselmus fand wirklich den blanken Speziestaler in der bezeichneten Tasche, aber er freute sich gar nicht darüber. – »Was aus dem allen werden wird, weiß ich nicht«, sprach er zu sich selbst – »umfängt mich aber auch nur ein toller Wahn und Spuk, so lebt und webt doch in meinem Innern die liebliche Serpentina, und ich will, ehe ich von ihr lasse, lieber untergehen ganz und gar, denn ich weiß doch, daß der Gedanke in mir ewig ist, und kein feindliches Prinzip kann ihn vernichten; aber ist der Gedanke denn was anders als Serpentinas Liebe?«

Siebente Vigilie

Wie der Konrektor Paulmann die Pfeife ausklopfte und zu Bett ging – Rembrandt und Höllenbreughel – Der Zauberspiegel und des Doktors Eckstein Rezept gegen eine unbekannte Krankheit

Endlich klopfte der Konrektor Paulmann die Pfeife aus, sprechend: »Nun ist es doch wohl Zeit, sich zur Ruhe zu begeben.« – »Jawohl«, erwiderte die durch des Vaters längeres Aufbleiben beängstete Veronika: denn es schlug längst zehn Uhr. Kaum war nun der Konrektor in sein Studier- und Schlafzimmer gegangen, kaum hatten Fränzchens schwerere Atemzüge kundgetan, daß sie wirklich fest eingeschlafen, als Veronika, die sich zum Schein auch ins Bett gelegt, leise, leise wieder aufstand, sich anzog, den Mantel umwarf und zum Hause hinausschlüpfte. – Seit dem Augenblick, als Veronika die alte Liese verlassen, stand ihr unaufhörlich der Anselmus vor Augen, und sie wußte selbst nicht, welch eine fremde Stimme im Innern ihr immer und ewig wiederholte, daß sein Widerstreben von einer ihr feindlichen Person herrühre, die ihn in Banden halte, welche Veronika durch geheimnisvolle Mittel der magischen Kunst zerreißen könne. Ihr Vertrauen auf die alte Liese wuchs mit jedem Tage, und selbst der Eindruck des Unheimlichen, Grausigen stumpfte sich ab, so daß alles Wunderliche, Seltsame ihres Verhältnisses mit der Alten ihr nur im Schimmer des Ungewöhnlichen, Romanhaften erschien, wovon sie eben recht angezogen wurde. Deshalb stand auch der Vorsatz bei ihr fest, selbst mit Gefahr, vermißt zu werden und in tausend Unannehmlichkeiten zu geraten, das Abenteuer der

Tagundnachtgleiche zu bestehen. Endlich war nun die verhängnisvolle Nacht des Äquinoktiums, in der ihr die alte Liese Hülfe und Trost verheißen, eingetreten, und Veronika, mit dem Gedanken der nächtlichen Wanderung längst vertraut geworden, fühlte sich ganz ermutigt. Pfeilschnell flog sie durch die einsamen Straßen, des Sturms nicht achtend, der durch die Lüfte brauste und ihr die dicken Regentropfen ins Gesicht warf. – Mit dumpfem dröhnenden Klange schlug die Glocke des Kreuzturms eilf Uhr, als Veronika, ganz durchnäßt, vor dem Hause der Alten stand. »Ei, Liebchen, Liebchen, schon da! – nun warte, warte!« – rief es von oben herab – und gleich darauf stand auch die Alte, mit einem Korbe beladen und von ihrem Kater begleitet, vor der Tür. »So wollen wir denn gehen und tun und treiben, was ziemlich ist und gedeiht in der Nacht, die dem Werke günstig«; dies sprechend, ergriff die Alte mit kalter Hand die zitternde Veronika, welcher sie den schweren Korb zu tragen gab, während sie selbst einen Kessel, Dreifuß und Spaten auspackte. Als sie ins Freie kamen, regnete es nicht mehr, aber der Sturm war stärker geworden; tausendstimmig heulte es in den Lüften. Ein entsetzlicher herzzerschneidender Jammer tönte herab aus den schwarzen Wolken, die sich in schneller Flucht zusammenballten und alles einhüllten in dicke Finsternis. Aber die Alte schritt rasch fort, mit gellender Stimme rufend: »Leuchte – leuchte, mein Junge!« Da schängelten und kreuzten sich blaue Blitze vor ihnen her, und Veronika wurde inne, daß der Kater, knisternde Funken sprühend und leuchtend, vor ihnen herumsprang, und dessen ängstliches grausiges Zetergeschrei sie vernahm, wenn der Sturm nur einen Augenblick schwieg. – Ihr wollte der Atem vergehen, es war, als griffen eiskalte Krallen in ihr Inneres, aber gewaltsam raffte sie sich zusammen, und sich fester an die Alte klammernd, sprach sie: »Nun muß alles vollbracht werden, und es mag geschehen, was da will!« –

»Recht so, mein Töchterchen!« erwiderte die Alte, »bleibe fein standhaft, und ich schenke dir was Schönes und den Anselmus obendrein!« Endlich stand die Alte still und sprach: »Nun sind wir an Ort und Stelle!« Sie grub ein Loch in die Erde, schüttete Kohlen hinein und stellte den Dreifuß darüber, auf den sie den Kessel setzte. Alles dieses begleitete sie mit seltsamen Gebärden, während der Kater sie umkreiste. Aus seinem Schweif sprühten Funken, die einen Feuerreif bildeten. Bald fingen die Kohlen an zu glühen, und endlich schlugen blaue Flammen unter dem Dreifuß hervor. Veronika mußte Mantel und Schleier ablegen und sich bei der Alten niederkauern, die ihre Hände ergriff und fest drückte, mit den funkelnden Augen das Mädchen anstarrend. Nun fingen die sonderbaren Massen – waren es Blumen – Metalle – Kräuter – Tiere, man konnte es nicht unterscheiden –, die die Alte aus dem Korbe genommen und in den Kessel geworfen, an zu sieden und zu brausen. Die Alte ließ Veronika los, sie ergriff einen eisernen Löffel, mit dem sie in die glühende Masse hineinfuhr und darin rührte, während Veronika auf ihr Geheiß festen Blickes in den Kessel hineinschauen und ihre Gedanken auf den Anselmus richten mußte. Nun warf die Alte aufs neue blinkende Metalle und auch eine Haarlocke, die sich Veronika vom Kopfwirbel geschnitten, sowie einen kleinen Ring, den sie lange getragen, in den Kessel, indem sie unverständliche, durch die Nacht grausig gellende Töne ausstieß und der Kater im unaufhörlichen Rennen winselte und ächzte. – – Ich wollte, daß du, günstiger Leser! am dreiundzwanzigsten September auf der Reise nach Dresden begriffen gewesen wärest; vergebens suchte man, als der späte Abend hereinbrach, dich auf der letzten Station aufzuhalten; der freundliche Wirt stellte dir vor, es stürme und regne doch gar zu sehr, und überhaupt sei es auch nicht geheuer, in der Äquinoktialnacht so ins Dunkle hineinzufahren, aber du achtetest dessen nicht, indem du ganz richtig annahmst: ich zahle dem Postillion einen ganzen Taler Trinkgeld und bin spätestens um ein Uhr in Dresden, wo mich im »Goldnen Engel« oder im »Helm« oder in der »Stadt Naumburg« ein gut zugerichtetes Abendessen und ein weiches Bett erwartet. Wie du nun so in der Finsternis daherfährst, siehst du plötzlich in der Ferne ein ganz seltsames flackerndes Leuchten. Näher gekommen, erblickst du einen Feuerreif, in dessen Mitte bei einem Kessel, aus dem dicker Qualm und blitzende rote Strahlen und Funken emporschießen, zwei Gestalten sitzen. Gerade durch das Feuer geht der Weg, aber die Pferde prusten und stampfen und bäumen sich – der Postillion flucht und betet – und peitscht auf die Pferde hinein – sie gehen nicht von der Stelle. – Unwillkürlich springst du aus dem Wagen und rennst einige Schritte vorwärts. Nun siehst du deutlich das schlanke holde Mädchen, die im weißen dünnen Nachtgewande bei dem Kessel kniet. Der Sturm hat die Flechten aufgelöst, und das lange kastanienbraune Haar flattert frei in den Lüften. Ganz im blendenden Feuer der unter dem Dreifuß emporflackernden Flammen steht das engelschöne Gesicht, aber in dem Entsetzen, das seinen Eisstrom darüber goß, ist es erstarrt zur Totenbleiche, und in dem stieren Blick, in den hinaufgezogenen Augenbrauen, in dem Munde, der sich vergebens dem Schrei der Todesangst öffnet, welcher sich nicht entwinden kann der von namenloser Folter gepreßten Brust, siehst du ihr Grausen, ihr Entsetzen; die kleinen Händchen hält sie krampfhaft zusammengefaltet in die Höhe, als riefe sie betend die Schutzengel herbei, sie zu schirmen vor den Ungetümen der Hölle, die, dem mächtigen Zauber gehorchend, nun gleich erscheinen werden! – So kniet sie da, unbeweglich wie ein Marmorbild. Ihr gegenüber sitzt, auf dem Boden niedergekauert, ein langes, hageres, kupfergelbes Weib mit spitzer Habichtsnase und funkelnden Katzenaugen; aus dem schwarzen Mantel, den sie umgeworfen, starren die nackten knöchernen Arme hervor, und rührend in dem Höllensud, lacht und ruft sie mit krächzender Stimme durch den brausenden tosenden Sturm. – Ich glaube wohl, daß dir, günstiger Leser! kenntest du auch sonst keine Furcht und Scheu, sich doch bei dem Anblick dieses Rembrandtschen oder Höllenbreughelschen Gemäldes, das nun ins Leben getreten, vor Grausen die Haare auf dem Kopfe gesträubt hätten. Aber dein Blick konnte nicht loskommen von dem im höllischen Treiben befangenen Mädchen, und der elektrische Schlag, der durch alle deine Fibern und Nerven zitterte, entzündete mit der Schnelligkeit des Blitzes in dir den mutigen Gedanken, Trotz zu bieten den geheimnisvollen Mächten des Feuerkreises; in ihm ging dein Grausen unter, ja der Gedanke selbst keimte auf in diesem Grausen und Entsetzen als dessen Erzeugnis. Es war dir, als seist du selbst der Schutzengel einer, zu denen das zum Tode geängstigte Mädchen flehte, ja als müßtest du nur gleich dein Taschenpistol hervorziehen und die Alte ohne weiteres totschießen! Aber, indem du das lebhaft dachtest, schriest du laut auf: »Heda!«, oder: »Was gibt es dorten!«, oder: »Was treibt ihr da!« – Der Postillion stieß schmetternd in sein Horn, die Alte kugelte um in ihren Sud hinein, und alles war mit einemmal verschwunden in dikkem Qualm. – Ob du das Mädchen, das du nun mit recht innigem Verlangen in der Finsternis suchtest, gefunden hättest, mag ich nicht behaupten, aber den Spuk des alten Weibes hattest du zerstört und den Bann des magischen Kreises, in den sich Veronika leichtsinnig begeben, gelöset. – Weder du, günstiger Leser! noch sonst jemand fuhr oder ging aber am dreiundzwanzigsten September in der stürmischen, den Hexenkünsten günstigen Nacht des Weges, und Veronika mußte ausharren am Kessel in tödlicher Angst, bis das Werk der Vollendung nahe. – Sie vernahm wohl, wie es um sie her heulte und brauste, wie allerlei widrige Stimmen durcheinanderblökten und -schnatterten, aber sie schlug die Augen nicht auf, denn sie fühlte, wie der Anblick des Gräßlichen, des Entsetzlichen, von dem sie umgeben, sie in unheilbaren zerstörenden Wahnsinn stürzen könne. Die Alte hatte aufgehört, im Kessel zu rühren, immer schwächer und schwächer wurde der Qualm, und zuletzt brannte nur eine leichte Spiritusflamme im Boden des Kessels. Da rief die Alte: »Veronika, mein Kind! mein Liebchen! schau hinein in den Grund! – was siehst du denn – was siehst du denn?« – Aber Veronika vermochte nicht zu antworten, unerachtet es ihr schien, als drehten sich allerlei verworrene Figuren im Kessel durcheinander; immer deutlicher und deutlicher gingen Gestalten hervor, und mit einemmal trat, sie freundlich anblickend und die Hand ihr reichend, der Student Anselmus aus der Tiefe des Kessels. Da rief sie laut: »Ach, der Anselmus! – der Anselmus!« – Rasch öffnete die Alte den am Kessel befindlichen Hahn, und glühendes Metall strömte zischend und prasselnd in eine kleine Form, die sie danebengestellt. Nun sprang das Weib auf und kreischte, mit wilder gräßlicher Gebärde sich herumschwingend: »Vollendet ist das Werk – Dank dir, mein Junge! – hast Wache gehalten – hui – hui – er kommt! beiß ihn tot – beiß ihn tot!« Aber da brauste es mächtig durch die Lüfte, es war, als rausche ein ungeheurer Adler herab, mit den Fittichen um sich schlagend, und es rief mit entsetzlicher Stimme: »Hei, hei! – ihr Gesindel! nun ist's aus – nun ist's aus – fort zu Haus!« Die Alte stürzte heulend nieder, aber der Veronika vergingen Sinn' und Gedanken. – Als sie wieder zu sich selbst kam, war es heller Tag geworden, sie lag in ihrem Bette, und Fränzchen stand mit einer Tasse dampfenden Tees vor ihr, sprechend: »Aber sage mir nur, Schwester, was dir ist; da stehe ich nun schon eine Stunde oder länger vor dir, und du liegst wie in der Fieberhitze besinnungslos da und stöhnst und ächzest, daß uns angst und bange wird. Der Vater ist deinetwegen heute nicht in die Klasse gegangen und wird gleich mit dem Herrn Doktor hereinkommen.« – Veronika nahm schweigend den Tee; indem sie ihn hinunterschlürfte, traten ihr die gräßlichen Bilder der Nacht lebhaft vor Augen. »So war denn wohl alles nur ein ängstlicher Traum, der mich gequält hat? – Aber ich bin doch gestern abend wirklich zur Alten gegangen, es war ja der dreiundzwanzigste September? – Doch bin ich wohl schon gestern recht krank geworden und habe mir das alles nur eingebildet, und nichts hat mich krank gemacht als das ewige Denken an den Anselmus und an die wunderliche alte Frau, die sich für die Liese ausgab und mich wohl nur damit geneckt hat.« – Fränzchen, die hinausgegangen, trat wieder herein mit Veronikas ganz durchnäßtem Mantel in der Hand. »Sieh nur, Schwester!« sagte sie, »wie es deinem Mantel ergangen ist; da hat der Sturm in der Nacht das Fenster aufgerissen und den Stuhl, auf dem der Mantel lag, umgeworfen; da hat es nun wohl hineingeregnet, denn der Mantel ist ganz naß.« – Das fiel der Veronika schwer aufs Herz, denn sie merkte nun wohl, daß nicht ein Traum sie gequält, sondern daß sie wirklich bei der Alten gewesen. Da ergriff sie Angst und Grausen, und ein Fieberfrost zitterte durch alle Glieder. Im krampfhaften Erbeben zog sie die Bettdecke fest über sich; aber da fühlte sie, daß etwas Hartes ihre Brust drückte, und als sie mit der Hand danach faßte, schien es ein Medaillon zu sein; sie zog es hervor, als Fränzchen mit dem Mantel fortgegangen, und es war ein kleiner runder, hell polierter Metallspiegel. »Das ist ein Geschenk der Alten«, rief sie lebhaft, und es war, als schössen feurige Strahlen aus dem Spiegel, die in ihr Innerstes drangen und es wohltuend erwärmten. Der Fieberfrost war vorüber, und es durchströmte sie ein unbeschreibliches Gefühl von Behaglichkeit und Wohlsein. – An den Anselmus mußte sie denken, und als sie immer fester und fester den Gedanken auf ihn richtete, da lächelte er ihr freundlich aus dem Spiegel entgegen wie ein lebhaftes Miniaturporträt. Aber bald war es ihr, als sähe sie nicht mehr das Bild – nein! – sondern den Studenten Anselmus selbst leibhaftig. Er saß in einem hohen, seltsam ausstaffierten Zimmer und schrieb emsig. Veronika wollte zu ihm hintreten, ihn auf die Schulter klopfen und sprechen: »Herr Anselmus, schauen Sie doch um sich, ich bin ja da!« Aber das ging durchaus nicht an, denn es war, als umgäbe ihn ein leuchtender Feuerstrom, und wenn Veronika recht genau hinsah, waren es doch nur große Bücher mit vergoldetem Schnitt. Aber endlich gelang es der Veronika, den Anselmus ins Auge zu fassen; da war es, als müsse er im Anschauen sich erst auf sie besinnen, doch endlich lächelte er und sprach: »Ach! – sind Sie es, liebe Mademoiselle Paulmann! Aber warum belieben Sie sich denn zuweilen als ein Schlänglein zu gebärden?« Veronika mußte über diese seltsamen Worte laut auflachen; darüber erwachte sie wie aus einem tiefen Traume, und sie verbarg schnell den kleinen Spiegel, als die Tür aufging und der Konrektor Paulmann mit dem Doktor Eckstein ins Zimmer kam. Der Doktor Eckstein ging sogleich ans Bett, faßte, lange in tiefem Nachdenken versunken, Veronikas Puls und sagte dann: »Ei! – Ei!« Hierauf schrieb er ein Rezept, faßte noch einmal den Puls, sagte wiederum: »Ei! Ei!« und verließ die Patientin. Aus diesen Äußerungen des Doktors Eckstein konnte aber der Konrektor Paulmann nicht recht deutlich entnehmen, was der Veronika denn wohl eigentlich fehlen möge.

Achte Vigilie

Die Bibliothek der Palmbäume – Schicksale eines unglücklichen Salamanders – Wie die schwarze Feder eine Runkelrübe liebkosete und der Registrator Heerbrand sich sehr betrank

Der Student Anselmus hatte nun schon mehrere Tage bei dem Archivarius Lindhorst gearbeitet; diese Arbeitsstunden waren für ihn die glücklichsten seines Lebens, denn immer von lieblichen Klängen, von Serpentinas tröstenden Worten umflossen, ja oft von einem vorübergleitenden Hauche leise berührt, durchströmte ihn eine nie gefühlte Behaglichkeit, die oft bis zur höchsten Wonne stieg. Jede Not, jede kleinliche Sorge seiner dürftigen Existenz war ihm aus Sinn und Gedanken entschwunden, und in dem neuen Leben, das ihm wie im hellen Sonnenglanze aufgegangen, begriff er alle Wunder einer höheren Welt, die ihn sonst mit Staunen, ja mit Grausen erfüllt hatten. Mit dem Abschreiben ging es sehr schnell, indem es ihn immer mehr dünkte, er schreibe nur längst gekannte Züge auf das Pergament hin und dürfe kaum nach dem Original sehen, um alles mit der größten Genauigkeit nachzumalen. – Außer der Tischzeit ließ sich der Archivarius Lindhorst nur dann und wann sehen, aber jedesmal erschien er genau in dem Augenblick, wenn Anselmus eben die letzten Zeichen einer Handschrift vollendet hatte, und gab ihm dann eine andere, verließ ihn aber gleich wieder schweigend, nachdem er nur mit einem schwarzen Stäbchen die Tinte umgerührt und die gebrauchten Federn mit neuen, schärfer gespitzten vertauscht hatte. Eines Tages, als Anselmus mit dem Glockenschlag zwölf bereits die Treppe hinaufgestiegen, fand er die Tür, durch die er gewöhnlich hineingegangen, verschlossen, und der Archivarius Lindhorst erschien in seinem wunderlichen, wie mit glänzenden Blumen bestreuten Schlafrock von der andern Seite. Er rief laut: »Heute kommen Sie nur hier herein, werter Anselmus, denn wir müssen in das Zimmer, wo Bhogovotgitas Meister unsrer warten.« Er schritt durch den Korridor und führte Anselmus durch dieselben Gemächer und Säle wie das erste Mal. – Der Student Anselmus erstaunte aufs neue über die wunderbare Herrlichkeit des Gartens, aber er sah nun deutlich, daß manche seltsame Blüten, die an den dunkeln Büschen hingen, eigentlich in glänzenden Farben prunkende Insekten waren, die mit den Flüglein auf und nieder schlugen und, durcheinander tanzend und wirbelnd, sich mit ihren Saugrüsseln zu liebkosen schienen. Dagegen waren wieder die rosenfarbnen und himmelblauen Vögel duftende Blumen, und der Geruch, den sie verbreiteten, stieg aus ihren Kelchen empor in leisen lieblichen Tönen, die sich mit dem Geplätscher der fernen Brunnen, mit dem Säuseln der hohen Stauden und Bäume zu geheimnisvollen Akkorden einer tief klagenden Sehnsucht vermischten. Die Spottvögel, die ihn das erste Mal so geneckt und gehöhnt, flatterten ihm wieder um den Kopf und schrien mit ihren feinen Stimmchen unaufhörlich: »Herr Studiosus, Herr Studiosus, eilen Sie nicht so – gucken Sie nicht so in die Wolken – Sie könnten auf die Nase fallen. – He, he! Herr Studiosus – nehmen Sie den Pudermantel um – Gevatter Schuhu soll Ihnen den Toupet frisieren.« – So ging es fort in allerlei dummem Geschwätz, bis Anselmus den Garten verlassen. Der Archivarius Lindhorst trat endlich in das azurblaue Zimmer; der Porphyr mit dem goldnen Topf war verschwunden, statt dessen stand ein mit violettem Samt behangener Tisch, auf dem die dem Anselmus bekannten Schreibmaterialien befindlich, in der Mitte des Zimmers, und ein ebenso beschlagener Lehnstuhl stand vor demselben. »Lieber Herr Anselmus«, sagte der Archivarius Lindhorst, »Sie haben nun schon manches Manuskript schnell und richtig zu meiner großen Zufriedenheit kopiert;

Sie haben sich mein Zutrauen erworben; das Wichtigste bleibt aber noch zu tun übrig, und das ist das Abschreiben oder vielmehr Nachmalen gewisser in besonderen Zeichen geschriebener Werke, die ich hier in diesem Zimmer aufbewahre und die nur an Ort und Stelle kopiert werden können. – Sie werden daher künftig hier arbeiten, aber ich muß Ihnen die größte Vorsicht und Aufmerksamkeit empfehlen; ein falscher Strich oder, was der Himmel verhüten möge, ein Tintenfleck, auf das Original gespritzt, stürzt Sie ins Unglück.« – Anselmus bemerkte, daß aus den goldnen Stämmen der Palmbäume kleine smaragdgrüne Blätter herausragten; eins dieser Blätter erfaßte der Archivarius, und Anselmus wurde gewahr, daß das Blatt eigentlich in einer Pergamentrolle bestand, die der Archivarius aufwickelte und vor ihm auf den Tisch breitete. Anselmus wunderte sich nicht wenig über die seltsam verschlungenen Zeichen, und bei dem Anblick der vielen Pünktchen, Striche und Züge und Schnörkel, die bald Pflanzen, bald Moose, bald Tiergestalten darzustellen schienen, wollte ihm beinahe der Mut sinken, alles so genau nachmalen zu können. Er geriet darüber in tiefe Gedanken. »Mut gefaßt, junger Mensch!« rief der Archivarius, »hast du bewährten Glauben und wahre Liebe, so hilft dir Serpentina!« Seine Stimme tönte wie klingendes Metall, und als Anselmus in jähem Schreck aufblickte, stand der Archivarius Lindhorst in der königlichen Gestalt vor ihm, wie er ihm bei dem ersten Besuch im Bibliothekzimmer erschienen. Es war dem Anselmus, als müsse er, von Ehrfurcht durchdrungen, auf die Knie sinken, aber da stieg der Archivarius Lindhorst an dem Stamm eines Palmbaums in die Höhe und verschwand in den smaragdenen Blätter. – Der Student Anselmus begriff, daß der Geisterfürst mit ihm gesprochen und nun in sein Studierzimmer hinaufgetiegen, um vielleicht mit den Strahlen, die einige Planeten als Gesandte zu ihm geschickt, Rücksprache zu halten, was nun mit ihm und der holden Serpentina geschehen solle. – Auch kann es sein, dachte er ferner, daß ihn Neues von den Quellen des Nils erwartet oder daß ein Magus aus Lappland ihn besucht – mir geziemt es nun, emsig an die Arbeit zu gehen. – Und damit fing er an, die fremden Zeichen der Pergamentrolle zu studieren. – Die wunderbare Musik des Gartens tönte zu ihm herüber und umgab ihn mit süßen lieblichen Düften, auch hörte er wohl die Spottvögel kickern, doch verstand er ihre Worte nicht, was ihm auch recht lieb war. Zuweilen war es auch, als rauschten die smaragdenen Blätter der Palmbäume und als strahlten dann die holden Kristallklänge, welche Anselmus an jenem verhängnisvollen Himmelfahrtstage unter dem Holunderbusch hörte, durch das Zimmer. Der Student Anselmus, wunderbar gestärkt durch dies Tönen und Leuchten, richtete immer fester und fester Sinn und Gedanken auf die Überschrift der Pergamentrolle, und bald fühlte er wie aus dem Innersten heraus, daß die Zeichen nichts anders bedeuten könnten als die Worte: »Von der Vermählung des Salamanders mit der grünen Schlange«. – Da ertönte ein starker Dreiklang heller Kristallglocken. – »Anselmus, lieber Anselmus«, wehte es ihm zu aus den Blättern, und o Wunder! an dem Stamm des Palmbaums schlängelte sich die grüne Schlange herab. – »Serpentina! holde Serpentina!« rief Anselmus wie im Wahnsinn des höchsten Entzückens, denn sowie er schärfer hinblickte, da war es ja ein liebliches herrliches Mädchen, die mit den dunkelblauen Augen, wie sie in seinem Innern lebten, voll unaussprechlicher Sehnsucht ihn anschauend, ihm entgegenschwebte. Die Blätter schienen sich herabzulassen und auszudehnen, überall sproßten Stacheln aus den Stämmen, aber Serpentina wand und schlängelte sich geschickt durch, indem sie ihr flatterndes, wie in schillernden Farben glänzendes Gewand nach sich zog, so daß es, sich dem schlanken Körper anschmiegend, nirgends hängenblieb an den hervorragenden Spitzen und Stacheln der Palmbäume. Sie setzte sich neben dem Anselmus auf denselben Stuhl, ihm mit dem Arm umschlingend und an sich drückend, so daß er den Hauch, der von ihren Lippen strömte, die elektrische Wärme ihres Körpers fühlte. »Lieber Anselmus!« fing Serpentina an, »nun bist du bald ganz mein, durch deinen Glauben, durch deine Liebe erringst du mich, und ich bringe dir den goldnen Topf, der uns beide beglückt immerdar.« – »O du holde liebe Serpentina«, sagte Anselmus, »wenn ich nur dich habe, was kümmert mich sonst alles übrige; wenn du nur mein bist, so will ich gern untergehen in all dem Wunderbaren und Seltsamen, was mich befängt seit dem Augenblick, als ich dich sah.« – »Ich weiß wohl«, fuhr Serpentina fort, «daß das Unbekannte und Wunderbare, womit mein Vater oft nur zum Spiel seiner Laune dich umfangen, Grausen und Entsetzen in dir erregt hat, aber jetzt soll es, wie ich hoffe, nicht wieder geschehen, denn ich bin in diesem Augenblick nur da, um dir, mein lieber Anselmus, alles und jedes aus tiefem Gemüte, aus tiefer Seele haarklein zu erzählen, was dir zu wissen nötig, um meinen Vater ganz zu kennen und überhaupt recht deutlich einzusehen, was es mit ihm und mit mir für eine Bewandtnis hat.« – Dem Anselmus war es, als sei er von der holden lieblichen Gestalt so ganz und gar umschlungen und umwunden, daß er sich nur mit ihr regen und bewegen könne, und als sei es nur der Schlag ihres Pulses, der durch seine Fibern und Nerven zittere; er horchte auf jedes ihrer Worte, das bis in sein Innerstes hinein erklang und wie ein leuchtender Strahl die Wonne des Himmels in ihm entzündete. Er hatte den Arm um ihren schlanker als schlanken Leib gelegt, aber der schillernde glänzende Stoff ihres Gewandes war so glatt, so schlüpfrig, daß es ihm schien, als könne sie, sich ihm schnell entwindend, unaufhaltsam entschlüpfen, und er erbebte bei dem Gedanken. »Ach, verlaß mich nicht, holde Serpentina«, rief er unwillkürlich aus, »nur du bist mein Leben!« – »Nicht eher heute«, sagte Serpentina, »als bis ich alles erzählt habe, was du in deiner Liebe zu mir begreifen kannst. – Wisse also, Geliebter! daß mein Vater aus dem wunderbaren Geschlecht der Salamander abstammt und daß ich mein Dasein seiner Liebe zur grünen Schlange verdanke. In uralter Zeit herrschte in dem Wunderlande Atlantis der mächtige Geisterfürst Phosphorus, dem die Elementargeister dienten. Einst ging der Salamander, den er vor allen liebte (es war mein Vater), in dem prächtigen Garten, den des Phosphorus Mutter mit ihren schönsten Gaben auf das herrlichste geschmückt hatte, umher und hörte, wie eine hohe Lilie in leisen Tönen sang: ›Drücke fest die Äuglein zu, bis mein Geliebter, der Morgenwind, dich weckt.‹ Er trat hinzu; von seinem glühenden Hauch berührt, erschloß die Lilie ihre Blätter, und er erblickte der Lilie Tochter, die grüne Schlange, welche in dem Kelch schlummerte. Da wurde der Salamander von heißer Liebe zu der schönen Schlange ergriffen, und er raubte sie der Lilie, deren Düfte in namenloser Klage vergebens im ganzen Garten nach der geliebten Tochter riefen. Denn der Salamander hatte sie in das Schloß des Phosphorus getragen und bat ihn: ›Vermähle mich mit der Geliebten, denn sie soll mein eigen sein immerdar.‹ – ›Törichter, was verlangst du!‹ sprach der Geisterfürst, ›wisse, daß einst die Lilie meine Geliebte war und mit mir herrschte, aber der Funke, den ich in sie warf, drohte sie zu vernichten, und nur der Sieg über den schwarzen Drachen, den jetzt die Erdgeister in Ketten gebunden halten, erhielt die Lilie, daß ihre Blätter stark genug blieben, den Funken in sich zu schließen und zu bewahren. Aber wenn du die grüne Schlange umarmst, wird deine Glut den Körper verzehren und ein neues Wesen, schnell emporkeimend, sich dir entschwingen.‹ Der Salamander achtete der Warnung des Geisterfürsten nicht; voll glühenden Verlangens schloß er die grüne Schlange in seine Arme, sie zerfiel in Asche, und ein geflügeltes Wesen, aus der Asche geboren, rauschte fort durch die Lüfte. Da ergriff den Salamander der Wahnsinn der Verzweiflung, und er rannte, Feuer und Flammen sprühend, durch den Garten und verheerte ihn in wilder Wut, daß die schönsten Blumen und Blüten verbrannt niedersanken und ihr Jammer die Luft erfüllte. Der hocherzürnte Geisterfürst erfaßte im Grimm den Salamander und sprach: ›Ausgeraset hat dein Feuer – erloschen sind deine Flammen, erblindet deine Strahlen – sinke hinab zu den Erdgeistern, die mögen dich necken und höhnen und gefangenhalten, bis der Feuerstoff sich wieder entzündet und mit dir als einem neuen Wesen aus der Erde emporstrahlt.‹ Der arme Salamander sank erloschen hinab, aber da trat der alte mürrische Erdgeist, der des Phosphorus Gärtner war, hinzu und sprach: ›Herr! wer sollte mehr über den Salamander klagen als ich! – Habe ich nicht all die schönen Blumen, die er verbrannt, mit meinen schönsten Metallen geputzt, habe ich nicht ihre Keime wacker gehegt und gepflegt und an ihnen manche schöne Farbe verschwendet? – und doch nehme ich mich des armen Salamanders an, den nur die Liebe, von der du selbst schon oft, o Herr! befangen, zur Verzweiflung getrieben, in der er den Garten verwüstet. – Erlasse ihm die zu harte Strafe!‹ – ›Sein Feuer ist für jetzt erloschen‹, sprach der Geisterfürst, ›in der unglücklichen Zeit, wenn die Sprache der Natur dem entarteten Geschlecht der Menschen nicht mehr verständlich sein, wenn die Elementargeister, in ihre Regionen gebannt, nur aus weiter Ferne in dumpfen Anklängen zu dem Menschen sprechen werden, wenn, dem harmonischen Kreise entrückt, nur ein unendliches Sehnen ihm die dunkle Kunde von dem wundervollen Reiche geben wird, das er sonst bewohnen durfte, als noch Glaube und Liebe in seinem Gemüte wohnten – in dieser unglücklichen Zeit entzündet sich der Feuerstoff des Salamanders aufs neue, doch nur zum Menschen keimt er empor und muß, ganz eingehend in das dürftige Leben, dessen Bedrängnisse ertragen. Aber nicht allein die Erinnerung an seinen Urzustand soll ihm bleiben, sondern er lebt auch wieder auf in der heiligen Harmonie mit der ganzen Natur, er versteht ihre Wunder, und die Macht der verbrüderten Geister steht ihm zu Gebote. In einem Lilienbusch findet er dann die grüne Schlange wieder, und die Frucht seiner Vermählung mit ihr sind drei Töchter, die den Menschen in der Gestalt der Mutter erscheinen. Zur Frühlingszeit sollen sie sich in den dunklen Holunderbusch hängen und ihre lieblichen Kristallstimmen ertönen lassen. Findet sich dann in der dürftigen armseligen Zeit der innern Verstocktheit ein Jüngling, der ihren Gesang vernimmt, ja, blickt ihn eine der Schlänglein mit ihren holdseligen Augen an, entzündet der Blick in ihm die Ahnung des fernen wundervollen Landes, zu dem er sich mutig emporschwingen kann, wenn er die Bürde des Gemeinen abgeworfen, keimt mit der Liebe zur Schlange in ihm der Glaube an die Wunder der Natur, ja an seine eigne Existenz in diesen Wundern glutvoll und lebendig auf, so wird die Schlange sein. Aber nicht eher, bis drei Jünglinge dieser Art erfunden und mit den drei Töchtern vermählt werden, darf der Salamander seine lästige Bürde abwerfen und zu seinen Brüdern gehen.‹ – ›Erlaube, Herr‹, sagte der Erdgeist, ›daß ich diesen drei Töchtern ein Geschenk mache, das ihr Leben mit dem gefundenen Gemahl verherrlicht. Jede erhält von mir einen Topf vom schönsten Metall, das ich besitze, den poliere ich mit Strahlen, die ich dem Diamant entnommen; in seinem Glanze soll sich unser wundervolles Reich, wie es jetzt im Einklang mit der ganzen Natur besteht, in blendendem herrlichen Widerschein abspiegeln, aus seinem Innern aber in dem Augenblick der Vermählung eine Feuerlilie entsprießen, deren ewige Blüte den bewährt befundenen Jüngling süß duftend umfängt. Bald wird er dann ihre Sprache, die Wunder unseres Reichs verstehen und selbst mit der Geliebten in Atlantis wohnen.‹ – Du weißt nun wohl, lieber Anselmus! daß mein Vater ebender Salamander ist, von dem ich dir erzählt. Er mußte, seiner höheren Natur unerachtet, sich den kleinlichsten Bedrängnissen des gemeinen Lebens unterwerfen, und daher kommt wohl oft die schadenfrohe Laune, mit der er manche neckt. Er hat mir oft gesagt, daß für die innere Geistesbeschaffenheit, wie sie der Geisterfürst Phosphorus damals als Bedingnis der Vermählung mit mir und meinen Schwestern aufgestellt, man jetzt einen Ausdruck habe, der aber nur zu oft unschicklicherweise gemißbraucht werde; man nenne das nämlich ein kindliches poetisches Gemüt. – Oft finde man dieses Gemüt bei Jünglingen, die der hohen Einfachheit ihrer Sitten wegen, und weil es ihnen ganz an der sogenannten Weltbildung fehle, von dem Pöbel verspottet würden. Ach, lieber Anselmus! – du verstandest ja unter dem Holunderbusch meinen Gesang – meinen Blick – du liebst die grüne Schlange, du glaubst an mich und willst mein sein immerdar! – Die schöne Lilie wird emporblühen aus dem goldnen Topf, und wir werden vereint glücklich und selig in Atlantis wohnen! – Aber nicht verhehlen kann ich dir, daß im gräßlichen Kampf mit den Salamandern und Erdgeistern sich der schwarze Drache loswand und durch die Lüfte davonbrauste. Phosphorus hält ihn zwar wieder in Banden, aber aus den schwarzen Federn, die im Kampfe auf die Erde stäubten, keimten feindliche Geister empor, die überall den Salamandern und Erdgeistern widerstreben. Jenes Weib, das dir so feindlich ist, lieber Anselmus! und die, wie mein Vater recht gut weiß, nach dem Besitz des goldnen Topfes strebt, hat ihr Dasein der Liebe einer solchen aus dem Fittich des Drachen herabgestäubten Feder zu einer Runkelrübe zu verdanken. Sie erkennt ihren Ursprung und ihre Gewalt, denn in dem Stöhnen, in den Zuckungen des gefangenen Drachen werden ihr die Geheimnisse mancher wundervollen Konstellation offenbar, und sie bietet alle Mittel auf, von außen hinein ins Innere zu wirken, wogegen sie mein Vater mit den Blitzen, die aus dem Innern des Salamanders hervorschießen, bekämpft. Alle die feindlichen Prinzipe, die in schädlichen Kräutern und giftigen Tieren wohnen, sammelt sie und erregt, sie mischend in günstiger Konstellation, manchen bösen Spuk, der des Menschen Sinne mit Grauen und Entsetzen befängt und ihn der Macht jener Dämonen, die der Drache, im Kampfe unterliegend, erzeugte, unterwirft. Nimm dich vor der Alten in acht, lieber Anselmus, sie ist dir feind, weil dein kindlich frommes Gemüt schon manchen ihrer bösen Zauber vernichtet. – Halte treu – treu – an mir, bald bist du am Ziel!« – »O meine – meine Serpentina!« – rief der Student Anselmus, »wie sollte ich denn nur von dir lassen können, wie sollte ich dich nicht lieben ewiglich!« – Ein Kuß brannte auf seinem Munde, er erwachte wie aus einem tiefen Traume, Serpentina war verschwunden, es schlug sechs Uhr, da fiel es ihm schwer aufs Herz, daß er nicht das mindeste kopiert habe; er blickte voll Besorgnis, was der Archivarius wohl sagen werde, auf das Blatt, und o Wunder! die Kopie des geheimnisvollen Manuskripts war glücklich beendigt, und er glaubte, schärfer die Züge betrachtend, Serpentinas Erzählung von ihrem Vater, dem Liebling des Geisterfürsten Phosphorus im Wunderlande Atlantis, abgeschrieben zu haben. Jetzt trat der Archivarius Lindhorst in seinem weißgrauen Überrock, den Hut auf dem Kopfe, den Stock in der Hand, herein; er sah in das von dem Anselmus beschriebene Pergament, nahm eine große Prise und sagte lächelnd: »Das dacht ich wohl! – Nun! hier ist der Speziestaler, Herr Anselmus, jetzt wollen wir noch nach dem Linkeschen Bade gehen – nur mir nach!« – Der Archivarius schritt rasch durch den Garten, in dem ein solcher Lärm von Singen, Pfeifen, Sprechen durcheinander war, daß der Student Anselmus ganz betäubt wurde und dem Himmel dankte, als er sich auf der Straße befand. Kaum waren sie einige Schritte gegangen, als sie dem Registrator Heerbrand begegneten, der freundlich sich anschloß. Vor dem Tore stopften sie die mitgenommenen Pfeifen; der Registrator Heerbrand beklagte, kein Feuerzeug bei sich zu tragen, da rief der Archivarius Lindhorst ganz unwillig: »Was Feuerzeug! – hier ist Feuer, soviel Sie wollen!« Und damit schnippte er mit den Fingern, aus denen große Funken strömten, die die Pfeifen schnell anzündeten. »Sehen Sie das chemische Kunststückchen«, sagte der Registrator Heerbrand, aber der Student Anselmus dachte nicht ohne inneres Erbeben an den Salamander. – Im Linkeschen Bade trank der Registrator Heerbrand so viel starkes Doppelbier, daß er, sonst ein gutmütiger stiller Mann, anfing, in einem quäkenden Tenor Burschenlieder zu singen, jeden hitzig fragte: ob er sein Freund sei oder nicht, und endlich von dem Studenten Anselmus zu Hause gebracht werden mußte, als der Archivarius Lindhorst schon längst auf und davon war.

Neunte Vigilie

Wie der Student Anselmus zu einiger Vernunft gelangte – Die Punschgesellschaft – Wie der Student Anselmus den Konrektor Paulmann für einen Schuhu hielt und dieser sich darob sehr erzürnte – Der Tintenklecks und seine Folgen

Alles das Seltsame und Wundervolle, welches dem Studenten Anselmus täglich begegnet war, hatte ihn ganz dem gewöhnlichen Leben entrückt. Er sah keinen seiner Freunde mehr und harrte jeden Morgen mit Ungeduld auf die zwölfte Stunde, die ihm sein Paradies aufschloß. Und doch, indem sein ganzes Gemüt der holden Serpentina und den

Wundern des Feenreichs bei dem Archivarius Lindhorst zugewandt war, mußte er zuweilen unwillkürlich an Veronika denken, ja manchmal schien es ihm, als träte sie zu ihm hin und gestehe errötend, wie herzlich sie ihn liebe und wie sie danach trachte, ihn den Phantomen, von denen er nur geneckt und verhöhnt werde, zu entreißen. Zuweilen war es, als risse eine fremde, plötzlich auf ihn einbrechende Macht ihn unwiderstehlich hin zur vergessenen Veronika und er müsse ihr folgen, wohin sie nur wolle, als sei er festgekettet an das Mädchen. Gerade in der Nacht darauf, als er Serpentina zum erstenmal in der Gestalt einer wunderbar holdseligen Jungfrau geschaut, als ihm das wunderbare Geheimnis der Vermählung des Salamanders mit der grünen Schlange offenbar worden, trat ihm Veronika lebhafter vor Augen als jemals. – Ja! – erst als er erwachte, wurde er deutlich gewahr, daß er nur geträumt habe, da er überzeugt gewesen, Veronika sei wirklich bei ihm und klage mit dem Ausdruck eines tiefen Schmerzes, der sein Innerstes durchdrang, daß er ihre innige Liebe den phantastischen Erscheinungen, die nur seine innere Zerrüttung hervorrufe, aufopfern und noch darüber in Unglück und Verderben geraten werde. Veronika war liebenswürdiger, als er sie je gesehen; er konnte sie kaum aus den Gedanken bringen, und dieser Zustand verursachte ihm eine Qual, der er bei einem Morgenspaziergang zu entrinnen hoffte. Eine geheime magische Gewalt zog ihn vor das Pirnaer Tor, und eben wollte er in eine Nebenstraße einbiegen, als der Konrektor Paulmann, hinter ihm herkommend, laut rief: »Ei, ei! – wertester Herr Anselmus! – Amice! – Amice! wo um des Himmels willen stecken Sie denn, Sie lassen sich ja gar nicht mehr sehen – wissen Sie wohl, daß sich Veronika recht sehnt, wieder einmal eins mit Ihnen zu singen? – Nun kommen Sie nur, Sie wollten ja doch zu mir!« Der Student Anselmus ging notgedrungen mit dem Konrektor. Als sie in das Haus traten, kam ihnen Veronika, sehr sauber und sorgfältig gekleidet, entgegen, so daß der Konrektor Paulmann voller Erstaunen fragte: »Nun, warum so geputzt, hat man denn Besuch erwartet? – aber hier bringe ich den Herrn Anselmus!« – Als der Student Anselmus sittig und artig der Veronika die Hand küßte, fühlte er einen leisen Druck, der wie ein Glutstrom durch alle Fibern und Nerven zuckte. Veronika war die Heiterkeit, die Anmut selbst, und als Paulmann nach seinem Studierzimmer gegangen, wußte sie durch allerhand Neckerei und Schalkheit den Anselmus so hinaufzuschrauben, daß er alle Blödigkeit vergaß und sich zuletzt mit dem ausgelassenen Mädchen im Zimmer herumjagte. Da kam ihm aber wieder einmal der Dämon des Ungeschicks über den Hals, er stieß an den Tisch, und Veronikas niedliches Nähkästchen fiel herab. Anselmus hob es auf, der Deckel war aufgesprungen, und es blinkte ihm ein kleiner runder Metallspiegel entgegen, in den er mit ganz eigner Lust hineinschaute. Veronika schlich sich leise hinter ihn, legte die Hand auf seinen Arm und schaute, sich fest an ihn schmiegend, ihm über die Schulter auch in den Spiegel. Da war es dem Anselmus, als beginne ein Kampf in seinem Innern – Gedanken – Bilder – blitzten hervor und vergingen wieder – der Archivarius Lindhorst – Serpentina – die grüne Schlange – endlich wurde es ruhiger, und alles Verworrene fügte und gestaltete sich zum deutlichen Bewußtsein. Ihm wurde es nun klar, daß er nur beständig an Veronika gedacht, ja daß die Gestalt, welche ihm gestern in dem blauen Zimmer erschienen, auch eben Veronika gewesen und daß die phantastische Sage von der Vermählung des Salamanders mit der grünen Schlange ja nur von ihm geschrieben, keineswegs aber erzählt worden sei. Er wunderte sich selbst über seine Träumereien und schrieb sie lediglich seinem durch die Liebe zu Veronika exaltierten Seelenzustand sowie der Arbeit bei dem Archivarius Lindhorst zu, in dessen Zimmern es noch überdem so sonderbar betäubend duftete. Er mußte herzlich über die tolle Einbildung lachen, in eine kleine Schlange verliebt zu sein und einen wohlbestallten Geheimen Archivarius für einen Salamander zu halten. »Ja, ja! – es ist Veronika!« rief er laut, aber indem er den Kopf umwandte, schaute er gerade in Veronikas blaue Augen hinein, in denen Liebe und Sehnsucht strahlten. Ein dumpfes »Ach!« entfloh ihren Lippen, die in dem Augenblick auf den seinigen brannten. »O ich Glücklicher«, seufzte der entzückte Student, »was ich gestern nur träumte, wird mir heute wirklich und in der Tat zuteil.« – »Und willst du mich denn wirklich heiraten, wenn du Hofrat worden?« fragte Veronika. »Allerdings!« antwortete der Student Anselmus; indem knarrte die Tür, und der Konrektor Paulmann trat mit den Worten herein: »Nun, wertester Herr Anselmus, lasse ich Sie heute nicht fort, Sie nehmen vorlieb bei mir mit einer Suppe, und nachher bereitet uns Veronika einen köstlichen Kaffee, den wir mit dem Registrator Heerbrand, welcher herzukommen versprochen, genießen.« – »Ach, bester Herr Konrektor«, erwiderte der Student Anselmus, »wissen Sie denn nicht, daß ich zum Archivarius Lindhorst muß, des Abschreibens wegen?« – »Schauen Sie, Amice!« sagte der Konrektor Paulmann, indem er ihm die Taschenuhr hinhielt, welche auf halb eins wies. Der Student Anselmus sah nun wohl ein, daß es viel zu spät sei, zu dem Archivarius Lindhorst zu wandern, und fügte sich den Wünschen des Konrektors um so lieber, als er nun die Veronika den ganzen Tag über schauen und wohl manchen verstohlnen Blick, manchen zärtlichen Händedruck zu erhalten, ja wohl gar einen Kuß zu erobern hoffte. So hoch verstiegen sich jetzt die Wünsche des Studenten Anselmus, und es wurde ihm immer behaglicher zumute, je mehr er sich überzeugte, daß er bald von all den phantastischen Einbildungen befreit sein werde, die ihn wirklich ganz und gar zum wahnwitzigen

Narren hätten machen können. Der Registrator Heerbrand fand sich wirklich nach Tische ein, und als der Kaffee genossen und die Dämmerung bereits eingebrochen, gab er, schmunzelnd und fröhlich die Hände reibend, zu verstehen: er trage etwas mit sich, was, durch Veronikas schöne Hände gemischt und in gehörige Form gebracht, gleichsam foliiert und rubriziert, ihnen allen an dem kühlen Oktoberabende erfreulich sein werde. »So rücken Sie denn nur heraus mit dem geheimnisvollen Wesen, das Sie bei sich tragen, geschätztester Registrator«, rief der Konrektor Paulmann; aber der Registrator Heerbrand griff in die tiefe Tasche seines Matins und brachte in drei Reprisen eine Flasche Arrak, Zitronen und Zucker zum Vorschein. Kaum war eine halbe Stunde vergangen, so dampfte ein köstlicher Punsch auf Paulmanns Tische. Veronika kredenzte das Getränk, und es gab allerlei gemütliche muntre Gespräche unter den Freunden. Aber sowie dem Studenten Anselmus der Geist des Getränks zu Kopfe stieg, kamen auch alle Bilder des Wunderbaren, Seltsamen, was er in kurzer Zeit erlebt, wieder zurück. – Er sah den Archivarius Lindhorst in seinem damastnen Schlafrock, der wie Phosphor erglänzte – er sah das azurblaue Zimmer, die goldnen Palmbäume, ja es wurde ihm wieder so zumute, als müsse er doch an die Serpentina glauben – es brauste, es gärte in seinem Inneren. Veronika reichte ihm ein Glas Punsch, und indem er es faßte, berührte er leise ihre Hand. – »Serpentina! Veronika!« – seufzte er in sich hinein. Er versank in tiefe Träume, aber der Registrator Heerbrand rief ganz laut: »Ein wunderlicher alter Mann, aus dem niemand klug wird, bleibt er doch, der Archivarius Lindhorst. – Nun, er soll leben! stoßen Sie an, Herr Anselmus!« – Da fuhr der Student Anselmus auf aus seinen Träumen und sagte, indem er mit dem Registrator Herrbrand anstieß: »Das kommt daher, verehrungswürdiger Herr Registrator, weil der Herr

Archivarius Lindhorst eigentlich ein Salamander ist, der den Garten des Geisterfürsten Phosphorus im Zorn verwüstete, weil ihm die grüne Schlange davongeflogen.« – »Wie – was?« fragte der Konrektor Paulmann. »Ja«, fuhr der Student Anselmus fort, »deshalb muß er nun Königlicher Archivarius sein und hier in Dresden mit seinen drei Töchtern wirtschaften, die aber weiter nichts sind als kleine goldgrüne Schlänglein, die sich in Holunderbüschen sonnen, verführerisch singen und die jungen Leute verlocken wie die Sirenen.« – »Herr Anselmus – Herr Anselmus«, rief der Konrektor Paulmann, »rappelt's Ihnen im Kopfe? – was um des Himmels willen schwatzen Sie für ungewaschenes Zeug?« – »Er hat recht«, fiel der Registrator Heerbrand ein, »der Kerl, der Archivarius, ist ein verfluchter Salamander, der mit den Fingern feurige Schnippchen schlägt, die einem Löcher in den Überrock brennen wie glühender Schwamm. – Ja, ja, du hast recht, Brüderchen Anselmus, und wer es nicht glaubt, ist mein Feind!« Und damit schlug der Registrator Heerbrand mit der Faust auf den Tisch, daß die Gläser klirrten. »Registrator! – sind Sie rasend?« schrie der erboste Konrektor. – »Herr Studiosus – Herr Studiosus, was richten Sie denn nun wieder an?« – »Ach!« – sagte der Student, »Sie sind auch weiter nichts als ein Vogel – ein Schuhu, der die Toupets frisiert, Herr Konrektor!« – »Was? – ich ein Vogel – ein Schuhu – ein Friseur?« – schrie der Konrektor voller Zorn – »Herr, Sie sind toll – toll!« – »Aber die Alte kommt ihm über den Hals«, rief der Registrator Heerbrand. »Ja, die Alte ist mächtig«, fiel der Student Anselmus ein, »unerachtet sie nur von niederer Herkunft, denn ihr Papa ist nichts als ein lumpichter Flederwisch und ihre Mama eine schnöde Runkelrübe, aber ihre meiste Kraft verdankt sie allerlei feindlichen Kreaturen – giftigen Kanaillen, von denen sie umgeben.« – »Das ist eine abscheuliche Verleumdung«, rief Veronika mit zornglühenden Augen, »die alte Liese ist eine weise Frau und der schwarze Kater keine feindliche Kreatur, sondern ein gebildeter junger Mann von feinen Sitten und ihr Cousin germain.« – »Kann *der* Salamander fressen, ohne sich den Bart zu versengen und elendiglich daraufzugehn?« sagte der Registrator Heerbrand. »Nein, nein!« schrie der Student Anselmus, »nun und nimmermehr wird er das können; und die grüne Schlange liebt mich, denn ich bin ein kindliches Gmüt und habe Serpentinas Augen geschaut.« – »Die wird der Kater auskratzen«, rief Veronika. »Salamander – Salamander bezwingt sie alle – alle«, brüllte der Konrektor Paulmann in höchster Wut; – »aber bin ich in einem Tollhause? bin ich selbst toll? – was schwatze ich denn für wahnwitziges Zeug? – ja, ich bin auch toll – auch toll!« – Damit sprang der Konrektor Paulmann auf, riß sich die Perücke vom Kopfe und schleuderte sie gegen die Stubendecke, daß die gequetschten Locken ächzten und, im gänzlichen Verderben aufgelöst, den Puder weit umherstäubten. Da ergriffen der Student Anselmus und der Registrator Heerbrand die Punschterrine, die Gläser und warfen sie jubelnd und jauchzend an die Stubendecke, daß die Scherben klirrend und klingend umhersprangen. »Vivat Salamander – pereat – pereat die Alte – zerbrecht den Metallspiegel, hackt dem Kater die Augen aus! – Vöglein – Vöglein aus den Lüften – Eheu – Eheu – Evoe – Salamander!« – So schrien und brüllten die drei wie Besessene durcheinander. Laut weinend, sprang Fränzchen davon, aber Veronika lag, winselnd vor Jammer und Schmerz, auf dem Sofa. Da ging die Tür auf, alles war plötzlich still, und es trat ein kleiner Mann in einem grauen Mäntelchen herein. Sein Gesicht hatte etwas seltsam Gravitätisches, und vorzüglich zeichnete sich die krummgebogene Nase, auf der eine große Brille saß, vor allen jemals gesehenen aus. Auch trug er solch eine besondere Perücke, daß sie eher eine Federmütze zu sein schien. »Ei, schönen guten Abend«, schnarrte das possierliche Männlein, »hier finde ich ja wohl den Studiosum Herrn Anselmus? Gehorsamste Empfehlung vom Herrn Archivarius Lindhorst, und er habe heute vergebens auf den Herrn Anselmus gewartet, aber morgen lasse er schönstens bitten, ja nicht die gewohnte Stunde zu versäumen.« Damit schritt er wieder zur Tür hinaus, und alle sahen nun wohl, daß das gravitätische Männlein eigentlich ein grauer Papagei war. Der Konrektor Paulmann und der Registrator Heerbrand schlugen eine Lache auf, die durch das Zimmer dröhnte, und dazwischen winselte und ächzte Veronika wie von namenlosem Jammer zerrissen, aber den Studenten Anselmus durchzuckte der Wahnsinn des innern Entsetzens, und er rannte bewußtlos zur Tür hinaus durch die Straßen. Mechanisch fand er seine Wohnung, sein Stübchen. Bald darauf trat Veronika friedlich und freundlich zu ihm und fragte: warum er sie denn im Rausch so geängstigt habe, und er möge sich nur vor neuen Einbildungen hüten, wenn er bei dem Archivarius Lindhorst arbeite. »Gute Nacht, gute Nacht, mein lieber Freund«, lispelte leise Veronika und hauchte einen Kuß auf seine Lippen. Er wollte sie mit seinen Armen umfangen, aber die Traumgestalt war verschwunden, und er erwachte heiter und gestärkt. Nun mußte er selbst recht herzlich über die Wirkungen des Punsches lachen, aber indem er an Veronika dachte, fühlte er sich recht von einem behaglichen Gefühl durchdrungen. »Ihr allein«, sprach er zu sich selbst, »habe ich es zu verdanken, daß ich von meinen albernen Grillen zurückgekommen bin. – Wahrhaftig, mir ging es nicht besser als jenem, welcher glaubte, er sei von Glas, oder dem, der die Stube nicht verließ aus Furcht, von den Hühnern gefressen zu werden, weil er sich einbildete, ein Gerstenkorn zu sein. Aber sowie ich Hofrat worden, heirate ich ohne weiteres die Mademoiselle Paulmann und bin glücklich.« – Als er nun mittags durch den Garten des Archivarius Lindhorst ging, konnte er sich nicht genug wundern, wie ihm das alles sonst so seltsam und wundervoll habe vorkommen können. Er sah nichts als gewöhnliche Scherbenpflanzen, allerlei Geranien, Myrtenstöcke und dergleichen. Statt der glänzenden bunten Vögel, die ihn sonst geneckt, flatterten nur einige Sperlinge hin und her, die ein unverständliches unangenehmes Geschrei erhoben, als sie den Anselmus gewahr wurden. Das blaue Zimmer kam ihm auch ganz anders vor, und er begriff nicht, wie ihm das grelle Blau und die unnatürlichen goldnen Stämme der Palmbäume mit den unförmlichen blinkenden Blättern nur einen Augenblick hatten gefallen können. – Der Archivarius sah ihn mit einem ganz eignen ironischen Lächeln an und fragte: »Nun, wie hat Ihnen gestern der Punsch geschmeckt, werter Anselmus?« – »Ach, gewiß hat Ihnen der Papagei«, erwiderte der Student Anselmus ganz beschämt, aber er stockte, denn er dachte nun wieder daran, daß auch die Erscheinung des Papageis wohl nur Blendwerk der befangenen Sinne gewesen. »Ei, ich war ja selbst in der Gesellschaft«, fiel der Archivarius Lindhorst ein, »haben Sie mich denn nicht gesehen? Aber bei dem tollen Unwesen, das ihr triebt, wäre ich beinahe hart beschädigt worden; denn ich saß eben in dem Augenblick noch in der Terrine, als der Registrator Heerbrand danach griff, um sie gegen die Decke zu schleudern, und mußte mich schnell in des Konrektors Pfeifenkopf retirieren. Nun adieu, Herr Anselmus! – sein Sie fleißig, auch für den gestrigen versäumten Tag zahle ich den Speziestaler, da Sie bisher so wacker gearbeitet.« – »Wie kann der Archivarius nur solch tolles Zeug faseln«, sagte der Student Anselmus zu sich selbst und setzte sich an den Tisch, um die Kopie des Manuskripts zu beginnen, das der Archivarius wie gewöhnlich vor ihm ausgebreitet. Aber er sah auf der Pergamentrolle so viele sonderbare krause Züge und Schnörkel durcheinander, die, ohne dem Auge einen einzigen Ruhepunkt zu geben, den Blick verwirrten, daß es ihm beinahe unmöglich schien, das alles genau nachzumalen. Ja, bei dem Überblick des Ganzen schien das Pergament nur ein buntgeaderter Marmor oder ein mit Moosen durchsprenkelter Stein. – Er wollte dessenunerachtet das Mögliche versuchen und tunkte getrost die Feder ein, aber die Tinte wollte durchaus nicht fließen, er spritzte die Feder ungeduldig aus, und – o Himmel! ein großer Klecks fiel auf das ausgebreitete Original. Zischend und brausend fuhr ein blauer Blitz aus dem Fleck und schlängelte sich krachend durch das Zimmer bis zur Decke hinauf. Da quoll ein dicker Dampf aus den Wänden, die Blätter fingen an zu rauschen, wie vom Sturme geschüttelt, und aus ihnen schossen blinkende Basilisken im flackernden Feuer herab, den Dampf entzündend, daß die Flammenmassen prasselnd sich um den Anselmus wälzten. Die goldnen Stämme der Palmbäume wurden zu Riesenschlangen, die ihre gräßlichen Häupter in schneidendem Metallklange zusammenstießen und mit den geschuppten Leibern den Anselmus umwanden. »Wahnsinniger! erleide nun die Strafe dafür, was du im frechen Frevel tatest!« – So rief die fürchterliche Stimme des gekrönten Salamanders, der über den Schlangen wie ein blendender Strahl in den Flammen erschien, und nun sprühten ihre aufgesperrten Rachen Feuerkatarakte auf den Anselmus, und es war, als verdichteten sich die Feuerströme um seinen Körper und würden zur festen eiskalten Masse. Aber indem des Anselmus Glieder, enger und enger sich zusammenziehend, erstarrten, vergingen ihm die Gedanken. Als er wieder zu sich selbst kam, konnte er sich nicht regen und bewegen, er war wie von einem glänzenden Schein umgeben, an dem er sich, wollte er nur die Hand erheben oder sonst sich rühren, stieß. – Ach! er saß in einer wohlverstopften Kristallflasche auf einem Repositorium im Bibliothekzimmer des Archivarius Lindhorst.

Zehnte Vigilie

Die Leiden des Studenten Anselmus in der gläsernen Flasche – Glückliches Leben der Kreuzschüler und Praktikanten – Die Schlacht im Bibliothekzimmer des Archivarius Lindhorst – Sieg des Salamanders und Befreiung des Studenten Anselmus

Mit Recht darf ich zweifeln, daß du, günstiger Leser! jemals in einer gläsernen Flasche verschlossen gewesen sein solltest, es sei denn, daß ein lebendiger neckhafter Traum dich einmal mit solchem feeischen Unwesen befangen hätte. War das der Fall, so wirst du das Elend des armen Studenten Anselmus recht lebhaft fühlen; hast du aber auch dergleichen nie geträumt, so schließt dich deine rege Phantasie mir und dem Anselmus zu Gefallen wohl auf einige Augenblicke in das Kristall ein. – Du bist von blendendem Glanze dicht umflossen, alle Gegenstände ringsumher erscheinen dir von strahlenden Regenbogenfarben erleuchtet und umgeben – alles zittert und wankt und dröhnt im Schimmer – du schwimmst regungs- und bewegungslos wie in einem festgefrornen Äther, der dich einpreßt, so daß der Geist vergebens dem toten Körper gebietet. Immer gewichtiger und gewichtiger drückt die zentnerschwere Last deine Brust – immer mehr und mehr zehrt jeder Atemzug die Lüftchen weg, die im engen Raum noch auf- und niederwallten – deine Pulsadern schwellen auf, und von gräßlicher Angst durchschnitten, zuckt jeder Nerv, im Todeskampfe blutend. – Habe Mitleid, günstiger Leser! mit dem Studenten Anselmus, den diese namenlose Marter in seinem gläsernen Gefängnisse ergriff; aber er fühlte wohl, daß der Tod ihn nicht erlösen könne, denn erwachte er nicht aus der tiefen Ohnmacht, in die er im Übermaß seiner Qual versunken, als die Morgensonne in das Zimmer hell und freundlich hineinschien, und fing seine Marter nicht von neuem an? – Er konnte kein Glied regen, aber seine Gedanken schlugen an das Glas, ihn im mißtönenden Klange betäubend, und er vernahm statt der Worte, die der Geist sonst aus dem Innern gesprochen, nur das dumpfe Brausen des Wahnsinns. – Da schrie er auf in Verzweiflung: »O Serpentina – Serpentina, rette mich von dieser Höllenqual!« Und es war, als umwehten ihn leise Seufzer, die legten sich um die Flasche wie grüne durchsichtige Holunderblätter, das Tönen hörte auf, der blendende verwirrende Schein war verschwunden, und er atmete freier. »Bin ich denn nicht an meinem Elende lediglich selbst schuld, ach! habe ich nicht gegen dich selbst, holde, geliebte Serpentina! gefrevelt? – habe ich nicht schnöde Zweifel gegen dich gehegt? habe ich nicht den Glauben verloren und mit ihm alles, alles, was mich hoch beglücken sollte? – Ach, du wirst nun wohl nimmer mein werden, für mich ist der goldne Topf verloren, ich darf seine Wunder nimmermehr schauen. Ach, nur ein einziges Mal möcht ich dich sehen, deine holde süße Stimme hören, liebliche Serpentina!« – So klagte der Student Anselmus, von tiefem schneidendem Schmerz ergriffen, da sagte jemand dicht neben ihm: »Ich weiß gar nicht, was Sie wollen, Herr Studiosus, warum lamentieren Sie so über alle Maßen?« – Der Student Anselmus wurde gewahr, daß neben ihm auf demselben Repositorium noch fünf Flaschen standen, in welchen er drei Kreuzschüler und zwei Praktikanten erblickte. – »Ach, meine Herren und Gefährten im Unglück«, rief er aus, »wie ist es Ihnen denn möglich, so gelassen, ja so vergnügt zu sein, wie ich es an Ihren heitern Mienen bemerke? – Sie sitzen ja doch ebensogut eingesperrt in gläsernen Flaschen als ich und können sich nicht regen und bewegen, ja nicht einmal was Vernünftiges denken, ohne daß ein Mordlärm entsteht mit Klingen und Schallen und ohne daß es Ihnen im Kopfe ganz schrecklich saust und braust. Aber Sie glauben gewiß nicht an den Salamander und an die grüne Schlange.« – »Sie faseln wohl, mein Herr Studiosus«, erwiderte ein Kreuzschüler, »nie haben wir uns besser befunden als jetzt, denn die Speziestaler, welche wir von dem tollen Archivarius erhalten für allerlei konfuse Abschriften, tun uns wohl; wir dürfen jetzt keine italienische Chöre mehr auswendig lernen, wir gehen jetzt alle Tage zu Josephs oder sonst in andere Kneipen, lassen uns das Doppelbier wohlschmecken, sehen auch wohl einem hübschen Mädchen in die Augen, singen wie wirkliche Studenten: ›gaudeamus igitur‹ und sind seelenvergnügt.« – »Die Herren haben ganz recht«, fiel ein Praktikant ein, »auch ich bin mit Speziestalern reichlich versehen, wie hier mein teurer Kollege nebenan, und spaziere fleißig auf den Weinberg, statt bei der leidigen Aktenschreiberei zwischen vier Wänden zu sitzen.« – »Aber meine besten wertesten Herren!« sagte der Student Anselmus, »spüren Sie es denn nicht, daß Sie alle samt und sonders in gläsernen Flaschen sitzen und sich nicht regen und bewegen, viel weniger umherspazieren können?« – Da schlugen die Kreuzschüler und die Praktikanten eine helle Lache auf und schrien: »Der Studiosus ist toll, er bildet sich ein, in einer gläsernen Flasche zu sitzen, und steht auf der Elbbrücke und sieht gerade hinein ins Wasser. Gehen wir nur weiter!« – »Ach«, seufzte der Student, »die schauten niemals die holde Serpentina, sie wissen nicht, was Freiheit und Leben in Glauben und Liebe ist, deshalb spüren sie nicht den Druck des Gefängnisses, in das sie der Salamander bannte ihrer Torheit, ihres gemeinen Sinnes wegen, aber ich Unglücklicher werde vergehen in Schmach und Elend, wenn sie, die ich so unaussprechlich liebe, mich nicht rettet.« – Da wehte und säuselte Serpentinas Stimme durch das Zimmer: »Anselmus! – glaube, liebe hoffe!« – Und jeder Laut strahlte in das Gefängnis des Anselmus hinein, und das Kristall mußte seiner Gewalt weichen und sich ausdehnen, daß die Brust des Gefangenen sich regen und erheben konnte! – Immer mehr verringerte sich die Qual seines Zustandes, und er merkte wohl, daß ihn Serpentina noch liebe und daß nur *sie* es sei, die ihm den Aufenthalt in dem Kristall erträglich mache. Er bekümmerte sich nicht mehr um seine leichtsinnigen Unglücksgefährten, sondern richtete Sinn und Gedanken nur auf die holde Serpentina. – Aber plötzlich entstand von der andern Seite her ein dumpfes widriges Gemurmel. Er konnte bald deutlich bemerken, daß dies Gemurmel von einer alten Kaffeekanne mit halbzerbrochenem Deckel herrührte, die ihm gegenüber auf einem kleinen Schrank hingestellt war. Sowie er schärfer hinschaute, entwickelten sich immer mehr die garstigen Züge eines alten verschrumpften Weibergesichts, und bald stand das Äpfelweib vom Schwarzen Tor vor dem Repositorium. Die grinsete und lachte ihn an und rief mit gellender Stimme: »Ei, ei, Kindchen! – mußt du nun ausharren? – Ins Kristall nun dein Fall! – hab ich dir's nicht längst vorausgesagt?« – »Höhne und spotte nur, du verdammtes Hexenweib«, sagte der Student Anselmus, »du bist schuld an allem, aber der Salamander wird dich treffen, du schnöde Runkelrübe!« – »Ho, ho!« erwiderte die Alte, »nur nicht so stolz! Du hast meinen Söhnlein ins Gesicht getreten, du hast mir die Nase verbrannt, aber doch bin ich dir gut, du Schelm, weil du sonst ein artiger Mensch warst, und mein Töchterchen ist dir auch gut. Aus dem Kristall kommst du aber nun einmal nicht, wenn ich dir nicht helfe; hinauflangen zu dir kann ich nicht, aber meine Frau Gevatterin, die Ratte, welche gleich über dir auf dem Boden wohnt, die soll das Brett entzweinagen, auf dem du stehst, dann purzelst du hinunter, und ich fange dich auf in der Schürze, damit du dir die Nase nicht zerschlägst, sondern fein dein glattes Gesichtlein erhältst, und ich trage dich flugs zur Mamsell Veronika, die mußt du heiraten, wenn du Hofrat geworden.« – »Laß ab von mir, Satansgeburt«, schrie der Student Anselmus voller Grimm, »nur deine höllischen Künste haben mich zu dem Frevel gereizt, den ich nun abbüßen muß. – Aber geduldig ertrage ich alles, denn nur hier kann ich sein, wo die holde Serpentina mich mit Liebe und Trost umfängt! – Hör es, Alte, und verzweifle! Trotz biete ich deiner Macht, ich liebe ewiglich nur Serpentina – ich will nie Hofrat werden – nie die Veronika schauen, die mich durch dich zum Bösen verlockt! – Kann die grüne Schlange nicht mein werden, so will ich untergehen in Sehnsucht und Schmerz! – Hebe dich weg – hebe dich weg – du schnöder Wechselbalg!« – Da lachte die Alte auf, daß es im Zimmer gellte, und rief: »So sitze denn und verderbe, aber nun ist's Zeit, ans Werk zu gehen, denn mein Geschäft hier ist noch von anderer Art.« – Sie warf den schwarzen Mantel ab und stand da in ekelhafter Nacktheit, dann fuhr sie in Kreisen umher, und große Folianten stürzten herab, aus denen riß sie Pergamentblätter, und diese im künstlichen Gefüge schnell zusammenheftend und auf den Leib ziehend, war sie bald wie in einen seltsamen bunten Schuppenharnisch gekleidet. Feuersprühend sprang der schwarze Kater aus dem Tintenfasse, das auf dem Schreibtische stand, und heulte der Alten entgegen, die laut aufjubelte und mit ihm durch die Tür verschwand. Anselmus merkte, daß sie nach dem blauen Zimmer gegangen, und bald hörte er es in der Ferne zischen und brausen, die Vögel im Garten schrien, der Papagei schnarrte: »Rette – rette – Raub – Raub!« – In dem Augenblick kam die Alte ins Zimmer zurückgesprungen, den goldnen Topf auf dem Arm tragend und mit gräßlicher Gebärde wild durch die Lüfte schreiend: »Glück auf! – Glück auf! – Söhnlein – töte die grüne Schlange! auf, Söhnlein, auf!« – Es war dem Anselmus, als höre er ein tiefes Stöhnen, als höre er Serpentinas Stimme. Da ergriff ihn Entsetzen und Verzweiflung. – Er raffte alle seine Kraft zusammen, er stieß mit Gewalt, als sollten Nerven und Adern zerspringen, gegen das Kristall – ein schneidender Klang fuhr durch das Zimmer, und der Archivarius stand in der Tür in seinem glänzenden damastnen Schlafrock. »Hei, hei! Gesindel, toller Spuk – Hexenwerk – hieher – heisa!« So schrie er. Da richteten sich die schwarzen Haare der Alten wie Borsten empor, ihr glutroten Augen erglänzten von höllischem Feuer, und die spitzigen Zähne des weiten Rachens zusammenbeißend, zischte sie: »Frisch – frisch 'raus – zisch aus, zisch aus«, und lachte und meckerte höhnend und spottend und drückte den goldnen Topf fest an sich und warf daraus Fäuste voll glänzender Erde auf den Archivarius, aber sowie die Erde den Schlafrock berührte, wurden Blumen daraus, die herabfielen. Da flackerten und flammten die Lilien des Schlafrocks empor, und der Archivarius schleuderte die in knisterndem Feuer brennenden Lilien auf die Hexe, die vor Schmerz heulte; aber indem sie in die Höhe sprang und den pergamentnen Harnisch schüttelte, verlöschten die Lilien und zerfielen in Asche. »Frisch darauf, mein Junge!« kreischte die Alte, da fuhr der Kater auf in die Luft und brauste fort nach der Tür über den Archivarius, aber der graue Papagei flatterte ihm entgegen und faßte ihn mit dem krummen Schnabel im Genick, daß rotes feuriges Blut ihm aus dem Halse stürzte, und Serpentinas Stimme rief: »Gerettet! – gerettet!« – Die Alte sprang voller Wut und Verzweiflung auf den Archivarius los, sie warf den Topf hinter sich und wollte, die langen Finger der dürren Fäuste emporspreizend, den Archivarius umkrallen, aber dieser riß schnell den Schlafrock herunter und schleuderte ihn der Alten entgegen. Da zischten und sprühten und brausten blaue knisternde Flammen aus den Pergamentblättern, und die Alte wälzte sich im heulenden Jammer und trachtete immer mehr Erde aus dem Topfe zu greifen, immer mehr Pergamentblätter aus den Büchern zu erhaschen, um die lodernden Flammen zu ersticken, und wenn ihr es gelang, Erde oder Pergamentblätter auf sich zu stürzen, verlöschte das

Feuer. Aber nun fuhren wie aus dem Innern des Archivarius flackernde zischende Strahlen auf die Alte. »Hei, hei! drauf und dran – Sieg dem Salamander!« dröhnte die Stimme des Archivarius durch das Zimmer, und hundert Blitze schlängelten sich in feurigen Kreisen um die kreischende Alte. Sausend und brausend fuhren in wütendem Kampfe Kater und Papagei umher, aber endlich schlug der Papagei mit den starken Fittichen den Kater zu Boden, und mit den Krallen ihn durchspießend und festhaltend, daß er in der Todesnot gräßlich heulte und ächzte, hackte er ihm mit dem scharfen Schnabel die glühenden Augen aus, daß der brennende Gischt herausspritzte. – Dicker Qualm strömte da empor, wo die Alte, zur Erde niedergestürzt, unter dem Schlafrock gelegen, ihr Geheul, ihr entsetzliches schneidendes Jammergeschrei verhallte in weiter Ferne. Der Rauch, der sich mit durchdringendem Gestank verbreitet, verdampfte, der Archivarius hob den Schlafrock auf, und unter demselben lag eine garstige Runkelrübe. »Verehrter Herr Archivarius, hier bringe ich den überwundenen Feind«, sprach der Papagei, indem er dem Archivarius Lindhorst ein schwarzes Haar im Schnabel darreichte. »Sehr gut, mein Lieber«, antwortete der Archivarius, »hier liegt auch meine überwundene Feindin, besorgen Sie gütigst nunmehr das übrige; noch heute erhalten Sie als ein kleines Douceur sechs Kokusnüsse und eine neue Brille, da, wie ich sehe, der Kater Ihnen die Gläser schändlich zerbrochen.« – »Lebenslang der Ihrige, verehrungswürdiger Freund und Gönner!« versetzte der Papagei sehr vergnügt, nahm die Runkelrübe in den Schnabel und flatterte damit zum Fenster hinaus, das ihm der Archivarius Lindhorst geöffnet. Dieser ergriff den goldnen Topf und rief stark: »Serpentina, Serpentina!« – Aber wie nun der Student Anselmus, hoch erfreut über den Untergang des schnöden Weibes, das ihn ins Verderben gestürzt, den Archivarius anblickte, da war es wieder die hohe majestätische Gestalt des Geisterfürsten, die mit unbeschreiblicher Anmut und Würde zu ihm hinaufschaute. – »Anselmus«, sprach der Geisterfürst, »nicht du, sondern nur ein feindliches Prinzip, das zerstörend in dein Inneres zu dringen und dich mit dir selbst zu entzweien trachtete, war schuld an deinem Unglauben. – Du hast deine Treue bewährt, sei frei und glücklich.« Ein Blitz zuckte durch das Innere des Anselmus, der herrliche Dreiklang der Kristallglocken ertönte stärker und mächtiger, als er ihn je vernommen – seine Fibern und Nerven erbebten – aber immer mehr anschwellend, dröhnte der Akkord durch das Zimmer, das Glas, welches den Anselmus umschlossen, zersprang, und er stürzte in die Arme der holden lieblichen Serpentina.

Elfte Vigilie

Des Konrektors Paulmann Unwille über die in seiner Familie ausgebrochene Tollheit – Wie der Registrator Heerbrand Hofrat worden und im stärksten Froste in Schuhen und seidenen Strümpfen einherging – Veronikas Geständnisse – Verlobung bei der dampfenden Suppenschüssel

»Aber sagen Sie mir nur, wertester Registrator! wie uns gestern der vermaledeite Punsch so in den Kopf steigen und zu allerlei Allotriis treiben konnte?« – Dies sprach der Konrektor Paulmann, indem er am andern Morgen in das Zimmer trat, das noch voll zerbrochener Scherben lag und in dessen Mitte die unglückliche Perücke, in ihre ursprüngliche Bestandteile aufgelöset, im Punsche umherschwamm. Als der Student Anselmus zur Tür hinausgerannt war, kreuzten und wackelten der Konrektor Paulmann und der Registrator Heerbrand durch das Zimmer, schreiend wie Besessene und mit den Köpfen aneinanderrennend, bis Fränzchen den schwindlichten Papa mit vieler Mühe ins Bett brachte und der Registrator in höchster Ermattung aufs Sofa sank, welches Veronika, ins Schlafzimmer flüchtend, verlassen. Der Registrator Heerbrand hatte sein blaues Schnupftuch um den Kopf gewickelt, sah ganz blaß und melancholisch aus und stöhnte: »Ach, werter Konrektor, nicht der Punsch, den Mamsell Veronika köstlich bereitet, nein! – sondern lediglich der verdammte Student ist an all dem Unwesen schuld. Merken Sie denn nicht, daß er schon längst mente captus ist? Aber wissen Sie denn nicht auch, daß der Wahnsinn ansteckt? – Ein Narr macht viele; verzeihen Sie, das ist ein altes Sprichwort; vorzüglich, wenn man ein Gläschen getrunken, da gerät man leicht in die Tollheit und manövriert unwillkürlich nach und bricht aus in die Exerzitia, die der verrückte Flügelmann vormacht. Glauben Sie denn, Konrektor! daß mir noch ganz schwindlig ist, wenn ich an den grauen Papagei denke?« – »Ach was«, fiel der Konrektor ein, »Possen! – es war ja der alte kleine Famulus des Archivarii, der einen grauen Mantel umgenommen und den Studenten Anselmus suchte.« – »Es kann sein«, versetzte der Registrator Heerbrand, »aber ich muß gestehen, daß mir ganz miserabel zumute ist; die ganze Nacht über hat es so wunderlich georgelt und gepfiffen.« – »Das war ich«, erwiderte der Konrektor; »denn ich schnarche stark.« – »Nun, mag das sein«, fuhr der Registrator fort – »aber Konrektor, Konrektor! – nicht ohne Ursache hatte ich gestern dafür gesorgt, uns einige Fröhlichkeit zu bereiten – aber der Anselmus hat mir alles verdorben. – Sie wissen nicht – o Konrektor, Konrektor! –« Der Registrator Heerbrand sprang auf, riß das Tuch vom Kopfe, umarmte den Konrektor, drückte ihm feurig die Hand, rief noch einmal ganz herzbrechend: »O Konrektor, Konrektor!« und rannte, Hut und Stock ergreifend, schnell von dannen. »Der Anselmus soll mir nicht mehr über die Schwelle«, sprach der Konrektor Paulmann zu sich selbst, »denn ich sehe nun wohl, daß er mit seinem verstockten innern Wahnsinn die besten Leute um ihr bißchen Vernunft bringt; der Registrator ist nun auch geliefert – *ich* habe mich bisher noch gehalten, aber der Teufel, der gestern im Rausch stark anklopfte, könnte doch wohl am Ende einbrechen und sein Spiel treiben. – Also, apage Satanas! – fort mit dem Anselmus!« – Veronika war ganz tiefsinnig geworden, sie sprach kein Wort, lächelte nur zuweilen ganz seltsam und war am liebsten allein. »Die hat der Anselmus auch auf der Seele«, sagte der Konrektor voller Bosheit, »aber es ist gut, daß er sich gar nicht sehen läßt, ich weiß, daß er sich vor mir fürchtet – der Anselmus, deshalb kommt er gar nicht her.« Das letzte sprach der Konrektor Paulmann ganz laut, da stürzten der Veronika, die eben gegenwärtig, die Tränen aus den Augen, und sie seufzte: »Ach, kann denn der Anselmus herkommen? der ist ja schon längst in die gläserne Flasche eingesperrt.« – »Wie – was?« – rief der Konrektor Paulmann. »Ach Gott – ach Gott, auch sie faselt schon wie der Registrator, es wird bald zum Ausbruch kommen. – Ach, du verdammter, abscheulicher Anselmus!« – Er rannte gleich fort zum Doktor Eckstein, der lächelte und sagte wieder: »Ei, ei!« – Er verschrieb aber nichts, sondern setzte dem wenigen, was er geäußert, noch weggehend hinzu: »Nervenzufälle! – wird sich geben von selbst – in die Luft führen – spazierenfahren – sich zerstreuen – Theater – ›Sonntagskind‹ – ›Schwestern von Prag‹ – wird sich geben!« – So beredt war der Doktor selten, dachte der Konrektor Paulmann, ordentlich geschwätzig – Mehrere Tage und Wochen und Monate waren vergangen, der Anselmus war verschwunden, aber auch der Registrator Heerbrand ließ sich nicht sehen, bis am vierten Februar, da trat er in einem neuen modernen Kleide vom besten Tuch, in Schuhen und seidenen Strümpfen, des starken Frostes unerachtet, einen großen Strauß lebendiger Blumen in der Hand, mittags Punkt zwölf Uhr in das Zimmer des Konrektors Paulmann, der nicht wenig über seinen geputzten Freund erstaunte. Feierlich schritt der Registrator Heerbrand auf den Konrektor Paulmann los, umarmte ihn mit feinem Anstande und sprach dann: »Heute, an dem Namenstage Ihrer lieben verehrten Mamsell Tochter Veronika, will ich denn nun alles geradeheraus sagen, was mir längst auf dem Herzen gelegen! Damals, an dem unglücklichen Abend, als ich die Ingredienzen zu dem verderblichen Punsch in der Tasche meines Matins herbeitrug, hatte ich es im Sinn, eine freudige Nachricht Ihnen mitzuteilen und den glückseligen Tag in Fröhlichkeit zu feiern; schon damals hatte ich es erfahren, daß ich Hofrat worden, über welche Standeserhöhung ich jetzt das Patent cum nomine et sigillo principis erhalten und in der Tasche trage.« – »Ach, ach! Herr Registr – Herr Hofrat Heerbrand, wollte ich sagen«, stammelte der Konrektor. – »Aber Sie, verehrter Konrektor«, fuhr der nunmehrige Hofrat Heerbrand fort, »Sie können erst mein Glück vollenden. Schon längst habe ich die Mamsell Veronika im stillen geliebt und kann mich manches freundlichen Blickes rühmen, den sie mir zugeworfen und der mir deutlich gezeigt, daß sie mir wohl nicht abhold sein dürfte. Kurz, verehrter Konrektor – ich, der Hofrat Heerbrand, bitte um die Hand Ihrer liebenswürdigen Demoiselle Tochter Veronika, die ich, haben Sie nichts dagegen, in kurzer Zeit heimzuführen gedenke.« – Der Konrektor Paulmann schlug voller Verwunderung die Hände zusammen und rief: »Ei – ei – ei – Herr Registr – Herr Hofrat, wollte ich sagen, wer hätte das gedacht! – Nun, wenn Veronika Sie in der Tat liebt, ich meinesteils habe nichts dagegen; vielleicht ist auch ihre jetzige Schwermut nur eine versteckte Verliebtheit in Sie, verehrter Hofrat! man kennt ja die Possen.« – In dem Augenblick trat Veronika herein, blaß und verstört, wie sie jetzt gewöhnlich war. Da schritt der Hofrat Heerbrand auf sie zu, erwähnte in wohlgesetzter Rede ihres Namenstages und überreichte ihr den duftenden Blumenstrauß nebst einem kleinen Päckchen, aus dem ihr, als sie es öffnete, ein Paar glänzende Ohrgehänge entgegenstrahlten. Eine schnelle fliegende Röte färbte ihre Wangen, die Augen blitzten lebhafter, und sie rief: »Ei, mein Gott! das sind ja dieselben Ohrgehänge, die ich schon vor mehreren Wochen trug und mich daran ergötzte!« – »Wie ist denn das möglich«, fiel der Hofrat Heerbrand etwas bestürzt und empfindlich ein, »da ich dieses Geschmeide erst seit einer Stunde in der Schloßgasse für schmähliches Geld erkauft?« – Aber die Veronika hörte nicht darauf, sondern stand schon vor dem Spiegel, um die Wirkung des Geschmeides, das sie bereits in die kleinen Öhrchen gehängt, zu erforschen. Der Konrektor Paulmann eröffnete ihr mit gravitätischer Miene und mit ernstem Ton die Standeserhöhung Freund Heerbrands und seinen Antrag. Veronika schaute den Hofrat mit durchdringendem Blick an und sprach: »Das wußte ich längst, daß Sie mich heiraten wollen. – Nun, es sei! – ich verspreche Ihnen Herz und Hand, aber ich muß Ihnen nur gleich – Ihnen beiden nämlich, dem Vater und dem Bräutigam, manches entdekken, was mir recht schwer in Sinn und Gedanken liegt – jetzt gleich, und sollte darüber die Suppe kalt werden, die, wie ich sehe, Fränzchen soeben auf den Tisch setzt.« Ohne des Konrektors und des Hofrats Antwort abzuwarten, unerachtet ihnen sichtlich die Worte auf den Lippen schwebten, fuhr Veronika fort: »Sie können es mir glauben, bester Vater! daß ich den Anselmus recht von Herzen liebte, und als der Registrator Heerbrand, der nunmehr selbst Hofrat worden, versicherte, der Anselmus könne es wohl zu so etwas bringen, beschloß ich, *er* und kein anderer solle mein Mann werden. Da schien es aber, als wenn fremde feindliche Wesen ihn mir entreißen wollten, und ich nahm meine Zuflucht zu der alten Liese, die ehemals meine Wärterin war und jetzt eine weise Frau, eine große Zauberin ist. *Die* versprach mir zu helfen und den Anselmus mir ganz in die Hände zu liefern. Wir gingen mitternachts in der Tagundnachtgleiche auf den Kreuzweg, sie beschwor die höllischen Geister, und mit Hülfe des schwarzen Katers brachten wir einen kleinen Metallspiegel zustande, in den ich, meine Gedanken auf den Anselmus richtend, nur blicken durfte, um ihn ganz in Sinn und Gedanken zu beherrschen. – Aber ich bereue jetzt herzlich, das alles getan zu haben, ich schwöre allen Satanskünsten ab. Der Salamander hat über die Alte gesiegt, ich hörte ihr Jammergeschrei, aber es war keine Hülfe möglich; sowie sie als Runkelrübe vom Papagei verzehrt worden, zerbrach mit schneidendem Klange mein Metallspiegel.« Veronika holte die beiden Stücke des zerbrochenen Spiegels und eine Locke aus dem Nähkästchen, und beides dem Hofrat Heerbrand hinreichend, fuhr sie fort: »Hier, nehmen Sie, geliebter Hofrat, die Stücke des Spiegels, werfen Sie sie heute nacht um zwölf Uhr von der Elbbrücke, und zwar von da, wo das Kreuz steht, hinab in den Strom, der dort nicht zugefroren, die Locke aber bewahren Sie auf treuer Brust. Ich schwöre nochmals allen Satanskünsten ab und gönne dem Anselmus herzlich sein Glück, da er nunmehr mit der grünen Schlange verbunden, die viel schöner und reicher ist als ich. Ich will Sie, geliebter Hofrat, als eine rechtschaffene Frau lieben und verehren!« – »Ach Gott! – ach Gott«, rief der Konrektor Paulmann voller Schmerz, »sie ist wahnsinnig, sie ist wahnsinnig – sie kann nimmermehr Frau Hofrätin werden – sie ist wahnsinnig!« – »Mitnichten«, fiel der Hofrat Heerbrand ein, »ich weiß wohl, daß Mamsell Veronika einige Neigung für den vertrackten Anselmus gehegt, und es mag sein, daß sie vielleicht in einer gewissen Überspannung sich an die weise Frau gewendet, die, wie ich merke, wohl niemand anders sein kann als die Kartenlegerin und Kaffeegießerin vor dem Seetor – kurz, die alte Rauerin. Nun ist auch nicht zu leugnen, daß es wirklich wohl geheime Künste gibt, die auf den Menschen nur gar zu sehr ihren feindlichen Einfluß äußern, man lieset schon davon in den Alten; was aber Mamsell Veronika von dem Sieg des Salamanders und von der Verbindung des Anselmus mit der grünen Schlange gesprochen, ist wohl nur eine poetische Allegorie – gleichsam ein Gedicht, worin sie den gänzlichen Abschied von dem Studenten besungen.« – »Halten Sie das, wofür Sie wollen, bester Hofrat!« fiel Veronika ein, »vielleicht für einen recht albernen Traum.« – »Keineswegs tue ich das«, versetzte der Hofrat Heerbrand, »denn ich weiß ja wohl, daß der Anselmus auch von geheimen Mächten befangen, die ihn zu allen möglichen tollen Streichen necken und treiben.« Länger konnte der Konrektor Paulmann nicht an sich halten, er brach los: »Halt, um Gottes willen, halt! haben wir uns denn etwa wieder übernommen im verdammten Punsch, oder wirkt des Anselmi Wahnsinn auf uns? Herr Hofrat, was sprechen Sie denn auch wieder für Zeug? – Ich will indessen glauben, daß es die Liebe ist, die Euch in dem Gehirn spukt, das gibt sich aber bald in der Ehe, sonst wäre mir bange, daß auch *Sie* in einigen Wahnsinn verfallen, verehrungswürdiger Hofrat, und würde dann Sorge tragen wegen der Deszendenz, die das Malum der Eltern vererben könnte. – Nun, ich gebe meinen väterlichen Segen zu der fröhlichen Verbindung und erlaube, daß ihr euch als Braut und Bräutigam küsset.« Dies geschah sofort, und es war, noch ehe die aufgetragene Suppe kalt worden, die förmliche Verlobung geschlossen. Wenige Wochen nachher saß die Frau Hofrätin Heerbrand wirklich, wie sie sich schon früher im Geiste erblickt, in dem Erker eines schönen Hauses auf dem Neumarkt und schaute lächelnd auf die Elegants hinab, die vorübergehend und hinauflorgnettierend sprachen: »Es ist doch eine göttliche Frau, die Hofrätin Heerbrand!«

Zwölfte Vigilie

Nachricht von dem Rittergut, das der Anselmus als des Archivarius Lindhorst Schwiegersohn bezogen, und wie er dort mit der Serpentina lebt – Beschluß

Wie fühlte ich recht in der Tiefe des Gemüts die hohe Seligkeit des Studenten Anselmus, der, mit der holden Serpentina innigst verbunden, nun nach dem geheimnisvollen wunderbaren Reiche gezogen war, das er für die Heimat erkannte, nach der sich seine von seltsamen Ahnungen erfüllte Brust schon so lange gesehnt. Aber vergebens blieb alles Streben, dir, günstiger Leser, all die Herrlichkeiten, von denen der Anselmus umgeben, auch nur einigermaßen in Worten anzudeuten. Mit Widerwillen gewahrte ich die Mattigkeit jedes Ausdrucks. Ich fühlte mich befangen in den Armseligkeiten des kleinlichen Alltagslebens, ich erkrankte in quälendem Mißbehagen, ich schlich umher wie ein Träumender, kurz, ich geriet in jenen Zustand des Studenten Anselmus, den ich dir, günstiger Leser! in der vierten Vigilie beschrieben. Ich härmte mich recht ab, wenn ich die eilf Vigilien, die ich glücklich zustande gebracht, durchlief und nun dachte, daß es mir wohl niemals vergönnt sein werde, die zwölfte als Schlußstein hinzuzufügen, denn sooft ich mich zur Nachtzeit hinsetzte, um das Werk zu vollenden, war es, als hielten mir recht tückische Geister (es mochten wohl Verwandte – vielleicht Cousins germains der getöteten Hexe sein) ein glänzend poliertes Metall vor, in dem ich mein Ich erblickte, blaß, übernächtig und melancholisch wie der Registrator Heerbrand nach dem Punschrausch. – Da warf ich denn die Feder hin und eilte ins Bett, um wenigstens von dem glücklichen Anselmus und der holden Serpentina zu träumen. So hatte das schon mehrere Tage und Nächte gedauert, als ich endlich ganz unerwartet von dem Archivarius Lindhorst ein Billett erhielt, worin er mir folgendes schrieb:

Ew. Wohlgeboren haben, wie mir bekannt worden, die seltsamen Schicksale meines guten Schwiegersohnes, des vormaligen Studenten, jetzigen Dichters Anselmus, in eilf Vigilien beschrieben und quälen sich jetzt sehr ab, in der zwölften und letzten Vigilie einiges von seinem glücklichen Leben in Atlantis zu sagen, wohin er mit meiner Tochter auf das hübsche Rittergut, welches ich dort besitze, gezogen. Unerachtet ich nun nicht eben gern sehe, daß Sie mein eigentliches Wesen der Lesewelt kundgetan, da es mich vielleicht in meinem Dienst als Geheimer Archivarius tausend Unannehmlichkeiten aussetzen, ja wohl gar im Collegio die zu ventilierende Frage veranlassen wird: inwiefern wohl ein Salamander sich rechtlich und mit verbindenden Folgen als Staatsdiener eidlich verpflichten könne und inwiefern ihm überhaupt solide Geschäfte anzuvertrauen, da nach Gabalis und Swedenborg den Elementargeistern durchaus nicht zu trauen – unerachtet nun meine besten Freunde meine Umarmung scheuen werden, aus Furcht, ich könnte in plötzlichem Übermut was weniges blitzen und ihnen Frisur und Sonntagsfrack verderben – unerachtet alles dessen, sage ich, will ich Ew. Wohlgeboren doch in der Vollendung des Werks behülflich sein, da darin viel Gutes von mir und von meiner lieben verheirateten Tochter (ich wollte, ich wäre die beiden übrigen auch schon los) enthalten. Wollen Sie daher die zwölfte Vigilie schreiben, so steigen Sie Ihre verdammten fünf Treppen hinunter, verlassen Sie Ihr Stübchen und kommen Sie zu mir. Im blauen Palmbaumzimmer, das Ihnen schon bekannt, finden Sie die gehörigen Schreibmaterialien, und Sie können dann mit wenigen Worten den Lesern kundtun, was Sie geschaut, das wird Ihnen besser sein als eine weitläufige Beschreibung eines Lebens, das Sie ja doch nur von Hörensagen kennen. Mit Achtung

Ew. Wohlgeboren ergebenster
der Salamander Lindhorst,
p. t. Königl. Geh. Archivarius.

Dies freilich etwas rauhe, aber doch freundschaftliche Billett des Archivarius Lindhorst war mir höchst angenehm. Zwar schien es gewiß, daß der wunderliche Alte von der seltsamen Art, wie mir die Schicksale seines Schwiegersohns bekannt worden, die ich, zum Geheimnis verpflichtet, dir selbst, günstiger Leser! verschweigen mußte, wohl unterrichtet sei, aber er hatte das nicht so übel vermerkt, als ich wohl befürchten konnte. Er bot ja selbst hülfreiche Hand, mein Werk zu vollenden, und daraus konnte ich mit Recht schließen, wie er im Grunde genommen damit einverstanden sei, daß seine wunderliche Existenz in der Geisterwelt durch den Druck bekannt werde. Es kann sein, dachte ich, daß er selbst die Hoffnung daraus schöpft, desto eher seine beiden noch übrigen Töchter an den Mann zu bringen, denn vielleicht fällt doch ein Funke in dieses oder jenes Jünglings Brust, der die Sehnsucht nach der grünen Schlange entzündet, welche er dann in dem Holunderbusch am Himmelfahrtstage sucht und findet. Aus dem Unglück, das den Anselmus betroffen, als er in die gläserne Flasche gebannt wurde, wird er die Warnung entnehmen, sich vor jedem Zweifel, vor jedem Unglauben recht ernstlich zu hüten. Punkt eilf Uhr löschte ich meine Studierlampe aus und schlich zum Archivarius Lindhorst, der mich schon auf dem Flur erwartete. »Sind Sie da – Hochverehrter! – nun, das ist mir lieb, daß Sie meine guten Absichten nicht verkennen – kommen Sie nur!« – Und damit führte er mich durch den von blendendem Glanze erfüllten Garten in das azurblaue

Zimmer, in welchem ich den violetten Schreibtisch erblickte, an welchem der Anselmus gearbeitet. – Der Archivarius Lindhorst verschwand, erschien aber gleich wieder mit einem schönen goldnen Pokal in der Hand, aus dem eine blaue Flamme hoch emporknisterte. »Hier«, sprach er, »bringe ich Ihnen das Lieblingsgetränk Ihres Freundes, des Kapellmeisters Johannes Kreisler. – Es ist angezündeter Arrak, in den ich einigen Zucker geworfen. Nippen Sie was weniges davon, ich will gleich meinen Schlafrock abwerfen und zu meiner Lust und um, während Sie sitzen und schauen und schreiben, Ihrer werten Gesellschaft zu genießen, in dem Pokale auf- und niedersteigen.« – »Wie es Ihnen gefällig ist, verehrter Herr Archivarius«, versetzte ich, »aber wenn ich nun von dem Getränk genießen will, werden Sie nicht –« – »Tragen Sie keine Sorge, mein Bester«, rief der Archivarius, warf den Schlafrock schnell ab, stieg zu meinem nicht geringen Erstaunen in den Pokal und verschwand in den Flammen. – Ohne Scheu kostete ich, die Flamme leise weghauchend, von dem Getränk, es war köstlich!

Rühren sich nicht in sanftem Säuseln und Rauschen die smaragdenen Blätter der Palmbäume, wie vom Hauch des Morgenwindes geliebkost? – Erwacht aus dem Schlafe, heben und regen sie sich und flüstern geheimnisvoll von den Wundern, die wie aus weiter Ferne holdselige Harfentöne verkünden! – Das Azur löst sich von den Wänden und wallt wie duftiger Nebel auf und nieder, aber blendende Strahlen schießen durch den Duft, der sich wie in jauchzender kindischer Lust wirbelt und dreht und aufsteigt bis zur unermeßlichen Höhe, die sich über den Palmbäumen wölbt. – Aber immer blendender häuft sich Strahl auf Strahl, bis in hellem Sonnenglanze sich der unabsehbare Hain aufschließt, in dem ich den Anselmus erblicke. – Glühende Hyazinthen und Tulipanen und Rosen erheben ihre schönen Häupter, und ihre Düfte rufen in gar lieblichen Lauten dem Glücklichen zu: »Wandle, wandle unter uns, Geliebter, der du uns verstehst – unser Duft ist die Sehnsucht der Liebe – wir lieben dich und sind dein immerdar!« – Die goldnen Strahlen brennen in glühenden Tönen: »Wir sind Feuer, von der Liebe entzündet. – Der Duft ist die Sehnsucht, aber Feuer das Verlangen, und wohnen wir nicht in deiner Brust? wir sind ja dein eigen!« Es rischeln und rauschen die dunklen Büsche – die hohen Bäume: »Komme zu uns! – Glücklicher – Geliebter! – Feuer ist das Verlangen, aber Hoffnung unser kühler Schatten! Wir umsäuseln liebend dein Haupt, denn du verstehst uns, weil die Liebe in deiner Brust wohnet.« Die Quellen und Bäche plätschern und sprudeln: »Geliebter, wandle nicht so schnell vorüber, schaue in unser Kristall – dein Bild wohnt in uns, das wir liebend bewahren, denn du hast uns verstanden!« – Im Jubelchor zwitschern und singen bunte Vögelein: »Höre uns, höre uns, wir sind die Freude, die Wonne, das Entzücken der Liebe!« – Aber sehnsuchtsvoll schaut Anselmus nach dem herrlichen Tempel, der sich in weiter Ferne erhebt. Die künstlichen Säulen scheinen Bäume und die Kapitäler und Gesimse Akanthusblätter, die in wundervollen Gewinden und Figuren herrliche Verzierungen bilden. Anselmus schreitet dem Tempel zu, er betrachtet mit innerer Wonne den bunten Marmor, die wunderbar bemoosten Stufen. »Ach nein«, ruft er wie im Übermaß des Entzückens, »sie ist nicht mehr fern!« Da tritt in hoher Schönheit und Anmut Serpentina aus dem Innern des Tempels, sie trägt den goldnen Topf, aus dem eine herrliche Lilie entsprossen. Die namenlose Wonne der unendlichen Sehnsucht glüht in den holdseligen Augen, so blickt sie den Anselmus an, sprechend: »Ach, Geliebter! die Lilie hat ihren Kelch erschlossen – das Höchste ist erfüllt, gibt es denn eine Seligkeit, die der unsrigen gleicht?« Anselmus umschlingt sie mit der Inbrunst des glühendsten Verlangens – die Lilie brennt in flammenden Strahlen über seinem Haupte. Und lauter regen sich die Bäume und die Büsche, und heller und freudiger jauchzen die Quellen – die Vögel – allerlei bunte Insekten tanzen in den Luftwirbeln – ein frohes, freudiges, jubelndes Getümmel in der Luft – in den Wässern – auf der Erde feiert das Fest der Liebe! – Da zucken Blitze überall leuchtend durch die Büsche – Diamanten blicken wie funkelnde Augen aus der Erde! – hohe Springbäche strahlen aus den Quellen – seltsame Düfte wehen mit rauschendem Flügelschlag daher – es sind die Elementargeister, die der Lilie huldigen und des Anselmus Glück verkünden. – Da erhebt Anselmus das Haupt wie vom Strahlenglanz der Verklärung umflossen. – Sind es Blicke? – sind es Worte? – ist es Gesang? – Vernehmlich klingt es: »Serpentina! – der Glaube an dich, die Liebe hat mir das Innerste der Natur erschlossen! – Du brachtest mir die Lilie, die aus dem Golde, aus der Urkraft der Erde, noch ehe Phosphorus den Gedanken entzündete, entsproß – sie ist die Erkenntnis des heiligen Einklangs aller Wesen, und in dieser Erkenntnis lebe ich in höchster Seligkeit immerdar. – Ja, ich Hochbeglückter habe das Höchste erkannt – ich muß dich lieben ewiglich, o Serpentina! – nimmer verbleichen die goldnen Strahlen der Lilie, denn wie Glaube und Liebe ist ewig die Erkenntnis.«

Die Vision, in der ich nun den Anselmus leibhaftig auf seinem Rittergute in Atlantis gesehen, verdankte ich wohl den Künsten des Salamanders, und herrlich war es, daß ich sie, als alles wie im Nebel verloschen, auf dem Papier, das auf dem violetten Tische lag, recht sauber und augenscheinlich von mir selbst aufgeschrieben fand. – Aber nun fühlte ich mich von jähem Schmerz durchbohrt und zerrissen. »Ach, glücklicher Anselmus, der du die Bürde des alltäglichen Lebens abgeworfen, der du in der Liebe zu der holden Serpentina die Schwingen rüstig rührtest und nun lebst in Wonne und Freude auf deinem Rittergut in Atlantis! – Aber ich Armer! – bald – ja in wenigen Minuten bin ich selbst aus diesem schönen Saal, der noch lange kein Rittergut in Atlantis ist, versetzt in mein Dachstübchen, und die Armseligkeiten des bedürftigen Lebens befangen meinen Sinn, und mein Blick ist von tausend Unheil wie von dickem Nebel umhüllt, daß ich wohl niemals die Lilie schauen werde.« – Da klopfte mir der Archivarius Lindhorst leise auf die Achsel und sprach: »Still, still, Verehrter! klagen Sie nicht so! – Waren Sie nicht soeben selbst in Atlantis, und haben Sie denn nicht auch dort wenigstens einen artigen Meierhof als poetisches Besitztum Ihres innern Sinns? – Ist denn überhaupt des Anselmus Seligkeit etwas anderes als das Leben in der Poesie, der sich der heilige Einklang aller Wesen als tiefstes Geheimnis der Natur offenbaret?«

Ende des Märchens

III Die Abenteuer der Silvesternacht

Vorwort des Herausgebers

Der reisende Enthusiast, aus dessen Tagebuche abermals ein Callotsches Fantasiestück mitgeteilt wird, trennt offenbar sein inneres Leben so wenig vom äußern, daß man beider Grenzen kaum zu unterscheiden vermag. Aber eben weil du, günstiger Leser! diese Grenze nicht deutlich wahrnimmst, lockt der Geisterseher dich vielleicht herüber, und unversehens befindest du dich in dem fremden Zauberreiche, dessen seltsame Gestalten recht in dein äußeres Leben treten und mit dir auf du und du umgehen wollen wie alte Bekannte. Daß du sie wie diese aufnehmen, ja daß du, ihrem wunderbarlichen Treiben ganz hingegeben, manchen kleinen Fieberschauer, den sie, stärker dich fassend, dir erregen könnten, willig ertragen mögest, darum bitte ich, günstiger Leser! recht von Herzen. Was kann ich mehr für den reisenden Enthusiasten tun, dem nun einmal überall, und so auch am Silvesterabend in Berlin, so viel Seltsames und Tolles begegnet ist?

1. *Die Geliebte*

Ich hatte den Tod, den eiskalten Tod im Herzen, ja aus dem Innersten, aus dem Herzen heraus stach es wie mit spitzigen Eiszapfen in die glutdurchströmten Nerven. Wild rannte ich, Hut und Mantel vergessend, hinaus in die finstre stürmische Nacht! – Die Turmfahnen knarrten, es war, als rühre die Zeit hörbar ihr ewiges furchtbares Räderwerk und gleich werde das alte Jahr wie ein schweres Gewicht dumpf hinabrollen in den dunkeln Abgrund. – Du weißt es ja, daß diese Zeit, Weihnachten und Neujahr, die euch allen in solch heller herrlicher Freudigkeit aufgeht, mich immer aus friedlicher Klause hinauswirft auf ein wogendes tosendes Meer. Weihnachten! das sind Festtage, die mir in freundlichem Schimmer lange entgegenleuchten. Ich kann es nicht erwarten – ich bin besser, kindlicher als das ganze Jahr über, keinen finstern, gehässigen Gedanken nährt die der wahren Himmelsfreude geöffnete Brust; ich bin wieder ein vor Lust jauchzender Knabe. Aus dem bunten vergoldeten Schnitzwerk in den lichten Christbuden lachen mich holde Engelgesichter an, und durch das lärmende Gewühl auf den Straßen gehen, wie aus weiter Ferne kommend, heilige Orgelklänge: »denn es ist uns ein Kind geboren!« – Aber nach dem Feste ist alles verhallt, erloschen der Schimmer im trüben Dunkel. Immer mehr und mehr Blüten fallen jedes Jahr verwelkt herab, ihr Keim erlosch auf ewig, keine Frühlingssonne entzündet neues Leben in den verdorrten Ästen. Das weiß ich recht gut, aber die feindliche Macht rückt mir das, wenn das Jahr sich zu Ende neigt, mit hämischer Schadenfreude unaufhörlich vor. »Siehe«, lispelt's mir in die Ohren, »siehe, wieviel Freuden schieden in diesem Jahr von dir, die nie wiederkehren, aber dafür bist du auch klüger geworden und hältst überhaupt nicht mehr viel auf schnöde Lustigkeit, sondern wirst immer mehr ein ernster Mann – gänzlich ohne Freude.« Für den Silvesterabend spart mir der Teufel jedesmal ein ganz besonderes Feststück auf. Er weiß im richtigen Moment, recht furchtbar höhnend, mit der scharfen Kralle in die Brust hineinzufahren und weidet sich an dem Herzblut, das ihr entquillt. Hülfe findet er überall, so wie gestern der Justizrat ihm wacker zur Hand ging. Bei *dem* (dem Justizrat, meine ich) gibt es am Silvesterabend immer große Gesellschaft, und dann will er zum lieben Neujahr jedem eine besondere Freude bereiten, wobei er sich so ungeschickt und täppisch anstellt, daß alles Lustige, was er mühsam ersonnen, untergeht in komischem Jammer. – Als ich ins Vorzimmer trat, kam mir der Justizrat schnell entgegen, meinen Eingang ins Heiligtum, aus dem Tee und feines Räucherwerk herausdampfte, hindernd. Er sah überaus wohlgefällig und schlau aus, er lächelte mich ganz seltsam an, sprechend: »Freundchen, Freundchen, etwas Köstliches wartet Ihrer im Zimmer – eine Überraschung sondergleichen am lieben Silvesterabend – erschrecken Sie nur nicht!« – Das fiel mir aufs Herz, düstre Ahnungen stiegen auf, und es war mir ganz beklommen und ängstlich zumute. Die Türen wurden geöffnet, rasch schritt ich vorwärts, ich trat hinein, aus der Mitte der Damen auf dem Sofa strahlte mir *ihre* Gestalt entgegen. *Sie* war es – *sie* selbst, die ich seit Jahren nicht gesehen; die seligsten Momente des Lebens blitzten in *einem* mächtigen zündenden Strahl durch mein Innres – kein tötender Verlust mehr – vernichtet der Gedanke des Scheidens! – Durch welchen wunderbaren Zufall sie hergekommen, welches Ereignis sie in die Gesellschaft des Justizrats, von dem ich gar nicht wußte, daß er sie jemals gekannt, gebracht, an das alles dachte ich nicht – ich hatte sie wieder! – Regungslos, wie von einem Zauberschlag plötzlich getroffen, mag ich dagestanden haben; der Justizrat stieß mich leise an: »Nun, Freundchen – Freundchen?« Mechanisch trat ich weiter, aber nur *sie* sah ich, und der gepreßten Brust entflohen mühsam die Worte: »Mein Gott – mein Gott, Julie hier?« Ich stand dicht am Teetisch, da erst wurde mich Julie gewahr. Sie stand auf und sprach in beinahe fremdem Ton: »Es freuet mich recht sehr, Sie hier zu sehen – Sie sehen recht wohl aus!« – und damit setzte sie sich wieder und fragte die neben ihr sitzende Dame: »Haben wir künftige Woche interessantes Theater zu erwarten?« – Du nahst dich der herrlichen Blume, die in süßen heimischen Düften dir entgegenleuchtet, aber sowie du dich beugst, ihr liebliches Antlitz recht nahe zu schauen, schießt aus den schimmernden Blättern heraus ein glatter, kalter Basilisk und will dich töten mit feindlichen Blicken! – *Das* war mir jetzt geschehen! – Täppisch verbeugte ich mich gegen die Damen, und damit dem Giftigen auch noch das Alberne hinzugefügt werde, warf ich, schnell zurücktretend, dem Justizrat, der dicht hinter mir stand, die dampfende Tasse Tee aus der Hand in das zierlich gefaltete Jabot. Man lachte über des Justizrats Unstern und wohl noch mehr über meine Tölpelhaftigkeit. So war alles zu gehöriger Tollheit vorbereitet, aber ich ermannte mich in resignierter Verzweiflung. Julie hatte nicht gelacht, meine irren Blicke trafen sie, und es war, als ginge ein Strahl aus herrlicher Vergangenheit, aus dem Leben voll Liebe und Poesie zu mir herüber. Da fing einer an, im Nebenzimmer auf dem Flügel zu phantasieren, das brachte die ganze Gesellschaft in Bewegung. Es hieß, jener sei ein fremder großer Virtuose, namens Berger, der ganz göttlich spiele und dem man aufmerksam zuhören müsse. »Klappre nicht so gräßlich mit den Teelöffeln, Minchen«, rief der Justizrat und lud, mit sanft gebeugter Hand nach der Tür zeigend und einem süßen: »Eh bien!«, die Damen ein, dem Virtuosen näher zu treten. Auch Julie war aufgestanden und schritt langsam nach dem Nebenzimmer. Ihre ganze Gestalt hat etwas Fremdartiges angenommen, sie schien mir größer, herausgeformter in fast üppiger Schönheit als sonst. Der besondere Schnitt ihres weißen, faltenreichen Kleides, Brust, Schultern und Nacken nur halb verhüllend, mit weiten bauschigen, bis an die Ellbogen reichenden Ärmeln, das vorn an der Stirn gescheitelte, hinten in vielen Flechten sonderbar heraufgenestelte Haar gab ihr etwas Altertümliches, sie war beinahe anzusehen wie die Jungfrauen auf den Gemälden von Mieris – und doch auch wieder war es mir, als hab ich irgendwo deutlich mit hellen Augen das Wesen gesehen, in das Julie verwandelt. Sie hatte die Handschuhe herabgezogen, und selbst die künstlichen, um die Handgelenke gewundenen Armgehänge fehlten nicht, um durch die völlige

Gleichheit der Tracht jene dunkle Erinnerung immer lebendiger und farbiger hervorzurufen. Julie wandte sich, ehe sie in das Nebenzimmer trat, nach mir herum, und es war mir, als sei das engelschöne, jugendlich anmutige Gesicht verzerrt zum höhnenden Spott; etwas Entsetzliches, Grauenvolles regte sich in mir wie ein alle Nerven durchzuckender Krampf. »O er spielt himmlisch!« lispelte eine durch süßen Tee begeisterte Demoiselle, und ich weiß selbst nicht, wie es kam, daß ihr Arm in dem meinigen hing und ich sie oder vielmehr sie mich in das Nebenzimmer führte. Berger ließ gerade den wildesten Orkan daherbrausen; wie donnernde Meereswellen stiegen und sanken die mächtigen Akkorde, das tat mir wohl! – Da stand Julie neben mir und sprach mit süßerer, lieblicherer Stimme als je: »Ich wollte, *du* säßest am Flügel und sängest milder von vergangener Lust und Hoffnung!« – Der Feind war von mir gewichen, und in dem einzigen Namen Julie! wollte ich alle Himmelsseligkeit aussprechen, die in mich gekommen. – Andere dazwischentretende Personen hatten sie aber von mir entfernt. – Sie vermied mich nun sichtlich, aber es gelang mir, bald ihr Kleid zu berühren, bald dicht bei ihr einen Hauch einzuatmen, und mir ging in tausend blinkenden Farben die vergangene Frühlingszeit auf. – Berger hatte den Orkan ausbrausen lassen, der Himmel war hell geworden, wie kleine goldne Morgenwölkchen zogen liebliche Melodien daher und verschwebten im Pianissimo. Dem Virtuosen wurde reichlich verdienter Beifall zuteil, die Gesellschaft wogte durcheinander, und so kam es, daß ich unversehens dicht vor Julien stand. Der Geist wurde mächtiger in mir, ich wollte sie festhalten, sie umfassen im wahnsinnigen Schmerz der Liebe, aber das verfluchte Gesicht eines geschäftigen Bedienten drängte sich zwischen uns hinein, der, einen großen Präsentierteller hinhaltend, recht widrig rief: »Befehlen Sie?« – In der Mitte der mit dampfendem Punsch gefüllten Gläser stand ein zierlich geschliffener Pokal, voll desselben Getränkes, wie es schien. Wie *der* unter die gewöhnlichen Gläser kam, weiß *jener* am besten, den ich allmählich kennenlerne; er macht, wie der Clemens im »Oktavian« daherschreitend, mit einem Fuß einen angenehmen Schnörkel und liebt ungemein rote Mäntelchen und rote Federn. Diesen feingeschliffenen und seltsam blinkenden Pokal nahm Julie und bot ihn mir dar, sprechend: »Nimmst du denn noch so gern wie sonst das Glas aus meiner Hand?« – »Julia – Julia«, seufzte ich auf. Den Pokal erfassend, berührte ich ihre zarten Finger, elektrische Feuerstrahlen blitzten durch alle Pulse und Adern – ich trank und trank – es war mir, als knisterten und leckten kleine blaue Flämmchen um Glas und Lippe. Geleert war der Pokal, und ich weiß selbst nicht, wie es kam, daß ich in dem nur von einer Alabasterlampe erleuchteten Kabinett auf der Ottomane saß – Julie – Julie neben mir, kindlich und fromm mich anblickend wie sonst. Berger war aufs neue am Flügel, er spielte das Andante aus Mozarts sublimer Es-Dur-Sinfonie, und auf den Schwanenfittichen des Gesanges regte und erhob sich alle Liebe und Lust meines höchsten Sonnenlebens. – Ja, es war Julie – Julie selbst, engelschön und mild – unser Gespräch, sehnsüchtige Liebesklage, mehr Blick als Wort, ihre Hand ruhte in der meinigen. – »Nun lasse ich dich nimmer, deine Liebe ist der Funke, der in mir glüht, höheres Leben in Kunst und Poesie entzündend – ohne dich – ohne deine Liebe alles tot und starr – aber bist du denn nicht auch gekommen, damit du mein bleibest immerdar?« – In dem Augenblick schwankte eine tölpische, spinnenbeinichte Figur mit herausstehenden Froschaugen herein und rief, recht widrig kreischend und dämisch lachend: »Wo der Tausend ist denn meine Frau geblieben?« Julie stand auf und sprach mit fremder Stimme: »Wollen wir nicht zur Gesellschaft gehen? mein Mann sucht mich. – Sie waren wieder recht amüsant, mein Lieber, immer noch bei Laune wie vormals, menagieren Sie sich nur im Trinken« – und der spinnenbeinichte Kleinmeister griff nach ihrer Hand; sie folgte ihm lachend in den Saal. – »Auf ewig verloren!« schrie ich auf. – »Ja, gewiß, Codille, Liebster!« meckerte eine L'hombre spielende Bestie. Hinaus – hinaus rannte ich in die stürmische Nacht.

2. *Die Gesellschaft im Keller*

Unter den Linden auf und ab zu wandeln mag sonst ganz angenehm sein, nur nicht in der Silvesternacht bei tüchtigem Frost und Schneegestöber. Das fühlte ich Barköpfiger und Unbemäntelter doch zuletzt, als durch die Fieberglut Eisschauer fuhren. Fort ging es über die Opernbrücke, bei dem Schlosse vorbei – ich bog ein, lief über die Schleusenbrücke bei der Münze vorüber. – Ich war in der Jägerstraße dicht am Thiermannschen Laden. Da brannten freundliche Lichter in den Zimmern; schon wollte ich hinein, weil zu sehr mich fror und ich nach einem tüchtigen Schluck starken Getränkes durstete; eben strömte eine Gesellschaft in heller Fröhlichkeit heraus. Sie sprachen von prächtigen Austern und dem guten Eilferwein. »Recht hatte jener doch«, rief einer von ihnen, wie ich beim Laternenschein bemerkte, ein stattlicher Ulanenoffizier, »recht hatte jener doch, der voriges Jahr in Mainz auf die verfluchten Kerle schimpfte, welche Anno 1794 durchaus nicht mit dem Eilfer herausrücken wollten.« – Alle lachten aus voller Kehle. Unwillkürlich war ich einige Schritte weiter gekommen, ich blieb vor einem Keller stehen, aus dem ein einsames Licht herausstrahlte. Fühlte sich der Shakespearsche Heinrich nicht einmal so ermattet und demütig, daß ihm die arme Kreatur Dünnbier in den Sinn kam? In der Tat, mir geschah gleiches, meine Zunge lechzte nach einer Flasche guten englischen

Biers. Schnell fuhr ich in den Keller hinein. »Was beliebt?« kam mir der Wirt, freundlich die Mütze rückend, entgegen. Ich forderte eine Flasche guten englischen Biers nebst einer tüchtigen Pfeife guten Tabaks und befand mich bald in solch einem sublimen Philistrismus, vor dem selbst der Teufel Respekt hatte und von mir abließ. – O Justizrat! hättest du mich gesehen, wie ich aus deinem hellen Teezimmer herabgestiegen war in den dunkeln Bierkeller, du hättest dich mit recht stolzer verächtlicher Miene von mir abgewendet und gemurmelt: »Ist es denn ein Wunder, daß ein solcher Mensch die zierlichsten Jabots ruiniert?«

Ich mochte ohne Hut und Mantel den Leuten etwas verwunderlich vorkommen. Dem Manne schwebte eine Frage auf den Lippen, da pochte es ans Fenster, und eine Stimme rief herab: »Macht auf, macht auf, ich bin da!« Der Wirt lief hinaus und trat bald wieder herein, zwei brennende Lichter hoch in den Händen tragend, ihm folgte ein sehr langer, schlanker Mann. In der niedrigen Tür vergaß er sich zu bükken und stieß sich den Kopf recht derb; eine barettartige schwarze Mütze, die er trug, verhinderte jedoch Beschädigung. Er drückte sich auf ganz eigene Weise der Wand entlang und setzte sich mir gegenüber, indem die Lichter auf den Tisch gestellt wurden. Man hätte beinahe von ihm sagen können, daß er vornehm und unzufrieden aussähe. Er forderte verdrießlich Bier und Pfeife und erregte mit wenigen Zügen einen solchen Dampf, daß wir bald in einer Wolke schwammen. Übrigens hatte sein Gesicht so etwas Charakteristisches und Anziehendes, daß ich ihn trotz seines finstern Wesens sogleich liebgewann. Die schwarzen reichen Haare trug er gescheitelt und von beiden Seiten in vielen kleinen Locken herabhängend, so daß er den Bildern von Rubens glich. Als er den großen Mantelkragen abgeworfen, sah ich, daß er in eine schwarze Kurtka mit vielen Schnüren gekleidet war, sehr fiel es mir aber auf, daß er über die Stiefeln zierliche Pantoffeln gezogen hatte. Ich wurde das gewahr, als er die Pfeife ausklopfte, die er in fünf Minuten ausgeraucht. Unser Gespräch wollte nicht recht vonstatten gehen, der Fremde schien sehr mit allerlei seltenen Pflanzen beschäftigt, die er aus einer Kapsel genommen hatte und wohlgefällig betrachtete. Ich bezeigte ihm meine Verwunderung über die schönen Gewächse und fragte, da sie ganz frisch gepflückt zu sein schienen, ob er vielleicht im Botanischen Garten oder bei Boucher gewesen. Er lächelte ziemlich seltsam und antwortete: »Botanik scheint nicht eben Ihr Fach zu sein, sonst hätten Sie nicht so –« – Er stockte, ich lispelte kleinlaut: »albern« – »gefragt«, setzte er treuherzig hinzu. »Sie würden«, fuhr er fort, »auf den ersten Blick Alpenpflanzen erkannt haben, und zwar wie sie auf dem Chimborasso wachsen.« Die letzten Worte sagte der Fremde leise vor sich hin, und du kannst denken, daß mir dabei gar wunderlich zumute wurde. Jede Frage erstarb mir auf den Lippen; aber immer mehr regte sich eine Ahnung in meinem Innern, und es war mir, als habe ich den Fremden nicht sowohl oft *gesehen* als oft *gedacht*. Da pochte es aufs neue ans Fenster, der Wirt öffnete die Tür, und eine Stimme rief: »Seid so gut, Euern Spiegel zu verhängen.« – »Aha!« sagte der Wirt, »da kommt noch recht spät der General Suwarow.« Der Wirt verhing den Spiegel, und nun sprang mit einer täppischen Geschwindigkeit, schwerfällig hurtig, möcht ich sagen, ein kleiner dürrer Mann herein, in einem Mantel von ganz seltsam bräunlicher Farbe, der, indem der Mann in der Stube herumhüpfte, in vielen Falten und Fältchen auf ganz eigene Weise um den Körper wehte, so daß es im Schein der Lichter beinahe anzusehen war, als führen viele Gestalten aus- und ineinander, wie bei den Enslerschen Phantasmagorien. Dabei rieb er die in den weiten Ärmeln versteckten Hände und rief: »Kalt! – kalt – o wie kalt! In Italia ist es anders, anders!« Endlich setzte er sich zwischen mir und dem Großen, sprechend: »Das ist ein entsetzlicher Dampf – Tabak gegen Tabak – hätt ich nur eine Prise!« – Ich trug die spiegelblank geschliffene Stahldose in der Tasche, die du mir einst schenktest, die zog ich gleich heraus und wollte dem Kleinen Tabak anbieten. Kaum erblickte er *die*, als er mit beiden Händen darauf zufuhr und, sie wegstoßend, rief: »Weg – weg mit dem abscheulichen Spiegel!« Seine Stimme hatte etwas Entsetzliches, und als ich ihn verwundert ansah, war er ein andrer worden. Mit einem gemütlichen jugendlichen Gesicht sprang der Kleine herein, aber nun starrte mich das todblasse, welke, eingefurchte Antlitz eines Greises mit hohlen Augen an. Voll Entsetzen rückte ich hin zum Großen. »Um's Himmels willen, schauen Sie doch«, wollt ich rufen, aber der Große nahm an allem keinen Anteil, sondern war ganz vertieft in seine Chimborasso-Pflanzen, und in dem Augenblick forderte der Kleine: »Wein des Nordens«, wie er sich preziös ausdrückte. Nach und nach wurde das Gespräch lebendiger. Der Kleine war mir zwar sehr unheimlich, aber der Große wußte über geringfügig scheinende Dinge recht viel Tiefes und Ergötzliches zu sagen, unerachtet er mit dem Ausdruck zu kämpfen schien, manchmal auch wohl ein ungehöriges Wort einmischte, das aber oft der Sache eben eine drollige Originalität gab, und so milderte er, mit meinem Innern sich immer mehr befreundend, den übeln Eindruck des Kleinen. Dieser schien wie von lauter Springfedern getrieben, denn er rückte auf dem Stuhle hin und her, gestikulierte viel mit den Händen, und wohl rieselte mir ein Eisstrom durch die Haare über den Rücken, wenn ich es deutlich bemerkte, daß er wie aus zwei verschiedenen Gesichtern heraussah. Vorzüglich blickte er oft den Großen, dessen bequeme Ruhe sonderbar gegen des Kleinen Beweglichkeit abstach, mit dem alten Gesicht an, wiewohl nicht so entsetzlich als zuvor mich. – In dem Maskenspiel des irdischen Lebens sieht oft der innere Geist mit leuchtenden Augen aus der Larve heraus, das Verwandte erkennend, und so mag es geschehen sein, daß wir drei absonderliche Menschen im Keller uns auch so angeschaut und erkannt hatten. Unser Gespräch fiel in jenen Humor, der nur aus dem tief bis auf den Tod verletzten Gemüte kommt. »Das hat auch seinen Haken«, sagte der Große. »Ach Gott«, fiel ich ein, »wieviel Haken hat der Teufel überall für uns eingeschlagen, in Zimmerwänden, Lauben, Rosenhecken, woran vorbeistreifend wir etwas von unserm teuern Selbst hängen lassen. Es scheint, Verehrte! als ob uns allen auf diese Weise schon etwas abhanden gekommen, wiewohl mir diese Nacht vorzüglich Hut und Mantel fehlte. Beides hängt an einem Haken in des Justizrats Vorzimmer, wie Sie wissen!« Der Kleine und der Große fuhren sichtlich auf, als träfe sie unversehens ein Schlag. Der Kleine schaute mich recht häßlich mit seinem alten Gesichte an, sprang aber gleich auf einen Stuhl und zog das Tuch fester über den Spiegel, während der Große sorgfältig die Lichter putzte. Das Gespräch lebte mühsam wieder auf, man erwähnte eines jungen wackern Malers, namens Philipp, und des Bildes einer Prinzessin, das er mit *dem* Geist der Liebe und *dem* frommen Sehnen nach dem Höchsten, wie der Herrin tiefer heiliger Sinn es ihm entzündet, vollendet hatte. »Zum Sprechen ähnlich und doch kein Porträt, sondern ein *Bild*«, meinte der Große. »Es ist so ganz wahr«, sprach ich, »man möchte sagen, wie aus dem Spiegel gestohlen.« Da sprang der Kleine wild auf, mit dem alten Gesicht und funkelnden Augen mich anstarrend, schrie er: »Das ist albern, das ist toll, wer vermag aus dem Spiegel Bilder zu stehlen? – wer vermag das? meinst du, vielleicht der Teufel? – Hoho, Bruder, der zerbricht das Glas mit der tölpischen Kralle, und die feinen weißen Hände des Frauenbildes werden auch wund und bluten. Albern ist das. Heisa! – zeig mir das Spiegelbild, das gestohlne Spiegelbild, und ich mache dir den Meistersprung von tausend Klafter hinab, du betrübter Bursche!« – Der Große erhob sich, schritt auf den Kleinen los und sprach: »Mache Er sich nicht so unnütz, mein Freund! sonst wird Er die Treppe hinaufgeworfen, es mag wohl miserabel aussehen mit Seinem eignen Spiegelbilde.« – »Ha, ha, ha, ha!« lachte und kreischte der Kleine in tollem Hohn, »ha, ha, ha – meinst du? meinst du? Hab ich doch meinen schönen Schlagschatten, o du jämmerlicher Geselle, hab ich doch meinen Schlagschatten!« – Und damit sprang er fort, noch draußen hörten wir ihn recht hämisch meckern und lachen: »Hab ich doch meinen Schlagschatten!« Der Große war, wie vernichtet, totenbleich in den Stuhl zurückgesunken, er hatte den Kopf in beide Hände gestützt, und aus der tiefsten Brust atmete schwer ein Seufzer auf. »Was ist Ihnen?« fragte ich teilnehmend. »O mein Herr«, erwiderte der Große, »jener böse Mensch, der uns so feindselig erschien, der mich bis hieher, bis in meine Normalkneipe, verfolgte, wo ich sonst einsam blieb, da höchstens nur etwa ein Erdgeist unter dem Tisch aufduckte und Brotkrümchen naschte – jener böse Mensch hat mich zurückgeführt in mein tiefstes Elend. Ach – verloren, unwiederbringlich verloren habe ich meinen –. Leben Sie wohl!« – Er stand auf und schritt mitten durch die Stube zur Tür hinaus. Alles blieb hell um ihn – er warf keinen Schlagschatten. Voll Entzücken rannte ich nach. – »Peter Schlemihl – Peter Schlemihl!«* rief ich freudig, aber *der* hatte die Pantoffeln weggeworfen. Ich sah, wie er über den Gensdarmesturm hinwegschritt und in der Nacht verschwand.

Als ich in den Keller zurück wollte, warf mir der Wirt die

* »Peter Schlemihls wundersame Geschichte«, mitgeteilt von Adelbert von Chamisso und herausgegeben von Friedrich Baron de la Motte Fouqué. Nürnberg, bei J. L. Schrag. 1814.

Tür vor der Nase zu, sprechend: »Vor solchen Gästen bewahre mich der liebe Herrgott!«

3. Erscheinungen

Herr Mathieu ist mein guter Freund und sein Türsteher ein wachsamer Mann. Der machte mir gleich auf, als ich im »Goldnen Adler« an der Hausklingel zog. Ich erklärte, wie ich mich aus einer Gesellschaft fortgeschlichen ohne Hut und Mantel, im letztern stecke aber mein Hausschlüssel, und die taube Aufwärterin herauszupochen sei unmöglich. Der freundliche Mann (den Türsteher mein ich) öffnete ein Zimmer, stellte die Lichter hin und wünschte mir eine gute Nacht. Der schöne breite Spiegel war verhängt, ich weiß selbst nicht, wie ich darauf kam, das Tuch herabzuziehen und beide Lichter auf den Spiegeltisch zu setzen. Ich fand mich, da ich in den Spiegel schaute, so blaß und entstellt, daß ich mich kaum selbst wiedererkannte. – Es war mir, als schwebe aus des Spiegels tiefstem Hintergrunde eine dunkle Gestalt hervor; sowie ich fester und fester Blick und Sinn darauf richtete, entwickelten sich in seltsam magischem Schimmer deutlicher die Züge eines holden Frauenbildes – ich erkannte Julien. Von inbrünstiger Liebe und Sehnsucht befangen, seufzte ich laut auf: »Julia! Julia!« Da stöhnte und ächzte es hinter den Gardinen eines Bettes in des Zimmers äußerster Ecke. Ich horchte auf, immer ängstlicher wurde das Stöhnen. Juliens Bild war verschwunden, entschlossen ergriff ich ein Licht, riß die Gardinen des Bettes rasch auf und schaute hinein. Wie kann ich dir denn das Gefühl beschreiben, das mich durchbebte, als ich den Kleinen erblickte, der mit dem jugendlichen, wiewohl schmerzlich verzogenen Gesicht dalag und im Schlaf recht aus tiefster Brust aufseufzte: »Giulietta – Giulietta!« – Der Name fiel zündend in mein Inneres – das Grauen war von mir gewichen, ich faßte und rüttelte den Kleinen recht derb, rufend: »He – guter Freund, wie kommen Sie in mein Zimmer, erwachen Sie und scheren Sie sich gefälligst zum Teufel!« – Der Kleine schlug die Augen auf und blickte mich mit dunklen Blicken an. »Das war ein böser Traum«, sprach er, »Dank sei Ihnen, daß Sie mich weckten.« Die Worte klangen nur wie leise Seufzer. Ich weiß nicht, wie es kam, daß der Kleine mir jetzt ganz anders erschien, ja daß der Schmerz, von dem er ergriffen, in mein eignes Innres drang und all mein Zorn in tiefer Wehmut verging. Weniger Worte bedurfte es nur, um zu erfahren, daß der Türsteher mir aus Versehen dasselbe Zimmer aufgeschlossen, welches der Kleine schon eingenommen hatte, daß *ich* es also war, der, unziemlich eingedrungen, den Kleinen aus dem Schlafe aufstörte.

»Mein Herr«, sprach der Kleine, »ich mag Ihnen im Keller wohl recht toll und ausgelassen vorgekommen sein, schieben Sie mein Betragen darauf, daß mich, wie ich nicht leugnen kann, zuweilen ein toller Spuk befängt, der mich aus allen Kreisen des Sittigen und Gehörigen hinaustreibt. Sollte Ihnen denn nicht zuweilen Gleiches widerfahren?« – »Ach Gott, ja«, erwiderte ich kleinmütig, »nur noch heute abend, als ich Julien wiedersah.« – »Julia?« krächzte der Kleine mit widriger Stimme, und es zuckte über sein Gesicht hin, das wieder plötzlich alt wurde. »O lassen Sie mich ruhen – verhängen Sie doch gütigst den Spiegel, Bester!« – dies sagte er, ganz matt aufs Kissen zurückblickend. »Mein Herr«, sprach ich, »der Name meiner auf ewig verlornen Liebe scheint seltsame Erinnerungen in Ihnen zu wecken, auch variieren Sie merklich mit Dero angenehmen Gesichtszügen. Doch hoffe ich mit Ihnen ruhig die Nacht zu verbringen, weshalb ich gleich den Spiegel verhängen und mich ins Bett begeben will.« Der Kleine richtete sich auf, sah mich mit überaus milden, gutmütigen Blicken seines Jünglingsgesichts an, faßte meine Hand und sprach, sie leise drückend: »Schlafen Sie ruhig, mein Herr, ich merke, daß wir Unglücksgefährten sind. – Sollten Sie auch –? – Julia – Giulietta –. Nun, dem sei, wie ihm wolle, Sie üben eine unwiderstehliche Gewalt über mich aus – ich kann nicht anders, ich muß Ihnen mein tiefstes Geheimnis entdecken – dann hassen, dann verachten Sie mich.« Mit diesen Worten stand der Kleine langsam auf, hüllte sich in einen weißen weiten Schlafrock und schlich leise und recht gespensterartig nach dem Spiegel, vor den er sich hinstellte. Ach! – rein und klar warf der Spiegel die beiden Lichter, die Gegenstände im Zimmer, mich selbst zurück, die Gestalt des Kleinen war nicht zu sehen im Spiegel, kein Strahl reflektierte sein dicht herangebogenes Gesicht. Er wandte sich zu mir, die tiefste Verzweiflung in den Mienen, er drückte meine Hände: »Sie kennen nun mein grenzenloses Elend«, sprach er, »Schlemihl, die reine gute Seele, ist beneidenswert gegen mich Verworfenen. Leichtsinnig verkaufte er seinen Schlagschatten, aber ich! – ich gab mein Spiegelbild *ihr* – *ihr!* – oh – oh – oh!« – So tief aufstöhnend, die Hände vor die Augen gedrückt, wankte der Kleine nach dem Bette, in das er sich schnell warf. Erstarrt blieb ich stehen, Argwohn, Verachtung, Grauen, Teilnahme, Mitleiden, ich weiß selbst nicht, was sich alles für und wider den Kleinen in meiner Brust regte. Der Kleine fing indes bald an, so anmutig und melodiös zu schnarchen, daß ich der narkotischen Kraft dieser Töne nicht widerstehen konnte. Schnell verhing ich den Spiegel, löschte die Lichter aus, warf mich so wie der Kleine ins Bett und fiel bald in tiefen Schlaf. Es mochte wohl schon Morgen sein, als ein blendender Schimmer mich weckte. Ich schlug die Augen auf und erblickte den Kleinen, der im weißen Schlafrock, die Nachtmütze auf dem Kopf, den Rücken mir zugewendet, am Tische saß und bei beiden angezündeten Lichtern emsig schrieb. Er sah recht spukhaft aus, mir wandelte ein Grauen an; der Traum erfaßte mich plötzlich und trug mich wieder zum Justizrat, wo ich neben Julien auf der Ottomane saß. Doch bald war es mir, als sei die ganze Gesellschaft eine spaßhafte Weihnachtsausstellung bei Fuchs, Weide, Schoch oder sonst, der Justizrat eine zierliche Figur von Tragant mit postpapiernem Jabot. Höher und höher wurden die Bäume und Rosenbüsche. Julie stand auf und reichte mir den kristallnen Pokal, aus dem blaue Flammen emporleckten. Da zog es mich am Arm, der Kleine stand hinter mir mit dem alten Gesicht und lispelte: »Trink nicht, trink nicht – sieh sie doch recht an! – hast du sie nicht schon gesehen auf den Warnungstafeln von Breughel, von Callot oder von Rembrandt?« – Mir schauerte vor Julien, denn freilich war sie in ihrem faltenreichen Gewande mit den bauschigen Ärmeln, in ihrem Haarschmuck so anzusehen wie die von höllischen Untieren umgebenen lockenden Jungfrauen auf den Bildern jener Meister. »Warum fürchtest du dich denn«, sprach Julie, »ich habe dich und dein Spiegelbild doch ganz und gar.« Ich ergriff den Pokal, aber der Kleine hüpfte wie ein Eichhörnchen auf meine Schultern und wehte mit dem Schweife in die Flammen, widrig quiekend: »Trink nicht – trink nicht.« Doch nun wurden alle Zuckerfiguren der Ausstellung lebendig und bewegten komisch die Händchen und Füßchen, der tragantne Justizrat trippelte auf mich zu und rief mit einem ganz feinen Stimmchen: »Warum der ganze Rumor, mein Bester? warum der ganze Rumor? Stellen Sie sich doch nur auf Ihre lieben Füße, denn schon lange bemerke ich, daß Sie in den Lüften über Stühle und Tische wegschreiten.« Der Kleine war verschwunden, Julie hatte nicht mehr den Pokal in der Hand. »Warum wolltest du denn nicht trinken?« sprach sie, «war denn die reine herrliche Flamme, die dir aus dem Pokal entgegenstrahlte, nicht der Kuß, wie du ihn einst von mir empfingst?« Ich wollte sie an mich drücken, Schlemihl trat aber dazwischen, sprechend: »Das ist Mina, die den Raskal geheiratet.« Er hatte einige Zuckerfiguren getreten, die ächzten sehr. – Aber bald vermehrten diese sich zu Hunderten und Tausenden und trippelten um mich her und an mir herauf im bunten häßlichen Gewimmel und umsummten mich wie ein Bienenschwarm. – Der tragantne Justizrat hatte sich bis zur Halsbinde heraufgeschwungen, die zog er immer fester und fester an. »Verdammter tragantner Justizrat!« schrie ich laut und fuhr auf aus dem Schlafe. Es war heller lichter Tag, schon eilf Uhr mittags. Das ganze Ding mit dem Kleinen war auch wohl nur ein lebhafter Traum, dachte ich eben, als der mit dem Frühstück eintretende Kellner mir sagte, daß der fremde Herr, der mit mir in einem Zimmer geschlafen, am frühen Morgen abgereiset sei und sich mir sehr empfehlen lasse. Auf dem Tische, an dem nachts der spukhafte Kleine saß, fand ich ein frisch beschriebenes Blatt, dessen Inhalt ich dir mitteile, da es unbezweifelt des Kleinen wundersame Geschichte ist.

4. *Die Geschichte vom verlornen Spiegelbilde*

Endlich war es doch so weit gekommen, daß Erasmus Spikher den Wunsch, den er sein Leben lang im Herzen genährt, erfüllen konnte. Mit frohem Herzen und wohlgefülltem Beutel setzte er sich in den Wagen, um die nördliche Heimat zu verlassen und nach dem schönen warmen Welschland zu reisen. Die liebe fromme Hausfrau vergoß tausend Tränen, sie hob den kleinen Rasmus, nachdem sie ihm Nase und Mund sorgfältig geputzt, in den Wagen hinein, damit der Vater zum Abschiede ihn noch sehr küsse. »Lebe wohl, mein lieber Erasmus Spikher«, sprach die Frau schluchzend, »das Haus will ich dir gut bewahren, denke fein fleißig an mich, bleibe mir treu und verliere nicht die schöne Reisemütze, wenn du, wie du wohl pflegst, schlafend zum Wagen herausnickst.« – Spikher versprach das.

In dem schönen Florenz fand Erasmus einige Landsleute, die voll Lebenslust und jugendlichen Muts in den üppigen Genüssen, wie sie das herrliche Land reichlich darbot, schwelgten. Er bewies sich ihnen als ein wackrer Kumpan, und es wurden allerlei ergötzliche Gelage veranstaltet, denen Spikhers besonders muntrer Geist und das Talent, dem tollen Ausgelassenen das Sinnige beizufügen, einen eignen Schwung gaben. So kam es denn, daß die jungen Leute (Erasmus, erst siebenundzwanzig Jahr alt, war wohl dazu zu rechnen) einmal zur Nachtzeit in eines herrlichen, duftenden Gartens erleuchtetem Boskett ein gar fröhliches Fest begingen. Jeder, nur nicht Erasmus, hatte eine liebliche Donna mitgebracht. Die Männer gingen in zierlicher altteutscher Tracht, die Frauen waren in bunten leuchtenden Gewändern, jede auf andere Art, ganz phantastisch gekleidet, so daß sie erschienen wie liebliche wandelnde Blumen. Hatte diese oder jene zu dem Saitengelispel der Mandolinen ein italienisches Liebeslied gesungen, so stimmten die Männer unter dem lustigen Geklingel der mit Syrakuser gefüllten Gläser einen kräftigen deutschen Rundgesang an. – Ist ja doch Italien das Land der Liebe. Der Abendwind säuselte wie in sehnsüchtigen Seufzern, wie Liebeslaute durchwallten die Orange- und Jasmindüfte das Boskett, sich mischend in das lose neckhafte Spiel, das die holden Frauenbilder, all die kleinen zarten Buffonerien, wie sie nur den italienischen Weibern eigen, aufbietend, begonnen hatten. Immer reger und lauter wurde die Lust. Friedrich, der glühendste vor allen, stand auf, mit einem Arm hatte er seine Donna umschlungen, und das mit perlendem Syrakuser gefüllte Glas mit der andern Hand hoch schwingend, rief er: »Wo ist denn Himmelslust und Seligkeit zu finden als bei euch, ihr holden, herrlichen italienischen Frauen, ihr seid ja die Liebe selbst. – Aber du, Erasmus«, fuhr er fort, sich zu Spikher wendend, »scheinst das nicht sonderlich zu fühlen, denn nicht allein, daß du, aller Verabredung, Ordnung und Sitte entgegen, keine Donna zu unserm Feste geladen hast, so bist du auch heute so trübe und in dich gekehrt, daß, hättest du nicht wenigstens tapfer getrunken und gesungen, ich glauben würde, du seist mit einemmal ein langweiliger Melancholikus geworden.« – »Ich muß dir gestehen, Friedrich«, erwiderte Erasmus, »daß ich mich auf *die* Weise nun einmal nicht freuen kann. Du weißt ja, daß ich eine liebe, fromme Hausfrau zurückgelassen habe, die ich recht aus tiefer Seele liebe und an der ich ja offenbar einen Verrat beginge, wenn ich im losen Spiel auch nur für einen Abend mir eine Donna wählte. Mit euch unbeweibten Jünglingen ist das ein andres, aber ich als Familienvater –« – Die Jünglinge lachten hell auf, da Erasmus bei dem Worte »Familienvater« sich bemühte, das jugendliche gemütliche Gesicht in ernste Falten zu ziehen, welches denn eben sehr possierlich herauskam. Friedrichs Donna ließ sich das, was Erasmus teutsch gesprochen, in das Italienische übersetzen, dann wandte sie sich ernsten Blickes zum Erasmus und sprach, mit aufgehobenem Finger leise drohend: »Du kalter, kalter Teutscher! – verwahre dich wohl, noch hast du Giulietta nicht gesehen!«

In dem Augenblick rauschte es beim Eingange des Bosketts, und aus dunkler Nacht trat in den lichten Kerzenschimmer hinein ein wunderherrliches Frauenbild. Das weiße, Busen, Schultern und Nacken nur halb verhüllende Gewand, mit bauschigen, bis an die Ellbogen streifenden Ärmeln, floß in reichen breiten Falten herab, die Haare vorn an der Stirn gescheitelt, hinten in vielen Flechten heraufgenestelt. – Goldene Ketten um den Hals, reiche Armbänder, um die Handgelenke geschlungen, vollendeten den altertümlichen Putz der Jungfrau, die anzusehen war, als wandle ein Frauenbild von Rubens oder dem zierlichen Mieris daher. »Giulietta!« riefen die Mädchen voll Erstaunen. Giulietta, deren Engelsschönheit alle überstrahlte, sprach mit süßer lieblicher Stimme: »Laßt mich doch teilnehmen an euerm schönen Fest, ihr wackern teutschen Jünglinge. Ich will hin zu jenem dort, der unter euch ist so ohne Lust und ohne Liebe.« Damit wandelte sie in hoher Anmut zum Erasmus und setzte sich auf den Sessel, der neben ihm leer geblieben, da man vorausgesetzt hatte, daß auch er eine Donna mitbringen werde. Die Mädchen lispelten untereinander: »Seht, o seht, wie Giulietta heute wieder so schön ist!«, und die Jünglinge sprachen: »Was ist denn das mit dem Erasmus, er hat ja die Schönste gewonnen und uns nur wohl verhöhnt?«

Dem Erasmus war bei dem ersten Blick, den er auf Giulietta warf, so ganz besonders zumute geworden, daß er selbst nicht wußte, was sich denn so gewaltsam in seinem Innern rege. Als sie sich ihm näherte, faßte ihn eine fremde Gewalt und drückte seine Brust zusammen, daß sein Atem stockte. Das Auge fest geheftet auf Giulietta, mit erstarrten Lippen saß er da und konnte kein Wort hervorbringen, als die Jünglinge laut Giuliettas Anmut und Schönheit priesen. Giulietta nahm einen vollgeschenkten Pokal und stand auf, ihn dem Erasmus freundlich darreichend; *der* ergriff den Pokal, Giuliettas zarte Finger leise berührend. Er trank, Glut strömte durch seine Adern. Da fragte Giulietta scherzend: »Soll ich denn Eure Donna sein?« Aber Erasmus warf sich wie im Wahnsinn vor Giulietta nieder, drückte ihre beiden Hände an seine Brust und rief: »Ja, *du* bist es, *dich* habe ich geliebt immerdar, *dich*, du Engelsbild! – Dich habe ich geschaut in meinen Träumen, du bist mein Glück, meine Seligkeit, mein höheres Leben!« – Alle glaubten, der Wein sei dem Erasmus zu Kopf gestiegen, denn so hatten sie ihn nie gesehen, er schien ein anderer worden. »Ja, du – du bist mein Leben, du flammst in mir mit verzehrender Glut. Laß mich untergehen – untergehen, nur in dir, nur du will ich sein«, so schrie Erasmus, aber Giulietta nahm ihn sanft in die Arme; ruhiger geworden, setzte er sich an ihre Seite, und bald begann wieder das heitre Liebesspiel in munteren Scherzen und Liedern, das durch Giulietta und Erasmus unterbrochen worden. Wenn Giulietta sang, war es, als gingen aus tiefster Brust Himmelstöne hervor, nie gekannte, nur geahnte Lust in allen entzündend. Ihre volle wunderbare Kristallstimme trug eine geheimnisvolle Glut in sich, die jedes Gemüt ganz und gar befing. Fester hielt jeder Jüngling seine Donna umschlungen, und feuriger strahlte Aug in Auge. Schon verkündete ein roter Schimmer den Anbruch der Morgenröte, da riet Giulietta, das Fest zu enden. Es geschah. Erasmus schickte sich an, Giulietta zu begleiten, sie schlug das ab und bezeichnete ihm das Haus, wo er sie künftig finden könne. Während des teutschen Rundgesanges, den die Jünglinge noch zum Beschluß des Festes anstimmten, war Giulietta aus dem Boskett verschwunden; man sah sie hinter zwei Bedienten, die mit Fackeln voranschritten, durch einen fernen Laubgang wandeln. Erasmus wagte nicht, ihr zu folgen. Die Jünglinge nahmen nun jeder seine Donna unter den Arm und schritten in voller heller Lust von dannen. Ganz verstört und im Innern zerrissen von Sehnsucht und Liebesqual, folgte ihnen endlich Erasmus, dem sein kleiner Diener mit der Fackel vorleuchtete. So ging er, da die Freunde ihn verlassen, durch eine entlegene Straße, die nach seiner Wohnung führte. Die Morgenröte war hoch heraufgestiegen, der Diener stieß die Fackel auf dem Steinpflaster aus, aber in den aufsprühenden Funken stand plötzlich eine seltsame Figur vor Erasmus, ein langer dürrer Mann mit spitzer Habichtsnase, funkelnden Augen, hämisch verzogenem Munde, im feuerroten Rock mit strahlenden Stahlknöpfen. *Der* lachte und rief mit unangenehm gellender Stimme: »Ho, ho! – Ihr seid wohl aus einem alten Bilderbuch herausgestiegen mit Euerm Mantel, Euerm geschlitzten Wams und Euerm Federnbarett. – Ihr seht recht schnakisch aus, Herr Erasmus, aber wollt Ihr denn auf der Straße der Leute Spott werden? Kehrt doch nur ruhig zurück in Euern Pergamentband.« – »Was geht Euch meine Kleidung an«, sprach Erasmus verdrießlich und wollte, den roten Kerl beiseite schiebend, vorübergehen, *der* schrie ihm nach: »Nun, nun – eilt nur nicht so, zur Giulietta könnt Ihr doch jetzt gleich nicht hin.« Erasmus drehte sich rasch um. »Was sprecht Ihr von Giulietta«, rief er mit wilder Stimme, den roten Kerl bei der Brust packend. *Der* wandte sich aber pfeilschnell und war, ehe sich's Erasmus versah, verschwunden. Erasmus blieb ganz verblüfft stehen mit dem Stahlknopf in der Hand, den er dem Roten abgerissen. »Das war der Wunderdoktor, Signor Dapertutto; was der nur von Euch wollte?« sprach der Diener, aber dem Erasmus wandelte ein Grauen an, er eilte, sein Haus zu erreichen.

Giulietta empfing den Erasmus mit all der wunderbaren Anmut und Freundlichkeit, die ihr eigen. Der wahnsinnigen Leidenschaft, die den Erasmus entflammt, setzte sie ein mildes, gleichmütiges Betragen entgegen. Nur dann und wann funkelten ihre Augen höher auf, und Erasmus fühlte, wie leise Schauer aus dem Innersten heraus ihn durchbebten, wenn sie manchmal ihn mit einem recht seltsamen Blicke traf. Nie sagte sie ihm, daß sie ihn liebe, aber ihre ganze Art und Weise, mit ihm umzugehen, ließ es ihn deutlich ahnen, und so kam es, daß immer festere und festere Bande ihn umstrickten. Ein wahres Sonnenleben ging ihm auf; die Freunde sah er selten, da Giulietta ihn in andere, fremde Gesellschaft eingeführt.

Einst begegnete ihm Friedrich, der ließ ihn nicht los, und als der Erasmus durch manche Erinnerung an sein Vaterland und an sein Haus recht mild und weich geworden, da sagte Friedrich: »Weißt du wohl, Spikher, daß du in recht gefährliche Bekanntschaft geraten bist? Du mußt es doch wohl schon gemerkt haben, daß die schöne Giulietta eine der schlauesten Kurtisanen ist, die es je gab. Man trägt sich dabei mit allerlei geheimnisvollen, seltsamen Geschichten, die sie in gar besonderm Lichte erscheinen lassen. Daß sie über die Menschen, wenn sie will, eine unwiderstehliche Macht übt und sie in unauflösliche Bande verstrickt, seh ich an dir, du bist ganz und gar verändert, du bist ganz der verführerischen Giulietta hingegeben, du denkst nicht mehr an deine liebe fromme Hausfrau.« – Da hielt Erasmus beide Hände vors Gesicht, er schluchzte laut, er rief den Namen seiner Frau. Friedrich merkte wohl, wie ein innerer harter Kampf begonnen. »Spikher«, fuhr er fort, »laß uns schnell abreisen.« – »Ja, Friedrich«, rief Spikher heftig, »du hast recht. Ich weiß nicht, wie mich so finstre gräßliche Ahnungen plötzlich ergreifen – ich muß fort, noch heute fort.« – Beide Freunde eilten über die Straße, quer vorüber schritt Signor Dapertutto, *der* lachte dem Erasmus ins Gesicht und rief: »Ach, eilt doch, eilt doch nur schnell, Giulietta wartet schon, das Herz voll Sehnsucht, die Augen voll Tränen. – Ach, eilt doch, eilt doch!« Erasmus wurde wie vom Blitz getroffen. »Dieser Kerl«, sprach Friedrich, »dieser Ciarlatano ist mir im Grunde der Seele zuwider, und daß *der* bei Giulietta aus- und eingeht und ihr seine Wunderessenzen verkauft –« – »Was!« rief Erasmus, »dieser abscheuliche Kerl bei Giulietta – bei Giulietta?« – »Wo bleibt Ihr aber auch so lange, alles wartet auf Euch, habt Ihr denn gar nicht an mich gedacht?« so rief eine sanfte Stimme vom Balkon herab. Es war Giulietta, vor deren Hause die Freunde, ohne es bemerkt zu haben, standen. Mit einem Sprunge war Erasmus im Hause. »Der ist nun einmal hin und nicht mehr zu retten«, sprach Friedrich leise und schlich über die Straße fort.

Nie war Giulietta liebenswürdiger gewesen, sie trug dieselbe Kleidung als damals in dem Garten, sie strahlte in voller Schönheit und jugendlicher Anmut. Erasmus hatte alles vergessen, was er mit Friedrich gesprochen, mehr als je riß ihn die höchste Wonne, das höchste Entzücken unwiderstehlich hin, aber auch noch niemals hatte Giulietta so ohne allen Rückhalt ihm ihre innigste Liebe merken lassen. Nur *ihn* schien sie zu beachten, nur für *ihn* zu sein. – Auf einer Villa, die Giulietta für den Sommer gemietet, sollte ein Fest gefeiert werden. Man begab sich dahin. In der Gesellschaft befand sich ein junger Italiener von recht häßlicher Gestalt und noch häßlicheren Sitten, *der* bemühte sich viel um Giulietta und erregte die Eifersucht des Erasmus, der voll Ingrimm sich von den andern entfernte und einsam in einer Seitenallee des Gartens auf und ab schlich. Giulietta suchte ihn auf. »Was ist dir? – bist du denn nicht ganz mein?« Damit umfing sie ihn mit den zarten Armen und drückte einen Kuß auf seine Lippen. Feuerstrahlen durchblitzten ihn, in rasender Liebeswut drückte er die Geliebte an sich und rief: »Nein, ich lasse dich nicht, und sollte ich untergehen im schmachvollsten Verderben!« Giulietta lächelte seltsam bei diesen Worten, und ihn traf jener sonderbare Blick, der ihm jederzeit innern Schauer erregte. Sie gingen wieder zur Gesellschaft. Der widrige junge Italiener trat jetzt in die Rolle des Erasmus; von Eifersucht getrieben, stieß er allerlei spitze beleidigende Reden gegen Teutsche und insbesondere gegen Spikher aus. *Der* konnte es endlich nicht länger ertragen; rasch schritt er auf den Italiener los. »Haltet ein«, sprach er, »mit Euern nichtswürdigen Sticheleien auf Teutsche und auf mich, sonst werfe ich Euch in jenen Teich, und Ihr könnt Euch im Schwimmen versuchen.« In dem Augenblick blitzte ein Dolch in des Italieners Hand, da packte Erasmus ihn wütend bei der Kehle und warf ihn nieder, ein kräftiger Fußtritt ins Genick, und der Italiener gab röchelnd seinen Geist auf. – Alles stürzte auf den Erasmus los, er war ohne Besinnung – er fühlte sich ergriffen, fortgerissen. Als er wie aus tiefer Betäubung erwachte, lag er in einem kleinen Kabinett zu Giuliettas Füßen, die, das Haupt über ihn herabgebeugt, ihn mit beiden Armen umfaßt hielt. »Du böser, böser Teutscher«, sprach sie unendlich sanft und mild, »welche Angst hast du mir verursacht! Aus der nächsten Gefahr habe ich dich errettet, aber nicht sicher bist du mehr in Florenz, in Italien. Du mußt fort, du mußt mich, die dich so sehr liebt, verlassen.« Der Gedanke der Trennung zerriß den Erasmus in namenlosem Schmerz und Jammer. »Laß mich bleiben«, schrie er, »ich will ja gern den Tod leiden; heißt denn sterben mehr als leben ohne dich?« Da war es ihm, als rufe eine leise ferne Stimme schmerzlich seinen Namen. Ach! es war die Stimme der frommen teutschen Hausfrau. Erasmus verstummte, und auf ganz seltsame Weise fragte Giulietta: »Du denkst wohl an dein Weib? – Ach, Erasmus, du wirst mich nur zu bald vergessen.« – »Könnte ich nur ewig und immerdar ganz dein sein«, sprach Erasmus. Sie standen gerade vor dem schönen breiten Spiegel, der in der Wand des Kabinetts angebracht war und an dessen beiden Seiten helle Kerzen brannten. Fester, inniger drückte Giulietta den Erasmus an sich, indem sie leise lispelte: »Laß mir dein Spiegelbild, du innig Geliebter, es soll mein und bei mir bleiben immerdar.« – »Giulietta«, rief Erasmus ganz verwundert, »was meinst du denn? – mein Spiegelbild?« – Er sah dabei in den Spiegel, der ihn und Giulietta in süßer Liebesumarmung zurückwarf. »Wie kannst du denn mein Spiegelbild behalten«, fuhrt er fort, »das mit mir wandelt überall und aus jedem klaren Wasser, aus jeder hellgeschliffnen Fläche mir entgegentritt?« – »Nicht einmal«, sprach Giulietta, »nicht einmal diesen Traum deines Ichs, wie er aus dem Spiegel hervorschimmert, gönnst du mir, der du sonst mein mit Leib und Leben sein wolltest? Nicht einmal dein unstetes Bild soll bei mir bleiben und mit mir wandeln durch das arme Leben, das nun wohl, da du fliehst, ohne Lust und Liebe bleiben wird?« Die heißen Tränen stürzten der Giulietta aus den schönen dunklen Augen. Da rief Erasmus, wahnsinnig vor tötendem Liebesschmerz: »Muß ich denn fort von dir? – muß ich fort, so soll mein Spiegelbild dein bleiben auf ewig und immerdar. Keine Macht – der Teufel soll es dir nicht entreißen, bis du mich selbst hast mit Seele und Leib.« – Giuliettas Küsse brannten wie Feuer auf seinem Munde, als er dies gesprochen, dann ließ sie ihn los und streckte sehnsuchtsvoll die Arme aus nach dem Spiegel. Erasmus sah, wie sein Bild unabhängig von seinen Bewegungen hervortrat, wie es in Giuliettas Arme glitt, wie es mit ihr im seltsamen Duft verschwand. Allerlei häßliche Stimmen meckerten und lachten in teuflischem Hohn; erfaßt von dem Todeskrampf des tiefsten Entsetzens, sank er bewußtlos zu Boden, aber die fürchterliche Angst – das Grausen riß ihn auf aus der Betäubung, in dicker dichter Finsternis taumelte er zur Tür hinaus, die Treppe hinab. Vor dem Hause ergriff man ihn und hob ihn in einen Wagen, der schnell fortrollte. »Dieselben haben sich etwas alteriert, wie es scheint«, sprach der Mann, der sich neben ihn gesetzt hatte, in teutscher Sprache. »Dieselben haben sich etwas alteriert, indessen wird jetzt alles ganz vortrefflich gehen, wenn Sie sich nur mir ganz überlassen wollen. Giuliettchen hat schon das Ihrige getan und mir Sie empfohlen. Sie sind auch ein recht lieber junger Mann und inklinieren erstaunlich zu angenehmen Späßen, wie sie uns, mir und Giuliettchen, sehr behagen. Das war mir ein recht tüchtiger teutscher Tritt in den Nakken. Wie dem Amoroso die Zunge kirschblau zum Halse heraushing – es sah recht possierlich aus, und wie er so krächzte und ächzte und nicht gleich abfahren konnte – ha – ha – ha –« Die Stimme des Mannes war so widrig höhnend, sein Schnickschnack so gräßlich, daß die Worte Dolchstichen gleich in des Erasmus Brust fuhren. »Wer Ihr auch sein mögt«, sprach Erasmus, »schweigt, schweigt von der entsetzlichen Tat, die ich bereue!« – »Bereuen, bereuen!« erwiderte der Mann, »so bereut Ihr auch wohl, daß Ihr Giulietta kennengelernt und ihre süße Liebe erworben habt?« – »Ach, Giulietta, Giulietta!« seufzte Erasmus. »Nun ja«, fuhr der Mann fort, »so seid Ihr nun kindisch, Ihr wünscht und wollt, aber alles soll auf gleichem glatten Wege bleiben. Fatal ist es zwar, daß Ihr Giulietta habt verlassen müssen, aber doch könnte ich wohl, bliebet Ihr hier, Euch allen Dolchen Eurer Verfolger und auch der lieben Justiz entziehen.« Der Gedanke, bei Giulietta bleiben zu können, ergriff den Erasmus gar mächtig. »Wie wäre das möglich?« fragte er. »Ich kenne«, fuhr der Mann fort, »ein sympathetisches Mittel, das Eure Verfolger mit Blindheit schlägt, kurz, welches bewirkt, daß Ihr ihnen immer mit einem andern Gesichte erscheint und sie Euch niemals wiedererkennen. Sowie es Tag ist, werdet Ihr so gut sein, recht lange und aufmerksam in irgendeinen Spiegel zu schauen, mit Euerm Spiegelbilde nehme ich dann, ohne es im mindesten zu versehren, gewisse Operationen vor, und Ihr seid geborgen, Ihr könnt dann leben mit Giulietta ohne alle Gefahr in aller Lust und Freudigkeit.« – »Fürchterlich, fürchterlich!« schrie Erasmus auf. »Was ist denn fürchterlich, mein Wertester?« fragte der Mann höhnisch. »Ach, ich – habe, ich – habe«, fing Erasmus an – »Euer Spiegelbild sitzenlassen«, fiel der Mann schnell ein, »sitzenlassen bei Giulietta? – ha, ha, ha! Bravissimo, mein Bester! Nun könnt Ihr durch Fluren und Wälder, Städte und Dörfer laufen, bis Ihr Euer Weib gefunden nebst dem kleinen Rasmus und wieder ein Familienvater seid, wiewohl ohne Spiegelbild, worauf es Eurer Frau auch weiter wohl nicht ankommen wird, da sie Euch leiblich hat, Giulietta aber nur Euer schimmerndes Traum-

Ich.« – »Schweige, du entsetzlicher Mensch«, schrie Erasmus. In dem Augenblick nahte sich ein fröhlich singender Zug mit Fackeln, die ihren Glanz in den Wagen warfen. Erasmus sah seinem Begleiter ins Gesicht und erkannte den häßlichen Doktor Dapertutto. Mit einem Satz sprang er aus dem Wagen und lief dem Zuge entgegen, da er schon in der Ferne Friedrichs wohltönenden Baß erkannt hatte. Die Freunde kehrten von einem ländlichen Mahle zurück. Schnell unterrichtete Erasmus Friedrichen von allem, was geschehen, und verschwieg nur den Verlust seines Spiegelbildes. Friedrich eilte mit ihm voran nach der Stadt, und so schnell wurde alles Nötige veranstaltet, daß, als die Morgenröte aufgegangen, Erasmus auf einem raschen Pferde sich schon weit von Florenz entfernt hatte. – Spikher hat manches Abenteuer aufgeschrieben, das ihm auf seiner Reise begegnete. Am merkwürdigsten ist der Vorfall, welcher zuerst den Verlust seines Spiegelbildes ihm recht seltsam fühlen ließ. Er war nämlich gerade, weil sein müdes Pferd Erholung bedurfte, in einer großen Stadt geblieben und setzte sich ohne Arg an die stark besetzte Wirtstafel, nicht achtend, daß ihm gegenüber ein schöner klarer Spiegel hing. Ein Satan von Kellner, der hinter seinem Stuhle stand, wurde gewahr, daß drüben im Spiegel der Stuhl leer geblieben und sich nichts von der darauf sitzenden Person reflektiere. Er teilte seine Bemerkung dem Nachbar des Erasmus mit, *der* seinem Nebenmann, es lief durch die ganze Tischreihe ein Gemurmel und Geflüster, man sah den Erasmus an, dann in den Spiegel. Noch hatte Erasmus gar nicht bemerkt, daß ihm das alles galt, als ein ernsthafter Mann vom Tische aufstand, ihn vor den Spiegel führte, hineinsah und dann, sich zur Gesellschaft wendend, laut rief: »Wahrhaftig, er hat kein Spiegelbild!« – »Er hat kein Spiegelbild – er hat kein Spiegelbild!« schrie alles durcheinander; »ein mauvais sujet, ein homo nefas, werft ihn zur Tür hinaus!« – Voll Wut und Scham flüchtete Erasmus auf sein Zimmer; aber kaum war er dort, als ihm von Polizei wegen angekündigt wurde, daß er binnen einer Stunde mit seinem vollständigen, völlig ähnlichen Spiegelbilde vor der Obrigkeit erscheinen oder die Stadt verlassen müsse. Er eilte von dannen, vom müßigen Pöbel, von den Straßenjungen verfolgt, die ihm nachschrien: »Da reitet er hin, der dem Teufel sein Spiegelbild verkauft hat, da reitet er hin!« – Endlich war er im Freien. Nun ließ er überall, wo er hinkam, unter dem Vorwande eines natürlichen Abscheus gegen jede Abspiegelung, alle Spiegel schnell verhängen, und man nannte ihn daher spottweise den General Suwarow, der ein Gleiches tat.

Freudig empfing ihn, als er seine Vaterstadt und sein Haus erreicht, die liebe Frau mit dem kleinen Rasmus, und bald schien es ihm, als sei in ruhiger, friedlicher Häuslichkeit der Verlust des Spiegelbildes wohl zu verschmerzen. Es begab sich eines Tages, daß Spikher, der die schöne Giulietta ganz aus Sinn und Gedanken verloren, mit dem kleinen Rasmus spielte; *der* hatte die Händchen voll Ofenruß und fuhr damit dem Papa ins Angesicht. »Ach, Vater, Vater, wie hab ich dich schwarz gemacht, schau mal her!« So rief der Kleine und holte, ehe Spikher es hindern konnte, einen Spiegel herbei, den er, ebenfalls hineinschauend, dem Vater vorhielt. – Aber gleich ließ er den Spiegel weinend fallen und lief schnell zum Zimmer hinaus. Bald darauf trat die Frau herein, Staunen und Schreck in den Mienen. »Was hat mir der Rasmus von dir erzählt«, sprach sie. »Daß ich kein Spiegelbild hätte, nicht wahr, mein Liebchen?« fiel Spikher mit erzwungenem Lächeln ein und bemühte sich zu beweisen, daß es zwar unsinnig sei zu glauben, man könne überhaupt sein Spiegelbild verlieren, im ganzen sei aber nicht viel daran verloren, da jedes Spiegelbild doch nur eine Illusion sei, Selbstbetrachtung zur Eitelkeit führe und noch dazu ein solches Bild das eigne Ich spalte in Wahrheit und Traum. Indem er so sprach, hatte die Frau von einem verhängten Spiegel, der sich in dem Wohnzimmer befand, schnell das Tuch herabgezogen. Sie schaute hinein, und als träfe sie ein Blitzstrahl, sank sie zu Boden. Spikher hob sie auf, aber kaum hatte die Frau das Bewußtsein wieder, als sie ihn mit Abscheu von sich stieß. »Verlasse mich«, schrie sie, »verlasse mich, fürchterlicher Mensch! Du bist es nicht, du bist nicht mein Mann, nein – ein höllischer Geist bist du, der mich um meine Seligkeit bringen, der mich verderben will. – Fort, verlasse mich, du hast keine Macht über mich, Verdammter!« Ihre Stimme gellte durch das Zimmer, durch den Saal, die Hausleute liefen entsetzt herbei, in voller Wut und Verzweiflung stürzte Erasmus zum Hause hinaus. Wie von wilder Raserei getrieben, rannte er durch die einsamen Gänge des Parks, der sich bei der Stadt befand. Giuliettas Gestalt stieg vor ihm auf in Engelsschönheit, da rief er laut: »Rächst du dich so, Giulietta, dafür, daß ich dich verließ und dir statt meines Selbst nur mein Spiegelbild gab? Ha, Giulietta, ich will ja dein sein mit Leib und Seele, *sie* hat mich verstoßen, *sie*, der ich dich opferte. Giulietta, Giulietta, ich will ja dein sein mit Leib und Leben und Seele.« – »Das können Sie ganz füglich, mein Wertester«, sprach Signor Dapertutto, der auf einmal in seinem scharlachroten Rocke mit den blitzenden Stahlknöpfen dicht neben ihm stand. Es waren Trostesworte für den unglücklichen Erasmus, deshalb achtete er nicht Dapertuttos hämisches, häßliches Gesicht, er blieb stehen und fragte mit recht kläglichem Ton: »Wie soll ich sie denn wiederfinden, sie, die wohl auf immer für mich verloren ist!« – »Mitnichten«, erwiderte Dapertutto, »sie ist gar nicht weit von hier und sehnt sich erstaunlich nach Ihrem werten Selbst, Verehrter, da doch, wie Sie einsehen, ein Spiegelbild nur eine schnöde Illusion ist. Übrigens gibt sie Ihnen, sobald sie sich Ihrer werten Person, nämlich mit Leib, Leben und Seele, sicher weiß, Ihr angenehmes Spiegelbild glatt und unversehrt dankbarlichst zurück.« – »Führe mich zu ihr – zu ihr hin!« rief Erasmus, »wo ist sie?« – »Noch einer Kleinigkeit bedarf es«, fiel Dapertutto ein, »bevor Sie Giulietta sehen und sich ihr gegen Erstattung des Spiegelbildes ganz ergeben können. Dieselben vermögen nicht so ganz über Dero werte Person zu disponieren, da Sie noch durch gewisse Bande gefesselt sind, die erst gelöset werden müssen. – Dero liebe Frau nebst dem hoffnungsvollen Söhnlein –« – »Was soll das?« – fuhr Erasmus wild auf. »Eine unmaßgebliche Trennung dieser Bande«, fuhr Dapertutto fort, »könnte auf ganz leicht menschliche Weise bewirkt werden. Sie wissen ja von Florenz aus, daß ich wundersame Medikamente geschickt zu bereiten weiß, da hab ich denn hier so ein Hausmittelchen in der Hand. Nur ein paar Tropfen dürfen *die* genießen, welche Ihnen und der lieben Giulietta im Wege sind, und sie sinken ohne schmerzliche Gebärde lautlos zusammen. Man nennt das zwar sterben, und der Tod soll bitter sein; aber ist denn der Geschmack bittrer Mandeln nicht lieblich, und nur *diese* Bitterkeit hat *der* Tod, den dieses Fläschchen verschließt. Sogleich nach dem fröhlichen Hinsinken wird die werte Familie einen angenehmen Geruch von bittern Mandeln verbreiten. – Nehmen Sie, Geehrtester.« – Er reichte dem Erasmus eine kleine Phiole hin.* »Entsetzlicher Mensch«, schrie dieser, »vergiften soll ich Weib und Kind?« – »Wer spricht denn von Gift«, fiel der Rote ein, »nur ein wohlschmeckendes Hausmittel ist in der Phiole enthalten.

* Dapertuttos Phiole enthielt gewiß rektifiziertes Kirschlorbeerwasser, sogenannte Blausäure. Der Genuß einer sehr geringen Quantität dieses Wassers (weniger als eine Unze) bringt die beschriebenen Wirkungen hervor. Horns »Archiv für medizinische Erfahrung«. 1813, Mai bis Dezember, Seite 510.

Mir stünden andere Mittel, Ihnen Freiheit zu schaffen, zu Gebote, aber durch Sie selbst möcht ich so ganz natürlich, so ganz menschlich wirken, das ist nun einmal meine Liebhaberei. Nehmen Sie getrost, mein Bester!« – Erasmus hatte die Phiole in der Hand, er wußte selbst nicht wie. Gedankenlos rannte er nach Hause in sein Zimmer. Die ganze Nacht hatte die Frau unter tausend Ängsten und Qualen zugebracht, sie behauptete fortwährend, der Zurückgekommene sei nicht ihr Mann, sondern ein höllischer Geist, der ihres Mannes Gestalt angenommen. Sowie Spikher ins Haus trat, floh alles scheu zurück, nur der kleine Rasmus wagte es, ihm nahe zu treten und kindisch zu fragen, warum er denn sein Spiegelbild nicht mitgebracht habe, die Mutter würde sich darüber zu Tode grämen. Erasmus starrte den Kleinen wild an, er hatte noch Dapertuttos Phiole in der Hand. Der Kleine trug seine Lieblingstaube auf dem Arm, und so kam es, daß diese mit dem Schnabel sich der Phiole näherte und an dem Pfropfe pickte; sogleich ließ sie den Kopf sinken, sie war tot. Entsetzt sprang Erasmus auf. »Verräter«, schrie er, »du sollst mich nicht verführen zur Höllentat!« – Er schleuderte die Phiole durch das offene Fenster, daß sie auf dem Steinpflaster des Hofes in tausend Stücke zersprang. Ein lieblicher Mandelgeruch stieg auf und verbreitete sich bis ins Zimmer. Der kleine Rasmus war erschrocken davongelaufen. Spikher brachte den ganzen Tag von tausend Qualen gefoltert zu, bis die Mitternacht eingebrochen. Da wurde immer reger und reger in seinem Innern Giuliettas Bild. Einst zersprang ihr in seiner Gegenwart eine Halsschnur, von jenen kleinen roten Beeren aufgezogen, die die Frauen wie Perlen tragen. Die Beeren auflesend, verbarg er schnell eine, weil sie an Giuliettas Halse gelegen, und bewahrte sie treulich. *Die* zog er jetzt hervor, und, sie anstarrend, richtete er Sinn und Gedanken auf die verlorne Geliebte. Da war es, als ginge aus der Perle der magische Duft hervor, der ihn sonst umfloß in Giuliettas Nähe. »Ach, Giulietta, dich nur noch ein einziges Mal sehen und dann untergehen in Verderben und Schmach.« – Kaum hatte er diese Worte gesprochen, als es auf dem Gange vor der Tür leise zu rischeln und zu rascheln begann. Er vernahm Fußtritte – es klopfte an die Tür des Zimmers. Der Atem stockte dem Erasmus vor ahnender Angst und Hoffnung. Er öffnete. Giulietta trat herein in hoher Schönheit und Anmut. Wahnsinnig vor Liebe und Lust, schloß er sie in seine Arme. »Nun bin ich da, mein Geliebter«, sprach sie leise und sanft, »aber sieh, wie getreu ich dein Spiegelbild bewahrt!« Sie zog das Tuch vom Spiegel herab, Erasmus sah mit Entzücken sein Bild, der Giulietta sich anschmiegend; unabhängig von ihm selbst, warf es aber keine seiner Bewegungen zurück. Schauer durchbebten den Erasmus. »Giulietta«, rief er, »soll ich denn rasend werden in der Liebe zu dir? – Gib mir das Spiegelbild, nimm mich selbst mit Leib, Leben und Seele.« – »Es ist noch etwas zwischen uns, lieber Erasmus«, sprach Giulietta, »du weißt es – hat Dapertutto dir nicht gesagt –?« – »Um Gott, Giulietta«, fiel Erasmus ein, »kann ich nur auf diese Weise dein werden, so will ich lieber sterben.« – »Auch soll dich«, fuhr Giulietta fort, »Dapertutto keineswegs verleiten zu solcher Tat. Schlimm ist es freilich, daß ein Gelübde und ein Priestersegen nun einmal so viel vermag, aber lösen mußt du das Band, was dich bindet, denn sonst wirst du niemals gänzlich mein, und dazu gibt es ein anderes, besseres Mittel, als Dapertutto vorgeschlagen.« – »Worin besteht das?« fragte Erasmus heftig. Da schlang Giulietta den Arm um seinen Nacken, und, den Kopf an seine Brust gelehnt, lispelte sie leise: »Du schreibst auf ein kleines Blättchen deinen Namen Erasmus Spikher unter die wenigen Worte: ›Ich gebe meinem guten Freunde Dapertutto Macht über meine Frau und über mein Kind, daß er mit ihnen schalte und walte nach Willkür, und löse das

Band, das mich bindet, weil ich fortan mit meinem Leibe und mit meiner unsterblichen Seele angehören will der Giulietta, die ich mir zum Weibe erkoren und der ich mich noch durch ein besonderes Gelübde auf immerdar verbinden werde.‹« Es rieselte und zuckte dem Erasmus durch alle Nerven. Feuerküsse brannten auf seinen Lippen, er hatte das Blättchen, das ihm Giulietta gegeben, in der Hand. Riesengroß stand plötzlich Dapertutto hinter Giulietta und reichte ihm eine metallene Feder. In dem Augenblick sprang dem Erasmus ein Äderchen an der linken Hand, und das Blut spritzte heraus. »Tunke ein, tunke ein – schreib, schreib«, krächzte der Rote. – »Schreib, schreib, mein ewig, einzig Geliebter«, lispelte Giulietta. Schon hatte er die Feder mit Blut gefüllt, er setzte zum Schreiben an – da ging die Tür auf, eine weiße Gestalt trat herein; die gespenstisch starren Augen auf Erasmus gerichtet, rief sie schmerzvoll und dumpf: »Erasmus, Erasmus, was beginnst du – um des Heilandes willen, laß ab von gräßlicher Tat!« – Erasmus, in der warnenden Gestalt sein Weib erkennend, warf Blatt und Feder weit von sich. – Funkelnde Blitze schossen aus Giuliettas Augen, gräßlich verzerrt war das Gesicht, brennende Glut ihr Körper. »Laß ab von mir, Höllengesindel, du sollst keinen Teil haben an meiner Seele. In des Heilandes Namen, hebe dich von mir hinweg, Schlange – die Hölle glüht aus dir!« – So schrie Erasmus und stieß mit kräftiger Faust Giulietta, die ihn noch immer umschlungen hielt, zurück. Da gellte und heulte es in schneidenden Mißtönen, und es rauschte wie mit schwarzen Rabenfittichen im Zimmer umher. – Giulietta – Dapertutto verschwanden im dicken stinkenden Dampf, der wie aus den Wänden quoll, die Lichter verlöschend. Endlich brachen die Strahlen des Morgenrots durch die Fenster. Erasmus begab sich gleich zu seiner Frau. Er fand sie ganz milde und sanftmütig. Der kleine Rasmus saß schon ganz munter auf ihrem Bette; sie reichte dem erschöpften Mann die Hand, sprechend: »Ich weiß nun alles, was dir in Italien Schlimmes begegnet, und bedaure dich von ganzem Herzen. Die Gewalt des Feindes ist sehr groß, und wie er denn nun allen möglichen Lastern ergeben ist, so stiehlt er auch sehr und hat dem Gelüst nicht widerstehen können, dir dein schönes, vollkommen ähnliches Spiegelbild auf recht hämische Weise zu entwenden. – Sieh doch einmal in jenen Spiegel dort, lieber, guter Mann!« – Spikher tat es, am ganzen Leibe zitternd, mit recht kläglicher Miene. Blank und klar blieb der Spiegel, kein Erasmus Spikher schaute heraus. »Diesmal«, fuhr die Frau fort, »ist es recht gut, daß der Spiegel dein Bild nicht zurückwirft, denn du siehst sehr albern aus, lieber Erasmus. Begreifen wirst du aber übrigens wohl selbst, daß du ohne Spiegelbild ein Spott der Leute bist und kein ordentlicher, vollständiger Familienvater sein kannst, der Respekt einflößt der Frau und den Kindern. Rasmuschen lacht dich auch schon aus und will dir nächstens einen Schnauzbart malen mit Kohle, weil du das nicht bemerken kannst. Wandre also nur noch ein bißchen in der Welt herum und suche gelegentlich dem Teufel dein Spiegelbild abzujagen. Hast du's wieder, so sollst du mir recht herzlich willkommen sein. Küsse mich« (Spikher tat es), »und nun – glückliche Reise! Schicke dem Rasmus dann und wann ein Paar neue Höschen, denn er rutscht sehr auf den Knien und braucht dergleichen viel. Kommst du aber nach Nürnberg, so füge einen bunten Husaren hinzu und einen Pfefferkuchen als liebender Vater. Lebe recht wohl, lieber Erasmus!« – Die Frau drehte sich auf die andere Seite und schlief ein. Spikher hob den kleinen Rasmus in die Höhe und drückte ihn ans Herz; der schrie aber sehr, da setzte Spikher ihn wieder auf die Erde und ging in die weite Welt. Er traf einmal auf einen gewissen Peter Schlemihl, der hatte seinen Schlagschatten verkauft; beide wollten Compagnie gehen, so daß Erasmus Spikher den nötigen

Schlagschatten werfen, Peter Schlemihl dagegen das gehörige Spiegelbild reflektieren sollte; es wurde aber nichts daraus.

Ende der Geschichte vom verlornen Spiegelbilde.

*

Postskript des reisenden Enthusiasten

Was schaut denn dort aus jenem Spiegel heraus? – Bin ich es auch wirklich? – O Julie – Giulietta – Himmelsbild – Höllengeist – Entzücken und Qual – Sehnsucht und Verzweiflung. – Du siehst, mein lieber Theodor Amadäus Hoffmann! daß nur zu oft eine fremde dunkle Macht sichtbarlich in mein Leben tritt und, den Schlaf um die besten Träume betrügend, mir gar seltsame Gestalten in den Weg schiebt. Ganz erfüllt von den Erscheinungen der Silvesternacht, glaube ich beinahe, daß jener Justizrat wirklich von Tragant, sein Tee eine Weihnachts- oder Neujahrsausstellung, die holde Julie aber jenes verführerische Frauenbild von Rembrandt oder Callot war, das den unglücklichen Erasmus Spikher um sein schönes ähnliches Spiegelbild betrog. Vergib mir das!

IV Kreisleriana

Der Herausgeber dieser Blätter traf im Herbst vorigen Jahres mit dem ritterlichen Dichter des »Sigurd«, des »Zauberringes«, der »Undine«, der »Corona« etc. in Berlin auf das erfreulichste zusammen. Man sprach viel von dem wunderlichen Johannes Kreisler, und es mittelte sich aus, daß er auf höchst merkwürdige Weise in die Nähe eines ihm innigst verwandten Geistes, der nur auf andere Weise ins äußere Leben trat, gekommen sein mußte. – Unter den nachgelassenen Papieren des Barons Wallborn, eines jungen Dichters, der in verfehlter Liebe den Wahnsinn fand und auch den lindernden Tod und dessen Geschichte de la Motte Fouqué in einer Novelle, »Ixion« geheißen, früher beschrieb, war nämlich ein Brief aufgefunden worden, den Wallborn an den Kreisler geschrieben, aber nicht abgesendet hatte. – Auch Kreisler ließ vor seiner Entfernung einen Brief zurück. Es hatte damit folgende Bewandtnis. – Schon lange galt der arme Johannes allgemein für wahnsinnig, und in der Tat stach auch sein ganzes Tun und Treiben, vorzüglich sein Leben in der Kunst, so grell gegen alles ab, was vernünftig und schicklich heißt, daß an der innern Zerrüttung seines Geistes kaum zu zweifeln war. Immer exzentrischer, immer verwirrter wurde sein Ideengang; so zum Beispiel sprach er, kurz vor seiner Flucht aus dem Orte, viel von der unglücklichen Liebe einer Nachtigall zu einer Purpurnelke, das Ganze sei aber (meinte er) nichts als ein Adagio, und dies nun wieder eigentlich ein einziger lang ausgehaltener Ton Juliens, auf dem Romeo in den höchsten Himmel voll Liebe und Seligkeit hinaufschwebe. Endlich gestand er mir, wie er seinen Tod beschlossen und sich im nächsten Walde mit einer übermäßigen Quinte erdolchen werde. So wurde oft sein höchster Schmerz auf eine schauerliche Weise skurril. Noch in der Nacht, als er auf immer schied, brachte er seinem innigsten Freunde Hoffmann einen sorgfältig versiegelten Brief mit der dringenden Bitte, ihn gleich an die Behörde abzusenden. Das war aber nicht wohl tunlich, da der Brief die wunderliche Adresse hatte:

An den Freund und Gefährten in Liebe, Leid und Tod!

Cito par bonté	Abzugeben in der Welt, dicht an der großen Dornenhecke, der Grenze der Vernunft.

Verschlossen wurde der Brief aufbewahrt und es dem Zufall überlassen, jenen Freund und Gefährten näher zu bezeichnen. Es traf ein. Der Wallbornische Brief, gütigst von de la Motte Fouqué mitgeteilt, setzte es nämlich außer allen Zweifel, daß Kreisler unter jenem Freunde niemand anders als den Baron Wallborn gemeint hatte. Beide Briefe wurden mit Vorwort von Fouqué und Hoffmann in dem dritten und letzten Heft der »Musen« abgedruckt, sie dürfen aber wohl auch hier schicklich den Kreislerianis, die der letzte Band der »Fantasiestücke« enthält, vorangehen, da das eigne Zusammentreffen Wallborns und Kreislers dem geneigten Leser, insofern er dem wunderlichen Johannes nur einigermaßen wohlwill, nicht gleichgültig sein kann.

So wie übrigens Wallborn in verfehlter Liebe den Wahnsinn fand, so scheint auch Kreisler durch eine ganz phantastische Liebe zu einer Sängerin auf die höchste Spitze des Wahnsinns getrieben worden zu sein, wenigstens ist die Andeutung darüber in einem von ihm nachgelassenen Aufsatz, überschrieben: »Die Liebe des Künstlers«, enthalten. Dieser Aufsatz sowie mehrere andere, die einen Zyklus des Rein-Geistigen in der Musik bilden, könnten vielleicht bald unter dem Titel »Lichte Stunden eines wahnsinnigen Musikers«, in ein Buch gefaßt, erscheinen.

1. Brief des Barons Wallborn an den Kapellmeister Kreisler

Ew. Wohlgeboren befinden sich, wie ich vernehme, seit geraumer Zeit mit mir in einem und demselben Falle. Man hat nämlich Dieselben lange schon im Verdachte der Tollheit gehabt, einer Kunstliebe wegen, die etwas allzu merklich über den Leisten hinausgeht, welchen die sogenannte verständige Welt für dergleichen Messungen aufbewahrt. Es fehlte nur noch eins, um uns beide gänzlich zu Gefährten zu machen. Ew. Wohlgeboren waren schon früher der ganzen Geschichte überdrüssig geworden und hatten sich entschlossen, davonzulaufen, ich hingegen blieb und blieb und ließ mich quälen und verhöhnen, ja, was schlimmer ist, mit Ratschlägen bombardieren und fand während dieser ganzen Zeit im Grunde meine beste Erquickung in Ihren zurückgelassenen Papieren, deren Anschauung mir durch Fräulein von B., o Sternbild in der Nacht! – bisweilen vergönnt ward. Dabei fiel mir ein, ich müsse Dieselben schon früher einmal irgendwo gesehen haben. Sind Ew. Wohlgeboren nicht ein kleiner wunderlicher Mann, mit einer Physiognomie, welche man in einiger Hinsicht dem von Alcibiades belobten Sokrates vergleichen kann? nämlich weil der Gott im Gehäuse sich versteckt hinter eine wunderliche Maske, aber dennoch hervorsprüht mit gewaltigem Blitzen, keck, anmutig und furchtbar! Pflegen Ew. Wohlgeboren nicht einen Rock zu tragen, dessen Farbe man die allerseltsamste nennen könnte, wäre der Kragen darauf nicht von einer noch seltsamern? Und ist man nicht über die Form dieses Kleides zweifelhaft, ob es ein Leibrock ist, der zum Überrock werden will, oder ein Überrock, der sich zum Leibrock umgestaltet hat? Ein solcher Mann wenigstens stand einstmals neben mir im Theater, als jemand ein italienischer Buffo sein wollte und nicht konnte, aber vor meines

Nachbars Witz und Lebensfeuer ward mir das Jammerspiel dennoch zum Lustspiel. Er nannte sich auf Befragen Doktor Schulz aus Rathenow, aber ich glaubte gleich nicht daran, eines seltsamen skurrilen Lächelns halber, das dabei um Ew. Wohlgeboren Mund zog; denn Sie waren es ohne Zweifel.

Zuvörderst lassen Sie mich Ihnen anzeigen, daß ich Ihnen seit kurzem nachgelaufen bin, und zwar an denselben Ort, das heißt in die weite Welt, wo wir uns denn auch zweifelsohne schon antreffen werden. Denn obgleich der Raum breit scheinen möchte, so wird er doch für unsersgleichen durch die vernünftigen Leute recht furchtbarlich enge gemacht, so daß wir durchaus irgendwo aneinanderrennen müssen, wäre es auch nur, wenn sich jeder von uns vor einem verständigen Manne auf ängstlicher Flucht befindet oder gar vor den obenerwähnten Ratschlägen, welche man, beiläufig gesagt, wohl besser und kürzer geradezu und ohne Umschreibung Radschläge nennen könnte.

Für jetzt geht mein Bestreben dahin, Ew. Wohlgeboren einen kleinen Beitrag zu den von Ihnen aufgezeichneten musikalischen Leiden zu liefern.

Ist es Denenselben noch nie begegnet, daß Sie, um irgend etwas Musikalisches vorzutragen oder vortragen zu hören, sechs bis sieben Zimmer weit von der sprechenden Gesellschaft fortgingen, daß aber diese dessenungeachtet hinterdreingerannt kam und zuhörte, das heißt nach möglichsten Kräften schwatzte? Was mich betrifft, ich glaube, den Leuten ist zu diesem Zwecke kein Weg ein Umweg, kein Gang zu weit, keine Treppe, ja kein Gebirge zu steil und zu hoch.

Sodann: Haben Ew. Wohlgeboren nicht vielleicht schon bemerkt, daß es keine tüchtigere Verächter der Musik gibt, ja sogar feindseligere Antipoden derselben, als alle echte Bediente? Reicht wohl irgendein gegebener Befehl hin, sie die Türen nicht schmeißen zu lassen oder gar leise zu gehen oder auch nur eben nichts hinzuwerfen, wo sie gerade im

Zimmer sind und sich irgendein beseligender Klang aus Instrument oder Stimme erhebt? Aber sie tun mehr. Sie sind durch einen ganz besondern Höllengenius angewiesen, grade dann hereinzukommen, wenn die Seele in den Wogen der Töne schwillt, um etwas zu holen oder zu flüstern oder, wenn sie täppisch sind, mit roher, frecher Gemeinheit ordentlich lustig dreinzufragen. Und zwar nicht etwa während eines Zwischenspieles oder in irgendeinem minder wichtigen Augenblicke; nein, auf dem Gipfel aller Herrlichkeit, wo man seinem Atem gebieten möchte, stillezustehn, um nichts von den goldnen Klängen fortzuhauchen, wo das Paradies aufgeht, leise, ganz leise vor den tönenden Akkorden – da, just da! – O Herr des Himmels und der Erden!

Doch ist nicht zu verschweigen, daß es vortreffliche Kinder gibt, die, vom reinsten Bedientengeist beseelt, dieselbe Rolle in Ermangelung jener Subjekte mit gleicher Vortrefflichkeit und gleichem Glück auszuführen imstande sind. Ach, und Kinder, wieviel gehört dazu, euch zu solchen Bedienten zu machen! – Es wird mir ernst, sehr ernst hierbei zu Sinne, und nur kaum vermag ich noch zu bemerken, daß dem Vorleser die gleichen anmutigen Wesen gleich erhebend und günstig sind.

Und galt denn die Träne, die jetzt gegen mein Auge herauf, der Blutstropfen, der mir stechend ans Herz drang, galten sie nur den Kindern allein?

Ach, es geschah Euch vielleicht noch nie, daß Ihr irgendein Lied singen wolltet vor Augen, die Euch aus dem Himmel herab anzublicken schienen, die Euer ganzes, besseres Sein verschönt auf Euch herniederstrahlten, und daß Ihr auch wirklich anfingt und glaubtet, o Johannes, nun habe Euer Laut die geliebte Seele durchdrungen, und nun, eben nun werde des Klanges höchster Schwung Tauperlen um jene zwei Sterne ziehen, mildernd und schmückend den seligen Glanz – und die Sterne wandten sich geruhig nach irgendeiner Läpperei hin, etwa nach einer gefallenen Masche, und die Engelslippen verkniffen, unhold lächelnd, ein übermächtiges Gähnen – und, Herr, es war weiter nichts, als Ihr hattet die gnädige Frau ennuyiert.

Lacht nicht, lieber Johannes. Gibt es doch nichts Schmerzlicheres im Leben, nichts furchtbarer Zerstörendes, als wenn die Juno zur Wolke wird.

Ach Wolke, Wolke! Schöne Wolke!

Und im Vertrauen, Herr, hier liegt der Grund, warum ich das geworden bin, was die Leute toll nennen. – Aber ich bin nur selten wild dabei. Meist weine ich ganz still. Fürchte Dich also nicht vor mir, Johannes, aber lachen mußt Du auch nicht. Und so wollen wir lieber von andern Dingen sprechen, und doch von nah verwandten, die mir innig für Dich aus dem Herzen heraufdringen.

Sieh, Johannes, Du kommst mir mit dem, was Du gegen alle ungeniale Musik eiferst, bisweilen sehr hart vor. Gibt es denn absolut ungeniale Musik? Und wieder von der andern Seite, gibt es denn absolut vollkommne Musik als bei den Engeln? Es mag wohl mit daher kommen, daß mein Ohr weit minder scharf und verletzbar ist als Deines, aber ich kann Dir mit voller Wahrheit sagen, daß auch der schlechteste Klang einer verstimmten Geige mir lieber ist als gar keine Musik. Du wirst mich hoffentlich deswegen nicht verachten. Eine solche Dudelei, heiße sie nun Tanz oder Marsch, erinnert an das Höchste, was in uns liegt, und reißt mich mit süßen Liebes- oder Kriegstönen leicht über alle Mangelhaftigkeit in ihr seliges Urbild hinaus. Manche von den Gedichten, die man mir als gelungen gerühmt hat – törichter Ausdruck! –, nein, die von Herzen zu Herzen gedrungen sind, verdanken den ersten Anklang ihres Daseins sehr ungestimmten Saiten, sehr ungeübten Fingern, sehr mißgeleiteten Kehlen.

Und dann, lieber Johannes, ist nicht der bloße Wunsch zu

musizieren schon etwas wahrhaft Rührendes und Erfreuliches? Und vollends das schöne Vertrauen, welches die herumziehenden Musikanten in Edelhof und Hütte leitet, das Vertrauen: Klang und Sang mache allwärts Bahn, worin sie auch im Grunde nur selten gestört werden durch mürrisch aufgeklärte Herrschaften und grobe Hunde! Ich möchte ebensogern in ein Blumenbeet schlagen, als durch einen beginnenden Walzer schreien: »Packt euch aus dem Hause!« – Dazu haben sich dann schon immer lächelnde Kinder umhergestellt, aus allen Häusern, wohin das Klingen reichen konnte, ganz andere Kinder als die oberwähnten Bedientennaturen, und bewähren durch ihre hoffenden Engelsmienen: die Musikanten haben recht.

Etwas schlimmer sieht es freilich oftmals mit dem sogenannten »Musik machen« in eleganten Zirkeln aus, aber auch dort – keine Saiten-, Flöten- und Stimmenklänge sind ohne göttlichen Hauch und alle besser als das mögliche Gerede, welchem sie doch immer einigermaßen den Paß abschneiden.

Und, Kreisler, was Du nun vollends von der Lust sagst, welche Vater und Mutter in der stillen Haushaltung am Klavierklimpern und Gesangesstümpern ihrer Kindlein empfinden – ich sage Dir, Johannes, da lautet wahr und wahrhaftig ein wenig Engelsharmonie daraus hervor, allen unreinen Erdentönen zum Trotz.

Ich habe wohl mehr geschrieben, als ich sollte, und möchte mich nun gern auf die vorhin angefangene sittliche Weise empfehlen. Das geht aber nicht. So nimm denn fürlieb, Johannes, und Gott segne Dich und segne mich und entfalte gnädigst aus uns beiden, was er in uns gelegt hat, zu seinem Preis und unserer Nebenmenschen Lust!

Der einsame Wallborn

2. *Brief des Kapellmeisters Kreisler an den Baron Wallborn*

Ew. Hoch- und Wohlgeboren muß ich nur gleich, nachdem ich aus dem Komödienhause in meinem Stübchen angelangt und mit vieler Mühe Licht angeschlagen, recht ausführlich schreiben. Nehmen Ew. Hoch- und Wohlgeboren es aber doch ja nicht übel, wenn ich mich sehr musikalisch ausdrücken sollte, denn Sie wissen es ja wohl schon, daß die Leute behaupten, die Musik, die sonst in meinem Innern verschlossen, sei zu mächtig und stark herausgegangen und habe mich so umsponnen und eingepuppt, daß ich nicht mehr heraus könne und alles, alles sich mir wie Musik gestalte – und die Leute mögen wirklich recht haben. Doch, wie es nun auch gehen mag, ich muß an Ew. Hoch- und Wohlgeboren schreiben, denn wie soll ich anders die Last, die sich schwer und drückend auf meine Brust gelegt in dem Augenblick, als die Gardine fiel und Ew. Hoch- und Wohlgeboren auf unbegreifliche Weise verschwunden waren, loswerden.

Wie viel hatte ich noch zu sagen, unaufgelöste Dissonanzen schrien recht widrig in mein Inneres hinein, aber eben als all die schlangenzüngigen Septimen herabschweben wollten in eine ganze lichte Welt freundlicher Terzen, da waren Ew. Hoch- und Wohlgeboren fort – fort – und die Schlangenzungen stachen und stachelten mich sehr! Ew. Hoch- und Wohlgeboren, den ich jetzt mit all jenen freundlichen Terzen ansingen will, sind doch kein anderer als der Baron Wallborn, den ich längst so in meinem Innern getragen, daß es mir, wenn alle meine Melodien sich wie *er* gestalteten und nun keck und gewaltig hervorströmten, oft schien: ich sei ja eben er selbst. – Als heute im Theater eine kräftige jugendliche Gestalt in Uniform, das klirrende Schwert an der Seite, recht mannlich und ritterhaft auf mich zu trat, da ging es so fremd und doch so bekannt durch mein Inneres, und ich wußte selbst nicht, welcher sonderbare Akkordwechsel sich zu regen und immer höher und höher anzuschwellen anfing. Doch der junge Ritter gesellte sich immer mehr und mehr zu mir, und in seinem Auge ging mir eine herrliche Welt, ein ganzes Eldorado süßer wonnevoller Träume auf – der wilde Akkordwechsel zerfloß in zarte Engelsharmonien, die gar wunderbarlich von dem Sein und Leben des Dichters sprachen, und nun wurde mir, da ich, wie Ew. Hoch- und Wohlgeboren versichert sein können, ein tüchtiger Praktikus in der Musik bin, die Tonart, aus der das Ganze ging, gleich klar. Ich meine nämlich, daß ich in dem jungen Ritter gleich Ew. Hoch- und Wohlgeboren den Baron Wallborn erkannte. – Als ich einige Ausweichungen versuchte und als meine innere Musik lustig und sich recht kindisch und kindlich freuend in allerlei munteren Melodien, ergötzlichen Murkis und Walzern hervorströmte, da fielen Ew. Hoch- und Wohlgeboren überall in Takt und Tonart so richtig ein, daß ich gar keinen Zweifel hege, wie Sie mich auch als den Kapellmeister Johannes Kreisler erkannt und sich nicht an den Spuk gekehrt haben werden, den heute abend der Geist Droll nebst einigen seiner Konsorten mit mir trieb. – In solch eigner Lage, wenn ich nämlich in den Kreis irgendeines Spuks geraten, pflege ich, wie ich wohl weiß, einige besondere Gesichter zu schneiden, auch hatte ich gerade ein Kleid an, das ich einst im höchsten Unmut über ein mißlungenes Trio gekauft und dessen Farbe in cis-Moll geht, weshalb ich zu einiger Beruhigung der Beschauer einen Kragen aus E-Dur-Farbe daraufsetzen lassen; Ew. Hoch- und Wohlgeboren wird das doch wohl nicht irritiert haben. – Zudem hatte man mich auch ja heute abend anders vorgezeichnet; ich hieß nämlich Doktor Schulz aus Rathenow, weil ich nur unter dieser Vorzeichnung, dicht am Flügel stehend, den Gesang zweier Schwestern anhören durfte – zwei im Wettgesang kämpfende Nachtigallen, aus deren tiefster Brust hell und glänzend die herrlichsten Töne auffunkelten. – Sie scheuten des Kreislers tollen Spleen, aber der Doktor Schulz war in dem musikalischen Eden, das ihm die Schwestern erschlossen, mild und weich und voll Entzücken, und die Schwestern waren versöhnt mit dem Kreisler, als in *ihn* sich der Doktor Schulz plötzlich umgestaltete. – Ach, Baron Wallborn, auch Ihnen bin ich wohl, vom Heiligsten sprechend, was in mir glüht, zu hart, zu zornig erschienen! Ach, Baron Wallborn – auch nach meiner Krone griffen feindselige Hände, auch mir zerrann in Nebel die himmlische Gestalt, die in mein tiefstes Innerstes gedrungen, die geheimsten Herzensfasern des Lebens erfassend. – Namenloser Schmerz zerschnitt meine Brust, und jeder wehmutsvolle Seufzer der ewig dürstenden Sehnsucht wurde zum tobenden Schmerz des Zorns, den die entsetzliche Qual entflammt hatte. – Aber, Baron Wallborn! glaubst Du nicht auch selbst, daß die von dämonischen Krallen zerrissene blutende Brust auch jedes Tröpfchen lindernden Balsams stärker und wohltätiger fühlt? – Du weißt, Baron Wallborn! daß ich mehrenteils über das Musiktreiben des Pöbels zornig und toll wurde, aber ich kann es Dir sagen, daß, wenn ich oft von heillosen Bravourarien, Konzerten und Sonaten ordentlich zerschlagen und zerwalkt worden, oft eine kleine unbedeutende Melodie, von mittelmäßiger Stimme gesungen oder unsicher und stümperhaft gespielt, aber treulich und gut gemeint und recht aus dem Innern heraus empfunden, mich tröstete und heilte. Begegnest Du daher, Baron Wallborn! solchen Tönen und Melodien auf Deinem Wege, oder siehst Du sie, wenn Du zu Deiner Wolke aufschwebst, unter Dir, wie sie in frommer Sehnsucht nach Dir aufblicken, so sage ihnen, Du wolltest sie wie liebe Kindlein hegen und pflegen und Du wärst kein anderer als der Kapellmeister Johannes Kreisler. – Denn sieh, Baron

Wallborn! ich verspreche es Dir hiemit heilig, daß ich dann *Du* sein will und ebenso voll Liebe, Milde und Frömmigkeit wie Du. Ach, ich bin es ja wohl ohnedem! – Manches liegt bloß an dem Spuk, den oft meine eignen Noten treiben; die werden oft lebendig und springen wie kleine schwarze vielgeschwänzte Teufelchen empor aus den weißen Blättern – sie reißen mich fort im wilden unsinnigen Dreher, und ich mache ganz ungemeine Bocksprünge und schneide unziemliche Gesichter, aber ein einziger Ton, aus heiliger Glut seinen Strahl schießend, löst diesen Wirrwarr, und ich bin fromm und gut und geduldig! – Du siehst, Baron Wallborn, daß das alles wahrhafte Terzen sind, in die alle Septimen verschweben; und damit Du diese Terzen recht deutlich vernehmen möchtest, deshalb schrieb ich Dir!

Gott gebe, daß, so wie wir uns schon seit langer Zeit im Geiste gekannt und geschaut, wir auch noch oft wie heute abend leiblich zusammentreffen mögen, denn Deine Blicke, Baron Wallborn! fallen recht in mein Innerstes, und oft sind ja die Blicke selbst herrliche Worte, die mir wie eigene, in tiefer Brust erglühte Melodien tönen. Doch treffen werde ich Dich noch oft, da ich morgen eine große Reise nach der Welt antreten werde und daher schon neue Stiefeln angezogen.

Glaubst Du nicht, Baron Wallborn! daß oft Dein Wort meine Melodie und meine Melodie Dein Wort sein könnte? – Ich habe in diesem Augenblick zu einem schönen Liede die Noten aufgeschrieben, dessen Worte Du früher setztest, unerachtet es mir so ist, als hätte in demselben Augenblick, da das Lied in Deinem Innern aufging, auch in mir die Melodie sich entzünden müssen. – Zuweilen kommt es mir vor, als sei das Lied eine ganze Oper. – Ja! – Gott gebe, daß ich Dich, Du freundlicher, milder Ritter, bald wieder mit meinen leiblichen Augen so schauen möge, wie Du stets vor meinen geistigen lebendig stehst und gehst. Gott segne Dich und erleuchte die Menschen, daß sie Dich genugsam erkennen mögen in Deinem herrlichen Tun und Treiben. Dies sei der heitre beruhigende Schlußakkord in der Tonika.

Johannes Kreisler,
Kapellmeister, wie auch
verrückter Musikus par excellence

3. *Kreislers musikalisch-poetischer Klub*

Alle Uhren, selbst die trägsten, hatten schon acht geschlagen, die Lichter waren angezündet, der Flügel stand geöffnet, und des Hauswirts Tochter, die den kleinen Dienst bei dem Kreisler besorgte, hatte schon zweimal ihm verkündet, daß das Teewasser übermäßig koche. Endlich klopfte es an die Tür, und der *treue Freund* trat mit dem *Bedächtigen* herein. Ihnen folgten bald der Unzufriedene, der Joviale und der Gleichgültige. Der Klub war beisammen, und Kreisler schickte sich an, wie gewöhnlich, durch eine symphonienmäßige Fantasie alles in Ton und Takt zu richten, ja wohl sämtliche Klubbisten, die einen gar musikalischen Geist in sich hegten, soviel nötig, aus dem staubigen Kehricht, in dem sie den Tag über herumzutreten genötigt gewesen, einige Klafter höher hinauf in reinere Luft zu erheben. Der Bedächtige sah sehr ernsthaft, beinahe tiefsinnig aus und sprach: »Wie übel wurde doch neulich Euer Spiel, lieber Kreisler! durch den stockenden Hammer unterbrochen; habt Ihr denselben reparieren lassen?« – »Ich denke, ja!« erwiderte Kreisler. »Davon müssen wir uns überzeugen«, fuhr der Bedächtige fort, und damit steckte er ausdrücklich das Licht an, welches sich auf dem breiten Schreibeleuchter befand, und forschte, ihn über die Saiten haltend, sehr bedächtig nach dem invaliden Hammer. Da fiel aber die schwere, auf dem Leuchter liegende Lichtschere herab, und im grellen Ton aufrauschend, sprangen zwölf bis funfzehn Saiten. Der Bedächtige sagte bloß: »Ei, seht doch!« Kreisler verzog das Gesicht, als wenn man in eine Zitrone beißt. »Teufel, Teufel!« schrie der Unzufriedene, »gerade heute habe ich mich so auf Kreislers Fantasie gefreut – gerade heute! – in meinem ganzen Leben bin ich nicht so auf Musik erpicht gewesen.« – »Im Grunde«, fiel der Gleichgültige ein, »liegt so sehr viel nicht daran, ob wir mit Musik anfangen oder nicht.« Der treue Freund meinte: schade sei es allerdings, daß Kreisler nun nicht spielen könne, allein man müsse dadurch sich nicht außer Fassung bringen lassen. »Spaß werden wir ohnehin genug haben«, sagte der Joviale, nicht ohne eine gewisse Bedeutung in seine Worte zu legen. »Und ich will *doch* fantasieren«, rief Kreisler, »im Baß ist alles ganz geblieben, und das soll mir genug sein.«

Nun setzte Kreisler sein kleines rotes Mützchen auf, zog seinen chinesischen Schlafrock an und begab sich ans Instrument. Die Klubbisten mußten Platz nehmen auf dem Sofa und auf den Stühlen, und der treue Freund löschte auf Kreislers Geheiß sämtliche Lichter aus, so daß man sich in dicker schwarzer Finsternis befand. Kreisler griff nun pianissimo mit gehobenen Dämpfern im Baß den vollen As-Dur-Akkord. Sowie die Töne versäuselten, sprach er:

»Was rauscht denn so wunderbar, so seltsam um mich her? – Unsichtbare Fittiche wehen auf und nieder – ich schwimme im duftigen Äther. – Aber der Duft erglänzt in flammenden, geheimnisvoll verschlungenen Kreisen. Holde Geister sind es, die die goldnen Flügel regen in überschwenglich herrlichen Klängen und Akkorden.«

As-Moll-Akkord (mezzoforte)

»Ach! – sie tragen mich ins Land der ewigen Sehnsucht, aber wie sie mich erfassen, erwacht der Schmerz und will aus der Brust entfliehen, indem er sie gewaltsam zerreißt.«

E-Dur-Sexten-Akkord (ancora più forte)

»Halt dich standhaft, mein Herz! – brich nicht, berührt von dem sengenden Strahl, der die Brust durchdrang. – Frisch auf, mein wackrer Geist! – rege und hebe dich empor in dem Element, das dich gebar, das deine Heimat ist!«

E-Dur-Terz-Akkord (forte)

»Sie haben mir eine herrliche Krone gereicht, aber was in den Diamanten so blitzt und funkelt, das sind die tausend Tränen, die ich vergoß, und in dem Golde gleißen die Flammen, die mich verzehrten. – Mut und Macht – Vertrauen und Stärke dem, der zu herrschen berufen ist im Geisterreich!«

A-Moll (harpeggiando-dolce)

»Warum fliehst du, holdes Mädchen? Vermagst du es denn, da dich überall unsichtbare Bande festhalten? Du weißt es nicht zu sagen, nicht zu klagen, was sich so in deine Brust gelegt hat wie ein nagender Schmerz und dich doch mit süßer Lust durchbebt? Aber alles wirst du wissen, wenn ich mit dir rede, mit dir kose in der Geistersprache, die ich zu sprechen vermag und die du so wohl verstehst!«

F-Dur

»Ha, wie geht das Herz dir auf in Sehnsucht und Liebe, wenn ich dich voll glühendem Entzücken mit Melodien wie mit liebenden Armen umfasse. – Du magst nie mehr weichen von mir, denn jene geheime Ahnungen, die deine Brust beengten, sind erfüllt. Der Ton sprach wie ein tröstendes Orakel aus meinem Innern zu dir!«

B-Dur (accentuato)

»Welch lustiges Leben in Flur und Wald in holder Frühlingszeit! – Alle Flöten und Schalmeien, die winters über in staubigen Winkeln wie zum Tode erstarrt lagen, sind wach worden und haben sich auf alle Lieblingsstückchen besonnen, die sie nun lustig trillerieren, gleich den Vögelein in den Lüften.«

B-Dur mit der kleinen Septime (smanioso)

»Ein lauer West geht wie ein düsteres Geheimnis dumpf klagend durch den Wald, und wie er vorüberstreift, flüstern die Fichten – die Birken untereinander: ›Warum ist unser Freund so traurig worden? – Horchst du auf ihn, holde Schäferin?‹«

Es-Dur (forte)

»Zieh ihm nach! – zieh ihm nach! – Grün ist sein Kleid wie der dunkle Wald – süßer Hörnerklang sein sehnendes Wort! – Hörst du es rauschen hinter den Büschen? Hörst du es tönen! – Hörnerton, voll Lust und Wehmut! – Er ist's – auf! ihm entgegen!«

D-Terz-Quart-Sext-Akkord (piano)

»Das Leben treibt sein neckendes Spiel auf allerlei Weise. – Warum wünschen – warum hoffen – warum verlangen?«

C-Dur-Terz-Akkord (fortissimo)

»Aber in toller wilder Lust laßt uns über den offnen Gräbern tanzen. – Laßt uns jauchzen – die da unten hören es nicht. – Heisa – heisa – Tanz und Jubel, der Teufel zieht ein mit Pauken und Trompeten!«

C-Moll-Akkorde (fortissimo hintereinander fort)

»Kennt ihr ihn nicht? – Kennt ihr ihn nicht? – Seht, er greift mit glühender Kralle nach meinem Herzen! – er maskiert sich in allerlei tolle Fratzen – als Freijäger – Konzertmeister – Wurmdoktor – ricco mercante – er schmeißt mir Lichtscheren in die Saiten, damit ich nur nicht spielen soll! – Kreisler – Kreisler! raffe dich auf! – Siehst du es lauern, das bleiche Gespenst mit den rot funkelnden Augen – die krallichten Knochenfäuste aus dem zerrissenen Mantel nach dir ausstreckend? – die Strohkrone auf dem kahlen glatten Schädel schüttelnd! – Es ist der Wahnsinn – Johannes, halte dich tapfer. – Toller, toller Lebensspuk, was rüttelst du mich so in deinen Kreisen? Kann ich dir nicht entfliehen? – Kein Stäubchen im Universum, auf das ich, zur Mücke verschrumpft, vor dir, grausiger Quälgeist, mich retten könnte? – Laß ab von mir! – ich will artig sein! ich will glauben, der Teufel sei ein Galanthuomo von den feinsten Sitten! – honni soit qui mal y pense – ich verfluche den Gesang, die Musik – ich lecke dir die Füße wie der trunkne Kaliban – nur erlöse mich von der Qual – hei, hei, Verruchter, du hast mir alle Blumen zertreten – in schauerlicher Wüste grünt kein Halm mehr – tot – tot – tot –«

Hier knisterte ein kleines Flämmchen auf – der treue Freund hatte schnell ein chemisches Feuerzeug hervorgezogen und zündete beide Lichter an, um so dem Kreisler alles weitere Fantasieren abzuschneiden, denn er wußte wohl, daß Kreisler sich nun gerade auf einem Punkt befand, von dem er sich gewöhnlich in einen düstern Abgrund hoffnungsloser Klagen stürzte. In dem Augenblick brachte auch die Wirtstochter den dampfenden Tee herein. Kreisler sprang vom Flügel auf. – »Was soll denn das nun alles«, sprach der Unzufriedene, »ein gescheites Allegro von Haydn ist mir lieber als all der tolle Schnickschnack.« – »Aber nicht ganz übel war es doch«, fiel der Gleichgültige ein. »Nur zu düster, viel zu düster«, nahm der Joviale das Wort, »es tut not, unser Gespräch heute ins Lustige, Luftige hinauszutreiben.« – Die Klubbisten bemühten sich, den Rat des Jovialen zu befolgen, aber wie ein fernes dumpfes Echo tönten Kreislers schauerliche Akkorde – seine entsetzlichen

Worte nach und erhielten die gespannte Stimmung, in die Kreisler alle versetzt hatte. Der Unzufriedene, in der Tat höchst unzufrieden mit dem Abend, den, wie er sich ausdrückte, Kreislers törichte Phantasterei verdarb, brach auf mit dem Bedächtigen. Ihnen folgte der Joviale, und nur der reisende Enthusiast und treue Freund (beide sind, wie es hier ausdrücklich bemerkt wird, in einer Person vereinigt) blieb noch bei dem Kreisler zurück. Dieser saß schweigend mit verschränkten Armen auf dem Sofa. »Ich weiß nicht«, sprach der treue Freund, »wie du mir heute vorkommst, Kreisler! – Du bist so aufgeregt und doch ohne allen Humor, gar nicht so wie sonst!« – »Ach, Freund!« erwiderte Kreisler, »ein düstrer Wolkenschatten geht über mein Leben hin! – Glaubst du nicht, daß es einer armen unschuldigen Melodie, welche keinen – keinen Platz auf der Erde begehrt, vergönnt sein dürfte, frei und harmlos durch den weiten Himmelsraum zu ziehen? – Ei, ich möchte nur gleich auf meinem chinesischen Schlafrock wie auf einem Mephistophelesmantel hinausfahren durch jenes Fenster dort!« – »Als harmlose Melodie?« fiel der treue Freund lächelnd ein. »Oder als basso ostinato, wenn du lieber willst«, erwiderte Kreisler, »aber fort muß ich bald auf irgendeine Weise.« Es geschah auch bald, wie er gesprochen.

4. *Nachricht von einem gebildeten jungen Mann*

Es ist herzerhebend, wenn man gewahr wird, wie die Kultur immer mehr um sich greift, ja wie selbst aus Geschlechtern, denen sonst die höhere Bildung verschlossen, sich Talente zu einer seltenen Höhe aufschwingen. In dem Hause des Geheimen Kommerzienrats R. lernte ich einen jungen Mann kennen, der mit den außerordentlichsten Gaben eine liebenswürdige Bonhomie verbindet. Als ich einst zufällig von dem fortdauernden Briefwechsel sprach, den ich mit meinem Freunde Charles Ewson in Philadelphia unterhalte, übergab er mir voll Zutrauen einen offenen Brief, den er an seine Freundin geschrieben hatte, zur Bestellung. – Der Brief ist abgesendet; aber mußte ich nicht, liebenswürdiger Jüngling, dein Schreiben abschriftlich als ein Denkmal deiner hohen Weisheit und Tugend, deines echten Kunstgefühls bewahren? – Nicht verhehlen kann ich, daß der seltene junge Mann seiner Geburt und ursprünglichen Profession nach eigentlich – ein Affe ist, der im Hause des Kommerzienrats sprechen, lesen, schreiben, musizieren und so weiter lernte, kurz, es in der Kultur so weit brachte, daß er seiner Kunst und Wissenschaft sowie der Anmut seiner Sitten wegen sich eine Menge Freunde erwarb und in allen geistreichen Zirkeln gern gesehen wird. Bis auf Kleinigkeiten, zum Beispiel daß er bei den Thés dansants in den Hops-Angloisen zuweilen etwas sonderbare Sprünge ausführt, daß er ohne gewisse innere Bewegung nicht wohl mit Nüssen klappern hören kann sowie (doch dies mag ihm vielleicht nur der Neid, der alle Genies verfolgt, nachsagen) daß er, der Handschuhe unerachtet, die Damen beim Handkuß etwas weniges kratzt, merkt man auch nicht das mindeste von seiner exotischen Herkunft, und alle die kleinen Schelmereien, die er sonst in jüngern Jahren ausübte, wie zum Beispiel wenn er den ins Haus Eintretenden schnell die Hüte vom Kopfe riß und hinter ein Zuckerfaß sprang, sind jetzt zu geistreichen Bonmots geworden, welche mit jauchzendem Beifall beklatscht werden. – Hier ist der merkwürdige Brief, in dem sich Milos schöne Seele und herrliche Bildung ganz ausspricht.

Schreiben Milos, eines gebildeten Affen, an seine Freundin Pipi in Nordamerika

Mit einer Art von Entsetzen denke ich noch an die unglückselige Zeit, als ich Dir, geliebte Freundin, die zärtlichsten Gesinnungen meines Herzens nicht anders als durch unschickliche, jedem Gebildeten unverständliche Laute auszudrücken vermochte. Wie konnte doch das mißtönende, weinerliche »Ae, Ae!«, das ich damals, wiewohl von manchem zärtlichen Blick begleitet, ausstieß, nur im mindesten das tiefe, innige Gefühl, das sich in meiner männlichen, wohlbehaarten Brust regte, andeuten? Und selbst meine Liebkosungen, die Du, kleine süße Freundin, damals mit stiller Ergebung dulden mußtest, waren so unbehülflich, daß ich jetzt, da ich es in dem Punkt dem besten primo amoroso gleichtue und à la Duport die Hand küsse, rot darüber werden könnte, wenn nicht ein gewisser robuster Teint, der mir eigen, dergleichen verhinderte. Unerachtet des Glücks der höchsten innern Selbstzufriedenheit, die jene unter den Menschen erhaltene Bildung in mir erzeugt hat, gibt es dennoch Stunden, in denen ich mich recht abhärme, wiewohl ich weiß, daß dergleichen Anwandlungen, ganz dem sittlichen Charakter, den man durch die Kultur erwirbt, zuwider, noch aus dem rohen Zustande herrühren, der mich in einer Klasse von Wesen festhielt, die ich jetzt unbeschreiblich verachte. Ich bin nämlich dann töricht genug, an unsere armen Verwandten zu denken, die noch in den weiten, unkultivierten Wäldern auf den Bäumen herumhüpfen, sich von rohen, nicht erst durch Kunst schmackhaft gewordenen Früchten nähren und vorzüglich abends gewisse Hymnen anstimmen, in denen kein Ton richtig und an irgendeinen Takt, sei es auch der neu erfundene Siebenachtel- oder Dreizehnvierteltakt, gar nicht zu denken ist. An diese Armen, die mich doch eigentlich nun gar nichts mehr angehen, denke ich dann und erwehre mich kaum eines tiefen Mitleids mit ihnen. Vorzüglich liegt mir noch zuweilen unser alter Onkel (nach meinen Erinnerungen muß es ein Onkel von mütterlicher Seite gewesen sein) im Sinn, der uns nach seiner dummen Weise erzog und alles nur mögliche anwandte, uns von allem, was menschlich, entfernt zu halten. Er war ein ernster Mann, der niemals Stiefeln anziehen wollte, und ich höre noch sein warnendes, ängstliches Geschrei, als ich mit lüsternem Verlangen die schönen, neuen Klappstiefeln anblickte, die der schlaue Jäger unter dem Baum stehenlassen, auf dem ich gerade mit vielem Appetit eine Kokusnuß verzehrte. Ich sah noch in der Entfernung den Jäger gehen, dem die den zurückgelassenen ganz ähnlichen Klappstiefeln herrlich standen. Der ganze Mann erhielt eben nur durch die wohlgewichsten Stiefeln für mich so etwas Grandioses und Imposantes – nein, ich konnte nicht widerstehen; der Gedanke, ebenso stolz wie jener in neuen Stiefeln einherzugehen, bemächtigte sich meines ganzen Wesens; und war es nicht schon ein Beweis der herrlichen Anlagen zur Wissenschaft und Kunst, die in mir nur geweckt werden durften, daß ich, vom Baum herabgesprungen, leicht und gewandt, als hätte ich zeitlebens Stiefeln getragen, mit den stählernen Stiefelanziehern den schlanken Beinen die ungewohnte Bekleidung anzuzwängen wußte? Daß ich freilich nachher nicht laufen konnte, daß der Jäger nun auf mich zuschritt, mich ohne weiteres beim Kragen nahm und fortschleppte, daß der alte Onkel erbärmlich schrie und uns Kokusnüsse nachwarf, wovon mich eine recht hart ans hintere linke Ohr traf, wider den Willen des bösen Alten aber vielleicht herrliche, neue Organe zur Reife gebracht hat: alles dieses weißt Du, Holde, da Du selbst ja heulend und jammernd Deinem Geliebten nachliefest und so auch freiwillig Dich in die Gefangenschaft begabst. – Was sage ich, Gefangenschaft! Hat diese

Gefangenschaft uns nicht die größte Freiheit gegeben? Ist etwas herrlicher als die Ausbildung des Geistes, die uns unter den Menschen geworden? – Ich zweifle nämlich nicht, daß Du, liebe Pipi, bei Deiner angebornen Lebhaftigkeit, bei Deiner Fassungsgabe Dich auch etwas weniges auf die Künste und Wissenschaften gelegt haben wirst, und in diesem Vertrauen unterscheide ich Dich auch ganz von den bösen Verwandten in den Wäldern. Ha! unter ihnen herrscht noch Sittenlosigkeit und Barbarei, ihre Augen sind trocken, und sie sind gänzlich ohne Tiefe des Gemüts! Freilich kann ich wohl voraussetzen, daß Du in der Bildung nicht so weit vorgeschritten sein wirst als ich, denn ich bin nunmehr, wie man zu sagen pflegt, ein gemachter Mann; ich weiß durchaus alles, bin daher ebenso gut wie ein Orakel und herrsche im Reich der Wissenschaft und Kunst hier unumschränkt. Du wirst gewiß glauben, süße Kleine, daß es mich unendlich viel Mühe gekostet habe, auf diese hohe Stufe der Kultur zu gelangen, im Gegenteil kann ich Dich versichern, daß mir nichts in der Welt leichter geworden als das; ja, ich lache oft darüber, daß in meiner frühen Jugend mir die verdammten Springübungen von einem Baum zum andern manchen Schweißtropfen ausgepreßt, welches ich bei dem Gelehrt- und Weisewerden nie verspürt habe. Das hat sich vielmehr so ganz leicht von selbst gefunden, und es war beinahe schwerer, zur Erkenntnis zu gelangen, ich säße nun wirklich schon auf der obersten Stufe, als hinaufzuklettern. Dank sei es meinem herrlichen Ingenio und dem glücklichen Wurf des Onkels! – Du mußt nämlich wissen, liebe Pipi, daß die geistigen Anlagen und Talente wie Beulen am Kopfe liegen und mit Händen zu greifen sind; mein Hinterhaupt fühlt sich an wie ein Beutel mit Kokusnüssen, und jenem Wurf ist vielleicht noch manches Beulchen und mit ihm ein Talentchen entsprossen. Ich hab es in der Tat recht dick hinter den Ohren! – Jener Nachahmungstrieb, der unserm Geschlecht eigen und der ganz ungerechterweise von den Menschen so oft belacht wird, ist nichts weiter als der unwiderstehliche Drang, nicht sowohl Kultur zu erlangen, als die uns schon inwohnende zu zeigen. Dasselbe Prinzip ist bei den Menschen längst angenommen, und die wahrhaft Weisen, denen ich immer nachgestrebt, machen es in folgender Art. Es verfertigt irgend jemand etwas, sei es ein Kunstwerk oder sonst; alles ruft: »Das ist vortrefflich«; gleich macht der Weise, von innerm Beruf beseelt, es nach. Zwar wird etwas anders daraus; aber er sagt: »So ist es eigentlich recht, und jenes Werk, das ihr für vortrefflich hieltet, gab mir nur den Sporn, das wahrhaft Vortreffliche ans Tageslicht zu fördern, das ich längst in mir trug.« Es ist ungefähr so, liebe Pipi, als wenn einer unserer Mitbrüder sich beim Rasieren zwar in die Nase schneidet, dadurch aber dem Stutzbart einen gewissen originellen Schwung gibt, den der Mann, dem er es absah, niemals erreicht. Ebenjener Nachahmungstrieb, der mir von jeher ganz besonders eigen, brachte mich einem Professor der Ästhetik, dem liebenswürdigsten Mann von der Welt, näher, von dem ich nachher die ersten Aufklärungen über mich selbst erhielt und der mir auch das Sprechen beibrachte. Noch ehe ich dieses Talent ausgebildet, war ich oft in auserlesener Gesellschaft witziger, geistreicher Menschen. Ich hatte ihre Mienen und Gebärden genau abgesehen, die ich geschickt nachzuahmen wußte; dies und meine anständige Kleidung, mit der mich mein damaliger Prinzipal versehen, öffnete mir nicht allein jederzeit die Tür, sondern ich galt allgemein für einen jungen Mann von feinem Weltton. Wie sehnlich wünschte ich, sprechen zu können; aber im Herzen dachte ich: O Himmel, wenn du nun auch sprechen kannst, wo sollst du all die tausend Einfälle und Gedanken hernehmen, die denen da von den Lippen strömen? Wie sollst du es anfangen, von den tausend Dingen zu sprechen, die du kaum dem Namen nach kennst? Wie sollst du über Werke der Wissenschaft und Kunst so bestimmt urteilen wie jene da, ohne in diesem Gebiete einheimisch zu sein? – Sowie ich nur einige Worte zusammenhängend herausbringen konnte, eröffnete ich meinem lieben Lehrer, dem Professor der Ästhetik, meine Zweifel und Bedenken; der lachte mir aber ins Gesicht und sprach: »Was glauben Sie denn, lieber Monsieur Milo? Sprechen, sprechen, sprechen müssen Sie lernen, alles übrige findet sich von selbst. Geläufig, gewandt, geschickt sprechen, das ist das ganze Geheimnis. Sie werden selbst erstaunen, wie Ihnen im Sprechen die Gedanken kommen, wie Ihnen die Weisheit aufgeht, wie die göttliche Suada Sie in alle Tiefen der Wissenschaft und Kunst hineinführt, daß Sie ordentlich in Irrgängen zu wandeln glauben. Oft werden Sie sich selbst nicht verstehen: dann befinden Sie sich aber gerade in der wahren Begeisterung, die das Sprechen hervorbringt. Einige leichte Lektüre kann Ihnen übrigens wohl nützlich sein, und zur Hülfe merken Sie sich einige angenehme Phrasen, die überall vorteilhaft eingestreut werden und gleichsam zum Refrain dienen können. Reden Sie viel von den Tendenzen des Zeitalters – wie sich das und jenes rein ausspreche – von Tiefe des Gemüts – von gemütvoll und gemütlos und so weiter. – Oh, meine Pipi, wie hatte der Mann recht! wie kam mir mit der Fertigkeit des Sprechens die Weisheit! – Mein glückliches Mienenspiel gab meinen Worten Gewicht, und in dem Spiegel habe ich gesehen, wie schön meine von Natur etwas gerunzelte Stirn sich ausnimmt, wenn ich diesem oder jenem Dichter, den ich nicht verstehe, weshalb er denn unmöglich was taugen kann, Tiefe des Gemüts rein abspreche. Überhaupt ist die innere Überzeugung der höchsten Kultur der Richterstuhl, dem ich bequem jedes Werk der Wissenschaft und Kunst unterwerfe, und das Urteil infallibel, weil es aus dem Innern von selbst, wie ein Orakel, entsprießt. – Mit der Kunst habe ich mich vielfach beschäftigt

– etwas Malerei, Bildhauerkunst, mitunter Modellieren. – Dich, süße Kleine, formte ich als Diana nach der Antike – aber all den Krimskrams hatte ich bald satt; nur die Musik zog mich vor allen Dingen an, weil sie Gelegenheit gibt, so eine ganze Menge Menschen mir nichts, dir nichts in Erstaunen und Bewunderung zu setzen, und schon meiner natürlichen Organisation wegen wurde bald das Fortepiano mein Lieblingsinstrument. Du kennst, meine Süße, die etwas länglichen Finger, welche mir die Natur verliehen; mit denen spanne ich nun Quartdezimen, ja zwei Oktaven, und dies, nebst einer enormen Fertigkeit, die Finger zu bewegen und zu rühren, ist das ganze Geheimnis des Fortepianospiels. Tränen der Freude hat der Musikmeister über die herrlichen, natürlichen Anlagen seines Scholaren vergossen, denn in kurzer Zeit habe ich es so weit gebracht, daß ich mit beiden Händen in zweiunddreißig – vierundsechzig – einhundertundachtundzwanzig – Teilen ohne Anstoß auf und ab laufe, mit allen Fingern gleich gute Triller schlage, drei, vier Oktaven herauf und herab springe, wie ehemals von einem Baum zum andern, und bin hiernach der größte Virtuos, den es geben kann. Mir sind alle vorhandene Flügelkompositionen nicht schwer genug; ich komponiere mir daher meine Sonaten und Konzerte selbst; in letztern muß jedoch der Musikmeister die Tutti machen: denn wer kann sich mit den vielen Instrumenten und dem unnützen Zeuge überhaupt befassen! Die Tutti der Konzerte sind ja ohnedies nur notwendiges Übel und nur gleichsam Pausen, in denen sich der Solospieler erholt und zu neuen Sprüngen rüstet. – Nächstdem habe ich mich schon mit einem Instrumentenmacher besprochen wegen eines Fortepiano von neun bis zehn Oktaven: denn kann sich wohl das Genie beschränken auf den elenden Umfang von erbärmlichen sieben Oktaven? Außer den gewöhnlichen Zügen, der türkischen Trommel und Becken, soll er noch einen Trompetenzug sowie ein Flageolettregister, das, soviel möglich, das Gezwitscher der Vögel nachahmt, anbringen. Du wirst gewahr, liebe Pipi, auf welche sublime Gedanken ein Mann von Geschmack und Bildung gerät! – Nachdem ich mehrere Sänger großen Beifall einernten gehört, wandelte mich auch eine unbeschreibliche Lust an, ebenfalls zu singen, nur schien es mir leider, als habe mir die Natur jedes Organ dazu schlechterdings versagt; doch konnte ich nicht unterlassen, einem berühmten Sänger, der mein intimster Freund geworden, meinen Wunsch zu eröffnen und zugleich mein Leid wegen der Stimme zu klagen. Dieser schloß mich aber in die Arme und rief voll Enthusiasmus: »Glückseliger Monsieur, Sie sind bei Ihren musikalischen Fähigkeiten und der Geschmeidigkeit Ihres Organs, die ich längst bemerkt, zum großen Sänger geboren; denn die größte Schwierigkeit ist bereits überwunden. Nichts ist nämlich der wahren Singkunst so sehr entgegen als eine gute, natürliche Stimme, und es kostet nicht wenig Mühe bei jungen Scholaren, die wirklich Singstimme haben, diese Schwierigkeit aus dem Wege zu räumen. Gänzliches Vermeiden aller haltenden Töne, fleißiges Üben der tüchtigsten Rouladen, die den gewöhnlichen Umfang der menschlichen Stimme weit übersteigen, und vornehmlich das angestrengte Hervorrufen des Falsetts, in dem der wahrhaft künstliche Gesang seinen Sitz hat, hilft aber gewöhnlich nach einiger Zeit; die robusteste Stimme widersteht selten lange diesen ernsten Bemühungen. Aber bei Ihnen, Geehrtester, ist nichts aus dem Wege zu räumen; in kurzer Zeit sind Sie der sublimste Sänger, den es gibt!« – – Der Mann hatte recht, nur weniger Übung bedurfte es, um ein herrliches Falsett und eine Fertigkeit zu entwickeln, hundert Töne in einem Atem herauszustoßen, was mir denn den ungeteiltesten Beifall der wahren Kenner erwarb und die armseligen Tenoristen, welche sich auf ihre Bruststimme wunder was zugute tun, unerachtet sie kaum einen Mordent herausbringen, in Schatten stellte. Mein Maestro lehrte mich gleich anfänglich drei ziemlich lange Manieren, in welchen aber die Quintessenz aller Weisheit des künstlichen Gesanges steckt, so daß man sie, bald so, bald anders gewendet, ganz oder stückweise, unzähligemal wiederbringen, ja zu dem Grundbaß der verschiedensten Arien, statt der von dem Komponisten intendierten Melodie, nur jene Manieren auf allerlei Weise singen kann. Welcher rauschende Beifall mir schon eben der Ausführung dieser Manieren wegen gezollt worden, meine Süße, kann ich Dir nicht beschreiben, und Du bemerkst überhaupt, wie auch in der Musik das natürliche, mir inwohnende Ingenium mir alles so herzlich leicht machte. – Von meinen Kompositionen habe ich schon gesprochen, aber gerade das liebe Komponieren – muß ich es nicht, um nur meinem Genie ihm würdige Werke zu verschaffen, so überlasse ich es gern den untergeordneten Subjekten, die nun einmal dazu da sind, uns Virtuosen zu dienen, das heißt Werke anzufertigen, in denen wir unsere Virtuosität zeigen können. – Ich muß gestehen, daß es ein eigen Ding mit all dem Zeuge ist, das die Partitur anfüllt. Die vielen Instrumente, der harmonische Zusammenklang – sie haben ordentliche Regeln darüber; aber für ein Genie, für einen Virtuosen ist das alles viel zu abgeschmackt und langweilig. Nächstdem darf man, um sich von jeder Seite in Respekt zu halten, worin die größte Lebensweisheit besteht, auch nur für einen Komponisten *gelten*; das ist genug. Hatte ich zum Beispiel in einer Gesellschaft in einer Arie des gerade anwesenden Komponisten recht vielen Beifall eingeerntet, und war man im Begriff, einen Teil dieses Beifalls dem Autor zuzuwenden: so warf ich mit einem gewissen finstern, tiefschauenden Blick, den ich bei meiner charaktervollen Physiognomie überaus gut zu machen verstehe, ganz leicht hin: »Ja, wahrhaftig, ich muß nun auch meine neue Oper vollenden!«, und diese Äußerung riß alles zu neuer Bewunderung hin, so daß darüber der Komponist, der wirklich vollendet hatte, ganz vergessen wurde. Überhaupt steht es dem Genie wohl an, sich so geltend zu machen als möglich; und es darf nicht verschweigen, wie ihm alles das, was in der Kunst geschieht, so klein und erbärmlich vorkommt gegen das, was es in allen Teilen derselben und der Wissenschaft produzieren könnte, wenn es nun gerade wollte und die Menschen der Anstrengung wert wären. – Gänzliche Verachtung alles Bestreben anderer; die Überzeugung, alle, die gern schweigen und nur im stillen schaffen, ohne davon zu sprechen, weit, weit zu übersehen; die höchste Selbstzufriedenheit mit allem, was nun so ohne alle Anstrengung die eigene Kraft hervorruft: das alles sind untrügliche Zeichen des höchstkultivierten Genies, und wohl mir, daß ich alles das täglich, ja stündlich an mir bemerke. – So kannst Du Dir nun, süße Freundin, ganz meinen glücklichen Zustand, den ich der erlangten hohen Bildung verdanke, vorstellen. – Aber kann ich Dir denn nur das mindeste, was mir auf dem Herzen liegt, verschweigen? – Soll ich es Dir, Holde, nicht gestehen, daß noch öfters gewisse Anwandlungen, die mich ganz unversehens überfallen, mich aus dem glücklichen Behagen reißen, das meine Tage versüßt? – O Himmel, wie ist doch die früheste Erziehung so von wichtigem Einfluß auf das ganze Leben! und man sagt wohl mit Recht, daß schwer zu vertreiben sei, was man mit der Muttermilch einsauge! Wie ist mir denn doch mein tolles Herumschwärmen in Bergen und Wäldern so schädlich geworden! Neulich gehe ich, elegant gekleidet, mit mehreren Freunden in dem Park spazieren: plötzlich stehen wir an einem herrlichen, himmelhohen, schlanken Nußbaum; eine unwiderstehliche Begierde raubt mir alle Besinnung – einige tüchtige Sätze, und – ich wiege mich hoch in den Wipfeln der Äste, nach den Nüssen haschend! Ein Schrei des Erstaunens, den die Gesellschaft ausstieß, begleitete mein Wagestück. Als ich, mich wieder besinnend auf die erhaltene Kultur, die dergleichen Extravagantes nicht erlaubt, hinabkletterte, sprach ein junger Mensch, der mich sehr ehrt: »Ei, lieber Monsieur Milo, wie sind Sie doch so flink auf den Beinen!« Aber ich schämte mich sehr. – So kann ich auch oft kaum die Lust unterdrücken, meine Geschicklichkeit im Werfen, die mir sonst eigen, zu üben; und kannst Du Dir's denken, holde Kleine, daß mich neulich bei einem Souper jene Lust so sehr übermannte, daß ich schnell einen Apfel dem ganz am andern Ende des Tisches sitzenden Kommerzienrat, meinem alten Gönner, in die Perücke warf, welches mich beinahe in tausend Ungelegenheiten gestürzt hätte? – Doch hoffe ich immer mehr und mehr auch von diesen Überbleibseln des ehemaligen rohen Zustandes mich zu reinigen. – Solltest Du in der Kultur noch nicht so weit vorgerückt sein, süße Freundin, um diesen Brief lesen zu können: so mögen Dir die edlen, kräftigen Züge Deines Geliebten eine Aufmunterung, lesen zu lernen, und dann der Inhalt die weisheitsvolle Lehre sein, wie Du es anfangen mußt, um zu der innern Ruhe und Behaglichkeit zu gelangen, die nur die höchste Kultur erzeugt, wie sie aus dem innern Ingenio und dem Umgang mit weisen, gebildeten Menschen entspringt. – Nun tausendmal lebe wohl, süße Freundin!

Zweifle an der Sonne Klarheit,
Zweifle an der Sterne Licht,
Zweifl, ob lügen kann die Wahrheit,
Nur an meiner Liebe nicht!

Dein Getreuer bis in den Tod!
Milo,
ehemals Affe, jetzt privatisierender
Künstler und Gelehrter

5. Der Musikfeind

Es ist wohl etwas Herrliches, so durch und durch musikalisch zu sein, daß man, wie mit besonderer Kraft ausgerüstet, die größten musikalischen Massen, die die Meister mit einer unzähligen Menge Noten und Töne der verschiedensten Instrumente aufgebauet, leicht und lustig handhabt, indem man sie, ohne sonderliche Gemütsbewegung, ohne die schmerzhaften Stöße des leidenschaftlichen Entzückens, der herzzerreißenden Wehmut spüren, in Sinn und Gedanken aufnimmt. – Wie hoch kann man sich dann auch über die Virtuosität der Spieler im Innern erfreuen, ja diese Freude, die von innen herausstrebt, recht laut werden lassen, ohne alle Gefahr. An die Glückseligkeit, selbst ein Virtuos zu sein, will ich gar nicht denken: denn noch viel tiefer wird dann mein Schmerz, daß mir aller Sinn für Musik so ganz und gar abgeht, woher denn auch meine unbeschreibliche Unbeholfenheit in der Ausübung dieser herrlichen Kunst, die ich leider von Kindheit auf gezeigt, rühren mag. – Mein Vater war gewiß ein tüchtiger Musikus; er spielte fleißig auf einem großen Flügel oft bis in die späte Nacht hinein, und wenn es einmal ein Konzert in unserm Hause gab, dann spielte er sehr lange Stücke, wozu ihn die andern auf Violinen, Bässen, auch wohl Flöten und Waldhörnern ganz wenig begleiteten. Wenn solch ein langes Stück endlich heraus war, dann schrien alle sehr und riefen: »Bravo, bravo! welch ein schönes Konzert! wie fertig, wie rund gespielt!« und nannten mit Ehrfurcht den Namen Emanuel Bach! – Der Vater hatte aber so viel hintereinander gehämmert und gebrauset, daß es mir immer vorkam, als sei das wohl kaum Musik, worunter ich mir so recht ans Herz gehende Melodien dachte, sondern er tue dies nur zum Spaß, und die andern hätten auch wieder ihren Spaß daran. – Ich war bei solchen Gelegenheiten immer in mein Sonntagsröckchen geknöpft und mußte auf einem hohen Stuhl neben der Mutter sitzen und zuhören, ohne mich viel zu regen und zu bewegen. Die Zeit wurde mir entsetzlich lang, und ich hätte wohl gar nicht ausdauern können, wenn ich mich nicht an den besondern Grimassen und komischen Bewegungen der Spieler ergötzt hätte. Vorzüglich erinnere ich mich noch eines alten Advokaten, der immer dicht bei meinem Vater die Geige spielte und von dem sie immer sagten, er wäre ein ganz übertriebener Enthusiast und die Musik mache ihn halb verrückt, so daß er in der wahnsinnigen Exaltation, zu der ihn Emanuel Bachs oder Wolfs oder Bendas Genius hinaufschraube, weder rein greife noch Takt halte. – Mir steht der Mann noch ganz vor Augen. Er trug einen pflaumfarbenen Rock mit goldbesponnenen Knöpfen, einen kleinen silbernen Degen und eine rötliche, nur wenig gepuderte Perücke, an der hinten ein kleiner runder Haarbeutel hing. Er hatte einen unbeschreiblichen komischen Ernst in allem, was er begann. »Ad opus!« pflegte er zu rufen, wenn der Vater die Musikblätter auf die Pulte verteilte. Dann ergriff er mit der rechten Hand die Geige, mit der linken aber die Perücke, die er abnahm und an einen Nagel hing. Nun hob er an, sich immer mehr und mehr übers Blatt beugend, zu arbeiten, daß die roten Augen glänzend heraustraten und Schweißtropfen auf der Stirn standen. Es geschah ihm zuweilen, daß er früher fertig wurde als die übrigen, worüber er sich denn nicht wenig wunderte und die andern ganz böse anschaute. Oft war mir es auch, als brächte er Töne heraus, denen ähnlich, die Nachbars Peter, mit naturhistorischem Sinn die verborgenen musikalischen Talente der Katzen erforschend, unserm Hauskater ablockte, durch schickliches Einklemmen des Schwanzes und sonst, weshalb er zuweilen von dem Vater etwas geprügelt wurde – (nämlich der Peter). – Kurz, der pflaumfarbene Advokat – er hieß Musewius – hielt mich ganz für die Pein des Stillsitzens schadlos, indem ich mich an seinen Grimassen, an seinen komischen Seitensprüngen, ja wohl gar an seinem Quinkelieren höchlich ergötzte. – Einmal machte er doch eine vollkommene Störung in der Musik, so daß mein Vater vom Flügel aufsprang und alle auf ihn zustürzten, einen bösen Zufall, der ihn ergriffen, befürchtend. Er fing nämlich an, erst etwas weniges mit dem Kopfe zu schütteln, dann aber, in einem fortsteigenden Crescendo, immer stärker und stärker den Kopf hin und her zu werfen, wozu er gräßlich mit dem Bogen über die Saiten hin und her fuhr, mit der Zunge schnalzte und mit dem Fuß stampfte. Es war aber nichts als eine kleine feindselige Fliege, die hatte ihn, mit beharrlichem Eigensinn in demselben Kreise bleibend, umsummt und sich, tausendmal verjagt, immer wieder auf die Nase gesetzt. Das hatte ihn in wilde Verzweiflung gestürzt. – Manchmal geschah es, daß die Schwester meiner Mutter eine Arie sang. Ach, wie freute ich mich immer darauf! Ich liebte sie sehr; sie gab sich viel mit mir ab und sang mir oft mit ihrer schönen Stimme, die so recht in mein Innerstes drang, eine Menge herrlicher Lieder vor, die ich so in Sinn und Gedanken trage, daß ich sie noch für mich leise zu singen vermag. – Es war immer etwas Feierliches, wenn meine Tante die Stimmen der Arien von Hasse oder von Traëtta oder sonst einem Meister auflegte; der Advokat durfte nicht mitspielen. Schon wenn sie die Einleitung spielten und meine Tante noch nicht angefangen zu singen, klopfte mir das Herz, und ein ganz wunderbares Gefühl von Lust und Wehmut durchdrang mich, so daß ich mich kaum zu fassen wußte. Aber kaum hatte die Tante einen Satz gesungen, so fing ich an bitterlich zu weinen und wurde unter heftigen Scheltworten meines Vaters zum Saal hinausgebracht. Oft stritt sich mein Vater mit der Tante, weil letztere behauptete, mein Betragen rühre keineswegs davon her, daß mich die Musik auf unangenehme, widrige Weise affiziere, sondern vielmehr von der übergroßen Reizbarkeit meines Gemüts; dagegen mich der Vater geradezu einen dummen Jungen schalt, der aus Unlust heulen müsse wie ein antimusikalischer Hund. – Einen vorzüglichen Grund, nicht allein mich zu verteidigen, sondern auch sogar mir einen tief verborgenen musikalischen Sinn zuzuschreiben, nahm meine Tante aus dem Umstande her, daß ich oft, wenn der Vater zufällig den Flügel nicht zugeschlossen, mich stundenlang damit ergötzen konnte, allerlei wohlklingende Akkorde aufzusuchen und anzuschlagen. Hatte ich nun mit beiden Händen drei, vier, ja wohl sechs Tangenten gefunden, die, auf einmal niedergedrückt, einen gar wunderbaren, lieblichen Zusammenklang hören ließen, dann wurde ich nicht müde, sie anzuschlagen und austönen zu lassen. Ich legte den Kopf seitwärts auf den Deckel des Instruments; ich drückte die Augen zu; ich war in einer andern Welt; aber zuletzt mußte ich wieder bitterlich weinen, ohne zu wissen, ob vor Lust oder vor Schmerz. Meine Tante hatte mich oft belauscht und ihre Freude daran gehabt, wogegen mein Vater darin nur kindische Possen fand. Überhaupt schienen sie, so wie über mich, auch rücksichtlich anderer Gegenstände, vorzüglich der Musik, ganz uneins zu sein, indem meine Tante oft an musikalischen Stücken, vorzüglich wenn sie von italienischen Meistern ganz einfach und prunklos komponiert waren, ein großes Wohlgefallen fand, mein Vater aber, der ein heftiger Mann war, dergleichen Musik ein Dudeldumdei nannte, das den Verstand nie beschäftigen könne. Mein Vater sprach immer vom Verstande, meine Tante immer von Gefühl. – Endlich setzte sie es doch durch, daß mein Vater mich durch einen alten Kantor, der in den Familienkonzerten gewöhnlich die Viole strich, im Klavierspielen unterrichten ließ. Aber, du lieber Himmel, da zeigte es sich denn bald, daß die Tante mir viel zuviel zugetraut, der Vater dagegen recht hatte. An Taktgefühl sowie am Auffassen einer Melodie fehlte es mir, wie der

Kantor behauptete, keineswegs; aber meine grenzenlose Unbehülflichkeit verdarb alles. Sollte ich ein Übungsstück für mich exerzieren und setzte mich mit dem besten Vorsatz, recht fleißig zu sein, an das Klavier: so verfiel ich unwillkürlich bald in jene Spielerei des Akkordsuchens, und so kam ich nicht weiter. Mit vieler, unsäglicher Mühe hatte ich mich durch mehrere Tonarten durchgearbeitet bis zu der verzweifelten, die vier Kreuze vorgezeichnet hat und, wie ich jetzt noch ganz bestimmt weiß, E-Dur genannt wird. Über dem Stück stand mit großen Buchstaben »Scherzando Presto«, und als der Kantor es mir vorspielte, hatte es so was Hüpfendes, Springendes, das mir sehr mißfiel. Ach, wieviel Tränen, wieviel ermunternde Püffe des unseligen Kantors kostete mich das verdammte Presto! Endlich kam der für mich schreckliche Tag heran, an dem ich dem Vater und den musikalischen Freunden meine erworbenen Kenntnisse produzieren, alles, was ich gelernt, vorspielen sollte. Ich konnte alles gut, bis auf das abscheuliche E-Dur-Presto: da setzte ich mich abends vorher in einer Art von Verzweiflung ans Klavier, um, koste es, was es wolle, fehlerfrei jenes Stück einzuspielen. Ich wußte selbst nicht, wie es zuging, daß ich das Stück gerade auf den Tangenten, die denen, welche ich aufschlagen sollte, rechts zunächst lagen, zu spielen versuchte; es gelang mir, das ganze Stück war leichter geworden, und ich verfehlte keine Note, nur auf andern Tangenten, und mir kam es vor, als klänge das Stück sogar viel besser als so, wie es mir der Kantor vorgespielt hatte. Nun war mir froh und leicht zumute; ich setzte mich den andern Tag keck an den Flügel und hämmerte meine Stückchen frisch darauflos, und mein Vater rief einmal über das andere: »Das hätte ich nicht gedacht!« – Als das Scherzo zu Ende war, sagte der Kantor ganz freundlich: »Das war die schwere Tonart E-Dur!«, und mein Vater wandte sich zu einem Freunde, sprechend: »Sehen Sie, wie fertig der Junge das schwere E-Dur handhabt!« – »Erlauben Sie, Verehrtester«, erwiderte dieser, »das war ja F-Dur.« – »Mitnichten, mitnichten!« sagte der Vater. »Ei ja doch«, versetzte der Freund; »wir wollen es gleich sehen.« Beide traten an den Flügel. »Sehen Sie«, rief mein Vater triumphierend, indem er auf die vier Kreuze wies. »Und doch hat der Kleine F-Dur gespielt«, sagte der Freund. – Ich sollte das Stück wiederholen. Ich tat es ganz unbefangen, indem es mir nicht einmal recht deutlich war, worüber sie so ernstlich stritten. Mein Vater sah in die Tasten; kaum hatte ich aber einige Töne gegriffen, als mir des Vaters Hand um die Ohren sauste. »Vertrackter, dummer Junge!« schrie er im höchsten Zorn. Weinend und schreiend lief ich davon, und nun war es mit meinem musikalischen Unterricht auf immer aus. Die Tante meinte zwar, gerade daß es mir möglich geworden, das ganze Stück richtig, nur in einem andern Ton zu spielen, zeige von wahrem musikalischen Talent; allein ich glaube jetzt selbst, daß mein Vater recht hatte, es aufzugeben, mich auf irgendeinem Instrumente unterrichten zu lassen, da meine Unbeholfenheit, die Steifheit und Ungelenkigkeit meiner Finger sich jedem Streben entgegengesetzt haben würde. – Aber ebendiese Ungelenkigkeit scheint sich rücksichtlich der Musik auch auf mein geistiges Vermögen zu erstrecken. So habe ich nur zu oft bei dem Spiel anerkannter Virtuosen, wenn alles in jauchzende Bewunderung ausbrach, Langeweile, Ekel und Überdruß empfunden und mich noch dazu, da ich nicht unterlassen konnte, meine Meinung ehrlich herauszusagen, oder vielmehr mein inneres Gefühl deutlich aussprach, dem Gelächter der geschmackvollen, von der Musik begeisterten Menge preisgegeben. Ging es mir nicht noch vor kurzer Zeit ganz so, als ein berühmter Klavierspieler durch die Stadt reiste und sich bei einem meiner Freunde hören ließ? »Heute, Teuerster«, sagte mir der Freund, »werden Sie gewiß von Ihrer Musikfeindschaft geheilt; der herrliche Y. wird Sie erheben – entzücken.« Ich mußte mich wider meinen Willen dicht an das Pianoforte stellen; da fing der Virtuos an, die Töne auf und nieder zu rollen und erhob ein gewaltiges Gebrause, und als das immer fortdauerte, wurde mir ganz schwindelig und schlecht zumute, aber bald riß etwas anderes meine Aufmerksamkeit hin, und ich mag wohl, als ich den Spieler gar nicht mehr hörte, ganz sonderbar in das Pianoforte hineingestarrt haben; denn als er endlich aufgehört hatte, zu donnern und zu rasen, ergriff mich der Freund beim Arm und rief: »Nun, Sie sind ja ganz versteinert! He, Freundchen, empfinden Sie nun endlich die tiefe, fortreißende Wirkung der himmlischen Musik?« – Da gestand ich ehrlich ein, wie ich eigentlich den Spieler wenig gehört, sondern mich vielmehr an dem schnellen Aufundabspringen – und dem gliederweisen Lauffeuer der Hämmer höchlich ergötzt habe, worüber denn alles in ein schallendes Gelächter ausbrach. – Wie oft werde ich empfindungs-, herz-, gemütlos gescholten, wenn ich unaufhaltsam aus dem Zimmer renne, sobald das Fortepiano geöffnet wird oder diese und jene Dame die Guitarre in die Hand nimmt und sich zum Singen räuspert; denn ich weiß schon, daß bei der Musik, die sie gewöhnlich in den Häusern verführen, mir übel und weh wird und ich mir ordentlich physisch den Magen verderbe. – Das ist aber ein rechtes Unglück und bringt mir Verachtung der feinen Welt zuwege. Ich weiß wohl, daß eine solche Stimme, ein solcher Gesang wie der meiner Tante so recht in mein Innerstes dringt und sich da Gefühle regen, für die ich gar keine Worte habe; es ist mir, als sei das eben die Seligkeit, welche sich über das Irdische erhebt und daher auch im Irdischen keinen Ausdruck zu finden vermag; aber ebendeshalb ist es mir ganz unmöglich, höre ich eine solche Sängerin, in die laute Bewunderung auszubrechen wie die andern; ich bleibe still und schaue in mein Inneres, weil da noch alle die außen verklungenen Töne widerstrahlen, und da werde ich kalt, empfindungslos, ein Musikfeind gescholten. – Mir schrägüber wohnt der Konzertmeister, welcher jeden Donnerstag ein Quartett bei sich hat, wovon ich zur Sommerszeit den leisesten Ton höre, da sie abends, wenn es still auf der Straße geworden, bei geöffneten Fenstern spielen. Da setze ich mich aufs Sofa und höre mit geschlossenen Augen zu und bin ganz voller Wonne – aber nur bei dem ersten; bei dem zweiten Quartett verwirren sich schon die Töne, denn nun ist es, als müßten sie im Innern mit den Melodien des ersteren, die noch darin wohnen, kämpfen; und das dritte kann ich gar nicht mehr aushalten. Da muß ich fortrennen, und oft hat der Konzertmeister mich schon ausgelacht, daß ich mich von der Musik so in die Flucht schlagen ließe. – Sie spielten wohl, wie ich gehört habe, an sechs, acht solche Quartetts, und ich bewundere in der Tat die außerordentliche Geistesstärke, die innere musikalische Kraft, welche dazu gehört, so viel Musik hintereinander aufzufassen und durch das Abspielen alles so, wie im Innersten empfunden und gedacht, ins lebendige Leben ausgehen zu lassen. – Ebenso geht es mir mit den Konzerten, wo oft schon die erste Symphonie solch einen Tumult in mir erregt, daß ich für alles übrige tot bin. Ja, oft hat mich eben der erste Satz so aufgeregt, so gewaltsam erschüttert, daß ich mich hinaussehne, um all die seltsamen Erscheinungen, von denen ich befangen, deutlicher zu schauen, ja mich in ihren wunderbaren Tanz zu verflechten, daß ich, unter ihnen, ihnen gleich bin. Es kommt mir dann vor, als sei die gehörte Musik ich selbst. – Ich frage daher niemals nach dem Meister; das scheint mir ganz gleichgültig. Es ist mir so, als werde auf dem höchsten Punkt nur eine psychische Masse bewegt und als habe ich in diesem Sinne viel Herrliches komponiert. – Indem ich dieses nur so für mich niederschreibe, wird mir angst und bange, daß es einmal in meiner angebornen, unbefangenen Aufrichtigkeit mir über die Lippen fliehen könnte. Wie würde ich ausgelacht werden! Sollten nicht manche wahrhaftige musikalische Bravos an der Gesundheit meines Gemüts zweifeln? – Wenn ich oft nach der ersten Symphonie aus dem Konzertsaal eile, schreien sie mir nach: »Da läuft er fort, der Musikfeind!« und bedauern mich, da jeder Gebildete jetzt mit Recht verlangt, daß man nächst der Kunst, sich anständig zu verbeugen, und ebenso auch über das, was man nicht weiß, zu reden, auch die Musik liebe und treibe. Daß ich nun eben von diesem Treiben so oft getrieben werde hinaus in die Einsamkeit, wo die ewig waltende Macht in dem Rauschen der Eichenblätter über meinem Haupte, in dem Plätschern der Quelle wunderbare Töne anregt, die sich geheimnisvoll verschlingen mit den Lauten, die in meinem Innern ruhen und nun in herrlicher Musik hervorstrahlen – ja, das ist eben mein Unglück. – Die entsetzliche peinliche Schwerfälligkeit im Auffassen der Musik schadet mir auch recht in der Oper. – Manchmal freilich ist es mir, als würde nur dann und wann ein schickliches musikalisches Geräusch gemacht und man verjage damit sehr zweckmäßig die Langeweile oder noch ärgere Ungetüme, so wie vor den Karawanen Zimbeln und Pauken toll und wild durcheinander geschlagen werden, um die wilden Tiere abzuhalten; aber wenn es oft so ist, als könnten die Personen nicht anders reden als in den gewaltigen Akzenten der Musik, als ginge das Reich des Wunderbaren auf wie ein flammender Stern – dann habe ich Mühe und Not, mich festzuhalten in dem Orkan, der mich erfaßt und in das Unendliche zu schleudern droht. – Aber in solch eine Oper gehe ich immer und immer wieder, und klarer und leuchtender wird es im Innern, und alle Gestalten treten heraus aus dem düstern Nebel und schreiten auf mich zu, und nun erkenne ich sie, wie sie so freundlich mir befreundet sind und mit mir dahinwallen im herrlichen Leben. – Ich glaube

Glucks »Iphigenia« gewiß fünfzigmal gehört zu haben. Darüber lachen aber mit Recht die echten Musiker und sagen: »Beim ersten Mal hatten wir alles weg und beim dritten satt.« – Ein böser Dämon verfolgt mich aber und zwingt mich, unwillkürlich komisch zu sein und Komisches zu verbreiten, rücksichtlich meiner Musikfeindschaft. So stehe ich neulich im Schauspielhause, wohin ich aus Gefälligkeit für einen fremden Freund gegangen, und bin ganz vertieft in Gedanken, als sie gerade (es wurde eine Oper gegeben) so einen nichtssagenden musikalischen Lärm machen. Da stößt mich der Nachbar an, sprechend: »Das ist eine ganz vorzügliche Stelle!« Ich dachte und konnte in dem Augenblick nichts anderes denken, als daß er von der Stelle im Parterre spräche, wo wir uns gerade befanden, und antwortete ganz treuherzig: »Ja, eine gute Stelle, aber ein bißchen Zug weht doch!« – Da lachte er sehr, und als Anekdote von dem Musikfeind wurde es verbreitet in der ganzen Stadt, und überall neckte man mich mit meiner Zugluft in der Oper, und ich hatte doch recht.

Sollte man es wohl glauben, daß es dessenungeachtet einen echten, wahren Musiker gibt, der noch jetzt, rücksichtlich meines musikalischen Sinnes, der Meinung meiner Tante ist? – Freilich wird niemand viel darauf geben, wenn ich geradeheraus sage, daß dies kein andrer ist als der Kapellmeister Johannes Kreisler, der seiner Phantasterei wegen überall verschrien genug ist, aber ich bilde mir nicht wenig darauf ein, daß er es nicht verschmäht, mir recht nach meinem innern Gefühl, so wie es mich erfreut und erhebt, vorzusingen und vorzuspielen. – Neulich sagte er, als ich ihm meine musikalische Unbeholfenheit klagte, ich sei mit jenem Lehrling in dem Tempel zu Sais zu vergleichen, der, ungeschickt scheinend im Vergleich der andern Schüler, doch den wunderbaren Stein fand, den die andern mit allem Fleiß vergeblich suchten. Ich verstand ihn nicht, weil ich

Novalis' Schriften nicht gelesen, auf die er mich verwies. Ich habe heute in die Leihbibliothek geschickt, werde das Buch aber wohl nicht erhalten, da es herrlich sein soll und also stark gelesen wird. – Doch nein; eben erhalte ich wirklich Novalis' Schriften, zwei Bändchen, und der Bibliothekar läßt mir sagen, mit dergleichen könne er immer aufwarten, da es stets zu Hause sei; nur habe er den Novalis nicht gleich finden können, da er ihn ganz und gar als ein Buch, nach dem niemals gefragt würde, zurückgestellt. – Nun will ich doch gleich sehen, was es mit den Lehrlingen zu Sais für eine Bewandtnis hat.

6. Über einen Ausspruch Sacchinis und über den sogenannten Effekt in der Musik

In Gerbers Tonkünstler-Lexikon wird von dem berühmten Sacchini folgendes erzählt: Als Sacchini einst zu London bei Herrn le Brün, dem berühmten Hoboisten, zu Mittag speiste, wiederholte man in seiner Gegenwart die Beschuldigung, die manchmal die Deutschen und die Franzosen den italienischen Komponisten machen, daß sie nicht genug modulieren. »Wir modulieren in der Kirchenmusik«, sagte er; »da kann die Aufmerksamkeit, weil sie nicht durch die Nebensachen des Schauspiels gestört wird, leichter den mit Kunst verbundenen Veränderungen der Töne folgen; aber auf dem Theater muß man deutlich und einfach sein, man muß mehr das Herz rühren als in Erstaunen setzen, man muß sich selbst minder geübten Ohren begreiflich machen. Der, welcher, ohne den Ton zu ändern, abgeänderte Gesänge darstellt, zeigt weit mehr Talent als der, welcher ihn alle Augenblicke ändert.«

Dieser merkwürdige Ausspruch Sacchinis legt die ganze Tendenz der italienischen Opernmusik damaliger Zeit an den Tag, und im wesentlichen ist sie auch wohl bis auf die jetzige Zeit dieselbe geblieben. Die Italiener erhoben sich nicht zu der Ansicht, daß die Oper in Wort, Handlung und Musik als ein Ganzes erscheinen und dieses untrennbare Ganze im Totaleindruck auf den Zuhörer wirken müsse; die Musik war ihnen vielmehr zufällige Begleiterin des Schauspiels und durfte nur hin und wieder als selbständige Kunst, und dann für sich allein wirkend, hervortreten. So kam es, daß im eigentlichen Fortschreiten der Handlung alle Musik flach und unbedeutend gehalten wurde und nur die Primadonna und der Primo Huomo in ihren sogenannten Szenen in bedeutender oder vielmehr wahrer Musik hervortreten durften. Hier galt es aber dann wieder, ohne Rücksicht auf den Moment der Handlung, nur den Gesang, ja oft auch nur die Kunstfertigkeit der Sänger im höchsten Glanze zu zeigen.

Sacchini verwirft in der Oper alles Starke, Erschütternde der Musik, welches er in die Kirche verweist; er hat es im Theater nur mit angenehmen oder vielmehr nicht tief eingreifenden Empfindungen zu tun; er will nicht Erstaunen, nur sanfte Rührung erregen. Als wenn die Oper durch die Verbindung der individualisierten Sprache mit der allgemeinen Sprache der Musik nicht eben die höchste, das Innerste tief ergreifende Wirkung auf das Gemüt schon ihrer Natur nach beabsichtigen müsse! Endlich will er durch die größte Einfachheit, oder vielmehr Monotonie, auch dem ungeübten Ohr verständlich werden; allein das ist ja eben die höchste oder vielmehr die wahre Kunst des Komponisten, daß er durch die Wahrheit des Ausdrucks jeden rührt, jeden erschüttert, wie es der Moment der Handlung erfordert, ja diesen Moment der Handlung selbst schafft wie der Dichter. Alle Mittel, die der unerschöpfliche Reichtum der Tonkunst ihm darbietet, sind sein eigen, und er braucht sie, so wie sie zu jener Wahrheit als notwendig erscheinen. So wird zum Beispiel die künstlichste Modulation, ihr schneller Wechsel an rechter Stelle, dem ungeübtesten Ohr in höherer Rücksicht verständlich sein, das heißt: nicht die technische Struktur erkennt der Laie, worauf es auch gar nicht ankommt, sondern der Moment der Handlung ist es, der ihn gewaltig ergreift. Wenn im »Don Juan« die Statue des Kommandanten im Grundton E ihr furchtbares »Ja!« ertönen läßt, nun aber der Komponist dieses E als Terz von C annimmt und so in C-Dur moduliert, welche Tonart Leporello ergreift, so wird kein Laie der Musik die technische Struktur dieses Überganges verstehen, aber im Innersten mit dem Leporello erbeben, und ebensowenig wird der Musiker, der auf der höchsten Stufe der Bildung steht, in dem Augenblick der tiefsten Anregung an jene Struktur denken, denn ihm ist das Gerüste längst eingefallen, und er trifft wieder mit dem Laien zusammen.

Die wahre Kirchenmusik, nämlich diejenige, die den Kultus begleitet oder vielmehr selbst Kultus ist, erscheint als überirdische – als Sprache des Himmels. Die Ahnungen des höchsten Wesens, welche die heiligen Töne in des Menschen Brust entzünden, sind das höchste Wesen selbst, welches in der Musik verständlich von dem überschwenglich herrlichen Reiche des Glaubens und der Liebe redet. Die Worte, die sich dem Gesange beigesellen, sind nur zufällig und enthalten auch meistens nur bildliche Andeutungen, wie zum Beispiel in der Missa. In dem irdischen Leben, dem wir uns entschwungen, blieb der Gärungsstoff des Bösen zurück, der die Leidenschaften erzeugte, und selbst der Schmerz löste sich auf in die inbrünstige Sehnsucht der ewigen Liebe. Folgt nicht aber hieraus von selbst, daß die einfachen Modulationen, die den Ausdruck eines zerrissenen, beängsteten Gemüts in sich tragen, eben aus der Kirche zu verbannen sind, weil sie gerade dort zerstreuen und den Geist befangen mit weltlichem, irdischem Treiben? Sacchinis Ausspruch ist daher gerade umzukehren, wiewohl er, da er sich ausdrücklich auf die Meister seines Landes bezieht und gewiß die älteren im Sinne hatte, unter dem häufigeren Modulieren in der Kirchenmusik nur den größern Reichtum des harmonischen Stoffs meinte. Rücksichtlich der Opernmusik änderte er auch wahrscheinlich seine Meinung, als er Glucks Werke in Paris gehört hatte, denn sonst würde er, dem von ihm selbst aufgestellten Prinzip zuwider, nicht die starke, heftig ergreifende Fluchszene im »Ödip auf Kolonos« gesetzt haben.

Jene Wahrheit, daß die Oper in Wort, Handlung und Musik als ein Ganzes erscheinen müsse, sprach Gluck zuerst in seinen Werken deutlich aus; aber welche Wahrheit wird nicht mißverstanden und veranlaßt so die sonderbarsten Mißgriffe! Welche Meisterwerke erzeugten nicht in blinder Nachahmerei die lächerlichsten Produkte! Dem blöden Auge erscheinen die Werke des hohen Genies, die es nicht vermochte in einem Brennpunkt aufzufassen, wie ein deformiertes Gemälde, und dieses Gemäldes zerstreute Züge wurden getadelt und nachgeahmt. Goethes »Werther« veranlaßte die weinerlichen Empfindeleien jener Zeit; sein »Götz von Berlichingen« schuf die ungeschlachten, leeren Harnische, aus denen die hohlen Stimmen der biderben Grobheit und des prosaisch tollen Unsinns erklangen. Goethe selbst sagt (»Aus meinem Leben«, Dritter Teil): die Wirkung jener Werke sei meistens stoffartig gewesen, und so kann man auch behaupten, daß die Wirkung von Glucks und Mozarts Werken, abgesehen von dem Text, in rein musikalischer Hinsicht nur stoffartig war. Auf den Stoff des musikalischen Gebäudes wurde nämlich das Auge gerichtet und der höhere Geist, dem dieser Stoff dienen mußte, nicht entdeckt. Man fand bei dieser Betrachtung, vorzüglich bei Mozart, daß außer der mannigfachen, frappanten Modulation auch die häufige Anwendung der Blasinstrumente die erstaunliche Wirkung seiner Werke hervorbringen möge; und davon schreibt sich der Unfug der überladenen Instrumentierung und des bizarren, unmotivierten Modulierens her. Effekt wurde das Losungswort der Komponisten und Effekt zu machen, koste es, was es wolle, die einzige Tendenz ihrer Bemühungen. Aber ebendieses Bemühen nach dem Effekt beweiset, daß er abwesend ist und sich nicht willig finden läßt, da einzukehren, wo der Komponist wünscht, daß er anzutreffen sein möge. – Mit einem Wort: der Künstler muß, um uns zu rühren, um uns gewaltig zu ergreifen, selbst in eigner Brust tief durchdrungen sein, und nur das in der Ekstase bewußtlos im Innern Empfangene mit höherer Kraft festzuhalten in den Hieroglyphen der Töne (den Noten) ist die Kunst, wirkungsvoll zu komponieren. Fragt daher ein junger Künstler, wie er es anfangen solle, eine Oper mit recht vielem Effekt zu setzen, so kann man ihm nur antworten: »Lies das Gedicht, richte mit aller Kraft den Geist darauf, gehe ein mit aller Macht deiner Phantasie in die Momente der Handlung: du lebst in den Personen des Gedichts, du bist selbst der Tyrann, der Held, die Geliebte; du fühlst den Schmerz, das Entzücken der Liebe, die Schmach, die Furcht, das Entsetzen, ja des Todes namenlose Qual, die Wonne seliger Verklärung; du zürnest, du wütest, du hoffest, du verzweifelst; dein Blut glüht durch die Adern, heftiger schlagen deine Pulse; in dem Feuer der Begeisterung, das deine Brust entflammt, entzünden sich Töne, Melodien, Akkorde, und in der wundervollen Sprache der Musik strömt das Gedicht aus deinem Innern hervor. Die technische Übung durch Studium der Harmonik, der Werke großer Meister, durch Selbstschreiben bewirkt, daß du immer deutlicher und deutlicher deine innere Musik vernimmst, keine Melodie, keine Modulation, kein Instrument entgeht dir, und so empfängst du mit der Wirkung auch zugleich die Mittel, die du nun, wie deiner Macht unterworfene Geister, in das Zauberbuch der Partitur bannst.« – Freilich heißt das alles nur soviel als: »Sei so gut, Lieber, und sorge nur dafür, ein recht musikalischer Genius zu sein; das andere findet sich dann von selbst! Aber es ist dem wirklich so und nicht anders.«

Dessenungeachtet läßt sich denken, daß mancher den wahren Funken, den er in sich trägt, überbaut, indem er, der eigenen Kraft mißtrauend, den aus dem Innern keimenden Gedanken verwerfend, ängstlich alles, was er in den Werken großer Meister als effektvoll anerkannt, zu benutzen strebt und so in Nachahmerei der Form gerät, die nie den Geist schafft, da nur der Geist sich die Form bildet. Das ewige Schreien der Theaterdirektoren, die, nach dem auf den Brettern kursierenden Ausdruck, das Publikum gepackt haben wollen: »Nur Effekt! Effekt!«, und die Forderungen der sogenannte ekeln Kenner, denen der Pfeffer nicht mehr gepfeffert genug ist, regen oft den Musiker an, in einer Art verzagter Verzweiflung womöglich jene Meister noch im Effekt zu überbieten, und so entstehen die wunderlichen Kompositionen, in denen ohne Motive – das heißt, ohne daß die Momente des Gedichts nur irgend den Anlaß dazu in sich tragen sollten – grelle Ausweichungen, mächtige Akkorde aller nur möglichen Blasinstrumente aufeinanderfolgen wie bunte Farben, die nie zum Bilde werden. Der Komponist erscheint wie ein Schlaftrunkener, den jeden Augenblick gewaltige Hammerschläge wecken und der immer wieder in den Schlaf zurückfällt. Tondichter dieser Art sind höchlich verwundert, wenn ihr Werk trotz den Bemühungen, womit sie sich gequält, durchaus nicht den Effekt, wie sie sich ihn vorgestellt, machen will, und denken gewiß nicht daran, daß die Musik, wie sie ihr individueller Genius schuf, wie sie aus ihrem Innern strömte und die ihnen zu einfach, zu leer schien, vielleicht unendlich mehr gewirkt haben würde. Ihre ängstliche Verzagtheit verblendete sie und raubte ihnen die wahre Erkenntnis jener Meisterwerke, die sie sich zum Muster nahmen und nun an den Mitteln als demjenigen hängenblieben, worin der Effekt zu suchen sei. Aber, wie schon oben gesagt, es ist ja nur der Geist, der, die Mittel in freier Willkür beherrschend, in jenen Werken die unwiderstehliche Gewalt ausübt; nur das Tongedicht, das wahr und kräftig aus dem Innern hervorging, dringt wieder ein in das Innere des Zuhörers. Der Geist versteht nur die Sprache des Geistes.

Regeln zu geben, wie man den Effekt in der Musik hervorbringen solle, ist daher wohl unmöglich, aber leitende Winke können den mit sich selbst uneins gewordenen Tondichter, der sich, wie von Irrlichtern geblendet, abwärts verirrte, wieder auf Weg und Steg zurückbringen.

Das Erste und Vorzüglichste in der Musik, welches mit wunderbarer Zauberkraft das menschliche Gemüt ergreift, ist die Melodie. – Nicht genug zu sagen ist es, daß ohne ausdrucksvolle, singbare Melodie jeder Schmuck der Instrumente und so weiter nur ein glänzender Putz ist, der, keinen lebenden Körper zierend, wie in Shakespeares »Sturm« an der Schnur hängt und nach dem der dumme Pöbel läuft. Singbar ist, im höhern Sinn genommen, ein herrliches Prädikat, um die wahre Melodie zu bezeichnen. Diese soll Gesang sein, frei und ungezwungen unmittelbar aus der Brust des Menschen strömen, der selbst das Instrument ist, welches in den wunderbarsten, geheimnisvollsten Lauten der Natur ertönt. Die Melodie, die auf diese Weise nicht singbar ist, kann nur eine Reihe einzelner Töne bleiben, die vergebens danach streben, Musik zu werden. Es ist unglaublich, wie in neuerer Zeit, vorzüglich auf die Anregung eines mißverstandenen Meisters (Cherubinis), eben die Melodie vernachlässigt worden und aus dem Abquälen, immer originell und frappant zu sein, das gänzlich Unsingbare mehrerer Tongedichte entstanden ist. Wie kommt es denn, daß die einfachen Gesänge der alten Italiener, oft nur vom Baß begleitet, das Gemüt so unwiderstehlich rühren und erheben? Liegt es nicht lediglich in dem herrlichen, wahrhaft singenden Gesange? Überhaupt ist der Gesang ein wohl unbestrittenes einheimisches Eigentum jenes in Musik erglühten Volks, und der Deutsche mag, ist er auch zur höhern oder vielmehr zur wahren Ansicht der Oper gelangt, doch auf jede ihm nur mögliche Weise sich mit jenen Geistern befreunden, damit sie es nicht verschmähen, wie mit geheimer, magischer Kraft einzugehen in sein Inneres und die Melodie zu entzünden. Ein herrliches Beispiel dieser innigsten Befreundung gibt der hohe Meister der Kunst, Mozart, in dessen Brust der italienische Gesang erglühte. Welcher Komponist schrieb singbarer als er? Auch ohne den Glanz des Orchesters dringt jede seiner Melodien tief ein in das Innere, und darin liegt ja schon die wunderbare Wirkung seiner Kompositionen.

Was nun die Modulationen betrifft, so sollen nur die Momente des Gedichts den Anlaß dazu geben; sie gehen aus den verschiedenen Anregungen des bewegten Gemüts hervor, und so wie diese – sanft, stark, gewaltig, allmählich emporkeimend, plötzlich ergreifend sind, wird auch der Komponist, in dem die wunderbare Kunst der Harmonik als eine herrliche Gabe der Natur liegt, so daß ihm das technische Studium nur das deutliche Bewußtsein darüber verschafft, bald in verwandte, bald in entfernte Tonarten, bald allmählich übergehen, bald mit einem kühnen Ruck ausweichen. Der echte Genius sinnt nicht darauf, zu frappieren durch erkünstelte Künstlichkeit, die zur argen Unkunst wird; er schreibt es nur auf, wie sein innerer Geist die Momente der Handlung in Tönen aussprach, und mögen dann die musikalischen Rechenmeister zu nützlicher Übung aus seinen Werken ihre Exempel ziehen. Zu weit würde es führen, hier über die tiefe Kunst der Harmonik zu sprechen, wie sie in unserm Innern begründet ist und wie sich dem schärfer Eindringenden geheimnisvolle Gesetze offenbaren, die kein Lehrbuch enthält. Nur um eine einzelne Erscheinung anzudeuten, sei es bemerkt, daß die grellen Ausweichungen nur dann von tiefer Wirkung sind, wenn, unerachtet ihrer Heterogeneität, die Tonarten doch in geheimer, dem Geist des Musikers klar gewordener Beziehung stehen. Mag die anfangs erwähnte Stelle des Duetts im »Don Juan« auch hier zum Beispiel dienen. – Hieher gehören auch die wegen des Mißbrauchs oft bespöttelten enharmonischen Ausweichungen, die ebenjene geheime Beziehung in sich tragen und deren oft gewaltige Wirkung sich nicht bezweifeln läßt. Es ist, als ob ein geheimes, sympathetisches Band oft manche entfernt liegende Tonarten verbände und ob unter gewissen Umständen eine unbezwingbare Idiosynkrasie selbst die nächstverwandten Tonarten trenne. Die gewöhnlichste, häufigste Modulation, nämlich aus der Tonika in die Dominante und umgekehrt, erscheint zuweilen unerwartet und fremdartig, oft dagegen widrig und unausstehlich.

In der Instrumentierung liegt freilich ebenfalls ein großer Teil der erstaunlichen Wirkung verborgen, die oft die genialen Werke hoher Meister hervorbringen. Hier möchte es aber wohl kaum möglich sein, auch nur eine einzige Regel zu wagen: denn ebendieser Teil der musikalischen Kunst ist in mystisches Dunkel gehüllt. Jedes Instrument trägt, rücksichtlich der Verschiedenheit seiner Wirkung in einzelnen Fällen, hundert andere in sich, und es ist zum Beispiel ein törichter Wahn, daß nur ihr Zusammenwirken unbedingt das Starke, das Mächtige auszudrücken imstande sein sollte. Ein einzelner, von diesem oder jenem Instrumente ausgehaltener Ton bewirkt oft inneres Erbeben. Hiervon geben viele Stellen in Gluckschen Opern auffallende Beispiele, und um jene Verschiedenheit der Wirkung, deren jedes Instrument fähig ist, recht einzusehen, denke man nur daran, mit welchem heterogenen Effekt Mozart dasselbe Instrument braucht – wie zum Beispiel die Hoboe. – Hier sind nur Andeutungen möglich. – In dem Gemüt des Künstlers wird, um in dem Vergleich der Musik mit der Malerei zu bleiben, das Tongedicht wie ein vollendetes Gemälde erscheinen und er im Anschauen jene richtige Perspektive, ohne welche keine Wahrheit möglich ist, von selbst finden. – Zu der Instrumentierung gehören auch die verschiedenen Figuren der begleitenden Instrumente; und wie oft erhebt eine solche richtig aus dem Innern aufgefaßte Figur die Wahrheit des Ausdrucks bis zur höchsten Kraft! Wie tief ergreifend ist nicht zum Beispiel die in Oktaven fortschreitende Figur der zweiten Violine und der Viola in Mozarts Arie »Non mi dir bel idol mio« etc. Auch rücksichtlich der Figuren läßt sich nichts künstlich ersinnen, nichts hinzumachen; die lebendigen Farben des Tongedichts heben das kleinste Detail glänzend hervor, und jeder fremde Schmuck würde nur entstellen, statt zu zieren. Ebenso ist es mit der Wahl der Tonart, mit dem Forte und Piano, das aus dem tiefen Charakter des Stücks hervorgehen und nicht etwa der Abwechslung wegen dastehen soll, und mit allen übrigen untergeordneten Ausdrucksmitteln, die sich dem Musiker darbieten.

Den zweifelhaften, nach Effekt ringenden mißmutigen Tondichter, wohnt nur der Genius in ihm, kann man unbedingt damit trösten, daß sein wahres, tiefes Eingehen in die Werke der Meister ihn bald mit dem Geiste dieser selbst in einen geheimnisvollen Rapport bringen und daß dieser die ruhende Kraft entzünden, ja die Ekstase herbeiführen werde, in der er wie aus dumpfem Schlafe zum neuen Leben erwacht und die wunderbaren Laute seiner innern Musik vernimmt; dann gibt ihm sein Studium der Harmonik, seine technische Übung die Kraft, jene Musik, die sonst vorüberrauschen würde, festzuhalten, und die Begeisterung, welche das Werk gebar, wird in wunderbarem Nachklange den Zuhörer mächtig ergreifen, so daß er der Seligkeit teilhaftig wird, die den Musiker in jenen Stunden der Weihe umfing. Dies ist aber der wahrhaftige Effekt des aus dem Innern hervorgegangenen Tongedichts.

7. *Johannes Kreislers Lehrbrief*

Da Du, mein lieber Johannes! mir nun wirklich aus der Lehre laufen und auf Deine eigene Weise in der weiten Welt herumhantieren willst, so ist es billig, daß ich, als Dein Meister, Dir einen Lehrbrief in den Sack schiebe, den Du sämtlichen musikalischen Gilden und Innungen als Passeport vorzeigen kannst. Das könnte ich nun ohne alle weitere Umschweife tun, indem ich Dich aber im Spiegel anschaue, fällt es mir recht wehmütig ins Herz. Ich möchte Dir noch einmal alles sagen, was wir zusammen gedacht und empfunden, wenn so in den Lehrjahren gewisse Momente eintraten. Du weißt schon, was ich meine. Da wir beide aber das eigen haben, daß, wenn der eine spricht, der andere das Maul nicht halten kann, so ist es wohl besser, ich schreibe wenigstens einiges davon auf, gleichsam als Ouvertüre, und Du kannst es denn manchmal lesen zu Deinem Nutz und Frommen. – Ach, lieber Johannes! wer kennt Dich besser als ich, wer hat so in Dein Inneres, ja aus Deinem Innern selbst herausgeblickt als ich? – Dafür glaube ich auch, daß Du mich vollkommen kennst und daß eben aus diesem Grunde unser Verhältnis immer leidlich war, wiewohl wir die verschiedensten Meinungen über uns wechselten, da wir uns manchmal außerordentlich weise, ja genial, dann aber wieder hinlänglich albern und tölpelhaft, ja auch was weniges dämisch dünkten. Sieh, teurer Skolar! indem ich in vorstehenden Perioden das Wörtlein »uns« gebraucht, kommt es mir vor, als hätte ich, in vornehmer Bescheidenheit den Plural brauchend, doch nur von mir allein im Singular gesprochen, ja als ob wir beide am Ende auch nur einer wären. Reißen wir uns von dieser tollen Einbildung los! Also noch einmal, lieber Johannes! – wer kennt Dich besser als ich, und wer vermag daher mit besserm Fug und Recht zu behaupten, daß Du jetzt diejenige Meisterschaft erlangt hast, welche nötig ist, um ein schickliches gehöriges Lernen zu beginnen.

Was dazu hauptsächlich notwendig scheint, ist Dir wirklich eigen worden. Du hast nämlich Dein Hörorgan so geschärft, daß Du bisweilen die Stimme des in Deinem Innern versteckten Poeten (um mit Schubert zu reden*) vernimmst und wirklich nicht glaubst, Du seist es nur, der gesprochen, sonst niemand. – In einer lauen Juliusnacht saß ich einsam auf der Moosbank in jener Jasminlaube, die Du kennst, da trat der stille freundliche Jüngling, den wir Chrysostomus nennen, zu mir und erzählte aus seiner frühen Jugendzeit wunderbare Dinge. »Der kleine Garten meines Vaters«, so sprach er, »stieß an einen Wald voll Ton und Gesang. Jahraus, jahrein nistete dort eine Nachtigall auf dem alten herrlichen Baum, an dessen Fuß ein großer, mit allerlei wunderbaren Moosen und rötlichen Adern durchwachsener Stein lag. Es klang wohl recht fabelhaft, was mein Vater von diesem Stein erzählte. Vor vielen, vielen Jahren, hieß es, kam ein unbekannter stattlicher Mann auf des Junkers Burg, seltsamlich gebildet und gekleidet. Jedem kam der Fremde sehr wunderlich vor, man konnte ihn nicht lange ohne inneres Grauen anblicken und dann doch nicht wieder das festgebannte Auge von ihm abwenden. Der Junker gewann ihn in kurzer Zeit sehr lieb, wiewohl er oft gestand, daß ihm in

* Schuberts »Symbolik des Traumes«.

seiner Gegenwart sonderbar zumute würde und eiskalte Schauer ihn anwehten, wenn der Fremde beim vollen Becher von den vielen fernen unbekannten Ländern und sonderbaren Menschen und Tieren erzähle, die ihm auf seinen weiten Wanderungen bekannt worden, und dann seine Sprache in ein wunderbares Tönen verhalle, in dem er ohne Worte unbekannte, geheimnisvolle Dinge verständlich ausspreche. – Keiner konnte sich von dem Fremden losreißen, ja nicht oft genug seine Erzählungen hören, die auf unbegreifliche Weise dunkles gestaltloses Ahnen in lichter, erkenntnisfähiger Form vor des Geistes Auge brachten. Sang nun der Fremde vollends zu seiner Laute in unbekannter Sprache allerlei wunderbar tönende Lieder, so wurden alle, die ihn hörten, wie von überirdischer Macht ergriffen, und es hieß: das könne kein Mensch, das müsse ein Engel sein, der die Töne aus dem himmlischen Konzert der Cherubim und Seraphim auf die Erde gebracht. Das schöne blutjunge Burgfräulein umstrickte der Fremde ganz mit geheimnisvollen unauflöslichen Banden. Sie wurden, da er sie im Gesange und Lautenspiel unterrichtete, binnen kurzer Zeit ganz vertraut miteinander, und oft schlich der Fremde um Mitternacht zu dem alten Baum, wo das Fräulein seiner schon harrte. Dann hörte man aus weiter Ferne ihren Gesang und die verhallenden Töne der Laute des Fremden, aber so seltsam, so schauerlich klangen die Melodien, daß niemand es wagte, näher hinzugehen oder gar die Liebenden zu verraten. An einem Morgen war der Fremde plötzlich verschwunden, und vergebens suchte man das Fräulein im ganzen Schlosse. Von folternder Angst, von der Ahnung des Entsetzlichen ergriffen, schwang sich der Vater auf das Pferd und sprengte nach dem Walde, den Namen seines Kindes in trostlosem Jammer laut rufend. Als er zu dem Stein kam, wo der Fremde so oft mit dem Fräulein um Mitternacht saß und koste, sträubten sich die Mähnen des mutigen Pferdes, es schnaubte und prustete, wie festgezaubert von einem höllischen Geiste, war es nicht von der Stelle zu bringen. Der Junker glaubte, das Pferd scheue sich vor der wunderlichen Form des Steines, er stieg daher ab, um es vorüberzuführen, aber im Starrkrampf des Entsetzens stockten seine Pulse, und er stand regungslos, als er die hellen Blutstropfen erblickte, die dem Stein häufig entquollen. Wie von einer höheren Macht getrieben, schoben die Jägersleute und Bauern, die dem Junker gefolgt waren, den Stein mit vieler Mühe zur Seite und fanden darunter das arme Fräulein mit vielen Dolchstichen ermordet und verscharrt, die Laute des Fremden aber neben ihr zertrümmert. Seit der Zeit nistet alljährlich auf dem Baum eine Nachtigall und singt um Mitternacht in klagenden, das Innerste durchdringenden Weisen; aus dem Blute entstanden aber die wunderlichen Moose und Kräuter, die jetzt auf dem Steine in seltsamlichen Farben prangen. – Ich durfte, da ich noch ein gar junger Knabe war, ohne des Vaters Erlaubnis nicht in den Wald gehen, aber der Baum, und vorzüglich der Stein, zogen mich unwiderstehlich hin. Sooft das Pförtchen in der Gartenmauer nicht verschlossen war, schlüpfte ich hinaus zu meinem lieben Stein, an dessen Moosen und Kräutern, die die seltsamsten Figuren bildeten, ich mich nicht satt sehen konnte. Oft glaubte ich die Zeichen zu verstehen, und es war mir, als sähe ich allerlei abenteuerliche Geschichten, wie sie die Mutter mir erzählt hatte, darauf abgebildet, mit Erklärungen dazu. Dann mußte ich, den Stein beschauend, wieder ganz unwillkürlich an das schöne Lied denken, welches der Vater beinahe täglich sang, sich auf einem Klavizembal begleitend, und welches mich immer so innig rührte, daß ich, die liebsten Kinderspiele vergessend, mit hellen Tränen in den Augen nur zuhören mochte. Eben bei dem Anhören des Liedes kamen mir dann wieder meine lieben Moose in den Sinn, so, daß beides mir bald nur eins schien und ich es in Gedanken kaum voneinander zu trennen vermochte. Zu *der* Zeit entwickelte sich meine Neigung zur Musik mit jedem Tage stärker, und mein Vater, selbst ein guter Musikus, ließ es sich recht angelegen sein, mich sorgfältig zu unterrichten. Er glaubte nicht allein einen wackern Spieler, sondern auch wohl einen Komponisten aus mir zu bilden, weil ich so eifrig darüber her war, auf dem Klavier Melodien und Akkorde zu suchen, die bisweilen viel Ausdruck und Zusammenhang hatten. Aber oft hätte ich bitterlich weinen, ja in verzagter Trostlosigkeit nie mehr das Klavier anrühren mögen, denn immer wurde es, indem ich die Tasten berührte, etwas anderes, als ich wollte. Unbekannte Gesänge, die ich nie gehört, durchströmten mein Inneres, und es war mir dann, nicht des Vaters Lied, sondern ebenjene Gesänge, die mich wie Geisterstimmen umtönten, wären in den Moosen des Steins wie in geheimen wundervollen Zeichen aufbewahrt, und wenn man sie recht mit voller Liebe anschaue, müßten die Lieder des Fräuleins in den leuchtenden Tönen ihrer anmutigen Stimme hervorgehen. Wirklich geschah es auch, daß, den Stein betrachtend, ich oft in ein hinbrütendes Träumen geriet und dann den herrlichen Gesang des Fräuleins vernahm, der meine Brust mit wunderbarem wonnevollen Schmerz erfüllte. Aber so wie ich selbst das nachsingen oder auf dem Klavier nachspielen wollte, ging alles so deutlich Gehörte unter in ein dunkles verworrenes Ahnen. Im kindischen, abenteuerlichen Beginnen verschloß ich oft das Instrument und horchte, ob nun nicht deutlicher und herrlicher die Gesänge heraushallen würden, denn ich wußte ja wohl, daß darin wie verzaubert die Töne wohnen müßten. Ich wurde ganz trostlos, und wenn ich nun vollends die Lieder und Übungsstücke meines Vaters spielen sollte, die mir widrig und unausstehlich geworden, wollte ich vergehen vor Ungeduld. So kam es denn, daß ich alles technische Studium der Musik vernachlässigte und mein Vater, an meiner Fähigkeit verzweifelnd, den Unterricht ganz aufgab. In späterer Zeit, auf dem Lyzeum in der Stadt, erwachte meine Lust zur Musik auf andere Weise. Die technische Fertigkeit mehrerer Schüler trieb mich an, ihnen gleich zu werden. Ich gab mir viele Mühe, aber je mehr ich des Mechanischen Herr wurde, desto weniger wollte es mir gelingen, jene Töne, die in wunderherrlichen Melodien sonst in meinem Gemüte erklangen, wieder zu erlauschen. Der Musikdirektor des Lyzeums, ein alter Mann und, wie man sagte, großer Kontrapunktist, unterrichtete mich im Generalbaß und in der Komposition. *Der* wollte sogar Anleitung geben, wie man Melodien erfinden müsse, und ich tat mir recht was darauf zugute, wenn ich ein Thema ergrübelt hatte, das sich in alle kontrapunktische Wendungen fügte. So glaubte ich ein ganzer Musiker zu sein, als ich nach einigen Jahren in mein Dorf zurückkehrte. Da stand noch in meiner Zelle das alte kleine Klavier, an dem ich so manche Nacht gesessen und Tränen des Unmuts vergossen. Auch den wunderbaren Stein sah ich wieder, aber, sehr klug geworden, lachte ich über meinen kindischen Wahnwitz, aus den Moosen Melodien *heraussehen* zu wollen. Doch konnte ich es mir selbst nicht ableugnen, daß der einsame geheimnisvolle Ort unter dem Baum mich mit wundervollen Ahnungen umfing. Ja! – im Grase liegend, an den Stein gelehnt, hörte ich oft, wenn der Wind durch des Baumes Blätter rauschte, es wie holde herrliche Geisterstimmen ertönen, aber die Melodien, welche sie sangen, hatten ja längst in meiner Brust geruht und wurden nun wach und lebendig! – Wie schal, wie abgeschmackt kam mir alles vor, was ich gesetzt hatte, es schien mir gar keine Musik zu sein, mein ganzes Streben das ungereimte Wollen eines nichtigen Nichts. – Der Traum erschloß mir sein schimmerndes, herrliches Reich, und ich wurde getröstet. Ich sah den Stein – seine roten Adern gingen auf wie dunkle

Nelken, deren Düfte sichtbarlich in hellen tönenden Strahlen emporfuhren. In den langen anschwellenden Tönen der Nachtigall verdichteten sich die Strahlen zur Gestalt eines wundervollen Weibes, aber die Gestalt war wieder himmlische, herrliche Musik!«

Die Geschichte unseres Chrysostomus hat, wie Du, lieber Johannes! einsiehst, in der Tat viel Belehrendes, weshalb sie in dem Lehrbrief den würdigen Platz findet. Wie trat doch so sichtbarlich aus einer fremden fabelhaften Zeit die hohe Macht in sein Leben, die ihn erweckte! – Unser Reich ist nicht von dieser Welt, sagen die Musiker, denn wo finden wir in der Natur so wie der Maler und der Plastiker den Prototypus unserer Kunst? – Der Ton wohnt überall, die Töne, das heißt die Melodien, welche die höhere Sprache des Geisterreichs reden, ruhen nur in der Brust des Menschen. – Aber geht denn nicht, so wie der Geist des Tons, auch der Geist der Musik durch die ganze Natur? Der mechanisch affizierte tönende Körper spricht, ins Leben geweckt, sein Dasein aus, oder vielmehr sein innerer Organismus tritt im Bewußtsein hervor. Wie, wenn ebenso der Geist der Musik, angeregt von dem Geweihten, in geheimen, nur diesem vernehmbaren Anklängen sich melodisch und harmonisch ausspräche? Der Musiker, das heißt der, in dessen Innerem die Musik sich zum deutlichen klaren Bewußtsein entwickelt, ist überall von Melodie und Harmonie umflossen. Es ist kein leeres Bild, keine Allegorie, wenn der Musiker sagt, daß ihm Farben, Düfte, Strahlen als Töne erscheinen und er in ihrer Verschlingung ein wundervolles Konzert erblickt. So wie, nach dem Ausspruch eines geistreichen Physikers, Hören ein Sehen von innen ist, so wird dem Musiker das Sehen ein Hören von innen, nämlich zum innersten Bewußtsein der Musik, die, mit seinem Geiste gleichmäßig vibrierend, aus allem ertönt, was sein Auge erfaßt. So würden die plötzlichen Anregungen des Musikers, das Entstehen der Melodien im Innern, das bewußtlose oder vielmehr das in Worten nicht darzulegende Erkennen und Auffassen der geheimen Musik der Natur als Prinzip des Lebens oder alles Wirkens in demselben sein. Die hörbaren Laute der Natur, das Säuseln des Windes, das Geräusch der Quellen und anderes mehr sind dem Musiker erst einzelne ausgehaltene Akkorde, dann Melodien mit harmonischer Begleitung. Mit der Erkenntnis steigt der innere Wille, und mag der Musiker sich dann nicht zu der ihn umgebenden Natur verhalten wie der Magnetiseur zur Somnambule, indem sein lebhaftes Wollen die Frage ist, welche die Natur nie unbeantwortet läßt? – Je lebhafter, je durchdringender die Erkenntnis wird, desto höher steht der Musiker als Komponist, und die Fähigkeit, jene Anregungen wie mit einer besonderen geistigen Kraft festzuhalten und festzubannen in Zeichen und Schrift, ist die Kunst des Komponierens. Diese Macht ist das Erzeugnis der musikalischen künstlichen Ausbildung, die auf das ungezwungene geläufige Vorstellen der Zeichen (Noten) hinarbeitet. Bei der individualisierten Sprache waltet solch innige Verbindung zwischen Ton und Wort, daß kein Gedanke in uns sich ohne seine Hieroglyphe – (den Buchstaben der Schrift) erzeugt, die Musik bleibt allgemeine Sprache der Natur, in wunderbaren, geheimnisvollen Anklängen spricht sie zu uns, vergeblich ringen wir danach, diese in Zeichen festzubannen, und jenes künstliche Anreihen der Hieroglyphe erhält uns nur die Andeutung dessen, was wir erlauscht. – Mit diesen wenigen Sprüchen stelle ich Dich nunmehr, lieber Johannes, an die Pforten des Isistempels, damit Du fleißig forschen mögest, und Du wirst nun wohl recht lebhaft einsehen, worin ich Dich für fähig halte, wirklich einen musikalischen Kursus zu beginnen. Zeige diesen Lehrbrief denen vor, die, ohne es vielleicht deutlich zu wissen, mit Dir an jenen Pforten stehen, und erläutere ebenfalls denen, die mit der Geschichte vom bösen

Fremden und dem Burgfräulein nichts Rechtes anzufangen wissen, die Sache dahin, daß das wunderliche Abenteuer, das so in das Leben des Chrysostomus einwirkte, ein treffendes Bild sei des irdischen Unterganges durch böses Wollen einer feindlichen Macht, dämonischer Mißbrauch der Musik, aber dann Aufschwung zum Höheren, Verklärung in Ton und Gesang!

Und nun, ihr guten Meister und Gesellen, die ihr euch an den Toren der großen Werkstatt versammelt habt, nehmt den Johannes freundlich in eure Mitte auf und verargt es ihm nicht, daß, indem ihr nur lauschen möget, er vielleicht dann und wann an das Tor mit leisen Schlägen zu pochen waget. Nehmt es auch nicht übel, daß, wenn ihr sauber und nett eure Hieroglyphen schreibet, er einige Krakelfüße mit einmischet, im Schönschreiben will er ja eben noch von euch profitieren.

Gehab Dich wohl, lieber Johannes Kreisler! – es ist mir so, als würde ich Dich nicht wiedersehen! – Setze mir, wenn Du mich gar nicht mehr finden solltest, nachdem Du um mich, so wie Hamlet um den seligen Yorick, gehörig lamentiert hast, ein friedliches »Hic jacet« und ein

†

Dieses Kreuz dient zugleich zum großen Insiegel meines Lehrbriefes, und so unterschreibe ich mich denn

– Ich wie Du

Johannes Kreisler,
cidevant Kapellmeister.

Inhalt

Erster Teil

Zweiter Teil

Zu dieser Ausgabe

insel taschenbuch 1283
E.T.A. Hoffmann
Fantasiestücke in Callots Manier

Der Text folgt der Ausgabe: E.T.A. Hoffmann, Gesammelte Werke in Einzelausgaben. Band 1: Fantasiestücke in Callots Manier. Blätter aus dem Tagebuch eines reisenden Enthusiasten. Mit einer Vorrede von Jean Paul. Textrevision von Hans-Joachim Kruse. Redaktion Rudolf Mingau. Aufbau-Verlag Berlin und Weimar 1976. Diese Ausgabe basiert auf der maßgeblichen zweiten, durchgesehenen Auflage der Fantasiestücke in zwei Teilen, Bamberg 1819.

Umschlagabbildung: Federzeichnung von Theodor Hosemann zu: »Nachricht von den neuesten Schicksalen des Hundes Berganza«. In: E. T. A. Hoffmann's gesammelte Schriften. Erster bis zwölfter Band. Mit 24 Federzeichnungen von Theodor Hosemann. Siebenter Band: Fantasiestücke in Callot's Manier. Verlag von G. Reimer, Berlin 1844.

Klassische deutsche Literatur im insel taschenbuch

Johann Friedrich Abegg: Reisetagebuch von 1798. it 1013
Achim von Arnim: Erzählungen. it 1018
Achim und Bettina in ihren Briefen. 2 Bde. in Kassette. it 1095
Bettine von Arnim: Aus meinem Leben. it 642
Bettine von Arnims Armenbuch. it 541
– Goethes Briefwechsel mit einem Kinde. it 767
Bettina von Arnim: Die Günderode. Mit einem Essay von Christa Wolf. it 702
Bettine von Arnim / Clemens Brentano: Clemens Brentanos Frühlingskranz aus Jugendbriefen ihm geflochten, wie er selbst schriftlich verlangte. it 812
Johann Beer: Die teutschen Winter-Nächte & Die kurzweiligen Sommer-Täge. Zwei Romane. it 872
Ludwig Börne: Briefe aus Paris. it 924
Hermann Bote: Till Eulenspiegel. Ein kurzweiliges Buch aus dem Lande Braunschweig. Wie er sein Leben vollbracht hat. Sechsundneunzig seiner Geschichten. it 336
Clemens Brentano: Gedichte. Erzählungen. Briefe. it 557
– Gockel Hinkel Gackeleia. Märchen. it 47
– Italienische Märchen. it 695
– Rheinmärchen. In der von Guido Görres herausgegebenen Ausgabe von 1846. it 804
Georg Büchner: Lenz. Erzählung. it 429
– Leonce und Lena. Ein Lustspiel. it 594
– Woyzeck. it 846
Georg Büchner / Ludwig Weidig: Der Hessische Landbote. Texte, Briefe, Prozeßakten. it 51
Gottfried August Bürger: Wunderbare Reisen zu Wasser und zu Lande. it 207
Bürgers Liebe. Die Ehestandsgeschichte von Elise Hahn und Gottfried August Bürger. it 564
Wilhelm Busch: Kritisch-Allzukritisches. Gedichte. it 52
– Sämtliche Bilderbogen. it 620
Adelbert von Chamisso: Peter Schlemihls wundersame Geschichte. it 27
Matthias Claudius: Der Wandsbecker Bote. it 130
Annette von Droste-Hülshoff: Bei uns zulande auf dem Lande. Prosaskizzen. it 697
– Die Judenbuche. Ein Sittengemälde aus dem gebirgichten Westfalen. it 399
– Sämtliche Gedichte. it 1092
Johann Peter Eckermann: Gespräche mit Goethe in den letzten Jahren seines Lebens. 2 Bde. it 500

161/1/6.89

Klassische deutsche Literatur im insel taschenbuch

Joseph von Eichendorff: Aus dem Leben eines Taugenichts. it 202
– Gedichte. it 255
– Gedichte. it 1060
– Novellen und Gedichte. it 360
Theodor Fontane: Allerlei Glück. Plaudereien, Skizzen und Unvollendetes. it 641
– Cécile. it 689
– Effi Briest. it 138
– Frau Jenny Treibel oder ›Wo sich Herz zum Herzen findt‹. Roman. it 746
– Grete Minde. it 1157
– Irrungen, Wirrungen. it 771
– Jenseit des Tweed. Bilder und Briefe aus Schottland. it 1066
– Mathilde Möhring. it 1107
– Meine Kinderjahre. Autobiographischer Roman. it 705
– Schach von Wuthenow. Erzählung aus der Zeit des Regiments Gendarmes. it 816
– Der Stechlin. it 152
– Stine. Roman. it 899
– Unwiederbringlich. Roman. it 286
– Von Zwanzig bis Dreißig. it 985
– Vor dem Sturm. Roman, aus dem Winter 1812 auf 13. it 583
– Wanderungen durch die Mark Brandenburg. 5 Bde. in Kassette. it 1181- 1185
Theodor Fontane. Ein Leben in Briefen. it 540
Georg Forster: Ansichten vom Niederrhein, von Brabant, Flandern, Holland, England und Frankreich im April, Mai und Junius 1790. it 1136
– Reise um die Welt. it 757
Christian Fürchtegott Gellert: Fabeln und Lieder. it 895
Friedrich Gerstäcker: Die Flußpiraten des Mississippi. Roman. it 435
Johann Wolfgang von Goethe: Dichtung und Wahrheit. 3 Bde. in Kassette. it 149-151
– Faust. Erster Teil. it 50
– Faust. Zweiter Teil. it 100
– Urfaust. Faust. Ein Fragment. Faust. Eine Tragödie. Paralleldruck der drei Fassungen. 2 Bde. it 625
– Frühes Theater. Mit einer Auswahl aus den dramaturgischen Schriften 1771-1828. it 675
– Gedichte in zeitlicher Folge. Eine Lebensgeschichte Goethes in seinen Gedichten. 2 Bde. it 350

161/2/6.89

161/3/6.89

Klassische deutsche Literatur im insel taschenbuch

Christian Dietrich Grabbe: Scherz, Satire, Ironie und tiefere Bedeutung. Ein Lustspiel in drei Aufzügen. it 534
Franz Grillparzer: Der arme Spielmann. it 690
Jacob Grimm: Über den Ursprung der Sprache. Gelesen in der Preußischen Akademie der Wissenschaften am 9. Januar 1851. it 877
Hans Jakob Christoffel von Grimmelshausen: Der abenteuerliche Simplicissimus. it 739
– Trutz-Simplex oder Ausführliche und wunderseltzame Lebensbeschreibung der Ertzbetrügerin und Landstörtzerin Courasche. it 211
Karoline von Günderode: Gedichte. it 809
Johann Christian Günther: Gedichte. it 1028
Wilhelm Hauff: Märchen. Erster Band. it 216
– Mitteilungen aus den Memoiren des Satans. it 782
– Zwerg Nase. Ein Märchen mit Illustrationen von Karl Walser. it 1191
Friedrich Hebbel: Erzählungen und Tagebuchblätter. it 1029
Johann Peter Hebel: Kalendergeschichten. it 17
– Schatzkästlein des rheinischen Hausfreundes. it 719
Heinrich Heine: Atta Troll. Ein Sommernachtstraum. it 748
– Buch der Lieder. it 33
– Deutschland. Ein Wintermärchen. it 723
– Florentinische Nächte. it 923
– Italien. it 1072
– Neue Gedichte. it 1055
– Der Rabbi von Bacherach. Ein Fragment. it 811
– Reisebilder. it 444
– Die romantische Schule. Mit einem Nachwort von Norbert Altenhofer. it 910
– Romanzero. it 538
Julius Eduard Hitzig: E.T.A. Hoffmanns Leben und Nachlaß. it 755
Friedrich Hölderlin: Gedichte. it 781
– Hyperion oder Der Eremit in Griechenland. it 365
Hölderlins Diotima Susette Gontard. Gedichte – Briefe – Zeugnisse. it 447
Hölderlin. Dokumente seines Lebens. Briefe, Tagebuchblätter, Aufzeichnungen. it 221
Hölderlin. Chronik seines Lebens mit ausgewählten Bildnissen. it 83
E.T.A. Hoffmann: Die Abenteuer der Silvester- Nacht. it 798
– Die Brautwahl. it 1124
– Die Elixiere des Teufels. it 304
– Das Fräulein von Scuderi. Erzählung aus dem Zeitalter Ludwig des Vierzehnten. it 410

161/4/6.89

Klassische deutsche Literatur im insel taschenbuch

E.T.A. Hoffmann: Der goldne Topf. Ein Märchen aus der neuen Zeit. it 570
– Klein Zaches genannt Zinnober. Ein Märchen. it 777
– Lebensansichten des Katers Murr nebst fragmentarischer Biographie des Kapellmeisters Johannes Kreisler in zufälligen Makulaturblättern. it 168
– Das Majorat. it 1085
– Meister Floh. Ein Märchen in sieben Abenteuern zweier Freunde. it 503
– Nachtstücke. it 589
– Nußknacker und Mausekönig. it 879
– Prinzessin Brambilla. Ein Capriccio. it 418
– Der Sandmann. it 934
– Die Serapions-Brüder. Gesammelte Erzählungen und Märchen in vier Bänden. it 631
– Der unheimliche Gast und andere phantastische Erzählungen. it 245
– Der unheimliche Gast. it 2302
Alexander von Humboldt: Vom Orinoko zum Amazonas. 2 Bde. in Kassette. Reise in die Äquinoctial-Gegenden des neuen Kontinents. it 990
Karl Leberecht Immermann: Münchhausen. Eine Geschichte in Arabesken. it 747
Jean Paul: Der ewige Frühling. it 262
– Flegeljahre. Eine Biographie. it 873
– Leben des vergnügten Schulmeisterlein Maria Wutz in Auenthal. Eine Art Idylle. it 778
– Leben Fibels des Verfassers der bienrodischen Fibel. it 1170
– Des Luftschiffers Giannozzo Seebuch und Über die natürliche Magie der Einbildungskraft. it 144
– Siebenkäs. Blumen-, Frucht- und Dornenstücke oder Ehestand, Tod und Hochzeit des Armenadvokaten F. St. Siebenkäs im Reichsmarktflecken Kuhschnappel. it 980
– Titan. it 671
Johann Heinrich Jung-Stilling: Lebensgeschichte. it 709
Das Kalte Herz. Und andere Texte der Romantik. it 330
Gottfried Keller: Der grüne Heinrich. Erste Fassung. 2 Bde. it 335
– Die Leute von Seldwyla. Vollständige Ausgabe der Novellensammlung. it 958
– Romeo und Julia auf dem Dorfe. it 756
– Züricher Novellen. it 201
Heinrich von Kleist: Werke in vier Bänden. 4 Bände in Kassette. it 981-984

161/5/6.89

Klassische deutsche Literatur im insel taschenbuch

Heinrich von Kleist: Geschichte meiner Seele. Das Lebenszeugnis der Briefe. it 281
– Die Marquise von O ... it 299
– Michael Kohlhaas. Aus einer alten Chronik. it 844
– Der zerbrochne Krug. Ein Lustspiel. it 171
August Klingemann: Nachtwachen von Bonaventura. it 89
Friedrich Gottlieb Klopstock: Gedanken über die Natur der Poesie. it 1038
Gotthold Ephraim Lessing: Dramen. it 714
– Hamburgische Dramaturgie. it 869
– Laokoon. it 1048
Georg Christoph Lichtenberg: Aphorismen. In einer Auswahl. it 165
– Der Fortgang der Tugend und des Lasters. Erklärungen zu Daniel Chodowieckis Monatskupfer zum Göttinger Taschenkalender 1778. it 936
– Sudelbücher. it 792
– Über die Macht der Liebe und andere Schriften. it 1164
Liselotte von der Pfalz: Briefe. it 428
Martin Luther: Luthers Fabeln und Spruchweisheiten. it 1094
Märchen der Romantik. it 285
Meister Eckhart: Das Buch der göttlichen Tröstung. it 1005
Conrad Ferdinand Meyer: Jürg Jenatsch. Eine Bündnergeschichte. it 862
Eduard Mörike: Alte unnennbare Tage ... Ausgewählte Gedichte. it 246
– Die Historie von der schönen Lau. it 72
– Maler Nolten. Novelle in zwei Teilen. Erste Fassung. it 404
– Mozart auf der Reise nach Prag. Eine Novelle. it 376
Karl Philipp Moritz: Anton Reiser. Ein psychologischer Roman. it 433
Wilhelm Müller: Die Winterreise und andere Gedichte. it 901
Johann Karl August Musäus: Rübezahl. Für die Jugend von Christian Morgenstern. it 73
– Volksmärchen der Deutschen. it 1034
Johann Nestroy: Komödien. 3 Bde. it 526
– Nestroy für Minuten. ›Das ist klassisch‹. it 818
Novalis: Gedichte. Die Lehrlinge zu Sais – Dialogen und Monolog. it 1010
– Heinrich von Ofterdingen. it 596
Pückler- Muskau: Andeutungen über Landschaftsgärtnerei. it 1024
Wilhelm Raabe: Werke in 10 Bänden. it 881-890
– Die Akten des Vogelsangs. it 888
– Altershausen. it 890
– Die Chronik der Sperlingsgasse. it 370

161/6/6.89

Klassische deutsche Literatur im insel taschenbuch

Wilhelm Raabe: Hastenbeck. it 889
– Horacker. it 883
– Im alten Eisen. it 885
– Krähenfelder Geschichten. it 882
– Das Odfeld. it 886
– Pfisters Mühle. it 884
– Stopfkuchen. it 887
– Stuttgarter Erzählungen. it 881
Leopold von Ranke: Die römischen Päpste in den letzten vier Jahrhunderten. it 960
Friedrich Rückert: Ausgewählte Werke. 2 Bände in Kassette. it 1022
Ferdinand von Saar: Novellen aus Österreich. it 906
Friedrich von Schiller: Der Geisterseher. Und andere Erzählungen. it 212
– Wallenstein. Ein dramatisches Gedicht. Wallensteins Lager – Die Piccolomini – Wallensteins Tod. it 752
Friedrich Schiller / Ludwig Ferdinand Huber: Avanturen des neuen Telemachs. Eine Geschichte in Bildern. Texte von Ludwig Ferdinand Huber. it 941
Friedrich Schlegel: Lucinde. Ein Roman. it 817
– Romantische Sagen des Mittelalters. it 930
– Theorie der Weiblichkeit. it 679
Johann Gottfried Schnabel: Die Insel Felsenburg. Roman. it 953
Arthur Schopenhauer: Aphorismen zur Lebensweisheit. Vollständige Ausgabe mit Erläuterungen und Übersetzung der fremdsprachigen Zitate. it 223
– Kopfverderber. Über die Universitäts-Philosophie und ihre Professoren. it 661
Heinrich Seidel: Leberecht Hühnchen. Prosa-Idyllen. it 786
Charlotte Stieglitz: Gedichte und Tagebücher. it 986
Adalbert Stifter: Aus dem alten Wien. Zwölf Erzählungen. it 959
– Bergkristall. Und andere Erzählungen. it 438
– Der heilige Abend. it 699
– Der Hochwald. Mit einem Nachwort von Wolfgang Frühwald. it 1197
– Die Mappe meines Urgroßvaters. it 1108
– Der Nachsommer. it 653
– Studien. 2 Bde.it 915
Theodor Storm: Gesammelte Werke. 6 Bde. it 731-736
– Am Kamin. Und andere unheimliche Geschichten. it 143
– Unter dem Tannenbaum. Mit Illustrationen der Erstausgabe von Otto Speckter und Ludwig Pietsch. it 1042

161/7/6.89

Klassische deutsche Literatur
im insel taschenbuch

Ludwig Tieck: Der gestiefelte Kater. Ein Kindermärchen in drei Akten, mit Zwischenspielen, einem Prologe und Epiloge. it 940
– Der Hexen-Sabbat. it 1084
– Märchen und Novellen. it 1061
Ludwig Uhland: Gedichte. it 928
Friedrich Theodor Vischer: Auch einer. Eine Reisebekanntschaft. it 1063
Johann Carl Wezel: Belphegor oder Die wahrscheinlichste Geschichte unter der Sonne. it 776
Christoph Martin Wieland: Aristipp und einige seiner Zeitgenossen. it 718
Das Wieland-Lesebuch. it 729

161/8/6.89

Französische Literatur im insel taschenbuch

Honoré de Balzac: Eugénie Grandet. Aus dem Französischen von Gisela Etzel. Herausgegeben von Eberhard Wesemann. it 1127
– Die Frau von dreißig Jahren. Aus dem Französischen übertragen von Werner Blochwitz. it 460
– Das Mädchen mit den Goldaugen. Aus dem Französischen von Ernst Hardt. Mit einem Vorwort von Hugo von Hofmannsthal. Zehn Illustrationen von Marcus Behmer. it 60
– Tolldreiste Geschichten. Aus dem Französischen von Benno Rüttenauer. Mit Illustrationen von Gustave Doré. it 911
– Über die Liebe. Sein Weltbild aus seinen Werken. Zusammengestellt und mit einem Essay herausgegeben von Stefan Zweig. it 715
– Vater Goriot. Aus dem Französischen von Franz Hessel. Herausgegeben von Erika Wesemann. it 1167

Charles Baudelaire: Die Blumen des Bösen. Übertragen von Carlo Schmid. it 120

Pierre Augustin Caron de Beaumarchais: Die Figaro-Trilogie. Deutsch von Gerda Scheffel. Nachwort von Norbert Miller. Mit zeitgenössischen Illustrationen. it 228

William Beckford: Vathek. Aus dem Französischen von Franz Blei. Mit einem Vorwort von Stéphane Mallarmé. it 1172

Hector Berlioz: Groteske Musikantengeschichten. Aus dem Französischen von Elly Ellès. it 859

George Clémenceau: Claude Monet. Betrachtungen und Erinnerungen eines Freundes. Mit einem Nachwort von Gottfried Boehm. it 1152

Alphonse Daudet: Briefe aus meiner Mühle. Aus dem Französischen übertragen von Alice Seiffert. it 446
– Tartarin von Tarascon. Die wunderbaren Abenteuer des Tartarin von Tarascon. Mit 45 Zeichnungen von Emil Preetorius. it 84

Denis Diderot: Erzählungen und Gespräche. Übersetzt von Katharina Scheinfuß. it 554
– Jakob und sein Herr. In der Übersetzung von Mylius. Herausgegeben von Horst Günther. it 772
– Die Nonne. Mit einem Nachwort von Robert Mauzi, die Übersetzung des Nachworts besorgte Margaret Carroux. it 31
– Rameaus Neffe. Le Neveu de Rameau. Ein Dialog. Zweisprachige Ausgabe. Übersetzt von Goethe. Mit Zeichnungen von Antoine Watteau. Herausgegeben und mit einem Nachwort versehen von Horst Günther. it 775

Alexandre Dumas: Die drei Musketiere. Aus dem Französischen von Herbert Bräuning. it 1131

152/1/6.89

Französische Literatur
im insel taschenbuch

Alexandre Dumas: Der Graf von Monte Christo. 2 Bde. Bearbeitung einer alten Übersetzung von Meinhard Hasenbein. Mit Illustrationen von Pavel Brom und Dagmar Bromova. it 266

– Die Kameliendame. Aus dem Französischen von Walter Hoyer. Mit Illustrationen von Paul Gavarni. it 546

Dominique Fernandez: Süditalienische Reise. Aus dem Französischen von Julia Kirchner. Mit farbigen Fotografien von Martin Thomas. it 1076

Gustave Flaubert: Bouvard und Pécuchet. Aus dem Französischen übersetzt von Georg Goyert. Mit Illustrationen von András Karakas. Mit einem Vorwort von Victor Brombert und einem Nachwort von Uwe Japp. it 373

– Drei Erzählungen. Trois contes. Übersetzt und herausgegeben von Cora van Kleffens und André Stoll. it 571

– Lehrjahre des Gefühls. Geschichte eines jungen Mannes. Übertragen von Paul Wiegler. Mit einem Essay und einer Bibliographie von Erich Köhler. it 276

– Madame Bovary. Revidierte Übersetzung aus dem Französischen von Arthur Schurig. it 167

– November. Aus dem Französischen übersetzt von Ernst Sander. Mit einem Nachwort von Monika Bosse. it 411

– Reise in den Orient. Ägypten. Nubien. Palästina. Syrien. Libanon. Aus dem Französischen von Reinhold Werner und André Stoll. Mit Photographien von Maxime Du Camp, einem Register und einem Nachwort. Herausgegeben von André Stoll. it 619

– Salammbô. Herausgegeben und mit einem Nachwort versehen von Monika Bosse und André Stoll. Aus dem Französischen übersetzt von Georg Brustgi. it 342

Anatole France: Blaubarts sieben Frauen und andere Erzählungen. Mit Illustrationen von Lutz Siebert. Aus dem Französischen von Irmgard Nickel. it 510

Edmond und Jules de Goncourt: Germinie Lacerteux. Aus dem Französischen von Curt Noch. it 1054

– Tagebücher. Aufzeichnungen aus den Jahren 1851-1870. Nach der ersten Gesamtausgabe der Académie Goncourt ausgewählt, übertragen und herausgegeben von Justus Franz Wittkop. it 692

Victor Hugo: Notre-Dame von Paris. Aus dem Französischen von Else von Schorn. Mit zeitgenössischen Illustrationen. it 298

Choderlos de Laclos: Schlimme Liebschaften. Mit 14 Kupferstichen. Übertragen und eingeleitet von Heinrich Mann. it 12

152/2/6.89

Französische Literatur
im insel taschenbuch

Madame de Lafayette: Die Prinzessin von Clèves. Roman. Aus dem Französischen von Julia Kirchner. Mit einem Nachwort von Emile Magne. it 768

Briefe der Ninon de Lenclos. Aus dem Französischen von Lothar Schmidt. Mit zehn Radierungen von Karl Walser. it 1173

Alain René Le Sage: Die Geschichte des Gil Blas von Santillana. Aus dem Französischen von Konrad Thorer. Mit Illustrationen von Daniel Chodowiecki. it 949

Pierre Carlet de Marivaux: Die Abenteuer des jungen Brideron. Eine Parodie. Übersetzt und herausgegeben von Gerda Scheffel. it 1035

– Betrachtende Prosa. Aus dem Französischen übertragen und mit einem Nachwort herausgegeben von Gerda Scheffel. it 1049

– Das Spiel von Liebe und Zufall. Und andere Komödien. Aus dem Französischen und mit einem Nachwort von Gerda Scheffel. it 805

Guy de Maupassant: Bel-Ami. Aus dem Französischen von Josef Halperin. Mit zeitgenössischen Illustrationen. it 280

– Die Brüder. Novelle. Deutsch von Ernst Weiß. Mit Illustrationen von Géo Dupuis. it 712

– Das Haus Tellier. Und andere Erzählungen. Ausgewählt und mit einem Nachwort versehen von Werner Berthel. Mit zeitgenössischen Illustrationen. Aus dem Französischen übersetzt von Helmut Bartuschek und Karl Friese. it 248

– Pariser Abenteuer. Und andere Erzählungen. Ausgewählt von Werner Berthel. Mit zeitgenössischen Illustrationen. Aus dem Französischen von Helmut Bartuschek und Karl Friese. it 106

– Unser einsames Herz. Herausgegeben und mit einem Nachwort versehen von Dolf Oehler. Mit zeitgenössischen Illustrationen. Aus dem Französischen von Josef Halperin. it 357

Louis Sébastien Mercier: Das Jahr 2440. Ein Traum aller Träume. Herausgegeben von Herbert Jaumann. it 1162

– Mein Bild von Paris. Mit dreiundvierzig Wiedergaben nach Kupferstichen. Übertragen und herausgegeben von Jean Villain. it 374

Prosper Mérimée: Carmen. Mit Zeichnungen von Pablo Picasso. Aus dem Französischen übersetzt von Franz Schnabel. it 361

Jules Michelet: Die Frauen der Revolution. Herausgegeben und übersetzt von Gisela Etzel. Mit zahlreichen Abbildungen. it 726

Honoré-Gabriel Mirabeau: Der gelüftete Vorhang oder Lauras Erziehung. Aus dem Französischen von Eva Moldenhauer. Nachbemerkung von Norbert Miller. it 32

152/3/6.89

Französische Literatur im insel taschenbuch

Honoré-Gabriel Mirabeau: Preußische Monarchie und Französische Revolution. Briefe nach Deutschland und Kapitel aus der »Preußischen Monarchie« in der Übersetzung von Jakob Mauvillon. Herausgegeben von Horst Günther. it 1118

Molière: Der eingebildete Kranke. Aus dem Französischen von Johanna Walser und Martin Walser. it 1014

– Der Menschenfeind. Nach dem Französischen des Molière von Hans Magnus Enzensberger. it 401

Michel de Montaigne: Essais. Herausgegeben und mit einem Nachwort versehen von Ralph-Rainer Wuthenow. Revidierte Fassung der Übertragung von Johann Joachim Bode. it 220

– Tagebuch einer Reise durch Italien. Aus dem Französischen von Otto Flake. it 1074

Michel de Montesquieu: Perserbriefe. Aus dem Französischen von Jürgen von Stackelberg. Mit Anmerkungen zum Text und einem Nachwort. it 458

Blaise Pascal: Größe und Elend des Menschen. Aus den »Pensées«. Auswahl, Übersetzung und Nachwort von Wilhelm Weischedel. it 441

– Über die Religion und über einige andere Gegenstände. Aus dem Französischen übertragen und mit einem Nachwort herausgegeben von Ewald Wasmuth. it 1008

Jan Potocki: Die Handschrift von Saragossa. 2 Bde. Herausgegeben von Roger Caillois. Aus dem Französischen von Louise Eisler-Fischer, aus dem Polnischen von Maryla Reifenberg. Mit Bildern von Goya. it 139

Abbé Prévost: Manon Lescaut. Geschichte des Ritters Des Grieux und der Manon Lescaut. Mit einem Nachwort von Josef Heinzelmann. Illustrationen von Franz von Bayros. Aus dem Französischen von Elisabeth von Hase und Walter Hoyer. it 518

Marcel Proust / Eugène Atget: Ein Bild von Paris. Texte und Photographien. Herausgegeben von Arthur D. Trottenberg. it 669

François Rabelais: Gargantua und Pantagruel. Mit Illustrationen von Gustave Doré. Herausgegeben von Horst und Edith Heintze. Erläutert von Horst Heintze und Rolf Müller. 2 Bände. it 77

Jean-Jacques Rousseau: Bekenntnisse. Aus dem Französischen von Ernst Hardt. Mit einer Einführung von Werner Krauss. it 823

– Zehn botanische Lehrbriefe für eine Freundin. Mit siebzehn Illustrationen von P. J. Redouté. Herausgegeben und aus dem Französischen übersetzt von Ruth Schneebeli-Graf. it 366

Marquis de Sade: Schriften aus der Revolutionszeit. Herausgegeben von Georg Rudolf Lind. it 1117

152/4/6.89

Französische Literatur im insel taschenbuch

George Sand: Geschichte meines Lebens. Aus ihrem autobiographischen Werk ausgewählt und mit einer Einleitung versehen von Renate Wiggershaus. it 313

– Indiana. Aus dem Französischen von A. Seubert. Mit einem Essay von Annegret Stopczyk. it 711

– Lélia. Aus dem Französischen von Anna Wheill. Mit einem Essay von Nike Wagner. it 737

– Lucrezia Floriani. Roman. Aus dem Französischen von Anna Wheill. it 858

– Das Teufelsmoor. Aus dem Französischen von Helene und Herbert Kühn. Mit Illustrationen von Tony Johannot. it 943

Misia Sert: Pariser Erinnerungen. Aus dem Französischen von Hedwig Andertann. Mit einem Bildteil. it 1180

Madame de Sévigné: Briefe. Herausgegeben und übersetzt von Theodora von der Mühl. Mit zeitgenössischen Kupferstichen. it 395

Anne Germaine Madame de Staël: Über Deutschland. Vollständige und neu durchgesehene Fassung der deutschen Erstausgabe von 1814. Herausgegeben und mit einem Nachwort versehen von Monika Bosse. it 623

Stendhal: Die Kartause von Parma. Vollständige Ausgabe. Aus dem Französischen übersetzt von Walter Widmer. Mit einem Nachwort von Uwe Japp. it 307

– Rom, Neapel und Florenz im Jahre 1817. Aus dem Französischen von Katharina Scheinfuß und Bernhard Frank. it 1073

– Über die Liebe. Vollständige Ausgabe. Aus dem Französischen und mit einer Einführung von Walter Hoyer. it 124

Eugène Sue: Die Geheimnisse von Paris. 3 Bde. in Kassette. Aus dem Französischen von Helmut Kossodo. Mit zeitgenössischen Illustrationen. it 1080

Paul Verlaine: Galante Feste. Fêtes Galantes. Zweisprachige Ausgabe. Aus dem Französischen von Hans-J. Weitz. Mit Zeichnungen von Robert Pudlich. it 938

François Villon: Sämtliche Dichtungen. Zweisprachige Ausgabe. Aus dem Französischen von Walther Küchler. it 1039

Voltaire: Candide oder der Optimismus. Mit Zeichnungen von Paul Klee. it 11

– Philosophisches Wörterbuch. Nach der Textauswahl von Rudolf Noack. Herausgegeben und eingeleitet von Karlheinz Stierle. Aus dem Französischen von Erich Salewski und Karlheinz Stierle. it 855

152/5/6.89

Französische Literatur im insel taschenbuch

Voltaire: Sämtliche Romane und Erzählungen. Mit einer Einleitung von Victor Klemperer und Stichen von Moreau le jeune. Aus dem Französischen übersetzt von Ilse Lehmann. it 209

– Zadig oder das Schicksal. Eine orientalische Erzählung. Aus dem Französischen von Ilse Lehmann. Mit vierzig Radierungen von Marcus Behmer. it 121

Emile Zola: Germinal. Aus dem Französischen von Armin Schwarz. Mit Illustrationen von Renate Sendler-Peters. it 720

– Nana. Aus dem Französischen und mit einem Nachwort versehen von Erich Marx. Illustrationen von Renate Sendler-Peters. it 398

– Thérèse Raquin. Aus dem Französischen von Ernst Hardt. it 1146

152/6/6.89